Learn French by Reading

A Sci-Fi Erotic Romance Edition: Volume 1

Close Liaisons by Anna Zaires

♠ Mozaika Educational ♠

Translated into French by Julie Simonet.
Edited by Valerie Dubar and Emmanuelle Grelier.

Published by Mozaika Educational, an imprint of Mozaika LLC.
www.mozaikallc.com

E-ISBN: 978-1-63142-067-2
ISBN: 978-1-63142-072-6

FOREWORD

This project is a result of collaboration between Anna Zaires and Dima Zales, a husband-and-wife team of authors. When Dima Zales immigrated to America in 1991 as a teenager, he had a goal that was similar to yours—to master a brand-new language. He was able to learn English well enough to succeed academically (Master's degree from NYU) and professionally (13 years on Wall Street). He also became a USA Today bestselling author who writes fantasy and science fiction in his second language. One of the ways he achieved his goal is now the basis for this project.

From Dima Zales:

I had a favorite book, a book that was actually a translation of its English version. When I developed some basic English vocabulary, I decided to read that book in its original English and armed myself with a thick dictionary. Because I knew the book quite well, reading it was easier than I had expected. The enjoyment of reading a novel, rather than a textbook, was a powerful motivator, and I was able to finish it quickly. Having read the English book once, I proceeded to read it a few more times. After that, I was ready to tackle reading something I didn't know inside and out—and I did, going on to read thousands of books in my second language.

The idea behind this project is to bring you the kind of experience Dima Zales had back then, only enhanced. If you happen to have a favorite book that you know inside and out, and you can get your hands on a great French translation of it, that might work better for you than this

"

project. However, for those who don't already have a book in mind, we are providing this excellent sci-fi erotic romance novel to use along with its translation.

Ebook reading devices give you advantages that Dima Zales didn't have back in the 1990s. In most, you can highlight French words and have them defined automatically. It is our hope that this project will take your French to more advanced levels and enable you to have fun in the process.

HOW TO USE THIS BOOK

We have interspersed French chapters with English chapters. This will allow you to read and verify your comprehension. Regardless of your proficiency level, we encourage you to read the French version of each chapter before you read the English. Once you're done with the book, we recommend that you try reading it at least one more time. The more you read, the more familiar you will get with the content, which will enable your brain to process previously unknown words in their proper context.

PROLOGUE

Cinq ans auparavant

— Mr. le Président, tout le monde vous attend.

Le Président des USA leva la tête d'un air las et ferma le dossier posé sur son bureau. Il dormait mal depuis une semaine, préoccupé qu'il était de la détérioration de la situation au Moyen-Orient et de la persistance des problèmes économiques. Ce n'est pas facile d'être président, mais son mandat le confrontait à des tâches toutes plus insurmontables les unes que les autres, et le stress quotidien commençait à altérer sa santé. Il se promit d'aller voir le docteur avant la fin de la semaine. Avec toutes les difficultés qu'il rencontrait, son pays avait besoin d'un président en bonne santé.

Le Président se leva, sortit du bureau ovale et se dirigea vers la salle de commandement. On venait de l'informer que la NASA avait détecté quelque chose de suspect. Il avait espéré qu'il ne s'agissait que d'un satellite égaré, mais étant donné l'urgence avec laquelle le Conseiller de la Sécurité Nationale avait demandé à le rencontrer ce ne devait pas être le cas.

Il salua ses conseillers en entrant dans la pièce et s'assit en se demandant ce qui avait provoqué cette réunion.

Le Ministre de la Défense fut le premier à prendre la parole.

— M. le Président, nous venons de découvrir dans l'orbite de la terre quelque chose qui ne devrait pas s'y trouver. Nous ne savons pas ce que c'est, mais nous avons des raisons de croire qu'il s'agit d'une menace pour notre sécurité. Il se dirigea vers les images projetées sur l'un des six écrans plats qui figuraient sur les murs de la pièce.

— Comme vous le voyez, il s'agit d'un objet de grande taille, plus grand qu'aucun de nos satellites, et on ne sait d'où il vient. Il ne semble pas avoir été lancé de la terre et nous n'avons rien détecté qui s'approche de la terre. Tout se passe comme s'il s'était matérialisé il y a quelques heures de cela.

Sur l'écran on voyait plusieurs images représentant une forme floue, très sombre, sur un arrière-plan sombre lui aussi, mais constellé d'étoiles.

— Qu'en pense la NASA ? demanda calmement le Président en tentant d'analyser diverses possibilités. La NASA devait savoir si les Chinois avaient mis au point de nouveaux satellites et le programme spatial russe n'était plus ce qu'il avait été. La présence de cet objet était tout simplement inexplicable.

— Ils n'en savent rien, répondit le Conseiller de la Sécurité Nationale. Cela ne ressemble à rien de familier.

— La NASA n'a même pas pu formuler la moindre hypothèse ?

— La seule chose qu'elle puisse affirmer avec certitude c'est qu'il ne s'agit pas d'une planète.

C'était donc un vaisseau spatial. Le Président regardait les images avec stupéfaction, refusant d'accorder le moindre crédit à l'idée absurde qui venait de lui traverser l'esprit. Il se tourna vers le Conseiller et lui demanda : avons-nous contacté les Chinois ? Sont-ils informés ?

Le Conseiller ouvrit la bouche pour répondre quand il fut interrompu par un violent éclair lumineux. Aveuglé, le Président cligna des yeux, essaya de retrouver la vue et fut pétrifié d'horreur.

Un homme se tenait entre lui et l'écran qu'il venait de regarder. Un homme de grande taille, musclé, brun aux yeux noirs, et dont le teint olivâtre contrastait avec son costume blanc. Il était là, calme, détendu, alors qu'il venait de pénétrer dans le Saint des Saints du gouvernement des USA.

Ce sont les agents des Services Secrets qui réagirent les premiers, dans l'état de panique qui était le leur ils se mirent à tirer sur l'intrus. Avant que le Président n'ait eu le temps de réagir il se retrouva dos au mur, protégé par le bouclier humain que formaient les agents du Service Secret.

— C'est inutile, dit l'intrus d'une voix grave et bien timbrée. Je ne veux aucun mal à votre président, et si c'était le cas ce n'est pas vous qui pourriez m'en empêcher. Il parlait l'anglais comme un Américain, sans la moindre trace d'accent. Malgré les coups qui l'avaient atteint, il semblait parfaitement indemne et le Président pouvait voir sur le sol les balles inutiles qui avaient été tirées.

Seule l'expérience acquise depuis des années à résoudre les crises qui se présentaient les unes après les autres permit au Président de réagir comme il le fit à ce moment-là.

— Qui êtes-vous ? demanda-t-il d'une voix ferme, sans prêter attention à la terreur et à l'adrénaline qui l'envahissait.

L'intrus se mit à sourire

— Je m'appelle Arus. Nous avons décidé que c'était le moment pour nous de vous rencontrer.

PROLOGUE

Five Years Earlier

"Mr. President, they're all waiting for you."

The President of the United States of America looked up wearily and shut the folder lying on his desk. He had slept poorly for the past week, his mind occupied by the deteriorating situation in the Middle East and the continued weakness in the economy. While no president had it easy, it seemed like his term had been marked by one impossible task after another, and the daily stress was beginning to affect his health. He made a mental note to get himself checked out by the doctor later this week. The country didn't need a sick and exhausted president on top of all of its other woes.

Getting up, the President exited the Oval Office and headed toward the Situation Room. He had been briefed earlier that NASA had detected something unusual. He'd hoped that it might be nothing more than a stray satellite, but that didn't appear to be the case, given the urgency with which the National Security Advisor requested his presence.

Entering the room, he greeted his advisors and sat down, waiting to hear what necessitated this meeting.

The Secretary of Defense spoke first. "Mr. President, we have discovered something in Earth's orbit that doesn't belong there. We don't know what it is, but we have reason to believe that it may be a threat." He motioned toward the images displayed on one of the six flat screens lining the walls of the room. "As you can see, the object is large, bigger than any of our satellites, but it seems to have come out of nowhere. We didn't see anything launching from any point on the globe, and we haven't detected anything approaching Earth. It's as though the object simply appeared here a few hours ago."

The screen showed several pictures of a dark blur set against a dark, starry background.

"What does NASA think it could be?" the President asked calmly, trying to analyze the possibilities. If the Chinese had come up with some new satellite technology, they would have already known about it, and the Russian space program was no longer what it used to be. The presence of the object simply didn't make any sense.

"They don't know," the National Security Advisor said. "It doesn't look like anything they've ever seen before."

"NASA couldn't even venture an educated guess?"

"They know it's not any kind of an astronomical body."

So it had to be man-made. Puzzled, the President stared at the images, refusing to even contemplate the outlandish idea that had just occurred to him. Turning to the Advisor, he asked, "Have we reached out to the Chinese? Do they know anything about this?"

The Advisor opened his mouth, about to reply, when there was a sudden flash of bright light. Momentarily blinded, the President blinked to clear his vision – and froze in shock.

In front of the screen that the President had just been looking at, there was now a man. Tall and muscular, he had black hair and dark eyes, and his olive skin contrasted with the white color of his outfit. He stood there calmly, relaxed, as though he had not just invaded the inner sanctum of the United States government.

The Secret Service agents reacted first, shouting and firing at the intruder in panic. Before the President could think, he found himself pushed against the wall, with two agents forming a human shield in front of him.

"There's no need for that," the intruder said, his voice deep and sonorous. "I don't intend to hurt your president – and if I did, there's nothing you can do about it." He spoke in perfect American English, without even a hint of an accent. Despite the gunfire that had just been directed at him, he appeared to be completely uninjured, and the President could now see the bullets lying harmlessly on the floor in front of the man.

Only years of handling one major crisis after another enabled the President to do what he did next. "Who are you?" he asked in a steady voice, ignoring the effects of terror and adrenaline rushing through his veins.

The intruder smiled. "My name is Arus. We've decided that it's time for our species to meet."

CHAPITRE UN

L'air était vif et pur tandis que Mia descendait d'un pas rapide un sentier sinueux de Central Park. Partout, on voyait l'approche du printemps, les arbres encore nus avaient de minuscules boutons et les nounous étaient sorties en masse pour profiter de cette première journée de beau temps avec les enfants turbulents qui leur étaient confiés.

Bizarrement, tout avait changé depuis quelques années et pourtant tout était identique. Si dix ans plus tôt on avait demandé à Mia à quoi ressemblerait la vie après une invasion d'extra-terrestres, ce n'est pas du tout ce qu'elle aurait imaginé. Les films 'Independance Day' ou 'La Guerre des Mondes' étaient à des lieux de montrer ce qui se passe réellement quand une civilisation plus sophistiquée prend le dessus. Il n'y avait eu ni combat ni résistance du gouvernement parce qu'*ils* les avaient rendus impossibles. Rétrospectivement, il sautait aux yeux que ces films étaient idiots. Les engins nucléaires, les satellites et les avions de combat étaient aussi primitifs que des pierres et des bouts de bois. Mia aperçut un banc vide près du lac et s'y dirigea avec plaisir, ses épaules se ressentaient du poids de son sac à dos où elle avait mis son volumineux ordinateur portable – elle l'avait depuis 12 ans – ainsi que ses livres, imprimés sur papier comme autrefois. Elle avait beau avoir 20 ans, parfois elle se sentait déjà vieille, et comme dépassée par un monde nouveau sans cesse en évolution, un monde de tablettes fines comme du papier à cigarette et de montres qui servaient de téléphones portables. Depuis le jour K, le rythme des progrès technologiques ne s'était pas ralenti ; en fait de nombreux nouveaux gadgets avaient été influencés par ceux des Krinars. Non pas que les Krinars partageaient allègrement leur précieux savoir technologique ; de leur point de vue, leur petite expérience devait se poursuivre sans la moindre interruption.

Mia ouvrit la fermeture éclair de son sac et en sortit son vieux Mac. Il était lourd et lent, mais il fonctionnait encore et Mia, comme tous les étudiants désargentés, ne pouvait rien s'offrir de mieux. Une fois en ligne elle ouvrit une page vierge sur Word et se prépara à rédiger sa dissertation de sociologie, une véritable torture.

Après 10 minutes sans avoir écrit un seul mot elle s'arrêta. De qui se moquait-elle ? Si elle voulait vraiment s'y mettre, il ne fallait pas venir au parc ; évidemment c'était tentant de se donner l'illusion de pouvoir profiter du grand air et travailler, mais elle n'avait jamais été capable de faire les deux en même temps. Pour ce genre d'effort intellectuel, une vieille bibliothèque poussiéreuse lui convenait bien mieux.

En son for intérieur Mia se reprocha d'être aussi paresseuse, soupira et commença à regarder autour d'elle au lieu d'essayer de travailler. Elle ne se lassait jamais de regarder les gens à New York.

La scène lui était familière, comme elle s'y attendait il y avait le clochard de service sur un banc voisin (Dieu merci ce n'était pas le banc le plus proche parce qu'il avait l'air de sentir le fauve) et deux nounous bavardaient en espagnol en promenant tranquillement leurs landaus. Un peu plus loin, une jeune fille faisait du jogging, ses reeboks roses offrant un joli contraste avec son survêtement bleu. Mia suivit la joggeuse des yeux avant qu'elle ne disparaisse. Elle admirait sa condition physique. Elle avait un emploi du temps tellement chargé qu'elle n'avait pas beaucoup de temps pour faire du sport et elle se disait qu'elle n'aurait pas pu suivre cette jeune fille à ce rythme pendant plus d'un kilomètre.

À sa droite, elle voyait le Pont Bow au-dessus du lac. Un homme était penché sur le parapet et regardait l'eau. Son visage était tourné de l'autre côté si bien qu'elle ne pouvait voir qu'une partie de son profil. Et pourtant il y avait quelque chose en lui qui attira l'attention de Mia.

Elle n'arrivait pas à savoir de quoi il s'agissait. Il était vraiment grand et semblait costaud sous l'imperméable élégant qu'il portait, mais ce n'était pas ce qui l'intriguait. Les hommes grands, beaux et bien habillés ne manquent pas à New York, la ville regorge de top-modèles. Non, il y avait autre chose. Peut-être son attitude, parfaitement immobile, ne faisant aucun geste inutile. Ses cheveux bruns brillaient dans la vive lumière ensoleillée de l'après-midi, sa frange se soulevait légèrement dans la brise douce du printemps.

Et puis il était seul.

— Eh bien ! voilà, pensa Mia. D'habitude, il y avait toujours du monde sur ce joli pont, mais là, il était seul ; pour une raison qui lui échappait, tous semblaient l'éviter. En fait, à part elle et le clochard qui sentait sans doute mauvais, tous les bancs au bord de l'eau, d'habitude si recherchés, étaient vides.

Comme s'il avait senti qu'elle le regardait, l'homme qui faisait l'objet de son attention tourna lentement la tête et la regarda droit dans les yeux. Avant d'avoir compris ce qui se passait elle sentit son sang se glacer, elle était pétrifiée et incapable de détourner son regard de ce prédateur qui semblait maintenant, lui aussi, la regarder avec intérêt.

* * *

Respire, Mia, respire !

Une voix enfouie en elle, une petite voix raisonnable n'arrêtait pas de le lui répéter. Et cette même part d'elle-même, bizarrement objective, remarquait la symétrie du visage de cet homme, sa peau bronzée tendue sur ses pommettes saillantes et sa mâchoire solide. Elle avait vu des Ks en photo et sur des vidéos, ni les unes ni les autres ne leur rendaient vraiment justice. La créature qui ne se tenait guère qu'à une dizaine de mètres d'elle était tout simplement extraordinaire.

Alors qu'elle continuait de le regarder fixement, toujours pétrifiée, il se redressa et fit quelques pas dans sa direction. Ou plutôt, il bondit vers elle, lui sembla-t-il, ressemblant à un félin qui s'approche légèrement d'une gazelle. Ce faisant, il ne la quittait pas des yeux. Quand il se rapprocha, elle distingua de petits éclats jaunes dans ses yeux d'or pâle ainsi que ses longs cils épais.

Elle s'aperçut avec un mélange d'horreur et d'incrédulité qu'il s'était assis sur le banc à quelques centimètres d'elle et qu'il lui souriait en montrant ses dents blanches. Pas de crocs, lui dit la part de son cerveau qui fonctionnait encore, rien qui puisse y ressembler. Encore un mythe à leur sujet, tout comme leur soi-disant horreur du soleil.

— Comment vous appelez-vous ? La question avait presque été posée comme un ronronnement. Cette créature avait la voix basse et douce, pratiquement sans le moindre accent. Ses narines se soulevaient légèrement comme s'il sentait son parfum.

— Heu… Mia avala sa salive avec nervosité. M-Mia.

— Mia, répéta-t-il lentement, semblant prendre plaisir à dire son nom. Mia comment ?

— Mia Stalis. Merde alors, pourquoi voulait-il savoir son nom ? Et pourquoi était-il là, en train de lui parler ? Et qui plus est, que faisait-il à Central Park, si loin de l'un des Centres K ? Respire, Mia, respire !

— Détendez-vous donc Mia Stalis !

Il sourit de toutes ses dents, et une fossette apparut sur sa joue gauche.

Une fossette ? Les K avaient donc des fossettes ?

— Vous n'avez donc encore jamais rencontré l'un d'entre nous ?

— Non, jamais Mia poussa un grand soupir et s'aperçut qu'elle avait retenu son souffle. Malgré tout son trouble, sa voix ne tremblait pas trop et elle en fut fière. Devrait-elle l'interroger, souhaitait-elle savoir ? Elle prit son courage à deux mains.

— Et que… – une fois de plus elle avala sa salive – que voulez-vous de moi ?

— Juste parler, pour le moment. Il plissait légèrement ses yeux dorés, elle avait l'impression qu'il était sur le point de se moquer d'elle. Bizarrement, elle en fut assez agacée pour sentir sa peur s'atténuer. S'il y avait une chose à laquelle Mia était très sensible, c'était la moquerie. Mia était de petite taille, très mince, mal à l'aise avec les autres comme toutes les jeunes filles qui ont dû supporter le désagrément d'avoir eu un appareil dentaire, des cheveux frisés et des lunettes pendant leur adolescence. C'était un véritable cauchemar de faire sans cesse l'objet des moqueries des uns et des autres. Elle releva la tête avec agressivité.

— Alors d'accord, comment vous appelez-vous ?

— Moi, c'est Korum.

— Korum tout court ?

— Contrairement à vous, nous n'avons pas vraiment de nom de famille. Le mien est tellement long que vous n'arriveriez pas à le prononcer si je vous le disais.

Voilà qui était intéressant. En l'entendant, elle se souvenait avoir lu quelque chose à ce sujet dans le New York Times. Jusqu'ici, tout allait bien. Ses jambes ne tremblaient plus, sa respiration s'était calmée. Elle arriverait peut-être à s'en sortir saine et sauve ? Elle se sentait relativement en sécurité en parlant avec lui, bien qu'il ait continué de la dévisager fixement de ses yeux jaunâtres qui la mettaient mal à l'aise.

— Et que faites-vous ici, Korum ?

— Je viens de vous le dire, un brin de causette avec vous, Mia. Il y avait encore un soupçon de moquerie dans sa voix.

Mia se sentit frustrée, elle poussa un nouveau soupir.

— Ou plutôt que faites-vous ici à Central Park ? Et que faites-vous à New York ?

Il sourit une nouvelle fois en penchant la tête légèrement de côté.

— Disons que j'espérais rencontrer une jolie jeune fille aux cheveux bouclés.

Bon, ça suffisait maintenant. Il était clair qu'il se moquait d'elle. Maintenant qu'elle avait un peu repris ses esprits, elle s'aperçut qu'ils étaient là, au beau milieu de Central Park, et devant des millions de témoins. Elle jeta un coup d'œil discret autour d'elle pour en avoir le cœur net. Eh oui, elle avait raison, bien que les gens s'écartent du banc où elle se trouvait avec cet extra-terrestre, plus loin sur le chemin les plus courageux les regardaient fixement. Il y avait même un couple qui les filmait, sans prendre trop de risque, avec la caméra qu'ils avaient au poignet. Si le K devenait trop entreprenant avec elle, en un clin d'œil les images seraient sur YouTube, il le savait bien. Mais comment savoir s'il s'en moquait ou pas ?

Cependant étant donné qu'elle n'avait jamais vu de vidéos où des étudiantes se faisaient agresser par des Ks au beau milieu de Central Park, elle était relativement en sécurité ; Mia prit son ordinateur portable avec précaution et le remit dans son sac à dos.

— Laissez-moi vous aider, Mia.

Avant même qu'elle ne puisse réagir, elle le sentit s'emparer de tout le poids de l'ordinateur, il le prit des mains de Mia devenues inertes et elle sentit alors qu'il lui touchait le bout des doigts. Ce contact provoqua en elle comme une légère décharge électrique et un frémissement nerveux la suivit aussitôt.

Il attrapa son sac à dos et y mit l'ordinateur portable, chacun de ses gestes était précis, doux et d'une grande souplesse.

— Eh bien ! voilà, tout va bien mieux maintenant.

Mon Dieu, il venait de la toucher. Peut-être avait-elle tort de penser qu'on était en sécurité dans les lieux publics. De nouveau, elle sentit sa respiration s'accélérer et son cœur battre la chamade.

— Il faut que j'y aille maintenant, au revoir !

Elle se demanderait toujours comment elle avait réussi à parler sans s'étrangler de terreur. Elle saisit les sangles de son sac à dos qu'il venait de poser par terre et se leva d'un bond, en remarquant au passage qu'elle avait retrouvé l'usage de ses jambes.

— Au revoir, Mia. Et à bientôt !

En partant, elle entendit sa voix légèrement moqueuse qui portait loin – l'air du printemps était si pur –, elle avait tellement hâte d'être loin de lui qu'elle courait presque.

CHAPTER ONE

The air was crisp and clear as Mia walked briskly down a winding path in Central Park. Signs of spring were everywhere, from tiny buds on still-bare trees to the proliferation of nannies out to enjoy the first warm day with their rambunctious charges.

It was strange how much everything had changed in the last few years, and yet how much remained the same. If anyone had asked Mia ten years ago how she thought life might be after an alien invasion, this would have been nowhere near her imaginings. *Independence Day, The War of the Worlds* – none of these were even close to the reality of encountering a more advanced civilization. There had been no fight, no resistance of any kind on government level – because *they* had not allowed it. In hindsight, it was clear how silly those movies had been. Nuclear weapons, satellites, fighter jets – these were little more than rocks and sticks to an ancient civilization that could cross the universe faster than the speed of light.

Spotting an empty bench near the lake, Mia gratefully headed for it, her shoulders feeling the strain of the backpack filled with her chunky twelve-year-old laptop and old-fashioned paper books. At twenty-one, she sometimes felt old, out of step with the fast-paced new world of razor-slim tablets and cell phones embedded in wristwatches. The pace of technological progress had not slowed since K-Day; if anything, many of the new gadgets had been influenced by what the Krinar had. Not that the Ks had shared any of their precious technology; as far as they were concerned, their little experiment had to continue uninterrupted.

Unzipping her bag, Mia took out her old Mac. The thing was heavy and slow, but it worked – and as a starving college student, Mia could not afford anything better. Logging on, she opened a blank Word document and prepared to start the torturous process of writing her Sociology paper.

Ten minutes and exactly zero words later, she stopped. Who was she kidding? If she really wanted to write the damn thing, she would've never come to the park. As tempting as it was to pretend that she could enjoy the fresh air and be productive at the same time, those two had never been compatible in her experience. A musty old library was a much better setting for anything requiring that kind of brainpower exertion.

Mentally kicking herself for her own laziness, Mia let out a sigh and started looking around instead. People-watching in New York never failed to amuse her.

The tableau was a familiar one, with the requisite homeless person occupying a nearby bench – thank God it wasn't the closest one to her, since he looked like he might smell very ripe – and two nannies chatting with each other in Spanish as they pushed their Bugaboos at a leisurely pace. A girl jogged on a path a little further ahead, her bright pink Reeboks contrasting nicely with her blue leggings. Mia's gaze followed the jogger as she rounded the corner, envying her athleticism. Her own hectic schedule allowed her little time to exercise, and she doubted she could keep up with the girl for even a mile at this point.

To the right, she could see the Bow Bridge over the lake. A man was leaning on the railing, looking out over the water. His face was turned away from Mia, so she could only see part of his profile. Nevertheless, something about him caught her attention.

She wasn't sure what it was. He was definitely tall and seemed well-built under the expensive-looking trench coat he was wearing, but that was only part of the story. Tall, good-looking men were common in model-infested New York City. No, it was something else. Perhaps it was the way he stood – very still, with no extra movements. His hair was dark and glossy under the bright afternoon sun, just long enough in the front to move slightly in the warm spring breeze.

He also stood alone.

That's it, Mia realized. The normally popular and picturesque bridge was completely deserted, except for the man who was standing on it. Everyone appeared to be giving it a wide berth for some unknown reason. In fact, with the exception of herself and her potentially aromatic homeless neighbor, the entire row of benches in the highly desirable waterfront location was empty.

As though sensing her gaze on him, the object of her attention slowly turned his head and looked directly at Mia. Before her conscious brain could even make the connection, she felt her blood turn to ice, leaving her paralyzed in place and helpless to do anything but stare at the predator who now seemed to be examining her with interest.

*   *   *

Breathe, Mia, breathe. Somewhere in the back of her mind, a small rational voice kept repeating those words. That same oddly objective part of her noted his symmetric face structure, with golden skin stretched tightly over high cheekbones and a firm jaw. Pictures and videos of Ks that she'd seen had hardly done them justice. Standing no more than thirty feet away, the creature was simply stunning.

As she continued staring at him, still frozen in place, he straightened and began walking toward her. Or rather stalking toward her, she thought stupidly, as his every movement reminded her of a jungle cat sinuously approaching a gazelle. All the while, his eyes never left hers. As he approached, she could make out individual yellow flecks in his light golden eyes and the thick long lashes surrounding them.

She watched in horrified disbelief as he sat down on her bench, less than two feet away from her, and smiled, showing white even teeth. No fangs, she noted with some functioning part of her brain. Not even a hint of them. That used to be another myth about them, like their supposed abhorrence of the sun.

"What's your name?" The creature practically purred the question at her. His voice was low and smooth, completely unaccented. His nostrils flared slightly, as though inhaling her scent.

"Um . . ." Mia swallowed nervously. "M-Mia."

"Mia," he repeated slowly, seemingly savoring her name. "Mia what?"

"Mia Stalis." Oh crap, why did he want to know her name? Why was he here, talking to her? In general, what was he doing in Central Park, so far away from any of the K Centers? *Breathe, Mia, breathe.*

"Relax, Mia Stalis." His smile got wider, exposing a dimple in his left cheek. A dimple? Ks had dimples? "Have you never encountered one of us before?"

"No, I haven't," Mia exhaled sharply, realizing that she was holding her breath. She was proud that her voice didn't sound as shaky as she felt. Should she ask? Did she want to know?

She gathered her courage. "What, um –" Another swallow. "What do you want from me?"

"For now, conversation." He looked like he was about to laugh at her, those gold eyes crinkling slightly at the corners.

Strangely, that pissed her off enough to take the edge off her fear. If there was anything Mia hated, it was being laughed at. With her short, skinny stature and a general lack of social skills that came from an awkward teenage phase involving every girl's nightmare of braces, frizzy hair, and glasses, Mia had more than enough experience being the butt of someone's joke.

She lifted her chin belligerently. "Okay, then, what is *your* name?"

"It's Korum."

"Just Korum?"

"We don't really have last names, not the way you do. My full name is much longer, but you wouldn't be able to pronounce it if I told you."

Okay, that was interesting. She now remembered reading something like that in *The New York Times*. So far, so good. Her legs had nearly stopped shaking, and her breathing was returning to normal. Maybe, just maybe, she would get out of this alive. This conversation business seemed safe enough, although the way he kept staring at her with those unblinking yellowish eyes was unnerving. She decided to keep him talking.

"What are you doing here, Korum?"

"I just told you, making conversation with you, Mia." His voice again held a hint of laughter.

Frustrated, Mia blew out her breath. "I meant, what are you doing here in Central Park? In New York City in general?"

He smiled again, cocking his head slightly to the side. "Maybe I'm hoping to meet a pretty curly-haired girl."

Okay, enough was enough. He was clearly toying with her. Now that she could think a little again, she realized that they were in the middle of Central Park, in full view of about a gazillion spectators. She surreptitiously glanced around to confirm that. Yep, sure enough, although people were obviously steering clear of her bench and its otherworldly occupant, there were a number of brave souls staring their way from further up the path. A couple were even cautiously filming them with their wristwatch cameras. If the K tried anything with her, it would be on YouTube in the blink of an eye, and he had to know it. Of course, he may or may not care about that.

Still, going on the assumption that since she'd never come across any videos of K assaults on college students in the middle of Central Park, she was relatively safe, Mia cautiously reached for her laptop and lifted it to stuff it back into her backpack.

"Let me help you with that, Mia –"

And before she could blink, she felt him take her heavy laptop from her suddenly boneless fingers, gently brushing against her knuckles in the process. A sensation similar to a mild electric shock shot through Mia at his touch, leaving her nerve endings tingling in its wake.

Reaching for her backpack, he carefully put away the laptop in a smooth, sinuous motion. "There you go, all better now."

Oh God, he had touched her. Maybe her theory about the safety of public locations was bogus. She felt her breathing speeding up again, and her heart rate was probably well into the anaerobic zone at this point.

"I have to go now . . . Bye!"

How she managed to squeeze out those words without hyperventilating, she would never know. Grabbing the strap of the backpack he'd just put down, she jumped to her feet, noting somewhere in the back of her mind that her earlier paralysis seemed to be gone.

"Bye, Mia. I will see you later." His softly mocking voice carried in the clear spring air as she took off, nearly running in her haste to get away.

CHAPITRE DEUX

— Merde alors ! Ce n'est pas possible ! Tu plaisantes ? Dis-moi tout ce qui s'est passé, dans les moindres détails ! Sa colocataire trépignait presque d'excitation.

— Mais je viens de te le dire… J'ai rencontré un K dans le parc. Mia se frottait les tempes, tout autour du crâne elle sentait encore la tension provoquée par la montée d'adrénaline. Il s'est assis sur le banc voisin et m'a parlé une minute ou deux. Ensuite, je lui ai dit que je devais partir et c'est ce que j'ai fait.

— Et voilà ? Mais qu'est-ce qu'il te voulait ?

— Je n'en sais rien. Je lui ai posé la question, il m'a dit qu'il voulait seulement parler avec moi.

— C'est ça, et bientôt les poules auront des dents. Jessie n'y croyait pas davantage que Mia. Mais sérieusement, il n'a pas essayé de boire ton sang ou quelque chose de ce genre ?

— Mais non, il n'a rien fait. Si ce n'est lui effleurer la main pensa Mia. Il m'a seulement demandé mon nom et il m'a dit le sien.

— Il t'a dit son nom ? Et comment s'appelle-t-il ? lui demanda Jessie, les yeux exorbités de stupéfaction

— Korum.

— Évidemment, Korum le K, c'est logique. L'humour de Jessie se manifestait souvent dans les moments les plus inattendus. Le ridicule de sa remarque les fit ricaner toutes les deux.

— Et tu t'es tout de suite aperçu que c'était un K ? À quoi ressemblait-il ? Jessie avait repris son sérieux et poursuivait son interrogatoire.

— Oui, je m'en suis aperçue tout de suite. Mia pensait au moment où elle l'avait remarqué pour la première fois. Comment avait-elle deviné son identité ? Était-ce d'instinct, grâce à sa capacité à reconnaître un prédateur quand elle en rencontrait un ?

— Je me demande si ce n'était pas ses mouvements. C'est difficile à dire. Des mouvements qui n'avaient rien d'humain. Il ressemblait beaucoup aux K que l'on voit à la télévision, grand, beau, de cette beauté particulière qui est la leur, avec des yeux étranges, presque jaunes.

— Oh la la, j'ai du mal à y croire. Jessie arpentait la pièce. Et comment t'a-t-il parlé ? À quoi ressemblait le son de sa voix ?

Mia soupira.

— La prochaine fois que je serai poursuivie dans le parc par un extra-terrestre, je n'oublierai pas mon magnétophone. Promis.

— N'exagère pas. Toi aussi tu voudrais tout savoir si tu étais à ma place.

C'est vrai, Jessie avait raison. Mia soupira de nouveau et raconta tout ce qui s'était passé à sa colocataire, en n'omettant rien si ce n'est ce moment où il lui avait effleuré les doigts. Bizarrement, la manière dont il l'avait touchée et celle dont elle avait réagi lui semblait trop intime pour en parler.

— Alors tu lui as dit au revoir et il t'a dit à bientôt ? Mon Dieu, tu comprends ce que ça veut dire ? Au lieu de satisfaire la curiosité de Jessie lui raconter l'histoire en détail l'excitait de plus en plus, Mia avait l'impression qu'elle allait se mettre à sautiller.

— Non, qu'est-ce que ça veut dire ? Mia se sentait lasse et à bout. Cette conversation lui rappelait l'impression qu'on a après un entretien d'embauche ou un examen, quand on meurt d'envie de laisser se reposer son esprit surmené. Avant de tout raconter à Jessie, elle aurait peut-être mieux fait d'attendre le lendemain et de s'être un peu reposée.

— Il veut te revoir !

— Quoi ? Et pourquoi donc ? Mia sentit sa fatigue s'évanouir, remplacée par un flot d'adrénaline qui revenait de nouveau en elle. Mais non, il l'a dit comme ça ! Sans y penser ! L'anglais n'est même pas sa langue maternelle ! Pourquoi donc voudrait-il me revoir ?

— Mais tu as dit qu'il te trouvait jolie…

— Pas du tout ! J'ai dit qu'il avait dit qu'il était là pour rencontrer 'une jolie jeune fille bouclée'. Il se moquait de moi, je suis certaine que c'était une manière de se jouer de moi… Il devait s'ennuyer dans le parc alors il a décidé de venir me parler. Pourquoi un K s'intéresserait-il à moi ? Mia jeta un coup d'œil désapprobateur au miroir, elle portait de vieilles chaussures, un jean usé et un pull trop grand qu'elle avait trouvé en soldes à Century 21.

— Mia, je te l'ai déjà dit, tu sous-estimes toujours ton pouvoir de séduction.

Jessie parlait d'un ton sérieux, comme elle le faisait toujours quand elle souhaitait encourager Mia à prendre davantage confiance en elle-même.

— Tu es vraiment mignonne, avec tous tes cheveux bouclés, et en plus tu as de très beaux yeux, ce n'est pas commun d'avoir les yeux bleus avec des cheveux aussi noirs que les tiens…

— Je t'en prie, Jessie, Mia fit la grimace, pour un K beau comme lui il ne suffit pas d'être mignonne ; et puis tu es mon amie, c'est normal que tu me dises des gentillesses.

Du point de vue de Mia celle qui était jolie c'était Jessie. Bien faite, athlétique, avec ses longs cheveux bruns, son teint éclatant et sa peau mate, Jessie était la jeune fille dont rêvent tous les hommes, surtout s'ils aiment le type asiatique. Jessie, que Mia connaissait maintenant depuis trois ans, avait été cheerleader et sa personnalité correspondait à son apparence. Mia se demanderait toujours comment elles avaient pu devenir aussi proches, jusqu'à l'âge de dix-huit ans elle avait toujours été tellement mal à l'aise avec les autres. Quand elle y repensait, Mia se souvenait à quel point elle avait été perdue et dépassée par les évènements quand elle était arrivée dans cette grande ville, elle qui avait passé toute sa vie jusqu'ici dans une petite ville de Floride. L'université de New York avait été la plus prestigieuse de celles qui avaient accepté sa candidature, et sa bourse d'études s'avéra plus conséquente que prévu, ce qui avait réjoui ses parents. Mia, quant à elle, avait été plutôt réticente à l'idée d'aller faire ses études dans l'Université d'une grande ville où il n'y avait pas de campus. Quand elle avait posé sa candidature pour faire des études supérieures, un processus hautement compétitif, elle avait envoyé des dossiers aux quinze meilleures universités et n'avait reçu que des refus ou des bourses insuffisantes. À l'époque, les parents de Mia n'avaient même pas pris en considération les universités de Floride toutes proches, la rumeur courait que les Ks allaient installer un Centre en Floride et ils ne voulaient pas qu'elle reste sur place si cela devait arriver. Ce qui n'avait pas été le cas, ils s'étaient finalement installés en Arizona et au Nouveau-Mexique. Mais à ce moment-là, c'était trop tard. Mia avait commencé son second semestre à NYU, rencontré Jessie et petit à petit, elle était tombée amoureuse de New York et de tout ce que la ville pouvait lui offrir.

Le tour qu'avaient pris les évènements était vraiment bizarre. Il n'y avait pas si longtemps – cinq ans seulement ! – les êtres humains croyaient avoir le monopole de l'intelligence dans l'univers.

Évidemment, il y avait toujours eu quelques excentriques qui prétendaient avoir vu des ovnis et même des campagnes scientifiques officielles pour savoir si une vie extra-terrestre était possible. Mais on n'avait alors aucun moyen de savoir si une vie, quelle qu'elle soit – même sous la forme d'organismes monocellulaires – pouvait exister sur d'autres planètes. Par conséquent, la plupart des gens pensaient que les êtres humains constituaient une espèce spéciale, unique, et que l'homo sapiens était l'aboutissement du développement et de l'évolution des espèces. Et maintenant, tout ceci semblait absurde, tout comme au Moyen Âge quand les gens pensaient que la terre était plate et que la lune et les étoiles tournaient autour d'elle... Dans la seconde décennie du XXIe siècle, quand les Krinars arrivèrent, ils remirent en cause tout ce que les scientifiques croyaient savoir sur la vie et sur ses origines.

— Je te le répète, Mia, tu dois certainement lui plaire ! le ton insistant de Jessie interrompit la rêverie de Mia.

Soupirant, Mia accorda à nouveau son attention à sa colocataire.

— Je n'en crois pas un mot. Et d'ailleurs, même si c'était le cas, que me voudrait-il ? Nous n'appartenons pas à la même espèce. Ce serait terrifiant d'imaginer que je lui plais… Que me voudrait-il ? Me sucer le sang ?

— Il n'y a aucune preuve, ce ne sont que des rumeurs. On n'a jamais annoncé officiellement que les Krinars buvaient le sang humain. Jessie semblait étrangement optimiste. Mia vivait d'une manière tellement solitaire qu'elle souhaitait la voir rencontrer quelqu'un et qu'elle ne serait pas regardante sur son espèce.

— Il n'y a pas de fumée sans feu. Ce sont des vampires, Jessie. Peut-être pas comme Dracula, mais tout le monde sait que ce sont des prédateurs. Sinon pourquoi auraient-ils installé leurs Centres loin de tout ? Si ce n'est pour y agir à leur guise sans que personne sache quoi que ce soit.

— D'accord, si tu veux. Jessie s'était calmée, elle s'assit sur son lit. Tu as raison, ce serait terrifiant s'il avait vraiment l'intention de te revoir. Mais quelquefois, c'est amusant de faire semblant de croire que ce sont des humains venus d'une autre planète, des hommes extraordinairement beaux, et non pas des créatures mystérieuses appartenant à une espèce complètement différente de la nôtre.

— Je sais, c'est vrai qu'il était extraordinairement beau.

Les deux jeunes filles se regardèrent d'un air entendu.

— Si seulement c'était un homme…

— Il faut toujours que tu cherches la petite bête, Mia, je n'arrête pas de te le répéter.

Jessie secouait la tête comme si elle lui faisait des reproches et prenait son ton le plus sérieux. Mia la regarda d'un air incrédule et elles éclatèrent toutes les deux de rire.

* * *

Mia eut un sommeil agité cette nuit-là, elle se repassait en boucle la scène de leur rencontre. Dès qu'elle réussissait à s'endormir, elle revoyait ces yeux moqueurs couleur d'ambre et sentait cette décharge électrique sur sa peau. Elle fut gênée de constater que son inconscient allait plus loin encore, rêvant qu'il lui touchait la main. Dans son rêve ce geste la faisait frissonner toute entière, la consumant de l'intérieur. Puis il glissait sa main sous son bras, l'enlaçant et l'attirait vers lui, l'hypnotisant du regard en se penchant vers elle pour l'embrasser. Le cœur s'emballant, Mia fermait les yeux et se penchait vers lui à son tour, sentant la douceur de ses lèvres toucher les siennes, envoyant à travers tout son corps de douces vagues de chaleur.

À son réveil, Mia sentit que son cœur battait toujours aussi fort dans sa poitrine et une douce chaleur se répandait lentement entre ses jambes. Il était cinq heures du matin, elle avait à peine dormi ces cinq dernières heures. Merde alors, pourquoi une brève rencontre avec un extra-terrestre avait-elle un tel effet sur elle ? Jessie avait sans doute raison, elle devrait sortir davantage et rencontrer plus de garçons. Depuis trois ans, avec l'encouragement de Jessie, Mia s'était en grande partie débarrassée de sa timidité et de sa gaucherie d'antan. Pour son bac, ses parents lui avaient offert une opération au laser pour corriger sa vue et grâce à l'appareil qu'elle avait porté elle avait désormais un beau sourire et de belles dents bien régulières. Quand elle allait à une soirée où elle connaissait quelques invités elle n'était plus mal à l'aise et après un verre ou deux elle trouvait même le courage de danser. Elle avait été déçue par les quelques flirts de ces derniers mois. Elle ne savait même plus quand un garçon l'avait embrassée pour la dernière fois. C'était peut-être l'année dernière, cet étudiant en biologie qui était sympa ? Sans savoir pourquoi, il n'y avait jamais eu d'étincelles entre Mia et aucun de ceux qu'elle avait rencontrés et admettre qu'elle était encore vierge à vingt-et-un ans l'embarrassait beaucoup.

Heureusement, Jessie et elle ne partageaient plus la même chambre depuis qu'elles avaient trouvé un appartement d'une seule, qui pouvait être converti en deux chambres, au prix raisonnable – pour New York – de 2380 dollars par mois. Avoir une chambre pour elle toute seule lui donnait un certain degré de liberté et d'intimité qui était bien agréable dans une situation comme celle-ci.

Mia alluma sa lampe de chevet, regarda autour d'elle pour s'assurer que la porte de sa chambre était bien fermée. Elle ouvrit le tiroir de sa table de nuit et en sortit une boîte qui était d'habitude tout au fond du tiroir, derrière sa crème de nuit, sa lotion pour les mains et son aspirine. Elle l'ouvrit soigneusement et en sortit le petit vibromasseur aux oreilles de lapin que sa sœur aînée lui avait offert en guise de plaisanterie. Marisa le lui avait donné quand elle avait eu son bac en ajoutant en riant qu'elle devrait s'en servir – chaque fois qu'elle en aurait envie et éviter ainsi tous ces étudiants en chaleur qui rôdent dans les grandes villes.

En entendant ces conseils, Mia avait rougi et s'était mise à rire, mais le cadeau n'avait pas été inutile. Parfois, au cœur de la nuit, quand sa solitude lui pesait trop, Mia avait joué avec le petit lapin qui lui avait permis de découvrir son corps et d'apprendre à jouir pour de bon.

Elle appuya le vibromasseur sur son clitoris, ferma les yeux et retrouva les sensations que lui avait données son rêve. En accélérant le mouvement du jouet, elle laissa libre cours à son imagination, voyant les mains du K parcourir son corps et ses lèvres, l'embrasser, la caresser, la toucher au plus intime d'elle-même, jusqu'à ce que la tension tapie en boule au plus profond d'elle s'intensifie encore pour exploser et envoyer son plaisir brûlant jusqu'à la pointe de ses pieds.

✳ ✳ ✳

Le lendemain matin quand Mia se réveilla le ciel était gris et couvert. Elle prit son téléphone pour consulter la météo et poussa un gémissement. 90 % de risque de pluie, 7 ou 8°. Juste ce dont elle avait besoin alors qu'elle devait finir son devoir de sociologie ! Tant pis, pourvu qu'elle arrive à la bibliothèque avant qu'il ne pleuve.

Elle se leva d'un bond, mit son jogging le plus confortable, un tee-shirt à manches longues et un grand pull à capuche qu'elle avait acheté en Europe pendant un voyage scolaire. Elle s'habillait toujours ainsi pour étudier et écrire ses devoirs, et c'était toujours aussi peu seyant depuis ses premières révisions d'algèbre quand elle était en seconde. Comme elle n'avait malheureusement pas changé ni en poids ni en taille depuis l'âge de 14 ans, ces vêtements lui allaient toujours.

Après s'être rapidement brossé les dents et lavé le visage, Mia se regarda dans le miroir d'un œil critique. Elle y vit son visage pâle avec quelques taches de rousseur. C'étaient sans doute ses yeux qu'elle avait de mieux. Ils étaient d'un singulier gris-bleu qui offrait un beau contraste avec ses cheveux sombres. Mais ses cheveux, c'était une autre histoire !

Ses boucles en tire-bouchon ne pouvaient être apprivoisées qu'à condition de passer une heure à les lisser soigneusement au lisseur. Mais ayant l'habitude de s'endormir avec les cheveux mouillés, elle se réveillait toujours avec une tignasse rebelle, comme ce matin. Elle poussa un profond soupir et les attacha sans vergogne en une grosse queue de cheval. Bientôt, quand elle aurait un vrai boulot elle irait peut-être dans un de ces salons de coiffure de luxe demander un traitement pour les défriser. Mais pour le moment, étant donné qu'elle ne pouvait pas se permettre de perdre une heure chaque matin à se coiffer, Mia avait décidé qu'il fallait s'y résigner. Il était temps d'aller à la bibliothèque. Mia attrapa son sac à dos et son ordinateur portable, mit ses baskets et sortit de son appartement. En bas des cinq étages, elle sortit du bâtiment sans remarquer la peinture qui s'écaillait sur les murs et les quelques punaises qui affectionnaient le voisinage du vide-ordure. C'était à cela que ressemblait la vie des étudiants à New York et Mia avait bien de la chance d'avoir un appartement à peu près abordable tout près du campus. À Manhattan, les prix de l'immobilier n'avaient jamais été aussi hauts. Deux ans après l'invasion, le prix des appartements s'était effondré à New York et dans toutes les grandes villes du monde. Comme l'esprit des gens était encore hanté par les films sur l'invasion des extra-terrestres, ils s'imaginèrent qu'ils ne seraient pas en sécurité en ville et partirent à la campagne quand c'était possible. Les familles qui avaient des enfants, déjà rares à Manhattan, quittèrent la ville en masse et se dirigèrent vers les endroits les plus reculés qu'elles purent trouver. Cette migration fut encouragée par les Ks parce qu'elle atténuait la pollution dans les villes et aux alentours. Bien sûr, les gens qui étaient partis réalisèrent vite qu'ils avaient fait une bêtise puisque les Ks ne voulaient pas être dans les grandes villes des humains et installèrent leurs Centres dans les zones les plus chaudes et les moins peuplées du globe. Alors, à Manhattan les prix remontèrent de plus belle et quelques chanceux firent fortune en achetant des propriétés à bas prix au moment de la crise. Et maintenant, plus de cinq ans après le Jour K, comme on appelait le premier jour de l'invasion des Krinars, les loyers de New York étaient plus élevés que jamais.

J'en ai de la chance, pensait Mia avec une légère irritation. Si elle avait eu deux ans de plus, le loyer de son appartement actuel aurait été deux fois moins cher. Bien entendu, on pouvait également discuter des avantages d'être diplômé l'année prochaine au lieu de terminer ses études pendant la Grande Panique, les mois terribles qui avaient immédiatement suivi l'invasion de la Terre.

Mia s'arrêta dans un snack-bar de son quartier et y commanda un bagel toasté – au pain complet, le seul que l'on trouvait désormais – à l'avocat et à la tomate. Elle soupira au souvenir des délicieuses omelettes au bacon, champignons et fromage que sa maman préparait. Maintenant, les champignons étaient le seul ingrédient de la recette qu'une étudiante pouvait encore acheter. La viande, le poisson, les œufs et les produits laitiers étaient devenus inabordables, réservés aux grandes occasions, comme l'étaient autrefois le foie gras et le caviar. C'était l'un des principaux changements introduits par les Krinars. Ils avaient décidé que le régime alimentaire habituel du monde développé au XXIe siècle était nuisible aux humains et à leur environnement. Ils avaient fermé les principales entreprises agroalimentaires, obligeant les producteurs de viande et de produits laitiers à se reconvertir dans les fruits et légumes. Seules quelques petites fermes élevaient encore des animaux pour les repas de fête. Les écologistes et les militants pour les droits des animaux avaient été ravis de ces décisions et le taux d'obésité des USA ressemblait à celui du Vietnam. Évidemment, les conséquences économiques avaient été dramatiques, de nombreuses entreprises avaient fermé leurs portes et il y avait eu des pénuries de vivres pendant la Grande Panique. Plus tard, quand on découvrit que les Krinars avaient des tendances de vampires – sans pouvoir le prouver officiellement – les activistes d'extrême droite avaient prétendu qu'ils n'avaient voulu changer le régime des humains que pour leur donner un sang plus agréable en bouche. Quoi qu'il en soit, la majorité de la nourriture que l'on pouvait désormais acheter à un prix abordable était bonne pour la santé, mais peu appétissante.

— Parapluies à vendre, achetez un parapluie !

Un homme mal habillé se tenait au coin de la rue et faisait de la réclame avec un fort accent du Moyen-Orient.

— Cinq dollars le parapluie !

Effectivement, moins d'une minute plus tard la bruine commença à tomber. Une fois de plus Mia se demanda si les petits vendeurs ambulants avaient un sixième sens qui leur faisait deviner qu'il allait pleuvoir. On avait toujours l'impression qu'ils apparaissaient justes avant que la première goutte ne tombe, même quand la météo n'avait pas annoncé de pluie. Il aurait été tentant d'acheter un parapluie pour rester au sec, mais Mia n'était qu'à quelques pâtés de maisons de la bibliothèque et il ne pleuvait pas assez fort pour justifier une dépense supplémentaire de cinq dollars. Elle aurait pu emporter le vieux parapluie qu'elle avait laissé à la maison, mais elle n'aimait jamais s'encombrer.

Mia marchait aussi vite que lui permettait le poids de son sac à dos et quand elle arriva à la West 4th Street, face à la bibliothèque Bobst il se mit à pleuvoir à torrents. Et merde, elle avait eu tort de ne pas acheter de parapluie ! En se faisant d'amers reproches, Mia se mit à courir, ou plutôt à trottiner, ralentie par le poids de son sac à dos, le visage giflé d'une pluie violente. Sa queue de cheval s'était défaite et elle avait les cheveux dans les yeux l'empêchant de voir correctement. Des gens pressés la dépassèrent et des piétons, gênés à la fois par l'averse et par les parapluies des plus chanceux, la bousculèrent. Dans de telles circonstances, elle était toujours gênée par sa petite taille. Un homme beaucoup plus grand qu'elle la heurta et lui donna un coup de coude dans l'épaule. Mia trébucha et son pied glissa dans une fente du trottoir. Elle tomba en avant et se rattrapa sur les mains glissant sur la surface rugueuse.

Tout à coup, elle sentit que quelqu'un la relevait du sol comme si elle ne pesait pas plus qu'une plume et la mettait à l'abri sous un grand parapluie. Mia avait l'impression d'être sale comme un rat mouillé, d'une main écorchée elle essaya de dégager son visage de ses cheveux trempés tout en s'essuyant les yeux. Pour comble d'humiliation, elle se mit à éternuer de toutes ses forces sur celui qui venait de lui venir en aide.

— Oh, Mon Dieu, je suis vraiment désolée ! Mia répéta ses excuses tellement elle était gênée. La pluie lui ruisselait sur le visage et l'empêchait de voir, elle essayait désespérément de s'essuyer le nez avec sa manche mouillée pour ne pas recommencer à éternuer.

— Je suis vraiment désolée, je ne voulais pas vous éternuer dessus comme ça !

— Vous n'avez pas à vous excuser Mia, vous êtes toute mouillée et vous avez froid. Et blessée. Montrez-moi vos mains.

— Ce n'est pas possible !

Mia avait oublié sa gêne et écarquilla les yeux de surprise alors que Korum lui prenait les mains et regardait ses paumes qu'elle s'était écorchées en tombant. Ses mains à lui étaient beaucoup plus grandes que les siennes, extrêmement douces, même s'il la tenait avec une si grande fermeté qu'elle n'aurait pas pu les dégager. Mia était trempée jusqu'aux os et ce jour d'avril était glacé, mais elle avait l'impression de s'embraser comme un buisson ardent tant son corps était pénétré de chaleur à ce contact.

— Il faut soigner ces blessures immédiatement. Vous aurez des cicatrices si ce n'est pas fait correctement. Allez, venez avec moi, nous allons nous en occuper.

Korum lâcha ses poignets, passa son bras autour de sa taille comme si elle était à lui et commença à la ramener dans la direction de Broadway.

— Attendez une seconde… Mia essaya de reprendre ses esprits.

Qu'est-ce que vous faites ? Où m'emmenez-vous ? Elle commençait seulement à prendre conscience de l'étendue du danger et elle se mit à frissonner de peur et de froid à la fois.

— Vous grelottez de froid, nous allons nous mettre à l'abri et puis nous allons parler. Dit-il d'un ton sans appel.

Mia jeta un regard terrifié autour d'elle, les passants se hâtaient de se mettre à l'abri de l'averse sans prendre garde à ce qui se passait. Avec un temps pareil, un meurtre en pleine rue serait passé inaperçu, et à plus forte raison les difficultés d'une jeune fille. Elle sentait le bras de Korum autour de sa taille comme un lien d'acier impossible à desserrer et elle fut obligée de le suivre là où il l'emmenait sans pouvoir résister.

— Attendez, je vous en prie, je ne peux pas venir avec vous protesta-t-elle. Poussée dans ses derniers retranchements, un j'ai un devoir à rédiger ! lui échappa.

— Ah vraiment ? Et vous allez l'écrire dans cet état ? Il avait un ton sarcastique et il regardait ses cheveux trempés et ses mains écorchées avec un mélange de condescendance et de tendresse. Vous vous êtes fait mal et vous allez sans doute attraper une pneumonie, avec votre système immunitaire minable. Tout comme il l'avait déjà fait réagir auparavant, elle s'insurgea contre lui. Comment osait-il lui dire qu'elle était minable ! Mia explosa.

— Excusez-moi, mais mon système immunitaire est parfait ! De nos jours, on n'attrape plus de pneumonie en se prenant une averse ! Et d'ailleurs, en quoi cela vous regarde-t-il ? Que vous faisiez là ? Vous me suiviez ?

— Oui, je vous suivais. Il lui répondit d'une voix douce et parfaitement calme.

La colère de Mia retomba aussitôt et elle sentit de nouveau la peur l'envahir. Comme elle avait la gorge sèche, elle avala sa salive et ne parvint qu'à dire d'une voix rauque

— Ppp... pourquoi ?

— Ah, nous y sommes. Une limousine noire était garée au coin de la 4e Avenue et de Broadway. Quand ils se rapprochèrent, les portes s'ouvrirent automatiquement sur un intérieur luxueux couleur crème. Mia crut qu'elle allait s'évanouir. Hors de question qu'elle monte dans une étrange voiture avec un K qui venait d'admettre qu'il la suivait.

Elle s'arrêta net et était sur le point de hurler.

— Mia. Monte. Dans. La. Voiture.

Chacun de ses mots était comme un coup de fouet. Il semblait en colère et ses yeux devenaient de plus en plus jaunes. Sa bouche qui était sensuelle d'habitude avait pris tout à coup une expression de cruauté implacable.

— Ne m'oblige PAS à me répéter.

Mia lui obéit en tremblant comme une feuille. Oh Mon Dieu ! Elle voulait seulement en sortir saine et sauve, quels que soient les desseins du K. Elle ne pensait plus qu'à tous ces terribles récits qu'elle avait entendus sur les envahisseurs et à toutes les visions d'horreur de la Grande Panique. Elle étouffa un sanglot en regardant Korum fermer son parapluie et monter dans la voiture. Les portes se refermèrent.

Korum appuya sur le bouton de l'intercom.

— À la maison, Roger. Il avait retrouvé son calme, ses yeux avaient retrouvé leur brun doré habituel.

— Oui Monsieur. La réponse du chauffeur traversa l'écran qui le dissimulait.

Roger ? Mais c'était un nom d'homme et non pas de Krinar, pensa Mia dans sa détresse. Il pourrait sûrement l'aider, appeler la police de sa part, faire quelque chose. Et pourtant que pourrait faire la police ? Les Ks ne risquaient pas d'être arrêtés, Mia avait l'impression qu'ils étaient au-dessus des lois. Il pouvait donc faire d'elle ce qu'il voulait et personne ne pouvait l'en empêcher. Mia sentit les larmes couler sur son visage déjà mouillé par la pluie. Elle pensait au chagrin de ses parents quand ils apprendraient que leur fille avait disparu.

— Que se passe-t-il ? Vous pleurez ? Il y avait une nuance d'incrédulité dans la voix de Korum.

— Mais quel âge avez-vous donc ? Cinq ans ? Il se rapprocha d'elle, la prit par les épaules et la regarda fixement, le visage presque contre le sien. Quand il la toucha, Mia se mit à trembler de plus belle et à sangloter.

— Chut, voyons, calmez-vous, il n'y a aucune raison de pleurer comme ça. Tout à coup, Mia se retrouva assise sur ses genoux, dans ses bras, son visage pressé contre son large torse. Tout en continuant de sangloter, elle sentit un léger parfum agréable de chemise fraichement lavée mélangé à une odeur très masculine tandis que la main de Korum lui caressait doucement le dos pour la réconforter. C'était lui qui la traitait comme une petite fille de cinq ans qui vient de se faire un bobo, pensa-t-elle à la limite de l'hystérie. Et pourtant, bizarrement, ça marchait. La peur de Mia s'atténua quand il la prit dans ses bras, remplacée par une plus grande lucidité et une sensation de chaleur au plus profond d'elle-même. Avec un étrange détachement, elle s'aperçut que l'adrénaline amplifiait l'attraction comme elle l'avait appris dans un de ces cours de psychologie.

Tout en restant dans ses bras, elle réussit à s'en dégager suffisamment pour voir son visage. D'aussi près, il était encore plus beau. Son teint doré était un petit peu plus sombre que celui de Jessie, il avait une peau parfaite qui donnait une remarquable impression de bonne santé. Ses yeux si lumineux étaient encadrés d'épais cils noirs et de sourcils parfaitement droits, sombres eux aussi.

— Vous allez me faire du mal ? La question lui avait échappé sans qu'elle puisse se contrôler. Son ravisseur laissa échapper un soupir qui ressemblait curieusement à ceux des humains.

— Écoutez-moi bien Mia, je ne vous veux aucun mal… C'est compris ? Il la regarda droit dans les yeux et Mia ne put détourner le regard, elle était hypnotisée par les éclats dorés de ses iris. Je voulais seulement vous mettre à l'abri de la pluie et m'occuper de vos écorchures. Je vous emmène chez moi parce que c'est à côté et que vous pourrez y être soignée par un médecin. Et vous changer. Je ne voulais absolument pas vous faire peur et encore moins vous mettre dans cet état.

— Mais vous avez dit… vous avez dit que vous me suiviez ! Mia le fixa des yeux, complètement perdue.

— C'est vrai, je vous ai suivie parce que vous m'avez intrigué quand je vous ai rencontrée dans le parc et que je voulais vous revoir. Mais pas pour vous faire du mal.

Maintenant, il lui frottait l'avant-bras de haut en bas, doucement, comme s'il voulait calmer un cheval ombrageux.

Avec son aveu, elle sentit une nouvelle vague de chaleur l'envahir. Il venait donc de dire qu'elle lui plaisait ? Le rythme de son cœur s'accéléra de nouveau, mais pour une autre raison. Il y avait autre chose qu'elle avait besoin de comprendre.

— Mais vous m'avez obligée à monter dans la voiture…

— Uniquement parce que vous vous êtes obstinée et que vous refusiez d'entendre raison. Vous étiez trempée, vous aviez froid, je ne voulais pas perdre de temps à discuter sous la pluie alors qu'on pouvait se mettre au chaud dans la voiture qui était à deux pas… Présenté ainsi, il avait l'air d'être un sauveur.

— Là.

Il sortit un mouchoir, essuya soigneusement les larmes qui coulaient encore sur son visage et lui donna un autre mouchoir pour se moucher, la regardant avec amusement lorsqu'elle essaya de le faire le plus discrètement possible.

— Vous vous sentez mieux maintenant ?

Oui, bizarrement, elle était plus calme. Peut-être lui mentait-il, mais dans quel but ? De toute façon, il pouvait faire d'elle ce qu'il voulait, pourquoi perdre son temps à la rassurer ? Quand elle fut débarrassée de sa terreur initiale, Mia se sentit épuisée par l'avalanche d'émotions qu'elle venait de subir. Comme s'il devinait ce qu'elle ressentait, Korum la reprit dans ses bras et serra doucement son visage contre lui. Mia se laissa faire. Curieusement, assise sur ses genoux, sentant son parfum et toute la chaleur de son corps autour d'elle, Mia ressentait un bien-être qu'elle n'avait pas éprouvé depuis longtemps.

CHAPTER TWO

"Holy shit! Get out of here! Seriously? Tell me what happened, and don't leave out any details!" Her roommate was nearly jumping up and down in excitement.

"I just told you . . . I met a K in the park." Mia rubbed her temples, feeling the band of tension around her head left over from her earlier adrenaline overdose. "He sat down on the bench next to me and talked to me for a couple of minutes. Then I told him that I had to go and left."

"Just like that? What did he want?"

"I don't know. I asked him that, but he just said he wanted to talk."

"Yeah, right, and pigs can fly." Jessie was as dismissive of that possibility as Mia herself had been. "No, seriously, he didn't try to drink your blood or anything?"

"No, he didn't do anything." Except briefly touch her hand. "He just asked me my name and told me his."

Jessie's eyes now resembled big brown saucers. "He told you his name? What is it?"

"Korum."

"Of course, Korum the K, makes perfect sense." Jessie's sense of humor often kicked in at the strangest times. They both snickered at the ridiculousness of that statement.

"Did you know immediately that he was a K? How did he look?" Recovering, Jessie continued with her questions.

"I did." Mia thought back to that first moment she saw him. How did she know? Was it his eyes? Or something instinctual in her that knew a predator when she saw one? "I think it maybe had to do with the way he moved. It's difficult to describe. It's definitely inhuman. He looked a lot like the Ks you'd see on TV – he was tall, good-looking in that particular way that they have, and had strange-looking eyes – they looked almost yellow."

"Wow, I can't believe it." Jessie was pacing the room in circles. "How did he talk to you? What did he sound like?"

Mia let out a sigh. "Next time I get ambushed in the park by an extraterrestrial, I will be sure to have a recording device handy."

"Oh come on, like you wouldn't be curious if you were in my shoes."

True, Jessie did have a point. Sighing again, Mia relayed the whole encounter to her roommate in full detail, leaving out only that brief moment when his hand brushed against hers. For some odd reason, that touch – and her reaction to it – seemed private.

"So you told him 'bye,' and he said he will see you later? Oh my God, do you know what that means?" Far from satisfying Jessie, the detailed story seemed to send her into excitement overdrive. She was now almost bouncing off the walls.

"No, what?" Mia felt weary and drained. It reminded her of the feeling after an interview or an exam, when all she wanted was to give her poor overworked brain a chance to unwind. Maybe she shouldn't have told Jessie about the encounter until tomorrow, when she'd had a chance to relax a bit.

"He wants to see you again!"

"What? Why?" Mia's tiredness suddenly vanished as adrenaline surged through her again. "It's just a figure of speech! I'm sure he meant nothing by that – English is not even his first language! Why would he want to see me again?"

"Well, you did say he thought you were pretty –"

"No, I said that *he* said he was there to meet 'a pretty curly-haired girl.' He was just mocking me. I'm sure that was just his way of toying with me . . . He was probably just bored standing there, so he decided to come by and talk to me. Why would a K be interested in me?" Mia cast a disparaging glance in the mirror at her two-year-old Uggs, worn jeans, and a too-big sweater she got on sale at Century 21.

"Mia, I told you, you're constantly underestimating your appeal." Jessie sounded earnest, the way she always did when trying to boost Mia's self-confidence. "You look very cute, with that big mass of curly hair. Plus, you have really pretty eyes – very unusual, to have blue eyes with hair as dark as yours –"

"Oh, please, Jessie." Mia rolled said eyes. "I'm sure *cute* doesn't cut it if you're a gorgeous K. Besides, you're my friend – you have to say nice stuff to me."

As far as Mia was concerned, Jessie was the pretty one in the room. With her curvy athletic build, long black hair, and smooth golden skin, Jessie was every guy's fantasy – particularly if they happened to like Asian girls. A former high school cheerleader, her roommate of the last three years also had the outgoing personality to match her looks. How the two of them had become such good friends will always remain a mystery to Mia, as her own social skills at the age of eighteen had been all but nonexistent.

Thinking back to that time, Mia remembered how lost and overwhelmed she'd felt arriving in the big city after spending all her life in a small town in Florida. New York University was the best school she'd been accepted to, and her financial aid package ended up being generous, making her parents very happy. However, Mia herself had been far from excited about going to a big-city school with no real campus. Getting caught up in the competitive college application process, she'd applied to most of the top fifteen schools, only to face numerous rejections and inadequate financial aid offers. NYU had seemed like the best alternative all around. Local Florida schools had not even been considered by Mia's parents at the time, as the rumor had been that the Ks might set up a Center in Florida and her parents wanted her far away from there if that happened. It hadn't happened – Arizona and New Mexico ended up being the preferred K locales in the United States. However, by then it was too late. Mia had started her second semester at NYU, met Jessie, and slowly began to fall in love with New York City and everything it had to offer.

It was funny how everything turned out. Only five years ago, most people thought they were the only intelligent beings in the universe. Sure, there had always been crackpots claiming UFO sightings, and there had even been things like SETI – serious, government-funded efforts to explore the possibility of extraterrestrial life. But people had no way of knowing whether any kind of life – even single-celled organisms – actually existed on other planets. As a result, most had believed that humans were special and unique, that homo sapiens were the pinnacle of evolutionary development. Now it all seemed so silly, like when people in the Middle Ages thought that the Earth was flat and that the moon and the stars revolved around it. When the Krinar arrived early in the second decade of the twenty-first century, they upended everything that scientists thought they knew about life and its origins.

"I'm telling you, Mia, I think he must've liked you!" Jessie's insistent voice interrupted her musings.

Sighing, Mia turned her attention back to her roommate. "I highly doubt it. Besides, what would he want from me even if he did? We're two different species. The thought of him liking me is just plain scary... What would he want from me, my blood?"

"Well, we don't know that for a fact. That's just a rumor. Officially, it's never been announced that the Ks drink blood." Jessie sounded hopeful for some weird reason. Maybe Mia's social life was so bad in her roommate's eyes that she was eager to have Mia date someone, anyone – same species optional.

"It's a rumor that many people believe. I'm sure there's a reason for that. They're vampires, Jessie. Perhaps not the Draculas of legend, but everyone knows they're predators. That's why they've set up their Centers in isolated areas... so they can do whatever they want there with none the wiser."

"All right, all right." Her excitement waning, Jessie sat down on her bed. "You're right, it would be very scary if he actually did intend to see you again. It's just fun to pretend sometimes that they're simply gorgeous humans from outer space, and not a completely different mystery species."

"I know. He was unbelievably good-looking." The two girls exchanged understanding glances. "If only he were human..."

"You're too picky, Mia. I've always told you that." Shaking her head in mock reproach, Jessie used her most serious tone of voice. Mia looked at her in disbelief, and they both burst out laughing.

* * *

That night, Mia slept restlessly, her mind replaying the encounter over and over. As soon as she would drift off to sleep, she would see those mocking amber eyes and feel that electrifying touch on her skin. To her embarrassment, her unconscious mind took things even further, and Mia dreamed of him touching her hand. In her dream, his touch would send shivers through her entire body, warming her from within – then he would slide his hand up her arm, cupping her shoulder, and bring her toward him, mesmerizing her with his gaze as he leaned in for the kiss. Her heart racing, Mia would close her eyes and lean toward him, feeling his soft lips touch hers, sending waves of warm sensations throughout her body.

Waking up, Mia felt her heart pounding in her chest and heat pooling slowly between her legs. It was 5 a.m. and she'd barely slept for the last five hours. Dammit, why was a brief encounter with an alien having such an effect on her? Maybe Jessie was right, and she needed to get out more, meet some more guys. Over the past three years, under Jessie's tutelage, Mia had shed a lot of her former shyness and awkwardness. For her high school graduation, her parents got her laser eye surgery, and her post-braces smile was nice and even. She now felt comfortable going to a party where she knew at least a few people, and she could even go out dancing after having a sufficient number of shots. But for some reason, the dating world still eluded her. The few dates she'd been on in recent months had been disappointing, and she couldn't remember the last time she had actually kissed a guy. Maybe it was that nice kid from biology last year? For some reason, Mia had never clicked with any of the men she'd met, and it was becoming embarrassing to admit that she was still a virgin at twenty-one years of age.

Thankfully, she and Jessie no longer shared a room, having found a flex one-bedroom that could be converted into a two-bedroom apartment for a reasonable (for NYC) rate of only $2,380. Having her own room meant a degree of freedom and privacy that was very nice in situations like this.

Turning on her bedside lamp, Mia looked around the room, making sure that the door to her bedroom was fully closed. Reaching into her bedside drawer, she took out a small package that was normally hidden all the way in the back of the drawer behind her face cream, hand lotion, and a bottle of Advil. Carefully unwrapping the bundle, she took out the tiny rabbit-ears vibrator that had been a gag gift from her older sister. Marisa had given it to her for high school graduation with the joking admonition to use it whenever she "felt the urge" and "to stay away from those horny college boys in the big city." Mia had blushed and laughed at the time, but the thing had actually proven handy. At certain times in the dark of the night, when her loneliness became more acute, Mia played with the device, gradually exploring her body and learning what a real orgasm felt like.

Pressing the small object to the sensitive nub between her legs, Mia closed her eyes and relived the sensations brought on by her dream. Gradually increasing the speed of vibration on the toy, she let her imagination soar, picturing the K's hands on her body and his lips kissing her, stroking her, touching her in sensitive and forbidden places, until the ball of tension deep within her belly got even tighter and exploded, sending tingly warmth all the way to her toes.

* * *

The next morning, Mia woke up to a grey and overcast sky. Reaching for the phone to check the weather, she groaned. Ninety percent chance of rain with temperature in the mid-forties. Just what she needed when her Sociology paper awaited. Oh well, maybe she would make it to the library before the rain starts.

Jumping out of bed, she pulled on her comfiest pair of sweats, a long-sleeved T-shirt, and a big hooded sweater she got on a high-school trip to Europe. It was her studying/paper-writing outfit, and it looked just as ugly today as it had the first time she'd worn it while cramming for her algebra test in tenth grade. The clothes fit her about the same now too, as she seemed to have developed a disgusting inability to gain inches either in girth or height since the age of fourteen.

Hastily brushing her teeth and washing her face, Mia stared critically in the mirror. A pale, slightly freckled face looked back at her. Her eyes were probably her best feature, an unusual shade of blue-grey that contrasted nicely with her dark hair. Her hair, on the other hand, was a whole different animal. If she spent an hour carefully blowdrying it with a diffuser, then she could maybe get her corkscrew curls to resemble something civilized. Her normal routine of going to sleep with it wet, however, was not conducive to anything but the frizzy mess she had on her head right now. Letting out a deep sigh, she ruthlessly pulled it back into a thick ponytail. Some day soon, when she had a real job, she might go to one of those expensive salons and try to get a straightening treatment. For now, since she didn't have an hour each morning to waste on her hair, Mia figured she just had to live with it.

Library time. Grabbing her backpack and her laptop, Mia pulled on her Uggs and headed out of the apartment. Five flights of stairs later, she exited her building, paying little attention to the peeling paint on the walls and the occasional cockroach that liked to live near the garbage chute. Such was student life in NYC, and Mia was one of the lucky ones to have a semi-affordable apartment so close to campus.

Real estate prices in Manhattan were as high as they'd ever been. In the first couple of years after the invasion, apartment prices in New York had cratered, just as they had in all the major cities around the world. With the hokey invasion movies still ruling the public's imagination, most people figured that cities would be unsafe and departed for rural areas if they could. Families with children – already a rare commodity in Manhattan – left the city in droves, heading for the most remote areas they could find. The Ks had encouraged the migration, as it relieved the worst of the pollution in and around urban areas. Of course, people soon realized their folly, since the Ks wanted nothing to do with the major human cities and instead chose to build their Centers in warm, sparsely populated areas around the globe. Manhattan prices skyrocketed again, with a few lucky people making fortunes on the real estate bargains they'd picked up in the crash. Now, more than five years after K-Day – as the first day of the Krinar invasion came to be called – New York City rents were again testing record highs.

Lucky me, Mia thought with mild irritation. If only she'd been a couple of years older, she could've rented her current apartment for less than half the price. Of course, there was something to be said for graduating next year, instead of in the depths of the Great Panic – the dark months after Earth first faced the invaders.

Stopping by the local deli, Mia ordered a lightly toasted bagel (whole-grain, of course, the only kind available) with an avocado-tomato spread. Sighing, she remembered the delicious omelets her mom used to make, with crumbled bacon, mushrooms, and cheese. Nowadays, mushroom was the only ingredient on that list that was in any way affordable for a college student. Meat, fish, eggs, and dairy were premium products, available only as an occasional treat – the way foie gras and caviar used to be. That was one of the main changes that the Krinar had implemented. Having decided that the typical developed-world diet of the early twenty-first century was harmful both to humans and their environment, they shut down the major industrial farms, forcing meat and dairy producers to switch to growing fruits and vegetables. Only small farmers were left in peace and allowed to grow a few farm animals for special occasions. Environmental and animal-rights organizations had been ecstatic, and obesity rates in America were quickly approaching Vietnam's. Of course, the fallout had been huge, with numerous companies going out of business and food shortages during the Great Panic. And later on, when the Krinar's vampiric tendencies were discovered (though still not officially proven), the Far Right activists had claimed that the real reason for the forced change in diet was that it made the human blood taste sweeter to the Ks. Be that as it may, the majority of the food that was available and affordable now was disgustingly healthy.

"Umbrella, umbrella, umbrella!" A scruffy-looking man stood on the corner, hawking his wares in a strong Middle Eastern accent. "Five-dollar umbrella!"

Sure enough, less than a minute later, a light drizzle began. For the umpteenth time, Mia wondered if the street umbrella vendors had some kind of sixth sense about rain. They always seemed to appear right before the first drop fell, even if there was no rain in the forecast. As tempting as it was to buy an umbrella to stay dry, Mia only had a few blocks left to go and the rain was too light to justify an unnecessary expenditure of five dollars. She could've brought her old umbrella from home, but carrying an extra object was never high on her list of priorities.

Walking as fast as she could while lugging her heavy bag, Mia turned the corner on West 4th Street, with the Bobst Library already in sight, when the downpour began. Crap, she should've bought that umbrella! Mentally kicking herself, Mia broke into a run – or rather a jog, given the backpack weighing her down – as raindrops pelted her face with the force of water bullets. Her hair somehow managed to escape from the ponytail, and was in her face, blocking her vision. A bunch of people rushed past her, hurrying to get out of the rain, and Mia was pushed a few times by pedestrians blinded by the combination of heavy rain and umbrellas held by more fortunate souls. At times like this, being 5'3" and barely a hundred pounds was a severe disadvantage. A big man brushed past her, his elbow bumping into her shoulder, and Mia stumbled, her foot catching on a crack in the sidewalk. Pitching forward, she managed to catch herself with her hands on wet pavement, sliding a few inches on the rough surface.

All of a sudden, strong hands lifted her from the ground, as though she weighed nothing, standing her upright under a large umbrella that the man held over both of their heads.

Feeling like a dirty, drowned rat, Mia tried to brush her sodden hair off her face with the back of one scraped hand, while blinking the remnants of rain out of her eyes. Her nose decided to add to her humiliation, choosing that particular moment to let loose with an uncontrollable sneeze all over her rescuer.

"Oh my God, I'm so sorry!" Mia frantically apologized in utter mortification. Her vision still blurry from the water running down her face, she desperately tried to wipe her nose with a wet sleeve to prevent another sneeze. "So sorry, I didn't mean to sneeze on you like that!"

"No apologies necessary, Mia. Obviously, you got cold and wet. And injured. Let me see your hands."

This could not be happening. Her discomfort forgotten, all Mia could do was stare in disbelief as Korum carefully lifted her wrists palms-up and examined her scrapes. His large hands were unbelievably gentle on her skin, even as they held her in an inescapable grip. Although she was soaked to the skin in chilly mid-April weather, Mia felt like she was about to burst into flames, his touch sending a wave of heat rushing through her body.

"You should get those injuries treated immediately. They could scar if you're not careful. Here, come with me, and we'll get them taken care of." Releasing her wrists, Korum put a proprietary arm around her waist and began shepherding her back toward Broadway.

"Wait, what –" Mia tried to recover her wits. "What are you doing here? Where are you leading me?" The full danger of the situation was just now beginning to hit home, and she began to shiver from a combination of cold and fear.

"You're obviously freezing. I'm getting you out of this rain, and then we'll talk." His tone brooked no disagreement.

Desperately looking around, all Mia saw were people rushing to get out of the pouring rain, not paying any attention to their surroundings. In weather like this, a murder in the middle of the street was likely to go unnoticed, much less the struggles of one small girl. Korum's arm was like a steel band around her waist, completely unmovable, and Mia found herself helplessly going along in whichever direction he was leading her.

"Wait, please, I really can't go with you," Mia protested shakily. Grasping at straws, she blurted out, "I have a paper to write!"

"Oh really? And you're going to write it in this condition?" His tone dripping with sarcasm, Korum gave her a disparaging once-over, lingering on her dripping hair and scraped hands. "You're hurt, and you're probably going to catch pneumonia – with that puny immune system you've got."

As before, he somehow managed to get a rise out of her. How dare he call her puny! Mia saw red. "Excuse me, my immune system is just fine! Nobody catches pneumonia from getting stuck in the rain these days! Besides, what concern is it of yours? What are you doing here, stalking me?"

"That's right." His reply was smooth and completely nonchalant.

Her temper immediately cooling, Mia felt tendrils of fear snaking through her again. Swallowing to moisten her suddenly dry throat, she could only croak out one word. "W-Why?"

"Ah, here we are." A black limo was sitting at the intersection of West 4th and Broadway. At their approach, the automatic doors slid open, revealing a plush cream-colored interior. Mia's heart jumped into her throat. No way was she getting into a strange car with a K who admitted to stalking her.

She dug in her heels and prepared to scream.

"Mia. Get. In. The. Car." His words lashed at her like a whip. He looked angry, his eyes getting more yellow by the second. His normally sensuous-looking mouth appeared cruel all of a sudden, set in an uncompromising line. "Do NOT make me repeat myself."

Shaking like a leaf, Mia obeyed. Oh God, she just wanted to survive this, whatever the K had in store for her. Every horror story she'd ever heard about the invaders was suddenly fresh in her mind, every image from the gruesome fights during the Great Panic. She stifled a sob, watching as Korum got in the limo and closed the umbrella. The car doors slid shut.

Korum pressed the intercom button. "Roger, please take us to my place." He looked much calmer now, eyes back to the original golden brown.

"Yes, sir." The driver's reply came from behind the partition that fully blocked him from view.

Roger? That was a human name, Mia thought in desperation. Maybe he could help her, call the police on her behalf or something. Then again, what could the police do? It's not like they could arrest a K. As far as Mia knew, they were above the reach of human law. He could pretty much do anything he wanted with her, and there was no one to stop him. Mia felt tears running down her rain-wet face as she thought about her parents' grief when they found out that their daughter was missing.

"What? Are you crying?" Korum's voice held a note of incredulity. "What are you, five?" He reached for her, his fingers locking around her upper arms, and pulled her closer to stare into her face. At his touch, Mia started shaking even harder, gasping sobs breaking out of her throat.

"Hush, now. There's no need for that. Shhh . . ." Mia suddenly found herself cradled fully on his lap, her face pressed against a broad chest. Still sobbing, she vaguely registered a pleasant scent of freshly laundered clothing and warm male skin, as his hand moved in soothing circles on her back. He really *was* treating her like a five-year-old crying over a boo-boo, she thought semi-hysterically. Strangely enough, the treatment was working. Mia felt her fear ebbing as he held her gently in those powerful arms, only to be replaced by a growing sense of awareness and a warm sensation somewhere deep inside. Adrenaline amplified attraction, she realized with a peculiar detachment, remembering a study on the subject from one of her psychology classes.

Still ensconced on his lap, she managed to pull away enough to look up at his face. Up close, his appearance was even more striking. His skin, a warm golden hue that was a couple of shades darker than her roommate's, was flawless and seemed to glow with perfect health. Thick black lashes surrounded those incredible light-colored eyes – which were framed by the straight dark slashes of his eyebrows.

"Are you going to hurt me?" The question escaped her before she could think any better of it.

Her kidnapper let out a surprisingly human-like sigh, sounding exasperated. "Mia, listen to me, I mean you no harm… Okay?" He looked straight into her eyes, and Mia couldn't look away, mesmerized by the yellow flecks in his irises. "All I wanted was to get you out of the rain and to treat your injuries. I'm taking you to my place because it's nearby, and I can provide you with both medical assistance and a change of clothes there. I really didn't mean to scare you, much less get you into this kind of state."

"But you said… you said you were stalking me!" Mia stared at him in confusion.

"Yes. Because I found you interesting at the park and wanted to see you again. Not because I want to hurt you." He was now rubbing her upper arms with a gentle up-and-down motion, as though soothing a skittish horse.

At his admission, a wave of heat surged through her body. Did that mean he was attracted to her? Her heart rate picked up again, this time for a different reason.

There was something else she needed to understand. "You forced me to get into the car…"

"Only because you were being stubborn and refusing to listen to common sense. You were wet and cold. I didn't want to waste time arguing in the rain when a warm car was standing right there." Put like that, his actions sounded downright humanitarian.

"Here." Pulling a tissue from somewhere, he carefully blotted the remaining tears on her face and gave her another tissue to wipe her nose, watching with some amusement as she tried to blow into it as delicately as possible. "Feeling better now?"

Strangely enough, she did. He could be lying to her, but what would be the point? He could do anything he wanted with her anyway, so why waste time trying to soothe her fears? Her earlier terror gone, Mia suddenly felt exhausted from her emotional roller coaster. As though sensing her state, Korum gathered her closer to him, pressing her face gently against his chest again. Mia did not object. Somehow, sitting there on his lap, inhaling his warm scent and feeling the heat of his body surrounding her, Mia felt better than she had in a long time.

CHAPITRE TROIS

— Nous y voilà, bienvenue dans mon humble demeure !

Mia regarda tout autour d'elle, bouche bée, elle examinait les baies vitrées qui donnaient sur l'Hudson, les parquets étincelants et le luxueux mobilier de couleur claire. Quelques tableaux contemporains étaient accrochés aux murs et près des fenêtres des plantes vertes ajoutaient une touche de couleur. C'était le plus bel appartement qu'elle ait jamais vu et tout semblait comme chez un humain.

— C'est ici que vous vivez ? demanda-t-elle avec surprise.

— Seulement quand je viens à New York.

Korum déposait son imperméable dans une penderie près de la porte. C'était un geste simple et banal, mais ses mouvements étaient un petit peu trop gracieux pour être ceux d'un être humain. Maintenant qu'il n'avait plus qu'une chemise bleue et un jean, ses vêtements mettaient admirablement en valeur son corps mince et musclé. Mia avala sa salive en s'apercevant que la beauté de l'appartement n'était rien en comparaison de celle de son habitant.

Comment pouvait-il se permettre un tel luxe ? Les Ks étaient-ils donc tous riches ? Quand la limousine était entrée dans le garage du gratte-ciel le plus luxueux du quartier de TriBeCa, Mia avait reçu un choc en entrant dans un ascenseur privé qui les mena directement au vaste appartement du dernier étage. C'était un appartement immense, surtout selon les critères de Manhattan. Occupait-il tout le dernier étage de l'immeuble ?

— Oui, j'occupe tout le dernier étage.

Mia rougit en réalisant qu'elle venait de lui poser cette question à haute voix.

— Heu… c'est vraiment beau chez vous.

— Merci. Venez, asseyez-vous.

Il la conduisit vers un canapé en cuir, de couleur crème évidemment.

— Montrez-moi vos mains.

Mia lui tendit ses paumes de mains en hésitant, se demandant ce qu'il avait l'intention de faire. Allait-il la soigner avec son propre sang comme les vampires le font dans les romans de gare ?

Au lieu de se couper la main ou d'agir comme le ferait un vampire, Korum approcha un petit objet fin de couleur argentée de la main de Mia. Il avait la taille et l'épaisseur des cartes de crédit d'autrefois et semblait complètement inoffensif. Ou du moins il l'était jusqu'à ce qu'il projette une douce lumière rouge sur sa main. Elle n'eut pas mal, elle sentit seulement une chaleur agréable là où la lumière toucha son écorchure. Mia vit la peau se cicatriser sous ses yeux comme une gomme efface une inscription au crayon, et deux minutes plus tard la paume de sa main était complètement guérie, comme si elle n'avait rien eu. Elle toucha prudemment du doigt l'endroit qui avait été écorché, il ne lui faisait plus mal du tout.

— Mais ce n'est pas possible ! Mia laissa échapper son souffle d'un coup, elle ne s'était pas rendu compte qu'elle avait retenu sa respiration plusieurs secondes. Bien sûr, elle savait que les Ks étaient beaucoup plus avancés technologiquement, mais voir de ses propres yeux quelque chose qui s'apparentait à un miracle était un véritable choc.

Puis Korum répéta l'opération sur son autre main. Ces deux paumes étaient maintenant parfaitement guéries, plus la moindre trace d'écorchure.

— Hum… merci de m'avoir soignée. Mia ne savait que dire. Ce qu'il venait de faire, était-ce l'équivalent des sparadraps chez les Ks ou était-ce une opération sophistiquée ? Devrait-elle lui proposer de payer les soins qu'il lui avait prodigués ? Et s'il acceptait, accepterait-il aussi sa mutuelle étudiante ? *Arrête Mia ! Tu es complètement ridicule !*

— Je vous en prie. Dit-il d'une voix douce, retenant encore délicatement sa main gauche dans la sienne. Maintenant, débarrassons-nous de ces vêtements trempés.

Mia secoua la tête sans y croire. Ce n'était pas possible, il n'avait pas l'intention de…

Mais avant qu'elle n'ait eu le temps de dire quoi que ce soit, Korum poussa un grand soupir d'exaspération.

— Mia, quand je vous ai dit que je n'avais pas l'intention de vous faire de mal j'étais sincère. Et violer une femme, c'est lui faire du mal. Je le précise au cas où vous penseriez qu'il y a une différence culturelle entre nous sur ce point. Maintenant, détendez-vous et cessez de sursauter au moindre mot de ma part.

— Je suis désolée, ce n'est pas ce que je voulais dire. Mia aurait voulu disparaître sous terre. Il était évident qu'il n'avait pas l'intention de la violer. Il ne s'intéressait sans doute pas à elle de cette manière. Pourquoi serait-il attiré par une petite femme maigre et pâlichonne quand il pouvait avoir n'importe laquelle des superbes K du sexe féminin qu'elle avait vues à la télévision ? Il ne lui avait jamais dit qu'elle l'attirait, seulement qu'elle 'l'intriguait'. Si ça se trouve, il était un savant K qui étudiait l'espèce humaine à New York, et il venait de trouver un cobaye aux cheveux bouclés. Poussant un nouveau soupir Korum se leva élégamment du canapé, chacun de ses gestes était empreint d'une grâce athlétique qui le distinguait des humains.

— Allons, venez avec moi.

Dans sa gêne Mia ne prêta guère attention à l'endroit où elle se trouvait tandis qu'il la menait dans le couloir. Cependant en découvrant l'immense salle de bains où ils étaient arrivés elle laissa échapper une exclamation de surprise.

Le cabinet de douche aux parois de verre était à lui tout seul plus vaste que sa propre salle de bain, et un grand jacuzzi surélevé occupait le centre de la pièce. La salle de bain était entièrement déclinée dans les tons ivoire et gris, une association de couleurs inhabituelles, mais qui s'accordait bien à ce cadre luxueux. Deux des murs étaient couverts de miroirs du sol au plafond ce qui agrandissait encore la pièce et elle remarqua qu'ici aussi il y avait des plantes, deux plantes exotiques aux grandes feuilles rouges qui semblaient beaucoup se plaire dans les coins de la salle de bain, obtenant sans doute assez de lumière par la verrière du plafond.

— C'est pour vous.

Korum avait ouvert l'une des parois de verre et lui tendait une grande serviette de bain couleur ivoire et un peignoir doux et moelleux.

— Vous pouvez prendre une douche bien chaude et mettre ceci, pendant ce temps je vais mettre vos vêtements dans le sèche-linge.

Elle accepta d'un signe de tête, le remercia d'un murmure et le regarda sortir de la pièce et fermer la porte.

Un sentiment irréel l'envahit alors qu'elle regardait fixement tout ce luxe avant-garde qui l'entourait. Rien de ceci n'était réel, elle faisait seulement un rêve et elle allait se réveiller. Ce n'était pas Mia Stalis d'Ormond Beach en Floride qui était là, dans cette salle de bains princière et à qui un K venait de dire de prendre une douche. Un K qui venait en quelque sorte de la kidnapper pour soigner des écorchures sans gravité avec un instrument magique venu d'une autre planète. Peut-être lui suffirait-il de cligner plusieurs fois des yeux et elle se réveillerait dans sa chambre exigüe, dans l'appartement qu'elle partageait avec Jessie ?

Voulant vérifier son hypothèse, Mia ferma les yeux bien fort et les rouvrit. Mais non, elle était toujours là, avec la serviette de bain douillette et le peignoir dans les mains. Si c'était un rêve, c'était vraiment le rêve le plus réaliste qu'elle avait jamais eu. Autant prendre une douche comme il le lui avait dit : maintenant que son excitation commençait à retomber, elle sentait jusque dans la moelle de ses os le froid pénétrant de ses vêtements mouillés.

Elle posa son fardeau sur le bord du profond jacuzzi, alla jusqu'à la porte et la ferma à clef. Évidemment si Korum voulait vraiment entrer ce n'était pas une petite serrure comme celle-ci qui l'en empêcherait. Pendant les premières semaines qui suivirent l'invasion, on avait pu constater l'extraordinaire force des Krinars quand des guérilleros du Moyen-Orient tendirent une embuscade à un petit groupe de Ks, violant ainsi le traité de coexistence qui venait d'être signé. Les images vidéo filmées par un témoin sur son téléphone portable montrèrent des scènes d'horreur dignes d'un film de science-fiction. Le bataillon de Saoudiens, un peu plus d'une trentaine d'hommes, armés de grenades et d'armes d'assaut automatiques, n'avaient pas eu la moindre chance d'en réchapper face aux six Ks désarmés. Même blessés, les extra-terrestres allaient à une vitesse supérieure à celle de n'importe quel être humain, et ils déchirèrent littéralement leurs adversaires à mains nues. Dans une scène particulièrement dramatique, on voyait un K jeter en l'air deux hommes qui hurlaient, il en tenait un dans chaque main et ils furent propulsés à une hauteur qui se révéla plus tard être d'environ deux mètres. Inutile de dire que leur chute fut fatale. L'extrême sauvagerie de ce combat, et de ceux qui suivirent pendant la période de la Grande Panique, stupéfia les humains et donna une certaine crédibilité aux rumeurs de vampirisme qui apparurent quelques mois plus tard. Malgré toute leur sophistication technologique et leur apparente conscience écologique, les Ks pouvaient être aussi brutaux et aussi violents que les vampires des contes et légendes.

Et Mia se retrouvait prisonnière d'un K qui voulait lui soigner une écorchure sans gravité, lui faire prendre une douche dans son luxueux appartement et mettre ses vêtements dans son sèche-linge.

Un rire hystérique lui échappa à cette pensée.

Sans doute préférait-il que sa proie soit propre et parfumée, malgré tout Mia le croyait quand il disait qu'il ne voulait pas lui faire de mal. Et d'ailleurs que pouvait-elle donc faire pour s'en sortir ? Elle ferait mieux de se calmer et de profiter du plaisir de prendre une douche dans un luxe qu'elle n'avait encore jamais goûté de sa vie.

Mia se déshabilla et aperçut son reflet dans le miroir. Pourquoi donc l'avait-elle intrigué ? C'est vrai, elle était très mince, ce qui était encore à la mode, mais il avait sans doute à ses pieds les créatures des deux espèces les plus ravissantes qui soient. Debout, toute nue, Mia essaya de se regarder dans la glace avec objectivité et non pas avec les yeux d'une adolescente timide. Elle vit une jeune femme mince, avec de petits seins bien ronds, des hanches étroites et une taille fine. Étant donné sa minceur, ses fesses semblaient encore plus rondes. Quand elle était nue, elle ne reconnaissait plus la silhouette chétive et informe qu'il lui semblait avoir quand elle portait des vêtements trop grands pour elle. Si elle avait été plus grande, elle aurait même eu une belle silhouette. Mais elle avait un teint si pâle et la masse de ses boucles sombres encadrant son visage était tellement frisée qu'elle pouvait tout juste passer pour mignonne ou assez jolie.

En soupirant, Mia ouvrit la porte de la douche. Après avoir eu du mal à actionner l'écran de contrôle, elle comprit enfin comment il fonctionnait et eut le plaisir de sentir la chaleur de l'eau projetée sur elle par cinq jets différents. Elle se savonna même avec son savon qui avait un très léger parfum exotique, un parfum très agréable.

Dix minutes plus tard, Mia arrêta l'eau à regret et sortit de la douche. Debout, sur un épais tapis de bain ivoire, elle se sécha avec la serviette que Korum avait eu la gentillesse de lui donner, l'enveloppa autour de ses cheveux mouillés et enfila le peignoir qui à sa surprise était à peine trop grand pour elle. Ce devait être un peignoir de femme comprit-elle en sentant quelque chose qui bizarrement ressemblait fort à de la jalousie.

Ne sois pas si bête, Mia, il a évidemment des invitées, quelqu'un d'aussi beau avait forcément des liaisons. Peut-être avait-il même une petite amie ou une femme.

Mia avala sa salive pour se débarrasser de quelque chose qui l'étranglait à cette pensée. Arrête, Mia ! Elle n'avait pas la moindre idée de ce qu'il voulait d'elle, et elle n'avait pas la moindre raison d'avoir de tels sentiments envers un extra-terrestre, et même peut-être un vampire.

À pas feutrés Mia se dirigea vers la porte, pieds nus, et ramassa ses vêtements qu'elle avait laissés par terre. Ils étaient encore mouillés et repoussants, elle était soulagée de ne plus les porter. Elle ouvrit prudemment la porte, jeta un coup d'œil dans le couloir et y remarqua une paire de pantoufles grises très confortables que Korum avait apparemment laissée là à son intention.

De Korum lui-même aucun signe.

Mia enfila les pantoufles, quitta la salle de bain et tourna à gauche en espérant aller au salon. Elle ne voulait surtout pas se retrouver dans la chambre de Korum même si cette pensée, qui la fit rougir, la remplit d'une vive chaleur.

Il était assis sur le canapé et regardait quelque chose qu'il tenait dans sa main. Sentant sa présence il leva la tête et un sourire illumina lentement son visage en la voyant debout à côté de lui dans le peignoir trop grand pour elle et la serviette nouée en turban sur la tête.

— Vous êtes adorable comme ça.

Il lui parlait de l'autre bout de la pièce, mais sa voix était douce, comme intime et cela provoqua une étrange sensation en elle, quasi sexuelle. Oh, mon Dieu, que voulait-il donc dire ? S'intéressait-il donc à elle ? Mia était persuadée d'avoir rougi comme une pivoine et les battements de son cœur avaient dû s'accélérer brusquement.

— Oh merci marmonna-t-elle, incapable de trouver une meilleure réponse. Était-ce l'effet de son imagination ou ses yeux venaient-ils vraiment de prendre une nuance dorée encore plus intense ?

— Allons, donnez-moi ça.

Avant même qu'elle n'ait pu retrouver ses esprits, il était près d'elle et prit de ses mains légèrement tremblantes ses vêtements mouillés.

— Asseyez-vous, je vais mettre vos vêtements dans le sèche-linge.

Sur ces mots, il disparut dans le couloir. Mia le suivit des yeux en se demandant si elle devait s'inquiéter. Il lui avait bien dit qu'il n'allait pas lui faire de mal, mais respecterait-il son refus s'il avait envie de faire l'amour avec elle ? Et surtout serait-elle capable de lui dire non étant donné la manière dont elle avait réagi jusqu'ici à son égard ?

Elle avait entendu parler de relations sexuelles entre des humains et des Ks, les deux espèces étaient donc compatibles dans ce domaine. En fait, il existait même des sites internet où des humains voulant coucher avec des Ks postaient des petites annonces pour les attirer. Certaines de ces petites annonces avaient bien dû recevoir des réponses puisque ces sites existaient encore. Mia avait toujours pensé que les Xénos (une abréviation de Xénophiles, un terme péjoratif désignant les accros aux Ks) étaient fous. Bien sûr la plupart des envahisseurs étaient très beaux, mais ils étaient si différents des humains que coucher avec eux s'apparentait à coucher avec un gorille. D'ailleurs, il y avait moins de différences entre un gorille et un être humain qu'entre un être humain et un Krinar.

Malgré cela, elle était là, visiblement très attirée par ce K-là.

Une minute plus tard, Korum revint les mains vides et interrompit Mia dans ses réflexions.

— Vos vêtements sont en train de sécher, dit-il, si vous avez faim je peux nous faire quelque chose à manger en attendant.

Les Ks savaient faire la cuisine ? Mia s'aperçut tout à coup qu'elle avait effectivement très faim. Étant donné toute l'excitation de l'heure précédente, le bagel qu'elle avait mangé au petit déjeuner n'était plus qu'un lointain souvenir. De plus, faire la cuisine et manger semblaient une manière bien inoffensive de passer le temps.

— Volontiers. Ça serait super, merci.

— D'accord, venez à la cuisine avec moi, je vais préparer quelque chose.

Sur ces mots il se dirigea vers une porte qu'elle n'avait pas encore remarquée et l'ouvrit, révélant une vaste cuisine. Elle était somptueuse comme le reste de l'appartement. Elle comprenait des appareils électroménagers en inox étincelant, le sol était pavé de marbre noir et ivoire, et il y avait des comptoirs en lave émaillée qui donnaient un aspect presque futuriste à la pièce. Une espèce de plante aux grandes feuilles était suspendue au plafond dans des jardinières argentées et semblait parfaitement se plaire dans cet environnement qui donnait par ailleurs une impression aseptisée.

— Que diriez-vous d'une salade et d'un sandwich de légumes grillés ? Korum avait déjà ouvert son réfrigérateur qui ressemblait à la toute dernière version de l'iZero, un luxueux frigidaire créé en collaboration par Apple et SubZéro il y avait un an ou deux.

— Ça serait super, merci. Mia lui répondit en pensant à autre chose, elle continuait d'examiner l'endroit où elle se trouvait. Il y avait quelque chose qui la gênait et une question à laquelle elle avait besoin d'avoir la réponse.

Tout à coup, elle comprit de quoi il s'agissait.

— Chez vous toute la technologie est d'invention humaine, laissa-t-elle échapper, à part le petit instrument que vous avez utilisé pour me soigner, tous les appareils électroménagers, tout a été inventé par l'homme ; et pourtant cela doit vous sembler terriblement primitif. Pourquoi n'utilisez-vous pas vos propres inventions à la place ?

Korum sourit, ce qui fit de nouveau apparaître la fossette de sa joue gauche et alla vers l'évier pour rincer la laitue.

— J'aime bien faire de nouvelles expériences. Vos inventions technologiques sont souvent très ingénieuses si l'on pense aux limites qui sont les vôtres. Et pour citer l'un de vos dictons 'Quand vous êtes à Rome, faites comme les Romains'.

— C'est donc une manière de vous encanailler, conclut Mia. Vous vivez avec une espèce primitive et vous utilisez ses instruments rudimentaires.

— Si cela vous plaît de le voir sous cet angle…

Il avait commencé à couper les légumes en morceaux, à un rythme plus rapide que n'importe quel cuisinier professionnel. Mia était fascinée en le regardant, c'était un spectacle tellement incongru de voir un extraterrestre préparer une salade. Chacun de ses mouvements était gracieux et élégant, et d'une certaine façon très différent de celle des hommes.

— Qu'est que vous mangez normalement sur Krinar ? lui demanda-t-elle avec une soudaine curiosité. Vos repas sont-ils très différents des nôtres ?

Il leva la tête et lui sourit.

— Il y a des différences et des similitudes. Nous sommes omnivores comme vous, mais notre régime à tendance à être plus végétarien que le vôtre. Sur Krinar, il y a une immense variété de plantes comestibles, beaucoup plus que sur terre. Certaines de nos plantes sont riches en calories et en goût si bien que nous n'avons jamais vraiment eu cet appétit pour la viande que vous les humains semblez avoir acquis récemment.

Mia cligna des yeux de surprise. Ses mouvements étaient ceux d'un prédateur, comme tous les mouvements des Ks. Leur vitesse et leur force ainsi que la violence dont ils avaient fait preuve n'étaient pas compatibles avec une espèce herbivore. Les rumeurs qui faisaient d'eux des vampires étaient après tout peut être justifiées. Si ce n'étaient pas des animaux qu'ils chassaient pour en manger la viande, comment avaient-ils acquis toutes ces caractéristiques du chasseur ?

Elle voulait le lui demander, mais elle se dit qu'elle n'avait pas forcément envie de connaître la réponse. Si les humains étaient des proies pour les Ks, il ne valait sans doute mieux pas le lui rappeler quand elle était seule avec lui dans son antre.

Mia décida de parler plutôt de quelque chose de moins dangereux.

— Alors c'est pour ça que vous les Ks vous insistez tellement pour que nous ayons un régime végétarien ? Parce qu'il vous plaît aussi ?

Il secoua la tête tout en continuant de couper les légumes.

— Pas vraiment. Notre principale préoccupation était l'exploitation abusive des ressources de votre planète. Votre addiction malsaine à la viande et aux produits laitiers détruisait l'environnement à un rythme beaucoup plus rapide qu'aucune de vos autres actions et nous ne voulions pas assister à cette catastrophe.

Mia haussa les épaules, elle ne s'intéressait pas particulièrement à l'écologie. Mais puisqu'il faisait preuve d'une telle bonne volonté, elle décida de reprendre son interrogatoire de tout à l'heure.

— Et c'est pour cela que vous êtes à New York, pour faire de nouvelles expériences ?

— Entre autres.

Il alluma le four et y mit les tranches de courgettes, d'aubergines, de poivrons et de tomates sur une grille.

Quelle frustration ! Il évitait de répondre et cela ne plaisait pas du tout à Mia. Elle décida de changer de tactique.

— Plus généralement, pourquoi êtes-vous venu sur terre ? Êtes-vous un soldat, un savant ou faites-vous autre chose… Elle laissa sa voix en suspens comme pour suggérer d'autres hypothèses.

— Mais pourquoi m'interroger sur ma profession Mia ?

De nouveau, il semblait se moquer d'elle.

Sans surprise Mia se hérissa.

— Et pourquoi pas ? S'agit-il d'un secret-défense ?

Il jeta la tête en arrière dans un grand éclat de rire.

— Seulement pour les petites filles curieuses. Mia le regarda froidement.

Tout en continuant de rire, il lui expliqua.

— Je suis ingénieur de formation. C'est mon entreprise qui a mis au point les vaisseaux spatiaux qui nous ont amenés ici.

— Les vaisseaux spatiaux qui vous ont amenés ici ? Mais je croyais que les Krinars venaient déjà sur terre depuis des millénaires avant votre arrivée officielle ? Telle avait été en effet l'une des révélations les plus sensationnelles concernant les envahisseurs, le fait qu'ils observaient les humains et vivaient parmi eux bien avant le Jour K.

Il acquiesça d'un petit signe de tête tout en continuant de sourire.

— C'est vrai nous avons pu vous rendre visite depuis bien longtemps. Mais les voyages vers la Terre ont toujours été une entreprise risquée, comme tout déplacement spatial d'ailleurs. Donc seuls quelques individus intrépides ont pris ce risque à différentes périodes de notre histoire. Ce n'est que depuis une centaine d'années que nous avons réussi à parfaitement maîtriser la technologie nécessaire aux voyages supersoniques et mon entreprise a réussi à construire des vaisseaux capables de transporter des milliers de civils jusqu'à cette partie de l'univers.

Voilà qui était intéressant. Elle n'en avait jamais entendu parler auparavant. Lui confiait-il quelque chose d'inédit ? Encouragée par cette réponse et poussée par la curiosité Mia poursuivit ses questions.

— Vous étiez donc vous-même sur terre avant le jour K ? lui demanda-t-elle fascinée et en le regardant avec de grands yeux.

Il haussa les épaules, un geste parfaitement humain que les Ks faisaient visiblement eux aussi.

— Oui, une ou deux fois.

— Est-il vrai que lorsque nous voyons des OVNIS il s'agit

d'interactions avec les Krinars ?

Il sourit.

— Non. C'étaient surtout des ballons météo et des tests secrets de vos gouvernements sur les vaisseaux. Moins d'un pour cent de ces visions nous concernait vraiment.

— Et les mythes grecs ou romains ? Mia avait lu des hypothèses récentes selon lesquelles les Krinars avaient pu être vénérés comme des dieux dans l'Antiquité, ce qui avait donné naissance aux religions polythéistes. Et bien sûr, même aujourd'hui des sectes religieuses considéraient les Ks comme les véritables créateurs de l'humanité, ce qui avait donné lieu à une nouvelle religion entièrement consacrée à la vénération et à l'émulation des envahisseurs. Les Krinariens, c'était le nom de ces adeptes des Ks, recherchaient toutes les occasions d'avoir des relations avec ces êtres qu'ils considéraient comme de véritables dieux, imaginant augmenter ainsi leurs chances de se réincarner en K. Les trois grandes religions, la religion chrétienne, l'Islam et le Judaïsme avaient réagi d'une manière très différente et avaient refusé d'accepter que les Ks aient pu avoir la moindre responsabilité dans l'origine de la vie sur terre. Des groupes religieux plus fanatiques avaient même déclaré que les Krinars étaient des démons et que leur arrivée sur terre correspondait à leur propre prophétie annonçant la fin du monde. Mais la plupart des gens considéraient les extra-terrestres comme tels, une espèce ancestrale, hautement civilisée qui avait envoyé sur terre un ADN en provenance de Krina et donc créé la vie sur notre planète.

— Ils *étaient* basés à Krinar, dit Korum en guise de confirmation. Il y a quelques milliers d'années, un petit groupe de savants K fut envoyé sur terre pour l'étudier et y faire des observations. Ils participèrent trop étroitement à la vie des humains, à tel point qu'ils outrepassèrent les termes de leur mission et restèrent quelques siècles de trop. Il fallut finalement les rapatrier de force quand il devint évident qu'ils profitaient de l'ignorance des humains.

Avant même que Mia n'ait eu le temps d'assimiler cette nouvelle information, le four émit un petit signal sonore indiquant que le repas était prêt.

— Voilà, c'est prêt.

Il prit les légumes cuits au four et les mélangea à une marinade qu'il avait préparée tout en parlant. Il posa une grosse salade sur la table, et en mit une bonne portion dans l'assiette de Mia.

— On peut commencer par ça pendant que les légumes sont dans la marinade.

Mia commença à manger sa salade en se retenant de rire d'une manière impolie à l'idée qu'elle mangeait littéralement la nourriture des dieux, ou du moins quelque chose qui avait été préparé par une créature que l'on aurait pu vénérer il y a deux mille ans. La salade était délicieuse, une laitue bien fraîche, un avocat crémeux à souhait, des poivrons croquants sous la dent, et des tomates un peu sucrées assaisonnées d'une vinaigrette au citron légèrement épicée. Avait-elle vraiment très faim ou était-ce la meilleure salade qu'elle ait mangée depuis longtemps ? Depuis quelques années, elle s'était habituée à manger de la salade par nécessité, mais elle se disait maintenant qu'elle en mangerait par plaisir.

— Merci, c'est délicieux, marmonna-t-elle la bouche pleine.

— Mais je vous en prie.

Il mangeait lui aussi de bon appétit, avec un plaisir évident. Pendant un moment ils mangèrent en silence, dans une sorte de complicité ponctuée seulement par le bruit des couverts. Quand il eut fini ce qu'il avait dans son assiette – même pour manger il allait plus vite qu'un humain – Korum se leva pour préparer les sandwiches.

Deux minutes plus tard, un sandwich préparé dans toutes les règles de l'art était placé devant Mia. On avait l'impression que le pain à la croûte dorée venait d'être cuit, les légumes grillés semblaient délicieux et étaient agrémentés d'une sorte d'épice orangée. Mia prit son sandwich et mordit dedans, retenant presque un petit grognement de plaisir. C'était encore meilleur que ça en avait l'air.

— C'est vraiment délicieux. Où avez-vous appris à cuisiner comme ça ? lui demanda-t-elle avec curiosité en avalant une cinquième bouchée.

Il haussa de nouveau les épaules, finissant son propre sandwich qui était un peu plus gros.

— Par plaisir. Faire la cuisine est une question de plaisir. Et comme j'aime bien manger, autant bien faire la cuisine.

C'était logique. Mia mangea jusqu'à la dernière miette et se lécha les doigts pour ne rien laisser perdre de la délicieuse marinade. En levant la tête et en remarquant l'expression du visage de Korum elle se figea brusquement.

Il regardait fixement sa bouche avec une expression vorace et chaque seconde ses yeux devenaient de plus en plus dorés.

— Refaites ce geste lui ordonna-t-il d'une voix douce, comme un ronronnement profond qui lui parvenait de l'autre côté de la table.

Le cœur de Mia se mit à battre la chamade.

Tout à coup, l'atmosphère s'était alourdie devenant intensément sexuelle, et elle n'avait pas la moindre idée de la manière de se protéger. Toute la vulnérabilité de sa situation lui apparut. Elle était toute nue sous l'étoffe épaisse du peignoir. Il suffisait à Korum de dénouer la petite ceinture qui l'attachait et son corps se révélerait à lui. Aucun vêtement n'aurait pu la protéger d'un K ou d'un homme d'ailleurs, étant donné sa petite taille, mais le fait de ne porter qu'un peignoir la rendait encore plus vulnérable.

Elle se leva lentement et fit un pas en arrière, toujours derrière la table. Les battements de son cœur l'assourdissaient. Elle laissa échapper ces mots :

— Merci pour ce repas, mais il faut vraiment que j'y aille maintenant. Pensez-vous que mes vêtements soient secs ?

Korum ne réagit pas immédiatement, il continuait de la regarder avec cette intensité dans les yeux qui la déconcertait tant, puis comme s'il venait de prendre une décision en son for intérieur, il se mit lentement à sourire et se leva à son tour.

— Oui, ils doivent être prêts maintenant. Pourquoi ne mettriez-vous pas la vaisselle dans la machine pendant que je vais voir ce qu'il en est ?

Mia ne répondit que d'un signe de tête par peur d'être trahie par sa voix tremblante. Les jambes en coton, elle commença à rassembler la vaisselle tant bien que mal. Korum lui sourit pour la remercier et sortit de la pièce, lui permettant de retrouver ses esprits.

Quand il revint avec ses vêtements secs, Mia était parvenue à se convaincre qu'elle avait réagi de manière excessive à une remarque qui était peut-être sans importance. C'était sans doute son imagination qui s'était emballée et qui avait cru déceler une connotation sexuelle là où il n'y en avait pas. Étant donné la fascination de Korum pour la technologie et la manière de vivre des humains il n'y avait rien de surprenant à ce qu'il s'intéresse aussi à un être humain et qu'il soit attendri par son comportement, tout comme Mia l'était quand elle regardait des animaux au zoo.

Ayant tout à coup un peu honte d'avoir été gênée Mia ébaucha un sourire pour Korum qui lui tendait ses vêtements.

— Merci de les avoir fait sécher, je vous en suis vraiment reconnaissante.

— Mais je vous en prie, tout le plaisir est pour moi. Il sourit à son tour, mais il y avait quelque chose de légèrement gênant dans la manière dont il la regardait.

— Si ça ne vous ennuie pas, je vais aller me changer. Toujours nerveuse sans savoir pourquoi Mia se dirigea vers la porte de la cuisine.

— Bien sûr. Vous vous souvenez comment retourner à la salle de bains ? Il lui indiqua la direction au fond du couloir, la regardant en souriant à moitié tandis qu'elle s'enfuyait gracieusement.

Mia ferma la porte de la salle de bains à clef et remit rapidement ses vêtements, laids, mais confortables et bien chauds après être passés au séchoir. Korum s'était même débrouillé pour sécher aussi ses chaussures, s'aperçut-elle avec plaisir en les chaussant. Ayant l'impression d'être vraiment redevenue elle-même, elle dénoua la serviette de toilette de ses cheveux. Ils étaient maintenant presque secs et elle laissa la masse de boucles finir de sécher toute seule. Puis en pensant qu'elle était aussi prête qu'elle pouvait l'être, Mia quitta la sécurité toute relative de la salle de bains et se hasarda dans le salon pour faire de nouveau face à Korum et à son comportement troublant.

Il s'était de nouveau assis sur le canapé scrutant quelque chose dans la paume de sa main. Il semblait tellement absorbé par ce qu'il examinait qu'elle toussota pour l'avertir de sa présence.

À ce bruit, il releva la tête avec un sourire mystérieux.

— Ah ! vous voilà, vous êtes bien au sec maintenant.

— Oui, et je vous en remercie. Embarrassée, Mia se balançait d'un pied sur l'autre. Et encore merci de votre hospitalité. Il faut vraiment que j'y aille maintenant. J'ai une dissertation à finir et d'autres devoirs…

— Bien sûr, je vais vous emmener là où vous voulez aller. Il se leva d'un bond et alla vers la penderie.

— Mais non, ce n'est pas la peine, protesta Mia. Je vais prendre le métro, ce n'est vraiment pas un problème. Il ne pleut plus, tout ira bien.

Il se contenta de lui jeter un coup d'œil incrédule.

— Je viens de dire que je vais vous y emmener. Il parlait d'une voix sans appel.

Mia décida que ce n'était pas la peine de discuter. Et d'ailleurs, elle n'avait jamais l'occasion d'être conduite en limousine. Puisque Korum était visiblement décidé à la déposer, autant profiter de l'expérience. Mia se tut donc et le suivit docilement dans l'ascenseur luxueux où il appuya sur le bouton du rez-de-chaussée.

Roger et sa limousine attendaient déjà devant l'immeuble. Les portes s'ouvrirent à leur arrivée et Korum eut la courtoisie d'attendre que Mia s'installe pour y entrer à son tour. Elle se demanda où il avait appris toutes ces règles de savoir-vivre humain. D'une manière ou d'une autre, elle ne pensait pas que s'effacer devant les dames soit une coutume universelle.

— Où voulez-vous aller ? demanda-t-il en s'asseyant à côté d'elle.

Mia prit une seconde pour réfléchir. Elle aurait bien aimé se réfugier chez elle et tout raconter à Jessie de cette incroyable rencontre, mais il lui fallait rendre sa dissertation. Elle avait besoin d'aller à la bibliothèque.

Elle espérait seulement pouvoir tout oublier pendant quelques heures, ou le temps qu'il lui faudrait pour rédiger cette fichue dissertation.

— À la bibliothèque Hobst si ça ne vous dérange pas trop, demanda-t-elle d'une voix incertaine.

— Mais ça ne me dérange pas du tout, lui dit-il d'une voix rassurante en appuyant sur le bouton de l'intercom et en transmettant ses instructions à Roger.

Assise si près de lui dans la limousine Mia sentit le corps de Korum si grand et si chaud à quelques centimètres seulement du sien. Toute sa chair réagit sans le moindre contrôle.

Quels que soient les critères, sa beauté virile était vraiment extraordinaire, pensa Mia avec un détachement presque clinique. Elle devina qu'il devait mesurer environ 1m80 et il lui sembla très musclé quand elle se souvint de lui en tee-shirt. Avec le teint qu'il avait, il était sans conteste l'homme le plus beau qu'elle ait jamais vu, dans la vie ou au cinéma. Ce n'était pas étonnant qu'il lui fasse autant d'effet, se dit-elle, n'importe quelle femme aurait réagi de même. Mais il ne suffisait pas de comprendre pourquoi il l'attirait pour résister à cette attirance.

— Alors, Mia, parlez-moi un peu de vous.

Elle fut interrompue dans ses pensées par cette question formulée d'une voix douce.

— Hum… OK. Sans savoir pourquoi cette question la troublait. Que voulez-vous savoir ?

Il haussa les épaules et sourit.

— Tout.

— Eh bien, je suis étudiante à l'université de New York, ma matière principale est la psychologie, commença Mia en espérant ne pas bafouiller. Je suis d'une petite ville de Floride et je suis venue faire mes études à New York.

Il l'arrêta d'un signe de tête.

— Tout cela je le sais déjà. Il faut m'en dire plus.

Mia fut tellement choquée qu'elle le regarda fixement. Elle se sentait tout à coup comme du gibier pris au piège. Avec un calme dont elle fut la première surprise, elle lui demanda

— Et comment le savez-vous ?

— De la même manière qui m'a permis de vous retrouver aujourd'hui. Il est très facile de s'informer sur les humains, surtout quand ils n'ont rien à cacher. Il sourit comme s'il ne venait pas de faire voler en éclats les illusions qu'elle se faisait sur la vie privée.

— Mais pourquoi ? Mia ne put s'empêcher de lui poser la question qui la tourmentait depuis deux jours. Pourquoi vous intéressez-vous autant à moi ? Pourquoi tant d'efforts ? Elle pointa du doigt la limousine et tout ce qu'il avait fait pour elle jusqu'à présent.

Il la regarda droit dans les yeux, son regard avait une telle intensité qu'il en était hypnotique.

— Parce que je veux vous baiser Mia, c'est cela que vous avez peur d'entendre, c'est à cause de cela que vous êtes terrifiée depuis le début ?

Sans lui permettre de reprendre son souffle il poursuivit du même ton légèrement moqueur.

— Voilà pourquoi. Pour une raison inconnue, vous avez attiré mon attention hier, assise là, sur ce banc, avec vos cheveux bouclés et vos grands yeux bleus, si apeurée quand je regardais dans votre direction. Vous n'êtes pas mon type du tout. Je ne cours pas après les petites filles effrayées normalement, encore moins celles du type humain, mais vous – il approcha sa main droite, et doucement lui caressa la joue, – vous m'avez donné envie de vous déshabiller là, en plein milieu du parc, pour voir ce qui se cache derrière ces affreux vêtements que vous portez. J'ai dû faire appel à toute ma volonté pour vous laisser partir à ce moment-là, et, quand vous avez léché vos doigts de cette façon si lascive dans ma cuisine, je pouvais à peine me retenir d'ouvrir votre peignoir et de m'enfoncer entre vos cuisses là directement sur la table de cuisine.

Il lui remit une mèche de cheveux derrière l'oreille et lui toucha doucement les lèvres des doigts ; en sentant qu'il la touchait, des ondes brûlantes envahirent Mia tout entière.

— Mais je ne suis pas un violeur. Et là maintenant, cela serait exactement ça – un viol – parce que vous avez tellement peur de moi et de votre propre sexualité. Il se pencha plus près d'elle et lui murmura : je sais que vous me désirez, Mia. Je vois bien vos jolies joues rougir de désir et je le sens dans votre petite culotte. Je sais que vos petits tétons sont durs et que vous mouillez en m'écoutant, tout votre corps se lubrifie pour que je vous pénètre. Si je vous prenais ici et maintenant, vous auriez du plaisir une fois votre peur oubliée et passée la souffrance de perdre votre virginité oui, je sais également que vous êtes encore vierge – mais je vais attendre jusqu'à ce que vous vous fassiez à l'idée d'être à moi. N'attendez pas trop longtemps malgré tout, ma patience atteint presque ses limites.

CHAPTER THREE

"Here we are. Welcome to my humble abode."

Mia stared around in amazement, her gaze lingering on floor-to-ceiling windows looking out over the Hudson, gleaming wooden floors, and luxurious cream-colored furnishings. A few pieces of modern art on the walls and luscious-looking plants near the windows provided tasteful touches of color. It was the most beautiful apartment she had ever seen. And it looked completely human.

"You live here?" she asked in astonishment.

"Only when I come to New York."

Korum was hanging his trench coat in the closet by the door. It was such a simple, mundane action, but somehow his movements were just too fluid to be fully human. He was now clad only in a blue T-shirt and a pair of jeans. The clothes hugged his lean, powerful body to perfection. Mia swallowed, realizing that her incredible surroundings paled next to the gorgeous creature who was apparently occupying them.

How could he afford this place? Were all the Ks rich? When the limo had pulled into the parking garage at the newest luxury high-rise in TriBeCa, Mia had been shocked to find herself escorted to a private elevator that took them directly to the penthouse floor. The apartment looked huge, particularly by Manhattan standards. Did it occupy the entire top floor of the building?

"Yes, the apartment is the whole floor."

Mia blushed, just realizing that she had asked the question out loud. "Umm . . . it's a beautiful place you've got here."

"Thank you. Here, sit down." He led her to a plush leather couch – cream-colored, of course. "Let me see your hands."

Mia hesitantly extended her palms, wondering what he intended to do. Use his blood to heal them, the way vampires from popular fiction used to do?

Instead of cutting his palm or doing anything vampiric, Korum brought a thin silvery object toward her right palm. The size and thickness of an old-fashioned plastic credit card, the thing looked completely innocuous. That is, until it began to emit a soft red light directly over her hand. There was no pain, just a pleasant, warm sensation where the light touched her damaged skin. As Mia watched, her scrapes began to fade and disappear, like pencil marks getting erased. Within a span of two minutes, her palm was completely healed, as though there had been nothing there to begin with. Mia tentatively touched the area with her fingers. No pain whatsoever.

"Wow. That is amazing." Mia exhaled sharply, releasing a breath she hadn't even realized she was holding. Of course, she had known that the Ks were far more technologically advanced, but seeing what amounted to a miracle with her own eyes was still shocking.

Korum repeated the process on her other hand. Both of her palms were now completely healed, with no trace of an injury.

"Uh . . . thank you for that." Mia didn't really know what to say. Was this a K version of offering a Band-Aid, or did he just perform some kind of a complicated medical procedure on her? Should she offer to pay him? And if he said yes, would he accept student health insurance? *Snap out of it, Mia! You're being ridiculous!*

"You're welcome," he said softly, still lightly holding her left hand. "Now let's get you changed out of your wet clothes."

Mia's head jerked up in horrified disbelief. Surely he couldn't mean to . . .

Before she even had a chance to say anything, Korum blew out an exasperated breath. "Mia, when I said that I don't intend to harm you, I meant it. My definition of harm includes rape, in case you think we have some cultural differences there. So you can relax, and stop jumping at every word I say."

"I'm sorry, I didn't mean to imply . . ." Mia wished the ground would open up and simply swallow her. Of course, he wouldn't rape her. He probably wasn't even interested in her that way. Why would he want some skinny, pale little human when he could have any of the gorgeous K females she'd seen on TV? He'd never said he was attracted to her – just that he found her "interesting." For all she knew, he could be a K scientist studying the New York breed of humans – and he had just found a curly-haired lab rat.

Letting out another sigh, Korum rose gracefully from the couch, his every move imbued with inhuman athleticism. "Here, come with me."

Still feeling embarrassed, Mia barely paid attention to her surroundings as he led her down the hall. However, she couldn't help but gasp at the first sight of the enormous bathroom that lay before her.

The glass shower enclosure was bigger than her entire bathroom back home, and a large elevated jacuzzi occupied the center of the room. The entire bathroom was done in shades of ivory and grey, an unusual combination that nonetheless paired well in this luxurious environment. Two of the walls were floor-to-ceiling mirrors, further adding to the spacious feel. There were plants here too, she noticed with bemusement. Two exotic-looking plants with dark red leaves seemed to be thriving in the corners, apparently getting enough sunlight from the large skylight in the ceiling.

"This is for you." Korum slid open part of the glass wall and took out a large ivory towel and a soft-looking thick grey robe. "You can take a hot shower and change into this, and then I will throw your clothes in the dryer."

With a nod and a murmured thank-you, Mia accepted the two items, watching as Korum exited the room and closed the door behind him.

A sense of unreality gripped her as she stared at the cutting-edge luxury all around her. This could not be happening to her. Could this be a really vivid dream? Surely Mia Stalis, from Ormond Beach, Florida, was not standing here in a bathroom fit for a king, having been told to take a hot shower by a K who had practically kidnapped her in order to heal her insignificant scratches with an alien magic device. Maybe if she blinked a few times, she would wake up back in her cramped room at the apartment she shared with Jessie.

To test that theory, Mia shut her eyes tightly and opened them again. Nope, she was still standing there, feeling the plush towel and robe heavy in her arms. If this was a dream, then it was the most realistic dream she'd ever had. She might as well take that shower – now that the excitement was starting to wear off a bit, she felt the chill from her damp clothes sinking deep into her bones.

Putting down her burden on the edge of the tall jacuzzi tub, Mia walked to the door and locked it. Of course, if Korum really wanted to get in, it was doubtful that the flimsy lock would keep him out. The incredible strength of the Krinar was discovered in the first few weeks after the invasion, when some guerrilla fighters in the Middle East ambushed a small group of Ks in violation of the recently signed Coexistence Treaty. Video footage of the event, recorded by some bystander on his iPhone, showed scenes straight out of a horror science fiction movie. The band of thirty-plus Saudis, armed with grenades and automatic assault rifles, had stood no chance against the six unarmed Ks. Even wounded, the aliens moved at a speed exceeding that of all known living creatures on Earth, literally tearing apart their attackers with bare hands. One particularly dramatic scene showed a K throwing two screaming men – each with one hand – high up into the air. The exact height of the throw was later determined to be about sixty feet. Needless to say, the men had not survived their descent. The sheer savagery of that fight – and some subsequent encounters during the days of the Great Panic – stunned the human population, lending credence to the rumors of vampirism that emerged some months later. For all their advances in technology and seeming eco-consciousness, the Ks could be as brutal and violent as any vampire of legend.

And here she was stuck with one. Who wanted to heal her negligible scratches and have her take a hot shower in his fancy penthouse. And put her clothes in his dryer.

A hysterical giggle escaped Mia at the thought.

Of course, he might like his snacks clean and sweet-smelling, but somehow Mia believed him when he said he didn't want to hurt her. Besides, there was very little she could do about her current situation – she might as well stop freaking out and take advantage of the most luxurious shower of her life.

Peeling off her wet clothes, Mia caught sight of herself in the mirror. Why was he interested in her? Sure, she was skinny, which was still in vogue, but he probably had the most beautiful women of both species fawning over him. Standing there naked, Mia tried to look at herself objectively and not through the eyes of a self-conscious teenager. The mirror reflected a thin young woman, with small, but nicely rounded breasts, slim hips, and a narrow waist. Her butt was reasonably curvy, considering the rest of her frame. Naked, she didn't look like the shapeless stick figure she always felt like in her baggy clothes. If she were taller, she might even think she had a nice figure. However, her skin was way too pale and the dark mess of curls framing her face was much too frizzy for her to ever be considered more than moderately cute or passably pretty.

Sighing, Mia stepped into the shower. After a brief battle with the touchscreen controls, she figured out how to work them and was soon enjoying warm water coming at her from five different directions. She even used his soap, which had a very faint but pleasing scent of something tropical.

Ten minutes later, Mia regretfully turned off the water and stepped out onto a thick ivory bath rug. She dried herself with the towel Korum had so graciously provided, wrapped it around her wet hair, and put on the robe – which was, to her surprise, only a little big on her. It had to be a woman's robe, she realized with an unpleasant pang of something that felt oddly like jealousy. *Don't be silly, Mia, of course he has female guests!* A creature that gorgeous would hardly be celibate. He might even have a girlfriend or a wife.

Mia swallowed to get rid of an obstruction in her throat that seemed to rise up at that thought. *Stop it, Mia!* She had no idea what he wanted from her, and she had absolutely no reason to feel like this about an alien from outer space who may or may not drink human blood.

Padding to the door in her bare feet, Mia picked up her discarded clothes from the floor. They felt wet and yucky in her hands, and she was glad she was no longer wearing them. Carefully opening the door, she peeked out into the hallway, spotting a soft-looking pair of grey house slippers that Korum apparently left for her.

No sign of Korum himself.

Putting on the slippers, Mia left the bathroom and headed to the left, hoping that she was going back toward the living room. The last thing she wanted was to stumble into his bedroom, even though that thought made her feel warm and flushed all over.

He was sitting on the couch, looking at something in his palm. Sensing her presence, he lifted his head, and a big smile slowly lit his face at the sight of her standing there in the too-big robe and turban-like towel on her head.

"You look adorable in that." His voice was low and somehow intimate, even from across the room, making her insides clench in a strangely sexual way. Oh God, what did he mean by that? Was he actually interested in her? Mia was sure she had just turned beet-red as her heart rate suddenly picked up.

"Ah, thanks," she mumbled, unable to think of a better response. Was it her imagination, or did his eyes turn an even deeper shade of gold?

"Here, let me have those." Before she had a chance to recover her composure, he was next to her, taking her wet clothes from her slightly shaky arms. "Have a seat, and I'll drop these in the dryer."

With that, he disappeared down the hall. Mia stared after him, wondering if she should be worried. He said he wasn't going to hurt her, but would he take no for an answer if he really was interested in her sexually? More importantly, would she be able to say no, given her response to him thus far?

She'd heard of humans having sex with Ks, so their species were definitely compatible in that way. In fact, there were even websites where people who wanted to have sex with Ks posted ads designed to attract them. Some of the ads must have garnered responses, since the websites stayed in business. Mia always used to think that these xenos – short for xenophiles, a derogatory term for K addicts – were crazy. Sure, most of the invaders tended to be very good-looking, but they were so far from being human that one might as well have sex with a gorilla; there were fewer differences between gorilla and human DNA than between human and Krinar.

Yet here she was, apparently very attracted to one particular K.

A minute later, Korum returned empty-handed, interrupting Mia's chain of thought. "The clothes are drying," he announced. "Are you hungry? I can make us something to eat in the meanwhile."

Ks could cook? Mia suddenly realized that she was, in fact, famished. With all the excitement of the past hour, her bagel breakfast seemed like a very long time ago. Cooking and eating also seemed like a very innocuous way to pass the time.

"Sure, that sounds great. Thank you."

"Okay, come with me to the kitchen, and I'll make something."

With that promise, he walked over to a door she hadn't noticed before and slid it open, revealing a large kitchen. Like the rest of the penthouse, it was striking. Gleaming stainless steel appliances, black and ivory marble floors, and black enameled lava countertops populated the space, for an almost futuristic look. Some kind of big-leafed plants in silvery pots hung from the ceiling near the windows, seeming very much at home in an otherwise sterile-looking environment.

"How do you feel about a salad and a roasted veggie sandwich?" Korum was already opening the refrigerator, which looked like the latest version of the iZero – a smart fridge jointly created by Apple and Sub-Zero a couple of years ago.

"That sounds great, thanks," Mia answered absentmindedly, still studying her surroundings. Something was nagging at her, some obvious question that begged an answer.

Suddenly, it hit her.

"Your home only has our technology in it," Mia blurted out. "Well, except for the little healing tool you used on me. All of these appliances, all of our technology – it must seem so primitive to you. Why do you use it instead of whatever you guys have instead?"

Korum grinned, revealing the dimple in his left cheek again, and walked over to the sink to rinse the lettuce. "I enjoy experiencing different things. A lot of your technology is really so ingenious, considering your limitations. And, to use one of your sayings, when in Rome . . ."

"So you're basically slumming," Mia concluded. "Living with the primitives, using their basic tools –"

"If you want to think of it that way."

He started chopping the veggies, his hands moving faster than any professional chef's. Mia stared at him in fascination, struck by the incongruity of a creature from outer space making a salad. All of his movements were fluid and elegant – and somehow very inhuman.

"What do you normally eat on Krina?" she asked, suddenly very curious. "Is your diet very different from ours?"

He looked up from the chopping and smiled at her. "It's different in some ways, but very similar in other ways. We're omnivorous like you, but lean even more toward plant foods in our diet. There's a huge variety of edible plants on Krina – more so than here on Earth. Some of our plants are very dense in calories and rich in flavor, so we never quite developed the taste for meat that humans seem to have acquired recently."

Mia blinked, surprised. There was something predatory in the way he moved – the way all Ks moved. Their speed and strength, as well as the violent streak they'd displayed, did not make sense for a primarily herbivorous species. So there must be something to the vampire rumors after all. If they didn't hunt animals for their meat, then how had they evolved all these hunter-like traits?

She wanted to ask him that, but had a feeling that she might not want to know the answer. If his species really did view humans as prey, it was probably best not to remind him about it when she was alone with him in his lair.

Mia decided to stick with something safer instead. "So is that why you guys emphasize plant foods so much for us? Because you like it yourselves?"

He shook his head, continuing to chop. "Not really. Our main concern was the abuse of your planet's resources. Your unhealthy addiction to animal products was destroying the environment at a much faster rate than anything else you were doing, and that was not something we wanted to see."

Mia shrugged, not being particularly environmentally conscious herself. Since he was being so accommodating, though, she decided to resume her earlier line of questioning. "Is that why you're here in New York, to experience something different?"

"Among other reasons." He turned on the oven and placed sliced zucchini, eggplant, peppers, and tomatoes on a tray inside.

How frustrating. He was being evasive, and Mia didn't like it one bit. She decided to change her approach. "What brings you to Earth in general? Are you one of the soldiers, or the scientists, or do you do something else . . ." Her voice trailed off suggestively.

"Why, Mia, are you asking me about my occupation?" He sounded like he was again laughing at her.

Predictably, Mia felt her hackles rising. "Why, yes, I am. Is that classified information?"

He threw back his head and burst out laughing. "Only for curious little girls." Mia stared back at him with a stony expression on her face. Still chuckling, he revealed, "I'm an engineer by profession. My company designed the ships that brought us here."

"The ships that brought you here? But I thought the Krinar had been visiting Earth for thousands of years before you formally came here?" That had been one of the most striking revelations about the invaders – the fact that they'd been observing humans and living among them long before K-Day.

He nodded, still smiling. "That's true. We've been able to visit you for a long time. However, traveling to Earth had always been a dangerous task – as was space travel in general – so only a few intrepid individuals would attempt it at any given time. It's only in the past few hundred years that we fully perfected the technology for faster-than-light travel, and my company succeeded in building ships that could safely transport thousands of civilians to this part of the universe."

That was interesting. She'd never heard this before. Was he telling her something that wasn't public knowledge? Encouraged and unbearably curious, Mia continued with her questions. "So have *you* been to Earth before K-Day?" she asked, staring at him in wide-eyed fascination.

He shrugged – a human gesture that was apparently used by the Ks as well. "A couple of times."

"Is it true that all our UFO sightings are based on actual interactions with the Krinar?"

He grinned. "No, that was mostly weather balloons and your own governments testing classified aircraft. Less than one percent of those sightings could actually be attributed to us."

"And the Greek and Roman myths?" Mia had read recent speculation that the Krinar may have been worshipped as deities in antiquity, giving rise to the Greek and Roman polytheistic religions. Of course, even today, some religious groups had embraced the Ks as the true creators of humankind, spawning an entirely new movement dedicated to venerating and emulating the invaders. The Krinarians, as these K-worshippers were known, sought every opportunity to interact with the beings they viewed as real-life gods, believing it increased their odds of reincarnating as a K. The Big Three – Christianity, Islam, and Judaism – had reacted very differently, refusing to accept that Ks were in any way responsible for the origin of life on Earth. Some more extreme religious factions had even declared the Krinar to be demons and claimed that their arrival was part of the end-of-days prophecy. Most people, however, had accepted the aliens for what they were – an ancient, highly advanced species that had sent DNA from Krina to Earth, thus starting life on this planet.

"Those *were* based on the Krinar," confirmed Korum. "A few thousand years ago, a small group of our scientists, sent here to study and observe, became overly involved in human affairs – to the point that they overstayed their mission by a few hundred years. They ultimately had to be forcibly returned to Krina when it became obvious that they were purposefully preying on human ignorance."

Before Mia had a chance to digest that information, the oven let out a little beep signifying the food's readiness.

"Ah, here we go." He took out the roasted veggies and dropped them into a marinade he'd managed to whip up during their conversation. Placing a large salad in the middle of the table, he picked up a sizable portion and deposited it on Mia's plate. "We can start with this while the veggies are marinating."

Mia dug into her salad, holding back an inappropriate giggle at the thought that she was literally eating food of the gods – or at least food that had been prepared by someone who would've been worshipped as a god a couple of thousand years ago. The salad was delicious – crispy lettuce, creamy avocado, crunchy peppers, and sweet tomatoes were combined with some type of tangy lemony dressing that was mildly spicy. She was either super-hungry, or it was the best salad she'd had in a long time. In the past few years, she'd learned to tolerate salad out of necessity, but this kind of salad she could actually grow to like.

"Thank you, this is delicious," she mumbled around a mouthful of salad.

"You're welcome." He was digging in as well, with obvious enjoyment. For a little while, there was only the sound of them munching on the salad in companionable silence. After finishing his portion – he even ate faster than normal, Mia noticed – Korum got up to make the sandwiches.

Two minutes later, a beautifully made sandwich was sitting in front of

Mia. The dark crusty bread appeared to be freshly baked, and the veggies looked tender and were seasoned with some kind of orange spices. Mia picked up her portion and bit into it, nearly stifling a moan of enjoyment. It tasted even better than it looked.

"This is great. Where did you learn to cook like this?" Mia inquired with curiosity after swallowing her fifth bite.

He shrugged, finishing up his own larger sandwich. "I enjoy making things. Cooking is just one manifestation of that. I also like to eat, so it's helpful to know how to make good food."

That made sense to her. Mia ate the last bite of her sandwich and licked her finger to get the remainder of the delicious marinade. Lifting her head, she suddenly froze at the look on Korum's face.

He was staring at her mouth with what looked like raw hunger, his eyes turning more golden by the second.

"Do that again," he ordered softly, his voice a dark purr from across the table.

Mia's heart skipped a beat.

The atmosphere had suddenly turned heavy and intensely sexual, and she had no idea how to deal with it. The full vulnerability of her situation dawned on her. She was completely naked underneath the thick robe. All he had to do was pull on the flimsy belt holding the robe together, and her body would be fully revealed to him. Not that clothes would provide any protection against a K – or a human male for that matter, given her size – but wearing only a robe made her feel much more exposed.

Slowly getting up, she took a step away from the table. Her heartbeat thundering in her ears, Mia nervously blurted out, "Thank you for the meal, but I should really get going now. Do you think my clothes might be dry?"

For a second, Korum did not respond, continuing to look at her with that disconcertingly hungry expression. Then, as if coming to some internal decision, he slowly smiled and got up himself. "They should be ready by now. Why don't you put the dishes in the dishwasher while I go check?"

Mia nodded in agreement, afraid that her voice would tremble if she spoke out loud. Her legs felt like cooked noodles, but she started gathering the dishes. Korum smiled approvingly and exited the room, leaving Mia alone to recover her composure.

By the time he came back, his arms loaded with her dry clothes, Mia had managed to convince herself that she had overreacted to a potentially harmless remark. Most likely, her imagination was working in overdrive, adding sexual overtones to where there were none. Given his apparent fascination with human technology and lifestyle, it wasn't all that surprising that he would find an actual human interesting as well – maybe even cute in something they did – the same way Mia felt about animals in the zoo.

Feeling slightly bad about her earlier awkwardness, Mia tentatively smiled at Korum as he handed her the clothes. "Thanks for drying these – I really appreciate it."

"No problem. It was my pleasure." He smiled back, but there was a hint of something mildly disturbing in the look he gave her.

"If you don't mind, I'll just go change." Still feeling inexplicably nervous, Mia turned toward the kitchen exit.

"Sure. Do you remember the way to the bathroom? You can go change there." He pointed down the hall, watching with a half-smile as she gratefully escaped.

Locking the bathroom door, Mia hurriedly changed into her comfortably ugly – and pleasantly warm from the dryer – clothes. He had somehow managed to dry her Uggs as well, Mia noticed with pleasure as she pulled them on. Feeling much more like herself, she unwrapped the towel from her hair, which was only slightly damp at this point, and left the curly mess down to finish drying. Then, thinking that she was as ready as she would ever be, Mia left the relative safety of the bathroom and ventured back out into the living room to face Korum and his confusing behavior.

He was again sitting on the couch, analyzing something in his palm. He seemed very absorbed in it, so Mia cautiously cleared her throat to notify him of her presence.

At the sound, he looked up with a mysterious smile. "There you are, all nice and dry."

"Ah, yeah, thanks for that." Mia self-consciously shifted from one foot to another. "And thanks again for your hospitality. I really should get going now, try to write that paper and finish up some other homework..."

"Sure, I'll take you wherever you want to go." He got up in one smooth motion, heading to the coat closet.

"Oh no, you don't have to do that," protested Mia. "Really, I have no problem taking the subway. The rain has stopped, so I'll be totally fine."

He just gave her an incredulous look. "I said I will take you there." His tone left no room for negotiation.

Mia decided not to argue. It's not as if she rode in a limo every day. Since Korum was so determined to give her a lift, she might as well enjoy the experience. So Mia kept quiet and meekly followed him as he entered a posh-looking elevator and pressed the button for the ground floor.

Roger and his limo were already waiting in front of the building. The doors slid open at their approach, and Korum courteously waited until Mia climbed inside before getting in himself. Mia wondered where he had learned all of these polite human gestures. Somehow she doubted that "ladies first" was a universal custom.

"Where would you like to go?" he inquired, sitting down next to her.

Mia thought about it for a second. As much as she'd love to run home and blab about the entire unbelievable encounter to Jessie, the deadline for her paper was looming. She needed to go to the library. She only hoped that she could put the day's events out of her mind for a few hours, or however long it took her to write the damn paper. "The Bobst Library, please, if it's not too much trouble," she requested tentatively.

"It's no trouble at all," he reassured her, pressing the intercom button and conveying the instructions to Roger.

Sitting in the closed quarters of the limo, Mia became increasingly aware of his large, warm body less than a foot away from her. Her body reacted to his nearness without reservations.

He really was an incredibly beautiful male specimen by anyone's standards, Mia thought with an almost analytical detachment. She guessed his height to be somewhere just over six feet, and he appeared to be quite muscular, judging by the way his T-shirt fit him earlier. With his striking coloring, he was easily the most handsome man she'd ever seen, in real life or on video. It was no wonder he was having such an effect on her, she told herself – any normal woman would feel the same. Understanding the rationale behind her attraction to him, however, did not lessen its power one bit.

"So, Mia, tell me about yourself." His softly spoken directive interrupted her thoughts.

"Um, okay." For some reason, the question flustered her. "What do you want to know?"

He shrugged and smiled. "Everything."

"Well, I'm a junior at NYU, majoring in psychology," Mia began, hoping she wasn't babbling. "I'm originally from a small town in Florida, and I came to New York to go to school."

He stopped her with a shake of his head. "I know all that. Tell me something more than basic facts."

Mia stared at him in shock, suddenly feeling like a hunted rabbit. With surprising calm, she asked, "How do you know all this?"

"The same way I knew where to find you today. It's very easy to find information on humans, especially those with nothing to hide." He smiled, as though he hadn't just shattered all of her illusions about privacy.

"But why?" Mia could no longer hold back a question that had been tormenting her for the last two days. "Why are you so interested in me? Why go to all these lengths?" She waved her hand, indicating the limo and everything he had done so far.

He looked at her steadily, his gaze nearly hypnotizing in its intensity. "Because I want to fuck you, Mia. Is that what you're afraid of hearing, why you've been acting so scared of me all along?" Without giving her a chance to catch her breath, he continued in the same gently mocking tone. "Well, it's true. I do. For some reason, you caught my attention yesterday, sitting there on that bench with your curly hair and big blue eyes, so frightened when I looked your way. You're not my type at all. I don't typically go for scared little girls, particularly of the human variety, but you –" he reached across with his right hand and slowly stroked her cheek, "– you made me want to strip you down right there in the middle of that park, and see what's hidden underneath these ugly clothes of yours. It took all my willpower to let you go then, and, when you licked your little finger so enticingly in my kitchen, I could barely stop myself from spreading open your robe and burying myself between your thighs right there on the kitchen table."

His touch felt like it was leaving burning streaks in its aftermath as he tucked a strand of hair behind her ear and gently brushed his knuckles across her lips. "But I'm not a rapist. And that's what it would be right now – rape – because you're so frightened of me, and of your own sexuality." Leaning closer, he murmured softly, "I know you want me, Mia. I can see the flush of arousal on your pretty cheeks, and I can smell it in your underwear. I know your little nipples are hard right now, and that you're getting wet even as we speak, your body lubricating itself for my penetration. If I were to take you right now, you would enjoy it once you got past the fear and the pain of losing your virginity – yes, I know about that too – but I will wait for you to get used to the idea of being mine. Just don't take too long – I only have so much patience left for you."

CHAPITRE QUATRE

Mia se souvint à peine du reste du trajet.

À un certain moment, pendant les minutes qui suivirent, la limousine s'était arrêtée devant la bibliothèque Hobst, et Korum avait eu de nouveau la courtoisie de lui ouvrir la porte et de lui tendre son sac à dos. Puis il l'embrassa délicatement sur la joue, comme s'il disait au revoir à une de ses sœurs et la laissa là, sur le trottoir devant l'imposant bâtiment de la bibliothèque.

Comme si elle était en pilotage automatique, Mia se retrouva à l'intérieur et assise dans l'un des confortables fauteuils où elle aimait travailler. Toujours en mode automatique elle sortit son Mac et le plaça sur la table, remarquant avec intérêt que ses mains tremblaient et que ses ongles étaient légèrement bleutés. Elle avait froid jusqu'à la moelle de ses os.

Le choc, réalisa-t-elle. Elle devait être légèrement en état de choc.

Sans savoir trop pourquoi elle en fut agacée. Elle avait l'impression que les paroles de Korum dans la voiture l'avaient dénudée, la laissant meurtrie et vulnérable. Si elle acceptait de réfléchir à la signification de ce qu'il venait de lui dire, elle se serait enfuie en hurlant. Mais elle n'était pas prude malgré son manque d'expérience et elle refusa de s'évanouir à cause de quelques phrases trop crues.

Mia se leva d'un air décidé, laissa son sac sur le fauteuil pour garder sa place – personne n'aurait l'idée de voler un aussi vieil ordinateur – et alla à la cafétéria pour boire quelque chose de chaud. En chemin elle s'arrêta aux toilettes et s'aspergea le visage d'eau chaude pour tenter de retrouver son équilibre, elle s'aperçut alors dans le miroir. Le visage qu'il lui renvoya était aussi pâle que d'habitude, mais il y avait une subtile différence, il était plus doux et plus attrayant. Depuis qu'il les avait touchées, ses lèvres semblaient plus charnues, comme si elles avaient gonflé sous ses doigts. Ses yeux étaient plus vifs, et ses pommettes moins pâles.

Il avait raison, pensa Mia. Elle était très excitée dans la voiture, ses simples mots l'avaient menée au bord de l'orgasme, malgré le choc et sa peur. Ce que cela révélait d'elle, elle n'avait guère envie de l'analyser plus profondément. En cet instant encore, elle sentait que sa petite culotte était toujours humide et son sexe vibrait doucement à chaque fois, qu'elle repensait au trajet en limousine.

Elle respira profondément, redressa les épaules et sortit des toilettes. Sa vie sexuelle avec un extra-terrestre attendrait jusqu'à ce que sa dissertation soit rédigée et rendue.

Désormais, elle avait deux priorités : un très grand café et quelques heures de travail intensives sur son Mac.

* * *

Ce fut le bruit de la sonnette et une exclamation de sa colocataire qui réveillèrent Mia douze minutes avant que son réveil ne sonne.

En grognant elle se retourna dans le lit et se mit l'oreiller sur la tête en espérant faire disparaître la source du bruit et profiter des quelques précieuses minutes de sommeil restantes.

Elle était rentrée chez elle à trois heures du matin, après avoir réussi à finir cette fichue dissertation.

Malheureusement, le lundi elle avait cours à 9 heures, ce qui lui avait laissé moins de cinq heures de sommeil cette nuit-là. Et pourtant son cerveau épuisé refusait d'oublier les évènements de la journée, interrompant son sommeil de rêves sombres, érotiques – des rêves dans lesquels elle voyait le visage de Korum, sentait sa peau brûler sous ses caresses, entendait sa voix lui promettre à la fois souffrance et jouissance.

Et maintenant, elle ne pouvait même pas profiter de ces quelques minutes pour se reposer tranquillement, Jessie semblant incapable de contrôler son excitation devant ce qu'on venait de leur livrer.

— Mia ! Mia ! devine quoi ? Jessie fredonnait presque en frappant à la porte de Mia.

— Je dors ! grommela Mia, pour la première fois de sa vie elle avait envie de gifler Jessie.

— Ho ça va, je sais que ton réveil va sonner d'un instant à l'autre. Lève-toi Belle au Bois Dormant, et viens voir ce que le Prince Charmant t'a envoyé.

Mia s'assit dans son lit, elle n'avait plus la moindre envie de dormir.

— Qu'est-ce que tu racontes ? Elle sauta du lit, ouvrit la porte en grand pour faire face à son horriblement joyeuse colocataire dont les yeux brillaient d'excitation.

— C'est de sa part !

Avec un grand sourire, Jessie lui montra un grand vase plein de fleurs exotiques rose et blanche qui trônait au milieu de leur table de cuisine.

— On vient de les livrer pour toi, regarde, il y a même une carte et tout le tralala ! Sais-tu qui te les envoie ? Aurais-tu un admirateur secret dont tu ne m'as pas parlé ?

Mia sentit son sang se glacer et son pouls s'accélérer. Elle s'approcha de la table, prit la petite carte et l'ouvrit le cœur battant. Son contenu, rédigé d'une écriture soignée, mais visiblement masculine, était simple.

Ce soir, 19 h. Je passe vous prendre. Portez quelque chose de joli.

D'une main légèrement tremblante, Mia posa la carte. Pour une raison ou une autre, elle n'avait pas imaginé qu'il voudrait la revoir si vite et encore moins venir chez elle.

— Alors ? Ne me fais pas attendre ! Incapable de patienter plus longtemps, Jessie se précipita sur la carte et la lut.

— Mais qu'est-ce que ça veut dire ? Tu as rendez-vous ?

— Pas vraiment., dit-elle d'une voix lasse. Laisse-moi m'habiller et on en parlera en chemin.

Dix minutes plus tard, Mia prit une barre énergétique en guise de petit déjeuner et sortit avec Jessie dont la curiosité était maintenant à son comble. Tout en soupirant, Mia lui résuma ce qui s'était passé en omettant certains détails qui lui semblaient trop intimes pour les partager avec elle, par exemple ce qu'avait dit exactement Korum et la manière dont elle avait réagi.

— Oh mon dieu ! Le visage de Jessie reflétait à la fois son horreur et son incrédulité. Et maintenant, il veut te revoir ? Mais c'est terrible, Mia, c'est absolument terrible.

— Je sais bien.

— Je n'arrive pas à croire qu'il t'ait dit ouvertement qu'il voulait coucher avec toi. Jessie se tordait les mains d'angoisse. Et que se passerait-il si tu n'étais pas là ce soir, si tu étais à la bibliothèque par exemple ?

— Je suis certaine qu'il arrivera à me retrouver. Il l'a déjà fait et je me demande ce qu'il fera sous le coup de la colère.

Jessie ouvrit grand les yeux.

— Tu crois qu'il peut te faire du mal ? lui demanda-t-elle en baissant la voix.

Mia réfléchit quelques instants avant de répondre.

Jusqu'à présent, il avait toujours été très… attentionné avec elle, même si le mot ne convenait pas tout à fait. Évidemment, il pouvait jouer la comédie, mais d'une certaine manière elle ne pensait pas qu'il puisse abuser d'elle physiquement.

— Je ne crois pas, dit-elle lentement, mais je ne sais pas de quoi d'autre il pourrait être capable.

— À quoi penses-tu ?

— C'est justement ça le problème, je ne sais pas. Mia jouait nerveusement avec une de ses boucles. Ce qui est sûr c'est qu'il ne suit aucune des règles habituelles pour me faire la cour. Par exemple hier il m'a presque kidnappée dans la rue…

— Et si tu allais chez toi en Floride ?

À l'évidence, Jessie cherchait désespérément à trouver une solution.

— En partant, je réagirais d'une manière excessive, d'ailleurs c'est le milieu du semestre et je ne peux aller nulle part avant cet été.

— Merde ! Jessie resta sans voix quelques instants. Bon, dis-lui simplement non quand il viendra te chercher ce soir. Tu crois qu'il t'obligerait à le suivre malgré tout ?

— Je n'en sais rien, dit Mia d'un air narquois en s'arrêtant devant le bâtiment où elles allaient. Il faut que j'y réfléchisse encore. Peut-être que si j'étais particulièrement affreuse ce soir il renoncerait.

— Voilà une idée géniale ! Jessie était tellement excitée qu'elle applaudissait. Il voudrait que tu portes quelque chose de joli ce soir ? Alors, montre-lui de quoi tu es capable ! Porte ce que tu as de plus laid, mange une gousse d'ail et de l'oignon, mets de l'huile sur tes cheveux pour qu'ils soient bien gras, et pourquoi tu ne ferais pas un truc pour transpirer – un footing tiens ! – et ne prends surtout pas de douche après, ho et ne mets pas de déodorant !

Mia la regarda avec fascination.

— Tu me fais peur. Comment peux-tu imaginer des choses pareilles ? Ce n'est pas comme si tu essayais de repousser régulièrement des mecs !

— Mais c'est très simple. Il suffit de penser à tout ce qu'on fait d'habitude quand on se prépare pour un rendez-vous et de faire exactement le contraire.

Jessie s'éventa de la main avec son petit air de madame Je-Sais-Tout, Mia ne put s'empêcher d'éclater de rire.

* * *

À six heures du soir, Mia commença à appliquer le plan de Jessie. Sa colocataire mourait d'envie de voir un K pour la première fois et de lui apporter son soutien moral pendant la confrontation, mais elle avait des travaux pratiques de biologie qu'elle ne pouvait pas manquer. Mia préférait ça. La dernière chose qu'elle souhaitait était de faire courir des risques à Jessie.

Elle commença par faire de la gym, quelques sauts, quelques flexions et extensions pour finir avec une séance d'abdominaux et en un quart d'heure les muscles de ses jambes et de son torse qui n'avaient pas l'habitude de tels efforts la brûlaient. Mia était tout en sueur. Sans prendre la peine de se doucher elle mit ses sous-vêtements les plus vieux et les plus minables, les collants opaques marron que sa sœur trouvait vraiment affreux et une robe noire à manches longues dont Jessie lui avait dit un jour qu'elle la vieillissait de cinquante ans. Pour compléter cet accoutrement, elle mit une vieille paire de chaussures noires éculées et éraflées. Pas de maquillage si ce n'est un soupçon de fard à paupières bleu juste sous les yeux pour imiter les cernes. Ses cheveux étaient déjà en broussaille à cause des boucles, mais pour peaufiner l'aspect Mia les brossa et mit du démêlant seulement à la racine, laissant le reste gonfler dans tous les sens. Et pour couronner le tout, elle prit une gousse d'ail entière, la hacha avec de la ciboulette et se mit à mâcher consciencieusement cette préparation pour s'assurer que cette puanteur imprègne chaque coin et recoin de sa bouche avant de la recracher. Assez contente d'elle, elle jeta un dernier coup d'œil au miroir. Comme elle s'y attendait, elle était hideuse, une vraie vieille fille ou une folle, et sentait particulièrement mauvais.

Si Korum continuait de s'intéresser à elle après ça, elle serait vraiment surprise.

Quand la sonnette de la porte d'entrée retentit à sept heures précises Mia mit son vieux caban et ouvrit la porte avec une appréhension mêlée de satisfaction, une satisfaction à peine dissimulée.

Ce qu'elle vit lui coupa le souffle.

D'une certaine manière, en l'espace d'une journée, Mia avait réussi à oublier à quel point Korum était beau. Vêtu d'un jean haute couture noir, d'une chemise gris clair qui lui allait à la perfection et mettait en valeur son long torse musclé, il resplendissait de santé et de vitalité ; son teint bronzé et ses cheveux noirs brillants offraient un contraste saisissant avec ses extraordinaires yeux couleur d'ambre. Brusquement, Mia fut gênée par son apparence miteuse, tout en sachant que c'était irrationnel de réagir ainsi.

En la voyant, il se mit lentement à sourire.

— Oh, Mia, je me disais bien que ce ne serait pas facile avec vous.

— Je ne vois pas ce que vous voulez dire, répondit-elle en le défiant et en relevant le menton.

— Je ne suis pas mécontent que vous jouiez ce jeu.

Il tendit la main et lui caressa la joue, lui envoyant une onde de plaisir involontaire tout au long du dos.

— Cela rendra votre éventuelle défaite encore plus douce.

Sans cesser de sourire, il lui offrit poliment le bras.

— Vous êtes prête, on y va ?

Furieuse, Mia ignora son geste et descendit seule l'escalier d'un pas lourd. *Quelle imbécile !* Elle aurait dû deviner qu'il prendrait son choix de s'enlaidir comme un défi. Étant donné son allure et sa fortune, toutes les femmes devaient lui tomber dans les bras. Il devait apprécier la nouveauté en rencontrant une femme qui n'était pas prête à coucher immédiatement avec lui. La solution serait peut-être de le faire tout de suite pour en finir. Si c'était la poursuivre, qui lui plaisait, alors il cesserait très vite de s'intéresser à elle une fois qu'il aurait obtenu ce qu'il voulait.

La limousine les attendait à leur sortie.

— Où allons-nous ? demanda Mia, en se posant la question pour la première fois.

— Chez Percival. Répondit Korum en lui ouvrant la portière.

C'était un restaurant à la mode dans le quartier de MeatPacking, il était extrêmement difficile d'y obtenir une réservation, même un lundi soir.

De nouveau, Mia se fit de violents reproches. C'était une chose de s'enlaidir pour repousser Korum (ce qui n'avait servi visiblement à rien), mais c'était infiniment plus gênant de se montrer dans le quartier le plus sophistiqué et le plus huppé de New York avec une allure de clocharde et en sentant aussi mauvais. Et pourtant elle préférerait encore mourir de honte plutôt que de révéler à Korum à quel point elle était décontenancée.

Il s'installa dans la voiture et s'assit à côté d'elle. Il prit une de ses mains et la mit sur ses genoux, examinant sa paume et ses doigts avec une sorte de fascination. La main de Mia semblait minuscule dans la sienne qui la serrait, et sa peau bronzée semblait encore plus sombre en contraste avec la blancheur de la petite main, un contraste d'un érotisme surprenant. Mia tenta de lui reprendre sa main et essaya d'ignorer les sensations que son geste provoquait au plus profond d'elle-même. Il retint sa main juste assez longtemps pour lui prouver la futilité de se débattre, puis la libéra avec un petit sourire.

C'était étrange, pensa Mia, à un moment donné elle avait cessé d'avoir peur de lui. Maintenant qu'elle connaissait ses intentions à son égard –

aussi bestiales soient-elles –, elle avait retrouvé un peu de paix. La jeune fille terrifiée assise dans cette même voiture hier n'aurait pas osé l'affronter par peur d'une vengeance inconnue. Mia n'avait plus de tels scrupules et c'était étrangement libérateur.

Deux minutes plus tard, la limousine s'arrêta devant la porte du restaurant. Korum en sortit le premier et Mia le suivit, mortifiée en remarquant les regards lourds de sens que leur jetaient les passants élégamment vêtus. Un très beau K en limousine attirait forcément l'attention et Mia était persuadée qu'ils se demandaient ce qu'il faisait avec une compagne aussi ringarde.

Ils furent accueillis à la porte par une hôtesse à la silhouette parfaite, grande et fine, et sans même leur demander s'ils avaient une réservation elle les guida vers une alcôve au fond du restaurant.

— Nous sommes heureux de vous revoir chez Percival, ronronna-t-elle, se penchant d'une façon très suggestive vers Korum pour leur tendre leurs cartes. Que puis-je vous proposer pour aiguiser votre appétit ? Du Champagne ?

— Du Champagne serait parfait, Ashley. Merci, dit-il distraitement en lisant la carte.

Mia éprouva une soudaine envie violente d'arracher tous les cheveux blonds de la sublime tête de pin-up d'Ashley. Une étrange sensation, proche de la nausée, lui retourna l'estomac en les imaginant ensemble au lit, le corps musclé de Korum enroulé autour de celui de la jeune femme blonde. *Mais arrête, Mia ! Évidemment qu'il a couché avec d'autres femmes !* Sans aucun doute, une créature telle que lui avait une Ashley dans chaque port.

— Avez-vous fait votre choix ? lui demanda-t-il sans avoir l'air de remarquer l'air féroce de Mia.

— Non, pas encore. Elle respira profondément et se força à se concentrer sur la carte. C'était le meilleur restaurant dans lequel elle soit jamais allée et la carte – sur laquelle les prix n'étaient pas indiqués sans qu'elle ne comprenne pourquoi – indiquait des plats et des ingrédients dont elle n'avait jamais entendu parler. En voyant qu'il y avait du fromage de chèvre et du caviar dans les entrées et des œufs dans les plats de pâtes, elle écarquilla les yeux. Elle salivait déjà.

— Je crois que je vais prendre la salade de betteraves au four et au fromage de chèvre, ensuite le Pad Thaï aux artichauts et au pistou.

Korum lui sourit avec indulgence.

— Mais bien sûr.

Il fit un geste au garçon et lui répéta ce qu'elle voulait.

— Et pour moi ? Ce sera une salade de cresson jicama et le ravioli aux shiitakes et aux panais accompagné de sa sauce à la noix de cajou. Vous nous apporterez aussi une bouteille de Dom Pérignon.

Mia le regarda avec fascination. Elle ignorait que les Ks buvaient de l'alcool. En fait, comme tout le monde, elle ignorait tant de choses au sujet des envahisseurs. Elle réalisa qu'elle avait assis en face d'elle un moyen idéal d'en apprendre davantage. Légèrement enhardie, elle décida de commencer par la question qui l'avait tourmentée depuis leur première rencontre.

— Est-il vrai que vous buvez le sang des humains ?

Korum haussa les sourcils et manqua de s'étrangler en buvant.

— Alors vous, vous ne prenez vraiment pas de gant ! Avec un grand sourire, il lui demanda : Est-ce vous voulez savoir si nous sommes obligés de boire du sang humain ou si nous le faisons de toute façon ?

Mia avala sa salive. Tout à coup elle ne savait plus si c'était une bonne idée de l'interroger à ce sujet.

— Eh bien les deux sans doute.

— Alors, laissez-moi vous rassurer. Nous n'avons plus besoin de boire du sang pour survivre.

— Mais avant vous en aviez besoin ? Sous le choc les yeux de Mia s'écarquillèrent.

— À l'origine, lors de notre première évolution vers notre forme actuelle, nous avions besoin de consommer une quantité considérable de sang d'un groupe de primates qui présentaient certaines similarités génétiques avec nous. Il y avait une déficience dans notre ADN qui nous rendait vulnérables et dépendants d'une autre espèce. Mais c'est un défaut que nous avons corrigé depuis.

— Alors c'est vrai ? Il y avait des humains sur votre planète ? Mia le regardait fixement, bouche bée.

— Il ne s'agissait pas exactement d'êtres humains. Mais leur sang avait les mêmes caractéristiques que le vôtre.

— Et que leur est-il arrivé ? Existent-ils encore ?

— Non, ils ont disparu.

— Je ne comprends pas, dit lentement Mia en essayant d'assimiler ce qu'elle venait d'apprendre jusque-là. Si vous aviez besoin d'eux pour survivre comment ont-ils disparu, et quand ? Était-ce avant ou après que vous ayez trouvé une solution pour votre… hum… votre défaut ?

— Bien longtemps avant. Nous avions réussi à produire une substance synthétique avant que le dernier d'entre eux ne disparaisse et cela nous a permis de survivre après leur extinction. C'était une espèce menacée depuis des millions d'années. En partie de notre faute, parce que nous les prenions pour gibier, mais également à cause de leur faible taux de natalité et de leur courte espérance de vie. Tout comme le vôtre, leur système immunitaire était faible et la peste les a pratiquement tous décimés. C'est alors que nous avons commencé d'une part à chercher des solutions alternatives pour la survie de notre espèce, des substituts d'hémoglobine synthétique, des expériences sur notre ADN et que d'autre part nous avons commencé à développer des espèces comparables à la fois sur Krina et sur d'autres planètes.

Une lumière s'alluma dans le cerveau de Mia.

— Et c'est pour cette raison que vous avez introduit la vie sur terre ? Voilà l'origine de la vie humaine, vous aviez besoin d'une espèce compatible avec la vôtre ?

— Plus ou moins. C'était une tentative à l'aveuglette avec d'infimes chances de succès. Nous avons disséminé notre ADN aussi loin que notre technologie primitive de l'époque nous le permettait. Nous ignorions quelles planètes seraient les plus propices à la vie ni même où elles se trouvaient, et encore moins si elles présentaient des similitudes avec Krina, alors nous avons envoyé des milliards de drones vers des planètes situées dans ce que vous appelez les zones de Boucle d'Or.

— Les zones de Boucle d'Or ?

— Oui, on les appelle aussi les zones habitables. Ce sont des régions de l'univers voisines d'étoiles qui pourraient avoir la pression atmosphérique nécessaire pour maintenir l'eau en surface sous forme liquide. Selon nos connaissances, ce sont les seuls endroits où une vie comparable à celle de Krina pourrait exister.

Mia fit un signe de tête, elle se souvenait maintenant de l'avoir appris au lycée.

Voyant avec satisfaction qu'elle suivait ce qu'il disait il poursuivit ses explications.

— L'un des drones arriva sur terre et pour la première fois de simples organismes y survécurent ; mais bien sûr à l'époque nous ne le savions pas. Nous ne sommes parvenus dans cette partie de la galaxie pour trouver la terre qu'il y six cents millions années.

— Juste avant le début de l'explosion cambrienne ? demanda Mia qui commençait à avoir la chair de poule. On savait maintenant que les Ks avaient eu une influence significative sur l'évolution de la terre et que la date de leur première arrivée avait coïncidé avec quelque chose qui était longtemps resté une énigme, l'apparence de nombreuses et complexes nouvelles formes de vie au début de l'ère cambrienne. Mais on ignorait toujours leurs motifs pour implanter la vie sur terre puis de la manipuler et c'était incroyable d'entendre Korum lui en parler avec une telle nonchalance et lui faire de telles révélations tout en dînant.

— Exactement, parfois nous sommes intervenus pour guider votre évolution, surtout quand elle risquait de diverger trop radicalement de la nôtre, en particulier quand les dinosaures sont devenus une espèce dominante…

— Mais je pensais que les dinosaures avaient été tués par un astéroïde ?

— C'est vrai, mais on aurait pu facilement l'éviter ; au lieu de cela nous nous sommes assurés que les formes vivantes essentielles, telles que les premières versions des mammifères, puissent survivre.

Mia le regardait bouche bée pendant qu'il continuait son récit.

— À l'apparition du premier primate sur terre nous avons eu un extraordinaire sentiment de réussite parce son sang contenait de l'hémoglobine. Et pourtant à cette époque nous n'en avions plus besoin parce que nous venions de faire la découverte nous permettant de manipuler notre propre ADN sans conséquence néfaste.

Il marqua une pause quand on apporta les entrées, puis continua de parler entre deux bouchées de cresson.

— À ce stade, la Terre et ses espèces primates étaient devenues l'expérience scientifique la plus importante de l'histoire de l'univers tel qu'on le connaissait. Notre défi fut alors de voir si l'on pouvait pousser l'évolution assez loin pour faire apparaître une nouvelle espèce douée d'intelligence.

Mia sentit son sang se glacer en entendant l'histoire des origines de l'humanité telle qu'elle lui était racontée par un extra-terrestre issu d'une civilisation multimillénaire qui avait joué le rôle de Dieu. Un extra-terrestre qui mangeait sa salade en même temps, comme s'il lui parlait de la pluie et du beau temps.

— Vous savez, continua-t-il, les primates de Krina avaient le même degré d'intelligence que vos chimpanzés, nous étions rares à penser qu'une espèce aussi éphémère que la vôtre puisse développer des capacités intellectuelles vraiment sophistiquées, mais nous ne nous sommes pas découragés, faisant parfois des modifications génétiques pour vous faire davantage ressembler à nous, et le résultat a dépassé toutes nos espérances. Vous avez de nombreuses caractéristiques communes avec les primates de Krina – la présence d'hémoglobine, un système immunitaire relativement faible et une brève espérance de vie –, mais votre taux de natalité est bien plus élevé et votre intelligence presque comparable à la nôtre. Le rythme de votre évolution est aussi beaucoup plus rapide que le nôtre surtout à cause de votre taux de natalité plus élevé justement et la transition de primates primitifs à créatures douées d'intelligence ne vous a pris que deux millions d'années alors qu'elle nous en a pris un milliard.

Des dizaines de questions fusaient dans l'esprit de Mia. Elle se précipita sur la première.

— Pourquoi la ressemblance entre vous et nous était-elle importante à vos yeux ? Est-ce nécessaire pour l'intelligence ?

— Non, pas vraiment. Mais cela semblait plus logique aux savants chargés du projet à l'époque. Ils voulaient créer une espèce sœur, des êtres intelligents qui nous ressembleraient pour qu'il nous soit plus facile de communiquer avec eux. Bien sûr…, dit-il avec un sourire narquois, il y eut un avantage secondaire auquel nous n'avions pas pensé.

Mia le regarda d'un air soupçonneux.

— Quel avantage ?

— Eh bien, vous voyez, quand apparurent les premiers primates sur terre, certains Krinars essayèrent de boire leur sang par curiosité. Et ils s'aperçurent vite qu'en l'absence d'un besoin biologique d'hémoglobine, boire ce sang leur donnait un très grand plaisir, un plaisir s'apparentant à une jouissance sexuelle. C'était mieux que n'importe quelle drogue, bien que depuis une version synthétique de votre sang soit devenue assez populaire dans nos bars et nos boîtes de nuit.

Mia faillit s'étrangler en mangeant sa salade. En toussant, elle but un peu d'eau pour s'éclaircir la gorge pendant qu'il la regardait d'un air amusé.

— Mais c'est notre plus récente découverte qui a été la cerise sur le gâteau. Il se pencha pour se rapprocher d'elle, et ses yeux prirent ce teint doré plus intense qui était devenu désormais si familier à Mia. Vous savez, il s'est avéré que rien ne donne autant de plaisir que de boire le sang d'un humain en faisant l'amour ; l'expérience est absolument indescriptible.

Mia fit un effort pour avaler sa salive, se sentant à la fois horrifiée et bizarrement excitée.

— Donc vous voulez boire mon sang… en me baisant ?

Les coins de ses lèvres se relevèrent en un sourire sensuel.

— Ce serait mon ultime désir, oui.

Elle avait besoin de savoir, même si la réponse lui donnait la nausée.

— Et j'en mourrai ?

Il se mit à rire.

— Mourir ? Non, vous ne risqueriez pas davantage en me donnant quelques gorgées qu'en faisant une prise de sang chez votre docteur. En fait, il y a dans notre salive un composant chimique rendant l'expérience assez agréable pour les humains également. À l'origine, quand nous chassions, cela droguait la proie pour la rendre docile et facile à manger, mais désormais cela ne sert qu'à donner plus de plaisir.

Mia avait l'impression que sa tête allait exploser avec tout ce qu'elle venait d'apprendre, mais il y avait encore quelque chose qu'elle avait besoin de savoir.

— Et comment faites-vous exactement ? demanda-t-elle prudemment, je veux dire, pour boire du sang ? Vous avez des crocs ?

— Non, ça, c'est une invention de vos romanciers. Nous n'avons pas besoin de crocs, l'extrémité de nos dents est assez coupante pour pénétrer relativement facilement la peau, incisant seulement l'épiderme.

Leur plat principal arrivait, ce qui donna à Mia quelques précieux instants pour reprendre son calme.

Tout ce qu'elle venait d'apprendre d'un coup la submergeait.

Ses pensées tournoyaient dans un chaos total. D'une certaine manière, pendant ces dernières vingt-quatre heures elle s'était habituée à l'idée qu'un extra-terrestre voulait coucher avec elle, quelle qu'en soit la raison. Mais elle savait maintenant qu'il voulait boire son sang en lui faisant l'amour. Son espèce à lui avait créé la sienne et maintenant elle utilisait le sang humain comme une sorte d'aphrodisiaque. C'était une idée qui la bouleversait et la mettait mal à l'aise pour de nombreuses raisons. Mia souhaitait par-dessus tout aller se coucher, se réfugier sous les couvertures et faire comme si rien de tout cela ne lui était arrivé.

L'angoisse qu'elle ressentait devait se lire sur son visage, car Korum se pencha vers elle, sa main vint couvrir délicatement la sienne, et dit doucement

— Mia, je sais que tout ceci vous choque profondément. Je sais qu'il vous faut du temps pour comprendre et apprendre à mieux me connaître. Pourquoi ne pas essayer de vous détendre et apprécier tranquillement votre repas ? Nous pourrions parler d'autre chose pendant ce temps ? Il ajouta avec un sourire taquin : je promets de ne pas mordre.

Mia acquiesça d'un signe de tête et commença à manger dès qu'il relâcha sa main. C'était la seule alternative, si elle s'était enfuie du restaurant en hurlant, comment aurait-il réagi ? Étant donné tout ce qu'elle venait d'apprendre aujourd'hui, la dernière chose qu'elle voulait était de réveiller les quelques instincts prédateurs de son espèce qui pouvaient encore sommeiller en lui.

Le Pad Thaï s'avéra délicieux et Mia savoura les arômes riches que de petits morceaux de vrai œuf mettaient en valeur. Malgré sa petite stature, rien n'entravait l'appétit de Mia. Sa famille disait souvent en plaisantant qu'elle était un bucheron déguisé en fille considérant la quantité de nourriture qu'elle avait l'habitude de manger.

— Comment trouvez-vous les raviolis ? lui demanda-t-elle entre deux bouchées de nouilles, tout en cherchant le sujet de conversation le plus inoffensif qui soit.

— Vraiment délicieux, lui répondit-il, avec le même plaisir. Je viens souvent dans ce restaurant parce qu'ils ont les meilleurs chefs de New York.

— Je ne suis pas sûre, dit Mia pour le taquiner et essayer de garder la conversation sur ce ton badin. La salade et le sandwich que vous m'avez préparés hier étaient vraiment très bons aussi.

Il lui sourit, révélant la fossette qui le rendait moins intimidant. Il n'en avait qu'une, sur la joue gauche, rien sur la droite, une légère imperfection dans des traits par ailleurs parfaits qui le rendait encore plus séduisant.

— Eh bien merci. Voilà le plus beau compliment que l'on m'ait fait de l'année.

— Vous faites la cuisine ou vous allez surtout au restaurant ? Parler de nourriture semblait un bon sujet de conversation, sans danger.

— Les deux. J'aime bien manger, tout comme vous il me semble – il indiqua en souriant son assiette déjà à moitié vide – alors je fais beaucoup des deux. Et vous ? J'imagine qu'avec un budget d'étudiante ce n'est pas facile de sortir souvent à New York ?

— C'est une litote, approuva Mia, mais il y a des endroits bon marché et agréables près de l'université et à Chinatown – si on a envie d'aller aussi loin pour manger.

— Et pourquoi êtes-vous venue faire vos études à New York ? Il y a de bonnes universités chez vous et le climat y est tellement plus agréable qu'ici.

Il semblait sincèrement surpris.

Mia se mit à rire, elle venait seulement de réaliser l'ironie d'avoir fait ce choix.

— Quand j'ai posé ma candidature pour aller à l'université, mes parents avaient peur que vous, je veux dire vous les Krinars, installiez un centre en Floride. C'est pour cette raison qu'ils ont voulu que je fasse mes études dans un autre état. En entendant ces mots, Korum lui sourit.

— C'est vrai, nous avons effectivement pensé nous y installer, mais la population y était trop dense à notre goût. Il but une gorgée de champagne.

— Alors ils ne seraient pas très contents de vous savoir avec moi aujourd'hui ?

— Mon Dieu non ! répondit Mia en frissonnant. Ma mère aurait sans doute une crise de nerfs et mon père aurait une de ses migraines provoquées par le stress.

— Et votre sœur ?

— Hum, elle ne serait pas ravie non plus.

Pendant quelques instants, elle avait presque oublié à quel point il était bien renseigné sur elle.

— Elle est plus âgée que vous, n'est-ce pas ?

— Oui, elle a huit ans de plus. Elle s'est mariée l'an dernier.

— Je me demande quel effet ça fait d'avoir un frère ou sœur, dit-il rêvant à haute voix, c'est rare chez nous d'avoir plusieurs enfants.

Mia haussa les épaules.

— Je me demande si mon expérience est vraiment concluante étant donné la différence d'âge entre ma sœur et moi. Quand j'ai atteint l'âge de raison, elle était déjà partie à l'université. De nouveau, poussée par la curiosité elle lui demanda : si vous n'avez ni frère ni sœur, où sont vos parents ?

— Je suis fils unique, mes parents sont sur Krina, si bien que je ne les ai pas vus depuis quelque temps, mais nous restons régulièrement en contact, à distance.

Le garçon qui s'occupait d'eux revint desservir et leur donna la carte des desserts. Mia choisit le tiramisu – préparé avec du véritable mascarpone et de vrais œufs – et Korum commanda la tarte aux noix de pécan. Au cours de la conversation, elle avait réussi à boire deux coupes de champagne et commençait à être un peu grise. La soirée lui semblait surréaliste, entre ce restaurant rempli de l'élite de Manhattan et ce séduisant prédateur assis de l'autre côté de la table, bavardant avec elle de leurs familles respectives.

Mia se demanda quel âge il pouvait avoir. Elle savait que les Ks vivaient très longtemps si bien que son apparence ne pouvait trahir son âge. S'il avait été un humain, elle lui aurait donné une vingtaine d'années. De nouveau, sa curiosité l'emporta et elle laissa échapper

— Quel âge avez-vous ?

— En années terrestres, environ deux mille ans.

Mia reçut un choc. À l'échelle humaine, cela faisait de lui une antiquité. Il y a deux mille ans, l'Empire romain dominait encore le monde occidental et la religion chrétienne venait juste de naître, et il vivait depuis tout ce temps !

Elle but une gorgée de champagne pour s'humecter la gorge.

— Ce qui veut dire que vous êtes jeune ou que vous êtes vieux par rapport aux Ks ?

Il haussa ses larges épaules.

— Plutôt jeune, il me semble. Mes parents sont beaucoup plus vieux.

C'est sans importance d'ailleurs. Une fois adulte notre âge n'est plus qu'un chiffre.

— Vous devez avoir l'impression que nous sommes des bébés alors ?

Mia but une longue gorgée de champagne et sentit la salle basculer légèrement. Elle espérait qu'elle ne cherchait pas ses mots comme quelqu'un qui a trop bu. Elle devrait sans doute arrêter de boire. Si elle était ivre, il serait plus facile à Korum d'en profiter. Mais de toute façon, il pouvait abuser d'elle même si elle était à jeun. Elle était complètement à la merci d'un extra-terrestre qui voulait la baiser et boire son sang donc autant profiter de ce qui était sans aucun doute une excellente cuvée.

— Pas des bébés. Mais vous êtes plutôt naïfs dans certains cas ; plutôt comme des adolescents en fait.

Mia se frotta le bout du nez du revers de la main à un endroit qui la démangeait et se demanda si elle voulait connaître la réponse à sa prochaine question. Elle décida de se lancer.

— Et êtes-vous immortels comme les vampires de nos légendes ?

— Nous ne le voyons pas en ces termes. Tout le monde peut mourir. Notre espèce connaît à peine le vieillissement, mais nous pouvons être tués ou mourir dans un grave accident.

— Pas de vieillesse ? C'est-à-dire ?

— En fait, les symptômes de la vieillesse nous sont inconnus. Avant d'avoir fait suffisamment de progrès scientifiques et médicaux, un certain nombre de causes naturelles pouvaient nous tuer, mais nous sommes maintenant parvenus à un taux de mortalité très bas, presque infime.

— Mais comment est-ce possible ? Comment une créature vivante peut-elle échapper au vieillissement ? Est-ce spécifique à Krina ?

— Pas vraiment. Sur Terre certaines espèces ont les mêmes caractéristiques. Par exemple avez-vous entendu parler de la palourde qui a quatre cents ans ?

— Quoi ? Non !

Il se moquait sûrement de son ignorance ; ça ne pouvait pas exister une chose pareille.

Il fit un signe de tête.

— Mais si, c'est vrai, vérifiez-le si vous ne me croyez pas. Il y a un certain nombre de créatures qui ne perdent ni leur capacité de reproduction ni leurs fonctions vitales en vieillissant, certaines espèces de moules, de palourdes, de homards, d'anémones de mer, de tortues géantes, d'hydres… En fait d'un point de vue biologique, les hydres sont pratiquement immortelles, elles meurent quand elles sont blessées ou malades, mais elles ne meurent pas de vieillesse.

Tout en essayant d'assimiler cette information difficile à croire, Mia se frotta de nouveau le nez. *Nous y voilà*, réalisa-t-elle, *plus une goutte d'alcool ce soir*. Sans qu'elle sache pourquoi, après quelques verres son nez se mettait systématiquement à la démanger et Mia avait appris à en tenir compte. C'était le moment de s'arrêter. Les rares fois où elle avait ignoré cet avertissement, elle en avait fait les frais.

La voyant vaciller sur sa chaise Korum demanda l'addition au garçon. Mia se demanda vaguement si elle devrait lui proposer de payer sa part comme elle le faisait toujours quand elle sortait avec des étudiants. Pas question, décida-t-elle. Il l'avait pratiquement forcée à sortir avec lui ce soir, autant profiter d'un repas gratuit. D'ailleurs, elle ne savait pas si elle en aurait eu les moyens puisqu'il n'y avait pas de prix sur la carte. Elle se contenta à la place de regarder Korum balayer de sa montre-téléphone, qui faisait également office de portefeuille, le minuscule récepteur digital du garçon et ajouter ce qui devait être un généreux pourboire à en juger par l'expression reconnaissante sur son visage.

— Prête à partir ? Il l'aida à mettre son manteau et de nouveau lui offrit le bras. Cette fois-ci, Mia accepta. Elle se sentait vaciller et n'avait pas grande confiance en sa capacité à sortir du restaurant sans trébucher.

— Avez-vous trop bu ? lui demanda-t-il avec amusement en observant sa démarche incertaine quand ils sortirent dans la rue. Vous n'avez pourtant pris que deux verres.

Mia releva le menton et préféra lui mentir.

— ça va très bien. Elle détestait qu'on lui rappelle à quel point elle ne tenait pas l'alcool.

— Si vous le dites… Il semblait sur le point d'éclater de rire. Mia aurait aimé le gifler.

Bien sûr, Roger et la limousine attendaient devant la porte. Mia hésita, ses battements de cœur s'accélérèrent en réalisant qu'elle allait être seule avec un extra-terrestre, un prédateur qui voulait boire son sang.

Elle se tourna vers lui.

— Vous savez, j'ai vraiment besoin de prendre l'air. Je peux rentrer à pied, mon appartement n'est qu'à une douzaine de rues d'ici. Il fait beau et la fraîcheur de l'air me fera du bien. Elle mentait en disant ces derniers mots, en fait il faisait plutôt froid et Mia frissonnait déjà dans son manteau trop léger.

Le visage de Korum s'assombrit.

— Mia. Montez dans la voiture. Je vous ramène chez vous.

C'était de nouveau cette voix qui la terrifiait et elle eut le même effet sur elle que la première fois. En tremblant légèrement, cette fois de peur et de froid, elle monta dans la voiture.

Bizarrement, il ne se passa rien pendant le trajet pour retourner à son appartement, qui ne prit que quelques minutes la circulation étant fluide. De nouveau, il lui tenait la main et lui caressait la paume pour la calmer. Malgré sa nervosité initiale Mia ferma les yeux et s'adossa contre le siège confortable de la voiture, elle était sur le point de s'assoupir quand ils arrivèrent à destination.

Il l'accompagna au cinquième étage où était son appartement en lui tenant le bras comme pour l'aider à ne pas trébucher sous l'effet de l'alcool. Elle était fatiguée, elle avait sommeil et n'avait envie que d'une chose, se coucher et dormir. En montant, elle réussit à trébucher et à tomber malgré tout, elle avait raté une marche à cause de ses talons hauts. Korum soupira et la prit dans ses bras. Il la porta en montant les deux étages qui restaient malgré les protestations qu'elle marmonnait.

En arrivant devant son appartement, il reposa Mia délicatement sur le sol, la serrant brièvement contre son corps dur avant de la libérer. Il laissa ses mains sur sa taille, la gardant ainsi tout près de lui. Elle le regarda, fascinée. Son souffle s'accéléra quand elle comprit pourquoi la braguette de Korum était prête à éclater. Elle sentit une douce chaleur ruisseler entre ses jambes. Lui aussi respirait un peu plus vite, et elle savait que ce n'était pas parce qu'il venait de porter une jeune fille de 50 kg sur deux étages. Il se pencha vers elle, les yeux presque jaunes maintenant et Mia fut pétrifiée quand il prit son visage dans ses mains et pressa ses lèvres contre les siennes.

Il l'embrassa longuement. Sa langue explorait la bouche de Mia avec une douceur exquise alors qu'il la maintenait contre lui dans une étreinte puissante. Mia se mit à gémir, une vague de chaleur envahit son corps y laissant une impression de léthargie étrangement agréable. Au fond d'elle-même, elle entendait bien retentir un signal d'alarme, mais elle ne pouvait se concentrer que sur les lèvres de Korum et les sensations qui se répandaient dans son corps. Il la serra encore plus fort, pressant davantage son aine contre son ventre. Mia sentit son sexe se contracter en réponse à son érection. Il suça doucement sa lèvre inférieure, l'aspirant dans sa bouche, pendant que sa main glissait le long de son dos pour prendre ses fesses. Il la souleva légèrement du sol afin de frotter son érection contre son clitoris à travers leurs vêtements.

L'excitation qui montait en elle ne ressemblait en rien à ce qu'elle avait connu jusque-là, c'était tellement plus fort, et Mia gémit de frustration, elle en voulait plus. Sans qu'elle sache trop comment, ses mains étaient parvenues jusqu'aux épaules de Korum et pétrissaient ses muscles durs à travers sa chemise, mais ce n'était toujours pas assez. Elle le désirait, elle le voulait, elle avait besoin de sentir sa peau nue contre la sienne, de sentir sa queue dure la pénétrer afin de satisfaire les pulsions qui l'emplissaient au plus profond de son corps. Elle enveloppa sa taille de ses jambes, se frotta contre lui et les sensations s'intensifièrent fiévreusement. Elle resta pendant quelques délicieuses secondes au bord du gouffre puis bascula, jouissant en étouffant son cri contre les lèvres de Korum. Il gémit lui aussi, passa sa main libre sous sa jupe, déchira d'un geste ses collants alors que ses lèvres quittaient sa bouche pour poser des baisers brûlants sur son cou et sa clavicule.

— Mia, c'est toi ? Une voix familière lui parvint à travers un brouillard. Mia fut mortifiée de constater que Jessie avait ouvert la porte de l'appartement et les regardait fixement, choquée.

— Tout va bien ? Tu veux que j'appelle la police ? Visiblement, sa colocataire avait du mal à comprendre ce qui se passait.

Encore enlacée autour de Korum, Mia se mit à trembler alors qu'il tentait de reprendre le contrôle de la situation. Tout à coup, prenant peur pour Jessie, Mia lui cria :

— Oui, je vais bien ! Rentre et laisse-nous seuls !

Jessie sembla peinée et disparut dans l'appartement en claquant la porte. Mia repoussa Korum et tenta de s'éloigner de lui.

— Je vous en prie, laissez-moi partir, lui dit-elle à voix basse, souhaitant par-dessus tout se rouler en boule dans sa chambre et pleurer.

Il hésita une seconde puis la reposa par terre tout en la gardant contre lui. Son teint bronzé semblait comme éclairé de l'intérieur et ses yeux avaient gardé une intense lueur jaune. L'érection qu'elle sentait contre son ventre n'avait en rien diminué et Mia frissonna en réalisant que le sang-froid de Korum ne tenait qu'à un cheveu.

— Je vous en prie… dit-elle à nouveau, tout en sachant qu'elle était impuissante et qu'il ne la lâcherait que lorsqu'il le voudrait.

— Vous voulez que je vous laisse partir, après ce qui vient de se passer ? Sa voix était dure, gutturale, et il resserra tellement son étreinte qu'elle eut du mal à respirer.

Mia acquiesça d'un signe de tête en tremblant, le désir incandescent qu'elle avait ressenti quelques instants plus tôt avait fait place à un mélange confus de peur et de honte. Il la regarda, son visage était sombre et ne révélait rien de ses sentiments, puis il détacha très froidement son bras de la taille de Mia et recula.

— D'accord, dit-il d'une voix basse. Prenez-le comme ça. Allez dans votre petite chambre pour tout raconter à votre colocataire. Partez pleurer et vous apitoyer sur votre sort, et penser, quelle salope vous êtes pour qu'un simple baiser suffise à vous faire jouir dans un couloir.

Quand il vit l'expression de son visage, ses yeux se mirent à briller.

— Et ensuite, habituez-vous à l'idée de jouir plus souvent. Particulièrement après tout ce que je vais vous faire – et quand je dis tout, je pense vraiment *tout*.

Sur cette promesse, il lui tourna le dos et se dirigea vers l'escalier. Avant de commencer à descendre, il se retourna une dernière fois.

— Je passe vous prendre demain après les cours. Fini de jouer, Mia.

CHAPTER FOUR

Mia hardly remembered the remainder of the ride.

At some point in the next few minutes, the limo had pulled up to the Bobst Library, and Korum had courteously opened the door for her again and handed her the backpack. He then proceeded to gently brush his lips against her cheek, as though parting ways with his sister, and left her standing on the curb in front of the imposing library building.

Moving on autopilot, Mia somehow found herself inside, sitting in one of the plush armchairs that were her favorite place to study. Going through the motions, she took out her Mac and placed it on the side table, noting with some interest that her hand was shaking and her fingernails had a slight bluish tint to them. She also felt cold deep inside.

Shock, Mia realized. She had to be in a state of mild shock.

For some reason, that pissed her off. Yes, she felt like he had stripped her naked with his words in the car, leaving her feeling raw and vulnerable. Yes, if she thought too deeply about the meaning of his last words, she would probably start running and screaming. But she was hardly a Victorian maiden – her lack of experience notwithstanding – and she refused to let a few explicit phrases send her into vapors.

Resolutely getting up, Mia left her bag in the chair as a placeholder – nobody would steal a computer that old – and headed to the coffee shop to get something hot to drink. On the way there, she stopped by the bathroom. Splashing warm water on her face in an attempt to regain her equilibrium, Mia inadvertently caught a glimpse of herself in the mirror. The usual pale face staring back at her looked subtly different – somehow softer and prettier. Her lips appeared fuller, as though slightly swollen where he had touched them. Her eyes looked brighter, and there was a hint of color on her cheeks.

He was right, Mia thought. She had been extremely turned on in the car, his words alone bringing her nearly to the edge of orgasm – despite her shock and fear. What that said about her was not something she cared to analyze too deeply. Even now, she could feel the residual dampness in her underwear and a slight pulsing sensation deep within her loins whenever she thought back to that limo ride.

Taking a deep breath, Mia squared her shoulders and exited the restroom. Her sex life in all its extraterrestrial manifestations would have to wait until the paper was done and submitted.

Her priorities were two-fold right now – an extra-large coffee and a few hours of uninterrupted quality time with the Mac.

* * *

The ringing of the doorbell and an excited squeal by her roommate woke up Mia twelve minutes before her alarm.

Groaning, she rolled over and put her pillow over her head, hoping that the source of the noise would go away and let her get the remaining few minutes of precious sleep.

She had gotten home at three in the morning, after finally finishing the evil paper. Unfortunately, she had a 9 a.m. class on Mondays, which meant that she would get less than five hours of sleep that night. Even so, her overtired brain had refused to let go of the day's events, with dark, erotic dreams interrupting her sleep – dreams in which she would see his face, feel his touch burning her skin, hear his voice promising both pain and ecstasy.

And now she couldn't even enjoy a few moments of peaceful rest, as Jessie apparently couldn't contain her excitement over whatever it was that came to the door.

"Mia! Mia! Guess what?" Jessie was practically singing as she knocked on Mia's bedroom door.

"I'm sleeping!" Mia growled, wanting to smack Jessie for the first time in her life.

"Oh come on, I know your alarm is about to go off. Rise and shine, Sleeping Beauty, and see what you got from Prince Charming!"

Mia bolted upright in her bed, all trace of sleepiness forgotten. "What are you talking about?" Jumping out of bed, she flung open the door, confronting her disgustingly cheerful and bright-eyed roommate.

"This!" With a huge excited grin, Jessie gestured toward a large vase of exotic pink and white flowers that occupied the center of their kitchen table. "The delivery guy just came and brought this. Look, there's even a card and everything! Do you know who sent it? Is there some secret admirer that you haven't told me about?"

Mia felt a sudden inner chill even as her pulse speeded up. Approaching the table, she reached for the card and opened it with trepidation. The content of the note – written in neat, but clearly masculine handwriting – was simple:

Tonight, 7pm. I will pick you up. Wear something nice.

Her hand shaking slightly, Mia put down the note. For some reason, she hadn't thought he would want to see her again so soon, much less come to her apartment.

"Well? Don't keep me in suspense!" Unable to wait any longer, Jessie grabbed the note and read it herself. "Ooh, what's this? You have a date?"

Mia felt the beginnings of a throbbing headache. "Not exactly," she said wearily. "Let me get dressed for class, and we can talk on the way."

Ten minutes later, Mia grabbed a breakfast bar and headed out the door with Jessie, who was nearly bursting with curiosity at this point. Sighing, Mia relayed a shortened version of the story, leaving out a few details that she felt were too private to share – such as his exact words and her reaction to him.

"Oh my God." Jessie's face reflected horrified disbelief. "And now he wants to see you again? Mia – this is bad, really bad."

"I know."

"I can't believe he just openly told you he intends to have sex with you." Jessie was wringing her hands in distress. "What if you don't show up tonight – go to the library instead or something?"

"I'm pretty sure he'll be able to find me there. He's done that before. And I don't know what he'll do if he gets mad."

Jessie's eyes widened. "Do you think he would hurt you?" she asked in a hushed tone.

Mia thought about it for a few seconds. All his actions toward her thus far had been . . . solicitous, for lack of a better word. It could all be an act, of course, but somehow she doubted that he would physically abuse her.

"I don't think so," she said slowly. "But I don't know what else he might be capable of."

"Like what?"

"Well, that's the thing – I just don't know." Mia nervously tugged at one long curl. "He's definitely not playing by any kind of normal dating rules. I mean, he practically kidnapped me off the street yesterday . . ."

"What if you go home to Florida?" Jessie was obviously desperate to find a solution.

"That seems like an overreaction. Besides, it's the middle of the semester. I can't go anywhere until this summer."

"Crap." Jessie sounded stumped for a second. "Well, then just tell him no when he shows up tonight. Do you think he would force you to go with him anyway?"

"I have no idea," Mia said wryly, pausing in front of the building that was her destination. "I'm going to have to think about this some more. Maybe if I look particularly ugly tonight, he'll lose interest."

"That's a great idea!" Jessie clapped her hands in excitement. "He wants you to wear something nice tonight? Well, you show him! Put on your ugliest clothes, eat some fresh garlic and onion, put some oil in your hair so it looks all greasy, and maybe do something that makes you sweaty – like a run – and don't shower or use deodorant afterwards!"

Mia stared at her roommate in fascination. "You're scary. How did you come up with all of this? It's not like you try to un-attract guys on a regular basis."

"Oh, it's easy. Just think of all the things you'd do to get ready for a date – and do just the opposite." Jessie breezily waved one hand with such a know-it-all expression that Mia couldn't help but burst out laughing.

* * *

At six o'clock, Mia began implementing Jessie's plan. Her roommate had been dying to see her first K and lend Mia moral support for the confrontation, but she had a biology lab that couldn't be missed. Mia was glad about that. The last thing she wanted was to put Jessie in harm's way.

She started out by doing jumping jacks, lunges, squats, and sit-ups. Within fifteen minutes, her leg and stomach muscles – unused to so much exertion – were burning, and Mia was covered with a fine layer of sweat. Without bothering to shower, she put on her oldest, rattiest underwear, thick brown tights that her sister absolutely despised, and a long-sleeved black dress that Jessie had once claimed made her look completely washed out and shapeless. A pair of old black Mary-Janes with medium-height heels, worn out and scuffed, completed the look. No makeup, except for a slight dusting of dark blue shadow directly under her eyes – to imitate under-eye circles. Her hair already looked like a frizzy mess, but Mia brushed it for good measure and added hair conditioner only to the roots, leaving the ends to poof out in every direction. And for the grand finale, she cut up an entire clove of garlic, mixed it with green onion, and thoroughly chewed it, making sure that the smelly mixture got into every nook and corner of her mouth before she spit it out. Satisfied, she took one last look in the mirror. As expected, she looked ghastly – like somebody's crazy spinster aunt – and probably smelled even worse. If Korum remained interested in her after tonight, she would be very surprised.

When the doorbell rang promptly at seven, Mia put on her scruffy wool peacoat and opened the door with a mixture of trepidation and barely contained glee.

The sight that greeted her was breathtaking.

Somehow, in the short span of a day, Mia had managed to forget just how beautiful he was. Dressed in a pair of dark designer jeans and a light grey button-down shirt that fit his tall, muscular body to perfection, he fairly gleamed with health and vitality, his bronzed skin and glossy black hair providing a stark contrast for those incredible amber-colored eyes. Mia suddenly felt irrationally embarrassed about her own grungy appearance.

At the sight of her, his lips parted in a slow smile. "Ah, Mia. Somehow I suspected that you would be difficult."

"I don't know what you're talking about," Mia said defiantly, lifting her chin.

"I'm glad you decided to play this game." He reached out and stroked her cheek, sending an unwanted shiver of pleasure down her spine. "It will make your eventual surrender that much sweeter."

Still smiling, he politely offered her his arm. "Ready to go?"

Fuming, Mia ignored his offer, stomping down the stairs on her own. *Idiot!* She should've realized he would see her deliberately ugly appearance as a challenge. With his looks and apparent wealth, he probably had women fawning all over him. It must be refreshing to meet someone who didn't immediately fall into his bed. Maybe she should just sleep with him and get it over with. If the pursuit was what he enjoyed, then he would lose interest very quickly if he got what he wanted.

The limo was waiting as they exited the building. "Where are we going?" Mia asked, wondering about it for the first time.

"Percival," Korum answered, opening the door for her. The place he named was a popular restaurant in the Meatpacking District that was notoriously difficult to get into, even on a Monday night.

Mia mentally kicked herself again. It was one thing to look repellent for Korum – a wasted effort, as it turned out – but it was a whole different level of embarrassing to show up in the fanciest, trendiest district of New York City looking and smelling like a homeless person. Still, she'd rather die of embarrassment than give Korum the satisfaction of knowing how discomfited she felt.

He climbed into the car and sat down next to her. Reaching out, he took one of her hands and brought it to his lap, studying her palm and fingers with some apparent fascination. Her hand looked tiny in his large grasp, his golden skin appearing much darker next to her own whiteness, creating a surprisingly erotic contrast. Mia attempted to yank her hand away, trying to ignore the sensations his touch was provoking in her nether regions. He held her hand just long enough to let her feel the futility of her struggles, and then let go with a small smile.

It was strange, Mia thought, somewhere along the way she had stopped being so afraid of him. For some reason, knowing his intentions toward her – as crude and base as they were – gave her a peace of mind. The scared girl who sat in this car yesterday would not have dared to oppose him in any way for fear of unknown retaliation. Mia no longer had such qualms, and it was oddly liberating.

A minute later, the limo pulled up to the door of the restaurant. Korum exited first and Mia followed, noticing with mortification the double-takes they got from the well-dressed men and women on the street. A gorgeous K in his limo was bound to attract attention, and Mia was sure they wondered about his dowdy companion.

A tall, rail-thin hostess greeted them at the door. Without even asking for their reservations, she led them to a private booth in the back of the restaurant. "Welcome back to Percival," she purred, leaning suggestively over Korum while handing them the menus. "Should I start you off with sparkling or flat?"

"Sparkling would be fine, Ashley, thanks," he said absentmindedly, studying the menu.

Mia felt a sudden, shocking urge to tear out every straight blond hair from Ashley's model-like head. A strange nausea-like sensation roiled her stomach as she pictured the two of them together in bed, his muscular body wrapped around the blonde's. *Stop it, Mia! Of course, he slept with other women!* Undoubtedly, the creature left a trail of Ashleys anywhere he went.

"Have you decided what you'd like?" he inquired, looking up from his menu, seemingly oblivious to the murderous expression on Mia's face.

"No, not yet." Taking a deep breath, she forced herself to concentrate on the menu. This was undoubtedly the nicest restaurant she'd ever been to, and the menu – which lacked prices for some reason – listed some dishes and ingredients that she'd never heard of. Her eyes widened as she noticed goat cheese and caviar in the appetizer section and eggs in one of the noodle dishes. Her mouth watered. "I think I'll get the roasted beets and goat cheese salad, followed by the pesto-artichoke Pad Thai."

Korum smiled at her indulgently. "Of course." He motioned to the waiter and relayed her order. "And I will have the watercress jicama salad and the shiitake parsnip ravioli in cashew cream. We'll also get a bottle of Dom Perignon."

Mia looked at him in fascination. She hadn't known that Ks consumed alcohol. In fact, there was so much that she – and the public in general – didn't know about the invaders who now lived alongside them. It dawned on Mia that she had the perfect opportunity to learn sitting across her at the table.

Feeling slightly reckless, she decided to start with the question that had been bothering her ever since their first meeting. "Is it true that you drink human blood?"

Korum's eyebrows shot up on his forehead, and he nearly choked on his drink. "You don't pull any punches, do you?" A big grin breaking out on his face, he asked, "Are you asking if we have to drink human blood, or if we do it anyway?"

Mia swallowed. She was suddenly far from sure this was the best line of questioning. "I guess both."

"Well, let me set your mind at ease . . . We no longer require blood for survival."

"But you did before?" Mia's eyes widened in shock.

"Originally, when we first evolved into our current form, we needed to consume significant amounts of blood from a group of primates that had certain genetic similarities to us. It was a deficiency in our DNA that made us vulnerable and tied our existence to another species. We have since corrected this defect."

"So it's true? There were humans on your planet?" Mia was staring at him open-mouthed.

"They weren't exactly human. Their blood, however, had the same hemoglobin characteristics as yours."

"What happened to them? Are they still around?"

"No, they are now extinct."

"I don't understand," Mia said slowly, trying to make sense of what she'd learned thus far. "If you needed them to survive, how and when did they go extinct? Was that before or after you . . . um . . . fixed your defect?"

"It happened long before then. We succeeded in developing a synthetic substance before the last of their kind disappeared, and it enabled us to survive their demise. They were an endangered species for millions of years. It was partially our fault for hunting them, but a lot of it had to do with their own low birth rate and short lifespan. Just like you, they had a weak immune system, and a plague nearly wiped them out.

That's when we began to work on alternative routes of survival for our species – synthetic hemoglobin substitutes, experimentation with our own DNA, and attempting to develop a comparable species both on Krina and on other planets."

A lightbulb went off in Mia's brain. "Is that why you planted life here on Earth? Is that how humans came to be – you needed a comparable species?"

"More or less. It was a shot in the dark, with minuscule odds of success. We disseminated our DNA as far as our then-primitive technology could reach. We didn't know which planets and where would be hospitable to life, much less bear any similarities to Krina, so we blindly sent billions of drones to planets that are located in what you now call the Goldilocks Zones."

"Goldilocks Zones?"

"Yes, these are also called the habitable zones – regions in the universe around various stars that potentially have the right atmospheric pressure to maintain liquid water on the surface. Based on our knowledge, those are the only places where life similar to Krina's could arise."

Mia nodded, now remembering learning about that in high school.

Satisfied that she was following along, he continued his explanation. "One of the drones reached Earth, and the first simple organisms succeeded in surviving here. Of course, we didn't know that at the time. It wasn't until some six hundred million years ago that we reached this part of the galaxy and found Earth."

"Right before the Cambrian explosion began?" asked Mia, goosebumps breaking out on her arms. It was public knowledge now that the Ks had influenced evolution on Earth to a fairly significant degree, the timing of their initial arrival coinciding with the previously puzzling appearance of many new and complex life forms during the early Cambrian period. But their motives for planting life on Earth and later manipulating it had remained a mystery, and it was incredible to hear him speak about it so nonchalantly, revealing so much to her over dinner.

"Exactly. We have occasionally stepped in to guide your evolution, particularly when it threatened to drastically diverge from ours – such as when the dinosaurs had become a dominant life form –"

"But I thought the dinosaurs had been killed by an asteroid?"

"They were. But we could have easily deflected that strike. Instead, we simply ensured that the necessary life forms, such as the early versions of mammals, survived."

Mia stared at him open-mouthed as he continued the story.

"When the first primate appeared here, it was a tremendous achievement for us because its blood carried the hemoglobin. However, we no longer needed it by then because we'd recently had the breakthrough that allowed us to manipulate our own DNA without adverse consequences."

He paused when the salads were served, and continued speaking between bites of his watercress. "At that point, Earth and its primate species had become the grandest scientific experiment in the history of the known universe. The challenge for us became to see whether we could nudge along evolution just enough to see another intelligent species emerge."

Mia felt chills going down her spine as she listened to the story of human origins told by an alien from the gazillion-year-old civilization that had essentially played God. An alien who was munching on his salad at the same time, as though discussing nothing more important than the weather.

"You see," he continued, "the primates on Krina were of the same intelligence level as your chimpanzees, and few of us thought that a species as short-lived as yours could develop a truly sophisticated intellect. But we persisted, occasionally stepping in with genetic modifications to make you look more like us, and the result has surpassed all our expectations. While you share a lot of the characteristics of the Krinian primates – presence of the hemoglobin, a relatively weak immune system, and a short lifespan – you have a much higher birth rate and an intelligence that's nearly comparable to ours. Your evolution rate is also much faster than ours – mostly due to that higher birth rate. The transition from primitive primates to intelligent beings took you only a couple of million years, while it took us nearly a billion."

Dozens of questions were running through Mia's mind. She latched onto the first one. "Why did you care if we looked like you? Is that somehow a requirement for intelligence?"

"No, not really. It just made the most sense to the scientists who were overseeing the project at the time. They wanted to create a sister species, intelligent beings that looked like us, so that it would be easier for us to relate to them, easier to communicate with them. Of course," he said with a wicked smile, twirling his empty fork, "there was an unexpected side benefit."

Mia looked at him warily. "What benefit?"

"Well, you see, when the first Earth primates appeared, some of the Krinar tried drinking their blood out of curiosity. And they quickly discovered that, in the absence of the biological need for the hemoglobin, drinking blood gave them a very pleasurable high – an almost sexual buzz. It was better than any drug, although synthetic versions of your blood have since become quite popular in our bars and nightclubs."

Mia nearly choked on her salad. Coughing, she drank some water to clear the obstruction in her throat while he watched with an amused look on his face.

"But the best thing of all was our more recent discovery." He leaned closer to her, his eyes turning a now-familiar shade of deeper gold. "You see, it turns out that there's nothing quite as pleasurable as drinking blood from a living source during sex. The experience is simply indescribable."

Mia reflexively swallowed, feeling horrified and oddly aroused at the same time. "So you want to drink my blood while . . . fucking?"

The corners of his mouth turned upward in a sensuous smile. "That would be the ultimate goal, yes."

She had to know, even if the answer made her sick to her stomach. "Would I die?"

He laughed. "Die? No, taking a few sips of your blood won't kill you any more than giving blood at a doctor's office. In fact, our saliva contains a chemical that makes the whole process quite pleasurable for humans. It was originally intended for our prey, to make them drugged and docile when we fed on them – but now it merely serves the purpose of enhancing your experience."

Mia's head felt like it was exploding with everything she'd just learned, but there was something else she needed to find out. "How exactly do you do it?" she asked cautiously. "Drink blood, I mean? Do you have fangs?"

He shook his head. "No, that's an invention of your literary fiction. We don't need fangs – the edges of our top teeth are sharp enough that they can penetrate the skin with relative ease, usually by just slicing through the top layer."

Their main course arrived, giving Mia a few precious moments to regain her composure.

It was too much, all of it.

Her thoughts spun around, all jumbled and chaotic. Somehow, in the past twenty-four hours, she'd gotten used to the idea that an extraterrestrial wanted to have sex with her, for whatever reason. But now he also wanted her to serve as a blood donor during sex. His species had basically created her kind, and they now used human blood as some sort of an aphrodisiac. The idea was disturbing and sickening on many levels, and all Mia wanted to do was crawl into her bed, pulling covers over her head, and pretend that none of this was happening.

Something of her inner turmoil must have shown on her face because Korum reached out, gently covering her hand with his, and said softly, "Mia, I know this is all a huge shock to you. I know that you need time to understand and get to know me better. Why don't you relax and enjoy your meal, and we can discuss something else in the meantime?" He added with a teasing smile, "I promise not to bite."

Mia nodded and obediently dug into her food as soon as he released her hand. It was either that or run out of the restaurant screaming, and she wasn't sure how he would react to that. After everything she'd learned today, the last thing she wanted was to provoke whatever predatory instincts his species still possessed.

The Pad Thai was delicious, she realized, tasting the rich flavors complemented by bits of real egg. For some reason, despite her delicate build, nothing ever interfered with her appetite. Her family often joked that Mia must really be a lumberjack in disguise, given the large quantities of food she liked to consume on a regular basis. "How is your ravioli?" she asked between bites of her noodles, searching for the most innocuous subject.

"It's great," he answered, enjoying his dish with similar gusto. "I often come to this restaurant because they have one of the best chefs in New York."

"I don't know," Mia teased, trying to keep the conversation light. "The salad and sandwich you made yesterday was pretty tasty."

He grinned at her, exposing the dimple that made him seem so much more approachable. It was only on his left cheek, not the right – a slight imperfection in his otherwise flawless features that only added to his appeal. "Why, thank you. That's the best compliment I got all year."

"Do you cook a lot for yourself or mostly go out to restaurants?" Food seemed like a nice safe topic.

"I do both quite a bit. I like to eat, as you apparently do too," he motioned to her rapidly disappearing portion with a smile, "so that necessitates a lot of both. What about you? I imagine it's tough to go out too much in New York on a student's budget."

"That would be an understatement," Mia agreed. "But there are some really nice cheap places near NYU and in Chinatown, if I want to venture out that far."

"What made you decide to come to New York for school? Your home state has a number of good universities, and the weather is so much better there." He seemed genuinely perplexed.

Mia laughed as the irony of her school choice only now occurred to her. "When I was applying to colleges, my parents were afraid that you – the Krinar, I mean – might establish a Center in Florida, so they wanted me to go to an out-of-state school."

Korum smiled in response. "We did actually think about settling there, but it was too densely populated for our taste." He took a sip of his champagne. "So I'm guessing they wouldn't be particularly happy that you're here with me today?"

"God, no." Mia shuddered. "My mom would probably be hysterical, and my dad would get one of his stress migraines."

"And your sister?"

"Um, she wouldn't be particularly happy either." For a moment, she had almost forgotten how much he knew about her.

"She's older than you, right?"

"By nearly eight years. She got married last year."

"I wonder what it would be like to have a sibling," he mused. "It's not a very common occurrence for us, having more than one child."

Mia shrugged. "I'm not sure if my experience was particularly authentic, given our age difference. By the time I was old enough to be anything more than a brat, she had already left for college." Her curiosity kicking in again, she asked, "So you don't have any siblings? What about your parents?"

"I'm an only child. My parents are back on Krina, so I haven't seen them in a while. We do communicate remotely, though, on a regular basis."

Their waiter returned to clear the table and give them their dessert menus. Mia chose tiramisu – made with real cheese and eggs – and Korum went with the apple pecan tart. Somehow, in the course of their conversation, she'd managed to down two glasses of champagne, and was beginning to feel buzzed. The evening took on a slightly surreal tint in her mind, from the restaurant filled with Manhattan's most beautiful people to the gorgeous predator who sat across the table from her, blithely chatting about their families. Mia wondered how old he was. She knew the Ks were very long-lived, so there was really no way to tell his age from appearance. Had he been human, she would have guessed late twenties. Her curiosity got the best of her again, and she blurted out, "How old are you?"

"About two thousand of your Earth years."

Mia stared at him in shock. That would put him somewhere in the very ancient category by human standards. Two thousand years ago, the Roman Empire still ruled the Western world, and the Christian religion was just getting its start. And he had been alive since that time?

She drank some more champagne to help with the dryness in her throat. "Does that make you old or young in your society?"

He shrugged his broad shoulders. "I guess on the younger side. My parents are much older. It doesn't matter, though. Once we reach full maturity, age literally becomes just a number."

"We must all seem like infants to you then, huh?" Mia took a big gulp from her glass and felt the room tilt slightly. She hoped she wasn't slurring her words. She probably should stop with the champagne. He could easily take advantage of her if she got drunk. But, then again, he could easily take advantage of her sober too. She was completely at the mercy of an alien who wanted to fuck her and drink her blood, so she might as well enjoy this undoubtedly excellent vintage.

"Not infants. Just naive in certain ways. More like teenagers, if anything."

Mia rubbed an itchy spot on her nose with the back of her hand, wondering if she wanted to know the answer to her next question. She decided to go for it. "So are you immortal, like the vampires of our legends?"

"We don't think of it that way. Everybody can die. Our species has always enjoyed negligible senescence, but we can still be killed or die in a bad accident."

"Negligible senescence?"

"Basically, we don't have the symptoms of aging. Before we were sufficiently advanced with our science and medicine, we could still die from a variety of natural causes, but we've now succeeded in achieving a very low – almost negligible – mortality rate."

"How is this possible?" asked Mia. "How can a living creature not age? Is that something peculiar to Krina?"

"Not really. There are actually a number of species right here on Earth that have that same characteristic. For instance, have you ever heard of the four-hundred-year-old clam?"

"What? No!" He had to be making fun of her ignorance; surely such a thing didn't exist.

He nodded. "It's true – look it up if you don't believe me. There are a number of creatures that don't lose their reproductive or functional capabilities with age – some species of mussels and clams, lobsters, sea anemones, giant tortoises, hydras . . . In fact, hydras are pretty much biologically immortal; they die from injury or disease, but not from old age."

Trying to process this incredible information, Mia rubbed her nose again. That's it, she realized, no more alcohol for her. For some reason, her nose had a tendency to get itchy after a few drinks, and Mia had learned to respect it as a sign of when to stop. The few times she'd ignored this warning, the consequences hadn't been pretty.

Seeing her weaving slightly in her seat, Korum motioned the waiter for the check. Mia hazily wondered if she should offer to split it, the way she always did when she went out with college guys. Nah, she decided. He had practically forced her to come out today, so she might as well get a free meal out of it. Besides, she wasn't sure she could afford this place, given the priceless menu. So instead, she just observed when Korum waived his wristwatch phone-wallet over the waiter's tiny digital receptor, and added what seemed to be a generous tip, judging by the grateful expression on the waiter's face.

"Ready to go?" He helped her put on her coat and again offered her his arm. Mia accepted this time, as she felt somewhat woozy and didn't have a high degree of confidence in her own ability to make it out of the restaurant without tripping at some point.

"Are you drunk?" he asked with amusement, observing her slightly unsteady gait as they exited onto the street. "I only saw you drink a couple of glasses."

Mia raised her chin and lied, "I'm perfectly fine." She hated it when people pointed out what a lightweight she was.

"If you say so." He looked like he was about to laugh, and Mia wanted to smack him.

Roger and the limo were waiting at the curb, of course. Mia hesitated, her heart rate accelerating at the realization that she would be alone with an extraterrestrial predator who wanted her blood.

She turned to him. "You know, I really feel like getting some fresh air. I can just walk from here – my apartment is only about a dozen blocks away, and the weather is really quite nice and refreshing." The last bit was a lie. It was actually quite chilly, and Mia was already shivering in her thin coat.

His expression darkened. "Mia. Get in. I will take you home." It was his scary tone of voice, and it worked just as well on her the second time around. Shaking slightly from a combination of nerves and the cold air, she climbed into the car.

The ride to her apartment was oddly uneventful, taking only a few minutes in the absence of traffic. He again held her hand, gently rubbing her palm in a soothing manner. Despite her initial nervousness, Mia closed her eyes, leaned back against the comfortable seat, and was just starting to drift off when they arrived at their destination.

He walked her up the five flights of stairs to her apartment, holding her arm as an apparent precaution against any alcohol-induced unsteadiness. She felt tired and sleepy, wanting nothing more than to collapse into her bed at home. At one point, she managed to stumble and nearly fall anyway, missing a step with her high-heeled shoe. Korum sighed and lifted her into his arms, carrying her up the remaining two flights despite her mumbled protestations.

Upon reaching her apartment, he carefully set her back on her feet, briefly keeping her pressed against his hard body before letting her pull away. His hands remained on her waist, holding her at a short distance. Mia stared at him, mesmerized. Her breathing picked up, and warm moisture pooled between her legs as she realized what the large bulge she'd felt in his jeans meant. His breathing was a little fast too, and she doubted that it had anything to do with carrying a hundred-pound human girl up two flights of stairs. He leaned toward her, eyes nearly yellow at this point, and Mia froze as he cupped the back of her head and pressed his lips to hers.

He kissed her leisurely, his tongue exploring her mouth with exquisite gentleness, even as he held her against him in an unbreakable grip. Mia moaned, a wave of heat surging through her body and leaving an oddly pleasurable sense of lethargy in its wake. Somewhere in the back of her mind, a warning bell was going off, but all she could concentrate on was his mouth and the sensations spreading throughout her body. He brought her closer, pressing his groin against her belly, and she felt his hardness again, her loins clenching in response. He lightly sucked on her lower lip, pulling it into his mouth, and his hand slid down her back to cup her buttocks, lifting her off the ground so he could grind his penis directly against her clitoris through their layers of clothing.

The pressure building inside her was different and stronger than anything she'd ever experienced, and Mia groaned with frustration, wanting more. Her hands somehow found their way to his shoulders, kneading the heavy muscles through his shirt, and it was not enough. She wanted, needed the feel of his naked skin against her own, the slide of his heavy penis into her vagina, quenching the empty pulsing sensation she felt there. She wrapped her legs around his waist, grinding against him, and the sensations built to a fever pitch. She hovered on the edge for a few delicious seconds, and then went over, climaxing with a muffled scream against lips. He groaned as well, his other hand reaching under her skirt and tearing at her tights as he let go of her mouth to press burning kisses on her neck and collarbone.

"Mia? Is that you?" A familiar voice reached through her daze, and Mia realized with mortification that Jessie had opened the apartment door and was staring at them in shock. "Are you okay? Do you want me to call the police?" Her roommate clearly wasn't sure how to interpret what she was seeing.

Still wrapped around Korum, Mia felt a shudder go through his body as he visibly fought to regain control. Suddenly fearing for Jessie, Mia barked at her, "Yes, I'm fine! Go back inside and leave us alone!" A hurt look appeared on her roommate's face, and she vanished inside the apartment, slamming the door behind her.

Mia pushed at Korum, trying to put some distance between them. "Please let me go," she said quietly, wanting nothing more than to curl up into a little ball in her room and cry. He hesitated for a second, and then lowered her to her feet, still keeping her pressed against his body. His golden skin appeared flushed from within, and his eyes still had a strong yellow undertone. The bulge against her stomach showed no signs of abating, and Mia shivered, realizing that he was holding onto his self-control by a hair. "Please," she repeated, knowing that there was nothing she could do to make him release her until he was ready.

"You want me to let you go? After all that?" His voice was harsh and guttural, and the arms locked around her back tightened until she could barely breathe.

Mia nodded, trembling, the white-hot desire she'd felt earlier giving way to a confusing jumble of fear and acute embarrassment. He looked at her, his expression dark and unreadable, and then very deliberately removed his arms from around her waist and stepped away.

"All right," he said softly. "Have it your way. Go to your little room, and tell your roommate all about it. Have yourself a good cry about what a little slut you are, coming like that from a kiss right out in the hallway." His eyes glittered at the stricken expression on her face. "And then you better get used to the idea that you'll come a lot more, from everything I do to you – and I will literally do everything."

With that promise, he turned away and walked toward the stairs. Pausing before entering the stairwell, he looked back and said, "I will pick you up after class tomorrow. No more games, Mia."

CHAPITRE CINQ

Mia entra dans l'appartement chancelante, et avec autant de dignité qu'une petite culotte trempée et des collants en lambeaux le permettaient. Jessie était assise sur le canapé du salon et l'attendait. Elle n'avait plus l'air en colère, mais plutôt très inquiète.

— Oh mon Dieu Mia ! C'était quoi ce bordel sur le palier ?

Mia secoua la tête, retenant péniblement ses larmes.

— Jessie, je suis désolée, mais je ne peux vraiment pas parler maintenant lui dit-elle en se dirigeant directement vers sa chambre avant d'en fermer la porte.

Elle s'effondra sur son lit, s'enveloppa dans sa couette et se mit en boule. Elle n'avait plus l'impression que son corps lui appartenait, son sexe vibrait encore suite à l'orgasme qu'elle venait d'avoir. Ses lèvres étaient gonflées par les baisers et les pointes de ses seins étaient si sensibles que son soutien-gorge lui blessait la peau. De plus, elle se sentait à vif et comme dévastée au plus profond d'elle-même. De toute sa vie, jamais elle ne s'était sentie aussi fragile.

Elle n'avait pas voulu ce qui était arrivé. Vraiment pas. Elle était bouleversée d'avoir autant perdu le contrôle de son corps et le fait que Korum puisse déclencher en elle une réaction aussi forte la rendait encore plus vulnérable.

Il l'effrayait.

Elle n'était pas à la hauteur face à lui. Elle le savait. Penser aux implications de faire l'amour avec un vampire extra-terrestre était déjà terrifiant, mais ce qui l'effrayait par-dessus tout était l'emprise qu'il avait sur ses émotions. Il lui prendrait tout – son corps et son âme – et quand il en aurait assez, il partirait, la laissant brisée et meurtrie pour la vie, incapable d'oublier son amant, ce sombre extra-terrestre.

Ce n'est pas ainsi que sa vie était censée se dérouler. Mia venait d'une famille d'immigrants polonais de la deuxième génération et elle était toujours restée sur le droit chemin. À l'école, elle avait travaillé dur, autant pour faire plaisir à ses parents que pour son propre désir de réussir. Une fois qu'elle aurait sa licence, elle voulait s'en servir pour être conseillère d'orientation au lycée ou à l'université. Elle était proche de ses parents et de sa sœur et espérait un jour devenir une bonne mère pour ses enfants. Elle était supposée tomber amoureuse de quelqu'un de bien, issu d'une bonne famille. Ils se seraient mariés et auraient été heureux comme l'avaient été ses parents. Si d'autres jeunes filles rêvaient d'aventures et flirtaient avec de mauvais garçons, Mia n'aspirait qu'à une vie normale, une vie bien comme il faut.

Elle avait toujours su qu'elle était une créature sexuée. Malgré son manque d'expérience, elle avait toujours été persuadée qu'elle aimerait le sexe une fois qu'elle aurait trouvé le bon partenaire. Elle aimait lire des romans osés et regarder des films X et elle ne se considérait pas comme prude. En fait, elle aimait bien l'idée d'avoir plusieurs relations différentes, et d'essayer diverses choses avant de se marier. Quand elle sortait en boîte avec Jessie, Mia était souvent excitée quand elle dansait avec un homme séduisant, surtout après plusieurs verres. Mais cela n'était jamais allé plus loin que quelques baisers, sûrement parce qu'elle était trop prudente et trop raisonnable pour avoir une aventure d'une nuit avec un gars qu'elle aurait rencontré en boîte. Et pourtant elle était impatiente de perdre sa virginité, de préférence avec quelqu'un qu'elle aimerait et qui l'aimerait en retour. Un prédateur extra-terrestre qui voulait la baiser et boire son sang était vraiment ce qu'il y avait de plus éloigné de son idéal.

Elle avait envie de prendre une douche.

Elle se leva lentement et commença à se déshabiller. Ses collants étaient en lambeaux, elle les mit à la poubelle. Sa robe noire était elle aussi légèrement déchirée sur le devant – elle ne se rappelait même pas à quel moment c'était arrivé – et elle la jeta aussi. Prise d'une soudaine frénésie, elle se débarrassa également de ses chaussures ainsi que de ses sous-vêtements. Elle ne voulait rien garder de cette nuit-là. Mia s'emmitoufla dans son peignoir de bain, quitta sa chambre où elle se sentait bien en sécurité et se dirigea vers la douche, espérant que Jessie était partie se coucher.

* * *

Le lendemain matin, Mia se réveilla avec un mal de tête.

Dès qu'elle ouvrit les yeux, les évènements de la veille lui revinrent à l'esprit, accompagnés d'un violent sentiment d'humiliation. Il s'était moqué d'elle, l'avait traitée de 'salope' et c'est exactement ce qu'elle avait l'impression d'être, surtout après ce dont Jessie avec été témoin. Elle se souvint aussi qu'il lui avait dit qu'il viendrait la chercher aujourd'hui et un mélange de peur et d'excitation malsaine lui donna la nausée.

Elle n'avait qu'un seul cours aujourd'hui et il n'était qu'à onze heures. Ce qui était une chance étant donné qu'elle ne savait même pas si elle avait vraiment envie de se lever.

On frappa timidement à la porte.

— Oui, entre dit Mia avec résignation, sachant que Jessie avait dû attendre anxieusement son réveil, à l'affût du moindre bruit en provenance de sa chambre.

Sa colocataire entra, penaude, et vint s'asseoir sur le lit de Mia.

— Alors, j'ai l'impression que mon procédé breveté pour éloigner les hommes n'a pas marché, hein ?

Mia se frotta les yeux et offrit un sourire amer à sa colocataire.

— Il semblerait que non en effet. Elle respira profondément et ajouta : écoute, je suis désolée pour hier. Je n'avais pas l'intention de te crier dessus – c'est juste que je ne voulais pas que tu sois là, que tu sois témoin de ce que tu as vu.

Jessie fit un signe de tête, elle avait visiblement compris d'elle-même.

— Ne t'inquiète pas, j'en aurais fait autant. Mais j'avais peur qu'il ne t'ait pas laissé pas le choix tu sais. Alors, si je comprends bien, il te plaît vraiment maintenant ?

Mia gémit et s'enfouit la tête dans l'oreiller.

— Je ne sais pas. Ma raison me dit de m'enfuir aussi loin que possible, mais chaque fois qu'il me touche c'est plus fort que moi. Je perds totalement le contrôle. Je déteste ça.

Jessie écarquilla les yeux.

— Eh bien ! C'est super *chaud* ! On se croirait dans un de tes romans à l'eau de rose : il l'embrasse et elle succombe !

Depuis ce matin, quelque chose d'indéfinissable tracassait Mia et les paroles de Jessie rassemblèrent les pièces du puzzle soudainement.

Évidemment ! Il l'avait embrassée, et il lui avait clairement dit que la salive des Ks contenait une substance chimique qui droguait leur proie et la rendait docile. Tout prenait sens – l'agréable léthargie qui s'était répandue en elle et la façon dont son cerveau s'était déconnecté à la seconde où il avait posé ses lèvres sur les siennes, ne lui laissant comme ressource que son instinct animal. Cette substance chimique était probablement beaucoup plus efficace quand elle allait directement dans la circulation sanguine, mais elle en avait sans aucun doute reçu une bonne dose hier soir.

Pas étonnant qu'elle se soit comportée comme une salope ! Non seulement elle était ivre à cause du champagne, mais le baiser de Korum l'avait aussi littéralement droguée.

Une violente rage commençait à l'envahir lentement, remplaçant le sentiment d'humiliation qu'elle ressentait jusqu'à présent. Le salaud ! Il l'avait tout simplement droguée, puis avait presque abusé d'elle et ensuite il avait eu le culot de l'accuser *elle* de jouer avec lui. Eh bien qu'il aille se faire foutre ! S'il croyait qu'elle le suivrait comme un agneau aujourd'hui après son cours, il se faisait des illusions.

Les idées tournoyaient dans sa tête, elle cherchait une solution.

— Jessie, dit-elle lentement, tu ne m'as dit un jour que tu avais un cousin dans la résistance ?

— Heu… visiblement Jessie était surprise. Tu veux parler de ce que je t'ai dit un jour à propos de Jason ? C'était il y a longtemps, quand nous étions encore en première année. Je suis presque certaine qu'il ne s'en occupe plus, et je ne suis plus en contact avec lui.

Elle regarda Mia fixement, inquiète.

— Pourquoi tu me poses cette question ? Tu veux rejoindre les combattants de la liberté maintenant ?

Mia haussa les épaules, elle ne savait pas elle-même où elle voulait en venir. Mais ce qui était sûr c'est qu'elle ne voulait pas devenir le sex-toy de Korum, un jouet dont il se servirait et se débarrasserait selon ses caprices.

Elle n'avait jamais cru au mouvement anti-Ks et pensait que les combattants de la résistance étaient fous. Les Krinars ne partiraient pas. Les armes et la technologie dont disposaient les humains étaient désespérément primitives comparées aux leurs et Mia avait toujours pensé que tenter de se battre contre eux était comme se battre contre des moulins à vent, dérisoire et dangereux. D'ailleurs, depuis la fin de la Grande Panique, la situation n'était pas si terrible ; les Ks avaient laissé les humains tranquilles et décidé de vivre dans leurs propres camps. La vie continuait comme avant avec de petites différences – un air plus pur, un régime alimentaire plus sain et bien des illusions perdues sur la place de l'homme dans l'univers. Pourtant, maintenant qu'elle avait des relations personnelles avec un K, Mia avait un peu plus de sympathie pour la cause des combattants, sans que cela rende le mouvement de résistance moins dérisoire pour autant.

Elle soupira.

— Aucune importance, ce n'était pas une bonne idée. J'ai besoin d'y voir plus clair.

Mia sauta du lit, enfila un jean, un vieux tee-shirt et un pull confortable.

— Attends, Mia, qu'est-ce qui se passe ? Jessie était troublée par ses réactions. Tu es inquiète à cause de ce qui s'est passé hier soir ?

Mia mit ses chaussettes et ses baskets.

— Plutôt oui marmonna-t-elle.

Mais si elle racontait tout à sa colocataire, cela ne ferait que l'inquiéter encore plus, et quand Jessie était inquiète elle pouvait prendre des mesures radicales, comme la fois où elle avait appelé la police pour signaler la disparition de Mia qui s'était simplement endormie à la bibliothèque, la batterie de son téléphone portable à plat. Même si Jessie ne pouvait pas faire grand-chose dans ce cas-là, Mia préférait ne pas l'inquiéter inutilement.

— Écoute, je vais bien, mentit Mia. J'ai juste besoin d'aller me promener et de prendre l'air. Tu sais que je manque un peu d'expérience dans ce domaine et j'ai l'impression d'avoir été jetée directement dans le grand bain. Je veux seulement essayer de comprendre ce que je ressens avant de pouvoir commencer à en parler.

Jessie la regarda avec un air faussement blessé.

— D'accord, bien sûr, comme tu veux.

Puis son visage s'éclaira.

— Tu manges ici ce soir ? Je pourrais faire des pâtes et l'on pourrait rester toutes les deux, regarder un vieux film ensemble…

Mia hocha la tête avec regret

— Ça serait génial, mais je ne sais vraiment pas. Je pense que je vais le revoir aujourd'hui.

En voyant le visage inquiet de Jessie, elle ajouta rapidement avec un petit sourire malicieux

— Et peut-être que je vais bien m'amuser. Avant que Jessie ne puisse répondre, Mia prit son sac à dos et partit en courant de l'appartement avec un rapide : à tout à l'heure !

Elle marchait d'un pas rapide dans la rue, sans destination précise. Elle s'arrêta dans un delicatessen, y acheta des chewing-gums (elle ne s'était même pas lavé les dents ce matin) et un sandwich à l'humus, à l'avocat et aux crudités. Son cerveau semblait hors service et elle marcha simplement, sans penser à rien de précis, prenant plaisir à entendre ses pas sur le trottoir et à sentir le soleil du matin lui réchauffer le visage. Elle avait dû longuement marcher ainsi parce que, lorsqu'elle commença à prêter attention aux panneaux autour d'elle, elle était déjà à TriBeca, à une rue seulement du luxueux immeuble où elle était encore il y avait moins de quarante-huit heures.

Soudainement, elle sut ce qu'elle allait faire – ce que son subconscient savait d'ores et déjà considérant qu'il avait mené jusqu'ici.

En fait, c'était vraiment simple.

Fuir était inutile. Où qu'elle aille il la retrouverait, et il avait déjà prouvé qu'il pouvait manipuler son corps à l'aide de substances chimiques pour le faire réagir au sien. Non, fuir n'était pas la bonne solution. C'était un chasseur. C'est la poursuite, la traque qu'il aimait, et il n'y avait qu'une seule chose véritable à faire pour le contrer. L'empêcher de chasser, lui ôter le plaisir de traquer une proie rebelle.

C'est elle qui irait à lui.

* * *

Sa décision prise, Mia ne tarda pas à passer à l'action.

Pénétrant dans le hall de son immeuble, c'est calmement qu'elle annonça au concierge qu'elle venait voir Korum. Légèrement surpris – il savait visiblement qui habitait au dernier étage – il appela l'appartement et notifia sa présence au propriétaire. Dix secondes plus tard, il se dirigea vers l'ascenseur privé qui se trouvait à gauche de l'ascenseur principal.

— Si vous voulez bien vous avancer, Mademoiselle. Vous n'avez qu'à entrer le code 1159 et vous arriverez directement au penthouse.

Korum l'attendait sur le palier quand les portes de l'ascenseur s'ouvrirent.

Malgré son désir de rester imperturbable, sa respiration se bloqua et son pouls s'accéléra en le voyant. Il ne portait qu'un pantalon de pyjama gris et rien d'autre. Le haut de son corps était totalement nu, une peau bronzée recouvrait des muscles saillants avec juste quelques légers poils noirs autour de petits tétons masculins. Il avait des épaules larges et très musclées, une taille fine et des abdominaux parfaitement dessinés sur un ventre plat. Il n'y avait pas un gramme de graisse sur ce corps puissant.

Mia avait la gorge sèche, elle avala sa salive : tout à coup, elle n'était plus aussi certaine d'avoir pris la bonne décision.

— Mia, dit-il en ronronnant. Penché dans l'embrasure de la porte, il ressemblait plus que jamais à un félin prêt à bondir. Et que me vaut le plaisir de votre visite ? Je ne m'attendais pas à vous voir aussi tôt. Trahi par l'expression de son visage, il laissa échapper un petit rire. Ah, je vois… C'est *justement* parce que je ne m'y attendais pas. Mais entrez donc.

Il se dirigea pieds nus vers la cuisine et lui demanda

— Vous avez déjà pris votre petit déjeuner ?

Mia opina de la tête, comme si elle était muette, elle avait peur que le son de sa voix ne trahisse sa nervosité.

Le plan de Mia était vraiment une mauvaise idée. Comment avait-elle pu penser qu'il valait mieux provoquer le fauve dans son antre plutôt que de le fuir ?

Mais il était trop tard maintenant.

— Bien, puis-je alors vous offrir un thé ou un café ? Son ton obséquieux rendait la question anodine outrageante.

Réalisant qu'il trouvait la situation amusante, Mia releva le menton.

— Non, merci, lui répondit-elle froidement, s'enorgueillissant du ton cassant de sa voix. Vous savez parfaitement pourquoi je suis ici. Pourquoi *n'*arrêteriez-vous pas *vos* petits jeux, qu'on en finisse ?

Il s'arrêta et la regarda. Il ne riait plus maintenant.

— D'accord Mia, dit-il doucement. Si c'est ce que vous voulez.

— Autre chose, ajouta-t-elle, désireuse de l'agacer et ne redoutant plus les conséquences de ses dires. Aucune drogue. Pas d'alcool ni de salive en moi. Si vous voulez boire mon sang, coupez-moi une veine et allez-y. Et pas de baisers sur la bouche non plus. Aujourd'hui, je ne veux être ni saoule *ni* droguée.

Le visage de Korum s'assombrit et ses yeux ressemblaient à de l'or liquide.

— Vous croyez que vous étiez droguée hier ? C'est ce que vous vous dites pour vous expliquer ce qui s'est passé ? Vous croyez que deux coupes de champagne et la magie de mes baisers vous ont transformée en nymphomane ? Avec un rire sarcastique, il ajouta. Eh bien, désolé de vous décevoir, chérie, mais la substance chimique de notre salive ne fonctionne que si elle va directement dans votre sang. Peut-être que si je vous embrassais toute une journée, après quelques heures vous commenceriez à planer un peu – si vous avez de la chance. Évidemment, si je vous embrassais toute la journée, vous auriez sans doute une douzaine d'orgasmes et ne seriez plus capable de remarquer un quelconque effet de la salive. Toujours avec le sourire, il ajouta d'une voix agréable. Mais c'est comme vous voulez. Pas de baisers et pas de morsures. Et pour le reste, champ libre.

Il s'approcha d'elle, lui prit la main et l'emmena dans le couloir. Le cœur battant, Mia le suivit sans protester, elle savait qu'il était trop tard pour changer d'avis. Elle ne savait pas si elle pouvait lui faire confiance, s'il disait la vérité, mais dans tous les cas, elle se refusait de le croire. S'il disait la vérité, alors elle avait fait une grossière erreur en venant chez lui aujourd'hui. Il y avait en elle une part de naïveté qui était persuadée qu'elle pouvait le faire – qu'elle pouvait coucher avec lui sans le vouloir, sans que son corps réagisse, en le réduisant au violeur qu'il prétendait ne pas être – et partir sans que ses émotions soient affectées, en gardant la tête haute. S'il disait la vérité, elle était baisée, dans les deux sens du terme.

Il la conduisit dans ce qui devait être sa chambre. Comme le reste de l'appartement, c'était une pièce à la fois moderne et luxueuse. Un vaste lit circulaire trônait au centre. Il était encore défait, visiblement Korum venait de se lever. Les draps étaient d'une teinte ivoire assez pâle, les épaisses couvertures et les oreillers éparpillés sur le lit étaient bleu clair. Mia eut un haut-le-cœur en réalisant soudain ce qu'elle venait juste d'accepter de faire.

Il lui lâcha la main et recula d'un pas, la laissant debout au milieu de la pièce.

— Bien, dit-il d'une voix douce, maintenant déshabille-toi.

Mia était pétrifiée, elle sentait la honte l'envahir comme une brûlure. Il voulait qu'elle se déshabille, ici, au milieu de la pièce, en pleine lumière ?

— Tu m'as bien compris, répéta-t-il, et sa voix était froide malgré l'ardeur qu'elle lisait dans ses yeux jaunes. Retire-les tous. En la voyant hésiter, il ajouta : si c'est moi qui te déshabille, tu peux être certaine que tes vêtements n'y résisteront pas.

Mia sentit ses mains trembler quand elle enleva son pull. Il se contentait de la regarder, son visage restait impassible malgré le désir qu'elle lisait dans ses yeux. Elle enleva ses baskets, puis son jean, et elle n'avait plus sur elle que sa petite culotte rose et son tee-shirt. Elle avait oublié de mettre un soutien-gorge et maintenant elle en sentait amèrement l'absence, ses tétons dressés se devinaient sous l'étoffe légère du tee-shirt.

— Retire ton tee-shirt également, lui ordonna-t-il, en la voyant hésiter. Son bas de pyjama était tendu à l'entrejambe, remarqua-t-elle, bizarrement cela la rassurait – de voir qu'elle lui faisait de l'effet et qu'il n'était pas dégoûté par son corps maladroit et maigrichon. En tremblant légèrement, elle ôta son haut, révélant pour la première fois ses seins au regard d'un homme. Elle eut besoin de toute sa volonté pour ne pas les cacher, d'un geste virginal ridicule, en croisant les bras. Au lieu de ça, elle était debout devant lui, les poings fermés sur les côtés, s'offrant à ses regards.

Alors il vint vers elle et la toucha. Une main lui caressant lentement le dos, pendant que l'autre prenait son sein gauche, le palpant doucement comme pour en évaluer le poids et la matière.

— Tu es très jolie, murmura-t-il en la regardant pendant que ses mains continuaient à explorer son corps ; à chaque caresse elle sentait une onde brûlante envahir son intimité. Debout et pieds nus à côté de lui, le corps de Korum semblait encore plus imposant comparé au sien. Elle lui arrivait à peine à l'épaule, et ses bras étaient aussi larges que la moitié de son buste à elle. Ses mains semblaient plus sombres sur sa peau blanche, et elle frissonna quand il descendit sa main le long de son ventre, sa main grande ouverte couvrait presque entièrement la distance entre ses hanches. Elle sentit son érection, sa chaleur et sa fermeté pouvant être difficilement dissimulée par l'étoffe fine de son pyjama.

Sans l'ivresse de l'alcool ou le rempart de l'obscurité, il n'y avait pas d'issue de secours, aucune possibilité d'échapper à la brutale intimité de ses étreintes, pas de refuge bienfaisant dans une brume sensuelle. Au lieu de ça, Mia était là, debout, en pleine lumière, à sa merci, vulnérable, terriblement consciente de chacune de ses caresses sur son corps, et de la chaude humidité qui lubrifiait son intimité en réponse. De son pouce, il baissa sa petite culotte, faisant ainsi tomber ses dernières défenses.

— Enlève-la, dit-il d'une voix rauque et Mia obéie, désormais complètement nue dans ses bras.

Le fait qu'il porte encore son bas de pyjama empirait la situation. D'une certaine façon, elle se sentait encore plus vulnérable, impuissante. Il lui toucha les fesses, appréciant leurs courbes, les pressant légèrement.

— Très joli, murmura-t-il, et sans savoir pourquoi Mia rougit. Puis, les petites boucles brunes entre ses jambes attirèrent son attention. Mia vacilla quand ses doigts effleurèrent ses poils, cherchant doucement la peau douce qui se cachait dessous. Sentant qu'elle mouillait, il sourit d'un de ses sourires emplis de fierté masculine décuplant ainsi la gêne de Mia. Voilà ce qu'il y avait de pire – être trahie par son propre corps qu'une créature même pas humaine puisse provoquer une telle réponse de sa part en de telles circonstances.

— On ne s'embrasse pas sur la bouche, donc ? murmura-t-il en la soulevant et la portant jusqu'au lit. Mia lui confirma d'un signe de tête, fermant les yeux de toutes ses forces avec l'espoir que tout se termine très vite. Au lieu de ça, il la plaça au beau milieu de son lit rond, telle une vierge à sacrifier sur l'autel, et rampa sur elle jusqu'à ce que son visage soit entre ses jambes. Quand Mia comprit ce qu'il allait faire, elle tenta de se relever, mais il n'avait aucune intention de la laisser faire. Bien au contraire, il immobilisa de ses coudes ses jambes chancelantes, pendant que ses doigts écartaient tranquillement ses lèvres, exposant ses parties les plus intimes à son regard brûlant. Il baissa la tête et posa sa langue à plat contre son clitoris, doucement, sans relâche, la laissant se débattre jusqu'à ce qu'elle n'en puisse plus et qu'elle se courbe tout entière, succombant au plus puissant orgasme de sa vie.

Elle était couchée, encore frissonnante de plaisir quand il se redressa sur ses genoux, enleva d'un geste son pantalon pour révéler un énorme pénis humide en érection. Les yeux de Mia s'écarquillèrent quand elle réalisa que sa première fois risquait d'être plus que douloureuse vu la taille du sexe qu'elle avait devant elle. Sentant sa peur, il s'arrêta.

— Mia, dit-il doucement, nous ne sommes pas obligés de continuer si tu n'es pas prête. J'attendrai.

Elle secoua la tête, incapable de résister au désir qui l'envahissait tout entière. Pour arriver jusqu'ici, pour accepter qu'il pénètre son intimité, elle avait eu besoin de tout son courage. Battre en retraite maintenant lui semblait lâche et Mia sentit brusquement, d'une manière irrationnelle et terrifiante, que le moment était venu, elle ne pouvait pas se permettre de ne pas de vivre une telle passion, elle n'était pas sûre que cette chance se représenterait à nouveau à elle.

Il n'avait pas besoin de plus d'encouragement. Avant qu'elle ne puisse reprendre ses esprits, il était déjà sur elle, écartant ses jambes d'une cuisse puissante et musclée, se préparant à la prendre. Il la regarda droit dans les yeux lorsqu'il poussa son sexe en elle, la pénétrant aussi doucement et lentement qu'il le pouvait, centimètre par centimètre. Regrettant presque immédiatement sa décision, Mia se tortilla sous son poids. Elle avait l'impression qu'un énorme gourdin la pénétrait. Malgré l'orgasme qui l'avait pourtant lubrifiée, ses muscles intimes refusaient de le laisser entrer et se contractaient, tentant désespérément de repousser l'invasion.

— Chut, murmura-t-il pour la réconforter alors que des larmes coulaient sur son visage, la gêne et la brûlure qu'elle ressentait menaçant de se transformer rapidement en souffrance. Le visage de Korum était en sueur sous les efforts qu'il faisait pour se retenir, les bras pliés pour rester immobile, essayant de donner du temps aux délicats tissus de Mia de s'étirer autour de sa verge.

Mais elle ne pouvait rester tranquille, son instinct la poussait à repousser la pénétration, des cris étouffés s'échappaient de sa gorge tandis qu'il pressait davantage, plus loin, s'arrêtant un instant devant l'hymen.

— Je suis désolé, dit-il d'une voix rauque. Mia hurla quand il poussa encore, en douceur, déchirant la membrane qui lui barrait l'accès et enfonça son pénis jusqu'à la garde, ses poils pubiens se pressant contre les siens.

Mia cessa de voir quelques instants, une nausée lui brûla la gorge, la souffrance la déchirant comme une lame. Elle ne s'attendait pas à avoir aussi mal et elle lui enfonça les ongles dans l'épaule en criant, essayant désespérément d'échapper à ce qui la déchirait. Ayant oublié tout le plaisir qu'elle avait eu au début elle se tortillait comme un poisson pris à l'hameçon, se rendant à peine compte des platitudes qu'il lui chuchotait à l'oreille et de la pluie de doux baisers dont il lui couvrait les joues et le front.

Enfin, cette affreuse douleur commença à s'estomper et elle réalisa qu'il ne bougeait plus, il restait seulement en elle, ses muscles tremblant sous l'effort pour rester immobile.

— Désolé, disait-il pour la énième fois, ce sera mieux la prochaine fois, je te le promets. Essaye de te détendre et tu n'auras plus mal, je te le promets… chut ma chérie… détends toi… oui, c'est bien, ça va aller mieux, je te le promets…

Menteur, pensa Mia avec amertume. Comment cela pourrait-il aller mieux alors qu'il était encore au plus profond d'elle et que ce qui lui avait fait si mal était encore enfoncé dans son corps ? Elle se sentait violée et trahie, coincée sous le corps de Korum, qui était tellement plus grand que le sien, sans espoir de s'échapper jusqu'à ce qu'il ait fini.

— Finissez-en, lui dit-elle durement, prête à tout pour que ce soit terminé. Un petit sourire apparut sur les lèvres de Korum malgré la tension de son visage.

— Ah Mia, ma douce, ma courageuse Mia, tes désirs sont des ordres...

Il se retira lentement et Mia ferma les yeux de toutes ses forces, incapable de contenir les larmes provoquées par cette nouvelle souffrance. Il continua de bouger malgré tout, se retirant doucement de son corps et la pénétrant à nouveau. Et cet antique rythme alluma comme une étincelle en elle. Sentant ce changement, il accéléra progressivement et changea légèrement son angle de sorte que l'extrémité de sa verge touche un point sensible au plus profond d'elle. Il passa le bras entre eux deux, trouvant du premier coup son clitoris et le caressa légèrement, maintenant la même pression et laissa ses caresses la faire monter vers lui. Le corps de Mia se tendit de nouveau, mais cette fois c'était de plaisir et un liquide brûlant émana d'elle. Elle s'aperçut qu'elle haletait, elle respirait maintenant aussi fort que lui, la tension en elle devenait presque insupportable, chaque coup de reins la rapprochant du plaisir sans la faire basculer tout à fait. La douleur n'avait pas disparu, elle était toujours présente, mais cela n'avait plus d'importance, chaque nerf de son corps réclamait la délivrance. Il gémit, ses hanches la martelaient maintenant et elle cria de frustration, ses petits poings lui frappant la poitrine en vain, son corps vibrant comme les cordes d'une guitare tant la tension était violente au plus profond d'elle. Et tout à coup, ce fut trop, elle sentit qu'il bandait encore plus et il jouit en une secousse finale qui la fit basculer à son tour, son pelvis écrasant le sexe de Mia au moment où son corps tout entier explosa dans un orgasme si intense que sa vue se troubla, le cerveau comme court-circuité par l'intensité du plaisir.

Elle resta allongée ensuite, elle sentait sa verge vibrer encore en elle alors qu'elle commençait à se ramollir et devenir plus petite. Les épaules et le dos de Korum ruisselaient de sueur, il était essoufflé comme s'il avait couru un marathon et son corps reposait lourdement sur elle. Ses propres membres tremblaient légèrement, remarqua-t-elle avec un intérêt curieusement détaché, et son cœur battait comme si elle avait accompli un gros effort.

Il se retira et Mia sentit la chaleur de son corps quitter le sien, remplacé par une étrange sensation de froid. Il quitta la pièce et elle ramena ses jambes contre sa poitrine lentement, douloureusement, son corps lui semblait étranger alors qu'elle s'installait dans la position fœtale, l'esprit étrangement vide. Du sang lui coulait entre les cuisses, beaucoup plus que les quelques gouttes qu'elle avait toujours imaginées.

Il revint une minute plus tard avec un petit tube blanc entre les mains. Il le pressa et un gel transparent en sortit. Il en mit sur son doigt et malgré les timides protestations de Mia en enduisit son vagin douloureux. Presque aussitôt, la douleur qui la brûlait cessa et le remède mystérieux commença sa guérison magique.

— C'est un analgésique pour accélérer ta guérison, lui expliqua-t-il en essuyant sa main sur le drap pour enlever l'excédent de gel. Malheureusement, je ne peux pas te cicatriser complètement, la dernière chose que je souhaite c'est que ton hymen se reconstruise.

Mia réagit en se recroquevillant davantage sur elle-même. Plus que tout au monde, elle voulait se faire toute petite au point de disparaître et faire comme si rien de tout cela n'était réel. Cependant, il ne la laissa pas faire, il l'attira contre lui, son grand corps chaud s'enroulant autour du sien.

— Je te déteste, lui dit-elle, voulant se défouler et lui faire mal d'une façon ou d'une autre. Elle le sentit soupirer dans son dos.

— Je sais, dit-il caressant doucement ses boucles en désordre.

Ils avaient dû rester allongés ainsi quelques minutes. Les draps sentaient le sexe, remarqua Mia, et son odeur à lui. Il y avait aussi un relent métallique qui, réalisa-t-elle, devait être les restes de sa virginité.

— Tu n'as pas bu mon sang, dit-elle, s'apercevant qu'il était plus facile de lui parler en lui tournant le dos.

— Non, en effet, confirma-t-il avant d'ajouter, je pensais que tu avais eu suffisamment de nouvelles expériences pour aujourd'hui.

Comme il était attentionné, pensa-t-elle amèrement. Quel gentleman, épargnant à la malheureuse vierge un traumatisme supplémentaire. Peu importe qu'il soit justement la cause du traumatisme à la base.

Comme s'il lisait dans ses pensées, il lui dit en continuant de lui caresser les cheveux :

— Je suis désolé que ce fût si douloureux pour toi. Je sais que tu ne vas pas me croire, mais je n'ai jamais voulu te faire mal comme ça et jamais plus je ne le referai. Si j'avais su à quel point tu étais étroite et à quel point ton hymen était résistant, j'aurais fait en sorte d'y remédier bien avant que nous finissions dans cette chambre. Une fois en toi, c'était trop tard – je ne pouvais plus m'arrêter. Cela ne se passera pas comme ça la prochaine fois, je te le promets.

Mia écouta son petit discours en sentant une angoisse croître en elle.

— Que les choses soient bien claires, dit-elle lentement, je ne veux plus jamais refaire ça avec toi. Jamais. Si tu me touches à nouveau, ce sera du viol, dans le sens strict du terme.

Korum ne répondit pas, et Mia comprit le cœur lourd qu'il avait bel et bien l'intention qu'il y ait une prochaine fois.

— Tu es un monstre, lui dit-elle en tentant de se dégager. Il la laissa faire et se leva également. Avant qu'elle ne réalise ce qu'il voulait, il se pencha vers elle et la prit dans ses bras, l'emmenant encore nue hors de la chambre.

Il la transporta dans la même salle de bain où Mia s'était douchée deux jours plus tôt. À un certain moment, il avait dû remplir le jacuzzi parce qu'il était prêt. Il la déposa délicatement dans l'eau merveilleusement chaude qui lui arrivait à la taille. Les jambes encore tremblantes, Mia se laissa glisser dans les bulles et trouva une marche pour s'y asseoir. Des jets d'eau puissants massèrent ses muscles fatigués, lavant le sang et le sperme séchés de ses cuisses. Puis, Mia s'adossa contre le bord et ferma les yeux, essayant d'oublier la présence de Korum, nu à ses côtés.

Une pensée terrifiante lui vint brusquement à l'esprit lui faisant ouvrir les yeux.

— Tu n'as pris aucune précaution, lui dit-elle d'une voix sifflante, horrifiée de ce constat. Vais-je attraper une sorte d'étrange maladie vénérienne ou pire – me retrouver enceinte ?

Il se mit à rire en rejetant la tête en arrière.

— Non, ma chérie – les deux seraient impossibles. Coucher avec moi est bien plus sûr qu'avec n'importe quel mâle humain, même s'il mettait plusieurs préservatifs les uns sur les autres !

Mia poussa un soupir de soulagement. Le gel qu'il lui avait mis additionné à l'eau chaude faisait des miracles physiquement, elle se sentait beaucoup mieux et elle avait presque retrouvé son calme. Elle réalisa également qu'elle avait faim.

— Il faut que j'y aille, dit-elle en cherchant des yeux dans la salle de bain une serviette ou un peignoir pour l'enfiler. Elle ne se sentait toujours pas à l'aise d'être nue en face de lui.

— Pourquoi ? demanda-t-il paresseusement, bougeant son dos musclé afin de profiter au mieux des jets d'eau. Tu as déjà raté ton cours et tu n'as rien d'autre le mercredi.

Visiblement, il connaissait son emploi du temps par cœur.

Mia haussa les épaules, plus rien ne la surprenait.

— J'ai faim et je veux rentrer chez moi, dit-elle, c'était la vérité.

Il lui sourit, il avait l'air heureux sans qu'elle ne sache pourquoi.

— Je vais te préparer quelque chose. Pourquoi ne pas continuer à te prélasser ici et je viendrai te chercher dès que c'est prêt.

Elle acquiesça d'un signe de tête, le souvenir du délicieux repas qu'il lui avait préparé l'autre jour finissant de la convaincre.

Le sourire encore aux lèvres, Korum se leva et sortit du bain, l'eau ruisselait sur sa peau dorée et ses muscles bien dessinés. En dépit de tout ce qui s'était passé, Mia sentit une pointe d'excitation en le voyant entièrement nu. Son dos était large et musclé et ses hanches étroites. Il avait le plus beau cul qu'elle ait jamais vu chez un homme, ferme et musclé, et ses jambes semblaient puissantes. Elle se demanda si les Ks avaient besoin de faire de l'exercice pour préserver leur apparence et décida de le lui demander plus tard.

— Tu aimes ce que tu vois ? lui demanda-t-il avec un sourire malicieux, remarquant visiblement qu'elle l'examinait.

Mia rougit légèrement et se dit de ne pas se conduire comme une sotte.

— Carrément, dit-elle sérieusement. Tu es très joli, comme une poupée Barbie version mâle.

Au lieu de se vexer, il se mit à rire de bon cœur.

— Pas comme Ken, j'espère ! Ne lui manque-t-il pas l'équipement essentiel ?

Mia se contenta de hausser les épaules en guise de réponse, elle n'avait pas envie de plaisanter à ce sujet pour le moment. Il sortit de la pièce en souriant, la laissant savourer les plaisirs du jacuzzi pendant les vingt minutes qui suivirent.

Quand il revint, Mia avait déjà pris une douche et s'était emmitouflée dans le peignoir qu'elle avait retrouvé dans le placard de la salle de bain. Elle avait même retrouvé les pantoufles qu'elle avait déjà portées, et les avait enfilées avec plaisir. Se doucher chez lui commençait à devenir une habitude.

Elle accompagna Korum à la cuisine où les arômes lui mirent l'eau à la bouche. Il avait préparé une de ces salades dont il avait le secret et un plat de sarrasin au four avec des carottes et des champignons rissolés. Avec une faim de loup Mia se jeta sur la nourriture avec plaisir et lui aussi. L'on n'entendit pendant un moment dans la cuisine que le bruit de leurs couverts. Quand elle fut enfin repue, Mia s'adossa à la chaise. Il avait fini avant elle, comme d'habitude, et la regardait avec un petit sourire.

— Qu'est-ce qu'il y a ? demanda-t-elle un peu gênée, se demandant si elle avait un reste de laitue entre les dents.

— Rien, dit-il, souriant de plus belle, j'aime simplement te regarder manger. Tu y mets un tel enthousiasme – c'est très touchant.

Mia rougit légèrement. Visiblement, il la prenait pour une goinfre. Haussant les épaules, elle répondit

— Eh oui, c'est comme ça, j'aime vraiment manger.

Il sourit de nouveau.

— Je sais. Et ça me plaît beaucoup. C'est tellement inattendu pour une jeune fille de ta taille.

Mia lui sourit à son tour d'un air timide et se leva. C'était le moment ou jamais.

— Bon. Merci pour ce repas, je vais me changer et te laisser tranquille.

Il cessa de sourire. Ce qu'elle venait de dire lui déplaisait, c'était clair.

— Pourquoi ne pas rester ? suggéra-t-il gentiment. Je te promets de ne pas te toucher, si c'est ce qui t'inquiète.

Mia avala sa salive, brusquement inquiète.

— Il faut vraiment que j'y aille, dit-elle, espérant mal interpréter son langage corporel – qu'il n'avait pas vraiment l'intention de la retenir ici contre son gré.

Il la regarda droit dans les yeux. Ce qu'il y lut sembla le décider.

— D'accord, dit-il lentement. Tu peux rentrer chez toi.

Mia laissa échapper un soupir de soulagement, un peu trop tôt d'ailleurs puisqu'il ajouta :

— Mais je veux que tu reviennes ici ce soir. Et que tu apportes les affaires dont tu auras besoin pour un jour ou deux. Ou si tu préfères, je peux t'en acheter de nouvelles. Mais reviens ici à 19 heures. Je préparerai le dîner pour nous deux.

Mia le fixa.

— Et si je ne reviens pas ? le défia-t-elle.

— Alors je viendrai te chercher, répondit-il, son regard ne laissant aucun doute sur ses intentions.

— Mais pourquoi ? cria Mia de frustration. Pourquoi veux-tu être avec quelqu'un qui ne veut pas de toi ? Qui te déteste même ? Tu dois avoir l'embarras du choix avec les femmes. Tu as déjà obtenu de moi ce que tu voulais. Tu ne peux pas te trouver une nouvelle victime ?

Il plissa les yeux de colère.

— Eh bien, Mia tu as raison. Il y a bien des femmes qui aimeraient être à ta place et je n'aurais aucune difficulté à trouver une nouvelle victime comme tu le dis si bien. Il avança d'un pas vers elle. Mais la raison pour laquelle c'est toi que je veux, malgré toute la réticence que tu prétends avoir à mon égard, c'est parce que ce qui se passe entre nous est très rare. Tu es très jeune, même pour une créature humaine, si bien que tu ne réalises pas la chance que nous avons. Tu penses vraiment que ça serait comme ça si tu couchais avec un autre homme ? Ou qu'une autre femme aurait cet effet sur moi ?

Il s'arrêta et poursuivit d'une voix plus douce :

— Une telle attraction n'arrive qu'une fois par siècle et je n'ai aucune envie d'y renoncer même si tu t'enfuis en courant parce que cela t'effraie. Fixant son visage choqué, il ajouta avec cette lueur dorée dans les yeux qu'elle connaissait si bien désormais : je sais que tout ceci est nouveau pour toi, et que tu as ressenti plus de douleur que de plaisir aujourd'hui. Cela ne se passera plus ainsi. La prochaine fois que tu seras dans mon lit, je te promets que les seuls cris que tu pousseras seront des cris de plaisir.

CHAPTER FIVE

Her legs shaking, Mia made her way into the apartment with as much dignity as she could muster considering that her underwear was soaking wet and her tights were hanging in shreds around her knees. Jessie sat on the couch in the living room, waiting for her to come in. She didn't look mad anymore, just extremely concerned.

"Oh my God, Mia," she said slowly. "What the hell was that out in the hallway?"

Mia shook her head, barely holding back tears. "Jessie, I'm sorry. I really can't talk now," she said, going directly to her room and closing the door.

Collapsing on the bed, she wrapped the coverlet around herself and pulled her knees up to her chest. Her body seemed like it didn't belong to her, with her loins still pulsating in the aftermath of her orgasm. Her lips were swollen from his kisses, and her nipples felt so sensitive that the bra was too abrasive against her skin. She also felt raw and devastated inside, exposed in a way that she'd never before experienced in her life.

She didn't want this – any of this. The complete loss of control over her own body was overwhelming, and the fact that Korum was the one to solicit such a powerful response made her feel even more vulnerable.

He frightened her.

She was completely out of her league with him, and she knew it. As scary as it was to think about what the sexual act with an extraterrestrial vampire was likely to entail, the thing that Mia dreaded most was the effect he had on her emotions. He would take everything from her – her body and her soul – and when he was done, he would move on, leaving her broken and scarred for life, unable to ever forget her dark alien lover.

This was not how her life was supposed to turn out. Coming from a family of second-generation Polish immigrants, Mia had always followed the right path. She studied hard in school, both to please her parents and out of her own desire for achievement. Once she finished grad school, she intended to use her degree to counsel high school or college students on their own career path. She was close to her parents and sister, and she hoped to be a good mother to her own children one day. At some point, she was supposed to fall in love with a nice man from a good family and have a long happy marriage, the way her own parents did. While other girls dreamed of adventures and chased after bad boys, Mia just wanted a regular life, done the right way.

She had always known that she was a sexual creature. Despite her lack of experience, she had no doubt that she would enjoy sex once she found the right person. She loved reading racy novels and watching R-rated movies, and she considered herself far from a prude. In fact, she liked the idea of trying out new things and having several relationships before ultimately settling down. When she went out clubbing with Jessie, Mia frequently found herself turned on from dancing with some attractive guy, particularly after having a couple of shots. For some reason, it had never gone beyond a few kisses, perhaps because Mia was too cautious and rational to pick up a guy at a club for a one-night stand. Still, she had looked forward to her first time, preferably with a special someone that she cared about and who cared about her. An alien predator who wanted to fuck her and drink her blood was as far removed from that ideal as anything that Mia could imagine.

She wanted a shower.

Slowly getting up, Mia took off her clothes. The tights were beyond salvation, so she threw them in the trash. Her black dress was also slightly ripped in the front – Mia could not even remember when that happened – and she discarded it also. Feeling reckless, she chucked the Mary-Janes and her underwear into the bin as well, wanting nothing to remind her of this night. Wrapping herself in her robe, Mia left the safety of her room and headed into the shower, hoping that Jessie had gone to sleep.

* * *

The next morning, Mia woke up with a headache.

As soon as she opened her eyes, the events of the last evening rushed back into her mind, accompanied by a scalding feeling of humiliation. He had mockingly called her a slut, and she very much felt like one, particularly given what Jessie had been privy to. She also remembered what he'd said about picking her up today, and she suddenly felt nauseous from a combination of fear and some kind of sick excitement.

She only had one class today, and it didn't start until eleven. It was just as well, since she didn't even know if she wanted to get out of bed at all.

There was a timid knock on her door.

"Yes, come in," Mia said in resignation, knowing that Jessie must've been anxiously waiting for her to wake up and listening for any movements in her room.

Her roommate entered sheepishly and sat down on Mia's bed. "So I guess my patented guy-repellent strategy was a total fail, huh?"

Mia rubbed her eyes and gave Jessie a bitter smile. "It's pretty fair to say, yes." Taking a deep breath, she said, "Look, I'm sorry about yesterday. I didn't mean to yell at you – I just really didn't want you out there, seeing what I guess you saw."

Jessie nodded, clearly having figured it out on her own. "No worries. I would've done the same. I was just worried that he was forcing you or something. So, are you, like, really into him now?"

Mia groaned and buried her head in her pillow. "I don't know. Every sane part of me says to run as far away as I can, but every time he touches me, I just can't help myself. It's like I don't have any control over this thing. I hate it."

Jessie's eyes widened. "Oh, wow. That's *so* hot. It's like the kind of thing you read about in romance novels – he kisses her and she swoons!"

An elusive something kept nagging at Mia this morning, and Jessie's words suddenly put the puzzle pieces together.

Of course! He did kiss her, and he had explicitly told her that K saliva contained some chemical that kept their prey docile and drugged. It all made sense now – the pleasant lethargy that had spread through her veins and the way her brain had simply turned off the second his lips touched hers, leaving her to operate on pure animal instinct. The chemical was probably even more potent directly in the bloodstream, but she had undoubtedly gotten a nice dose of it last night.

No wonder she had acted like such a slut – not only was she drunk from champagne, but she was also literally high from his kiss.

A burning fury slowly built in her stomach, replacing the sense of humiliation she'd felt earlier. The bastard. He had basically drugged her and very nearly took advantage, and then he had the nerve to accuse *her* of playing games. Well, screw him! If he thought she would meekly go with him today after class, he had another thing coming.

Her brain whirled, searching for alternatives.

"Jessie," she said slowly. "Didn't you once tell me that a cousin of yours had some kind of connections in the Resistance?"

"Uh –" Jessie was clearly surprised. "Are you talking about that thing I once told you about Jason? That was a long time ago, when we were still freshmen. I'm pretty sure he doesn't have anything to do with that anymore, not that I've kept in touch with him." She stared at Mia with a concerned look on her face. "Why are you even asking? What, you want to join the freedom fighters now?"

Mia shrugged, not sure where she was going with this. All she knew was that she refused to meekly become Korum's sex toy, to be used and discarded at whim.

She had never believed in the anti-K movement and thought that the Resistance fighters were crazy. The Krinar were here to stay. Human weapons and technology were hopelessly primitive in comparison to theirs, and Mia had always thought that trying to fight them was the equivalent of banging your head against the wall – futile and likely dangerous. Besides, it didn't seem all that bad, once the days of the Great Panic were over. The Ks had mostly left them alone, choosing to live in their own settlements, and life went on with a few minor differences – cleaner air, a healthier diet, and a lot of shattered illusions about humanity's place in the universe. However, now that she'd had some personal interactions with one particular K, she felt a bit more sympathetic to the fighters' cause – not that it made the Resistance movement any less futile.

She sighed. "Never mind, it was just a stupid idea. I think I just need to clear my head." Hopping out of bed, Mia pulled on her jeans, an old T-shirt, and a comfy sweater.

"Wait, Mia. What's going on?" Jessie was confused by her actions. "Are you upset about what happened last night?"

Mia pulled on her socks and a pair of sneakers. "I guess," she muttered. Telling her roommate the whole story would just make her worry, and a worried Jessie sometimes did drastic things – such as calling the police once to report Mia missing, when she had simply fallen asleep in the library with a dead phone battery. Not that Jessie could do anything in this case, but she still preferred not to cause her unnecessary distress. "Look, I'm fine," Mia lied. "I just really need to take a walk and get some air. You know I haven't exactly had a lot of experience with this type of thing, and this is a little like being thrown in the deep end of the pool. I just want to try to figure out how I feel about all this before I can even begin to talk about it."

Jessie looked at her with a faintly hurt expression. "Okay, well, sure.

Whatever you need to do." Then she brightened. "Are you going to be home for dinner tonight? I was thinking of cooking some pasta, and we could just have a girls' night in, watch some old movies . . ."

Mia shook her head with regret. "That sounds amazing, but I really don't know. I think I'll be seeing him again today."

Seeing the worried look on Jessie's face, she quickly added with a sly smile, "And it might be quite fun." Before Jessie had a chance to reply, Mia grabbed her backpack and ran out the door with a quick "see you later."

She walked briskly down the street with no particular destination in mind. Stopping by a deli, she bought a pack of chewing gum – since she hadn't even brushed her teeth this morning – and a wrap loaded with hummus, avocado, and fresh veggies. Her brain seemed to have gone into hibernation, and she simply walked without thinking about anything in particular, enjoying the feel of her feet striking the pavement and the mid-morning sun warming her face. She must've walked like that for a long time because, by the time she started paying attention to street signs, she was already in TriBeCa, a block away from the luxury high-rise that she'd been in less than forty-eight hours ago.

And just like that, she knew what she was going to do – what her subconscious must've known even earlier because it had brought her here.

It was really quite simple.

Running was futile. He could track her down anywhere she went, and he had already proven that he could manipulate her body into responding to his with the aid of various chemical substances. No, running wasn't the answer. He was a hunter. The chase was what he loved, and there was really only one thing she could do to thwart him. She could deny him the chase, take away the enjoyment of pursuing a reluctant prey.

She could come to him herself.

* * *

Having reached the decision, Mia lost no time in putting it into action.

Entering the lobby of his building, she calmly told the concierge that she was there to see Korum. The man's eyes widened a little – he clearly knew what the occupant of the top floor was – and he notified the unit of her presence. Ten seconds later, he motioned toward the elevator that was positioned a little to the left of the main one. "Please go ahead, miss. Just enter in 1159 when prompted for a code, and it will take you to the penthouse floor."

Korum was waiting when the elevator doors opened.

Despite her intention to remain unmoved, her breath caught in her throat and her pulse jacked up at the sight. He wore a soft-looking pair of grey pajama pants and nothing else. His upper body was completely bare, with bronze skin covering chiseled muscle and a light smattering of dark hair visible around small, masculine nipples. Broad shoulders, thick with ropy muscles, tapered down to a slim waist, and an actual six pack covered his flat abdomen. There wasn't an ounce of fat anywhere on his powerful body.

Mia swallowed to help the dryness in her throat, suddenly far less sure of the wisdom of her plan.

"Mia," he purred, leaning on the doorway and looking for all the world like a big jungle cat about to pounce. "To what do I owe this pleasure? I was not expecting to see you so early." Something in her expression must've betrayed her because he let out a short laugh. "Ah, I see. It was *because* I wasn't expecting you. Well, come on in."

Padding to the kitchen in his bare feet, he asked, "Have you had breakfast?"

Mia nodded, feeling like a mute but afraid that her voice might betray her nervousness. This was definitely not the best plan. Why had she thought that bearding the lion in his den was somehow better than trying to avoid him altogether?

But there was no turning back now.

"Okay, then, perhaps I might interest you in some coffee or tea?" His tone was overly courteous, making a mockery of the normally polite question.

Her chin went up at the realization that he found the whole situation amusing. "No, thanks," she said coolly, taking pride in the level tone of her voice. "You know why I'm here. Why don't *you* stop playing games, so we can just get on with it?"

He stopped and looked at her. There was no trace of laughter on his face. "All right, Mia," he said slowly. "If that's how you wish it."

"One more thing," she said, wanting to needle him and no longer caring about the consequences. "No drugs of any kind. No alcohol and no saliva anywhere in my body. If you want my blood, you can just cut my vein and drink it that way. And no mouth-to-mouth kissing. I don't want to be drunk *or* high today."

His face darkened, and his eyes seemed to turn into pools of liquid gold. "You think you were high yesterday? Is that what you're telling yourself to explain what happened? That a couple of glasses of champagne and my magic kisses turned you into a nymphomaniac?" He laughed sardonically. "Well, sorry to disappoint you, darling, but the chemical in our saliva only works if it gets directly into your blood. Maybe if I kissed you all day long, after a few hours you might feel a tiny buzz – if you're lucky. Of course, if I kissed you all day long, you would probably come dozens of times and be long past noticing any kind of saliva-induced effects." Still smiling, he said pleasantly, "But have it your way. No kissing and no biting. All else is fair game."

Coming up to her, he took her hand and led her down the hall. Her heart pounding, Mia went without protest, knowing that the time for changing her mind was long past. She didn't know whether to believe him and, more importantly, she didn't want to believe him. If he was telling the truth, then she had made a huge mistake in coming here today. Some foolish part of her had thought that she could do this – let him have sex with her unwilling, unresponsive body, reduce him to being the rapist he'd claimed he was not – and walk away with her emotions untouched, maintaining some kind of moral high ground. If he wasn't lying, then she was, quite literally, screwed.

He led her into what had to be his bedroom. Like the rest of his penthouse, the room was both modern and opulent at the same time. A large circular bed dominated the center of the room. It was unmade and had obviously been recently slept in. The sheets were a soft ivory color, and the thick blankets and pillows strewn around the bed were a pale shade of blue. Mia's heart climbed into her throat as she fully realized what she'd just agreed to do.

He released her hand and stepped back, leaving her standing in the middle of the room. "All right," he said softly, "now take off your clothes."

Mia stood there frozen, a hot wave of embarrassment rolling through her. He wanted her to remove her clothes, right there in the middle of the sunlit room?

"You heard me," he repeated, his voice cold despite the yellow heat in his eyes. "Take them off." Seeing her hesitation, he added, "I can guarantee your clothes will not survive it if I lay my hands on them."

Mia's hands shook as she slowly raised them to pull the sweater over her head. He merely watched her, his face inscrutable despite the hunger in his eyes. She took off her sneakers, and her jeans were next, leaving her clad in pink boy-short panties and a T-shirt. She had forgotten to wear a bra and now acutely felt that lack, with her nipples hard and visible against the thin fabric of the T-shirt.

"Now take off your shirt," he instructed, seeing her pause. The front of his pants was tented, she noticed, and somehow that was oddly reassuring – to know that she had that kind of effect on him, that he wasn't turned off by her awkwardness or her skinny body. Trembling slightly, she pulled the shirt over her head, revealing her breasts to male eyes for the first time. It took all her willpower not to cross her arms over her chest in a silly virginal gesture; instead, she stood there with her hands fisted at her sides, letting him look his fill.

He came toward her then and touched her, slowly stroking one palm down her back while another hand cupped her left breast, gently kneading it as though to test its weight and texture. "You're very pretty," he murmured, looking down at her as his hands deliberately explored her body, every stroke sending ripples of heat down to her nether regions. Standing there in her bare feet, Mia was acutely aware of how much larger his body was compared to hers, with her head barely reaching his shoulder and each of his arms thicker than half of her torso. His hands appeared dark against her pale skin, and she shivered when he moved his palm down to her belly, the width of his open hand nearly spanning the distance between her hip bones. His erection prodded her side, the thin material of his pajama pants doing little to conceal its heat and hardness.

Without the blurring effect from the alcohol or the shield of darkness, there was no retreat from his brutally intimate actions, no merciful escape into a sensual fog. Instead, Mia stood there in broad daylight, exposed and vulnerable, intensely aware of each stroke of his large hands over her body and the warm moisture lubricating her genitals in response.

Hooking his thumbs into her underwear, he pushed her panties down her legs, removing her last defense. "Step out of them," he hoarsely ordered, and Mia obeyed, standing completely naked in his arms. The fact that he was still wearing his pants somehow made the whole thing worse, adding to her sense of complete powerlessness.

He touched her buttocks, his hands curving around the small pale globes of her ass and lightly squeezing them. "Very nice," he whispered, and Mia blushed for some inexplicable reason. The dark curls between her legs attracted his attention next, and Mia flinched when his fingers slowly stroked her pussy hair, looking for the tender flesh underneath. Feeling her wetness, he smiled with purely masculine satisfaction, and Mia's embarrassment grew tenfold. This was the worst part – knowing that her own body betrayed her, that a creature who was not even human could provoke this kind of response from her under the circumstances.

"No mouth-to-mouth, right?" he murmured, picking her up and carrying her over to the bed. Mia nodded, squeezing her eyes shut in the hopes that it would be over with quickly. Instead, he placed her in the middle of the circular bed, like some virginal sacrifice, and crawled down her body until his head was above the juncture of her legs. Mia tried to rear up then, realizing his intentions, but he had no intention of letting her go. Instead, he easily held down her flailing legs with his elbows while his fingers leisurely parted her folds, exposing her most sensitive place to his burning gaze. Lowering his head, he gently pressed his tongue, soft and flat, against her clitoris – just holding it there and letting her struggle until she could bear it no longer, her entire body arching with the most powerful climax of her life.

While she lay there, still shuddering with little aftershocks, he rose up on his knees, deftly stripping off the pants to reveal a large jutting penis. Mia's eyes widened as she realized that her first time would likely involve more than a minor discomfort, given the size of the cock in front of her.

Seeing her fear, he paused. "Mia," he said quietly, "we don't have to do this if you're not ready. I can wait –"

She shook her head, unable to think past the fog of desire clouding her brain. It had taken all her courage to get this far, to allow him so much intimacy. To retreat now seemed cowardly, and Mia felt a sudden, irrational dread that this was it – that if she gave up a chance to experience such passion now, she would never feel it again.

He didn't need much encouragement. Before her logical side could reassert itself, he was already over her, parting her legs with one powerfully muscled thigh and settling in between them. Looking steadily into her eyes, he began to push his penis into her opening, slowly working it in inch by slow inch.

Regretting her decision almost immediately, Mia writhed under him, feeling like a heated baseball bat was attempting to enter her vagina. Despite the wetness from her orgasm, her inner muscles did not want to let him in, desperately clenching to repel the invasion. "Shhh," he whispered soothingly as tears rolled down her face at the burning discomfort that threatened to morph into pain. Beads of sweat appeared on his own face at the obvious strain of holding back, his arms flexing as he held himself steady, trying to let the delicate muscles stretch around his penis before proceeding. But Mia could not hold still, every instinct leading her to fight the penetration, little cries escaping from her throat as he pressed further, pausing briefly at the internal barrier. "I'm sorry," he said hoarsely, and Mia screamed as he pushed forward in one smooth motion, tearing through the membrane that was blocking his entrance and sheathing his cock to the hilt in her vagina, his pubic hair pressing against her own.

Mia's vision went dark for a second, and hot nausea boiled up her throat as a knife-like pain tore through her insides. She had never expected to feel such agony, and she dug her nails into his shoulders, raw, guttural cries breaking out from her throat, desperately wanting to escape the object tearing her body apart. All earlier pleasure forgotten, she writhed under him like a fish on a hook, barely registering the soothing platitudes he was murmuring in her ear and the gentle kisses he was raining on her cheeks and forehead.

At some point, the agonizing pain began to abate, and she realized that he wasn't moving, just holding himself deep inside her, his muscles quivering from the effort it took to stay still. "I'm sorry," he was saying, apparently repeating it for the umpteenth time, "it will get better, I promise. Just let yourself relax, and it won't hurt like that anymore, I promise you... Shhh, my darling, just relax... there's a good girl... It will get better soon, I promise..."

Liar, Mia thought bitterly. How could it get better when he was still inside her, the organ that had caused her so much pain lodged deeply in her vagina? She felt violated and betrayed, pinned under his much larger body with no hope of escape until he was done. "Just finish it," she told him harshly, willing to tolerate anything to have this be over.

A small smile curved his lips despite the strain on his face. "Ah Mia, my sweet brave girl, your wish is my command." He pulled out slowly, and Mia squeezed her eyes shut, unable to hold back tears as the motion brought more pain at first. He kept moving, however, his penis slowly retreating from her body and penetrating her again, and the ancient rhythm somehow ignited a small spark inside her again. Sensing it, he gradually picked up the pace and changed his angle slightly, so that the broad head nudged some sensitive spot deep inside. His arm reached between them, knowing fingers unerringly finding her clitoris, and he pressed lightly, keeping the pressure steady and letting his strokes move her against his hand. Mia's body tensed again, this time for a different reason, and liquid heat began to gather in her loins. She found herself starting to pant, echoing his heavy breathing, and the tension inside her became nearly unbearable, every thrust of his cock bringing her closer and closer to the edge without sending her over. The pain didn't go away – it was still there – but somehow it didn't matter as every nerve in Mia's body focused on her desperate need for the release. He groaned, his hips now hammering at her, and she screamed in frustration, small fists beating uselessly against his chest, her body vibrating like a guitar string from the intolerable tension deep inside. And suddenly it was too much. She felt him swell up even more, and then he was coming with one final deep thrust that sent her over the edge, his pelvis grinding against her genitals as her entire body seemed to explode with an orgasm so powerful that she literally saw stars, her brain almost short-circuiting from the intensity of the climax.

She lay there afterwards, feeling his penis still twitching inside her even as it became softer and smaller. His shoulders and back were slick with sweat, and his breathing sounded like he had just run a marathon, his body lying heavily on top of hers. Her own limbs were shaking slightly, she noticed with a curiously detached interest, and her heart was pounding as though from a physical exertion.

He pulled out then, and Mia felt the loss of heat from his body, a strange inner coldness taking its place. He left the room, and she brought her knees up to her chest in a slow, painful motion, her body feeling foreign as she curled into a fetal position on her side, her mind oddly blank. There were streaks of blood on her thighs, much more blood than the spotting she'd always thought was the norm.

He came back a minute later, a small white tube in his hands. Squeezing out some clear substance, he coated his finger in it and reached between her legs, entering her sore opening despite her faint protest. Almost immediately, Mia felt the burning pain in her vagina beginning to abate as the mystery gel worked its magic.

"It's an analgesic, and it will speed your recovery," he explained, wiping his hand on the sheets to get rid of the excess. "Unfortunately, I can't heal you completely because the last thing I want is for your membrane to regrow itself."

Mia responded by curling up into an even smaller ball. More than anything, she wanted to shrink and disappear, to pretend that none of this was real. He didn't let her though, gathering her closer to him in a spooning position, his large warm body curling around her own. "I hate you," she told him, wanting to lash out and hurt him somehow. She felt his sigh against her back. "I know," he said, gently stroking her tangled curls.

They must have lain like that for a few minutes. The sheets smelled like sex, Mia noticed, and like him. There was also a metallic odor that Mia realized had to be the remnants of her virginity.

"You never drank my blood," she said, finding it easier to communicate like that, with her back turned toward him.

"No, I didn't," he agreed, adding, "I think you've had enough new experiences for one day."

How considerate of him, Mia thought bitterly. Such a gentleman, sparing the poor virgin additional trauma. Never mind that he was the cause of that trauma in the first place.

As though sensing the direction of her thoughts, he said, continuing to stroke her hair, "I'm sorry it was so painful for you. I know you won't believe me right now, but I never wanted to hurt you like that and I never will again. Had I known how narrow you were inside and how thick your membrane would be, I would have made sure to remove it before we got anywhere near this bedroom. Once I was inside you, it was too late – I just couldn't stop. It won't be like this next time, I promise."

Mia listened to his little speech with a growing dread in her stomach. "Just to be clear," she said slowly, "I don't ever want to do this with you again. Ever. If you touch me again, it will be rape in the very real sense of the word."

Korum didn't answer, and Mia realized with a sinking feeling that he very much intended for there to be a next time. "You're a monster," she told him, trying to pull away. He let her go, getting up himself. Before she realized what he wanted, he bent over the bed and lifted her in his arms, carrying her naked out of the room.

He brought her to the same bathroom Mia had showered in before. At some point, he must have filled the jacuzzi because it was ready for them. He carefully set her on her feet in the wonderfully hot water that came up to her waist. Her legs still felt shaky, so Mia lowered herself into the bubbles, finding a step on which she could sit. Powerful jets pleasantly massaged her tired muscles, washing off dried blood and semen on her thighs, and Mia leaned back against the edge and closed her eyes, trying to ignore Korum's naked presence.

A scary thought suddenly entered her mind, causing her eyes to pop open. "You didn't use any protection," she hissed at him, horrified at the realization. "Am I going to catch some kind of a weird STD or worse – get pregnant?"

He laughed, throwing his head back. "No, my sweet – both would be an impossibility. You're far safer having sex with me than with any human male, regardless of how many condoms he wears."

Mia exhaled in relief. The gel he'd used earlier and the hot water were doing wonders for her physical state, and she felt nearly back to her old self. She was also hungry, she realized.

"I should get going," she said, looking around the bathroom for a towel or a robe to wrap herself in. She still didn't feel comfortable being naked in front of him.

"Why?" he asked lazily, moving his muscular back to take better advantage of the jets. "You already missed your class and you don't have anything on Wednesdays."

Apparently, he knew her class schedule by heart.

Mia shrugged, no longer surprised by anything. "I'm hungry, and I want to go home," she said, telling the truth.

He grinned at her, looking happy for some reason. "I'll make you something to eat. Why don't you relax here some more, and I'll come get you when the food is ready."

She nodded, deciding not to argue at the memory of the delicious meal he'd made before.

Still smiling, Korum rose and stepped out of the tub, water streaming down his golden skin and well-defined muscles. Despite everything that happened, Mia felt a spark of arousal at the sight of him fully naked. His back was broad and muscular, and his hips were narrow. His ass was the best she'd ever seen on a man, tight with muscle, and his legs looked powerful. She wondered if Ks needed to work out to maintain their looks and resolved to ask him at some point later.

"Like what you see?" he asked with a sly smile, obviously noticing her scrutiny.

Mia blushed a little and then told herself not to be a ninny. "Sure," she said with a straight face. "You're very pretty, like a male Barbie doll."

Far from offended, he laughed with genuine amusement. "Not like Ken, I hope. Isn't he missing the requisite equipment?"

Mia just shrugged in response, not wanting to get into this kind of banter with him right now. Grinning, he exited the room, leaving her alone to enjoy the jacuzzi for the next twenty minutes.

By the time he came back, Mia was already showered and wrapped in the familiar robe she'd discovered in the bathroom closet. She even found the slippers she'd worn before and gladly put them on. Showering here was becoming a habit.

She accompanied Korum to the kitchen, her mouth watering at the delicious smells emanating from there. He had made another one of his signature salads and a dish of roasted buckwheat with stir-fried carrots and mushrooms. Feeling like she was starving, Mia attacked her food with appreciation, and so did he. For a while, the kitchen was silent, except for chewing noises and the clattering of their silverware. Finally feeling replete, Mia leaned back in her chair. He was done with his portion, as usual, and was observing her with a half-smile.

"What?" asked Mia self-consciously, wondering if she had a bit of lettuce stuck between her teeth.

"Nothing," he said, and his smile got wider. "I just love watching you eat. You do it with such enthusiasm – it's very endearing."

Mia flushed a little. He obviously thought she was a glutton. Shrugging her shoulders, she said, "Yeah, what can I say? I really like food."

He grinned. "I know. I really like that about you. Very unexpected in a girl your size."

Mia smiled back tentatively and got up from her chair. Now was as good a time as any. "Okay, well, thank you for the meal. I'll just change and get out of your hair."

The smile left his face. He clearly didn't like hearing that. "Why don't you stay?" he suggested softly. "I promise not to touch you again today, if that's what worries you."

Mia swallowed, suddenly feeling on edge. "I really have to get going," she said, hoping that she was misreading his body language – that he didn't really have the intention of keeping her there against her will.

He looked directly into her eyes. Whatever he had seen there seemed to make up his mind. "Okay," he said slowly. "You can go home." Mia's breath escaped in relief – prematurely, as it turned out. Because he added next, "But I want you to come back here tonight. Gather whatever you need for the next day or two – or I can buy you new things if you prefer – and come back here by 7 p.m. I'll make us dinner."

Mia stared at him. "And if I don't?" she asked defiantly.

"Then I will come and get you," he answered, the look in his eyes leaving no doubt of his seriousness.

"But why?" Mia burst out in frustration. "Why do you want to be with someone who doesn't want you? Who hates you, in fact? Surely, there can't be a shortage of willing women for you. You've already gotten what you wanted from me. Can't you move on to another victim?"

His eyes narrowed in anger. "Well, Mia, you're right. There is no shortage of women who would love to be in your shoes, and I could easily get myself another 'victim,' as you so nicely put it." He took a step toward her. "The reason why I want you – as unwilling as you pretend to be – is because chemistry like ours is very rare. You're very young, even for a human, so you don't realize what we have. Do you honestly think that sex would be like that for you with another man? Or that just any woman could have that kind of effect on me?" He paused and continued in a softer tone, "This kind of attraction happens once in a blue moon, and I know better than to give up on it even if you're running scared right now." Staring into her shocked face, he added with a familiar golden gleam in his eyes, "I know this is all very new to you, and that you probably felt more pain than enjoyment today. It won't be like that again. The next time you're in my bed, I promise that your only screams will be those of pleasure."

CHAPITRE SIX

Mia quitta l'appartement de Korum et rentra chez elle à pied, son esprit en proie au chaos des pensées qui y tourbillonnaient. Elle venait de perdre sa virginité, et la douleur qu'elle ressentait encore entre les cuisses en était la preuve manifeste. L'espèce de gel dont il l'avait enduite avait éliminé le pire de la douleur, mais elle pouvait encore sentir qu'il l'avait pénétrée. Son sexe se contracta légèrement à la pensée des orgasmes qu'il lui avait donnés, et l'intensité de ce souvenir la fit frissonner. Et il voulait encore la revoir, la revoir ce soir. En fait, il semblait qu'il n'avait aucunement l'intention de renoncer à la poursuivre et encore moins de respecter ses souhaits.

Cette pensée provoqua de nouveau la colère de Mia. Il n'avait pas le droit de lui faire ça. Son espèce avait beau avoir guidé l'évolution des hommes, cela ne signifiait pas pour autant qu'elle lui appartenait. Quelle que soit l'affinité particulière qu'il croyait sentir entre eux, son comportement était inexcusable. Mia haïssait l'idée qu'il pensait pouvoir disposer d'elle à sa guise. Elle aurait aimé savoir comment le contrer, mais la manière dont elle réagissait avec lui rendait futile toute résistance.

Le retour jusqu'à son appartement était une marche plutôt longue, mais Mia voulait se dégourdir les jambes et retrouver ses esprits avant de croiser sa colocataire. Quand elle arriva devant le bâtiment, elle était tellement fatiguée que gravir les cinq étages semblait la pire des corvées. Elle n'avait qu'une hâte : s'effondrer sur le canapé et faire quelque chose qui ne nécessite aucun effort intellectuel – comme regarder une émission de variétés sur son ordinateur portable.

Mais ce n'était pas son jour. En ouvrant la porte, Mia réalisa que Jessie avait des invités en entendant des voix masculines dans le salon. Elle eut la surprise d'y découvrir deux hommes qu'elle ne connaissait pas.

L'un d'eux, un Asiatique, semblait avoir une vingtaine d'années, tandis que l'autre avait au moins trente ans. Le plus âgé des deux attira immédiatement l'attention de Mia. Il y avait quelque chose dans la manière dont il était assis sur le canapé qui donnait l'impression d'un ressort. Ses cheveux étaient blonds et ses yeux bleu pâle étaient extraordinairement attentifs. Il semblait de taille moyenne, mince, peut-être même un peu maigre.

Ils se levèrent tous les deux à l'arrivée de Mia. Jessie resta assise, pâle et l'air étrangement coupable.

— Salut, Mia, voici mon cousin Jason et son copain John.

Mia leva un sourcil.

— Jason, celui dont on a parlé ce matin ? demanda-t-elle troublée.

L'Asiatique acquiesça.

— Lui-même, en personne.

— Salut, ravie de faire votre connaissance, dit Mia poliment, essayant de rassembler les morceaux du puzzle.

— Ils sont venus te parler, dit Jessie, et Mia comprit pourquoi elle avait cet air coupable.

— Et vous êtes dans la résistance ou un mouvement de ce genre ? demanda -t-elle d'un air incrédule. Comme ils ne répondaient pas, elle en tira ses propres conclusions.

— Écoutez, je ne sais pas ce que vous a dit Jessie, mais nous n'avons rien à nous dire…

— Au contraire Mademoiselle Stalis, dit John d'une voix rauque, prenant la parole pour la première fois. Nous avons beaucoup de choses à nous dire. Jason, tu pourrais aller bavarder avec ta cousine pendant que je poursuivrai la conversation avec Mademoiselle Stalis ?

Voyant la réaction de Mia dont le visage était devenu furieux Jessie la regarda d'un air suppliant.

— Je t'en prie, Mia, je sais que tu es vraiment en colère contre moi, mais je crois sincèrement qu'ils peuvent t'aider. Écoute-les au moins, d'accord ? Jason m'a dit qu'ils peuvent te donner de bons conseils sur la manière de gérer la situation. C'est pour cela qu'ils sont ici.

Mia poussa un profond soupir et lâcha un d'accord. Elle pouvait renoncer à se détendre cet après-midi.

— Quand souhaite-t-il vous revoir ? demanda John à voix basse.

Mia cligna des yeux de surprise.

— Hum… ce soir, à 19 heures.

— D'accord, dit-il, ça nous laisse assez de temps pour vous mettre au courant. Dites-moi, vous a-t-il marquée ?

— Marquée ?

— A-t-il utilisé une sorte d'instrument extra-terrestre projetant une lumière rougeâtre sur un endroit de votre corps où vous vous étiez écorchée ?

Mia le regarda fixement tant elle était choquée.

— Comment le savez-vous ?

Considérant sa réaction comme un assentiment, il ajouta :

— Alors il ne faut pas sortir de votre appartement. Jason, pourquoi n'emmènerais-tu pas ta cousine au cinéma pendant que je parle avec Mademoiselle Stalis ?

Jason acquiesça d'un signe de tête et sortit avec Jessie, bien que Mia s'aperçut que sa colocataire mourait de curiosité.

Quand ils furent seuls, Mia demanda avec colère :

— Qu'est-ce que ça veut dire, vous devez rester chez vous ?

— Il vous a marquée, comme on marque au fer rouge. Vous avez une puce à l'endroit de votre corps où il a passé cet instrument et elle lui transmet à tout moment l'indication de l'endroit où vous vous trouvez. Si vous faisiez quelque chose d'inattendu, par exemple sortir quand il vous croit chez vous, il le saurait immédiatement et commencerait à se méfier.

Mia regarda les paumes de ses mains avec horreur.

— Vous voulez dire qu'en soignant mes écorchures il a placé un moyen de me localiser ? Mais pourquoi faire une chose pareille ? Elle leva la tête d'un air soupçonneux. Et comment savez-vous tout ça ?

— Mademoiselle Stalis, dit-il avec lassitude.

— Appelez-moi Mia s'il vous plait.

— Entendu Mia, répéta-t-il aimablement, nous nous battons contre les Krinars depuis très longtemps. Vous pouvez imaginer que cela nous a permis d'apprendre beaucoup de choses sur eux.

— D'accord, dit-elle lentement. Imaginons que je vous croie. Pourquoi aurait-il fait ça ? Pourquoi me marquer ainsi ?

— Pour savoir à tout moment où vous êtes, bien sûr. C'est une pratique courante pour eux.

Mia le regarda, choquée.

— Eh bien, dans ces conditions comment pouvez-vous m'aider ?

— Nous ne pouvons pas vous aider, Mia dit John brutalement. Mais en revanche, vous, vous pouvez nous aider.

Mia respira à fond. C'était exactement ce qu'elle redoutait.

— Je crois qu'il y a eu un malentendu. Je ne veux en aucun cas m'impliquer dans votre cause. Vous ne pouvez pas gagner et rien ne serait pire que de revenir au temps de la Grande Panique. Je veux

simplement que tout le monde me laisse tranquille, Korum, vous, etc…
et, si vous ne pouvez pas m'y aider, allez-vous-en.

Elle lui montra la porte.

— Mais vous êtes déjà impliquée Mia, que vous le vouliez ou non.
Savez-vous qui est votre amant K ?

— Ce n'est pas mon amant ! dit sèchement Mia.

— Vous n'avez pas couché avec lui ? En la voyant rougir jusqu'aux
oreilles, il ajouta :

— C'est bien ce que je pensais. Je suis sûr qu'il n'a pas perdu de temps
pour obtenir de vous ce qu'il voulait, exactement comme son espèce avec
notre planète.

Mia lutta contre sa honte.

— Que voulez-vous dire, est-ce que je sais qui il est ?

— Vous a-t-il parlé de lui ? Savez-vous pourquoi il est ici, à New
York ? Ou comment les Ks en général sont arrivés sur terre ?

Mia fit un signe de tête, lentement.

— Il m'a dit qu'il était ingénieur, que la compagnie dans laquelle il
travaillait faisait les vaisseaux spatiaux qui les ont amenés sur terre.

— Ingénieur ? Il est gonflé ! John se mit à rire d'une manière
sarcastique. C'est l'un des Ks les plus puissants sur notre planète, Mia. Il
est propriétaire du vaisseau qui les a amenés ici, c'est sa compagnie qui
est à l'origine de leur installation sur terre. Voyant l'incrédulité qui se
lisait sur son visage il ajouta : Il est membre de leur conseil supérieur,
certains disent qu'il en est même le chef. Sa compagnie fournit à leurs
centres tout ce dont ils ont besoin. Sans lui, il n'y aurait ni centres K ni
Krinars sur terre.

— Je ne comprends pas, dit Mia, confuse. S'il a tous ces pouvoirs
alors pourquoi est-il ici ? Et que veut-il de moi ?

— Il est là parce que pour la première fois depuis le Jour K nous
avons notre chance contre eux. Les yeux de John brillèrent d'excitation.
Parce qu'il sait que nous sommes sur le point de nous battre contre eux à
armes égales. Parce qu'il veut anéantir la résistance avant que nous
n'allions plus loin.

Il respira profondément.

— Et, ce qu'il veut de vous, c'est facile à deviner. Savez-vous ce que
Charl veut dire ?

Mia secoua la tête, dépassée par les évènements.

— Littéralement, *Charl* peut se traduire par *"celle ou celui qui nous
fait plaisir"*. C'est le mot qu'ils utilisent pour désigner les esclaves
humains qu'ils enferment dans leurs camps. La fonction des *Charls* est de
leur donner du plaisir. Vous ne le savez peut-être pas encore, mais ils

aiment boire du sang en faisant l'amour. Alors ils nous gardent captifs, enfermés dans leur prison ultra-modernes, et nous utilisent à leur guise.

Mia sentit la bile lui brûler la gorge.

— Vous mentez. Pourquoi feraient-ils une chose pareille ? Nous sommes des êtres intelligents.

— Ce n'est pas forcément leur point de vue. La plupart d'entre eux nous considèrent comme des animaux de compagnie qu'ils élèvent ouvertement dans ce but, guère mieux que les primates qu'ils ont chassés jusqu'à les faire disparaître de leur planète.

— Que voulez-vous dire ? Que Korum veut me réduire en esclavage ? demanda Mia d'un air incrédule. Quelle connerie ! S'il voulait m'enfermer, je ne serais pas chez moi en ce moment !

— Mia répondit John en soupirant, j'ignore quel jeu il joue avec vous. Peut-être que ça l'amuse de vous donner l'illusion de la liberté pour le moment. Mais vous n'êtes pas vraiment libre, vous le comprenez n'est-ce pas ? Si vous essayiez de quitter New York au lieu de rester ici et de le voir quand il veut, j'ignore ce qu'il serait capable de faire, ou si votre famille vous revoyait un jour. Vous êtes intelligente, Mia. Vous l'aviez senti non ? N'est-ce pas pour cela que vous n'avez pas cherché à l'éviter ? C'est aussi pour cette raison que votre colocataire avait tellement peur pour vous, pourquoi elle s'est précipitée vers Jason bien qu'ils ne soient plus en contact depuis trois ans. Parce qu'elle sentait que vous couriez un grave danger.

Mia avait envie de vomir. Si John disait vrai, sa situation était encore pire qu'elle ne l'avait imaginée. Il avait raison, son inconscient avait dû réaliser quel danger il y aurait eu de fuir Korum puisqu'elle n'avait jamais sérieusement envisagé de quitter la ville. Un million de questions se pressaient dans sa tête et au même moment elle sentait un désespoir sans fin au plus profond d'elle-même.

— Alors que voulez-vous de moi ? demanda-t-elle avec amertume. Vous êtes venu ici pour me dire que j'étais fichue ? Que je vais finir comme l'animal de compagnie d'un extra-terrestre, enfermée quelque part et réduite à l'esclavage sexuel ? C'est ça que vous êtes venu me dire ?

— Oui, Mia.

La réponse de John était prononcée d'un ton calme, le visage étrangement neutre.

— Il n'y a aucune issue pour vous. S'il se fatigue de vous, alors peut-être pourrez-vous reprendre votre vie d'avant, surtout si vous êtes encore à New York à ce moment-là. Mais vous pourriez aussi attirer l'attention d'un autre K et disparaître pour toujours. C'est ce qui est arrivé à ma sœur, et c'est pourquoi je fais ce que je fais, pour permettre à d'autres jeunes femmes innocentes d'avoir une vie normale.

Mia le regarda avec horreur.

— Votre sœur ? Que lui est-il arrivé ?

Il fit une moue amère.

— Ce qui lui est arrivé ? Je lui ai offert un voyage à Mexico quand elle a eu sa licence. Elle est partie avec des amies et elle a rencontré un bel étranger sur la plage. Mais il s'est avéré que ce n'était pas un homme… La nuit précédant la date de son retour, Dana disparut de sa chambre. Pendant une éternité, nous n'avions aucune idée de ce qui lui était arrivé, nous soupçonnions juste l'implication des Ks. Il y a un an, j'ai appris qu'elle était encore en vie et qu'elle était gardée prisonnière, qu'elle était une Charl dans le centre K du Costa Rica.

Les yeux de Mia s'emplirent de larmes en imaginant ce que cette famille avait dû endurer.

— Oh, mon Dieu, je suis désolée, dit-elle. Et il n'y a pas moyen de la ramener ?

— Aucun. Il secoua la tête, la colère se mêlant au regret. Même si nous parvenions à la délivrer, ce qui est impossible, elle a été marquée, comme tous les Charls. Les Ks sauront toujours exactement où elle se trouve, et il n'y a pas moyen de neutraliser ce traitement.

— Marquée, dit Mia, comme tous les Charls, et comme moi…

— Comme vous. Acquiesça John.

Elle avait envie de hurler, de pleurer, de tout casser. Elle se contenta de demander

— Alors pourquoi êtes-vous venu me voir aujourd'hui ?

— Parce que, Mia, bien que nous ne puissions pas vraiment vous aider, vous, en revanche, vous pouvez nous aider. Si notre plan réussit, non seulement vous retrouverez votre vie d'avant, mais vous aurez également réussi à sauver d'innombrables autres jeunes femmes – et d'innombrables jeunes hommes – et à leur épargner le sort de ma sœur.

— Je ne comprends pas… que me demandez-vous ? dit lentement Mia dont le pouls s'accélérait.

— Nous voulons que vous travailliez avec nous. Que vous nous informiez des allées et venues de Korum, nous dire ce qu'il aime manger, comment il dort, quels points faibles il pourrait avoir. Et si vous aviez la moindre information qui pourrait être utile, le moindre mot de code, les moindres mesures de sécurité, la moindre chose, nous transmettre cette information.

— Vous me demandez de l'espionner pour votre compte ? Mia éleva la voix d'un ton incrédule.

— Je vous demande de mettre à profit votre situation qui est, effectivement, difficile. De vous aider vous-même et d'aider l'humanité tout entière. Il vous suffira d'ouvrir les yeux et les oreilles quand vous êtes avec lui et de nous faire un rapport de temps en temps.

— Et vous croyez que j'en serai capable ? Sans formation d'aucune sorte et sans talent pour jouer la comédie ? Capable de duper l'un des Ks les plus puissants de la planète ? Qu'est-ce qui vous fait croire qu'il ignore que vous êtes là, surtout si l'un de ses buts est de vous neutraliser ?

— Il n'y a pas de système d'écoutes dans votre appartement, nous avons vérifié. Il n'aura aucune raison de vous y épier si vous ne faites rien qui éveille ses soupçons et si vous continuez comme si de rien n'était. Il ne sait pas que nous sommes ici, s'il le savait nous serions déjà morts. Écoutez, nous ne vous demandons pas de vous transformer en James Bond ou en femme fatale. Vous n'avez pas besoin de devenir proche de lui ou de le séduire ou quelque chose de ce genre, continuez seulement avec lui la relation que vous avez, telle qu'elle est, et donnez-nous des informations de temps en temps.

— Comment ? Et à quoi ça servirait de toute façon ? Qu'est-ce qui vous fait croire que vous ayez la moindre chance quand tous les gouvernements au monde avec leurs armes nucléaires ont été complètement incapables de faire face à l'invasion ?

Ce plan était absurde et Mia n'avait pas l'intention de devenir une martyre au nom d'une cause désespérée.

— Comment ? C'est notre affaire. S'il continue à vous laisser ce degré de liberté, ce sera évidemment plus facile. Et sinon ce sera plus compliqué, mais nous avons une petite idée.

Il s'arrêta un instant, se demandant visiblement s'il avait raison de continuer.

— Quant aux raisons de croire en la victoire, disons seulement que tous les Ks ne sont pas identiques. Ils ne sont pas tous convaincus de l'infériorité des hommes. Je ne peux vous en dire davantage sans vous mettre en danger, mais soyez-en certaine, nous avons de puissants alliés.

Des alliés favorables aux hommes parmi les Ks ? Les implications de cette révélation étaient stupéfiantes.

— Je ne sais pas quoi vous dire, dit Mia en essayant de réfléchir. Que se passera-t-il s'il s'aperçoit de quelque chose ? Que m'arrivera-t-il alors ?

Il lui répondit sincèrement.

— Je ne sais pas. Il pourrait décider de vous tuer ou vous punir d'une autre manière. Je ne sais vraiment pas.

Mia eut un rire amer.

— Et vous vous en moquez, n'est-ce pas ?

John poussa un soupir.

—Non, Mia. J'aimerais par-dessus tout que la situation soit différente. J'aimerais ne pas avoir à vous demander de nous aider, j'aimerais que votre unique préoccupation soit vos partiels. Mais nous ne vivons plus dans ce monde-là. Pour retrouver notre liberté, nous devons tout risquer. Vous êtes la meilleure chance que nous ayons d'approcher Korum ; vous pouvez vraiment faire la différence, Mia.

Mia se dirigea vers la table et s'assit, elle ferma les yeux un instant pour réfléchir. Elle n'avait aucune raison de faire confiance à John et elle ignorait s'il lui avait dit la vérité. Et pourtant, elle avait tendance à le croire. Il y avait trop de souffrance dans sa voix quand il parlait de sa sœur. Ou bien c'était le meilleur acteur au monde ou bien les Ks kidnappaient et réduisaient bel et bien en esclavage des êtres humains qui avaient attiré leur attention. Comme elle avait attiré celle de Korum.

Une autre question lui vint à l'esprit. Elle ouvrit les yeux et lui demanda :

—Et si Korum sait que Jason est le cousin de Jessie et se méfie déjà de moi ?

John haussa les épaules.

—C'est possible, bien sûr, mais Jason est un cousin éloigné de Jessie et le lien est ténu. Et puis, il a un rôle très mineur dans notre organisation, il y a à peine participé depuis deux ans. Il est seulement venu me voir aujourd'hui parce que Jessie l'avait appelé à votre sujet. On ne peut complètement exclure cette possibilité, mais la chance est en notre faveur. Et puis, souvenez-vous, c'est Korum qui vous a couru après, pas le contraire. Il n'a donc aucune raison de se méfier.

—D'accord, annonça Mia. Imaginons un instant que je décide de l'espionner pour votre compte. Comment pensez-vous que je puisse aller chez lui ce soir en sachant tout ce que vous venez de me dire, comment pourrais-je me comporter comme si de rien n'était ? Il a des milliers d'années, il lit en moi à livre ouvert, je n'ai pas la moindre chance de réussir.

—Je ne sais pas, Mia. Pour le moment vous le connaissez bien mieux que nous. Je sais que vous n'avez jamais subi d'épreuve pareille, mais je crois en vous. Votre plus grand avantage pourrait tout simplement être le fait qu'il sous-estime votre intelligence. Tant que vous êtes seulement son *Charl*, il pourrait ne pas se méfier de vous.

Mia en avait assez maintenant. Elle se leva, complètement épuisée.

—John, dit-elle avec lassitude, je comprends ce que vous essayez de faire et j'ai de la sympathie pour votre cause. Je ne peux rien vous promettre. Je ne vais pas mettre ma vie en danger pour vous dire où se trouve Korum et ce qu'il a mangé au dîner. Mais s'il m'arrive de tomber sur des informations utiles, je ferai de mon mieux pour vous les transmettre.

— C'est raisonnable, Mia. Si vous avez besoin de nous contacter, parlez-en à Jessie, et si ça n'est pas possible envoyez-lui un mail avec le mot 'salut' dans l'objet, nous garderons un œil sur votre compte. De cette manière, s'il décide de lire vos messages, ce qu'il fera sûrement, il ne se méfiera de rien. Vous direz seulement 'salut' à votre colocataire.

Mia acquiesça d'un signe de tête, elle souhaitait par-dessus tout rester seule. Sa tête bourdonnait, elle avait une violente migraine et elle referma avec soulagement la porte à clef dès que John fut parti.

Elle alla dans sa chambre et s'effondra sur son lit.

Elle ne se sentait pas bien, les révélations de John lui avaient donné la nausée. Ce n'était pas possible, elle ne voulait pas le croire. C'est vrai, Korum semblait se moquer de sa réticence et jusqu'ici il ne lui avait guère donné le choix dans leur liaison. Mais faire d'elle une véritable esclave sexuelle, la priver de sa liberté et l'enfermer quelque part dans un centre K ?

Si les Charls existaient en dehors de l'imagination de John, et si Korum avait l'intention de réduire Mia à cet état, alors c'était vraiment un monstre comme elle lui en avait fait le reproche.

Mia était malade à l'idée de le revoir ce soir et de sentir ses caresses. Et probablement de lui rendre ses étreintes comme s'il était véritablement son amant. C'est surtout ça qui lui donnait envie de vomir. Comment pouvait-elle le désirer alors qu'il ne la considérait même pas comme un être humain ou plutôt comme un être intelligent doté de droits fondamentaux ?

De plus, elle était terrifiée à l'idée de l'espionner. Si elle était prise sur le fait, elle était certaine qu'il la tuerait, elle serait peut-être d'abord torturée pour révéler ce qu'elle savait. Des esclavagistes n'auraient aucun scrupule à pratiquer la torture.

Elle en frissonna.

En fait, elle était perdue s'il découvrait sa conversation d'aujourd'hui avec John.

Elle essaya de l'imaginer en train de la faire souffrir volontairement. Mais ce n'était pas facile. La plupart du temps, il avait été très doux avec elle. Même la perte de sa virginité ce matin, aussi traumatisante fût-elle, aurait pu être bien pire s'il n'avait pas essayé de se contrôler. Certaines de ses actions étaient même plutôt affectueuses ; quand il lui avait donné à manger, quand il s'était assuré qu'elle avait chaud et qu'elle n'était plus mouillée, quand il l'avait soignée (non, sans doute pas ça étant donné ce qu'elle venait d'apprendre). Tout cela ne correspondait pas avec l'image du méchant que John lui avait décrit. D'un autre côté, Mia ne voudrait pas faire de mal à un chaton, mais n'hésiterait pas à l'enfermer chez elle. Si c'était vraiment comme ça qu'il la considérait – comme un petit animal très mignon qu'il voulait aussi baiser – alors son comportement était parfaitement logique.

Mia essaya de ne pas penser aux conséquences de tout cela, mais c'était impossible. Son avenir lui avait toujours semblé radieux, elle avait tant aimé y penser, préparer les prochaines années de sa vie. Désormais, elle ne savait pas de quoi les prochaines semaines seraient faites, si elle serait encore en vie et encore moins si elle irait encore à l'université.

La pensée de finir comme la Charl de Korum dans un camp d'extra-terrestres était abominable, surtout si elle se mettait à penser à la réaction de sa famille quand elle aurait disparu. Est-ce qu'il la laisserait les prévenir qu'elle était encore en vie ou disparaîtrait-elle sans laisser de traces ?

Sans pouvoir s'en empêcher, Mia se mit à s'apitoyer sur son sort, des larmes lui brûlaient les paupières. Sans pouvoir plus longtemps contenir toutes ses émotions, souffrant comme si elle avait été rouée de coups, elle enfouit son visage dans l'oreiller et se mit à pleurer ; tout était tellement injuste. Elle pleura jusqu'à ce que ses yeux soient rouges et gonflés, jusqu'à ce qu'elle n'ait plus une seule larme à verser.

Puis elle se leva, se lava le visage et commença à préparer ses affaires pour ce soir, comme Korum l'avait suggéré.

* * *

À 18 h 45, elle prit le métro pour TriBeca et arriva chez Korum à 18 h 59. Tout en se félicitant mentalement, Mia se dit qu'elle faisait une espionne très ponctuelle.

Il la salua d'un long sourire sensuel, il était toujours aussi beau. Il portait un jean bleu clair et un simple tee-shirt blanc. Même après avoir entendu les révélations de John, le cœur de Mia s'emballa en le voyant. Les muscles de son vagin se contractèrent et elle commença à mouiller. Il sourit de plus belle et cette fichue fossette fit son apparition. Il était clair qu'il sentait l'excitation de Mia.

Elle maudit son propre corps. Il était conditionné à réagir à celui de Korum, malgré tout ce qu'elle savait. Inversement, si elle couchait littéralement avec l'ennemi, autant y prendre du plaisir. Maintenant qu'elle connaissait la vérité sur les Ks et sur les probables intentions de Korum à son égard, elle était assez convaincue qu'elle parviendrait à contrôler ses émotions, même s'il la faisait crier de plaisir autant de fois qu'il le voudrait.

Comme d'habitude, il avait préparé un dîner absolument délicieux. Comme plat principal, des pommes de terre nouvelles au four avec des champignons de la forêt, de l'aneth et des oignons caramélisés, et en entrée une salade d'épinard avec des poires pochées. Le dessert était une salade de fruits présentée avec art et servie avec un coulis aux noix. Le dîner était servi aux chandelles. Si elle n'avait pas été prévenue, elle aurait pu imaginer qu'il lui faisait la cour avec cette mise en scène romantique. Mais il était plus vraisemblable qu'il aimait bien manger, dans un cadre agréable et qu'elle en profitait.

Pourtant, tout cela ne cadrait pas avec l'image du cruel suzerain qu'avait brossée John.

Malgré ses craintes initiales, Mia n'eut pas de mal à être naturelle avec lui sans doute parce qu'elle n'avait pas besoin de faire semblant de l'aimer ou d'être calme en sa présence. Depuis ce matin, il connaissait parfaitement les sentiments de Mia à son égard et il s'attendait à ce qu'elle soit nerveuse, irritable, et excitée malgré elle, tout ce que Mia ressentait pour de bon.

Le dîner passa comme l'éclair, dominé par les plaisanteries (elle apprit qu'il aimait beaucoup les films mexicains du début du XXIe siècle) et par le plaisir de manger aussi bien. Vers la fin du repas, l'angoisse de Mia commença à monter à la pensée de ce qui l'attendait plus tard dans la soirée. Malgré le gel qu'il lui avait administré, elle ne se sentait pas très bien et n'avait vraiment pas envie de faire l'amour, même si en théorie la douleur devrait être moindre la deuxième fois. Elle se disait que cela serait toujours pénible étant donné la taille du sexe de Korum et ce qu'il lui avait dit sur l'étroitesse de son vagin. Pourtant son corps semblait s'en moquer, elle sentait qu'elle mouillait déjà par anticipation.

Quand le dîner fut terminé, Mia aida Korum à débarrasser la table, à mettre la vaisselle dans la machine et à essuyer la table. Tout cela était étrangement normal, des tâches ménagères qu'elle aurait pu faire avec un petit ami ou plus tard avec son mari, et cela la rendait encore plus consciente du tour bizarre que sa vie avait pris. Il était difficile de croire que quatre jours plus tôt elle se faisait du souci pour sa dissertation de sociologie et qu'elle s'inquiétait de voir sa vie amoureuse au point mort. Et maintenant elle essayait de ne pas se faire prendre en train d'espionner un extra-terrestre de deux mille ans qui voulait sans doute faire d'elle son esclave sexuelle.

Quand ils eurent fini de ranger Korum la conduisit à sa chambre.

À cet instant, Mia se sentit épuisée nerveusement, la peur et le désir luttant en elle. Remarquant sa visible appréhension il lui dit :

— Pas de sexe ce soir, je te le promets. Je sais que tu as encore mal.

L'anxiété de Mia monta d'un cran. Qu'avait-il exactement l'intention de faire s'il n'était pas question de sexe ?

Ils entrèrent dans la chambre et il la mena au lit circulaire qu'elle connaissait déjà. Il avait changé les draps, toujours bleu et ivoire. Une douce lumière dorée éclairait la chambre et l'on entendait une musique sensuelle en bruit de fond. Il s'assit sur le lit et l'attira à lui jusqu'à ce qu'elle soit debout entre ses jambes. Dans cette position, Mia était presque face à lui. Elle tremblait légèrement et essaya de ne pas le regarder quand il lui ôta sa chemise, révélant un soutien-gorge blanc très simple qu'elle avait pensé à mettre cette fois-ci.

— Tu es si belle murmura-t-il, la tenant doucement sur le côté en examinant son corps qu'il venait de révéler. Sans savoir pourquoi Mia rougit, l'adolescente dépourvue d'assurance qui sommeillait en elle était bêtement touchée par ce compliment.

Il se pencha vers elle et l'embrassa avec ardeur là où son cou et son épaule se rejoignaient. Cette sensation fit frissonner Mia et elle en eut la chair de poule. Visiblement satisfait de cette réaction, il recommença puis souffla sur l'endroit encore mouillé par ses baisers. Mia perdit le souffle, la pointe de ses seins se dressa en sentant cette délicieuse fraîcheur. Il sourit, les yeux illuminés d'or.

— Toujours pas de baiser sur la bouche ? demanda-t-il d'une voix douce. Mia haussa les épaules au souvenir de ce qui s'était passé quand elle avait posé cette condition.

Interprétant ce geste comme un consentement, il la prit contre lui, enfouit une de ses mains dans ses cheveux et laissa l'autre à la naissance de son cou. Mia mit ses propres mains sur les épaules de Korum qui était encore habillé, ferma les yeux et sentit qu'il la couvrait de petits baisers légers comme des papillons sur les joues, le front et ses paupières fermées. Quand la douceur de ses lèvres atteignit celles de Mia, elle se tortillait presque d'impatience. Il l'embrassa d'abord de manière presque imperceptible, lui effleurant à peine la bouche de la sienne. Puis il commença à lui mordiller doucement les lèvres, en chatouillant les bords de sa langue. Elle gémit, son corps se pressa contre celui de Korum, et sa langue pénétra la bouche de Mia imitant clairement l'acte sexuel. Elle qui était déjà mouillée fut inondée de plaisir tandis qu'il continuait de lui baiser la bouche et de sucer légèrement ses lèvres sensibles et gonflées.

Perdue dans toutes ces sensations, Mia s'aperçut à peine qu'il lui ôtait son soutien-gorge. La bouche de Korum quitta la sienne, il lui embrassa l'oreille et lui en suça doucement le lobe. Le corps de Mia s'arqua de plaisir, ses genoux cédèrent, sa tête se renversa, et il en profita, léchant et baisant la ligne délicate qui allait de sa gorge à sa clavicule jusqu'à ce que sa bouche brûlante parvienne aux petits globes blancs de ses seins.

— Ravissants, murmura-t-il avant de prendre un téton rose dans sa bouche et de le mordiller doucement. Mia se mit à crier, son clitoris vibrait à la limite de l'orgasme. Korum fit de même avec l'autre sein, la serrant contre lui avec force tandis qu'elle se débattait dans ses bras, exaspérée d'être si près de la jouissance. Il la garda dans cette position, s'arrêta quelques instants freinant la montée du plaisir puis la souleva sur l'une de ses jambes pliées, frotta sa chatte à travers son jean contre son genou, étouffant de sa bouche le cri qu'elle poussa quand arriva violemment l'orgasme tant attendu.

Mia s'effondra comme une poupée de chiffon contre lui et sentit les muscles de son vagin se contracter en légères retombées. Sans lui laisser le temps de reprendre ses esprits, Korum se leva en la prenant dans ses bras et la posa sur le lit. Il se déshabilla à une vitesse étourdissante, grimpa sur elle, déboutonna son jean et lui retira emportant en même temps sa petite culotte.

Maintenant qu'elle était étendue là, toute nue, le désagréable souvenir de la dernière fois et de la douleur qui s'en était suivie se rappela à Mia. Pourtant, malgré l'énorme pénis agressivement dressé contre elle, il se contenta d'embrasser doucement tout son corps, commençant par cet endroit si sensible près de son épaule et s'arrêtant au bas du ventre. Le corps de Mia se raidit d'impatience et elle ne fut pas déçue. Korum lui écarta les jambes de ses mains puissantes, baissa la tête et lécha délicatement ses lèvres, évitant de toucher directement son clitoris. Mia fut étonnée d'être excitée de nouveau, si peu de temps après l'orgasme qu'elle venait d'avoir. Un long doigt la pénétra lentement et caressa un point érogène tout au fond d'elle alors que la langue de Korum continuait de lécher sa chatte de plus en plus vite. Cette fois-ci, il n'y eut pas de lente montée du plaisir, un spasme violent contracta le corps de Mia autour du doigt de Korum, relâchant en quelques secondes toute la tension qui s'était emparée de son corps.

Stupéfaite Mia resta allongée sur le lit. Mais elle avait dû saisir la tête de Korum parce ses mains se retrouvèrent dans sa courte chevelure. Se sentant gênée, tout en sachant que c'était absurde, elle le lâcha et retira ses mains. Il ôta doucement son doigt à son tour, faisant encore vibrer le sexe de Mia comme par écho, et le lécha en la regardant. Elle se mit presque à gémir de nouveau. Il s'assit, continua à la regarder droit dans les yeux. Mia réalisa qu'il continuait de bander très fort, n'ayant pas encore joui. Elle se lécha nerveusement les lèvres, se demandant ce qu'il voulait. Les yeux de Korum regardaient sa langue, et là, elle comprit ce qu'il attendait d'elle.

Mia se redressa, tendit prudemment la main et caressa légèrement sa verge, sentant sa douce raideur. À sa surprise, elle vibra dans sa main, comme si elle avait sa propre vie. Mia jeta un coup d'œil à Korum et fut rassurée de ce qu'elle vit. Il semblait en souffrance, il avait les yeux clos et des gouttes de sueur perlaient sur ses tempes. La sentant s'arrêter, il rouvrit les yeux et murmura d'une voix rauque :

— Continue…

Mia s'enhardit, elle enveloppa son pénis de sa main et le caressa de haut en bas comme elle l'avait vu faire dans les films pornos. Sa main semblait petite et blanche autour de sa verge et elle se demandait comment il avait pu la pénétrer. Il gémit sous ses caresses, son corps tout entier se raidit et brusquement Mia eut une étonnante sensation de pouvoir sur lui. Savoir qu'elle avait cet effet sur lui, que cette terrifiante créature était à la merci de ses gestes, tout cela contribuait à rétablir l'équilibre des pouvoirs dans une relation qui jusqu'ici avait été très déséquilibrée.

Elle décida d'aller plus loin, se mit à genoux et se pencha sur lui. Ses boucles brunes frôlaient les cuisses de Korum et elle se mit prudemment à lui lécher le gland pour le soulager. Il fit entendre un sifflement, poussant ses hanches vers elle. Elle sourit, jouissant de son pouvoir sur lui. Tenant sa queue d'une main elle prit ses grosses bourses de l'autre et les pressa délicatement, explorant avec curiosité ces parties inconnues.

— Mia… gémit-il et elle sourit, ravie. Elle voulait une réaction encore plus intense de sa part, comme celle qu'il provoquait chez elle. Sans lâcher ses testicules, elle prit doucement sa queue dans sa bouche et l'enveloppa de sa langue tout en continuant de le branler de l'autre main. Il laissa échapper un cri rauque, ses hanches se cabrèrent et elle sentit une liqueur chaude, légèrement salée lui gicler dans la bouche. Surprise et ravie, Mia le lâcha et regarda le reste de l'épais liquide blanchâtre couler sur son ventre bronzé. Elle avait un goût étrange dans la bouche, pas désagréable, et elle se demanda brièvement s'il y avait une différence entre le sperme des Ks et celui des hommes. Sa queue vibrait encore légèrement devant elle tout en commençant à diminuer de taille.

Relevant la tête, elle s'aperçut qu'il la fixait, un sourire aux lèvres.

— Tu l'avais déjà fait ? demanda-t-il en désignant son sexe.

Mia fit non de la tête. Sans savoir vraiment pourquoi, elle n'avait jamais voulu aller au-delà de quelques baisers échangés avec ses anciens prétendants avant de rencontrer Korum.

— Eh bien, dans ce cas, tu as un don pour ça, dit-il en souriant encore plus. Il prit une boîte de Kleenex sous le lit et s'essuya le ventre. Mia fit la grimace, se demandant ce qu'il y avait d'autre sous le lit.

Après s'être essuyé, il se leva et alla jusqu'à la porte totalement nu.

— Douche ? demanda-t-il et Mia accepta avec plaisir, le suivant dans la salle de bain.

Ils entrèrent ensemble dans la vaste cabine de douche et Korum fit le réglage pour qu'ils soient arrosés de tous côtés d'eau chaude. Il versa du shampoing dans sa main et lui lava les cheveux en la massant avec un art consommé.

Les yeux fermés, Mia se contenta de rester debout, goûtant le plaisir de ses mains sur son cuir chevelu et celui de sentir l'eau couler sur sa peau encore sensible. Puis il la lava toute entière, la faisant rougir quand il n'omit aucune partie de son corps. Légèrement intimidée, Mia en fit de même pour lui, hésitant d'abord à savonner sa peau bronzée et ses muscles puissants. Il n'eut aucune réticence à prendre du plaisir entre les mains de Mia, faisant le dos rond comme un gros chat sous les caresses.

Quand ils eurent terminé, il l'essuya avec une serviette de bain moelleuse puis s'essuya à son tour. Détendue par la douche chaude et les deux orgasmes qu'elle venait d'avoir, Mia sentit qu'elle s'assoupissait et se retint à peine de bâiller. Quand il s'en aperçut, Korum la prit dans ses bras et la porta sur le lit. Il la déposa au milieu, tira une couverture moelleuse sur eux et se coucha contre d'elle, l'étreignant par-derrière. Se sentant étrangement réconfortée par la présence de son grand corps le long du sien, Mia ferma les yeux et s'endormit sans peine pour la première fois depuis que l'extra-terrestre allongé à ses côtés avait déboulé dans sa vie.

CHAPTER SIX

Mia left his apartment and walked home, her thoughts whirling in chaos. She was no longer a virgin, and she had the residual soreness between her thighs to prove it. His gel thingy had helped with the majority of the pain, but she could still feel echoes of his fullness inside her. Her vagina clenched slightly at the memory of the orgasms he'd given her, and she shivered with the intensity of her recollection. And he wanted to see her again, tonight. In fact, it sounded like he had no intention of dropping his pursuit – in complete disregard of her wishes.

At that thought, Mia got angry again. He had no right to do this to her. His species may have guided human evolution, but that didn't mean he owned her. Whatever special chemistry he thought they had did not excuse his behavior, and Mia hated the idea that he thought he could have her whenever he wanted. She wished there was something she could do to thwart him, but her own response to him had made a mockery of any resistance.

It was a long walk back to her apartment, but Mia wanted to stretch her legs and clear her head before potentially seeing her roommate. By the time she got to her building, she was sufficiently tired that going up five flights of stairs seemed like a chore. She was looking forward to plopping down on the couch and doing something totally brainless – like watching a show on her laptop.

This was not her day, however. Jessie had guests, Mia realized as she opened the door and heard masculine voices in the living room. Walking in, she was surprised to see two men she'd never met before.

One of them – an Asian guy – looked to be somewhere in his mid-twenties, while the other had to be at least thirty. The older guy caught her attention immediately. There was something about the way he sat on the couch that gave her the impression of a coiled spring. His hair was blond, and his ice-blue eyes were extraordinarily watchful. He looked to be of medium height and lean, maybe even a bit on the skinny side.

At Mia's entrance, they both got up. Jessie remained sitting, looking pale and strangely guilty. "Hi, Mia," she said with some hesitation. "This is my cousin Jason and his friend John."

Mia's eyebrows rose. "The Jason we mentioned this morning?" she asked in confusion.

The Asian guy nodded. "The one and only."

"Oh, hi . . . nice to meet you," Mia said politely, trying to connect the dots.

"They're here to talk to you," Jessie said, and Mia realized why she looked so guilty.

"Are you guys, like, the Resistance or something?" she asked incredulously. At their non-response, she drew her own conclusion. "Look, I don't know what Jessie told you, but we really don't have anything to talk about –"

"On the contrary, Miss Stalis," John said, speaking for the first time in a slightly raspy voice, "we have a lot to discuss. Jason – why don't you catch up with your cousin while Miss Stalis and I conclude our discussion?"

Seeing Mia's response in the stormy expression gathering on her face, Jessie gave her a pleading look. "Please, Mia, I know you're mad at me, but I really think they can help you. Just hear them out, okay? Jason said they can give you some good tips on how to handle this situation – that's why they're here."

Mia sighed heavily and bit out, "Fine." Apparently, her relaxing afternoon at home was not to be.

"When does he want to see you again?" John asked quietly.

Mia blinked in surprise. "Uh – tonight at seven."

"Okay," he said, "that gives us enough time to bring you up to speed. Tell me – have you been shined?"

"Shined?"

"Did he use any kind of alien device on you that shined a reddish light on any part of your body where the skin was broken?"

Mia stared at him in shock. "How do you know about that?"

Taking that as an affirmative, he said, "You can't leave the apartment then. Jason – why don't you take your cousin to see a movie while Miss Stalis and I talk here?"

Jason nodded and left with Jessie in tow, although Mia could see that her roommate was just dying with curiosity.

When they were alone, Mia asked angrily, "What do you mean, I can't leave the apartment?"

"You have been shined. He basically branded you – you now have little nano machines embedded in whatever part of your body has been shined on. They transmit your location to him at all times. If you were to do something he doesn't expect, such as leaving your apartment when he thinks you should be home, he would know immediately – and it could make him suspicious."

Mia looked at her palms in horror. "You mean, when he healed my scrapes, he was really putting a tracking device inside me? Why would he do this?" She raised her head with suspicion. "And how do you know all this?"

"Miss Stalis –" he said wearily.

"Please call me Mia," she interrupted.

"– okay, Mia," he agreeably repeated, "we have been fighting the Krinar for a very long time. Don't you think we would've learned a lot about our enemy in the process?"

"Okay," Mia said slowly, "let's say I believe you. Why would he do this? Brand me like that?"

"To know your whereabouts at all times, of course. It's standard operating procedure for them."

Mia stared at him with shock. "Well then, what can you do to help me?"

"We can't help you, Mia," John said bluntly. "But you can help us."

Mia inhaled sharply. She was afraid it might be something like this. "I think you've been misinformed. I don't want to get involved with your cause in any way, shape, or form. You can't win, and the last thing we need is to return to the days of the Great Panic. I just want to be left alone – by Korum, by you, and by everyone else – and if you can't help me with that, then you should just get out." She pointed at the door.

"You are already involved, Mia, whether you like it or not. Do you know who your K lover is?"

"He's not my lover!" Mia said sharply.

"You haven't slept with him?" Seeing the color flooding her face, he said, "That's what I thought. I'm sure he wasted no time taking exactly what he wanted from you, just like they took our planet."

Mia fought her embarrassment. "What do you mean, do I know who he is?"

"Did he tell you anything about himself? Do you know why he's here, in New York? How the Ks ended up coming to Earth in general?"

Mia nodded slowly. "He said that he's an engineer, that the company he works for made the ships that brought them here to Earth."

"An engineer? That's rich." John let out a humorless chuckle. "He's one of the most powerful Ks on this planet, Mia. He owns the ships that brought them here – his company, in fact, has been the driving force behind them settling on Earth."

Seeing the look of sheer disbelief on her face, he added, "He's part of their ruling council – some even say he runs the council. His company provides everything for their Centers. Without him, there would be no K Centers and no Krinar on Earth."

"I don't understand," Mia said in confusion. "If he's all that, then why is he here? And what does he want with me?"

"He's here because, for the first time since K-Day, we actually stand a chance against them." John's eyes glittered with excitement. "Because he knows that we're very close to being able to give them a fair fight. Because he wants to stamp out the Resistance before we go any further."

He took a deep breath. "As to what he wants with you, it's pretty obvious. Do you know what a charl is?"

Mia shook her head, feeling overwhelmed.

"The literal translation of charl is *one who pleases*. It's the term they use for the human slaves they keep in their settlements. The purpose of the charl is to provide Ks with pleasure. As you may or may not know yet, they enjoy drinking blood during sex. So they keep us as captives, locked up in their high-tech cages, and use us whichever way they want."

Mia felt hot bile rising in her throat. "You're lying. Why would they do this? We're intelligent beings."

"They don't necessarily think of us that way. Most of them regard us as pets that they bred explicitly for this purpose – little better than the primates they'd hunted into extinction on their planet."

"So what are you saying? That Korum wants to keep me as a slave?" Mia asked incredulously. "That's bullshit. If he wanted to keep me locked up, I wouldn't be here, now would I?"

He sighed. "Mia, I don't know exactly what game he's playing with you. Maybe he finds it fun to give you the illusion of freedom for now. It's not real – you understand that, right? If you tried to leave New York instead of staying here and going to him whenever he wants, I don't know what he would do, whether your family would ever see you again. You're a smart girl. You sensed that, right? That's why you haven't been exactly avoiding him. That's why your roommate was so scared for you, why she came running to Jason even though they haven't spoken in three years – because she said you were in way over your head."

Mia wanted to throw up. If John was telling the truth, then her situation was far worse than she'd imagined. He was right; her subconscious must have realized the danger of running from Korum because she had never seriously contemplated leaving town. Her brain buzzed with a million questions, even as a hopeless pit of despair grew in her stomach.

"So what do you want from me?" she asked bitterly. "Did you come all the way here to tell me that I'm screwed? That I'm going to end up as an alien's pet, locked up somewhere and used for sex? Is that what you're here to say?"

"Yes, Mia," John answered calmly, his expression oddly flat. "There are no good options for you. If he gets tired of you, then you might be able to resume your life – particularly if you're still in New York at that time. Of course, you might also catch the attention of some other K and never be seen again. That's what happened to my sister – that's why I'm doing what I'm doing, so that other innocent young women can have a normal life."

Mia looked at him in horror. "Your sister? What happened to her?"

His mouth twisted bitterly. "What happened is I gave her a trip to Mexico as a college graduation present. She went with her girlfriends and met a handsome stranger on the beach. Turns out, he wasn't exactly human... The night before they were supposed to return home, Dana disappeared from her room. For the longest time, we had no idea what happened – just suspicions that the K was somehow involved. That's why I started fighting the Ks, to avenge my sister. It wasn't until a year ago that I learned she's still alive and is being held as a charl in the Costa Rican K Center."

Mia's eyes welled up with tears as she pictured his family's suffering. "Oh my God, I'm so sorry," she said. "Is there any way you can get her back?"

"No." He shook his head with angry regret. "Even if we succeeded in rescuing her from there – an impossibility in and of itself – she's been shined, like all charl. They will always know her exact whereabouts – there's no way we can reverse that procedure."

"Shined," Mia said. "Like all charl – like me."

"Like you," John agreed.

She wanted to scream and cry and throw things. She settled for asking, "So why did you come here today?"

"Because, Mia, although we can't really help you, you are actually in a position to help us. If we succeed, not only will you get your life back, but you will also have saved countless other young women – and men – from my sister's fate."

"I don't understand . . . What are you asking me?" Mia said slowly, her pulse picking up.

"We want you to work with us. To notify us of Korum's whereabouts, what he likes to eat, how he sleeps, any weaknesses that he might have. And if you happen to come across any information that might be even remotely useful – any passwords, security measures, anything at all – to convey that information to us."

"You're asking me to spy for you?" Mia's voice rose incredulously.

"I'm asking you to make the best of your admittedly unfortunate situation. To help yourself and all of humanity. All you have to do is keep your eyes and ears open when you're with him and occasionally report your findings to us."

"And you think I will be able to pull this off? With no training of any kind and no acting skills? Somehow fool one of the most powerful Ks on this planet? What makes you think he's not already aware that you're here, particularly if his goal is to crush your movement?"

"This apartment is not bugged – we checked. He would have no reason to spy on you here if you don't do anything suspicious and continue to play along. He doesn't know that we're here – if he did, we'd already be dead. Look, we're not asking you to be James Bond or some kind of femme fatale. You don't need to try to get close to him or seduce him or anything like that – just continue your relationship with him, such as it is, and occasionally give us information."

"How? And what would that accomplish anyway? What makes you think you have a chance in hell when all the governments in the world with their nuclear weapons were completely helpless in the invasion?" The whole thing was insane, and Mia had no intention of becoming a martyr in the name of some hopeless cause.

"The how – leave that up to us. If he still gives you a similar degree of freedom, it will definitely be much easier. If not, then it gets more complicated, but we have our ways." He paused for a second, apparently debating the wisdom of his next words. "As to why we think we can win, let's just say that not all Ks are the same. They don't all share the same beliefs about human inferiority. I can't tell you more without putting you in danger, but rest assured – we have some powerful allies."

Human allies among the Ks? The implications of that were mind-boggling.

"I don't know," Mia said, trying to think it through. "What if he catches on? What will happen to me then?"

He said truthfully, "I don't know. He may choose to have you killed or punished in some other way. I honestly don't know."

Mia let out a short bitter laugh. "And you don't care, right?"

John sighed. "I do, Mia. More than anything, I wish that things were different. That I wasn't asking you to do this, that the only thing you had to worry about were your midterms. But we don't live in that kind of world anymore. If we are to regain our freedom, we have to risk everything. You are our best chance to get close to Korum. You can really make a difference, Mia."

Mia walked over to the table and sat down, closing her eyes for a minute so she could think. She had no reason to trust John, and she had no idea if anything he had told her was the truth. Still, she was somehow inclined to believe him. There was too much pain in his voice when he talked about his sister; he was either the best actor in the world, or the Ks really were abducting and enslaving humans who caught their eye. The way she had inadvertently caught Korum's.

Another question occurred to her. Opening her eyes, she asked, "What if Korum knows that Jason is Jessie's cousin, and he is already suspicious of me?"

John shrugged. "It's a possibility, of course. But Jason is Jessie's third cousin, so the connection is very distant. Also, he's a nobody in our operation – he has barely been involved in the last two years. He only came to me today because Jessie had called him about you. We can't completely rule out this possibility, but the odds are in our favor. Also, don't forget – Korum is the one who has been pursuing you, not the other way around, so he really has no reason to suspect anything."

"All right," said Mia, "let's pretend for a second that I do decide to spy for you. How do you expect me to go to him tonight, knowing everything you've just told me, and act like nothing has changed? He's thousands of years old – he can read me like an open book. I don't stand a chance."

"I don't know, Mia. At this point, you know him far better than we do. I know you've never been tested like this, but I believe in you. Your biggest advantage may simply be the fact that he likely underestimates your intelligence. As long as you're just his charl, he may not see you as a threat."

Mia had finally had enough. She stood up, a feeling of exhaustion washing over her.

"John," she said wearily, "I understand what you're trying to do, and I do sympathize with your cause. I can't promise you anything. I will not put my life in danger to report to you on Korum's whereabouts and what he had for dinner. But if I do happen to come across any information that could be material, I will do my best to get it to you."

He nodded. "That's fair, Mia. If you need to get in touch with us, just talk to Jessie – or if that's not possible, send her an email with 'Hi' in the subject line – we'll be monitoring her account. That way, if he decides to keep tabs on your email – which he probably will – he won't get suspicious. You'll just be saying hi to your roommate."

Mia nodded in agreement, wanting nothing more than to be alone. Her head was pounding with a brutal headache, and she gladly locked the door behind John as soon as he left.

Making her way to her room, she collapsed on the bed.

She felt sick, her stomach churning from John's revelations. It just couldn't be true – she didn't want to believe it. Yes, Korum did seem to ride roughshod over her objections, and he really hadn't given her much choice in their relationship thus far. But to actually keep her as a very real sex slave? To take away all her freedom and keep her locked up somewhere within a K Center? If the existence of the charl were anything more than a figment of John's imagination – and Korum intended to make her one – then he was definitely the monster that she'd accused him of being.

Mia felt nauseous at the thought that she would see him tonight and feel his touch on her body. And probably respond to it, as though he were really her lover. That last part made her want to throw up again. How could her body want him when he didn't even regard her as a person with basic human – or rather, intelligent being's – rights?

She was also terrified about spying on him. If she got caught, she was sure that she would probably be killed – perhaps even tortured first, for information. Anyone who kept slaves likely wouldn't blink at torture.

She shuddered.

In fact, if he found out about her conversation with John today, she might be doomed.

She tried to imagine him intentionally inflicting pain on her. For some reason, it was difficult. For the most part, he had been very gentle with her. Even her loss of virginity this morning – as traumatic as that had been – could have been much worse if he hadn't tried to control himself. In fact, some of his actions were almost caring – feeding her, making sure she was warm and dry, healing her (well, maybe not that one, given what she'd just learned) – and that hardly jived with the villainous image John had painted for her. Then again, she wouldn't want to hurt a kitten either, but would have no problem keeping the said kitten locked up in her house. If that was truly how he saw her – as a cute pet that he just happened to want to fuck – then his behavior made perfect sense.

Mia tried not to think about the implications of it all, but it was impossible. Her future had always seemed so bright, and she had enjoyed thinking about it, planning out the next few years of her life. And now she had no idea what the next few weeks would hold – whether she would even be alive, much less still attending NYU.

The thought that she might end up as Korum's charl in an alien settlement was devastating, especially if she started thinking of her family's reaction to her disappearance. Would he at least let her tell them that she was alive, or would she vanish without a trace?

A wave of self-pity washing over her, Mia felt the hot prickle of tears behind her eyelids. Unable to contain her battered emotions any longer, she buried her face in her pillow and sobbed at the bitter unfairness of it all – until her eyes were red and swollen and she couldn't squeeze out another tear.

Then she got up, washed her face, and began to pack her things for tonight as per Korum's suggestion.

* * *

At 6:45 p.m. she took the subway down to TriBeCa and entered Korum's building at 6:59. Mentally patting herself on the back, Mia thought that she made quite a punctual spy.

He greeted her with a slow sensuous smile, looking as gorgeous as ever in a pair of light blue jeans and a plain white T-shirt. Even after John's revelations, Mia's heart skipped a beat at the sight. Her inner muscles clenched, and she felt herself starting to get wet. His smile got wider, exposing that damnable dimple. He could obviously sense her arousal.

Mia cursed her body. It had gotten conditioned to respond to him, despite everything. Then again, if she was literally sleeping with the enemy, she figured she might as well enjoy it. Now that she knew the truth about his kind and his probable intentions toward her, she was fairly certain that she could keep her emotions in check, no matter how many screaming orgasms he gave her.

The dinner that he prepared was outstanding as usual. Tender roasted potatoes with wild mushrooms, dill, and caramelized onions were the main course, preceded by an appetizer of spinach salad with poached pears. The dessert was a platter of fresh fruit, cut in various unique shapes, with a sweet walnut dip. The entire meal was served by candlelight. If she didn't know better, she would have thought he was wooing her with a romantic dinner. The more likely explanation was that he simply enjoyed great food in a beautiful setting, and she was the beneficiary of that.

Still, this hardly fit with the evil overlord image John had painted.

Despite Mia's initial concern, she found it easy to act naturally with him – perhaps because she didn't have to pretend to like him or be calm in his presence. He knew her feelings toward him perfectly well from this morning, and he wouldn't expect her to be anything but nervous, snarky, and reluctantly turned on – all of which Mia genuinely was.

Dinner flew by, dominated by light banter – she learned that he really enjoyed American movies from the early twenty-first century – and delicious food. As the meal drew to a close, Mia's anxiety levels began to rise at the thought of what awaited her later in the evening. Despite the gel he'd used on her, she still felt a slight discomfort deep inside and was not looking forward to experiencing sex again any time soon – even if, theoretically, it would hurt less the second time. She doubted that it could ever be completely pain-free, given the size of his cock and her own supposedly unusual narrowness. Still, her body did not appear to care as warm moisture gathered between her legs in anticipation.

After dinner was over, Mia helped Korum clean up, stacking the dishes in the dishwasher and wiping the table. It was a disconcertingly domestic task – something that she might have done with a boyfriend or husband in the future – and it made her even more aware of the strange turn her life had taken. It was difficult to believe that just four days ago, she was dreading her Sociology paper and worrying that her dating life was in the dumps. And now she was trying not to get caught spying on a two-thousand-year old extraterrestrial who likely wanted to keep her as a sex slave.

Once the clean-up was done, Korum led her to the bedroom.

At this point, Mia felt like a nervous wreck, fear and desire fighting with each other in her stomach. Noticing her obvious apprehension, he said, "No intercourse tonight, I promise. I know you're still sore."

Mia's anxiety ratcheted up another notch. What exactly did he intend to do if intercourse was out of the question?

They entered the bedroom, and he led her to the familiar circular bed, now covered with a fresh set of blue and ivory sheets. The room was lit with a soft yellow light, and some kind of sensuous music was playing in the background. Sitting down on the bed, he pulled her closer to him until she stood between his open legs. In this position, Mia was nearly at his eye level. Trembling slightly, she stood still and tried not to look at him as he pulled her shirt over her head, revealing a plain white bra that she had remembered to wear this time. "You're so beautiful," he murmured, holding her gently by her sides while studying the body revealed to him thus far. Inexplicably, Mia blushed, her insecure inner teenager absurdly pleased at the compliment.

Bending toward her, he pressed a warm kiss to the sensitive spot where her neck met her shoulder. Mia shivered from the sensation, goosebumps appearing all over her body. Apparently pleased with the reaction, he did it again, and then lightly blew cool air on the damp spot his mouth left behind. Mia gasped, her nipples hardening from the pleasurable chill. He smiled, eyes gleaming with gold. "Still no mouth-to-mouth?" he asked softly, and Mia shrugged, remembering what happened the last time she set that condition.

Interpreting that as consent, he brought her toward him, burying one hand in her hair and keeping the other on the small of her back. Putting her own hands on his clothed shoulders, Mia closed her eyes and felt him press small butterfly-light kisses on her cheeks, forehead, and closed lids. By the time his soft lips reached her mouth, she was nearly squirming with anticipation.

At first, he kissed her very lightly, just brushing her mouth with his. Then he began gently nibbling on her lips, carefully teasing the rim with his tongue. She moaned, her body pressing closer to his, and he pushed his tongue into her mouth, penetrating it in an obvious imitation of the sexual act. A rush of moisture inundated her already wet vagina as he alternated fucking her mouth with his tongue and lightly sucking on her swollen and sensitive lips.

Lost in the sensations, Mia only vaguely registered his unfastening of her bra. Tearing his mouth away from hers, he kissed her ear, sucking carefully on her earlobe. She arched with pleasure, knees buckling and head falling back, and he took advantage, licking and sucking his way down the delicate column of her throat and the collarbone region until his hot mouth reached the small white globes of her breasts. "So pretty," he whispered, before pulling one pink nipple into his mouth and scraping it softly with his teeth. Mia cried out, her clitoris throbbing on the verge of orgasm, and he gave her other breast the same treatment, holding her tightly as she writhed in his arms, maddeningly close to finding relief. He held her like that, pausing for a few seconds until the sensation waned a bit, and then lifted her astride one of his bent legs, grinding her jean-clad pussy firmly against his knee and swallowing her scream with his mouth as the long-awaited climax rushed powerfully through her body.

Collapsing bonelessly against him, Mia felt her inner muscles pulsing with little aftershocks. Without waiting for her to recover, Korum got up, lifting her in his arms, and lowered her onto the bed. Stripping off his own clothes with a speed that made her blink, he climbed over her, unzipped her jeans, and pulled them off together with her panties.

Lying there completely naked, Mia was unpleasantly reminded of the pain that followed the last time she was in this position. However, despite the large penis jutting aggressively at her, all he did was gently kiss his way down her body, starting with the sensitive spot near her shoulder and ending near her lower belly. She tensed in anticipation, and he did not disappoint. Pulling open her legs with strong hands, he bent his head and gently licked her folds, avoiding direct contact with the clitoris. Mia was surprised to feel herself getting turned on again, just minutes after her last orgasm. One long finger slowly entered her opening, pressing carefully on some sensitive spot deep inside, while his tongue flicked over her nub in an accelerating rhythm. There was no slow build-up this time; instead, her body simply spasmed around his finger, releasing the tension that had managed to coil inside her in a matter of seconds.

Stunned, Mia lay there. At some point, she must have grabbed his head because her fingers were buried in his short glossy strands. Feeling irrationally embarrassed, she let go, pulling her hands away. He slowly took his finger out, making her vagina clench with a residual tremor, and licked it while looking up at her. Mia nearly moaned again.

He sat up, still maintaining eye contact with her. Mia realized that he was still extremely hard, not having come yet. She licked her lips nervously, wondering what he intended. His eyes hungrily followed her tongue, and she suddenly knew what he wanted her to do.

Sitting up herself, Mia cautiously extended her hand and gently brushed against his penis with her fingers, feeling its smooth hardness. To her surprise, it jumped in her hand, as though alive. Mia's eyes flew up to Korum's face, and what she saw there was reassuring. He looked like he was in pain, eyes tightly shut and sweat beading up near his temples. Feeling her pause, he opened his eyes and hoarsely whispered, "Go ahead."

Emboldened, Mia wrapped her fingers around his cock and slowly stroked it in an up-and-down motion, the way she'd seen it done in porn. Her hand looked white and small wrapped around his thickness, and she wondered how it had ever fit inside her. He groaned at her action, his whole body tensing, and Mia suddenly felt very empowered. To know that she had this effect on him, that this formidable creature was at the mercy of her touch – somehow that went a long way toward restoring the balance of power in a relationship that had been very one-sided thus far.

Deciding to take things further, she got on her knees and bent over him. Her dark curls brushing against his thighs, she tentatively licked the engorged head. He hissed, thrusting his hips toward her, and she smiled, reveling in her ability to control him like this. Holding his shaft with one hand, she cupped his heavy balls with the other hand and squeezed gently, exploring the unfamiliar part with curiosity. "Mia . . ." he groaned, and she smiled, pleased. She wanted to wring an even stronger response from his body, the way he had from hers. Still holding his balls, she carefully wrapped her lips around the tip of his cock and swirled her tongue around it inside her mouth while moving her other hand on his shaft in a rhythmic motion. He let out a hoarse cry, his hips bucking, and she felt a warm, slightly salty liquid spurting out into her mouth. Surprised and delighted, Mia let him go, watching as the rest of the thick cream-colored fluid landed on his bronzed stomach. There was a strange taste in her mouth – not unpleasant – and she wondered briefly if there were differences between K and human semen. His penis was still twitching slightly before her eyes, even as it began to diminish in size.

Looking up, Mia found him staring at her with a smile. "Have you ever done this before?" he asked, motioning toward his genitals.

Mia shook her head in response. For some weird reason, she had never wanted to go past a few kisses with any of the guys she'd dated in the past.

"Well, then, you're a natural," he said, his smile getting even wider. Reaching somewhere under the bed, he pulled out a box of tissues and used one to wipe his stomach. Mia blinked, wondering what else he kept under there. After cleaning himself, he got up and walked to the door completely naked. "Shower?" he asked, and Mia gladly agreed, following him to the bathroom.

They got into the giant shower stall together, and Korum set the water controls to have warm water raining at them from all directions. Pouring shampoo into his hand, he massaged it into her hair, washing it with experienced movements. Eyes closed, Mia just stood there, enjoying the feel of his fingers on her scalp and the water pouring over her sensitized skin. Afterwards, he washed her entire body, making her blush with his thoroughness. Feeling slightly shy, Mia tentatively reciprocated, rubbing soap all over his golden skin and powerful muscles. He unashamedly took pleasure in her touch, arching into it like a big cat getting stroked.

When they were done, he dried her body with a thick towel and then toweled off himself. Relaxed from the warm water and the two orgasms, Mia felt a wave of drowsiness washing over her. Noticing her barely stifled yawn, Korum picked her up and carried her back to bed. Putting her in the middle, he pulled a soft blanket toward them and lay down next to her, hugging her from the back. Feeling oddly comforted by the feel of his large body curving around her own, Mia closed her eyes and fell asleep easily for the first time since her world got turned upside down by the extraterrestrial lying next to her.

CHAPITRE SEPT

Un flot de lumière réveilla Mia le lendemain matin.

Les yeux toujours fermés pour ne pas être éblouie, Mia se fit mentalement le reproche d'avoir oublié de fermer les persiennes la nuit précédente. Mais cela n'était pas si important ; elle se sentait bien et parfaitement reposée. *Peut-être trop bien justement ?* En réalisant que le lit dans lequel elle se trouvait était bien trop confortable pour être son matelas IKEA, Mia se redressa d'un bond, observant sous le choc tout autour d'elle. Les souvenirs de la veille l'assaillirent d'un coup et elle réalisa enfin où elle se trouvait.

De plus, elle était complètement nue et seule

Remontant la couverture sur sa poitrine, Mia examina la chambre avec méfiance. Elle était assise au centre de l'immense lit rond (elle devina qu'il devait faire presque 5 mètres de diamètre) dans la chambre de Korum. Une chambre aménagée avec beaucoup de goût, et où quelques plantes vertes luxuriantes poussaient vers la grande fenêtre qui donnait sur l'Hudson.

Remarquant la robe de chambre et les pantoufles que Korum avait laissées pour elle, elle les mit et partit à la recherche des toilettes. Elle fut surprise de ne pas en trouver à côté de la chambre. S'aventurant dans le couloir, Mia aperçut la porte de la salle de bain. Elle s'y dirigea rapidement, ne voulant pas que Korum sache qu'elle était déjà réveillée.

Après être allée aux toilettes, Mia fut heureuse de trouver la brosse à dents qu'il avait aussi laissée pour elle, et se lava les dents et le visage. En se regardant attentivement dans le miroir de la chambre, elle fut surprise de voir qu'elle semblait vraiment jolie ce matin. Sa peau pâle était presque lumineuse, et ses yeux étaient inhabituellement brillants. Même ses cheveux, sa bête noire d'habitude, semblaient plus soyeux, ses boucles brunes éclatantes et bien définies : ce shampoing qu'il avait utilisé hier avait fait des miracles. Les orgasmes aussi, visiblement.

Mia se demanda où étaient ses vêtements. Son ventre gargouillait lui rappelant que le dîner d'hier était un lointain souvenir. Toujours en robe de chambre elle décida de partir en quête de nourriture.

En entrant dans le salon, Mia entendit parler, les voix venaient de la gauche.

Elle pensa que Korum devait regarder la télévision et se dirigea vers lui. Les voix devinrent plus fortes, elle réalisa qu'on parlait une langue étrangère, une langue qu'elle n'avait encore jamais entendue. C'était un son légèrement guttural, mais assez mélodieux qui ne ressemblait à rien de familier.

Mia retint son souffle.

Ce devait être la langue des Krinars, ce qui voulait dire que Korum avait de la visite et qu'il y avait d'autres Ks dans l'appartement. C'était donc l'occasion pour elle d'apprendre quelque chose d'utile, ce qui lui donna un coup au cœur.

S'avançant silencieusement dans la pièce elle sursauta quand les lourdes portes s'ouvrirent brusquement sur son passage et révélèrent ceux qui s'y trouvaient, la dévoilant à leur regard également.

Korum et les deux autres Ks étaient debout autour d'une grande table sur laquelle apparaissait une sorte d'image en 3D. En la voyant, Korum fit un signe de la main et l'image disparut, ne laissant plus que la surface polie du bois.

Mia se pétrifia en s'apercevant qu'elle était examinée par ces trois extra-terrestres.

L'expression du visage de Korum était froide et distante, contrairement à d'habitude. L'autre K masculin avait à peu près la même taille que Korum, les cheveux bruns, les yeux noisette, et le même teint bronzé. La K qui l'accompagnait avait la peau un peu plus claire, le teint plus proche de celui de Jessie, et sa chevelure qui lui tombait jusqu'à la taille était d'un étrange roux sombre. Ses yeux étaient noirs et semblaient immenses dans son très beau visage. Elle aussi était très grande, sans doute près d'1m80 et elle portait une robe qui semblait avoir été cousue sur elle tant elle épousait ses formes. Elle aurait pu sortir d'un ancien catalogue de lingerie sexy dont les images auraient évidemment été retouchées.

Debout dans cette pièce, en robe de chambre, Mia avait l'impression d'être une vilaine petite fille prise en flagrant délit de vol de bonbons.

Il n'y avait pas moyen de faire autrement. Elle s'éclaircit la gorge et dit le cœur battant

— Hum… je cherchais juste la cuisine…

Korum eut un petit sourire qui rendit son visage plus chaleureux et son air distant disparut.

— Bien sûr, dit-il, tu dois avoir faim.

Il se tourna vers ses invités.

— Mia, voici mes… collègues, dit-il en hésitant légèrement sur ce dernier mot, Leeta et Rezay.

— Heureuse de faire votre connaissance, dit poliment Mia en les regardant d'un air prudent.

Elle eut vraiment l'impression que ni l'un ni l'autre n'étaient contents de la voir. Leeta la regarda à son tour, et sa bouche qui était si belle faisait une moue désagréable. Rezay semblait moins hostile, il fit un demi-sourire et inclina gracieusement la tête tout en continuant de parler avec Korum. Il lui posait une question dans leur langue et Korum fit un signe de tête d'un air absent.

— Bon, je ne voulais pas vous déranger dit Mia en guise d'excuse, le sang lui montant aux oreilles je vous laisse travailler.

Korum lui indiqua la cuisine de la main.

— Sers-toi, prends un fruit ou ce que tu voudras, j'arrive dans un moment.

En marmonnant ses remerciements, Mia s'enfuit aussi vite que possible.

Elle entra dans la cuisine et tomba sur une chaise où elle se pelotonna comme pour se protéger. La tête lui tournait, elle avait – encore – la nausée.

Dans la question posée par Rezay en Krinar elle avait reconnu un mot familier. *Charl.*

* * *

Quand Korum arriva dans la cuisine, Mia avait réussi à retrouver son sang-froid.

Elle lui sourit et continua de manger ses myrtilles avec une apparente insouciance, comme si ses pires craintes ne venaient pas d'être confirmées.

Il alla vers elle et l'embrassa sur la bouche. Pour la première fois, Mia se contenta de subir son baiser, sa nausée était trop forte pour permettre la réaction pleine de désir qu'elle avait d'habitude.

Elle ne savait pas pourquoi cette confirmation avait été nécessaire. Elle avait cru l'essentiel de ce que John lui avait dit sur les Ks et sur leur attitude atavique à l'égard des droits de l'homme. Et pourtant, quelque chose en elle avait dû s'accrocher à l'espoir que John se trompait, que les sentiments de Korum à son égard étaient différents, qu'elle comptait pour lui.

L'entendre admettre qu'elle n'était rien de plus que son esclave sexuelle, son petit animal de compagnie humain, était comme recevoir une succession de coups de poing dans le ventre.

S'il l'avait traitée avec cruauté depuis le début, il lui aurait été plus facile de le détester. Mais l'arrogance dont il faisait preuve à son égard se mêlait souvent de tendresse et cela rendait la situation encore plus intolérable. Tout en sachant qu'elle avait tort, et malgré son bon sens, Mia était attirée par Korum et la révélation d'aujourd'hui lui semblait la plus cruelle des trahisons.

En sentant qu'elle ne réagissait pas comme d'habitude, il se dégagea et fronça légèrement des sourcils.

— Qu'est-ce qu'il y a ? lui demanda-t-il d'un air perplexe. Ça ne va pas ?

Mia réfléchit à toute vitesse. Il serait dangereux pour elle, et pour la résistance qu'il sache qu'elle avait compris la question de Rezay. Cependant, elle ne pouvait lui cacher qu'elle était contrariée, Korum était trop fin pour ne pas le sentir. Tout à coup, elle eut une idée audacieuse, mais géniale.

— Tout va bien, dit-elle d'un air digne et calme qui sentait le mensonge.

— Mais bien sûr, répondit Korum d'un air sarcastique, je te crois !

Il s'assit à côté d'elle, lui leva le menton pour la regarder droit dans les yeux.

— Et maintenant tu vas me dire ce qui se passe.

Mia sentit une larme de rage lui couler sur la joue.

— Rien ! répondit-elle d'un air hostile.

— Mia, il avait prononcé son nom de ce ton qu'il prenait pour l'intimider : arrête de me mentir.

En le regardant droit dans les yeux, ces yeux qui étaient si beaux, Mia concentra toute la rage, la frustration et l'absurde sentiment d'avoir été trahie dans les mots qu'elle prononça alors.

— Tu l'as baisée combien de fois ? lui jeta-t-elle en se souvenant de la jalousie qu'elle avait ressentie à propos d'Ashley au restaurant.

— En général, tu te fais combien de femmes par jour ? Deux, trois, une douzaine ?

Lisant la surprise sur le visage de Korum elle poursuivit, mettant autant d'amertume que possible dans le ton de sa voix.

— Et pourquoi me forcer à venir ici puisque tu l'as, elle ? Elle, et Ashley, et Dieu sait combien d'autres ?

Sans lâcher le menton de Mia, Korum lui dit lentement :

— Tu parles de Leeta ? Tu penses qu'il y a quelque chose entre nous ?

Mia laissa couler une nouvelle larme sur son visage.

— Il n'y a rien entre vous ?

Il secoua la tête.

— Non. En fait nous sommes des cousins éloignés, ce serait donc impossible.

— Oh ! dit Mia en faisant semblant d'être gênée par son accès de colère. Elle essaya de se dégager et il la lâcha tout en la regardant se lever et aller vers la fenêtre en s'essuyant négligemment le visage avec la manche de sa robe de chambre.

Mia resta vers la fenêtre et regarda l'Hudson. Une part bêtement romantique en elle était contente, ridiculement contente, d'entendre ce qu'il venait de dire de Leeta, même si elle avait joué la comédie de la jalousie pour lui tendre un piège. Elle ne dit rien quand il s'approcha d'elle et l'étreignit par-derrière. Il ne lui avait pas fait de promesses, ne lui avait donné aucune explication, remarqua-t-elle. D'ailleurs pourquoi aurait-il tenté de la rassurer, de la convaincre qu'elle comptait pour lui puisque ce n'était visiblement pas le cas ? Si elle avait eu un chien, elle ne se serait pas non plus préoccupée de ses sentiments à son égard.

— Je crois que je vais aller me promener dans le parc murmura-t-il en maintenant son étreinte. Aimerais-tu venir avec moi ?

Il lui donnait le choix ? Et que se passerait-il si elle refusait ?

— Je ne sais pas, dit-elle, j'ai besoin de travailler et je voulais appeler mes parents, c'est toujours le mercredi qu'on se parle sur Skype…

Elle ne pouvait voir le visage de Korum et ça valait mieux. Maintenant, il va montrer de quoi il est capable, pensa-t-elle.

— D'accord, dit-il, pas de problème.

Mia cligna des yeux de surprise. Puis il poursuivit :

— Pour ce soir, j'ai réservé une table pour nous deux au Bernardin à 19 heures. Je passerai te prendre à 18 h 30. Et vu que tu n'as pas l'air d'avoir de vêtements pour sortir, je te ferai livrer quelque chose de joli.

Le dictateur était de retour, et elle le détestait vraiment.

— Je n'ai besoin d'aucun vêtement, protesta Mia. J'ai de jolies robes. J'avais seulement mis autre chose ce soir-là.

Il la fit tourner dans ses bras, baissa la tête vers elle et lui dit en souriant.

— Je ne voudrais pas te vexer Mia, mais je ne t'ai jamais vu porter quoi que ce soit qui t'aille bien. Tu es ravissante, mais la plupart du temps tu t'habilles comme si tu étais un petit garçon de dix ans. Il me semble qu'on pourrait dire sans grand risque de se tromper que l'élégance n'est pas un tes points forts.

Mia rougit de colère et d'embarras, mais décida de ne rien dire. S'il voulait jouer à la poupée, qu'il le fasse. De toute façon, ça ne serait pas ce qu'il ferait de pire avec elle.

En voyant la révolte sur le visage de Mia, Korum sourit davantage et l'or brilla dans ses yeux. Il la souleva par la taille, l'attira vers lui et l'embrassa de nouveau. Ses lèvres caressaient doucement celles de la jeune fille et sa langue explorait sa bouche avec tant d'adresse que Mia sentit une étincelle de désir se raviver en elle. Soulagée de ne plus avoir à jouer la comédie, elle noua ses bras autour du cou de Korum, renonça à penser et s'abandonna à ses sensations.

Son corps, déjà tellement habitué aux caresses de Korum, réagit avec un instinct animal et elle lui rendit ses baisers avec toute la passion dont elle se sentit capable.

Sentant cette réaction il gémit et la pressa plus fort contre lui, frottant ses hanches contre celle de Mia et lui faisant sentir son érection. Mia se raidit de l'intérieur et s'aperçut qu'elle se frottait à son tour contre lui comme une chatte en chaleur. Tout à coup, il ne se contenta plus de l'embrasser. Mia sentit que tout avait basculé quand il la posa sur la table, le cul près du bord et les jambes pendantes. Korum s'avança entre ses jambes ouvertes, ouvrit impatiemment la robe de chambre et avant même qu'elle n'ait eu le temps de comprendre ce qu'il allait faire il avait déjà ouvert son jean et avait commencé à la pénétrer.

Mia était mouillée, mais pas suffisamment et il n'avait que son gland en elle quand elle cria de douleur. Il se retira, s'accroupit, mit sa tête entre ses cuisses ouvertes et la lécha avidement, la rendant de plus en plus humide à l'entrée. Elle se cambra, aveuglée par l'intensité brusque de son plaisir. Il enfonça un doigt en elle, la caressant là où il fallait jusqu'à ce que ses muscles intimes reçoivent un spasme impossible à maîtriser. Avant même la fin de ces vibrations, il était déjà sur elle, appuyant son énorme queue contre son sexe pour s'y enfoncer lentement. Mais chacun de ces glissements faisait mal à Mia et elle se tordit de douleur sous le poids de Korum, poussant des petits cris de gorge tandis que son vagin tentait de s'élargir autour de lui. Malgré l'orgasme qu'elle venait d'avoir, son pénis était si gros qu'il avait du mal à la pénétrer et elle voyait sur le visage de Korum les efforts qu'il faisait pour se retenir d'aller plus vite. Cette fois, elle n'eut pas mal, elle eut seulement la sensation désagréable d'être envahie et d'être pleine à ras bord.

Il était trop gros pour elle, sa verge était comme un tuyau brûlant qui serait entré dans son corps, et pourtant malgré cette gêne, elle sentait qu'autre chose l'attendait. Il poursuivit son avance inexorable et Mia en eut le souffle coupé, ses muscles intimes avaient cédé, permettant à Korum de la pénétrer jusqu'au bout. Il s'arrêta, lui donnant le temps de s'habituer à cette sensation inconnue, puis il ressortit lentement et revint en elle. Elle sentit une vague brûlante l'envahir dans toutes ses veines quand son pénis frotta ce point sensible qu'il avait déjà effleuré et elle hurla de plaisir, un plaisir si intense qu'elle lui enfonça ses ongles dans l'épaule.

Korum sentant ses griffures perdit toute retenue. Avec un grondement sourd, il continua à la prendre sur un rythme puissant, toujours plus profondément. Chaque avancée de son pénis la secouait d'avant en arrière sur la table. Quelque part au loin, une femme criait en réponse à chaque coup de reins, et Mia comprit vaguement que cette femme, c'était elle. Chaque millimètre de son corps hurlait pour parvenir au soulagement de cette tension insoutenable qui mobilisait chacun de ses muscles et de ses tendons et tout à coup, elle y était. Une jouissance si puissante qu'elle semblait la déchirer tout entière et qui la secoua frénétiquement dans les bras de Korum tandis qu'il atteignait son propre orgasme avec un cri guttural.

CHAPTER SEVEN

Streaming sunlight woke up Mia the next morning.

Keeping her eyes closed against the brightness, Mia thought with a minor annoyance that she must've forgotten to close the blinds last night. It didn't matter, though; she felt well-rested and extremely comfortable. *Perhaps too comfortable?* At the sudden realization that the bed she was lying on was much too soft to be her own IKEA mattress, Mia jackknifed to a sitting position and stared in shock at her surroundings. Memories of yesterday rushed into her brain, and she recognized where she was.

She was also completely naked and alone.

Pulling the blanket up to her chest, Mia warily surveyed the room. She was sitting in the middle of the giant round bed – she guesstimated it had to be at least fifteen feet in diameter – in Korum's beautifully decorated bedroom. A few potted plants were thriving near the large window that looked out over the Hudson River.

Noticing the robe and slippers that Korum must have left for her, she put them on and went in search of the restroom. Surprisingly, there wasn't one connected to the bedroom. Peeking out into the hallway, Mia spotted the bathroom door. She made a quick beeline for it, not wanting Korum to know that she was awake yet.

After taking care of business, Mia gratefully brushed her teeth with the toothbrush that he left for her and washed her face. Staring into the bedroom mirror, she was surprised to see that she actually looked quite well. Her pale skin was almost radiant, and her eyes looked unusually bright. Even her hair – the bane of her existence – seemed silkier, with dark brown curls glossy and nicely defined. Whatever shampoo he had used on her yesterday clearly worked miracles. As did orgasms, apparently.

Mia wondered where her clothes were. Her tummy rumbled, reminding her that the dinner last night was already in the distant past. Still wearing the robe, she decided to go in search of food.

Entering the living room, Mia heard voices coming from somewhere to her left.

Thinking that Korum might be watching TV, she headed in that direction. The voices got louder, and she realized that they were speaking in a foreign language she'd never heard before. Slightly guttural, it nonetheless flowed smoothly, unlike anything she was familiar with.

Mia's breath caught.

She had to be listening to the Krinar language – which meant that Korum likely had visitors, and there were other Ks in the house. This might be her chance to learn something useful, she realized even as her heart skipped a beat.

Quietly approaching the room, she was startled when the heavy doors abruptly slid open in front of her, revealing its occupants and exposing her to their eyes.

Korum and two other Ks stood around a large table that had some kind of a three-dimensional image displayed on it. At the sight of her, Korum waved his hand and the image vanished, leaving only a smooth wooden surface.

Mia froze as three pairs of alien eyes examined her.

The expression on Korum's face was cold and distant, unlike anything she'd seen before. The other male K, about Korum's height, had brown hair and hazel eyes, with a similarly golden skin tone. The female was a bit lighter-skinned, closer to Jessie's color, and the silky hair streaming down to her waist was an unusual shade of dark red. Her eyes were nearly black and looked enormous in her strikingly beautiful face. She was also tall, probably close to 5'9", and wore a dress that looked like it had been poured on her curves. She could have easily stepped off the pages of an old Victoria's Secret catalogue – if they had first air-brushed the image, of course.

Standing there in her bath robe, Mia felt like a naughty child getting caught stealing from a cookie jar.

There was no help for it. She cleared her throat, heart pounding in her chest. "Um, hi. I was just looking for the kitchen –"

A small smile appeared on Korum's face, warming up his features, and his distant look vanished. "Of course," he said, "you must be hungry."

He turned toward his visitors. "Mia, these are my . . . colleagues," he said, seeming to hesitate slightly at the last word, "Leeta and Rezav."

"It's nice to meet you," Mia said politely, eyeing them with caution.

She had a strong impression that those two were not happy to see her. Leeta stared back, her beautiful mouth pinched with dislike. Rezav was a bit friendlier, curving his lips in a half-smile and inclining his head graciously toward her. Speaking to Korum, he asked him something in their language, to which Korum absently nodded in response.

"Okay, well, I didn't mean to intrude," Mia apologized, her pulse roaring in her ears. "I'll leave you to your work."

Korum gestured toward the kitchen. "Feel free to grab some fruit or whatever you wish. I'll join you soon."

With a muttered thanks, Mia escaped as fast as her shaking legs could carry her.

Entering the kitchen, she sank down on one of the chairs, hugging herself protectively. Her head spun in a sickening manner, and her stomach churned with nausea.

Because in Rezav's question, spoken entirely in Krinar, Mia had caught one familiar word: *charl*.

* * *

By the time Korum came to the kitchen, Mia had managed to compose herself.

At his entrance, she gave him a small smile and continued eating her blueberries as though she had not a care in the world – as though she had not just heard him confirm her worst fears.

He came toward her and bent down, thoroughly kissing her mouth. For the first time, Mia simply endured his touch, the bile in her stomach too strong to allow her normal sexual response.

She didn't know why she'd needed this confirmation. For the most part, she had believed John when he'd told her about the Ks and their atavistic approach to human rights. Yet some small part of her must have been clinging to the hope that John was mistaken – that Korum would feel differently about her, that she was somehow special in his eyes.

To hear him admit that she was his glorified sex slave – his human pet – was like being punched repeatedly in the stomach.

If he had treated her with cruelty from the very beginning, it would have been easy to hate him. Instead, his arrogance toward her was often tempered with tenderness – and that made the whole thing so much worse. Despite her better judgment and common sense, he had succeeded in getting under her skin, and today's revelation felt like the cruelest of betrayals.

Sensing her lack of response, he pulled away and frowned slightly. "What's the matter?" he asked, perplexed. "Are you feeling all right?"

Mia's brain worked quickly. It would be dangerous for her – and for the Resistance – if he knew she had understood Rezav's question. However, she couldn't hide the fact that she was upset – Korum was too astute for that. Suddenly, a risky but brilliant idea came to her.

"I'm fine," she said with quiet dignity, obviously lying.

"Uh-huh," Korum said sarcastically, "sure you are."

Sitting down next to her, he lifted her chin toward him so he could look into her eyes. "Now tell me again what's going on."

Mia felt a furious tear escape. "Nothing," she told him angrily.

"Mia," he said her name in that special tone he reserved for intimidating her. "Stop lying to me."

Staring directly into his beautiful eyes, Mia channeled all of her frustrated fury and irrational feelings of betrayal into her next words. "How often do you fuck her?" she threw at him, summoning up remembered feelings of jealousy at his familiarity with Ashley the hostess. "In general, how many women do you go through in any given day? Two, three, a dozen?"

At the surprised look on his face, she continued, injecting as much bitterness into her tone as possible, "Why are you even forcing me to be here if you have her? And Ashley, and God knows how many others?"

Still holding her chin with his fingers, Korum said slowly, "Are you talking about Leeta? You think we're somehow involved?"

Mia allowed another tear to slide down her face. "Aren't you?"

He shook his head. "No. In fact, we're actually distant cousins, so that would be an impossibility."

"Oh," Mia said, pretending to be embarrassed about her outburst. She tried to pull away, and he let her go, watching as she got up and walked over to the window, carelessly wiping her face with the robe sleeve.

Mia stood there, looking out over the Hudson. Some stupidly romantic part of her was foolishly glad to hear about Leeta, even though her little jealousy act had been designed to throw him off track. She didn't say anything when he came up to her, embracing her from behind. He didn't make any promises or offer any other clarifications, Mia noticed. Of course, why should he try to reassure her, to convince her that she meant something special to him when she clearly didn't? She wouldn't have been particularly concerned about her dog's feelings either.

"I'm thinking of going for a walk in the park," he murmured, still holding her close. "Would you like to come with me?"

She was to be given a choice? What would happen if she said no? "I don't know," she said. "I have some studying that needs to get done, and I wanted to catch up with my parents. Wednesday is usually our day to Skype . . ."

She couldn't see his expression, and she was glad about that. Now he would show his true colors, she thought.

"Okay," he said, "that sounds good."

Mia blinked, surprised. Then he continued, "For tonight, I made us a reservation at Le Bernardin at 7 p.m. I'll pick you up at 6:30. Since you don't seem to have any nice clothes, I'll have something appropriate sent to your apartment."

Now that was the dictator she knew – and now truly hated.

"I don't need any clothes," Mia protested. "I have better dresses. I just didn't wear them that time."

Turning her around in his arms, he looked down and smiled. "Mia, no offense, but I haven't seen you wear a single piece of clothing that was in any way flattering. You're a very pretty girl, but your clothes make you look like a ten-year-old boy most of the time. I think it's safe to say that dressing nicely is not one of your strengths."

Mia flushed with anger and embarrassment, but decided to hold her tongue. If he wanted to dress her up like a doll, then let him. It was hardly the worst thing he would likely do to her, anyway.

At the mutinous expression on her face, his smile got wider and his eyes gleamed with gold. Lifting her by the waist, he brought her up toward him and kissed her again. His lips were softly searching on hers, and his tongue stroked the recesses of her mouth with such expertise that Mia felt a spark of desire kindling again. Relieved that she no longer had to act, she looped her arms around his neck, let her mind go blank, and focused on the sensations. Her body, already so used to his touch, reacted with animal instinct, and she kissed him back with all the passion she could muster.

At her response, he groaned and pressed her closer to him, grinding his hips against her and letting her feel the hard bulge that had developed in his pants. Mia's insides clenched, and she found herself rubbing against his body like a cat in heat. All of a sudden, he was no longer satisfied with just kissing. Mia felt the shift of gravity as he lay her down on the table, her butt near the edge and legs hanging over the side. Stepping between her open legs, Korum pulled apart her robe with impatient hands. Before she even realized his intentions, he already had his jeans unzipped and was pushing his penis into her opening.

Mia was wet, but not enough, and he could only get the tip inside her before she cried out in pain. Pulling out, he lowered himself to a squatting position, his head between her spread thighs, and licked her labia with his tongue, spreading moisture around her entrance. She arched, blindsided by the sudden intensity, and he pushed his finger inside her, rubbing the sensitive spot until her inner muscles spasmed uncontrollably. Before the pulsations even stopped, he was already over her, pressing his thick penis to her opening and pushing it inside in a slow, agonizing slide.

Mia writhed beneath him, little cries escaping from her throat as her vagina tried to expand around his cock. Despite the orgasm, his penetration was far from easy, and she could see the strain on his face from the effort it took him to go slowly.

There was no pain this time – just an uncomfortable feeling of invasion and extreme fullness. He felt too big, his penis like a heated pipe entering her body. Yet there was a promise of something more behind the discomfort. He continued his inexorable advance, and Mia gasped as her vaginal muscles gave way, allowing him to bury his full length inside her. He paused, letting her adjust to the unfamiliar sensation, and then pulled out slowly and pushed back in. A wave of heat rushed through her veins as his cock rubbed that same sensitive spot, and she cried out from the intense pleasure, digging her nails into his shoulders.

At the feel of her sharp nails on his skin, the last shred of his restraint seemed to dissolve. With a low growl, he began thrusting in a deep, driving rhythm, each stroke of his cock pushing her back and forth on the slick table. Somewhere in the distance, a woman's cries seemed to echo his thrusts, and Mia vaguely realized that she was that woman. Every cell in her body screamed for completion, for relief from the terrible tension that was gripping her every muscle and tendon, and then it was suddenly there – a climax so powerful that it seemed to tear her asunder, leaving her bucking uncontrollably in his arms even as he reached his own peak with a guttural roar.

CHAPITRE HUIT

Mia rentra chez elle à pied, elle avait désespérément besoin d'être seule avant de se confronter à Jessie et à ses questions.

Elle se sentait vulnérable, à vif, et elle se détestait. D'un point de vue rationnel, elle savait que le fait de réagir ainsi avec Korum lui rendait la tâche plus facile, et moins intolérable. La situation aurait été insupportable s'il l'avait répugné ou si elle avait dû feindre une passion qu'elle n'éprouvait pas. Mais la perversion de cette liaison faisait souffrir l'adolescente romantique tapie en elle. Dans sa romance, il n'y avait pas de héros, et le méchant lui infligeait des choses qu'elle n'aurait jamais pu imaginer.

Après l'avoir baisée sur la table de la cuisine, il l'avait portée jusqu'à la salle de bain et l'avait lavée avec douceur. Puis, il lui avait permis de s'habiller et de rentrer chez elle, l'embrassant pour lui dire au revoir et en lui rappelant de s'habiller pour sortir et d'être prête à 18 h 30. Mia avait docilement accepté. Elle ne souhaitait qu'une chose, partir, mais son corps ressentait encore les effets de ce qui venait de se passer.

Elle se demandait ce qu'elle allait dire à Jessie. Elle souhaitait par-dessus tout ne pas l'entraîner dans toutes ces complications. Inversement, Jessie était déjà impliquée par l'intermédiaire de Jason et c'était elle qui avait involontairement rendu la situation encore plus difficile pour Mia en l'introduisant dans le mouvement anti-K.

En entrant dans son appartement, Mia eut la surprise et le soulagement de voir qu'il n'y avait personne. Jessie devait être à l'université ou sortit faire des courses.

Mia soupira et décida de profiter de ce moment de tranquillité pour appeler sa famille. Elle ne leur avait pas parlé depuis samedi, ce qui lui semblait maintenant une éternité. Vraisemblablement, ses parents pensaient qu'elle était submergée de travail si bien qu'ils s'étaient contentés de lui envoyer un ou deux textos auxquels Mia avait répondu un simple – tout va bien, bisous.

Elle alluma son vieil ordinateur et constata que sa mère l'attendait déjà sur Skype. Son père lisait au fond de la pièce. Voyant que Mia était en ligne, sa mère eut un grand sourire.

— Ma chérie ! Comment ça va ? Nous sommes sans nouvelles de toi depuis une semaine !

S'il y avait une chose dont Mia leur était reconnaissante, c'est que les Ks avaient eu un effet positif sur ses parents et sur les Américains d'âge mûr dans tout le pays. Le nouveau régime imposé par les Ks avait fait des miracles pour la santé de ses parents, guérissant le diabète de son père et abaissant le taux de cholestérol anormalement élevé de sa mère. À la cinquantaine, ses parents étaient plus minces, plus actifs et semblaient plus jeunes que jamais.

Mia sourit avec plaisir à la caméra. Ce qui lui pesait le plus dans le fait d'habiter New York était de voir si rarement ses parents. Bien qu'elle retourne chez elle aussi souvent que possible (elle se faisait toujours une fête de prendre l'avion pour la Floride aux vacances de Pâques) ils lui manquaient quand même. Elle espérait qu'un jour, peut-être après sa licence, elle pourrait retourner habiter près d'eux.

— Je vais bien maman. Et vous, comment ça va ?

— Oh tu sais c'est toujours pareil, c'est vous les jeunes qui avez des nouvelles maintenant. Tu as parlé avec ta sœur ces jours-ci ?

— Non, pas encore. Pourquoi ?

Le sourire de sa mère fut encore plus rayonnant.

— Oh ! je ne sais pas si je devrais te le dire. Mais appelle-la, d'accord ?

Mia fit un signe de tête, elle mourait de curiosité.

— Et comment ça va à la fac ? Tu as fini ta dissertation ? lui demanda sa mère.

Mia s'en souvenait à peine.

— Ma dissertation ? Ah oui ! celle de sociologie, je l'ai finie dimanche.

— Et tu en as commencé d'autres depuis ? lui demanda sa mère d'un ton désapprobateur. Sans attendre de réponse, elle poursuivit : Mia, ma chérie, tu travailles beaucoup trop. Tu devrais sortir et bien t'amuser à New York au lieu de rester murée dans cette bibliothèque. À quand remonte ton dernier rendez-vous avec un garçon ?

Mia rougit légèrement. Cette vieille discussion refaisait surface de plus en plus souvent maintenant. Contrairement à d'autres mères qui auraient bien aimé avoir une fille studieuse et sérieuse, la sienne préférait s'inquiéter de la vie de recluse que menait Mia.

Elle essaya d'imaginer la réaction de ses parents si elle leur avouait tout ce qui s'était passé dans sa vie amoureuse depuis les sept derniers jours.

— Maman, lui dit-elle d'un ton exaspéré, je sors beaucoup, simplement je ne t'en parle pas toujours.

— C'est ça, d'accord, répondit sa mère sans la croire. Je me souviens très bien de ton dernier rendez-vous. C'était avec cet étudiant en biologie, il s'appelait Ethan, c'est bien ça ?

Mia sourit tristement en guise de réponse. Sa mère la connaissait trop bien, ou plutôt elle connaissait parfaitement celle qu'elle était avant samedi dernier, le jour où sa vie avait basculé.

— Au fait, dit sa mère, tu es ravissante, tu as changé quelque chose à tes cheveux ?

Elle se retourna et dit au père de Mia

— Dan, vient voir ta fille, tu ne trouves pas qu'elle est ravissante aujourd'hui ?

Son père s'approcha de la caméra et sourit :

— Elle est toujours ravissante. Comment ça va ma chérie ? As-tu rencontré des garçons sympathiques ces jours-ci ?

— Pas toi, papa… gémit-elle.

— Mia, je te le répète, les meilleurs sont tout de suite pris.

Quand sa mère était lancée sur ce sujet, il n'était pas facile de l'arrêter.

— Dans un an tu auras fini tes études et alors où pourras-tu rencontrer un garçon qui te rendra heureuse ?

— En troisième cycle, dans la rue, en ligne, dans une fête, en boîte, dans un bar, au travail… Mia lui répondit en énumérant les possibilités. Écoute maman, ce n'est pas parce que Marisa a rencontré Connor à la fac que c'est le seul endroit possible.

Et l'on pouvait aussi rencontrer un extra-terrestre dans un parc, elle en était la preuve.

Sa mère secoua la tête d'un air de reproche, mais eut le bon sens de changer de sujet. Elles parlèrent de choses et d'autres et Mia apprit que ses parents avaient l'intention de partir en vacances en Europe pour célébrer leur trentième anniversaire de mariage et que sa mère espérait bientôt retrouver du travail. La conversation était merveilleusement normale et Mia y prit beaucoup de plaisir, voulant se souvenir de chaque mot au cas où ce serait la dernière fois qu'elle parlerait ainsi avec ses parents. Finalement, elle leur dit au revoir à regret et promit d'appeler tout de suite Marisa.

Elle avait dû faire de grands progrès dans l'art de jouer la comédie depuis quelques jours. Malgré son désarroi, ses parents n'avaient rien soupçonné.

Essayer de joindre Marisa sur Skype était toujours un peu compliqué, à la place Mia l'appela donc sur son portable.

— Mia, bonjour sœurette, comment ça va ? Tu as vu mes annonces sur Facebook ?

La sœur de Mia semblait extraordinairement excitée.

— Mais non, dit lentement Mia. Qu'est-ce qui se passe ?

— Oh, mon Dieu, tu es un vrai rat de bibliothèque, j'ai du mal à croire que tu ne vas jamais sur Facebook. J'ai une grande nouvelle à t'annoncer, tu vas avoir une nièce ou un neveu !

— Oh mon Dieu ! s'écria Mia en sautant au plafond tant elle était excitée à son tour. Tu attends un enfant ?

— Eh oui ! Je sais ce que tu vas penser, je suis trop jeune, nous venons juste de nous marier, etc., etc… mais je suis tout excitée !

— Non, je pense que c'est génial ! Je suis si heureuse pour toi ! dit sincèrement Mia. Je n'arrive pas à croire que ma sœur préférée va avoir un enfant !

Marisa, qui avait maintenant 29 ans, menait exactement la vie dont Mia avait toujours rêvé. Elle s'était mariée avec un type formidable qui l'adorait, leur mariage était heureux, elle habitait à une heure de route de leurs parents en Floride, elle enseignait la musique dans une école primaire, et maintenant elle attendait un enfant. Rien ne manquait à sa vie pour être parfaite et Mia était vraiment heureuse pour elle. Et si elle sentait un soupçon de jalousie, peut-être davantage qu'un soupçon d'ailleurs, elle ne lui permettrait jamais de faire irruption dans le bonheur de sa sœur. Ce n'était pas la faute de Marisa si la vie de Mia avait été complètement chamboulée depuis la semaine dernière.

Elles continuèrent à bavarder, Mia apprit tout ce qu'il fallait savoir sur la nausée et les envies des trois premiers mois de grossesse puis Marisa dut raccrocher parce que sa pause du déjeuner était terminée. Mia la laissa partir, la gaieté de sa voix lui manquait déjà. Puis elle décida d'utiliser le temps qu'il lui restait pour travailler.

Une heure plus tard, Mia avait fini ses exercices de statistiques et commençait à jeter un coup d'œil à son manuel de psychologie infantile quand Jessie arriva.

— Mia ! s'exclama-t-elle avec soulagement en la voyant blottie sur le canapé. Oh Dieu merci, j'étais tellement inquiète quand tu n'es pas rentrée hier soir. J'ai aussi appelé Jason, mais il m'a dit que tout allait sans doute bien et qu'il ne fallait pas m'inquiéter pour toi. Qu'est-ce qui s'est passé ? Est-ce que John t'a dit quelque chose d'utile ?

Mia la regarda fixement, une fois de plus elle se demandait jusqu'à quel point elle pouvait se confier à Jessie qui était sa meilleure amie depuis trois ans.

— Oui, dit-elle en prenant son temps et essayant de trouver une réponse qui réconforterait Jessie.

— Eh bien, qu'est-ce qu'il t'a dit ? Et où étais-tu la nuit dernière ? Avec ce K ?

Mia soupira et trouva une histoire crédible.

— Eh bien, John m'a plus ou moins dit que parfois les Ks s'intéressaient aux humains de cette manière. D'habitude, ça ne dure pas, ils se lassent de ces liaisons et passent vite à quelqu'un d'autre. Donc, il n'y a aucune raison de s'inquiéter. Il suffit de lui faire plaisir et d'en profiter tant que ça dure.

— Profiter de quoi ? De coucher avec un K ? Jessie écarquillait les yeux tant elle était choquée.

— Exactement, lui confirma Mia. Il y a pire, tu sais. En plus, il m'emmène dans des endroits agréables. Ce soir, nous allons chez Bernardin.

— Attends une minute, Mia. Tu couches avec lui maintenant ? Jessie avait haussé la voix d'un air incrédule. Mais tu n'as jamais été avec quelqu'un avant et maintenant, tu me dis que tu as déjà perdu ta virginité avec lui ?

Mia rougit. Elle était gênée. Effectivement, elle n'avait plus rien d'une vierge. Sa rougeur était un aveu, Jessie lui dit avec douceur.

— Oh, mon Dieu ! Comment ça s'est passé ? Il ne t'a pas fait mal au moins ?

Mia rougit de plus belle.

— Jessie, dit-elle d'un ton éperdu, je n'ai vraiment pas envie d'en parler en détail. On a fait l'amour, c'était bien, et maintenant s'il te plaît on peut parler d'autre chose ?

Jessie hésita et accepta à regret. Mia voyait bien que son amie mourait de curiosité, mais elle savait qu'elle ne pourrait pas continuer longtemps à faire bonne contenance. Mia souhaitait plus que tout au monde dire à Jessie ce qui qui s'était passé, toute cette pénible affaire, lui révéler ses terribles craintes de finir comme esclave sexuelle ou d'être prise en train d'espionner pour la résistance. Mais si elle le faisait, il était vraisemblable qu'elle l'exposerait aussi au danger et c'était la dernière chose qu'elle voulait.

Le mensonge n'était pas un lourd prix à payer pour assurer la sécurité de ceux qu'elle aimait.

Avant de pouvoir continuer à travailler, Mia fut interrompue par la sonnette de la porte d'entrée. En ouvrant, elle eut la surprise de voir sur le palier une élégante femme d'âge moyen et un jeune homme très à la mode, mais vêtu d'une manière extravagante. Le jeune homme tenait à la main une housse presque aussi grande que lui.

— Oui ? dit-elle d'un air méfiant, s'attendant à ce qu'ils lui disent qu'ils s'étaient trompés d'appartement.

— Mia Stalis ? demanda la dame avec un léger accent anglais.

— Oui, c'est bien moi, répondit Mia.

— Parfait ! dit la dame. Je m'appelle Bridget et voici Claude. Nous sommes des stylistes personnels de Saks 5e Avenue et nous sommes venus transformer votre garde-robe.

Mia comprit ce qui se passait.

En essayant de contrôler sa mauvaise humeur, elle leur demanda :

— C'est Korum qui vous a envoyés ? Je croyais qu'il m'offrait seulement une robe pour sortir ce soir ?

— C'est bien lui. Et voici votre robe. Nous allons vérifier qu'elle vous va comme il faut et ensuite nous prendrons d'autres mesures.

Le ton de Bridget était prétentieux, à moins que ce ne soit l'impression donnée par son accent anglais.

Mia inspira profondément.

— D'accord, dit-elle. Entrez !

À ce stade de la conversation Jessie était sortie de sa chambre et observait ce qui se passait avec beaucoup d'intérêt. Mia ne voulait pas faire une scène pour quelque chose d'aussi dérisoire.

Ils entrèrent et Claude ouvrit la housse d'un geste majestueux.

— Oh la la ! dit Jessie d'un ton respectueux, il me semble que j'ai vu cette robe au défilé…

C'était vraiment une belle robe, son étoffe bleue irisée semblait flotter à chaque mouvement. Elle avait des manches trois-quarts ce qui était parfait s'il faisait un peu frais au restaurant et elle semblait arriver juste au-dessus du genou. Mais elle semblait minuscule et Mia se demanda si elle arriverait à l'enfiler.

Elle alla dans sa chambre pour l'essayer. En dansant devant son miroir, elle fut surprise de voir qu'elle lui allait comme un gant. Elle n'était pas décolletée devant, mais plongeait très bas dans le dos si bien qu'elle ne pouvait pas mettre de soutien-gorge avec. Mais elle était si bien conçue qu'elle avait des bonnets intérieurs et que quelqu'un de la taille de Mia pouvait la porter sans soutien-gorge. La jeune femme qu'elle aperçut dans le miroir ne se contentait plus d'être assez jolie, elle était vraiment sexy et chacune de ses formes délicates était bien mise en valeur et très avantagée par cette robe.

Intimidée, Mia sortit de sa chambre pour montrer la robe à son public. Claude et Bridget exprimèrent leur admiration et Jessie siffla en la voyant.

— Écoute, Mia, tu es géniale ! s'exclama-t-elle en l'examinant sous toutes ses coutures.

— Tenez, dit Bridget dont le ton s'était radouci. Voici des bas et des chaussures pour aller avec.

Elle tenait des bas de soie noire et une paire d'escarpins Louboutin très sobres. Quand elle les eût mis, Mia s'aperçut que c'était encore une fois exactement sa taille. Elle se demanda comment Korum était aussi bien renseigné. Si c'était elle qui avait choisi, elle n'aurait même pas essayé cette robe, persuadée qu'elle était bien trop petite. Encore sous le charme, Mia autorisa Bridget à prendre ses mensurations.

Elle vérifia l'heure et fut surprise de voir qu'il était déjà six heures ce qui lui laissait une demi-heure pour se préparer ; mais elle n'avait pas besoin d'autant de temps puisqu'elle était déjà habillée. Ses cheveux étaient toujours aussi bien coiffés, elle n'avait besoin que de se maquiller. Deux minutes plus tard, c'était fait, deux couches de mascara, un nuage de poudre pour cacher ses taches de rousseur et un peu de miel rosat teinté sur les lèvres. Mia était contente d'elle, elle s'installa sur le canapé pour continuer de travailler en attendant que Korum vienne la chercher.

* * *

En lui ouvrant la porte elle fut contente de voir ses yeux se colorer d'ambre à la vue de la robe.

— Mia, dit-il à voix basse, j'ai toujours su que tu étais jolie, mais tu es absolument magnifique ce soir.

Mia rougit en entendant ce compliment et marmonna des remerciements.

Le dîner fut le plus extraordinaire que Mia ait jamais eu l'occasion de déguster. Le Bernardin était un restaurant de grand luxe, les garçons y anticipaient chacun de leur désir avec une sollicitude singulière et les mets étaient tout simplement divins.

Ils demandèrent le menu dégustation. Mia goûta chacun des plats, du carpaccio tiède de homard à la fleur de courgette farcie. Les vins qui accompagnaient les plats étaient délicieux eux aussi, mais cette fois

Korum surveilla de très près ce qu'elle buvait et arrêtait le garçon quand il voulait remplir trop souvent son verre.

Il fut relativement aisé de cantonner la conversation en terrain neutre. Korum savait écouter et il semblait sincèrement s'intéresser à la vie de Mia, même si elle devait lui sembler banale et ennuyeuse. Puisqu'il savait tout d'elle de toute façon et qu'elle n'essayait pas de lui plaire, Mia se confia à lui comme elle ne l'avait jamais fait avec un de ses anciens petits amis. Elle lui parla du premier qu'elle avait embrassé (elle avait le béguin pour lui, il avait huit ans et elle en avait six) et à quel point elle était jalouse des perfections de sa grande sœur quand elle était petite. Elle lui parla des espérances ambitieuses de ses parents à son sujet et de son propre désir de jouer une influence positive sur les jeunes en devenant conseillère d'orientation.

De son côté, elle apprit qu'il habitait d'habitude au Costa Rica. Le climat était censé être le plus proche de celui de la région de Krina où il était né.

— Notre centre de Guanacaste est ce qui se rapproche le plus d'une capitale K sur terre. Nous l'appelons Lenkarda. Expliqua-t-il. Elle se souvint alors que John lui avait dit que sa sœur était prisonnière au Costa-Rica. Elle se demanda si Korum l'avait déjà vue. Ce n'était pas impossible, John lui avait dit qu'il n'y avait que cinq mille Ks dans chacun de leurs centres.

Au fil du dîner, elle s'aperçut qu'elle s'éloignait de plus en plus de sujets de conversation anodins. Incapable de surmonter sa curiosité elle l'interrogea sur la vie à Krina et lui demanda de lui décrire sa planète.

— Krina est belle, dit-il. Imagine la terre en bien plus verdoyante. Grâce à notre histoire de l'évolution plus longue que la vôtre nous avons une faune et une flore bien plus riches. Nous sommes également parvenus à y préserver l'essentiel de notre biodiversité et nous avons évité les destructions massives qui ont eu lieu sur terre pendant les siècles derniers. Et dont les hommes étaient responsables, il n'avait pas besoin de le préciser à voix haute.

— Vous avez préservé l'essentiel, à l'exception de vos primates qui ressemblaient aux humains, c'est bien ça ? demanda Mia d'un ton caustique ; elle était un peu agacée par sa posture d'enfant de chœur.

— À cette exception près, c'est vrai, répondit Korum. Et quelques autres espèces particulièrement mal dotées pour survivre.

Mia soupira et décida de passer à un sujet de conversation moins risqué.

— Et à quoi ressemblent vos villes ? Puisque vous avez une si longue espérance de vie, elles doivent être très densément peuplées aujourd'hui.

Il secoua la tête.

— Eh bien non. Notre espèce n'est pas aussi fertile que la vôtre ; de nos jours rares sont les couples qui ont envie d'avoir plus d'un ou deux enfants. Si bien que dans les temps modernes notre taux de natalité a été très bas, à peine de quoi renouveler la population, et elle n'a pas beaucoup augmenté depuis des millions d'années.

Il s'interrompit pour boire une gorgée et poursuivit.

— En fait, nos villes sont très différentes des vôtres. Nous n'aimons pas tellement vivre les uns sur les autres, nous sommes attachés à notre territoire individuel et nous aimons bien avoir beaucoup d'espace à nous. Nos villes ressemblent donc davantage à vos banlieues, les Krinars vivent dans les périphéries et vont dans les centres plus densément peuplés qui sont réservés au commerce. Et partout où l'on va, l'air est pur et non pollué. Nous aimons nous entourer d'arbres et de plantes si bien que même les zones urbaines sont aussi vertes que vos parcs.

Mia l'écoutait, fascinée. Cela expliquait la présence de plantes partout dans son appartement.

— Cela semble très agréable, dit-elle. Puis une question évidente lui vint à l'esprit. Pourquoi quitter une aussi belle planète et venir sur terre où nous souffrons de pollution et de surpopulation ? Par exemple, ça doit être vraiment pénible pour toi d'être à New York ?

Il sourit, lui prit la main et la caressa.

— Tu sais, maintenant j'ai trouvé une vraie compensation à New York.

— Non, sérieusement, pourquoi être venus sur terre ? insista-t-elle. J'ai du mal à croire que vous ayez abandonné votre planète d'origine pour venir ici et boire notre sang.

En prononçant ces derniers mots, elle réalisa qu'il ne l'avait pas encore fait avec elle.

Il soupira et la regarda, il venait visiblement de prendre une décision.

— Eh bien, Mia, en voici la raison : notre planète a beau être très belle, elle n'est pas immortelle. Notre soleil qui est une étoile bien plus ancienne que le vôtre commencera à mourir dans une centaine de millions d'années. Si nous étions encore sur Krina à ce moment-là notre race tout entière disparaîtrait. Nous n'avons donc pas le choix, il nous faut trouver d'autres solutions.

— Dans une centaine de millions d'années ? Cela semblait bien longtemps à Mia. Mais c'est tellement loin. Pourquoi venir ici maintenant ? Pourquoi ne pas encore profiter de votre belle planète pendant, disons… quatre-vingt-dix millions d'années ?

— Parce que, ma chérie, si nous avions encore laissé la terre aux hommes pendant quatre-vingt-dix millions d'années, la planète n'aurait sans doute plus été habitable pour nous.

Il se pencha vers elle, l'expression de son visage était plus froide.

— Votre espèce s'est révélée être incroyablement destructrice, votre technologie a évolué bien plus vite que votre morale et que votre bon sens. Nous avons compris que nous devions intervenir au début de votre révolution industrielle parce que vous utilisiez les ressources de votre planète à un rythme forcené. Alors nous nous sommes préparés à venir sur terre parce que l'avenir était écrit en toutes lettres.

Il s'arrêta et respira profondément.

— Et nous avions raison. Chaque génération a été plus vorace que la précédente, chacun de vos progrès technologiques a fait encore davantage de dégâts dans votre environnement. Votre vie est courte, vous raisonnez en décennies, et cela vous conduit à négliger l'avenir. Vous êtes comme des enfants qui détruisent leurs jouets pour le plaisir, oubliant qu'ils n'auront plus rien pour jouer le lendemain.

Mia l'écoutait, elle avait l'impression d'être grondée comme une enfant l'est par son maître. Elle était rouge de colère et de honte. Il disait peut-être vrai, mais il n'avait pas le droit de porter un tel jugement sur l'ensemble de son espèce, surtout à la lumière de ce qu'elle savait sur les Ks. Les hommes étaient sans doute primitifs et bornés par rapport à eux, mais au moins ils avaient eu la sagesse et la conscience morale de renoncer à la traite des esclaves.

— Alors vous êtes venus sur notre planète pour l'envahir et l'utiliser à votre guise ? demanda-t-elle avec ressentiment. Et tout cela sous prétexte de la sauver de nos pratiques nuisibles à l'environnement ?

— Non, Mia, dit-il patiemment, comme s'il expliquait une évidence à un enfant. Nous sommes venus partager votre planète avec vous. Crois-moi, si nous avions voulu l'envahir, nous l'aurions fait. Nous nous sommes montrés d'une extrême générosité envers votre espèce. Nous avons interdit quelques-unes de vos habitudes les plus stupides, mais en général, nous vous avons laissés tranquilles et nous vous avons laissés vivre comme vous le vouliez. Ce qui est loin d'être votre cas à l'égard des vôtres.

En voyant l'air têtu de Mia, il ajouta :

— Quand les Européens ont découvert les Amériques, ont-ils laissé les indigènes tranquilles ? Ont-ils respecté leurs traditions et leurs modes de vie ou ont-ils tenté de leur imposer leur propre religion, leurs propres valeurs et leurs propres mœurs ? Les ont-ils traités d'égal à égal ou comme des bêtes sauvages ?

Mia secoua la tête en signe de dénégation.

— C'est loin tout ça. Nous avons changé et nous avons appris notre leçon. Nous ne reproduirions jamais de telles erreurs.

— Peut-être pas, admit-il. Mais ça ne vous gêne toujours pas d'exterminer d'autres espèces par négligence et par une ignorance délibérée. Il y a seulement quelques années vous traitiez les animaux que vous éleviez pour les manger comme s'il ne s'agissait pas de créatures vivantes. Et je ne parle ni de l'Holocauste ni des autres atrocités commises contre d'autres êtres humains pendant le siècle dernier. Vous n'êtes pas aussi éclairés que vous le croyez.

Il avait raison et Mia le haïssait d'autant plus. Elle aurait tant aimé lui reprocher l'esclavage que les Ks infligeaient aux humains, mais elle n'était pas censée le savoir. Elle lui demanda à la place

— Si nous sommes si abominables pourquoi as-tu envie de moi ? Je n'aurais certainement pas envie de quelqu'un que je mépriserais autant.

Korum poussa un soupir d'exaspération.

— Mia, je n'ai jamais dit que vous étiez abominables, surtout pas toi. Mais ton espèce manque de maturité et elle a besoin d'être guidée, c'est tout.

— Et en plus je ne suis qu'un jouet pour baiser, c'est ça ? dit Mia avec amertume sans trop savoir pourquoi elle s'aventurait sur ce terrain. Dans ces conditions, peu importe ce que tu penses de l'espèce humaine dans son ensemble.

Il la regarda fixement, l'air impassible.

— Si c'est comme ça que tu vois les choses, entendu. Et c'est vrai que j'aime beaucoup te baiser.

Ses yeux prirent une nuance dorée plus intense et il se pencha vers elle.

— Et toi aussi tu aimes ça. Pourquoi ne pas renoncer à mettre des étiquettes partout et essayer de prendre du bon temps ?

Il s'adossa à son siège et demanda l'addition au garçon. Mia était rouge de honte même si son corps avait réagi à ce qu'il avait dit et qu'elle en sentait la soudaine excitation.

Il paya et ils partirent, se dirigeant vers l'appartement de Korum.

Dès qu'ils furent dans la limousine, il la prit sur ses genoux et l'embrassa si intensément qu'elle n'eut plus qu'un seul désir, être dans sa chambre. Les mains de Korum avaient glissé sous sa robe et la caressèrent entre les jambes jusqu'à ce qu'elle gémisse doucement et se tortille entre ses bras. Ils arrivèrent chez lui avant qu'elle ne jouisse.

Il se hâta de la porter dans l'entrée de l'immeuble et Mia enfouit la tête dans sa poitrine, feignant de ne pas voir l'air choqué du concierge et des quelques habitants qu'ils croisèrent. Dès qu'ils furent seuls dans l'ascenseur, il recommença à l'embrasser. La langue de Korum explora longuement la bouche de Mia jusqu'à ce qu'elle soit de nouveau au bord de l'orgasme. Sans prendre le temps de se déshabiller, il la porta dans la chambre et la jeta sur le lit.

À leur arrivée, la musique d'ambiance et la lumière douce se déclenchèrent pour plus de romantisme. Mais Mia le remarqua à peine, tant son excitation était devenue fiévreuse. Elle le regarda avec avidité se déshabiller, toujours à une vitesse extraordinaire, et lui révéler son corps si puissamment musclé. Ce n'était pas étonnant d'être aussi accro pensait-elle avec la part la plus froidement rationnelle de son intelligence. Il était sans doute l'être le plus séduisant avec lequel elle serait de toute sa vie.

Il se rapprocha alors d'elle et lui enleva sa robe, prenant à peine le temps de la dégrafer. Il ne lui restait que ses bas noirs et ses escarpins, le haut de son corps s'offrait tout entier au regard avide de Korum.

— Tu es tellement sexy, lui dit-il d'une voix rauque de désir. Et il bandait à fond en guise de confirmation. Il se pencha vers la poitrine de Mia, prit son téton dans la bouche et le suça bien fort jusqu'à que ce l'intensité du plaisir la fasse se cambrer sur le lit. Il fit de même avec l'autre téton, tout en lui caressant le clitoris. Mia hurla en jouissant, le corps tout entier secoué par la violence de l'orgasme.

Avant qu'elle ne puisse reprendre ses esprits, il recommença à l'embrasser avec une étrange expression sur le visage et sans qu'elle devine son intention. Il alla de ses lèvres à son cou, sa bouche brûlante couvrant de baisers le point de rencontre de son cou et de son épaule et la faisant frissonner de plaisir.

Tout à coup, elle sentit la brève douleur d'une morsure et Mia comprit. Le choc lui coupa le souffle, mais avant que la peur ne s'empare d'elle une extase parfaite l'envahit des pieds à la tête. Au même moment, chaque muscle de son corps se raidit puis se détendit. Il lui semblait être comme incandescent. La dernière pensée rationnelle qu'elle eut fut que le plaisir venait de la composition chimique de la salive de Korum puis elle fut incapable de penser à quoi que ce soit, tout son être vibrant au rythme des baisers que Korum déposait sur son cou et de la sensation irrésistible de le sentir la pénétrer d'un seul coup.

Le reste de la nuit fut un tourbillon de sensations et d'images. Elle fut vaguement consciente d'avoir plusieurs orgasmes successifs, ses sens avaient atteint un degré d'intensité presque insoutenable. Chaque couleur semblait plus vive, il lui semblait flotter dans un océan tiède dont les courants lui caressaient la peau et clapotaient en elle, provoquant tour à tour la tension et le soulagement de l'extase. Rien n'arrêta Korum dans sa passion, son pénis suivit en elle son rythme déchaîné jusqu'à ce qu'elle ne soit plus qu'une sensation pure, l'essence d'elle-même réduite à sa plus simple expression, son identité même consumée dans la flamme du plaisir.

Les heures passèrent, peut-être les jours. Mia ne le savait pas et s'en moquait. À un certain moment, elle avait tellement crié qu'elle en perdit la voix, puis elle ne put plus jouir, les orgasmes continuels l'avaient épuisée. Lui aussi alla de jouissance en jouissance, frissonnait sur elle puis la pénétrait de nouveau quelques instants plus tard. Finalement, Mia à bout de forces perdit conscience et tomba dans un profond sommeil. Un sommeil dénué de rêves qui termina l'expérience sexuelle la plus extraordinaire de sa vie.

CHAPTER EIGHT

Mia walked back to her apartment, desperately needing some alone time before she faced Jessie and her questions.

She felt raw and emotional, filled with self-loathing. Rationally, she knew that responding to him that way made her task easier and more tolerable. It would have been infinitely worse if she had found him repulsive or had to pretend to feel passion where there was none. However, the romantic teenager buried deep inside her was weeping at the perversion of her love story. There was no hero in her romance, and the villain made her feel things that she had never imagined she could experience.

After he had finished fucking her on the kitchen table, he carried her back to the bathroom and gently cleaned her off. He then allowed her to get dressed and go home, with a parting kiss and an admonition to be dressed and ready by 6:30 p.m. Mia had meekly agreed, wanting nothing more than to get away, her body still throbbing in the aftermath of the episode.

She debated how much to tell Jessie. The last thing she wanted was to drag her into this whole mess. Then again, Jessie was already involved through Jason, and one could argue that she'd made things worse for Mia by unintentionally bringing her into the anti-K movement.

Entering the apartment, she was surprised and relieved to find that no one was there. Jessie had to be out studying or running errands.

Sighing, Mia decided to use the quiet time to catch up with her family. The last time she'd spoken to them was last Saturday, which now seemed like a lifetime ago. Her parents likely thought that she was swamped with schoolwork, so they hadn't bothered her beyond sending a couple of text messages to which Mia had managed to respond with a generic "things r good - luv u."

She powered on her old computer and saw that her mom was already waiting for her on Skype. Her dad was in the back of the room, reading something. Seeing Mia log in, a big smile broke out on her mom's face.

"Sweetie! How are you? We haven't heard from you all week!"

If there was one thing that Mia was grateful to the Ks for, it was the impact they'd had on her parents and other middle-aged Americans across the nation. The new K-mandated diet had done wonders for her parents' health, reversing her father's diabetes and drastically lowering her mom's abnormally high cholesterol levels. Now in their mid-fifties, her parents were thinner, more energetic, and younger-looking than she remembered them ever being in the past.

Mia grinned at the camera with pleasure. The worst thing about being in New York was seeing her parents so infrequently. Although she went back home every chance she got – flying to Florida for spring break was hardly a chore – she still missed them. One day, she hoped to move closer to them, perhaps once she'd finished grad school.

"I'm good, mom. How are things with you guys?"

"Oh, you know, same old – all the news are with you youngsters these days. Have you spoken to your sister yet?"

"Not yet," said Mia, "why?'

Her mom's smile got really big. "Oh, I don't know if I should tell you. Just call her, okay?"

Mia nodded, dying of curiosity.

"How are things in school? Did you finish your paper?" her mom asked.

Mia barely remembered the paper at this point. "The paper? Oh, yeah, the Sociology paper. I finished it on Sunday."

"You've had more papers since then?" Her mom asked disapprovingly. Without waiting for a response, she continued, "Mia, honey, you study way too hard. You're twenty-one – you should be going out and having fun in the big city, not sitting holed up in that library. When is the last time you had a date?"

Mia flushed a little. This was an old argument that came up more and more frequently these days. For some reason, unlike every other parent out there who would love to have a studious and responsible daughter, her mom fretted about Mia's lack of a social life.

Mia tried to imagine her parents' reaction if she told them just how active her dating life had been in the past week. "Mom," she said with exasperation, "I go on dates. I just don't necessarily tell you all about it."

"Yeah, right," her mom said disbelievingly. "I remember perfectly well the last date you went on. It was with that boy from biology, right? What was his name? Ethan?"

Mia smiled ruefully in response. Her mom knew her too well. Or at least she knew the Mia she'd been prior to last Saturday, when her world had gone topsy-turvy.

"By the way," her mom said, "you look really nice. Did you do something to your hair?" Turning behind her, she said to Mia's dad, "Dan, come here and take a look at your daughter! Doesn't Mia look great these days?"

Her father approached the camera and smiled. "She always looks great. How are you doing, hon? You meet any nice boys yet?"

"Dad," Mia groaned, "not you too."

"Mia, I'm telling you, all the good ones get taken early." Once her mom got on this topic, it was difficult to get her to stop. "One more year for you, and you're going to be done with college, and then where are you going to meet a good boy?"

"In grad school, on the street, online, at a party, in a club, in a bar, or at work," Mia responded by listing the obvious. "Look, mom, just because Marisa met Connor in college does not mean that it's the only way to meet someone." One could also meet an alien in the park – she was proof of that.

Her mom shook her head in reproach, but wisely moved on to another topic. They chatted about some other inconsequential things, and Mia learned that her parents were contemplating going on vacation to Europe for their thirtieth wedding anniversary and that her mom's job search was going well. It was a wonderfully normal conversation, and Mia reveled in it, wanting to remember every moment in case this was the last time she would speak to her parents this way. Finally, she reluctantly said goodbye, promising to call Marisa right away.

Her acting skills must have drastically improved in the last few days, Mia thought. Despite her inner turmoil, her parents hadn't suspected a thing.

Trying to reach Marisa on Skype was always a little challenging, so she called her cell instead.

"Mia! Hey there, baby sis, how are you? Did you see any of my postings on Facebook?" Her sister sounded incredibly excited.

"Um, no," Mia said slowly. "Did something happen?"

"Oh my God, you're such a study-wort! I can't believe you never go on Facebook anymore! Well, something did happen. You're going to have a niece or nephew!"

"Oh my God!" Mia jumped up, nearly screaming in excitement. "You're pregnant?"

"I sure am! Oh, I know you're going to think I'm too young, and we just got married, and blah, blah, blah, but I'm really excited."

"No, I think it's great! I'm very happy for you," Mia said earnestly. "I can't believe my favorite sis is having a baby!"

At twenty-nine, Marisa had exactly the kind of life Mia had always hoped to have. She was happily married to a wonderful guy who adored her, lived an hour's drive away from their parents in Florida, and worked as an elementary school music teacher. And now she had a baby on the way. Her life could not have been more perfect, and Mia was truly glad for her. And if she felt a twinge – okay, more than a twinge – of envy, she would never let it intrude on Marisa's happiness. It was not her sister's fault that Mia's own life had become such a screw-up in the last week.

They caught up some more, with Mia learning all about the first-trimester nausea and cravings, and then Marisa had to run since her lunch break was over. Mia let her go, already missing her cheerful voice, and then decided to use the remaining time for studying.

An hour later, Mia had gone through the requisite Statistics exercises and had just started reviewing her Child Psychology textbook when Jessie showed up.

"Mia!" she exclaimed with relief, spotting her curled up on the couch. "Oh, thank God! I was so worried when you didn't come home last night! I called Jason, but he said that you were probably fine and that I shouldn't worry. What happened? Did John tell you anything useful?"

Mia stared at her roommate, once more debating how much to share with the girl who had been her best friend for the last three years. "He did," she said slowly, trying to come up with something that would put Jessie at ease.

"Well, what did he say? And where were you last night? Was it with that K?"

Mia sighed, deciding on a plausible storyline. "Well, John basically said that the Ks occasionally get interested in humans this way. It's usually a passing fancy, and they get tired of the relationship and move on fairly quickly. It's nothing to worry about, and I should just play along and enjoy it for as long as it lasts."

"Enjoy what? Sleeping with the K?" Jessie's eyes widened in shock.

"Pretty much," Mia confirmed. "It's really not that bad. He also takes me out to nice places. We're going to Le Bernardin tonight."

"Wait, Mia, you're sleeping with him now?" Jessie's voice rose incredulously. "But you've never been with anyone before! Are you telling me you lost your virginity to him already?"

Mia blushed, feeling embarrassed. At this point, she was about as far from being a virgin as one could get. Seeing her answer in the color washing into Mia's face, Jessie softly said, "Oh my God. How was it? You weren't hurt, were you?"

Mia's blush deepened. "Jessie," she said desperately, "I really don't feel like discussing this in detail. We had sex, and it was good. Now can we please change the topic?"

Jessie hesitated and then reluctantly agreed. Mia could see that her roommate was dying with curiosity, but Mia knew she could not keep up her brave act for long. More than anything, Mia wanted to tell Jessie the whole messy story, to reveal the sickening fear she felt at the prospect of ending up as a sex slave or getting caught spying for the Resistance. But doing so would likely put Jessie in danger as well, and that was the last thing Mia wanted.

Lying was a small price to pay for keeping her loved ones safe.

Before Mia had a chance to do much more studying, she was interrupted by the ringing of the doorbell. Opening the door, she was surprised to see a sharply dressed middle-aged woman and a young flamboyantly trendy man standing at her doorstep. The man was holding a zippered clothing bag that was nearly as tall as he was. "Yes?" she said warily, fully expecting to hear them say that they've got the wrong apartment.

"Mia Stalis?" the woman asked with a faint British accent.

"Uh, yeah," Mia said, "that would be me."

"Great," the woman said. "I'm Bridget, and this is Claude. We're personal shoppers from Saks Fifth Avenue, and we're here to remake your wardrobe."

Light dawned.

Trying to hold on to her temper, Mia asked, "Did Korum sent you? I thought he was just getting me a dress for tonight."

"He did. This is your dress right here. We're going to make sure it fits you properly, and then we'll take some additional measurements." Bridget sounded snooty, or maybe that was just the British accent.

Mia took a deep breath. "All right," she acquiesced, "come on in." By now, Jessie had come out of her room and was observing the proceedings with great interest, and Mia didn't want to throw a scene over something so inconsequential.

They came in, and Claude unzipped the bag with a flourish. "Wow," Jessie said in a reverent tone, "I think I've seen that dress on the runway . . ."

The dress was truly beautiful, made of a shimmery blue fabric that seemed to flow with every move. It had three-quarter-length sleeves – perfect for a chilly restaurant – and looked like it might end just above the knees. It also seemed tiny, and Mia doubted that even she would be able to fit in it.

Nonetheless, she went to her room and tried it on. Twirling in front of her mirror, she was shocked to see that it actually fit her like a glove. The dress was very modest in the front, but had a deep plunge in the back, so she couldn't wear a bra. However, it was so cleverly made, with the cups already sewn in, that no bra was necessary for someone of Mia's size. The young woman reflected in the mirror was more than merely pretty; she actually looked hot, with all her small curves highlighted and shown to their best advantage.

Feeling shy, Mia walked out of her bedroom and modeled the dress to her audience. Claude and Bridget made admiring noises, and Jessie wolf-whistled at the sight. "Wow, Mia, you look amazing!" she exclaimed, walking around Mia to look at her from all angles.

"Here," Bridget said, her tone less snooty now, "you can wear these tights and shoes with it." She was holding up a pair of silky black pantyhose and simple black pumps with red soles.

Trying on the shoes and tights, Mia discovered that they were a great fit as well. She wondered how Korum knew her size so precisely. If she had been the one choosing the clothes, she would have never gone for the dress, sure that it was too small to fit her. Still caught up in the beauty of the dress, Mia graciously allowed Bridget to take her full measurements.

Checking on the time, Mia was surprised to see that it was already six o'clock. She only had a half-hour to get ready – not that she needed all that time given that she was already dressed. Her hair was still magically behaving, so she only needed to worry about makeup. Two minutes later, she was done, having brushed on two coats of mascara, a light sprinkling of powder to hide the freckles, and a tinted lip balm. Satisfied, she settled on the couch to finish studying and wait for Korum to pick her up.

* * *

Greeting Korum at the door, she was pleased to see his eyes turn a brighter amber at the sight of her in the dress.

"Mia," he said quietly, "I always knew you were beautiful, but you look simply incredible tonight."

Mia blushed at the compliment and mumbled a thank-you.

The dinner was the most amazing affair of Mia's life. Le Bernardin was utterly posh, with the waiters anticipating their every wish with almost uncanny attentiveness and the food somewhere between heavenly and out-of-this-world. They got a special tasting menu, and Mia tried everything from the warm lobster carpaccio to the stuffed zucchini flower. The wine paired with their courses was delicious as well, although Korum kept a strict eye on her alcohol consumption this time, stopping the waiter when he tried to refill her glass too often.

Keeping the conversation neutral was surprisingly easy. Korum was a good listener, and he seemed genuinely interested in her life, as simple and boring as it must have seemed to him. Since he knew everything about her anyway and she wasn't trying to get him to like her, Mia found herself opening up to him in a way that she'd never had with her dates before. She told him about the first boy she'd ever kissed – an eight-year-old she'd had a crush on when she was six – and how jealous she'd felt of her perfect older sister when she was a young child. She spoke of her parents' high expectations and of her own desire to positively influence young lives by serving as a guidance counselor.

She also learned that he normally lived in Costa Rica. Supposedly, the climate there best mimicked the area of Krina where he was from. "Our Center in Guanacaste is the closest thing we have to a capital here on Earth. We call it Lenkarda," he explained. She remembered then that Costa Rica was where John had said his sister was being held. She wondered if Korum had ever seen her there. It was feasible – he'd said there were only about five thousand Ks living in each of their Centers.

As the dinner went on, she found herself straying more and more from the safe topics. Unable to contain her curiosity, she asked him about life on Krina and what the planet was like, in general.

"Krina is a beautiful place," Korum told her. "It's like a very lush green Earth. We have many more species of plants and animals, given our longer evolutionary history. We've also succeeded in preserving the majority of our biodiversity there, avoiding the mass extinctions that took place here in recent centuries." For which humans were responsible – that part he didn't have to say out loud.

"The majority, with the exception of your human-like primates, right?" Mia asked caustically, slightly chafing at his holier-than-thou attitude.

"With the exception of them, yes," Korum agreed. "And a few other species that were particularly ill-equipped to survive."

Mia sighed and decided to move on to something less controversial. "So what are your cities like? Since you're so long-lived, your planet must be very densely populated by now."

He shook his head. "It's actually not. We're not as fertile as your species, and few couples these days are interested in having more than one or two children. As a result, our birth rate in modern times has been very low, barely above replenishment levels, and our population hasn't grown significantly in millions of years." Pausing to take a sip of his drink, he continued, "Our cities are actually very different from yours. We don't enjoy living right on top of each other. We tend to be very territorial, so we like to have a lot of space to call our own. Our cities are more like your suburbs, where the Krinar live spread out on the edges and commute into the denser center, which is only for commercial activities. And everywhere you go, the air is clean and unpolluted. We like to have trees and plants all around us, so even the densest areas of our cities are nearly as green as your parks."

Mia listened with fascination. This explained the flora all over his penthouse. "It sounds really nice," she said. Then an obvious question occurred to her. "Why would you leave all that and come to Earth, with all of our pollution and overpopulation? It must be really unpleasant for you to be in New York, for instance."

He smiled and reached for her hand, stroking her palm. "Well, I've recently discovered some definite perks to this city."

"No, but seriously, why come to Earth?" she persisted. "I can't believe you'd give up your home planet just to come here and drink our blood." Which he still hadn't done with her for some reason, she realized.

He sighed and looked at her, apparently coming to some decision. "Well, Mia, it's like this. As beautiful as our planet is, it's not immortal. Our sun, which is a much older star than yours, will begin to die in another hundred million years. If we're still on Krina at that time, our entire race will perish. So we have no choice but to seek out some other alternatives."

"In a hundred million years?" That seemed like a very long time to Mia. "But that's so far away. Why come here now? Why not enjoy your beautiful planet for, say, another ninety million years?"

"Because, my darling, if we had left Earth to humans for another ninety million years, there might not have been a habitable planet for us to come to." He leaned forward, his expression cooling. "Your kind has turned out to be incredibly destructive, with your technology evolving much faster than your morals and common sense. When your Industrial Revolution began, we knew that we would have to intervene at some point because you were using up your planet's resources at an unprecedented pace. So we began preparations to come here because we saw the writing on the wall." He paused, taking a deep breath. "And we were right. Each generation has been more and more greedy, each successive advance in your technology doing more and more damage to your environment. As short-lived as you are, you think in decades – not even hundreds of years – and that leads you not to care about the future. You're like a child who takes a toy apart for the fun and pleasure of it, not caring that tomorrow he won't have that toy to play with anymore."

Mia sat there, feeling like the said child getting castigated by the teacher. The tips of her ears burned with anger and shame. Maybe what he was saying was the truth, but he had no right to sit in judgment of her entire species, particularly in light of what she knew about his kind. Humans may be primitive and short-sighted compared to the Krinar, but at least they had the wisdom – and morals – to stop enslaving intelligent beings.

"So you came to our planet to take it over for your own use?" she asked resentfully. "All under the guise of saving it from our environmentally unfriendly ways?"

"No, Mia," he said patiently, as though explaining the obvious to a small child. "We came to share your planet. If we had wanted to take it over, believe me, we would have. We've been more than generous with your species. Other than banning a few of your particularly stupid practices, we've generally left you alone, to live as you wish. That's far better than the way you have treated your own kind."

Seeing the stubborn look on her face, he added, "When the Europeans came to the Americas, did they let the natives live in peace? Did they respect their traditions and ways of life enough to let them continue, or did they try to impose their own religion, values, and mores on them? Did they treat them as fellow human beings or as savage animals?"

Mia shook her head in denial. "That was a long time ago. We've changed, and we've learned our lessons. We would never do something like that again."

"Maybe not," he conceded. "But you still have no problem exterminating other species through negligence and willful ignorance. As recently as a few years ago, you treated the animals you raised for food as though they were not living creatures. And don't even get me started on the Holocaust and the other atrocities you've perpetuated against other humans during the last century. You're not as enlightened as you'd like to think you are."

He was right, and Mia hated him for it. As much as she would have liked to throw their own use of human slaves in his face, she was not supposed to know about that. So she asked instead, "If we're so awful, then why do you even want me? I certainly wouldn't want to be with someone of whom I had such a low opinion."

Korum sighed with exasperation. "Mia, I never said you're awful. Especially not you, specifically. Your species is still immature and in need of guidance, that's all."

"Plus, I'm just your fuck toy, right?" Mia said bitterly, not sure why she was even bothering to go there. "I guess it doesn't matter what you think of humans as a whole in that case."

He just stared at her impassively. "If that's how you want to think about it, fine. I certainly enjoy fucking you quite a bit." His eyes turned a deeper shade of gold, and he leaned toward her. "And you love getting fucked. So why don't you stop trying to slap labels on everything and just enjoy the way things are?"

Sitting back, he motioned to the waiter for the check. Mia's cheeks burned with embarrassment, even as her body involuntarily responded to his words with swift arousal.

He paid the bill, and they left, heading back to his penthouse.

As soon as they got into the limo, Korum pulled her onto his lap and thoroughly kissed her until all she could think about was getting to the bedroom. His hands found their way under the skirt of her dress, pressing rhythmically between her legs until she was moaning softly and squirming in his arms. Before she could reach her peak, they had arrived at their destination.

He carried her swiftly through the lobby of his building, and Mia hid her face against his chest, pretending not to see the shocked stares from the concierge and the few residents passing by. As soon as they were alone in the elevator, he kissed her again, his tongue leisurely exploring her mouth until she was nearly ready to come again. Without pausing to take off their clothes, he brought her inside the bedroom and threw her onto the bed.

At their entrance, the background music and soft lighting came on, creating a romantic ambiance. Mia hardly noticed, her arousal nearly at fever pitch. She watched hungrily as he stripped off his own clothes with inhuman speed, revealing the powerfully muscled body underneath. It was no wonder she was so addicted to him, she thought with some coolly rational part of her mind. He was probably the most gorgeous male she would ever be with in her life.

He came over her then and pulled off the dress, barely taking the time to unzip it. She was left lying there in her black pantyhose and high-heeled pumps, with her upper body completely exposed to his starving gaze. "You look so hot," he told her, his voice rough with lust. The thick, swollen cock pointing in her direction corroborated his words. Bending toward her breasts, he closed his mouth over her left nipple and sucked hard, making her arch off the bed with the intensity of the sensation. Doing the same thing to her other nipple, he simultaneously pressed at the throbbing place between her thighs, and Mia screamed as she came, her entire body shuddering from the force of her orgasm.

Before she could recover, he started kissing her again with an oddly intent look on his face. Starting at her lips, his warm mouth moved down her face and neck, lingering over the sensitive juncture of her neck and shoulder and making her shiver with pleasure.

Suddenly, there was a brief slicing pain, and Mia realized that he must have bitten her. She gasped in shock, but before she could feel anything more than a twinge of fear, hot ecstasy seemed to rush through her veins. Every muscle in her body simultaneously tightened and immediately turned to mush, and her skin felt like it had been set on fire from within. Her last rational thought was that it had to be the chemical in his saliva, and then she could no longer think at all, her entire being tuned only to the pull of his mouth at her neck and the feel of his body entering her own with one powerful thrust.

The rest of the night passed in a blur of sensations and images. She was vaguely aware that she climaxed repeatedly, her senses heightened to a nearly unbearable degree. All the colors seemed brighter, and she felt like she was floating in a warm sea, with the currents caressing her skin and lapping at her insides, making them clench and release in ecstasy. He was relentless in his passion, his cock driving into her in a savage, unending rhythm until she was nothing more than pure sensation, her essence reduced down to its very basics, her very personhood burned away in the all-consuming rapture.

Hours may have passed, or days. Mia didn't know and didn't care. At some point, her voice gave out from her constant screams, and she couldn't come anymore, her body wrung dry from the ceaseless orgasms. He came hard too, shuddering over her several times throughout the night, and then penetrating her again a few moments later. Finally exhausted, Mia literally passed out, falling into a deep and dreamless sleep that ended the most unbelievable sexual experience of her life.

CHAPITRE NEUF

Pendant les deux semaines suivantes, la vie de Mia s'installa dans une certaine routine, si l'on peut utiliser un terme aussi banal pour quelqu'un qui couchait avec un extra-terrestre tout en essayant de l'espionner.

Il insista pour la voir tous les soirs, au dîner et après. Elle passait toutes ses nuits dans l'appartement de Korum et ne dormait plus chez elle. Pendant la journée, il lui permettait d'aller en cours, de rentrer travailler chez elle ou d'appeler sa famille sur Skype. Sa vie sociale qui n'avait jamais été très active se limitait désormais à lui uniquement, ce qui horrifiait Jessie.

— Tu sais Mia, lui dit-elle sérieusement pour la convaincre, je m'en souviens, tu m'as dit que c'était provisoire, mais je m'inquiète vraiment pour toi. Tu lui consacres tout ton temps libre, tu n'as plus de vie à toi. C'est malsain cette manière d'avoir complètement envahi ta vie. Je te vois à peine et pourtant nous partageons le même appartement. Ne pourrais-tu pas passer une nuit ailleurs que chez lui, sortir avec les filles ou aller à une fête ? Tu es encore étudiante, nom de Dieu !

Mia haussa les épaules, elle ne voulait pas se quereller avec Jessie. Elle n'avait qu'à penser qu'elle était obsédée par son premier amant. Il valait mieux ça que de lui expliquer la réalité précaire de sa situation.

Le jeudi John la contacta. Il se demandait si elle avait des informations utiles à lui donner. Mia n'en avait pas. Leeta et Rezay étaient revenus plusieurs fois chez Korum, mais ils étaient allés dans la même pièce que la première fois et Mia avait eu trop peur pour les espionner de nouveau. En se promenant un jour dans Central Park, Korum et Mia avaient rencontré trois Ks qu'elle n'avait encore jamais vus. Ils avaient montré une certaine déférence envers Korum, donnant à Mia une idée du pouvoir qu'il était censé exercer sur les Krinars sur terre. Mais ils avaient parlé leur propre langue et Mia n'avait pas la moindre idée de ce qu'ils s'étaient dit. Pourtant elle était surprise de leur présence, elle ne savait pas qu'ils se plaisaient autant à Manhattan.

Le vendredi et le samedi, il l'emmenait à Broadway voir des comédies musicales et des films qui venaient de sortir. Mia passa d'excellentes soirées. Bien qu'habitant New York elle avait rarement eu l'occasion de sortir et c'était agréable de jouer aux touristes l'espace d'une soirée. Il l'emmenait aussi dans de grands restaurants ou lui préparait de délicieux repas quand ils restaient chez lui. Vue de l'extérieur, la vie de Mia était la vie dont rêvent toutes les jeunes filles, sans parler du bel amant fortuné qui la conduisait partout en limousine et qui la traitait la plupart du temps comme une princesse.

Sa garde-robe avait été entièrement renouvelée. Les stylistes personnels de Saks s'étaient surpassés, remplaçant chaque vêtement de Mia par quelque chose de plus beau, qui lui allait mieux et qui était bien évidemment plus cher. Pour la protéger des caprices du printemps, elle eut d'élégants manteaux neufs et des parkas douillettes. Désormais, toute sa lingerie était en soie et en dentelle, avec quelques sous-vêtements de coton pour être plus à l'aise et pour faire de l'exercice. Ses vieux pulls volumineux et ses leggings trop larges furent remplacés par des tenues de yoga confortables, mais moulantes et par des polaires très douces. Même ses jeans furent décrétés comme trop vieux et ne lui allant pas, elle avait maintenant des jeans de grandes marques dans son armoire. Et bien sûr, les jolies robes qui étaient maintenant dans sa penderie étaient exceptionnelles. Ses chaussures n'avaient pas non plus été épargnées, toutes les vieilles chaussures éculées qu'elle traînait depuis le lycée avaient été remplacées par des bottes, des baskets, des ballerines et des escarpins neufs des meilleures maisons.

Korum avait été complètement sourd aux objections stridentes de Mia quand il avait fait ces achats extravagants pour elle.

— Tu n'as pas compris que c'est de la menue monnaie pour moi ? lui demandait-il d'un ton arrogant, en haussant un de ses sourcils noirs quand elle protestait. J'aime te voir bien habillée et je veux que tu mettes ça.

Fin de conversation.

Entre eux le sexe était explosif. Il l'envoyait au septième ciel au propre comme au figuré. Korum était un amant très capricieux. Un jour, il pouvait être joueur et tendre et passait des heures à masser Mia avec des huiles parfumées tandis qu'elle ronronnait de plaisir. D'autres, il était sans merci, la baisant avec une telle violence qu'elle hurlait d'extase.

Quand il buvait son sang (ce n'était pas quotidien parce qu'ils pourraient tous les deux y devenir accros, lui expliqua-t-il) elle pensait qu'elle pourrait facilement perdre la tête tant l'expérience était intense. Bien que Mia n'ait jamais essayé de drogues dures, elle avait appris les effets des différentes substances sur le cerveau dans son cours de psychologie des addictions, et elle s'imaginait que faire l'amour avec Korum tout en lui donnant son sang correspondait à une combinaison d'héroïne et d'ecstasy. Ce qui la rendait souvent amère puisqu'elle savait qu'elle ne pourrait jamais le revivre avec un homme normal. Même si un jour elle pouvait retrouver une vie ordinaire elle savait que ça ne serait jamais plus pareil, que l'empreinte de Korum resterait pour toujours dans son esprit et dans son corps. Chaque jour qui passait lui faisait désirer ses caresses encore davantage, chaque millimètre de son corps avait soif de lui quand ils n'étaient pas ensemble. Il suffisait à Korum de lui sourire ou de la regarder de ses yeux d'ambre et elle était prête, son corps à elle s'adoucissait et fondait en attendant le sien.

La Mia Stalis calme et rationnelle des vingt dernières années avait été remplacée par une vraie loque, elle avait perdu toute confiance en elle. Quand elle était avec Korum, quand il la touchait, quand elle jouissait de sa présence, il semblait à Mia qu'elle était sur un petit nuage. Mais dès qu'elle s'éloignait, elle se haïssait et une crainte terrible lui tordait les boyaux, la crainte d'être surprise en train de l'espionner, de ne pouvoir mener sa mission à bien avant qu'il ne se fatigue d'elle, et surtout de le perdre.

Elle savait que c'était inévitable. Même s'il n'avait pas été son ennemi, même si son espèce n'avait pas réduit celle de Mia en esclavage, ils n'avaient pas d'avenir ensemble. Ils appartenaient à des espèces différentes, et si cet obstacle n'avait pas suffi, l'espérance de vie de Mia était celle d'un éphémère comparé à celle de Korum. Dans quelques années, pas plus d'une douzaine, elle commencerait inévitablement à vieillir et cesserait de lui plaire, en admettant qu'elle puisse lui plaire aussi longtemps. Dans ses moments les plus sombres, une petite voix insidieuse se demandait s'il était vraiment si terrible de devenir son *Charl* au Costa Rica. La traiterait-il différemment de la manière dont il la traitait aujourd'hui ? Et si c'était pareil, qu'importait le nom donné à leur liaison tant qu'elle pouvait rester avec lui ? Et puis ces pensées la dégoûtaient, elle en était malade d'oser imaginer des choses pareilles. Malgré les efforts que faisait Mia pour rester vaillante avec eux, les membres de sa famille avaient commencé à remarquer que quelque chose n'allait pas. Sa mère pensait que c'était le stress à cause de ses examens, mais son père fut plus perspicace.

— Tu as rencontré quelqu'un, ma chérie ? lui demanda-t-il un jour sans raison faisant sursauter Mia. Évidemment, elle avait nié avec véhémence, mais elle sentait qu'il gardait des doutes. Dans sa famille, son père était le seul à pouvoir interpréter les subtilités de l'humeur de Mia et elle était sûre que son grand sourire forcé n'avait réussi en rien à dissimuler au regard attentif de son père le désarroi qu'elle ressentait.

Les seuls moments où elle se sentait comme avant c'était à la bibliothèque, quand elle pouvait s'enfouir dans les livres et le travail. La fin du semestre approchait à grands pas et elle eut trois fois plus de travail que d'habitude, des dissertations à rendre et la perspective de plus en plus proche des examens de licence. Normalement, le stress mettait Mia de mauvaise humeur et la rendait nerveuse. Désormais au contraire elle était heureuse que ses études la soulagent de l'intensité extrême du reste de sa vie et dès que c'était possible, elle se précipitait avec joie sur ses manuels de fac et l'étude de la régression linéaire.

Avec les premiers jours de mai il se mit à faire plus chaud que de saison, et New York se réveilla, les habitants revêtirent leurs nouvelles tenues d'été et une foule de touristes arriva.

Mia aurait bien aimé se joindre aux autres étudiants allongés sur les pelouses avec leurs livres, mais elle avait besoin d'être entre quatre murs pour se concentrer. Korum la laissait de moins en moins facilement aller à la bibliothèque étant donné qu'une fois là-bas elle perdait le sens du temps, si bien qu'elle essaya davantage de travailler chez lui. Il lui installa un bureau et un fauteuil confortable dans la petite pièce ensoleillée qui était à côté de son propre bureau (c'était là qu'il avait reçu Leeta et Rezay) et elle commença à y passer de plus en plus de temps.

Elle commençait aussi à penser à l'été. Après ses examens, elle était censée prendre l'avion pour la Floride pour aller voir ses parents. Elle avait eu la chance d'obtenir un stage dans une colonie de vacances pour enfants en difficulté à Orlando où elle ferait partie des cadres. Comme Orlando n'était qu'à une heure et demie d'Ormond Beach, elle pourrait facilement rendre visite à ses parents pendant le week-end ou pendant ses jours de congé. Bien que s'occuper d'enfants en difficulté ne soit pas de tout repos, c'était une expérience appréciable pour Mia qui faisait des études de psychologie, ce stage l'aiderait beaucoup dans ses candidatures pour un Master.

Elle ignorait comment Korum réagirait quand elle partirait pour deux mois. Peut-être dans quinze jours se serait-il fatigué d'elle et dans ce cas le problème ne se poserait pas. Jusqu'à présent, il ne l'avait pas empêchée de préparer ses examens et elle espérait qu'ils parviendraient aussi à une solution acceptable pour l'été, si leur liaison durait jusque-là. Pour le moment elle décida de garder le silence et de ne pas faire de vagues.

Deux jours avant son examen de statistique, alors que Mia ne pensait qu'aux corrélations et en rêvait même la nuit, Korum fut appelé pour une urgence mystérieuse et dut partir. Assise dans son bureau, elle entendit des éclats de voix en Krinar de l'autre côté de la cloison. Quelques minutes plus tard, il vint dans la pièce et lui annonça laconiquement qu'il serait absent le reste de la journée.

— Si tu as besoin de rentrer chez toi ce soir pour travailler ou pour voir ta colocataire, ne te gêne pas. Puis il ajouta après coup : je risque de ne pas rentrer ce soir.

Mia fut surprise et fit un signe de tête pour acquiescer, puis elle le vit partir hâtivement après lui avoir donné un petit baiser rapide sur la joue.

Son cœur se mit à battre la chamade, elle comprit que l'occasion qu'elle attendait venait de se présenter.

Elle s'assit quelques minutes pour s'assurer qu'il était vraiment parti. Pour plus de sûreté, elle alla lentement jusqu'à la salle de bain et s'aspergea le visage d'eau fraîche en essayant de se convaincre qu'il ne fallait pas s'inquiéter… et qu'elle était vraiment seule chez lui. Ses mains tremblaient un peu, remarqua-t-elle en les rapprochant de son visage et ses yeux contrastaient davantage que d'habitude avec sa pâleur. *Tu peux le faire, Mia, il suffit de regarder un peu partout.*

Elle alla nonchalamment dans le bureau de Korum, prête à se précipiter dans le sien s'il revenait. Il y avait un calme étrange dans l'appartement, seuls les bruits de ses pas brisaient le silence oppressant. Le bruit de son cœur l'assourdissait. Sur la pointe des pieds, Mia arriva à la porte du bureau.

Comme la première fois, les portes s'ouvrirent automatiquement devant elle. Même si Mia s'y attendait leur glissement la fit sursauter. Elle entra et jeta un coup d'œil rapide autour d'elle.

La pièce était complètement vide.

Une grande table de bois verni se trouvait au centre et dominait tout. Quelques chaises étaient placées autour dans une disposition qui rappelait celle des salles de conférence. Mia ne savait pas ce qu'elle espérait découvrir, peut-être quelques papiers qu'on aurait laissés là ou un ordinateur qu'on aurait oublié d'éteindre par étourderie. Mais il n'y avait rien.

Évidemment, comprit-elle, Korum n'utiliserait pas quelque chose d'aussi primitif que du papier ou une tablette. Elle ignorait quel était l'équivalent d'un ordinateur chez les Ks et étant donné leur avance technologique elle ne risquait pas de le reconnaître.

Une fois de plus Mia se reprocha amèrement sa nullité en informatique.

Quelqu'un comme elle qui avait bien du mal à se tenir au courant des derniers gadgets inventés par les hommes était particulièrement mal disposé à épier un extra-terrestre appartenant à une civilisation infiniment plus sophistiquée.

Mia entra dans la pièce et s'approcha de la table avec prudence. Sa surface semblait ordinaire, mais Mia se souvenait de l'image en 3 D qu'elle y avait vue la dernière fois. Elle essaya de se souvenir de ce que Korum avait fait pour la faire disparaître. Était-ce un geste de la main ?

En essayant d'imiter ce geste, elle bougea le bras droit. Il ne se passa rien. Puis le bras gauche. Toujours rien. Dans son agacement, elle frappa du pied. Il ne se passa rien non plus, ce qui n'était pas surprenant.

Mia fit le tour de la table pour en examiner tous les détails. Elle se mit à genoux, alla dessous et essaya de regarder l'envers de la table, espérant contre tout espoir y trouver un bouton quelque part. Évidemment, il n'y avait rien. Au-dessus de sa tête tout était totalement anodin, rien d'inhabituel, rien que du bois.

En essayant de sortir de sous la table, Mia se cogna contre une des chaises. C'était une chaise pivotante à roulettes, exactement comme une chaise de bureau. Un sweat-shirt en polaire que Korum portait quelquefois chez lui y était négligemment posé. Elle contourna la chaise pour ne rien changer à la disposition des lieux au cas où Korum s'en souviendrait avec exactitude.

Mia était assise par terre, le sol était froid et elle regardait autour d'elle dans la pièce avec consternation. C'était sans espoir… John avait tort de croire qu'elle puisse être d'une aide quelconque. S'ils comptaient vraiment sur elle, ils étaient perdus. Elle était bel et bien la pire espionne qu'on puisse imaginer.

Elle commençait à avoir froid au derrière à force d'être assise par terre et de toute façon ses efforts ne servaient absolument à rien.

En essayant de se relever, Mia effleura involontairement la chaise et perdit un instant l'équilibre. En se retenant à la chaise, elle tira involontairement sur le sweat-shirt de Korum.

Génial ! Non seulement elle était nulle comme espionne, mais en plus elle était maladroite. Elle prit le sweat-shirt et le portant près de son visage elle respira cette odeur si familière. Une odeur fraîche et masculine qui la réchauffa immédiatement. *C'est vraiment grave, Mia. Arrête de fantasmer sur l'ennemi que tu essaies d'épier.*

Elle tenta de replacer le sweat-shirt dans la même position, et ses mains sentirent quelque chose d'inhabituel. Au bord de la manche, il y avait une petite bosse qu'on ne s'attendait pas à trouver sur un vêtement aussi confortable.

Son pouls s'accéléra et Mia tout excitée reprit le sweat-shirt pour l'examiner de plus près.

En bas de la manche, il y avait une puce incrustée dans le tissu. Elle avait la taille d'un petit bouton et c'était tout à fait par hasard que Mia avait passé le doigt dessus, sinon elle ne l'aurait jamais remarquée.

Elle eut une idée. Korum portait ce sweat-shirt quand il avait fait un mouvement du bras et que l'image avait disparu, Mia s'en souvint en frissonnant de haut en bas. C'était littéralement un tour de magie.

Mia sauta presque d'excitation et examina le minuscule ordinateur, en tout cas c'est ce qu'elle pensait regarder de toute son attention. Il ne semblait pas y avoir de bouton pour l'allumer ou pour l'éteindre.

— Allumer ! commanda Mia, en se demandant s'il obéirait à la voix.

Rien.

Mia essaya de nouveau.

— Allumer !

Toujours rien.

C'était vraiment agaçant. Soit la puce n'obéissait pas à la voix soit elle ne comprenait pas l'anglais. Ou bien elle était programmée pour reconnaître uniquement la voix de Korum ou pour réagir quand il la touchait.

Et si Mia essayait de la toucher ?

Elle essaya, il ne se passa rien.

Dans son agacement, elle souffla sur une boucle de cheveux qui lui était tombée dans l'œil. Elle réfléchit aux options qui se présentaient : si la puce réagissait quand Korum la touchait c'est qu'elle connaissait sa signature ADN ou son équivalent. Et dans ce cas, elle n'avait aucune chance d'y arriver.

Découragée, Mia se rassit par terre. La dernière fois qu'elle avait été mise en échec, ça l'avait aidée. Si seulement il y avait un moyen de tester sa théorie, une mèche des cheveux de Korum par exemple…

Reprenant soudainement espoir Mia se releva d'un bond et courut dans la chambre pour voir si elle pouvait trouver un cheveu qui serait tombé. Mais à son immense déception, il n'y en avait aucun dans la pièce, rien que de longs cheveux bouclés qui ne pouvaient venir que d'elle. Ou bien Korum était un maniaque du ménage ou bien il ne perdait pas ses cheveux comme le font les êtres humains.

En s'acharnant à réfléchir, Mia courut alors à la salle de bain et attrapa la brosse à dents de Korum. Peut-être avait-elle gardé un peu de salive ou un minuscule fragment de gencive… Elle rapprocha la brosse à dents de la puce en retenant son souffle.

La puce émit un faible signal, elle s'alluma une seconde puis s'éteignit.

Mia faillit pousser un cri de joie.

Elle rapprocha encore la brosse à dents de la puce, frôlant presque le sweat-shirt, mais cette fois la puce n'émit aucun signal.

Mia grinça des dents de frustration. Elle était sur la bonne voie, mais elle avait besoin d'un plus grand échantillon d'ADN. Il devait y en avoir dans ses vêtements, dans ses chaussures, sur les draps… mais en quantité infime, comme sur la brosse à dents.

Les draps ! Un grand sourire éclaira lentement le visage de Mia. Elle savait bien où trouver cet échantillon en plus grande quantité.

Elle alla à la buanderie et chercha dans la pile de serviettes de toilette et de linge sale qui s'était accumulée la semaine dernière. C'était Korum qui faisait la lessive et bizarrement il la faisait habituellement le lundi. Puisqu'on était samedi, la pièce regorgeait d'échantillons d'ADN grâce à la fréquence de leurs rapports sexuels.

Mia sortit du panier de linge sale une taie d'oreiller maculée de taches et rougit légèrement en se souvenant de ce qui s'était passé. Elle l'apporta au bureau, la rapprocha de la puce et attendit en n'osant pas trop espérer.

Sans émettre le moindre son, la puce clignota et s'alluma. Une immense image en 3D apparut sur la surface de la table. Le cœur battant la chamade Mia replaça le sweat-shirt sur la chaise, ce qui n'eut aucune incidence sur l'image, et essaya de comprendre ce qu'elle voyait.

CHAPTER NINE

Over the next couple of weeks, Mia settled into a routine – if sleeping with an extraterrestrial while trying to spy on him could be called anything that mundane.

He insisted on seeing her every evening, for dinner and beyond. She spent every night at his penthouse, no longer sleeping in her own apartment. During the day, he allowed her to attend class, go home to study, or spend time Skyping with her family. Her social life – never particularly active – now revolved around her relationship with him, and Jessie was horrified by that.

"I'm telling you, Mia," she earnestly tried to convince her, "I know you said it's only temporary, but I'm really worried about you. All you do is go to him – it's like you don't have a life anymore. It's not healthy, the way he just completely took over all your free time. I barely see you anymore – and we share an apartment. Can't you just spend one night away from him, just to hang out with the girls or go to a house party? You're in college, for Christ's sake!"

Mia shrugged, not wanting to get into an argument with Jessie. Let her think that she was simply obsessed with her first lover. It was better than explaining the reality of her precarious situation.

John contacted her on Thursday, wondering if she had any useful information. Mia had nothing. Leeta and Rezav had come by Korum's place a few times, but they had gone into that room and Mia had been too scared to try spying on them again. Walking in Central Park, Korum and Mia had once been approached by a group of three Ks that she'd never seen before. Their attitude toward Korum had been somewhat deferential, giving Mia a glimpse of the power he supposedly wielded over the Krinar on this planet. However, they'd spoken in their own language, and Mia had no clue what they said. She was surprised to see them, however; she hadn't known that Manhattan was such a popular place for the Ks to hang out.

On Fridays and Saturdays, he took her out to see Broadway shows and new movie releases. Mia greatly enjoyed herself. For some reason, despite living in New York City, she rarely got a chance to go to the shows – and it was fun pretending to be a tourist for a night. He also took her out to expensive restaurants or made gourmet meals at home on the days that they stayed in. For an outsider looking in, her life was the stuff of every girl's fantasy – complete with a handsome, wealthy lover who drove her around in a limo and generally treated her like a princess.

Her wardrobe had undergone a complete change as well. The personal shoppers from Saks had gone all out, replacing every piece of Mia's clothing with something nicer, more flattering, and infinitely more expensive. Stylish new coats and fluffy parkas kept her warm and cozy in the unpredictable spring weather. All of her underwear was now mostly silk and lace, with a few cotton pieces mixed in for everyday comfort and exercise. Her bulky old sweaters and baggy sweatpants were exchanged for comfortable, but formfitting yoga pants and soft fleecy tops. Even her jeans were deemed to be too old and poorly fitting, and designer brands now proudly resided on her shelves. And, of course, the beautiful dresses that now hung in her closet were in a category of their own. Her shoes had not escaped either, with brand-new high-end boots, sneakers, flats, and heels taking place of her old Uggs and worn-out All Stars from high school.

Mia's strident objections at Korum's extravagant expenditures on her behalf were completely ignored.

"Are you under the impression that this is something more than pocket change for me?" he asked her arrogantly, arching one black eyebrow at her protests. "I like to see you dressed well, and I want you to wear these."

And that was the end of that topic.

The sex between them was explosive – literally and figuratively out-of-this-world. Korum was a very mercurial lover. One day, he could be playful and tender, spending hours massaging Mia with scented oils until she purred with pleasure; other times, he was merciless, driving into her with unrelenting force until she screamed in ecstasy. On days when he took her blood – not every day, because it could be addictive for them both, he'd explained – she thought she could easily lose her mind from the intensity of the experience. Although Mia had never tried the hardcore drugs herself, she knew about the effects of various substances on the brain through her Psychology of Addiction class, and she imagined that the sex-blood combo with Korum was probably like doing heroin at the same time as ecstasy.

She often felt bitter about that, knowing that she could never feel the same way with a regular human man. Even if she were able to return to her normal life some day, she knew that she would never be the same, that he was too deeply imprinted on her mind and body. With each day that passed, she grew to crave his touch more, every cell in her body aching for him when he was not around. All he had to do was smile or look at her with those amber eyes and she was ready, her body softening and melting in preparation for his.

The calm, rational Mia Stalis of the past twenty-plus years was replaced with an insecure, emotional wreck. When she was with Korum, feeling his touch and basking in his presence, Mia felt like she was floating on air. As soon as she stepped away, however, she was filled with self-loathing and gut-wrenching fear – fear of being caught spying, of being unable to carry out her mission before he tired of her, and, most of all, of losing him. It was inevitable, she knew. Even if he hadn't been the enemy, even if his kind had not been enslaving her own, there was no future for them. They were different species, and, if that hadn't been enough of an obstacle, her life span was like that of a fruit fly compared to his. In another few years – a dozen years at most – she would begin the inevitable aging process, and his attraction to her would fade, assuming that it lasted that long in the first place.

In her darkest moments, a small insidious voice inside her head wondered if it would truly be that awful – being his charl in Costa Rica. Would he treat her any differently from the way he did today? If not, then what did it matter what label was placed on their relationship as long as she could continue to be with him? And then she would be disgusted with herself, sickened that she could even contemplate the idea.

Despite her best attempts to remain upbeat for them, her family had begun to notice that something was amiss. Her mom ascribed it to stress from the proximity of finals, but her dad was more observant. "Did you meet someone, honey?" he asked one day out of the blue, startling Mia. She had vehemently denied it, of course, but she could see that he still had some doubts. Out of her entire family, her father was the only one who could read the subtleties of Mia's moods, and she was sure that her artificially bright smile did little to conceal the turmoil within from his sharp gaze.

The only time she felt like her old self was when she would bury herself in the library, absorbed in her studies. The end of the semester was approaching quickly, and Mia's workload tripled, with papers and finals looming in the near future. Under normal circumstances, Mia would have been tense and snappy from the stress. These days, however, studying brought a welcome relief from the drama of the rest of her life, and she gladly pored over textbooks and practiced linear regression every chance she got.

The first days of May brought unseasonably warm weather to New York, and the entire city came alive, with residents quickly donning their new summer clothes and tourists arriving in droves.

As much as Mia would've liked to join the other students lounging on the lawn with their books, she needed four walls around her in order to concentrate. Korum was becoming increasingly reluctant to have her go to the library, given her tendency to forget about the time while there, so she tried to study more in his penthouse. He set up a desk and a comfortable lounge chair for her in a small sunny room next to his own office – the place where he had met with Leeta and Rezav – and she began spending hours there instead.

She was also starting to think about the summer. After finals, Mia was supposed to fly home to Florida to see her parents. She had been fortunate to get an internship at a camp for troubled kids in Orlando, where she would be one of the counselors. Since Orlando was only about ninety minutes away from Ormond Beach, she could easily visit her parents on the weekends or whenever she had days off. Although dealing with troubled children would not be the easiest gig, the experience was considered valuable for someone in her field and would greatly aid her on grad school applications.

She had no idea how Korum would react to her essentially leaving for the next couple of months. It was possible that in another couple of weeks he would be tired of her, and then the issue would never arise. Thus far, he had not prevented her from carrying on with her schoolwork, and she hoped they might be able to come up with a workable solution for the summer as well – if their relationship lasted that far. For now, she decided to keep quiet and not rock the boat.

Two days before her Statistics exam, with Mia beginning to think and dream in correlations, Korum got called away for some unknown emergency. Sitting in her study room, she heard raised voices speaking in Krinar across the wall. Minutes later, he came into her room and told her tersely that he would be away for the rest of the day.

"If you need to go home to study or you want to hang out with your roommate tonight, feel free," he added as an afterthought. "I may not be home tonight."

Surprised, Mia nodded in agreement and watched him depart swiftly, with only a quick peck on her cheek.

Her heart jumped into her throat as she realized that this may be the chance she had been waiting for.

She sat for a few minutes, making sure that he was truly gone. For good measure, she leisurely strolled to the bathroom and splashed cold water on her cheeks, trying to convince herself that there was nothing to worry about... that she was completely alone in the house. Her hands were shaking a bit, she noticed as she raised them to her face, and her eyes stood out against her unusually pale face. *You can do this, Mia. All you have to do is just take a look around.*

She casually walked toward his office, ready to run into her own study at the first sign of his return. The penthouse was eerily quiet, with only her footsteps breaking the uneasy silence. Her heartbeat thundering in her ears, Mia tiptoed toward the office door.

As before, the doors slid open automatically at her approach. Even though Mia had been expecting it, she still jumped at the quiet "whoosh." Stepping in, she quickly surveyed her surroundings.

The room was completely empty.

A large polished table stood in the center, dominating the space. There were a few chairs positioned around the table, with the whole setup reminiscent of a corporate conference room. Mia was not sure what she'd hoped to see – perhaps a few papers left lying around or a computer carelessly turned on. But there was nothing.

Of course, she realized, he would not be using anything as primitive as paper or a tablet computer. Whatever the K equivalent of a computer was, she likely wouldn't even recognize it as such given the state of their technology.

Not for the first time, Mia cursed her own technological ineptitude. Someone who had problems keeping up with all the latest human gadgets was particularly ill-equipped to spy on an alien from a much more advanced civilization.

Walking into the room, she carefully approached the table. It looked like a regular table surface, but Mia remembered the three-dimensional image she'd seen on it that one time. She tried to remember what it was that Korum did to make it disappear. Was it a wave of his hand?

Trying to imitate the gesture, she motioned with her right arm. Nothing. She waved her left arm. Still nothing. Frustrated, she stomped her foot. Unsurprisingly, that didn't do anything either.

Mia circled around the table, studying every nook and cranny. Getting down on her knees, she crawled underneath and tried to look at the underside in the crazy hope that there might be a recognizable button somewhere there. There wasn't one, of course. The surface above her was completely innocuous, made of nothing more mysterious than plain wood.

Trying to crawl out, Mia bumped against one of the chairs. Exactly like a corporate office chair, it had wheels and swiveled in the middle. A fleecy sweater Korum occasionally wore around the house was carelessly hanging on the back of it. She crawled around the chair, not wanting to disturb the arrangement in case Korum had a good memory for furniture placement.

Sitting on the cold floor next to the chair, Mia stared despondently around the room. It was hopeless... John had been crazy to think that Mia could help somehow. If they were truly relying on her, then they were doomed. She was, quite simply, the worst spy in the world.

Her butt was getting cold from sitting, and the whole thing was utterly pointless anyway.

Trying to get up, Mia inadvertently brushed against the chair and lost her balance for a second. Grabbing onto the chair for support, she accidentally pulled off Korum's sweater.

Great. She wasn't just a useless spy – she was also a clumsy one. Lifting the sweater, she brought it closer to her nose and inhaled the familiar scent. Clean and masculine, it made her warm deep inside. *You have it bad, Mia. Stop mooning over the enemy you're spying on.*

She tried to arrange the sweater back in its original position, and her fingers felt something unusual. A small protrusion on the edge of the sleeve that didn't seem to belong on a soft sweater like that.

Her pulse jumping in excitement, Mia lifted the sleeve to take a closer look.

On the bottom of the sleeve, a tiny chip was embedded in the fabric. It was the size of a small button, and it was sheer luck that Mia's fingers had landed on it – otherwise, she would not have noticed it in a million years.

A light went on in her head. Korum had been wearing this sweater when he waved his arm and made the image disappear, Mia remembered with chills going down her spine. He had literally had a trick up his sleeve!

Nearly jumping in excitement, Mia examined the little computer – or at least, that's what she presumed it was – with careful attention. The thing was tiny and had no obvious on or off button.

"On," Mia ordered, wondering if it would respond to voice commands.

Nothing.

Mia tried again. "Turn on!"

There was no response this time either.

This was frustrating. Either the chip did not respond to voice commands, or it did not understand English. Then again, it could be programmed to respond only to Korum's voice or his touch.

Maybe if she massaged it herself?

She tried it. Nothing.

Blowing in frustration at a curl that had fallen over her eye, Mia considered her options. If the thing responded to Korum's touch, then it probably knew his DNA signature or something like that. In which case, she had no chance of getting it to work.

Discouraged, Mia sat down on the floor again. It seemed to help the last time she was stumped. If only there was some way she could test her theory – like a chunk of his hair or something . . .

Suddenly hopeful, Mia jumped up and ran to the bedroom to see if she could find any stray hairs. To her huge disappointment, the room was utterly hair-free, except for a couple of long curly strands that could only be her own. Korum was either a clean freak, or he simply didn't shed his hair the way humans did.

Furiously thinking it through, Mia ran to the bathroom and grabbed his electric toothbrush. Maybe it had some traces of his saliva or gum tissue . . . She held up the toothbrush to the little device with bated breath.

The device blinked, powering up for a second, and then fizzled out again.

Mia nearly screamed in excitement.

She held the toothbrush even closer, nearly brushing the sweater with it, but the chip remained silent and dark.

Mia's teeth snapped together in frustration. She was on the right path, but she needed a bigger chunk of his DNA. His clothes might have some, his shoes, the sheets on the bed . . . But those would likely be trace amounts, like those on the toothbrush.

The sheets on the bed! A big grin slowly appeared on Mia's face. She knew exactly where to get that big chunk.

Going into the laundry room, she dug through the pile of towels and dirty linens that had piled up in the recent week. Korum tended to do his own laundry for some weird reason, and he usually did it on Mondays. Given that today was a Saturday, the room was chock-full of DNA tidbits, courtesy of their active sex life.

Mia pulled out a particularly stained pillowcase, blushing a little when she remembered how it got that way. Bringing it into the office, she held it up to the little device and waited, hardly daring to hope.

Without any sound, the chip blinked and turned on. A giant three-dimensional image appeared on the table surface. Her heart in her throat, Mia slowly hung the sweater back on the chair – which did not affect the image at all – and walked around the table, trying to make sense of what she was seeing.

CHAPITRE DIX

Une immense carte en trois dimensions de Manhattan et des quartiers environnants se déployait devant elle. C'était comme une version de Google Earth, mais bien plus sophistiqué et bien plus réaliste.

Mia fit lentement le tour de la table et examina ce paysage qu'elle connaissait bien et qui apparaissait sous ses yeux. Il y avait Central Park, exactement au centre de l'île longue et étroite qui était demeurée le centre culturel et financier des États-Unis d'Amérique.

Bien plus au sud, dans le West Side, Mia pouvait voir le luxueux gratte-ciel de Korum et pouvait en distinguer chaque détail.

Mia était fascinée ; elle étendit la main vers la petite image représentant le bâtiment se demandant ce qui se passerait. Ses doigts la traversèrent, mais elle sentit une petite décharge électrique dans la paume de la main. Tout à coup, l'image se déplaça, se précisa et Mia cria de panique : elle s'était retrouvée dans la rue devant l'immeuble lui-même, non pas dans sa représentation, mais dans sa réalité.

Bouche bée, elle fit un pas en arrière, trébucha, tomba et se rattrapa avec les mains.

Elle ne s'était pas fait mal en heurtant la surface rugueuse du trottoir, en fait elle ne sentit pas son contact. Tout semblait étrangement muet et silencieux, il n'y avait pas de voiture dans la rue ni de passants qui s'y promenaient. Était-ce un rêve, se demanda Mia en frissonnant ou était-ce une hallucination particulièrement intense ? Peut-être le contact avec la technologie des extra-terrestres était-il mortel et son cerveau lui faisait-il ses adieux ? Et pourtant ce n'était pas l'impression qu'elle avait, elle avait seulement l'impression étrange d'être tombée dans un bassin réfléchissant dont les reflets s'avéraient être réels.

La réalité virtuelle.

Tout à coup, Mia en était certaine. La technologie humaine de pointe ne pouvait rendre qu'une pâle imitation de la réalité dans ses films en trois dimensions et ses jeux vidéo. Évidemment, les Ks pouvaient faire beaucoup mieux, elle avait l'impression d'être elle-même au cœur de l'image. Ce devait être l'équivalent K de Google Maps où au lieu de la petite icône orange placée sur la carte digitale pour naviguer dans les images la carte plaçait le spectateur lui-même dans la réalité en trois dimensions.

Mais maintenant, la question était : comment en sortir ?

Peut-être en fermant les yeux et en les ouvrant de nouveau se retrouverait-elle de nouveau dans le bureau. Mia ferma très fort les paupières et essaya de compter jusqu'à cinq. Mais à mi-parcours, elle perdit patience et jeta un coup d'œil furtif. Eh non, elle était toujours en face de l'immeuble.

Sa tentative suivante fut de se pincer… de se pincer très fort.

Ouille !

Elle s'était effectivement fait mal, mais elle voyait toujours la même chose. Elle tapa du pied. Sa jambe avait également transmis l'information à son cerveau, mais Mia n'avait toujours pas quitté ce monde mystérieux.

Merde ! Elle commença à paniquer. Que se passerait-il si elle ne pouvait plus en sortir ou pire, si elle y était encore quand Korum rentrerait chez lui ? Il saurait immédiatement qu'elle avait fouiné partout. Il n'y aurait pas moyen de dorer la pilule ou de feindre une curiosité sans objet particulier. Elle avait clairement fait d'extraordinaires efforts pour ouvrir ses fichiers.

Réfléchis, Mia, réfléchis ! Si elle était si facilement entrée dans cet univers, il devait être aussi facile d'en sortir. Il devait y avoir quelque chose de réel dans cet endroit surréel, même si tout y semblait artificiel.

En levant les bras sur les côtés, Mia tourna lentement en rond. Au début, ses bras étendus ne rencontrèrent rien que de l'air. Elle fit un pas à droite et recommença. Puis un autre, et encore un autre. À sa cinquième tentative, ses doigts effleurèrent quelque chose de doux qu'elle connaissait bien. Le pull de Korum ! Elle ne le voyait pas, mais elle pouvait vraiment le sentir.

Mia l'attrapa d'un geste désespéré et essaya de retrouver la puce. Et elle était bien là, un tout petit bouton au bord de la manche. Dès que Mia la toucha, sa main sentit la faible décharge électrique qu'elle avait déjà reçue. Elle se sentit désorientée pendant une seconde puis elle se retrouva sur la terre ferme, sur le parquet du bureau, dans le bâtiment qu'elle venait juste de regarder de l'extérieur.

Tremblant presque de soulagement elle regarda fixement la carte toujours déployée devant elle. Elle avait réussi ! Elle, Mia Stalis, à qui il fallait expliquer comment utiliser les derniers iPad, elle avait réussi à entrer dans la réalité virtuelle des extra-terrestres et à en ressortir indemne.

Bien sûr, elle n'avait encore rien appris d'utile. Elle aurait voulu tout arrêter et recommencer à apprendre la formule de la déviation ordinaire, mais il fallait encore profiter de la chance qui s'offrait à elle.

Cette fois-ci Mia savait ce qu'il fallait faire pour ne pas risquer de se perdre dans cet univers étrange. Elle mit elle-même le pull de Korum. Il lui était bien trop grand et il lui arrivait presque aux genoux. Son parfum familier l'étreignait délicieusement, presque comme si elle avait été dans ses bras. Étrangement, elle en fut vraiment réconfortée, même si elle savait qu'il pourrait la tuer s'il la voyait en ce moment.

Elle contourna la table et examina la carte en détail. L'image semblait vibrer imperceptiblement, et certaines zones brillaient plus que d'autres. Un immeuble en particulier de Brooklyn était auréolé de lumière.

Une auréole ? Mia devait en savoir davantage.

Elle tendit la main vers la minuscule image, ferma les yeux et s'enhardit pour passer de l'autre côté du miroir.

Quand elle les rouvrit, elle était dans une rue tranquille bordée d'arbres et elle regardait un pâté de petites maisons de briques rouges.

À son grand étonnement, elle était loin d'être seule. Prise de surprise et retenant son souffle, elle vit un homme se hâter d'entrer dans l'une des maisons. Il passa tout près de Mia dans la rue, sans même lui jeter un regard anodin pour montrer qu'il l'avait vue. Évidemment, pensa Mia, du point de vue de cet homme, elle n'existait pas. Ou bien elle regardait une vidéo tournée en direct, et cette vidéo était très réaliste, ou bien, et c'était plus vraisemblable, elle regardait un enregistrement antérieur.

Une formule qu'elle avait entendue une fois lui trottait dans la tête, elle disait que la technologie de pointe ne se distingue pas de la magie. C'est exactement comme ça avec les Ks pensa Mia. Elle avait l'impression d'être un peu comme Harry Potter revêtu de la cape d'invisibilité, même si son adversaire à elle était – il faut l'avouer – bien plus beau que Voldemort.

Elle prit son courage à deux mains, suivit cet homme sur le perron et entra avec lui dans la maison. *Ce n'est pas réel, Mia. Ils ne peuvent pas te voir. Tu peux en sortir quand tu voudras.* Elle ouvrit la porte qui n'était pas fermée à clef et entra.

Il n'y avait personne dans l'entrée, mais elle pouvait entendre des gens parler dans le salon. Le cœur battant la chamade, Mia s'approcha du groupe. Enveloppée dans le grand pull de Korum elle avait l'impression d'avoir un doudou qui lui donnait l'audace de continuer.

Mia entra dans la pièce sur la pointe des pieds et n'alla pas plus loin que l'embrasure de la porte, s'attendant à ce que quelqu'un la traite d'intruse, mais ceux qui étaient dans la pièce ne se rendaient pas compte qu'elle était là. Rassurée, Mia commença à observer ce qui se passait.

Une quinzaine de personnes y étaient rassemblées, âges et nationalités confondues. Seules trois d'entre elles étaient des femmes et l'une d'entre elles, une femme d'âge mûr donnait l'impression d'être un professeur. Les deux autres étaient plus jeunes, elles avaient environ l'âge de Mia, mais le stress qui se lisait sur leur visage les vieillissait. Il y avait un homme mince et blond qui tournait le dos à Mia, mais qu'elle eut l'impression de reconnaître.

— John, dit la femme d'âge mûr en s'adressant au blond, il faut vraiment régler ces détails, nous ne pouvons leur donner une confiance aveugle…

Quand il tourna la tête pour répondre Mia réalisa avec un serrement de cœur qu'elle connaissait effectivement ce John, et qu'elle lui avait déjà parlé à deux reprises ces dernières semaines. Ce qui ne voulait dire qu'une seule chose : elle assistait à une réunion de la résistance, et puisqu'elle y assistait grâce au système vidéo de réalité virtuelle de Korum, ce dernier les avait découverts.

'*Doux Jésus !*' Ils pensaient être en sécurité, ne pas avoir été dénichés. Sinon pourquoi se réunir ainsi ? John lui avait dit que Korum était venu à New York dans un but précis, éliminer le mouvement de résistance… parce qu'ils étaient sur le point de remporter une victoire. Mais visiblement, Korum avait une longueur d'avance et avait retrouvé les combattants de la liberté.

Il fallait les prévenir. Dans cette maison de Brooklyn, ils étaient des proies faciles, Korum pouvait les prendre au piège d'un instant à l'autre.

Tout à coup, Mia sentit ses cheveux se dresser sur la tête, les morceaux du puzzle s'assemblèrent, et quand elle comprit, elle en eut le souffle coupé.

C'était peut-être déjà trop tard pour John et ses amis.

Sinon pourquoi Korum serait-il parti si précipitamment aujourd'hui ? Il savait exactement où les trouver, il n'avait aucune raison d'attendre davantage. S'il ne les avait pas encore pris au piège, ça ne saurait tarder.

Sans attendre une seconde de plus Mia toucha la puce sur sa manche et se retrouva aussitôt dans le bureau de Korum. Elle étendit la main comme elle l'avait vu le faire et défaillit presque de soulagement quand son geste marcha et que la carte disparut.

Elle enleva rapidement le pull, le pendit sur le dos de la chaise en s'assurant qu'elle n'avait pas perdu de cheveux sur la polaire. Puis elle replaça les chaises comme elles étaient dans son souvenir et sortit en courant de la pièce. À la dernière minute, elle se rappela qu'elle y avait oublié la taie d'oreiller, s'en saisit et la jeta dans le panier de linge sale en sortant de l'appartement. Deux minutes plus tard, elle avait mis ses chaussures, prit son sac et elle entrait dans l'ascenseur.

Il fallait immédiatement contacter John.

Elle sortit son vieux téléphone portable et envoya un mail à Jessie en écrivant "Salut" dans la case "objet". Dans le message lui-même, elle écrivit qu'elle serait ce soir à la maison et demandait à Jessie si elle voulait passer la soirée entre filles. Elle pensa que cela suffirait pour alerter John, à supposer qu'il garde un œil sur le compte mail de Jessie.

Et maintenant, la seule chose qu'elle puisse faire était d'espérer en priant qu'il ne soit pas déjà trop tard.

Mia voulait rentrer chez elle aussi vite que possible et héla un taxi.

C'était une décision extravagante et un gaspillage d'argent, mais c'était le moment ou jamais de se dépêcher. En entrant dans le taxi, elle donna son adresse au chauffeur et s'adossa au siège en fermant les yeux.

Les pensées et les idées défilaient à toute vitesse dans son cerveau, allant du coq à l'âne. Comment Korum avait-il su où se tenait la réunion ? Il avait sans doute mis la maison des combattants sur écoute à leur insu… Mais John lui avait dit pour la rassurer qu'il savait si une pièce était sur écoute ou pas. Ou bien John lui avait menti, ou bien Korum avait dix longueurs d'avance sur ce que croyaient savoir John et son groupe. Cette seconde hypothèse sembla plus plausible à Mia. L'espèce humaine ne pouvait en aucun cas espérer rivaliser avec la technologie des Ks. Si Korum voulait épier la résistance, il était évident qu'il pouvait le faire sans qu'elle le sache.

Mia prit alors pleinement conscience du danger où son entreprise l'avait conduite. Depuis combien de temps Korum les avait-il surveillés ? C'était déterminant pour savoir s'il connaissait déjà leurs plans et donc s'il savait que Mia était impliquée, même si sa participation était restée modeste jusqu'ici. À cette pensée, Mia eut la nausée et son corps se glaça des pieds à la tête. Jamais elle n'avait vu Korum vraiment en colère, mais elle était persuadée que ça ne devait pas être joli à voir.

En arrivant chez elle Mia paya le chauffeur, les mains couvertes d'une sueur glacée. Elle monta les cinq étages pour se rendre dans son appartement. Jessie n'y était pas et Mia pensa avec envie qu'elle profitait sans doute de cette belle journée avec ses amies. Ou bien elle préparait ses examens de licence et ces deux hypothèses semblaient également enviables à Mia vu la situation où elle se trouvait.

Elle décida d'attendre.

Pendant environ une demi-heure, Mia fit les cent pas dans le salon au risque d'élimer le tapis. Finalement, juste quand elle crut devenir folle à force de frustration, la sonnette de la porte d'entrée retentit.

Sur le palier se tenaient John et l'une des jeunes femmes qui assistaient à la réunion. La jeune fille avait les cheveux cendrés, coupés presque aussi courts que ceux d'un homme. Seuls ses traits particulièrement gracieux l'empêchaient de passer pour un jeune garçon.

— Mia, voici Leslie, dit John. Leslie, voici Mia, la jeune femme dont je t'ai parlé.

Mia fit un signe de tête pour leur dire bonjour et les fit entrer dans l'appartement.

— John, dit-elle sans autre forme de préambule, je viens juste d'apprendre que vous êtes en danger.

— Pas possible ! dit Leslie d'un ton sarcastique. On ne s'en doutait pas !

Mia fut déroutée. Elle n'avait aucune raison de déplaire à cette jeune fille, et pourtant celle-ci lui parlait d'un ton presque méprisant. Elle se hérissa à son tour.

— Effectivement, dit-elle froidement. Vous ne vous en doutiez visiblement pas… sinon pourquoi tenir cette réunion alors que Korum pouvait vous avoir tous en vidéo, vous comprise, Leslie.

Sous le choc John écarquilla les yeux.

— De quoi parlez-vous ? Quelle vidéo ?

— Je ne suis même pas sûre que le terme de vidéo convienne dans ce cas. C'est plutôt une sorte d'émission de télé-réalité…

Elle leur raconta exactement ce qu'elle avait vu aujourd'hui. Quand elle eut fini, John était pâle et le sourire arrogant de Leslie avait disparu.

— Je ne comprends pas, dit-il lentement. Comment a-t-il appris où nous trouver ? Nous avons sécurisé tous les endroits où nous nous réunissons d'habitude, nous avons vérifié tous les jours qu'il n'y avait pas de système d'écoute. Nous avons régulièrement passé les lieux au scanner…

— Visiblement, ça ne suffit pas, dit Leslie. Ou bien nous avons été trahis.

Ils se regardèrent avec consternation.

— Et comment faites-vous donc ? demanda Mia. D'ailleurs comment savez-vous quoi chercher avec vos scanners ? Ils peuvent dissimuler leurs systèmes de repérage n'importe où, vous m'avez même dit que j'en portais un.

— C'est vrai, dit John en faisant un signe de tête. Mais nous pouvons quand même les trouver…

— Dans la plupart des cas, dit Leslie.

— Oui, dans la plupart des cas, parce que nous ne nous contentons pas de notre propre technologie de pointe…

— John ! dit Leslie comme pour le mettre en garde.

— Leslie, Mia doit être mise au courant. Il est clair qu'elle a risqué gros pour nous procurer ces informations ce soir…

— Mais comment peux-tu lui faire confiance ? Elle couche tous les jours avec lui !

— Elle n'a pas le choix ! Et sinon, comment aurait-elle pu faire cette découverte aujourd'hui ? Tu devrais être à ses pieds pour la remercier d'avoir ainsi risqué sa vie…

— Excusez-moi, interrompit Mia, rouge de colère et d'embarras. De quoi s'agit-il ? Que devrais-je savoir ?

Leslie fixa John d'un air furieux, comme si elle était sur le point de le frapper. Il passa outre et dit

— Écoutez, Mia, je ne veux pas que vous pensiez que nous ne sommes qu'une bande d'imbéciles et de radoteurs dépassés par la situation. C'était peut-être le cas quand le mouvement est né, quand nous ignorions qui étaient vraiment les Ks et ce qu'ils étaient capables de faire. Mais maintenant, c'est différent. Nous connaissons bien nos adversaires, et nous avons de l'aide…

— Les Ks vous aident ? Mia lui coupa la parole, cette pensée lui fit battre le cœur plus vite.

— Oui, les Ks nous aident, dit John en guise de confirmation. Je vous l'ai déjà dit, ils ne sont pas tous pareils. Certains pensent que c'est mal de venir sur notre planète pour nous la dérober… pour réduire notre population en esclavage. Ces Ks veulent nous aider, partager leur avance technologique avec nous, nous aider à progresser et à être d'égal à égal avec eux…

— Ce sont comme l'équivalent des Petas chez les Ks, dit Leslie, acceptant l'inévitable, mais gardant les sourcils froncés. Nous les appelons les Ket Hs, les Ks favorables à un traitement éthique des êtres humains.

— Ks et H, ou Keiths, ce qui est plus facile à dire, précisa John.

Mia n'en croyait pas ses oreilles, elle les regardait fixement. John avait déjà fait allusion à des alliés puissants, mais ce dont il parlait maintenant ne se limitait visiblement pas à l'initiative individuelle d'un ou deux Ks en rupture de ban.

— Quelle est l'influence des Keiths dans leur propre société ? demanda-t-elle, essayant de mettre tout cela en perspective.

— Elle reste limitée, admit John.

— D'après ce que nous savons, ils sont marginaux, ajouta Leslie. Mais ils ont accès à la technologie des Ks et ils nous fournissent ce dont nous avons besoin pour rester dans la course, nos instruments de repérage, nos écrans de protection…

— Mais pour quoi faire ? demanda Mia qui avait encore du mal à comprendre. Vous pouvez vous rendre invisibles, et d'ailleurs pas toujours comme on l'a constaté aujourd'hui, mais qu'est qu'un groupe marginal peut faire pour vraiment changer les choses ? Vous ne pouvez toujours pas vous battre contre les Ks, même si vous avez quelques engins de détection. À moins que…

En comprenant ce qui se passait, elle en eut le souffle coupé.

— À moins qu'ils ne nous fournissent davantage que quelques engins de détection, exactement, dit John pour la mettre sur la voie.

— Assez, John, dit Leslie d'une voix dure. Maintenant, elle en sait autant que la plupart des membres de notre groupe. Si tu lui en dis davantage et qu'elle se fait prendre…

John soupira.

— Leslie a raison. Votre amant sait déjà tout ce que je vous ai dit jusqu'à présent. Je ne peux vous en dire plus sans vous mettre en danger. Ou plutôt sans accroître encore le danger dans lequel vous êtes déjà.

Mia fit un signe de tête pour indiquer qu'elle comprenait. Elle n'avait pas de raison de connaître en détail les plans de la résistance. Elle n'avait aucune envie d'être torturée par ceux qui voudraient lui soutirer des informations. Et bien sûr elle ignorait si elle pourrait supporter ne serait-ce que la menace de la torture. Penser que Korum puisse être en colère contre elle suffisait à l'effrayer.

— Alors d'accord, dit-elle. Il faut que je vous demande quelque chose… Puisque votre système de sécurité n'est pas aussi efficace que vous le pensiez, y a-t-il une possibilité que Korum soit au courant pour moi ? Avez-vous oui ou non parlé de moi dans cette réunion de Brooklyn, parce que si vous l'avez fait…

— Non, Mia, vous ne risquez rien. John avait tout de suite compris où elle voulait en venir. Il y a toujours un risque qu'il puisse être au courant… mais ça m'étonnerait beaucoup. Vous êtes notre arme secrète. Je n'ai jamais parlé de vous à personne. Si ce n'est à Jason, et à Leslie qui se trouvait avec moi quand j'ai vu votre message. Personne ne sait que vous travaillez pour nous.

Lisant la surprise sur le visage de Mia, il ajouta :

— Je ne voulais pas vous faire courir de risque inutile. Si nous étions pris et si nous subissions un interrogatoire, personne ne dirait votre nom.

Il s'arrêta, il réfléchissait visiblement à ce qu'il allait dire ensuite.

— Et franchement, je n'étais pas persuadé que vous tomberiez sur quelque chose d'utile. Ce que vous venez de nous dire aujourd'hui dépasse mes espérances... Je ne peux même pas vous exprimer une infime fraction de ma gratitude. Vous voyez, ce soir nous étions censés avoir un dernier brainstorming, plus d'une trentaine de nos combattants d'élite devaient être présents. Korum doit être au courant... Nous en avons parlé dans notre dernière réunion, celle dont vous avez surpris quelques instants. S'il nous avait pris au piège ce soir, il aurait gravement atteint le mouvement. Vous avez sans doute sauvé de nombreuses vies aujourd'hui, Mia.

Mia le regarda, elle rougit, en proie à des émotions contradictoires. Elle était heureuse de pouvoir aider la résistance et terriblement soulagée que son secret soit bien gardé pour le moment. Mais elle était aussi un peu offensée de sa piètre opinion de ses capacités. Inversement, c'était tout à fait par hasard qu'elle était tombée aujourd'hui sur cette information. Jusqu'ici elle n'avait rien pu faire pour le mouvement, si bien qu'elle ne pouvait pas lui en vouloir de penser ainsi.

— D'accord, dit-elle. J'espère que vous pouvez repousser à une autre date ce que vous aviez prévu pour ce soir. Korum m'a dit qu'il risquait de ne pas rentrer de la nuit, il doit sans doute préparer un gros coup.

CHAPTER TEN

Spread out before her was a giant three-dimensional map of Manhattan and the surrounding boroughs. It was like a much fancier, much more realistic version of Google Earth.

Slowly pacing around the table, Mia stared at the familiar landscape laid out in front of her. There was Central Park, right in the middle of the tall narrow island that was still the cultural and financial center of the United States of America. Much lower, all the way on the west side, Mia could see Korum's luxury high-rise, outlined in perfect detail.

Fascinated, she stretched her hand toward the small building image, wondering if it had any substance to it. Her fingers passed right through it, but she felt a small electric pulse run through her palm. All of a sudden, reality shifted and adjusted . . . and Mia cried out in panic as she found herself standing on the street and looking directly at the building itself – not its image, but the real thing.

Gasping, she stumbled backwards, falling and catching herself with her hands.

There was no pain at the contact with rough surface of the sidewalk; in fact, the sidewalk felt like nothing at all. Everything seemed strangely muted and silent. There were no cars passing on the street and no pedestrians leisurely strolling by.

It had to be a dream, Mia realized with a shiver, or a really vivid hallucination. Maybe she was really dying from the contact with the alien technology, and this was her brain's last hurrah. It didn't feel like that, though – it just felt weird, like she had fallen into a reflective pool of something and the reflections turned out to be real.

Virtual reality.

Mia knew it with sudden certainty. Even today's human technology could give a weak imitation of it through all the three-dimensional movies and video games. The Ks could obviously do much better, making her feel like she was actually in the image herself. This had to be the K version of Google Maps, where, instead of placing the little orange figure on the digital map to look around via pictures, the map simply placed the viewer into the three-dimensional reality.

The question now was how to get out.

Maybe if she closed her eyes and reopened them, she would find herself back in the office. Squeezing her lids shut, Mia tried counting to five. Halfway through, she lost her patience and peeked. Nope, she was still definitely in front of the building.

Her next initiative was to pinch herself . . . hard.

Ouch.

She definitely felt that pain, but her view didn't budge. She stomped her foot. Her leg communicated that sensation to her brain as well, but Mia was still in that mysterious world.

Crap. She was starting to panic. What if she could never leave this place, or worse, what if she were still in it when Korum got home? He would know immediately that she had been snooping. There was no way to spin this in a positive light, or to pass it off as random curiosity. She had clearly gone to extraordinary lengths to access his files.

Think, Mia, think. If she had entered this world so easily, there had to be an equally easy way to get out. Something had to be real in this surreal place, even if everything seemed fake.

Raising her arms at her sides, Mia slowly turned in a circle. Initially, her outstretched hands encountered nothing but air. She took a step to the right and repeated the process. Then another step and another. On her fifth attempt, her fingers brushed against something soft and familiar. The sweater! She couldn't see it, but she could definitely feel it.

Grabbing it with a desperate grip, Mia attempted to locate the device. And there it was, a tiny nub near the edge of the sleeve. As soon as Mia touched it, the familiar electric pulse ran through her hand. For a second, she experienced that feeling of disorientation, and then she was standing on solid ground – on the floor of Korum's office inside the building she had just been looking at.

Nearly shaking in relief, she stared at the map still spread out before her. She'd done it! She – Mia Stalis, who had to be taught how to operate the latest iPads – had actually entered an alien virtual reality world and come out unscathed.

Of course, she still hadn't learned anything useful. As much as she wanted to stop and go back to memorizing the standard deviation formula, she had to explore this opportunity further.

This time around, Mia knew what she had to do to avoid getting lost in that strange world. She put on Korum's sweater herself. It was huge on her, nearly reaching down to her knees. His deliciously familiar scent surrounded her, almost as if she were standing in his arms. For some reason, she found it very comforting, even though she knew that he might kill her if he saw her in this moment.

Walking around the table, she examined the map in detail. The image seemed to pulse slightly, and there were areas that shimmered more than others. One particular building in Brooklyn almost had a glow around it.

A glow? Mia had to investigate it further.

Extending her hand toward the tiny image, she closed her eyes and braced for the reality shift. When she opened them, she was on the street, looking at a quiet tree-lined residential block populated by a row of red-brick townhouses.

To her surprise, the scene was far from empty. Stifling a startled gasp, she watched a man hurry into one of the houses. He walked right past Mia on the street, without even a cursory glance to acknowledge her presence. Of course, Mia realized, she wasn't really there from his perspective. She was either watching a live video feed – a very realistic one – or, more likely, a pre-recorded video.

A saying she'd once heard nibbled on the edge of her mind. Something about advanced technology being indistinguishable from magic. That's exactly what it was like with the Ks, thought Mia. She felt a little like Harry Potter in his invisibility cloak – though her adversary was admittedly much better-looking than Voldemort.

Gathering her courage, she followed the man up the steps and into the house. *This is not real, Mia. They can't see you. You can get out any time you like.* She opened the door – which was unlocked for some reason – and stepped inside.

There was no one in the hallway, but she could hear people in the living room. Her heart pounding in her throat, Mia slowly approached the gathering. The big sweater wrapped around her felt like a security blanket, giving her the nerve to continue.

Tiptoeing into the room, Mia hovered in the doorway, waiting for someone to yell out, "Intruder!" But the occupants of the room were unaware of her presence. Feeling much calmer, Mia began to observe the proceedings.

There were about fifteen people gathered there, of various ages and nationalities. Only three of them were women, including a middle-aged lady who looked like a professor. The other two women were young, probably around Mia's age, although the stressed look on their faces aged them somehow. A lean blond man was sitting with his back turned to Mia, but there was something about him that looked familiar.

"John," said the middle-aged woman, addressing the blond man, "we really need to work out these details. We can't just blindly trust them –"

He turned his head to respond, and Mia realized with a sinking feeling in her stomach that she knew this John – that she had spoken to him twice in the last few weeks. And that meant only one thing: what she was observing had to be a meeting of the Resistance – and if she were observing it through Korum's virtual reality video, then he was obviously onto them.

Oh dear God. They thought they were safe, that they weren't being tracked. Why else would they all be gathered here like this? John had said that Korum was specifically in New York to stamp out the Resistance movement . . . because they were getting close to some breakthrough. But clearly, Korum was even closer to his goal of hunting down the freedom fighters.

She had to warn them. They were sitting ducks in that Brooklyn house. Korum could ambush them at any moment.

Suddenly, Mia felt every hair on the back of her neck rising. The puzzle pieces snapped into place, and she gasped in horrified realization.

It may already be too late for John and his friends.

Why else would Korum leave so abruptly today? He knew exactly where they were. There was no reason for him to wait any longer. The ambush – if it hadn't occurred yet – was about to take place.

Without waiting a second longer, Mia touched the little device on her sleeve and was immediately transported back to Korum's office. Waving her hand as she had seen Korum do, she nearly collapsed with relief when the action actually worked and the map winked out of existence. Quickly taking off the sweater, she hung it on the back of the chair, making sure that no stray hairs from her head remained anywhere on the fleecy fabric. Then she positioned the chairs back to how she remembered them being and ran out of the room. Last minute, she remembered the pillowcase and grabbed that too, dropping it back in the laundry pile on her way out of the apartment. Two minutes later, she had her purse and shoes and was getting into the elevator.

She needed to contact John, right away.

Pulling out her old-fashioned pocket cell phone, Mia shot an email to

Jessie, writing 'Hi' in the subject line. In the body of the text, she mentioned that she would be home tonight and asked if Jessie wanted to have a girls' night in. That should put John on alert, she thought, if he was indeed monitoring Jessie's account. Now all she could do was hope and pray that she was not too late.

Wanting to get home as quickly as possible, Mia hailed a cab. It was a wasteful extravagance, but if there was ever a good reason to hurry – this was it. Climbing in, she gave the driver her home address and leaned back against the seat, closing her eyes.

Thoughts and ideas zoomed around her brain, jumping from one topic to another. How did Korum know where they were meeting? He had to have bugged the fighters' house without their knowledge . . . But John had reassured her that he could tell if a room was bugged or not. Either John had lied to her or Korum was ten steps ahead of whatever knowledge John's crew thought they possessed. That last part made sense to her. Humans could never hope to win against the K technology. If Korum wanted to watch the Resistance, he could obviously do so without their knowledge.

The full danger of the game she was playing dawned on Mia. Depending on how long Korum had been spying on them, he could know all of their plans by now . . . and he could know about Mia's involvement, limited though it had been up until today. At that thought, Mia's stomach turned over and she felt a sickening cold spread down to her toes. She had never seen Korum truly angry, but she had no doubt it would not be a pleasant sight.

Arriving at her destination, Mia paid the driver with cold, clammy fingers and walked up the five flights of stairs to her apartment. Jessie wasn't home, and Mia enviously thought that she was probably out enjoying the beautiful day with her friends. Either that or studying for finals – and both options sounded amazing to Mia right about now.

She settled in to wait.

About a half hour had passed, and Mia had nearly worn a hole in the carpet pacing up and down the living room. Finally, just as she was about to go out of her mind with frustration, the doorbell rang.

John and one of the young women from the meeting were at her door. The girl's hair was a sandy shade of brown and cut short, almost like a man's. She also looked very athletic. If it hadn't been for her elfin features, she could have easily passed for a teenage boy.

"Mia, this is Leslie," said John. "Leslie – this is Mia, the girl I was telling you about."

Mia nodded in greeting and let them into the apartment.

"John," she said without a preamble, "I just learned that you're in danger."

"No shit," Leslie said sarcastically. "We had no idea."

Mia was taken aback. This girl had no reason to dislike her, yet her tone was almost contemptuous. She felt her own hackles rising. "That's right," she said coolly. "You obviously had no idea . . . else you wouldn't have had that meeting where Korum could get a nice video of you all – including you, Leslie."

John's eyes widened in shock. "What are you talking about? What video?"

"I'm not even sure if video is the right word for it. It's really more of a virtual reality show –"

She relayed to them exactly what she'd seen today. By the time she finished, John looked pale and Leslie's arrogant smirk had been wiped from her face.

"I don't understand," he said slowly. "How did he know where to find us? All of our regular meeting places get swept for bugs and tracking devices daily. We all get regular scans too –"

"It's obviously not enough," said Leslie. "Either that, or we were betrayed."

They looked at each other in dismay.

"How are you even doing this?" asked Mia. "How do you even know what to look for when you do your scans? They can hide their tracking devices in anything. You even told me I have them in me . . ."

"That's true," John nodded, "but we can still find them –"

"Usually," said Leslie.

"Right, usually, because we're not just relying on our own modern technology –"

"John," said Leslie warningly.

"Leslie, Mia should know. She clearly risked a lot finding this information for us tonight –"

"But how can you trust her? She sleeps with him every day!"

"She has no choice in the matter! And how else would she have come across this today? You should be kissing her feet that she risked her life like that –"

"Excuse me," interrupted Mia, flushed with anger and embarrassment, "what is it you think I should know?"

Leslie just stared angrily, looking like she wanted to hit John. He ignored her and said, "Look, Mia . . . I don't want you to think that we're just a bunch of idiots bumbling around, in over our heads. Maybe that's what the movement was in the early stages, when we had no clue what they were or what they were capable of. It's different now. We know our adversary well. And we have help –"

"Help from the Ks?" interrupted Mia, her heart beating faster at the thought.

"From the Ks," confirmed John. "As I told you before, they're not all the same. Some of them believe it's wrong, the way the Ks have come to this planet to steal it from us . . . to enslave our population. They want to help us – to share their technology with us, to help us advance until we become their equals –"

"They're like the PETA version of the Ks," said Leslie, giving in to the inevitable, but with a frown still on her face. "We call them KETHs – Ks for the Ethical Treatment of Humans."

"KETHs, or Keiths, to make it easier to pronounce," clarified John.

Mia stared at them in amazement. He'd hinted at their powerful allies before, but this clearly went beyond just one or two rogue K individuals.

"What kind of pull do the Keiths have within their society?" she asked, trying to put it all into perspective.

"Not a ton," admitted John.

"They're kind of a fringe group, from what we understand," added Leslie. "But they do have access to K technology, and they supply us with what we need to stay ahead – the scanning tools we use, the shielding technology . . ."

"But to what end?" asked Mia, still not comprehending. "So you run around unseen – or not, as we learned today – but what can a fringe group do to really make a difference? You still can't fight them, even if you have a few bug scanning devices. Unless –"

She gasped in realization.

"Unless they were supplying us with more than a few scanning devices, that's right," John said helpfully.

"That's enough, John," Leslie said in a harsh tone. "Now she knows as much as most members of our group. If you tell her anything else and she gets caught –"

John sighed. "Leslie's right. Your lover already knows everything we've told you so far. I can't tell you anything else without putting you in danger. In even greater danger, I mean . . ."

Mia nodded in understanding. There was no reason for her to know the particulars of the Resistance plans. The last thing she needed was to be tortured for information. Of course, she had no idea if she could withstand even the threat of torture. Just the thought of Korum being angry with her was frightening in and of itself.

"Okay, then," she said. "I have to ask you one thing . . . Since your security is not as good as you thought it was, is there a chance that Korum could know about me? Did you talk about me at any time in that place in Brooklyn? Because if you did –"

"No, Mia, you're safe." John understood immediately where she was leading. "There's always a chance that he could know . . . but I really doubt it. You're our secret weapon. I've never spoken about you with anyone. Except for Jason – and Leslie, who happened to be with me today when I saw your email – no one knows that you're working for us."

Seeing the surprised look on Mia's face, he explained, "I didn't want to put you in any unnecessary danger. If we were to get caught and interrogated, your name would not come up."

He paused, apparently thinking about his next words. "And, frankly, I wasn't sure you would be able to come across anything useful. What you just told us today is so far above my expectations . . . I can't even begin to tell you how grateful we are. You see, tonight we were supposed to have a final brainstorming session – more than thirty of our top fighters were scheduled to attend. Korum must know about this . . . We talked about it in the last meeting – the one that you partially saw. If he had ambushed us tonight, he could have dealt a serious blow to the movement. You probably saved many lives today, Mia."

Mia looked at him, her cheeks flaming with mixed emotions. She was glad she could help the Resistance and hugely relieved that her secret was safe for now. But she was also a little offended at his low opinion of her capabilities. Then again, it was sheer luck that she'd stumbled upon this information today. Prior to this, she really had been useless to the movement, so she could hardly blame him for thinking that.

"All right," she said. "I hope that you can reschedule whatever you've got planned for tonight. Korum said he may not be home at all this evening, so whatever he's doing is probably big."

CHAPITRE ONZE

— Eh bien, ça faisait longtemps qu'on ne t'avait pas vue ici, bienvenue à la maison !

Visiblement, Jessie avait bien reçu son message, elle était rentrée et pétillait d'enthousiasme.

Mia lui rendit son sourire et la prit affectueusement dans ses bras, elle était sincèrement heureuse de la revoir, avec son visage souriant. L'entretien avec les combattants de la résistance l'avait désemparée, et être avec Jessie allait lui donner exactement le genre de distraction dont elle avait besoin.

— Alors, dis-moi, dit Jessie en plaisantant, comment se fait-il que le Grand Méchant K t'ait laissé sortir ce soir ? J'étais persuadée qu'il t'avait enfermée là-bas à double tour.

Mia rougit. C'était un petit peu trop près de la vérité pour être agréable à entendre. Elle haussa les épaules.

— Je crois qu'il a du travail ce soir, ou quelque chose dans ce genre. Il n'était pas sûr de rentrer de la nuit alors il m'a suggéré de rentrer te voir…

— Oh ! c'est trop gentil de sa part ! dit Jessie pour rire en écarquillant les yeux. Tu sais ce que ça veut dire ?

— Mais non, quoi ? répondit Mia en riant à la vue de la grimace que faisait Jessie.

— Eh bien, ça veut dire qu'on va sortir ! C'est samedi soir et on va aller faire la fête !

Mia retroussa légèrement le nez. Tu es sûre ? Juste avant nos examens ?

— Oh oui je suis sûre ! Et ne prends pas cet air. Je sais que ça fait déjà des semaines que tu bachotes. Sortir ce soir ne changera rien à tes résultats. Mais puisque ton maître et seigneur K t'a laissée sortir ce soir et ce soir seulement, nous allons bien en profiter !

Mia sourit. L'enthousiasme de Jessie était communicatif et tout à coup l'idée de s'amuser et de danser toute la nuit lui semblait absolument parfaite.

Deux heures plus tard, les filles commencèrent à se préparer pour sortir. Mia prit une douche, s'épila minutieusement, se lava les cheveux et leur fit un soin de beauté. En utilisant régulièrement le shampoing de Korum elle les avait rendus doux et soyeux, infiniment plus facile à coiffer, et quand elle les sécha, elle se retrouva avec un volume de boucles douces et bien définies qui lui descendait au milieu du dos.

Et ensuite, le maquillage ! Pour les yeux Mia choisit un look charbonneux très spectaculaire, ne se mettant rien sur le reste du visage. Mais sa garde-robe lui posait un dilemme, pour lequel elle avait besoin de l'avis d'une spécialiste.

— Jessie ! Elle appela sa spécialiste à la rescousse.

Sa colocataire entra dans sa chambre, elle aussi était sur son trente-et-un.

Elle était absolument ravissante avec sa mini-robe rouge et ses talons d'une hauteur vertigineuse.

— Laisse-moi deviner. Tu ne sais toujours pas quoi mettre ? demanda-t-elle en souriant.

— J'ai besoin de ton aide. Mia poussa un soupir d'impuissance et alla vers son placard.

— OK, voyons ce que nous avons de beau… Prada, Gucci, Badgley Mischka, ma pauvre, tu n'as vraiment rien à te mettre !

Jessie secoua la tête comme pour lui faire des reproches.

— Mais c'est incroyable, Mia, il te gâte trop. Maintenant, ça ne m'étonne plus que tu ne rentres jamais à la maison.

En fouillant dans le placard de Mia, Jessie y trouva une robe de Dolce et Gabbana particulièrement osée et la mit sous le nez de Mia.

— Tiens, essaie celle-là !

Mia lui jeta un coup d'œil désapprobateur.

— Je ne risquerais pas d'avoir froid ? Cette robe était réduite au minimum ; on aurait dit deux pans d'étoffe violette reliés entre eux par des pressions et une fermeture éclair.

— En dansant dans une boîte pleine de monde où il fera très chaud ? Oh je t'en prie ! grogna Jessie d'un air dédaigneux. Et si tu mets celle-là, je te garantis que tu n'auras pas besoin de faire la queue à la porte.

Mia décida d'écouter la spécialiste. Elle enfila gracieusement la robe et sortit de sa chambre pour la montrer à Jessie.

— Oh la la !

Jessie en avait presque perdu la parole.

— Je ne sais pas ce qu'il te fait manger, mais tu es trop belle. Tu sais, tu as toujours été mignonne, mais maintenant tu joues dans la cour des grandes.

Mia rougit légèrement. La robe était vraiment sexy, elle mettait ses jambes en valeur et lui dénudait le dos et les épaules. Elle était un petit peu trop provocante à son goût, la seule chose qui maintenait le bustier en place était deux petits rubans autour du cou. Elle ne pouvait pas mettre de soutien-gorge à cause du décolleté dans le dos et il lui semblait que la pointe de ses seins était visible sous le tissu moulant. Pour parachever le look, elle avait mis une paire d'escarpins sexy et pris une minuscule pochette avec des strass.

Elle était prête à faire la fête.

* * *

La boîte qu'elles avaient choisie était la plus branchée du Meatpacking District. Les célébrités, les modèles et celles qui aspiraient à le devenir, tous les élégants qui aimaient faire la fête s'y retrouvaient. Avant de rencontrer Korum Mia ne serait jamais allée dans un endroit pareil, convaincue qu'on l'aurait fait attendre des heures dans le froid avant de la laisser entrer. Néanmoins, maintenant qu'elle était bien habillée et qu'elle avait confiance en elle, elle n'avait plus de tels scrupules.

Mia et Jessie se dirigèrent droit sur le videur avec un sourire enjôleur. Il leur jeta un coup d'œil, c'était l'homme et non le professionnel qui appréciait ce qu'il voyait, il souleva le cordon, et les laissa entrer sans dire un mot.

— Bravo ! murmura Jessie tandis qu'elles descendaient les marches et qu'une musique assourdissante les enveloppait.

Même à 23 h la boîte était bondée et l'action y battait son plein. La musique était excellente, un mélange de vieux classiques hip-hop et des tout derniers hits pour danser. La piste de danse n'était pas très grande, il n'y avait pas un centimètre de libre, et les plus jolies filles dansaient ensemble, ainsi que quelques chanceux qui avaient réussi à entrer. Mia se dit que quelquefois il valait mieux être une fille. La plupart des hommes ne réussissaient à entrer dans une boîte comme ça qu'en dépensant une quantité folle d'argent, alors que c'était gratuit pour les filles puisqu'elles servaient d'appât.

Les deux filles allèrent jusqu'au bar, trouvèrent facilement deux tabourets et commandèrent deux doubles vodkas. Deux garçons leur offrirent immédiatement à boire et Jessie refusa en riant.

— C'est trop tôt pour ça, dit-elle à Mia, on veut danser, pas rester avec ces alcoolos toute la soirée.

Mia se mit à rire aussi, elle était d'accord. Elles burent leurs vodkas puis mordirent dans un citron.

Maintenant, la soirée se présentait encore mieux, c'était ce moment délicieux que seul le premier verre d'alcool et l'anticipation d'une nuit très festive peuvent donner.

Mia se sentait jeune et jolie, et pour le moment, elle avait oublié tous ses soucis. Demain, ils l'auraient rattrapée, mais ce soir, ce soir elle allait faire la fête.

— À la tienne !

Le second verre sembla encore plus facile à avaler et Mia commença à sentir une agréable lumière douce l'envahir, et un certain flou dans les idées. La piste de danse les attendait, elle sentait un rythme entraînant jusque dans la moelle de ses os. Elle saisit la main de Jessie et l'entraîna vers la foule tourbillonnante.

Elles dansèrent sans s'arrêter une heure durant. Les chansons étaient toutes aussi bonnes les unes que les autres et les danseurs étaient déchaînés. Mia dansa avec Jessie, puis deux autres filles se joignirent à elles, puis elle dansa avec un groupe de traders qui essayaient de caresser son dos nu, et finalement de nouveau avec Jessie. Elle dansa jusqu'à perdre haleine, elle avait trop chaud et ruisselait de sueur, les muscles de ses jambes tremblaient d'avoir tant fait les mêmes mouvements et d'avoir tant dansé en se déhanchant. Elle dansa jusqu'à oublier pourquoi elle s'était sentie si mal à l'aise tout à l'heure et jusqu'à oublier de quoi demain serait fait.

— De l'eau ! lui cria Jessie pour essayer de couvrir la musique. En riant, Mia l'accompagna de nouveau au bar. Elles demandèrent toutes les deux un verre d'eau et davantage de vodka. Cette fois, Jessie planait trop pour dire non quand un beau gars qu'elles avaient l'impression d'avoir déjà vu quelque part (peut-être la star d'une émission de télé-réalité) leur proposa de payer la tournée.

Edgar, qui s'avéra être acteur dans un feuilleton télévisé venant récemment d'être annulé – s'entendit tout de suite avec Jessie. Flattée d'avoir été remarquée par une célébrité, la colocataire de Mia riait et flirtait avec lui sans la moindre retenue. Se sentant légèrement laissée pour compte Mia alla toute seule aux toilettes.

Quand elle revint, il y avait aussi deux amis d'Edgar au bar. Ils étaient mignons, avec ce charme adolescent qui était justement à la mode en ce moment, et ils avaient l'air très athlétique. Ils se présentèrent et dirent à Mia qu'eux aussi jouaient dans ce feuilleton. Peter était cascadeur tandis que Sean avait un second rôle.

— On se croirait dans 'Entourage' plaisanta Mia et tout le monde se mit à rire, c'est vrai que leur vie ressemblait beaucoup à cette ancienne émission. En se rendant sans doute compte qu'ils s'étaient joints à une soirée de filles, les garçons demandèrent une nouvelle tournée pour tout le monde. Cette fois c'était de la téquila et Mia faillit s'étrangler, le goût était si fort qu'il lui resta dans la bouche après avoir mordu dans un citron vert. Il y avait longtemps que son baromètre personnel pour mesurer la quantité d'alcool qu'elle avait bu, son nez qui la grattait, indiquait le danger et elle savait qu'elle le regretterait demain. Mais à ce moment précis, avec les effets de la vodka et de la téquila déferlant en elle, elle ne pouvait plus faire l'effort de s'en préoccuper.

Mia n'avait pas l'intention de flirter et de bavarder avec qui que ce soit, mais la conversation de Peter se révéla être étonnamment agréable. Il avait une voix assez grave pour couvrir le bruit de la musique et elle apprit qu'il avait des ancêtres polonais comme elle. Il n'y avait pas très longtemps que les parents de Peter étaient venus aux États-Unis même s'il avait la citoyenneté américaine et parlait sans accent. Il avait récemment terminé ses études à l'université de New York (il était diplômé de l'institut Tisch des arts du spectacle) et à long terme il voulait devenir producteur de cinéma. Comme il avait toujours été sportif, travailler comme cascadeur était pour lui la meilleure façon de percer dans ce milieu et de commencer à rencontrer des gens, et il avait eu la chance de jouer dans le feuilleton qui venait d'être annulé.

De son côté, il semblait s'intéresser à Mia, ses yeux bleus brillaient en la regardant. Avec ses cheveux blonds ondulés, il avait l'air d'un ange malicieux et Mia ne pouvait s'empêcher de rire aux compliments dithyrambiques qu'il lui faisait. D'habitude un garçon comme lui, ouvert et ayant de l'humour ne s'intéressait pas à quelqu'un comme Mia, trop timide et trop préoccupée par ses études, et elle ne put s'empêcher d'être flattée par l'intérêt qu'il lui témoignait. Si bien que lorsque Peter lui demanda son numéro de téléphone elle le lui donna sans réfléchir, l'alcool qu'elle avait consommé ralentissait sa capacité de réfléchir et avait suffi à la rendre imprudente.

Ils retournèrent sur la piste de danse, Edgar et Peter y accompagnèrent Jessie et Mia. Sean, se sentant sans doute comme la cinquième roue du carrosse, les quitta pour rejoindre un autre groupe de filles. D'abord, ils dansèrent tous les quatre puis Peter se rapprocha de Mia, ses mouvements étaient gracieux et athlétiques. Elle sourit, ferma les yeux en se balançant au rythme entraînant de la musique et il ne lui vint pas à l'esprit de se dégager quand il lui mit les mains autour de la taille. C'était agréable de danser avec un type normal qui lui plaisait et dont elle n'avait pas besoin de deviner les intentions. Il ne se passerait rien entre eux bien sûr, mais la part d'elle-même qui avait trop bu espérait bêtement que peut-être si elle survivait à tout ce qui lui arrivait et si elle était encore à New York quand Korum se fatiguerait d'elle, ce qui était inévitable, elle pourrait essayer de retrouver un jour Peter sur Facebook. De tous ceux qu'elle avait rencontrés ces dernières années c'était celui qu'elle préférait et elle aurait facilement pu envisager de devenir amie avec lui… et peut-être plus.

On joua une nouvelle chanson, avec des paroles encore plus explicites. Les danseurs crièrent de joie et le rythme s'accéléra sur la piste de danse. Peter se rapprocha de Mia, ses hanches frôlaient les siennes avec sensualité. Comme il était de taille moyenne, les talons hauts de Mia lui mettaient le haut de la tête à la hauteur des tempes de Peter. Il lui sourit, ses yeux brillaient, et Mia lui rendit son sourire, elle se sentait doucement attirée par lui, ce n'était pas cette brûlure exaspérante et insatiable que Korum lui infligeait. Et même si son corps souhaitait bêtement être étreint par Korum et non par Peter, elle avait du plaisir à danser d'une manière aussi sexy avec un garçon qu'elle trouvait mignon… et qui dans d'autres circonstances aurait pu être son petit ami.

— Tu es vraiment jolie, lui dit Peter, il criait presque pour couvrir le vacarme de la musique.

Mia sourit en dansant au rythme de la chanson. C'était toujours agréable de recevoir des compliments.

— Merci, cria-t-elle à son tour. Toi aussi tu es beau !

Avec ce qu'elle avait bu depuis le début de la soirée la tête lui tournait et tout commençait à lui semblait un peu surréaliste, y compris le partenaire à la beauté angélique qui dansait avec elle. Tout en continuant à danser, elle ferma un instant les yeux, elle tenait la taille de Peter pour garder l'équilibre. Se méprenant sur ses intentions il se pencha vers elle et ses lèvres effleurèrent quelques instants celles de Mia.

Elle sursauta et repoussa Peter en faisant un pas en arrière. Dans son embarras, elle regarda sur le côté et fut pétrifiée, la terreur la paralysa.

Du bord de la piste de danse deux yeux couleur d'ambre qu'elle connaissait bien étaient fixés sur elle. Et de toute sa vie, elle n'avait jamais rien vu d'aussi terrifiant que la rage glaciale qui s'y lisait.

CHAPTER ELEVEN

"Hey stranger, welcome back!"

Jessie had apparently gotten her email and came home, bubbling with enthusiasm.

Mia grinned back and gave her roommate a big hug, genuinely happy to see her cheerful face. Her meeting with the Resistance fighters had left her unsettled, and Jessie was exactly the distraction she needed.

"So tell me," Jessie joked, "how did the big bad K let you come out for a night? I was sure he was keeping you under lock and key there."

Mia flushed. It was a little too close to the truth for comfort. Shrugging, she said, "I think he has to work this evening or something. He wasn't sure if he'd be home at all, so he suggested we hang out."

"Wow, how nice of him," Jessie said, comically widening her eyes. "Do you know what this means?"

"No, what?" Mia said, laughing at the dramatic expression on Jessie's face.

"It means we're going out! It's a Saturday night, and we're going to party!"

Mia wrinkled her nose a little. "Really? Right before finals?"

"Damn right! Oh, don't give me that look. I know you've been cramming for weeks already. One evening out won't make or break your grade. But since your K overlord decided to let you out only for tonight, we're going to have ourselves a blast!"

Mia grinned. Jessie's enthusiasm was catching, and suddenly the idea of getting utterly wasted while dancing all night sounded just about perfect.

Two hours later, the girls began preparations for the night out. Showering and shaving every inch of her body, Mia washed her hair and thoroughly conditioned it. The regular use of Korum's shampoo had turned it soft and silky, infinitely more manageable, and blowdrying resulted in a soft mass of well-defined dark curls cascading halfway down her back.

Makeup was next, and Mia went for the dramatic smoky-eye look, keeping the rest of her face neutral. Her wardrobe, however, presented a dilemma, for which she needed expert advice. "Jessie!" she yelled for the expert.

Her roommate came in, dressed to the nines herself. In her short red dress and sky-high heels, she looked like a million bucks. "Let me guess. You still don't know what to wear?" she asked with a big grin.

"I need your help." Mia gave her a helpless look, motioning toward the closet.

"Okay, let's see, what have we got here... Prada, Gucci, Badgley Mischka – oh poor you, you really have nothing to wear!" Jessie shook her head in mock reproach. "This is unbelievable, Mia – he totally spoils you. No wonder you never come home anymore."

Digging through Mia's closet, Jessie pulled out a risqué Dolce & Gabbana dress and thrust it at Mia. "Here, try this one on."

Mia eyed it doubtfully. "Won't I be cold?" There wasn't much to the dress. It looked like two scraps of purple fabric held together by a few hooks and zippers.

"Dancing in a hot, crowded club? Oh please." Jessie snorted dismissively. "And if you wear this, I can guarantee you we won't have to stand in line outside."

Mia decided to listen to the expert. Shimmying into the dress, she walked out of the room to show it to Jessie.

"Wow." Jessie was almost speechless. "I don't know what he's been feeding you, but you look amazing. I mean, you always looked cute – but this is a whole other level."

Mia blushed a little. The dress was definitely sexy, showing off her legs and exposing her back and shoulders. It was a bit too provocative for Mia's taste, with the flimsy ties around her neck being the only things holding the top in place. She couldn't wear a bra with it, given the low cut in the back, and she felt like her nipples were visible under the clingy fabric. To complete the look, she slipped on a sexy pair of heels and grabbed a tiny sparkly purse.

She was ready to party.

* * *

For the club, they chose the trendiest place in the Meatpacking District. It was a popular destination for celebrities, models, model wannabes, and any other beautiful people who liked to party. Pre-Korum Mia would have never gone to such place, sure that she wouldn't make it through the door without waiting for two hours in the cold. However, her newly confident well-dressed self had no such qualms.

Strolling right up to the bouncer, Mia and Jessie gave him big sexy smiles. He eyed them with a purely masculine appreciation and lifted the rope, letting them through without a word.

"Nicely done," Jessie whispered as they walked down the steps toward the deafening music.

Even at 11 p.m. the club was packed and happening. The music was excellent, a mix of old hip-hop favorites and some of the latest dance-hop. The dance floor was not particularly large, and every inch of it was filled with gorgeous girls grinding against each other and the few lucky guys who'd managed to get past the bouncer thus far. Sometimes it was really nice to be a girl, Mia thought. The only way most men could get into a place like this was by spending a ridiculous amount of money, whereas the girls were let in for free – as bait, of course.

Going up to the bar, the two girls quickly found a pair of stools and ordered four vodka shots. A couple of guys immediately offered to buy them drinks, and Jessie declined with a giggle. "Too early for that," she told Mia. "We want to dance, not hang out with these bozos all night."

Mia laughingly agreed, and they did their first shot, biting into a lemon afterward.

The evening got even brighter, taking on that special sparkle that only the first glass of alcohol and anticipation of a fun night could bring. Mia felt young and pretty – and, for the moment, utterly carefree. Tomorrow she could worry again, but tonight – tonight she was going to party.

"Cheers!"

The second shot went down even smoother, and things acquired a pleasant fuzzy glow in Mia's mind. The dance floor beckoned, the pulsating rhythm of the music reverberating in her bones. Grabbing Jessie's hand, she pulled her toward the gyrating crowd.

For the next hour, they danced nonstop. One good song after another came on, driving the dance floor into a frenzy. Mia danced with Jessie, with two other girls who had danced up to them, with a group of Wall Street types who kept trying to touch her naked back, and with Jessie again. She danced until she was hot and sweaty and breathless, her leg muscles quivering from all the squatting motions that a proper grinding dance entailed. She danced until she could no longer remember why she'd felt so crappy earlier today and what tomorrow could bring.

"Need water!" Jessie yelled out, trying to be heard above the music. Laughing, Mia accompanied her back to the bar. They each got a glass of tap water and another round of vodka. This time, Jessie was too buzzed to refuse when a handsome guy who looked vaguely familiar – a reality TV star, perhaps – offered to pay for their shots.

Edgar – who turned out to be an actor in a recently canceled drama – hit it off with Jessie right away. Her roommate, flattered by attention from a celebrity, flirted and giggled for all she was worth. Feeling slightly left out, Mia went to the bathroom by herself.

When she came back, a couple of Edgar's friends had joined them at the bar. They were both cute in that slightly boyish way that was popular now, and looked to be in great shape. They introduced themselves, and Mia learned that they were from the show as well. Peter was a stunt double, while Sean was a member of the supporting cast. "What is this, *Entourage*?" Mia joked, and they laughed, agreeing that their lives had much in common with the old show.

Apparently realizing they were horning in on a girls' night out, the guys ordered another round of drinks for everyone. It was tequila this time, and Mia nearly gagged at the strong taste that remained in her mouth even after biting into her lime. Her alcohol-barometer nose was long past its itching point, and she knew she would probably regret this tomorrow. But at this particular moment, with vodka and tequila surging through her system, she couldn't bring herself to care.

Mia wasn't planning on chatting up any guys, but Peter turned out to be a surprisingly good conversationalist. His voice was deep enough that it carried above the loud music, and she learned that they had Polish ancestry in common. His parents had actually come to this country fairly recently, even though he was an American citizen and had no accent. He had recently graduated from NYU himself – the Tisch School of the Arts – and wanted to be a film producer longer term. Since he had always been athletic, stunt-doubling was the best way for him to break into the field and start getting to know people, and he had been lucky enough to land a spot on the recently cancelled show.

He also seemed genuinely interested in Mia, his blue eyes sparkling whenever he looked at her. With his wavy blond hair, he looked like a mischievous angel, and Mia couldn't help laughing at some of the over-the-top compliments he directed her way. Under normal circumstances, a fun, outgoing guy like that would never have been interested in someone as shy and studious as Mia – and she couldn't help but be flattered by his attention. So when Peter asked for her number, she gave it to him without thinking, the alcohol in her veins slowing her thinking just enough to remove all caution.

They went on the dance floor again – Edgar and Peter joining her and Jessie. Sean, probably feeling like a fifth wheel, left to join another group of girls. They danced as a group at first, and then Peter starting dancing closer to Mia, his movements graceful and athletic. She smiled, closing her eyes and swaying to the pulsing rhythm, and it didn't occur to her to move away when he put his hands on her waist.

It felt good to just dance with a regular guy she liked, whose intentions she had no need to second-guess. Nothing could come of this, of course, but some silly drunk part of her hoped that maybe – if she survived all this and was still in New York when Korum inevitably tired of her – she could look up Peter on Facebook one day. Out of all the guys she'd met in recent years, she liked him the most, and she could easily envision herself becoming friends with him . . . and maybe something more.

A new song came on, with even more explicit lyrics. The crowd let out a whoop, and the movement on the dance floor picked up. Peter stepped closer to her, his hips rubbing suggestively against her own. He was of average height, and Mia's high heels put the top of her head nearly at his temple. He smiled at her, eyes twinkling, and Mia smiled back, experiencing a pleasantly mild attraction – nothing like the maddening, all-consuming heat Korum made her feel. And even though her stupid body was wishing that it was Korum who was holding her like this, she still enjoyed the sexy dance with a cute guy . . . who, under different circumstances, could have been her date.

"You're really pretty," said Peter, practically yelling it over the music.

Mia grinned, moving to the rhythm. It was always nice to get compliments. "Thanks," she yelled back, "so are you!"

Her head was spinning from the drinks, and the whole night started to seem a little surreal – right down to the angelically handsome guy dancing with her. Still dancing, she closed her eyes for a second while holding on to Peter's waist to combat a slight dizziness. Mistaking her actions, he leaned toward her, and his mouth brushed against her lips for a brief second.

Startled, Mia pushed Peter away, taking a step back. Embarrassed, she looked to the side and suddenly froze, paralyzed with dread.

Looking directly at her from the edge of the dance floor was a familiar pair of amber-colored eyes. And the icy rage reflected in them was the most terrifying thing she had ever seen in her life.

CHAPITRE DOUZE

Il savait tout.

Mia fut totalement suffoquée de panique et n'eut qu'une seule pensée lucide : Korum savait tout. D'une manière ou d'une autre, il avait appris ce qui venait de se passer aujourd'hui et sa contribution dans la lutte des résistants, et il était venu la chercher.

Son instinct de survie se déclencha, et une poussée d'adrénaline dissipa la brume dont l'alcool avait envahi son esprit. Elle lutta contre l'envie désespérée de fuir, sachant qu'en quelques secondes il la rattraperait. Elle resta donc sur place le regardant la traquer sur la piste de danse, les yeux presque jaunes de fureur.

Malgré le rythme de la musique et les battements terrifiés de son propre cœur, elle entendit son nom.

— Mia ! Mia !

C'était Peter, et c'était elle qu'il appelait.

— Eh, Mia écoute, je n'aurais pas dû faire ça…

Il s'arrêta au beau milieu de ses excuses et suivit le regard de Mia. Qu'est-ce qui se passe, bon Dieu… c'est ton petit ami ou quelqu'un comme ça ?

— Quelqu'un comme ça, dit Mia d'un ton morne, fixant Korum des yeux, il se frayait aisément un chemin dans la foule pourtant inextricable des danseurs. La peur lui donnait violemment envie de vomir. Allait-il la tuer sur place ou l'emmènerait-il ailleurs pour lui faire d'abord subir un interrogatoire ?

Et puis il était là, juste devant elle.

— Eh mec, écoute, il me semble qu'il y a un malentendu…

Peter s'était courageusement avancé sans prendre conscience qu'il affrontait les forces des ténèbres.

En un clin d'œil, Korum l'avait attrapé à la gorge.

— Non ! s'écria Mia tandis que Peter était soulevé en l'air, les pieds gigotant et les mains s'agrippant en vain à l'étau qui se resserrait autour de sa gorge. Non, je t'en prie, laisse-le tranquille !

— Tu veux que je le laisse tranquille ? lui demanda calmement Korum comme s'il n'était pas en train d'étrangler d'une main un homme normalement constitué au beau milieu d'une boîte de nuit.

— Je t'en prie ! Il n'a rien à voir avec ça, supplia Mia horrifiée, le visage couvert de larmes.

— Ah vraiment ? dit Korum d'une voix lourde de sarcasme. Alors mes yeux m'ont induit en erreur. Ce n'est pas lui qui te tripotait… C'était quelqu'un d'autre ?

La tripoter ? Korum était en colère parce qu'elle dansait avec Peter ? Son cerveau avait du mal à analyser les conséquences de ces paroles.

— Korum, je t'en prie, elle fit une nouvelle tentative. C'est à *moi* que tu en veux, lui, il n'a rien fait…

— Il a osé toucher à ce qui m'appartient. Ces mots sonnèrent tel un verdict.

— Korum, je t'en prie, il ne savait pas, tout est de ma faute…

Autour d'eux les danseurs avaient compris qu'il se passait quelque d'inhabituel et un cercle de spectateurs avait commencé à se former autour d'eux.

— Je t'en prie, laisse le vivre ! le supplia-t-elle en attrapant désespérément le bras de Korum. Je t'en prie, je ferai tout ce que tu voudras…

— Oui, tu le feras, dit-il calmement. Dans tous les cas, tu feras tout ce que je veux.

Le visage de Peter avait tourné au violet et l'emprise désespérée de ses doigts commençait à se relâcher. Des cris de panique montaient de la foule, mais personne n'osa s'interposer.

— Je t'en prie ! hurla Mia qui était devenue hystérique et qui lui tirait le bras en vain. Il ne lui jeta même pas un coup d'œil.

Et puis tout à coup, il lâcha Peter et le corps de celui-ci retomba sur le sol avec un bruit sourd.

La foule en eut le souffle coupé, Peter respirait pour la première fois depuis que tout avait commencé, il s'étranglait et s'étouffait.

Soulagée, Mia sanglotait et faillit s'évanouir. Ses mains tenaient encore le bras de Korum, elle le lâcha et recula d'un pas.

Mais il ne lui permit pas de s'éloigner. En un éclair, il avait tendu la main et ses doigts d'acier lui tenaient l'avant-bras.

— Allons-y ! dit-il doucement, d'un ton sans appel.

Et Mia partit avec lui, sans voir les regards des danseurs autour d'elle qui étaient tous en état de choc.

Elle était désormais certaine de ne pas survivre jusqu'au lendemain.

La limousine ne les attendait pas, il prit un taxi à la place et donna laconiquement l'adresse de son immeuble au chauffeur.

Heureusement, le trajet fut bref. Il ne lui dit pas un mot, dans le taxi seuls les sanglots discrets de Mia rompaient le silence.

Elle avait toujours su que Korum était capable d'être très violent, mais elle n'en avait jamais été témoin. Il avait toujours été si attentif, si doux avec elle… Il était difficile pour Mia d'imaginer qu'il pouvait déchirer un être humain de ses mains comme les Ks l'avaient fait avec les Saoudiens. Mais maintenant, elle savait qu'il était comme les autres Ks et qu'il pouvait se débarrasser d'une vie humaine comme on tue une mouche.

Elle ne voulait pas mourir. Il lui semblait que sa vie venait tout juste de commencer. Les pensées se bousculaient dans son esprit, elle cherchait désespérément une porte de sortie et n'en trouvait aucune. Allait-il d'abord lui faire subir un interrogatoire ? Elle ne savait rien d'important, mais il risquait de ne pas la croire. La perspective de la torture la fit frissonner. Elle n'avait jamais fait l'expérience d'une véritable souffrance et elle ignorait si elle pourrait y résister. Cette mort, en pleurnichant et en le suppliant de l'épargner lui semblait la pire de toutes. Si seulement elle avait été plus courageuse…

Ils arrivèrent devant l'immeuble et il la traîna à l'extérieur sans lui lâcher le bras. La peur faisait trembler les jambes de Mia et elle trébucha dans l'escalier. Il la prit dans ses bras et la porta dans l'entrée puis dans l'ascenseur menant à son appartement. Mia sentit avec plaisir la chaleur de son corps contre sa peau glacée, elle se souvint de l'autre nuit quand il l'avait également portée, mais les circonstances n'auraient pas pu être plus différentes.

Une fois dans l'appartement il la déposa sur la banquette et alla pendre sa veste dans la penderie. Évidemment pensa Mia, il voulait être aussi à l'aise que possible pour la torture et la mutilation qui allait s'ensuivre.

À sa grande honte, elle eut très envie d'aller aux toilettes, elle avait tellement bu plus tôt dans la soirée que sa vessie était sur le point d'exploser. Elle tenta vainement de se raccrocher à ses derniers vestiges de dignité, mourir en faisant pipi dans sa culotte lui sembla être une ultime humiliation.

— S'il te plaît, lui demanda-t-elle à voix basse et en tremblant. Est-ce que je pourrais aller aux toilettes ?

Il lui dit oui de la tête, et un petit sourire moqueur apparut sur ses lèvres.

Mia s'y rendit aussi vite que ses jambes tremblantes le lui permirent. Une fois dans la salle de bain elle se soulagea rapidement et se lava les mains.

Elle remarqua que ses ongles étaient légèrement bleutés, et l'eau chaude lui sembla presque bouillante sur ses mains glacées.

Pour finir, elle regarda la porte fermée et son verrou insignifiant. Elle savait qu'il ne servirait à rien. Mais elle ne voulait pas sortir de cette pièce. Sans comprendre pourquoi, elle se disait qu'il serait insupportable de répandre son sang sur le mobilier couleur crème du salon. Elle décida donc de rester où elle était. Sans aucun doute, il viendrait la chercher au bout de quelques minutes. Mais si elle vivait les derniers instants de sa vie, chaque seconde comptait.

Elle s'assit sur le bord du jacuzzi et attendit. Il lui sembla que le temps s'était arrêté. En voyant son reflet dans le miroir elle n'arrivait pas à se reconnaître avec cette robe violette provocante et le mascara qui lui avait coulé autour des yeux et qui la faisait ressembler à un raton laveur. Il y aurait quelque chose de bizarrement logique dans une telle mort, elle ne ressemblait plus du tout à la Mia Stalis de Floride que ses parents connaissaient et qu'ils aimaient. En pensant à leur chagrin, elle sentit comme un coup de poignard dans la poitrine, et sa violence la contraignit presque à se plier en deux. Il lui était impossible de penser à une chose pareille pour le moment. Si elle le faisait, elle s'effondrerait, implorerait Korum de l'épargner et, chose étrange, il semblait important de garder au moins une apparence de dignité…

On frappa à la porte.

Mia réprima un petit rire hystérique. Il allait la tuer, mais il restait poli.

— Mia ? Qu'est-ce que tu fais ? Ouvre cette porte et sors de là.

Il semblait agacé.

Mia ne réagit pas, ses yeux étaient rivés sur la porte.

— Mia. Ouvre cette foutue porte.

Elle attendit.

— Mia, si c'est moi qui ouvre la porte tu vas le regretter.

Elle le crut, mais refusait de mourir docilement, comme un agneau va à l'abattoir. Elle voulait au moins qu'il ait besoin de faire des réparations chez lui quand tout serait fini.

La porte jaillit de ses gongs et se fracassa sur le sol. Mia s'y attendait, mais la soudaineté et la violence d'une telle action la firent sursauter.

Korum se tenait dans l'embrasure de la porte, splendide et furieux. Ses pommettes saillantes étaient rouges de colère et ses yeux semblaient presque d'or pur.

— Sérieusement ? Tu essaies de m'échapper en te cachant dans ma propre salle de bain ? lui demanda-t-il d'une voix dont la douceur terrifia Mia.

Mia fit un signe de tête par peur d'être trahie par une voix tremblante si elle parlait. Malgré ses meilleures intentions, de grosses larmes coulaient le long de ses joues.

Puis il s'approcha d'elle, et Mia ferma les yeux, espérant que tout serait vite fini. Au lieu de cela elle sentit les mains de Korum sur ses épaules nues, la caressant légèrement.

Ses yeux s'ouvrirent en un éclair et elle le regarda fixement en levant la tête.

— Prends une douche, lui dit-il. Tu as gardé la puanteur de cet homme sur toi de la tête aux pieds.

Prendre une douche ! Il voulait qu'elle soit propre. Mia eut la nausée à la pensée qu'il voulait avoir un rapport sexuel avec elle, peut-être pour la dernière fois, avant de la tuer.

Elle fit non de la tête.

L'expression du visage de Korum s'assombrit.

Avant qu'elle ne puisse réfléchir pour savoir si ce qu'elle faisait était raisonnable ou pas, la petite robe était en lambeaux à ses pieds et il la portait, nue et se débattant, à la cabine de douche. Elle eut une poussée d'adrénaline et son corps se cambra dans une panique folle, elle frappa et griffa furieusement tout ce qui se trouvait à portée de main.

En un éclair, elle était debout dans la cabine de douche et il la regardait de haut, l'air incrédule.

— Es-tu devenue folle ? lui demanda-t-il d'une voix douce. Tout ce que tu as bu t'a fait perdre la tête ?

Mia haletait de peur et d'épuisement, elle le défia du regard, mais ses larmes troublaient sa vision.

— Si tu veux me tuer, vas-y, mais je ne veux pas être baisée avant !

Il haussa les sourcils et sembla sincèrement déconcerté.

— Tu crois que je vais te tuer ? lui demanda-t-il lentement, comme s'il n'en croyait pas ses oreilles.

— Je me trompe ? C'était au tour de Mia d'être surprise. Son cœur battait comme si elle venait de courir un marathon et elle avait toutes les peines du monde à réfléchir.

Il recula d'un pas. Elle remarqua qu'il ne s'était pas déshabillé. Il avait une étrange expression sur le visage. Si elle l'avait moins bien connu, elle aurait pu croire qu'elle l'avait blessé en quelque sorte.

— Mia, dit-il avec lassitude, ce n'est pas parce que je suis en colère contre toi que je vais te faire le moindre mal, et encore moins te tuer.

— C'est vrai ?

Elle avait du mal à réaliser ce qu'il lui disait. Depuis qu'elle l'avait vu dans la boîte de nuit, elle était persuadée de ne pas survivre à sa découverte.

— Bien sûr que non, dit-il en continuant à la regarder de la même étrange manière. Ce soir, tu as trahi ma confiance, mais tu avais trop bu, c'était une bêtise…

Mia cligna des yeux, il y avait quelque chose qui clochait.

— Et moi, je n'aurais pas dû te laisser sortir un samedi soir.

Confuse, elle le regarda fixement sans oser espérer.

— Tu es fâché parce que je suis sortie en boîte ?

— Fâché est faible par rapport à ce que je ressens en ce moment, dit-il à voix basse. Tu as laissé ce joli cœur te tripoter partout et tu l'as embrassé sous mes yeux. Non, Mia, 'fâché' n'est vraiment pas le mot qui convient.

Il ne savait rien.

Le soulagement de Mia fut tel que ses genoux se dérobèrent presque sous elle et elle se retint au mur de la douche pour ne pas tomber.

Aussi incroyable que cela puisse paraître sa colère de ce soir venait d'une jalousie mal placée et elle n'avait rien à voir avec le mouvement de résistance.

S'en apercevoir bouleversa Mia et elle aurait désespérément voulu que la brume qui lui envahissait l'esprit et l'empêchait de penser se dissipe. Elle secoua la tête pour essayer d'y voir plus clair.

— Je suis désolée, dit-elle avec prudence. Je ne croyais pas te déplaire en sortant ce soir. Je voulais juste m'amuser avec Jessie et… je ne croyais pas que tu y attacherais d'importance. J'avais seulement l'intention de danser, je te le jure…

Il se contenta de continuer à la regarder, comme pour essayer de deviner ce qu'elle pensait.

— C'est bon, Mia, dit-il lentement. Prend une douche comme je te l'ai demandé d'accord ? Et on parlera après.

Et sur ces mots, il sortit en évitant de marcher sur les débris de la porte épars sur le sol.

CHAPTER TWELVE

He knew.

In the suffocating panic engulfing her, Mia had only one clear thought: Korum knew. Somehow, he had found out about today – about what she'd done for the Resistance fighters – and he had come here to find her.

Her survival instinct kicked in, and a surge of adrenaline cleared the alcohol-induced fog from her mind. She fought a desperate urge to run, knowing that he would hunt her down in a matter of seconds. Instead, she just stood there, watching as he stalked toward her through the dance floor crowd, his eyes nearly yellow with fury.

Through the pulsing music and the terrified pounding of her own heart, she heard her name.

"Mia! Mia!" It was Peter, and he was talking to her. "Hey Mia, listen, I didn't mean to be so pushy –"

He broke off in the middle of his apology and followed her gaze. "What the hell . . . is that your boyfriend or something?"

"Or something," Mia said dully, staring at Korum easily pushing his way through the normally impassable mob. Her stomach churned with nausea and fear. Would he kill her on the spot or bring her elsewhere to interrogate first?

And then he was there, standing right in front of her.

"Hey man, listen, I think there's been a misunderstanding –" Peter bravely stepped up, not realizing in the darkness what he was dealing with. In a blink of an eye, Korum's hand was wrapped around Peter's throat.

"No!" screamed Mia as Peter was lifted off the floor, feet kicking in the air and hands clawing helplessly at the iron grip around his throat. "No, please, let him go –"

"You want me to let him go?" Korum asked calmly, as though he was not killing a grown man with one hand in a crowded club.

"Please! He had nothing to do with it," begged Mia, horrified tears running down her face.

"Oh really?" said Korum, his voice dripping with sarcasm. "So my eyes deceived me then. He wasn't the one just pawing you . . . It was someone else?"

Pawing her? Korum was upset that she had danced with Peter? Her brain could barely process the implications.

"Korum, please," she tried again, "you're mad at *me*. He didn't do anything –"

"He touched what's mine." The words sounded like a verdict.

"Korum, please, he didn't know! It was all me –"

The dancers around them realized that something unusual was going on, and a ring of spectators was starting to form around them.

"Please, don't kill him!" she begged, grabbing Korum's arm in desperation. "Please, I will do anything –"

"Oh, you will," he said softly, "you will do anything I want regardless."

Peter's face was turning purple, and the frantic clawing of his fingers was slowing. There were panicked cries from the crowd, but no one dared to intervene.

"PLEASE!" screamed Mia hysterically, tugging uselessly at his arm. He didn't even look at her.

And then he suddenly released Peter, letting his body drop to the floor with a thump.

The crowd gasped as Peter drew in air for the first time, choking and gagging.

Sobbing, Mia nearly collapsed in relief. Her hands were still holding Korum's forearm, and she let go, taking a step back.

He didn't allow her to get far. His hand shot out, steely fingers wrapping around her upper arm.

"Let's go," he said quietly, his tone leaving no room for arguments.

And Mia went with him, ignoring shocked stares from the people around her.

She was certain now that she would not survive this night.

There was no limo waiting for them. Instead, he hailed a cab and tersely gave the address of his building to the driver.

The ride was mercifully short. He didn't speak to her at all, the silence in the cab interrupted only by the sound of her quiet weeping.

She'd always known that Ks had great capacity for violence, but she had never witnessed it in person. Korum had always been so careful, so gentle with her . . . It had been difficult for Mia to imagine him tearing apart a human being – like those Ks had done with the Saudis. But now she knew that he was no different, that he could snuff out a human life as casually as swatting a fly.

She didn't want to die. She felt like she had barely started living. Thoughts tumbled around in her mind, frantically searching for a way out and finding none. Would he interrogate her first? She didn't know anything of significance, but he might not believe her. She shuddered at the thought of torture. She'd never experienced real pain, and she didn't know if she could withstand it. The last thing she wanted was to die like this, sniveling and begging for her life. If only she were braver –

They arrived at the building, and he dragged her out of the cab, still holding her arm. Her legs were weak with fear, and she stumbled on the stairs. He caught her and lifted her in his arms, carrying her through the lobby and into the penthouse elevator. The warmth of his body felt wonderful against her frozen skin, reminding her of the other night he'd carried her like this – under vastly different circumstances.

Once inside the apartment, he set her down on the couch and went to the closet to hang up his jacket. Of course, Mia thought resentfully, he wanted to be as comfortable as possible for the upcoming torture and mutilation.

To her utter mortification, she felt a strong urge to pee, her bladder nearly bursting from all the earlier drinks. She desperately wanted to hold on to her last shreds of dignity – dying while peeing her pants seemed like the ultimate humiliation.

"Please," she whispered, her voice trembling, "can I go to the bathroom?"

He nodded, a small mocking smile appearing on his lips.

Mia went as quickly as her shaking legs could carry her. Once inside, she quickly relieved herself and washed her hands. Her fingernails had a faint bluish tinge, she noticed, and the warm water felt almost scalding on her icy hands.

Finishing, she stared at the closed door and the flimsy lock on it. It was useless, she knew. But she didn't want to go out there. For some strange reason, the thought of her blood spilling all over the cream-colored furniture was too disturbing. She would wait here, she decided. He would undoubtedly come get her in another few minutes. But when these might be the last moments of her life, every second counted.

She sat down on the edge of the jacuzzi and waited. It felt like an eternity had passed. Her reflection in the mirrored wall looked nothing like her normal self, from the provocative purple dress to the raccoon-like circles around her eyes from the smeared mascara. It was oddly fitting that she would die looking like this – not at all like the Mia Stalis from Florida that her family knew and loved. At the thought of their grief, a sharp pain sliced through her chest, and Mia nearly doubled over from the force of it. She couldn't think about this now. If she did, she would break down and plead for her life, and it was strangely important to retain at least a semblance of pride –

There was a knock on the door.

Mia stifled a hysterical giggle. He was being polite before he killed her.

"Mia? What are you doing? Open the door and come out." He sounded annoyed.

Mia didn't respond, her eyes trained on the entrance.

"Mia. Open the fucking door."

She waited.

"Mia, if you make me open this door myself, you will regret it."

She believed him, but she refused to go meekly, like a lamb to the slaughter. At the very least, she wanted him to have to deal with some house repairs afterwards.

The door flew off the hinges, crashing onto the floor. Even though she expected it, Mia still jumped from the suddenness of the violent action.

Korum stood in the doorway, looking magnificent and angry. His high cheekbones were flushed with color, and his eyes were almost pure gold.

"Are you seriously hiding from me in my own bathroom?" he asked, his tone dangerously quiet.

Mia nodded, afraid that her voice would tremble if she spoke. Despite her best intentions, fat tears kept sliding down her cheeks.

He came toward her then, and Mia shut her eyes, hoping that it will be over quickly. Instead, she felt his hands on her naked shoulders, lightly stroking her skin.

Her eyes flew open, and she stared up at him.

"Get in the shower," he said. "You have his stink all over your body."

In the shower? He wanted her clean. Mia's stomach churned with nausea at the realization that he intended to have sex with her – maybe for the last time – before he killed her.

She shook her head in refusal.

His expression darkened. Before Mia could further contemplate the wisdom of her actions, the little dress lay in shreds on the floor and he was carrying her – naked and squirming – to the shower stall. A surge of adrenaline kicked in, and she arched in mindless panic, furiously kicking and scratching anything she could reach. Suddenly, she was standing on her feet inside the stall, and he was looming over her with an incredulous look on his face.

"Are you insane?" he asked her softly. "Did all that alcohol fuck with your brain?"

Panting from exertion and fear, she stared up at him defiantly through the tears blurring her vision. "If you're going to kill me, just get it over with! I don't want to be fucked first!"

His eyebrows rose, and he looked genuinely taken aback. "You think I'm going to kill you?" he asked slowly, as though not believing his ears.

"You're not?" It was Mia's turn to be surprised. Her heart pounded as if she'd run a marathon, and she could barely think.

He took a step back. He was still wearing his clothes, she noticed now. The expression on his face was strange. If she hadn't known better, she would have thought she'd wounded him somehow.

"Mia," he said wearily, "just because I'm angry with you doesn't mean that I'm going to hurt you in any way, much less kill you."

"You're not?"

She had difficulty processing this. Ever since she'd laid eyes on him at the club, she'd been so certain that she would not survive the discovery.

"Of course not," he said, still looking at her with that strange expression. "You betrayed my trust tonight, but you were drunk and stupid –"

Mia blinked. Something didn't add up.

"– and I should have known better than to let you out like that on a Saturday night."

She stared at him in confusion, hardly daring to hope. "You're upset that I went out clubbing?"

"Upset is a very mild term for what I feel right now," he said quietly. "You let that pretty worm put his hands all over you, and you kissed him right in front of my eyes. No, Mia, upset doesn't even begin to approximate it."

He didn't know.

Her knees almost buckled in relief, and she grabbed the shower wall for support. As unbelievable as it seemed, his anger tonight was due to misplaced jealousy and had nothing to do with the Resistance movement.

It was a mind-boggling realization, and Mia desperately wished that she could think past the fog that seemed to permeate her every thought. She shook her head in an attempt to clear it. "I'm sorry," she said cautiously. "I didn't think you'd care if I went out tonight. I just wanted to have fun with Jessie and . . . I didn't think you'd care either way. I wasn't going to do anything but dance, I swear . . ."

He just continued looking at her, as though trying to decipher her thoughts.

"All right, Mia," he said slowly, "just take that shower now, okay? We'll talk when you're done."

And then he left, walking around the broken door lying on the floor.

CHAPITRE TREIZE

Elle n'allait pas mourir. Il venait de dire qu'il ne lui ferait pas de mal, malgré sa colère.

Korum ignorait sa véritable trahison. Elle avait eu une chance extraordinaire.

La tête lui tournait et chaque muscle de son corps tremblait par contrecoup de la poussée d'adrénaline. Elle était là, debout, et elle avait brusquement la nausée. Elle se précipita aux toilettes et eut à peine le temps d'atteindre la cuvette des w.c. pour vomir, son corps ne pouvant plus contenir la combinaison toxique de l'alcool et des restes de peur.

Pleine de honte, elle était nue, à genoux devant la cuvette et ne pouvait maîtriser ses frissons. Elle tira la chasse pour évacuer le vomi, rassembla les forces qui lui restaient pour se traîner à la cabine de douche, ouvrit l'eau et trembla de soulagement en sentant sa chaleur ruisseler sur son corps glacé.

La douche chaude fit des miracles. Quelques minutes plus tard, Mia se sentit assez bien pour se lever. Elle se savonna partout pour faire disparaître le moindre souvenir de cette horrible nuit. Quand elle eut fini, elle se sécha avec une serviette, enfila un grand peignoir moelleux et se lava deux fois de suite les dents pour éliminer le goût désagréable qu'elle avait dans la bouche. Et maintenant, elle était prête à faire de nouveau face à Korum, bien que son seul souhait fut de s'endormir pour dix heures de sommeil d'affilée.

Il était assis au salon et regardait une fois de plus quelque chose dans la paume de sa main. Quand elle entra timidement dans la pièce, il leva la tête et lui fit signe de s'approcher. Elle avança avec précaution, continuant de se méfier.

— Tiens, bois ça.

Il avait pris un verre sur la table près de lui et le lui tendit, il contenait un liquide rosâtre.

— Qu'est-ce que c'est ? lui demanda Mia visiblement nerveuse.

— Ce n'est pas du poison, rassure-toi. Voyant qu'elle était toujours réticente, il ajouta : c'est juste quelque chose pour soulager ton foie après toutes ces saletés que tu as bu ce soir.

L'embarras fit rougir Mia. Visiblement, il l'avait entendue vomir tout à l'heure. Sans discuter davantage, elle prit le verre et goûta ce qu'il y avait dedans. Le liquide ressemblait à de l'eau légèrement sucrée et lui sembla merveilleusement rafraîchissant. Elle avala le reste du verre.

— Bien ! dit Korum. Et maintenant assieds-toi et parlons de ce que nous pouvons attendre de notre liaison… Ou plutôt de ce que j'attends de ta manière de te comporter.

Mia avala nerveusement sa salive et s'assit à côté de lui. Ce qu'elle avait bu commençait déjà à la soulager et elle sentait les brumes qui encombraient son esprit se dissiper.

Il se tourna vers elle, prit une de ses mains dans la sienne et lui caressa légèrement la paume. Ses yeux avaient presque retrouvé leur couleur d'ambre habituelle et ne gardaient que quelques vestiges des menaçantes pépites d'or.

— Tu es à moi, Mia, lui dit-il, le pouce caressant doucement l'intérieur de son poignet. Tu es à moi depuis le moment où je t'ai aperçue dans le parc ce jour-là. Et je garde pour moi ce qui est à moi, aucun partage, jamais. Si tu oses ne serait-ce que regarder un autre être du sexe masculin, que ce soit un homme ou un Krinar tu le regretteras. Et quiconque te touchera signera son propre arrêt de mort. Est-ce que je me fais bien comprendre ?

Mia fit un signe de tête, incapable de parler en raison des émotions contradictoires qui s'agitaient dans son cœur.

— Bien. Le joli garçon avec qui tu dansais ce soir a eu beaucoup de chance de s'en tirer indemne. Si jamais ça se reproduit, je ne serai pas aussi magnanime.

La main de Mia qui était restée libre se serra sur le canapé.

— Ce soir, tu t'es conduite comme une idiote. Deux jolies filles qui sortent habillées comme ça, une multitude de choses désagréables auraient pu t'arriver. Et boire au point de vomir, autant prévoir une greffe du foie à moyen terme. Tu as déjà un corps fragile puisque tu appartiens à l'espèce humaine et je ne te permettrai pas d'en abuser comme ça.

La colère et la frustration qu'éprouvait Mia lui firent enfoncer ses ongles dans la paume de sa main. Se faire sermonner ainsi, comme si elle était une gamine stupide, c'était pire que de l'humiliation.

— Si tu veux aller danser, je t'emmènerai. Et plus de soirées avec Jessie. Visiblement, on ne peut pas vous faire confiance à toutes les deux.

Mia se contenta de le fixer d'un air rebelle.

— Et maintenant, dit-il d'une voix douce, parlons de notre petit malentendu de tout à l'heure… le fait que tu aies cru que j'allais te tuer pour avoir embrassé un garçon dans une boîte de nuit.

— Tu as failli tuer Peter, dit Mia tout en cherchant désespérément une explication pour sa panique de tout à l'heure. Comment peux-tu t'étonner de m'avoir fait aussi peur ?

— *Peter* avait parfaitement mérité ce qui lui est arrivé, il avait touché ce qui est à moi.

Il se pencha vers elle.

— En revanche, *toi* tu n'as rien à craindre de moi. Moi qui ne t'ai jamais fait souffrir, sauf quand je t'ai déflorée.

Il avait raison. Il ne lui avait jamais infligé de souffrance physique, en tous cas rien de désagréable. Il veillait toujours à ne pas lui faire de mal malgré sa propre force qui était tellement plus grande que la sienne. C'était évident, il ignorait qu'elle aidait la résistance.

— Mia, je sais que nous venons d'univers différents, mais certaines choses sont universelles dans ton espèce et dans la mienne. Je dors chaque nuit avec toi, je t'embrasse, je te caresse, j'ai grand plaisir à faire l'amour avec toi, et tu imagines que je pourrais te faire disparaître comme ça, sans le moindre regret ?

Oui, il en serait capable s'il découvrait sa véritable trahison.

Prenant son silence pour une affirmation, il secoua la tête de déception.

— Mia, je ne suis vraiment pas le monstre que tu t'imagines. Je ne pourrais jamais te faire de mal, quelles que soient les circonstances. Est-ce que c'est compris ?

— Oui, murmura-t-elle en étouffant un petit bâillement. Elle se sentait complètement épuisée, et sa fatigue allait croissant au fil de la conversation. Même après avoir bu le médicament qu'il lui avait donné elle avait hâte d'aller dormir. Demain elle pourrait analyser le pourquoi et le comment de ce qu'il venait de dire, mais ce soir elle n'en pouvait plus.

— D'accord ! dit-il, je vois bien que tu es fatiguée. Nous allons nous coucher. Tu iras bien mieux quand tu te seras reposée.

Mia opina avec gratitude et il la prit dans ses bras pour la porter dans la chambre.

En entrant, il la posa doucement sur le lit.

Trop fatiguée pour bouger Mia resta couchée là où elle était, le regardant se déshabiller.

Il avait vraiment un corps splendide, rien que des muscles sous cette peau douce et dorée. Chacun de ses mouvements était d'une grâce surhumaine, contrôlé avec soin. Pour la première fois, Mia réalisa qu'il faisait sans doute de grands efforts pour maîtriser l'immense force dont elle avait été témoin aujourd'hui.

Quand il s'approcha d'elle, il bandait déjà, et il ouvrit le peignoir de Mia.

— Tu es tellement ravissante, murmura-t-il en la regardant avec une visible admiration. Malgré son épuisement, elle sentit ses muscles intimes se contracter par anticipation.

Il s'allongea sur elle, se pencha et embrassa la partie la plus sensible de son cou. Mia retint son souffle, attendant de ressentir l'extase de sa morsure, mais il se contenta de l'embrasser jusqu'aux pieds, seules ses lèvres et sa langue la touchaient. Elle gémit doucement, en voulant davantage, mais il prenait son temps, impitoyable, et laissant l'empreinte de sa bouche sur chaque centimètre de son corps.

Quand il atteignit ses pieds, Mia se mit à rire, sentant qu'il avait pris un de ses orteils dans sa bouche. Puis la chaleur de ses mains enveloppa son pied et il le caressa doucement, mais fermement. Sans s'y attendre, Mia se cambra de plaisir quand son pouce trouva un point capable d'envoyer directement des sensations à son sexe. Tout à coup, elle n'avait plus envie de rire, la tension sexuelle commençait à monter en elle. Il fit de même avec l'autre pied et elle se mit à gémir de plaisir. C'était comme s'il lui avait caressé le clitoris.

Alors il la retourna et lui ôta complètement son peignoir. Il attrapa un oreiller qu'il plaça sous les hanches pour surélever ses fesses. Sans savoir pourquoi Mia se sentit très vulnérable ainsi couchée, le visage contre le lit et le dos entièrement exposé au prédateur avec qui elle faisait l'amour.

Korum se pencha sur elle, souleva la masse de boucles brunes qui lui couvraient les épaules et révéla la douceur de sa nuque. Courbé sur elle il l'embrassa légèrement, sa bouche semblait brûlante à cet endroit si sensible. La sensation qu'elle éprouva fit frissonner Mia, puis il descendit le long de son corps, embrassant au passage chacune de ses vertèbres jusqu'à ce qu'il arrive au bas de son dos. Il toucha ses fesses des mains et pressa légèrement ces globes pâles. Elle sentit sa bouche qui prenait son temps avant d'arriver à l'entrée de sa chatte, taquinant de la langue la ligne de séparation de ses fesses. Elle sursauta, effrayée par cette sensation inconnue et sa réaction le fit rire doucement.

— Ne t'inquiète pas, murmura-t-il, on garde ça pour une autre fois.

C'est alors que les préliminaires se terminèrent.

Il s'installa sur elle, ses jambes poussaient celles de Mia et l'ouvrirent plus grand. Mia perdit le souffle quand elle sentit le poids et la force de sa verge la pénétrer. Elle était mouillée, mais il était encore bien trop gros pour elle dans cette position et elle se mit à gémir légèrement, les muscles tremblants, essayant de s'adapter à une telle entrée en force. Sentant sa gêne il s'arrêta un instant et la prit sous les hanches, caressant sans relâche son clitoris tout en continuant d'avancer le pelvis en petits mouvements légers pour avancer plus profondément en elle. Elle se sentit totalement dominée, comme écrasée par le corps de Korum tellement plus grand que le sien. Elle ne pouvait plus bouger d'un centimètre. Elle grogna de frustration, elle était au bord de l'orgasme sans vraiment pouvoir l'atteindre encore. Il s'enfonça encore plus profondément en elle, lui touchant le cervix. Elle s'immobilisa, chacun de ses nerfs espérant quelque chose qui ne venait pas. Le plaisir, la douleur, peu importait pourvu qu'elle parvienne à ce sommet qui se dérobait à elle.

Puis il se retira à moitié et revint lentement en elle. La tension devenait insupportable. Mia fut obligée de le supplier, de l'implorer de la faire jouir.

— Pas encore lui dit-il, et il continua de lui faire l'amour sur ce rythme d'une lenteur exaspérante qui la maintenait à ce stade d'intensité épouvantable. Chaque fois qu'elle sentait l'orgasme à sa portée, il ralentissait. Puis il accélérait son rythme dès que le plaisir s'éloignait un peu. C'était littéralement une forme de torture. Mia comprit que cette nuit c'était la façon qu'il avait choisie pour la punir.

— Korum, je t'en prie le supplia-t-elle, mais il resta inflexible. Le mouvement lent de sa verge entrant et glissant en elle la rendait folle. Si elle avait été dans une autre position, elle aurait pu faire quelque chose, bouger des hanches pour accélérer l'arrivée de l'orgasme. Mais couchée ainsi et maintenue par le poids du corps de Korum elle ne pouvait que crier de frustration.

— Tu es à moi, tu le comprends maintenant? lui dit-il d'une voix rauque, en continuant toujours avec cette lenteur impitoyable. Il n'y a que moi qui peux te donner ça, ce dont ton corps a tellement envie. Personne d'autre… Tu comprends?

— OUI ! mais je t'en prie, laisse-moi…

— Te laisser quoi ? Il haletait, lui aussi souffrait de la torture qu'il lui infligeait.

— Laisse-moi jouir ! Je t'en prie !

Et il accepta. Le rythme s'accéléra peu à peu, l'excitant de plus en plus, la faisant crier de plus en plus fort… et enfin elle bascula. Son corps tout entier fut secoué de spasmes si violents que chaque muscle de son corps en trembla après coup. Son orgasme le fit jouir à son tour et il éjacula au plus profond d'elle avec un grognement rauque, son sperme brûlant giclant avec force dans son ventre.

Mia resta étendue, elle sentait le poids de Korum peser sur elle. Elle avait du mal à respirer, mais ça lui était égal. Elle n'avait plus la moindre force et de toute façon elle était incapable de bouger. Elle frissonna légèrement en sentant la fraîcheur de l'air sur son dos nu couvert de sueur. Il la prit dans ses bras et la ramena à la douche pour une rapide toilette cette fois. Et ils s'endormirent enfin, même dans son sommeil il continuait de l'étreindre en maître.

CHAPTER THIRTEEN

She was going to live. He said he wasn't going to hurt her, despite his anger.

Korum didn't know about her real betrayal. She had gotten incredibly lucky.

Her head spun, and every muscle in her body trembled in the adrenaline rush aftermath. As she stood there, she felt her stomach twist with sudden nausea. Scrambling for the toilet, Mia barely made it before the contents of her stomach came up, the toxic brew of alcohol and residual terror proving too much for her system to handle.

Mortified, she kneeled naked in front of the toilet, shaking uncontrollably. Flushing the disgusting mess, she used her remaining strength to crawl back into the shower stall and turn on the water, shuddering in relief as the warm stream poured over her frozen body.

The hot shower worked miracles. After a few minutes, Mia felt well enough to get up off the floor. She washed and shampooed every inch of her body, rinsing away all traces of the horrible night. When done, she toweled herself off, put on a big fluffy robe, and brushed her teeth twice to remove the unpleasant taste in her mouth. She was now ready to face Korum again, even though all she wanted to do was pass out and sleep for the next ten hours.

He was waiting in the living room, again looking at something on his palm. At her tentative entrance, he looked up and motioned to have her come closer. Mia cautiously approached, still feeling wary.

"Here, drink this."

He had picked up a glass filled with a pinkish liquid from the table next to him and was holding it out to her.

"What is it?" asked Mia with visible nervousness.

"Not poison, so you can relax." At her continued reluctance, he added, "Just something to reduce the strain on your liver from all the crap you drank tonight."

Mia flushed with embarrassment. He had clearly heard her vomiting earlier. Without further arguments, she took the glass and tried the liquid. It tasted like slightly sweet water and was wonderfully refreshing. She gulped down the rest of the glass.

"Good," said Korum. "Now sit down and let's talk about expectations in our relationship . . . specifically, my expectations for your behavior."

Mia swallowed nervously and sat down next to him. The liquid was already working its way through her system, and she felt the cobwebs clearing from her mind.

He turned toward her and took one of her hands in his, lightly stroking her palm. His eyes were nearly back to their normal shade of amber, with only a few traces of the dangerous yellow flecks.

"You're mine, Mia," he told her, his thumb caressing the inside of her wrist. "You've been mine from the moment I saw you in the park that day. I don't share what's mine. Ever. If you so much as look at another male – human or Krinar – you will regret it. And whoever lays a hand on you will be signing his own death warrant. Do I make myself clear?"

Mia nodded, unable to speak past the volatile mixture of emotions brewing in her chest.

"Good. The pretty boy you were dancing with tonight is very lucky he walked away. If there's ever a next time, I won't be so merciful."

Her free hand curled into a fist on the couch.

"You acted foolishly tonight. Two pretty girls going out dressed like that – any number of bad things could have happened to you. And drinking until you throw up – you might as well schedule a liver transplant for yourself in the near future. Your human body is already fragile, and I won't allow you to abuse it like this."

Mia's nails dug into her palm in frustrated anger. To be lectured like this, as though she were a stupid teenager, was beyond humiliating.

"If you want to go out dancing, I will take you. And no more nights out with your roommate – the two of you clearly cannot be trusted."

Mia just stared at him with a mutinous look on her face.

"And now," he said softly, "we should discuss your little misconception earlier . . . the fact that you actually believed that I would kill you for kissing a boy in a club."

"You nearly killed Peter," said Mia, frantically searching for an explanation for her earlier panic. "Why are you so surprised that I was scared?"

"*Peter* deserved exactly what he got for touching what's mine." He leaned toward her. "*You*, on the other hand, have nothing to fear from me. When have I ever hurt you – aside from the loss of your virginity?"

It was true. He had never caused her physical pain – at least not of the unpleasant kind. He was always very careful not to hurt her with his much greater strength. Of course, he didn't know she was helping the Resistance.

"Mia, I know we literally come from different worlds, but some things are universal across both species. I sleep with you every night, I kiss and caress your body, I take great pleasure in having sex with you – and you think that I could just snuff out your life like that, with no regrets?"

He still might, if he discovered her true betrayal.

Taking her silence for the affirmative, he shook his head in disappointment. "Mia, I'm really not the monster you've made me out to be in your mind. I would not hurt you – ever, under any circumstances. Do you understand me?"

"Yes," she whispered, suppressing a slight yawn. She felt completely drained, exhaustion creeping up on her during their conversation. Even after the restorative potion he'd fed her, she was more than ready to go to sleep. Tomorrow she would gladly analyze all the ins and outs of his words, but for tonight – she was completely done.

"All right," he said, "I can see that you're tired. Let's go to bed. You'll feel much better after some rest."

Mia nodded gratefully, and he picked her up, carrying her to the bedroom.

Entering the room, he placed her gently on the bed.

Too tired to move, Mia just lay there, watching as he stripped off his clothes. His body was truly beautiful – all muscle, covered with that smooth golden skin. All of his movements were inhumanly graceful and carefully controlled. For the first time, Mia realized that he probably exerted a lot of effort to reign in the enormous strength she'd witnessed today.

He came toward her, his penis already stiff, and opened her robe. "You're so lovely," he murmured, studying her body with obvious appreciation. Despite her exhaustion, she felt her inner muscles clenching in anticipation.

Climbing over her, he bent down and kissed the sensitive part of her neck. Mia held her breath, waiting for the familiar rush of bite-induced ecstasy, but he just continued nibbling his way down the rest of her body, with only his lips and tongue touching her. She moaned softly, wanting more, but he was ruthlessly slow, branding every inch of her skin with his mouth.

He reached her feet, and Mia giggled, feeling his lips closing over one of her toes. And then his warm hands touched her foot, massaging with a light yet firm pressure, and Mia arched in unexpected pleasure as his thumb found a spot that sent sensations directly to her nether regions. All of a sudden, she didn't feel like giggling anymore as tension started building in her loins. He gave her other foot the same treatment, and she cried out, feeling as if he was touching her clitoris instead.

He flipped her over then and removed the robe completely. Grabbing a pillow, he placed it under her hips, elevating her butt. For some reason, Mia felt very vulnerable, lying there face down, with her back exposed to the predator she was sleeping with.

Leaning over her, Korum lifted the dark mass of curly hair off her shoulders, revealing the tender spot of her nape. Bending down, he kissed it lightly, his mouth feeling hot on her sensitive skin. She shivered from the sensation, and he moved lower, kissing his way down each vertebra of her spine until he reached her tailbone. His hands touched her butt, lightly squeezing the pale globes, and she felt his mouth leisurely making its way down to her vaginal opening, teasing the crevice between her cheeks on the way with his tongue. She jumped, startled by the unfamiliar sensation, and he laughed softly at her reaction. "Don't worry," he whispered, "we'll leave that for another time."

And then playtime was over.

He settled over her, his legs pushing between her own, opening her wider. Mia gasped as she felt the heavy force of his cock pushing into her vagina. Despite her wetness, he felt impossibly big in this position, and she whimpered slightly, her muscles quivering, trying to adjust to the intrusion. Sensing her difficulty, he paused for a second and reached under her hips, applying steady pressure to her clitoris even as he moved his pelvis in a series of small, shallow thrusts, working his penis deeper into her. With his much larger body over her like that, she felt completely dominated, unable to move an inch, and she groaned in frustration, hovering on the verge of relief yet not climaxing. He moved deeper still, touching her cervix, and she froze as every nerve ending stood on edge, waiting for something – pleasure, pain, she didn't care which as long as she could reach the elusive peak.

He withdrew halfway then and slowly worked himself back in. The tension was becoming unbearable, and Mia resorted to begging, pleading him to do something, to make her come. "Not yet," he told her, moving in that maddeningly slow rhythm that kept her at an agonizing intensity level. Whenever he sensed her orgasm approaching, he would slow down further, and then thrust faster when the sensation receded a bit. It was literally torture, and Mia realized that this was to be her punishment for tonight.

"Korum, please," she begged, but he was intractable. The slow drag and thrust of his cock was driving her insane. In any other position, she would have been able to do something, to move her hips in a way that speeded up the climax. But lying there like that, with his heavy body pressing her down, she could only scream in frustration.

"You're mine, do you understand it now?" he said hoarsely, still keeping up that mercilessly slow pace. "Only I can give you this – what your body craves. No one else . . . Do you understand that?"

"YES! Please, just let me –"

"Let you what?" he panted, the torture exerting a toll on him as well.

"Just let me come! Please!"

And he did. His thrusts gradually picked up speed, winding her up even tighter, and her screams got even louder . . . and then she went over the cliff, her entire body pulsing and spasming in a release so powerful that every muscle in her body trembled in its aftermath. Her orgasm sent him over the edge as well, and he came deep inside her with a hoarse groan, his seed spurting in warm bursts inside her belly.

Mia lay there afterwards, feeling his weight pressing her down. She couldn't breathe easily, but she didn't care. She felt utterly boneless, unable to move in any case. And then Korum rolled away, freeing her. She shivered slightly at the feel of cool air on her naked sweaty back. He picked her up and took her into the shower again, for a quick rinse this time. And then they finally slept, with him cradling her possessively even in his sleep.

CHAPITRE QUATORZE

Quand Mia se réveilla le lendemain matin, elle fut surprise de se sentir aussi bien. Pas de bouche sèche, ni d'affreux mal de tête, ni cette impression merdique qu'elle avait d'habitude après une nuit en boîte. Elle n'avait aucun de ces symptômes aujourd'hui, sans doute grâce à la potion magique de Korum.

Comme d'habitude, elle était seule dans la chambre. Elle savait maintenant que les Ks ont besoin de beaucoup moins de sommeil que les hommes, certains se contentant de deux heures par nuit, et Korum était très matinal. Et c'était mieux comme ça. Elle n'était pas sûre d'avoir hâte d'être face à lui ce matin.

Étrangement, elle ne s'était jamais attendue à ce qu'il soit jaloux. Beau et doué comme il l'était au lit elle ne pouvait imaginer comment une femme pourrait lui préférer quelqu'un d'autre. Hier, elle avait un peu flirté avec Peter et elle en était restée là, un jeu sans conséquences qui n'irait pas plus loin.

La plupart du temps, elle avait du mal à déchiffrer les émotions de Korum. D'habitude, il semblait si calme, si maître de lui, avec cet air légèrement moqueur sur son beau visage. Elle savait qu'elle l'amusait et il aimait souvent la taquiner simplement pour le plaisir de la voir se mettre en colère. Elle imaginait être pour lui l'équivalent d'un chaton, un petit être qu'il aimait caresser et avec lequel il aimait jouer de temps en temps. Mais ses réactions d'hier soir ne correspondaient pas à cette attitude désinvolte. Se montrer aussi possessif semblait en contradiction avec la véritable nature de leur liaison. Il était évident qu'il aimait faire l'amour avec elle, mais elle ne pouvait pas imaginer qu'il tienne à elle d'une autre manière.

Et pourtant, bien qu'elle ait pu se tromper sur l'expression de son visage hier soir, il lui semblait qu'il avait été sincèrement blessé qu'elle ait pu le croire capable de la tuer. Était-ce possible ? Est-ce qu'elle comptait vraiment pour lui, était-elle davantage qu'une créature humaine lui servant de jouet ? À cette pensée, son cœur se serra bizarrement. Bien sûr ce n'était pas possible, mais si elle comptait vraiment pour lui…

Et puis un petit détail de la vie à Krina lui revint en mémoire, il lui avait dit que les Ks tenaient à leur territoire, qu'ils n'aimaient pas vivre les uns sur les autres.

Alors elle eut envie de pleurer.

Tout était clair maintenant. C'était logique qu'il soit furieux contre Peter. Sans le vouloir, le pauvre garçon avait empiété sur son territoire. Du point de vue de Korum, elle lui appartenait désormais et pour aussi longtemps qu'il voudrait la garder. Elle faisait partie de ses possessions. Et il n'aimait pas partager.

Bien qu'elle eût adoré paresser toute la journée au lit, elle avait beaucoup à faire. Son examen de statistiques avait lieu le lendemain et elle ne se sentait pas encore complètement prête. Et elle n'avait vraiment pas besoin d'en être distraite par les complications de sa vie amoureuse.

Mia se leva, se lava les dents et prit son petit déjeuner. Korum était sorti et elle se demanda où il était allé.

Avant de se mettre à travailler, elle décida de vérifier son téléphone pour s'assurer que Jessie était bien rentrée chez elle hier soir. Effectivement, sa colocataire l'avait appelée une douzaine de fois et lui avait laissé le même nombre de messages par SMS et par mail, chacun plus inquiet que le précédent. Mia poussa un gémissement. Elle aurait dû envoyer un texto à Jessie hier soir avant de s'endormir, mais elle avait eu bien d'autres choses à penser à ce moment-là.

Impossible d'y échapper. Les révisions attendraient. À la place, elle téléphona à Jessie.

Sa colocataire décrocha à la première sonnerie.

— Oh, mon Dieu, Mia, tout va bien ? Qu'est-ce qui s'est passé hier soir ? Si ce salaud d'extra-terrestre t'a fait le moindre mal…

— Non, Jessie, il ne m'a rien fait. Écoute, tout va bien…

— Tout va bien ? Tout le monde en parlait hier soir, sa façon de te traîner avec lui après avoir été sur le point de tuer Peter ! Quand je suis revenue des toilettes, tu étais partie et le pauvre gars était par terre, il avait toujours du mal à respirer…

— Et maintenant, il va mieux ? l'interrompit Mia, se sentant coupable tout à coup.

— On l'a emmené à l'hôpital, mais ils ont dit qu'il avait surtout des contusions et des bleus. Il aura sans doute du mal à parler pendant deux ou trois jours et je suis sûre qu'il a eu la frayeur de sa vie…

— Oh, mon Dieu, je suis vraiment navrée ! gémit Mia. Je n'aurais jamais dû lui faire courir un tel risque…

— Lui faire courir un tel risque ? Mais c'est toi qui es en danger ! Mia, ton cher K est complètement fou ! Il était sur le point de tuer quelqu'un parce qu'il dansait avec toi…

— Parce qu'il m'avait embrassée en fait…

— Peu importe ! Tu n'avais pas couché avec Peter, et même si c'était le cas, c'est de la folie !

Mia soupira.

— Je sais. Je ne m'étais pas rendu compte à quel point ils sont possessifs et attachés à leur territoire. Si je l'avais su plus tôt, je ne serais même pas allée en boîte…

— Possessifs et attachés à leur territoire ? Ce sont des criminels ! Mia, il faut absolument le quitter. J'ai trop peur pour toi…

— Jessie, lui dit Mia d'une voix douce tout en se demandant la meilleure manière de le formuler. Je ne suis pas sûre de pouvoir le quitter pour le moment.

— Qu'est-ce que tu veux dire ? C'est comme s'il te forçait à rester avec lui ?

— Je n'en suis pas sûre, mais je ne pense pas que ce soit une très bonne idée de rompre tout de suite…

— Oh mon Dieu ! Je m'en doutais ! Tu as *peur* de lui, est-ce qu'il t'a déjà menacée ?

— Non, Jessie, ce n'est pas la question… Il m'a dit qu'il ne me ferait jamais de mal. Mais je pense qu'il vaut mieux que la liaison tourne court d'elle-même. Je suis sûre qu'il se lassera bientôt et passera à autre chose…

— Et tu l'acceptes ? Attendre jusqu'à ce qu'il en ait assez ? Écoute, et cet été, et ton voyage chez toi en Floride ?

— Hum, je ne suis pas totalement sûre de la meilleure manière de procéder… Je n'ai pas encore vraiment voulu lui en parler…

— Eh bien, il vaudrait mieux le faire parce que c'est bientôt ! Les examens de licence sont la semaine prochaine et ensuite tu t'en vas. Et alors qu'est-ce qu'il va faire ? T'empêcher de partir ?

Jessie avait bien raison. Mia n'avait aucune idée de ce qui se passerait à la fin de la semaine prochaine. Elle avait pensé que Korum se lasserait d'elle avant que la Floride ne devienne un problème entre eux. Mais ses réactions d'hier soir n'étaient pas celles de quelqu'un qui en avait assez de son nouveau jouet. En fait, il semblait très déterminé à garder le jouet en question. Mia commençait à s'inquiéter, mais ce n'était pas la peine que Jessie le sache.

— Non, je suis sûre que nous trouverons une solution. Écoute, Jessie, je sais que ce n'est pas génial, mais je t'assure qu'il ne me traite vraiment pas mal, loin de là. Si je fais davantage attention, tout ira parfaitement bien. Il retournera bientôt dans son centre K et j'aurai toutes sortes d'histoires intéressantes à raconter à mes petits-enfants.

— Je ne sais pas, Mia. Je commence à avoir l'impression qu'il te retient presque en captivité…

— Ne dis pas n'importe quoi ! Bien sûr que non !

— Oui, c'est ça ! dit Jessie d'un ton sceptique. Bien sûr que non. Tu peux aller où tu veux, faire ce que tu veux…

— Non, c'est vrai, admit Mia. Pas vraiment…

— Pas du tout tu veux dire ! Il te retient prisonnière chez lui…

— Non, ce n'est pas vrai ! protesta Mia. Elle respira profondément avant d'ajouter : et même si c'était le cas, personne n'y pourrait rien. Tu l'as bien vu hier soir, les Ks peuvent pratiquement tuer quelqu'un en public et personne ne lèvera le petit doigt. Que nous le voulions ou non, ils n'obéissent pas à nos lois. Jessie, s'il te plaît, n'en parlons plus… Je sais m'y prendre avec lui. Évidemment, ce n'est pas comme si mon petit ami était un étudiant de l'université de New York comme moi, mais il n'y a pas que de mauvais côtés…

— Pas que de mauvais côtés ? Tu veux dire que tu adores faire l'amour avec lui ?

Mia rougit, elle préférait que Jessie ne puisse pas la voir.

— Eh bien ! oui, absolument, c'est un amant extraordinaire… mais j'aime bien être avec lui, tout simplement. Je m'amuse bien avec lui… il est romantique, et il fait très bien la cuisine…

— Oh non ! Ne me dis pas que tu es en train de tomber amoureuse de lui ?

— Non ! Bien sûr que non !

Mia espérait sincèrement ne pas mentir.

— Ce n'est même pas un homme…

— C'est vrai ! Ce n'est pas un homme ! Mia, il est dangereux. Fais attention s'il te plaît, d'accord ? Si tu sens que tu ne peux pas rompre avec lui pour le moment, alors ne le fais pas… mais ne tombe pas amoureuse de lui non plus, d'accord ? Je ne veux pas te voir souffrir…

— Évidemment, Jessie. Mais je t'en prie, arrête de t'inquiéter autant… tout va bien. Mais arrêtons de parler de moi, dit Mia en feignant la gaieté.

Où en es-tu avec cet acteur si sexy avec lequel tu as flirté pendant toute la soirée d'hier ?

— Oh, il était absolument adorable. Je lui ai donné mon numéro de téléphone et il a dit qu'il m'appellerait aujourd'hui…

Et Jessie lui parla en détail de ce garçon si mignon qui serait encore à New York pendant plusieurs mois, ils aimaient tous les deux la cuisine chinoise et la musique des années 90… Tout semblait si facile pour eux et Mia envia Jessie de se soucier de quelque chose d'aussi banal que la question de savoir si Edgar l'appellerait aujourd'hui comme promit ou pas.

Elles terminèrent leur conversation et Mia promit de voir Jessie le lendemain matin après son examen de statistiques. Et puis elle commença son programme de révisions avec l'intention de travailler toute la journée.

CHAPTER FOURTEEN

Mia woke up the next morning feeling surprisingly well. Dry mouth, a pounding headache, and the generally shitty overall state that came with the morning after clubbing – none of these were present today, likely due to Korum's magic potion.

As usual, she was alone in the bedroom. She had learned that Ks needed significantly less sleep than humans – some as little as a couple of hours a night – so Korum was a very early riser. It was just as well. She wasn't sure she was eager to face him this morning.

For some reason, she had never expected him to be jealous. With his looks and skills in bed, she couldn't imagine that any female would prefer another man over him. Her light flirtation with Peter last night had been just that – harmless fun that would've never led anywhere.

Most of the time, she had trouble deciphering his emotions. He usually seemed so calm and controlled, with that slightly mocking expression on his beautiful face. She knew she frequently amused him, and he often liked to tease her just to see her temper flare up. She imagined she was something like a kitten to him, a little creature that he liked to pet and play with on occasion. His reaction last night did not jive with that casual attitude, however. The extreme possessiveness he'd displayed didn't make sense in light of what their relationship really was. He definitely liked having sex with her, but she could not imagine that she meant anything more to him than that.

Then again – although she might have misinterpreted his expression last night – it seemed like he'd been genuinely hurt that she'd thought him capable of killing her. Could it be? Did he actually care for her as a person – as something more than his human toy? At this thought, an odd ache started in her chest. It couldn't be, of course, but if he really did care for her . . .

And then she remembered a little tidbit about life on Krina. They were territorial, he'd said, and didn't like to live right on top of each other.

And she wanted to cry.

It was all clear now. Of course he had been mad at Peter last night: the poor guy had inadvertently infringed on Korum's territory. As far as Korum was concerned, she belonged to him now, for as long as he wanted to keep her.

She was another one of his possessions. And he didn't like to share.

As much as she wanted to laze in bed all day, there were things to be done. Her Stat final was tomorrow, and she still didn't feel fully ready. The last thing she needed was the distraction of her screwed-up love life.

Getting up, Mia brushed her teeth and got breakfast. Korum wasn't home at all, and she wondered where he went.

Before she settled down to study, she decided to check her phone to make sure that Jessie got home safely last night. Sure enough, there were about a dozen missed calls from her roommate and an equal number of texts and emails – each getting progressively more worried. Mia groaned. She should've texted Jessie last night before falling asleep, but it had been the last thing on her mind at the time.

There was no help for it. Studying would have to wait. She called Jessie instead.

Her roommate picked up in the first ring. "Oh my God, Mia, are you all right?!? What the fuck happened last night? If that alien bastard hurt you in any way –"

"No, Jessie, he didn't! Look, I'm totally fine –"

"Totally fine? Everybody was talking about it last night – how he dragged you off after nearly killing Peter! I came back from the bathroom, and you were gone, and the poor guy was still choking on the floor –"

"Is he all right now?" interrupted Mia, suddenly overcome by guilt.

"He was taken to the hospital, but it was mostly swelling and bruises, they said. He's probably going to have difficulty speaking for a few days, and I'm sure he was scared out of his mind . . ."

"Oh my God, I am so sorry about that," Mia groaned. "I should have never put him in danger like that –"

"Him? What about yourself? Mia, this K of yours is insane! He was about to kill a person for dancing with you –"

"Kissing me actually . . ."

"Whatever! It's not like you slept with the poor guy, but even if you had . . . that's just crazy!"

Mia sighed. "I know. I learned too late that they're apparently very territorial and possessive. If I'd known before, I obviously would've never gone to the club in the first place –"

"Territorial and possessive? More like homicidal! Mia . . . you really need to leave him. I'm scared for you . . ."

"Jessie," said Mia softly, wondering how to best phrase it, "I'm not sure that I can leave him yet."

"What do you mean? Like he would force you to stay somehow?"

"I don't really know, but I don't think it's the best idea to break up right now –"

"Oh my God, I knew it! You *are* afraid of him! Did he threaten you in any way?"

"No, Jessie, it's not like that . . . He said he would never hurt me. I just think it's best to let the relationship play out naturally. I am sure he'll get bored soon and move on –"

"And you're okay with that? Just waiting around until he tires of you? Wait, what about the summer, when you go home to Florida?"

"Um, I'm not really sure how that's going to play out yet . . . I haven't really talked to him about that –"

"Well, you better, because it's coming up! Finals are next week, and then you're gone. What is he going to do then? Not let you go home?"

Jessie had a valid point. Mia had no idea what would happen at the end of next week. For some reason, she had thought that Korum might get bored of her before Florida became an issue. His actions last night, however, were not those of someone who was getting bored with his new toy; in fact, he seemed very determined to hold on to the said toy. Mia was starting to worry, but Jessie didn't need to know that.

"No, I'm sure we'll figure something out. Look, Jessie, I know it sounds bad, but he's really not mistreating me or anything. If I just act more considerately, everything will be totally fine. He'll go back to his K Center soon, and I will have lots of interesting stories to tell my grandchildren . . ."

"I don't know, Mia. This is starting to sound like he's almost holding you captive –"

"Don't be silly! Of course he's not!"

"Uh-huh," said Jessie skeptically, "sure he's not. You can just go anywhere you want, do anything you want –"

"Well, no," admitted Mia, "not exactly –"

"Not at all! He's keeping you prisoner there –"

"No, he's not," protested Mia. Taking a deep breath, she added, "But even if he was, there's nothing anyone can do about it. You saw it last night – they can nearly kill someone in public and nobody will say boo. Whether we like it or not, they are not subject to our laws. Jessie – please, just let it go... I know how to handle my relationship with him. Obviously, it's not like dating another NYU student, but it's not all bad –"

"Not all bad? You mean the sex is good?"

Mia blushed, glad that Jessie couldn't see her. "Well, definitely that – it's actually pretty amazing... but also just spending time with him. He can be really fun... and romantic, and he's a great cook –"

"Oh, don't tell me... are you falling in love with him?"

"No! Of course not!" Mia sincerely hoped she wasn't lying. "He's not even human –"

"That's right! He's not human! Mia, he's dangerous. Please be careful, okay? If you feel like you can't break up with him yet, then don't... but just don't fall for him, okay? I don't want to see you get hurt..."

"Of course, Jessie. Please don't worry so much – I'm totally fine. But enough about me," Mia said with false brightness. "What's the deal with that hot actor you were flirting with all night?"

"Oh, he was a total sweetheart. I gave him my number, and he said he will call today –"

And Jessie told her all about the cute guy and how he was in town for at least a few more months, and how they both enjoyed Chinese food and had the same taste for nineties music... It was all so uncomplicated, and Mia envied her roommate for being able to fret over something as ordinary as whether Edgar would call today as promised.

They wrapped up the conversation, and Mia promised to see Jessie the next morning after the Stat exam. And then she settled in to study for the rest of the day.

CHAPITRE QUINZE

Le lundi matin quand Mia sortit de son examen de statistiques il lui sembla qu'elle venait de conquérir le monde. Elle connaissait la réponse de chaque question posée et n'avait eu besoin que de la moitié du temps pour finir l'épreuve. Maintenant, il ne lui restait plus que trois examens et l'année universitaire serait officiellement terminée.

Ravie, elle envoya un texto à Jessie pour lui dire qu'elle avait fini. Sa colocataire était sans doute encore en train de passer son examen de biochimie et Mia décida d'aller se détendre un peu dans le parc en attendant que Jessie ait fini à son tour.

Elle s'assit sur un banc et sortit son téléphone pour appeler ses parents et leur dire que l'examen s'était bien passé. Mais avant d'avoir eu le temps d'appuyer sur la moindre touche un homme s'assit juste à côté d'elle et Mia découvrit deux yeux bleus qu'elle connaissait bien.

— John ! Qu'est-ce que vous faites ici ? lui demanda Mia avec surprise. Jusqu'à présent, ils s'étaient rencontrés chez elle et elle ne s'attendait pas à le voir dehors comme ça.

— Je voulais vous parler de quelque chose d'important et je ne savais pas quand vous seriez chez vous, dit-il. Mais d'abord, permettez-moi de vous demander… tout va bien ?

— Mais oui ! Mia rougit légèrement. Pourquoi ? Jessie a encore parlé à Jason ?

— Non, mais nous savons ce qui vous est arrivé. Les journaux locaux ont parlé de votre aventure de samedi soir.

Mia frissonna. Elle était embarrassée. Puis elle pensa à quelque chose d'effrayant.

— Est-ce que mon nom était dans le journal ? Si mes parents sont au courant…

— Non, seulement une description. Je ne pense pas que vos parents puissent faire le lien.

Mia laissa échapper un soupir de soulagement.

— Eh bien oui, vous voyez, tout va bien.

— Pourquoi a-t-il attaqué ce garçon comme ça ?

Mia haussa les épaules.

— Tout simplement parce qu'il est possessif, il me semble. Mais j'ai eu vraiment peur parce que je croyais qu'il savait que je vous aide. Il s'est avéré que je m'étais trompée, mais j'ai passé un mauvais quart d'heure quand j'avais la certitude qu'il allait me tuer.

John la regarda calmement, sans broncher.

— Malheureusement, c'est un risque que nous courons tous, dit-il.

Mia trembla légèrement. Elle voulait oublier la terreur qui l'avait presque paralysée ce soir-là. Elle demanda donc gaiement à John.

— Alors comment ça s'est passé pour vous tous ce week-end ? Vous avez changé de lieu de rendez-vous, non ?

— Bien sûr. C'est de cela que je suis venu vous parler aujourd'hui justement. Nos plans ont été modifiés.

— De quelle manière ? Mais attendez ! D'abord, avez-vous compris comment il vous filmait ?

— Vous vous souvenez des Keiths dont nous avons parlé la dernière fois ?

Mia fit un signe de tête.

— Ce sont eux qui ont trouvé les caméras. Elles étaient cousues dans les rideaux et dans le tissu du canapé. Il y en avait même dehors dans les branches des arbres. C'est un nouveau type de technologie, quelque chose de différent qu'ils doivent avoir mis au point depuis peu. Nous avons de la chance, un des Keiths s'y connaît en design et il a compris que les caméras étaient basées sur la nouvelle nano-signature des Ks.

Mia l'écoutait, fascinée.

— Et maintenant ?

— Nous avons eu beaucoup de chance que vous trouviez cette information ; c'est aussi l'avis des Keiths…

– Ils sont au courant à mon sujet ? Mia se demandait si ça devait l'inquiéter.

— Oui, nous avons dû leur expliquer comment nous avons découvert que nous étions enregistrés.

La préoccupation devait se lire sur son visage, car il ajouta :

— Écoutez, je vous garantis qu'ils ne sont pas tous pareils. Les Keiths croient sincèrement en notre cause, ils ne feront rien qui risquerait de vous mettre en danger.

— Il y a quelque chose que je ne comprends pas, dit Mia. Est-ce que ces Keiths parlent librement et ouvertement dans leur communauté de ce qu'ils pensent et du fait qu'ils vous aident, vous les résistants ?

— Non, bien sûr que non ! Si Korum savait qui ils sont, il aurait vite fait de les neutraliser. Ils auraient beaucoup à perdre s'ils étaient identifiés avant que nous ne puissions mettre notre plan en action.

— D'accord. Et quel est votre plan ? Et est-ce une bonne idée que je le sache étant donné ma proximité avec celui que vous savez ?

— Malheureusement, il faut que vous le sachiez… parce que désormais vous y jouez un rôle important.

Mia eut l'impression que son cœur venait de s'arrêter de battre.

— D'accord, dit-elle lentement. Je vous écoute.

— Vous vous souvenez quand je vous ai dit que c'est en grande partie à cause de Korum qu'ils sont venus sur terre ? Que finalement c'est sa compagnie qui gère les centres Ks ?

Mia fit un signe de tête.

— Eh bien, la source de tout son pouvoir c'est que sa compagnie a développé de nombreuses découvertes technologiques brevetées et confidentielles auxquelles le reste de la population des Krinars n'a pas accès. Nous ne savons pas grand-chose de leurs connaissances scientifiques, mais nous pensons qu'ils ont sans doute une nano technologie très avancée…

— Qu'est-ce que ça veut dire, une nano technologie très avancée ? demanda Mia.

— Cela revient à dire qu'ils sont capables de manipuler la matière atomique. Comme nous l'ont expliqué les Keiths, ils peuvent pratiquement créer n'importe quoi à partir d'une technologie disponible chez eux, il leur suffit d'avoir de simples matériaux de production et la conception requise. Leurs designers, qui sont un peu comme nos ingénieurs en électronique, créent des nano projets pour tout ce qu'ils utilisent dans la vie quotidienne ainsi que leurs armes, leurs vaisseaux spatiaux, leurs habitations, etc. Vous comprenez ce que je suis en train de dire ?

Mia ne comprenait pas tout, mais fit quand même un signe de tête affirmatif.

— Korum est l'un de leurs designers les plus brillants. De nombreux projets imaginés par lui-même et par sa compagnie ne sont pas accessibles au reste de la population K. Cela inclut la conception de leurs vaisseaux spatiaux, une information strictement confidentielle, et de nombreux détails concernant la sécurité, y compris la défense et les armes des centres Ks. Si vous êtes un K ordinaire, vous pouvez facilement aller sur internet et y prendre le modèle de leurs armes les plus courantes et de leur technologie de base. C'est comme ça que les Keiths nous ont aidés jusqu'à présent, en nous fournissant les outils de base dont nous avons besoin pour éviter d'être pris ainsi que de simples armes.

Notre but ultime était d'utiliser leurs propres armes pour attaquer leurs centres et les chasser de notre planète.

Mais comme je vous l'ai dit, les centres K sont protégés par un type de technologie à laquelle seul Korum et les lieutenants auxquels il fait confiance ont accès. L'un des Keiths vient de passer plusieurs mois à essayer de pirater leurs dossiers, sans succès. Il avait pensé que nous n'étions pas loin de pénétrer leur défense, mais nous venons d'apprendre ce week-end que nous n'avons pas avancé d'un pas. Korum continue de concevoir des engins toujours nouveaux et toujours plus sophistiqués, les techniques qu'il utilise pour nous espionner sont particulièrement ingénieuses…

— Et les Keiths ne peuvent pas appliquer des techniques d'ingénierie inverse à ces concepts ? lui demanda Mia en lui coupant la parole. Elle ne s'y connaissait nullement en technologie, mais ça lui semblait logique.

— La plupart des projets de Korum comprennent une fonction d'autodestruction qui se déclenche si l'on tente de démonter les engins dans la partie moléculaire, ce qui est nécessaire pour en comprendre la structure. C'est ce qui lui permet de garder le monopole de ses inventions. Le brevet ou le droit d'auteur fait partie intégrante du concept proprement dit.

— D'accord, voyons si j'ai bien compris… Les Keiths veulent vous aider à attaquer leurs propres centres, mais ils ne peuvent décoder la technologie protégeant leurs installations. C'est bien ça ?

— Exactement. Les Ks sont 50 000, nous sommes des milliards. Ils ont beau être plus forts et plus rapides, sans ce type de technologie il nous serait facile de les surpasser. Si nous pouvions neutraliser leurs systèmes de défense et nous emparer de certaines de leurs armes, nous pourrions reprendre le contrôle de notre planète.

Mia se frotta les tempes.

— Mais pourquoi les Keiths nous aideraient-ils à lutter contre les leurs ? Vous savez, je comprends qu'ils condamnent la manière dont l'espèce humaine a été traitée, mais de là à mettre en danger la vie de 50 000 autres Ks pour nous aider ? J'ai du mal à l'admettre…

— Nous leur avons promis de limiter au maximum les pertes de Krinar et de leur garantir un retour à Krina. Nous leur avons également promis que les Keiths et ceux auxquels ils pensent qu'on peut faire confiance pourront rester ici sur terre et vivre parmi les hommes à condition qu'ils obéissent à nos lois. Vous savez, Mia, ils seraient nos professeurs, nos guides, ils nous feraient parvenir à une nouvelle ère technologique et ils accéléreraient notre progression naturelle d'une manière extrêmement significative. Ce seraient des héros pour toute l'humanité, leurs noms seraient révérés pour toujours. Ils nous aideraient à guérir le cancer et d'autres maladies et ils nous donneraient des moyens d'allonger notre espérance de vie.

Son visage était illuminé de ferveur.

— Mia… ils seraient comme des dieux sur terre une fois que les autres Ks seraient partis. Pourquoi ne préféreraient-ils pas cela à la vie normale qu'ils ont déjà menée pendant des milliers d'années ?

Mia parvenait d'elle-même à ses propres conclusions.

— En fait ils s'ennuient et cherchent une aventure héroïque ?

— Si vous voulez le voir sous cet angle. Je pense qu'ils sont sincères dans leur désir d'aider notre espèce à atteindre un niveau supérieur de développement.

— D'accord, alors revenons un moment en arrière. S'ils ne peuvent pas décoder les dossiers des Ks qu'est-ce que vous allez faire ? Il me semble que Korum a gagné la guerre avant que vous n'ayez pu livrer la moindre bataille ?

— Pas vraiment ! dit John dont les yeux brillaient avec enthousiasme. Nous n'arrivons pas à décoder les dossiers, mais nous pouvons quand même mettre la main sur les informations.

Ce qui se profilait ne plaisait pas à Mia.

— Mettre la main dessus, et comment ? lui demanda-t-elle en pesant ses mots.

— Eh bien, selon la rumeur Korum garderait en permanence ses projets les plus importants sur lui. Par exemple l'avez-vous déjà vu faire quelque chose donnant l'impression qu'il se regarde la paume de la main ou l'avant-bras ?

— Oui, je l'ai vu regarder sa paume, dit Mia avec réticence.

Elle commençait à avoir beaucoup d'appréhension sur la tournure que prenait la conversation.

— C'est parce qu'il a une puce électronique greffée à cet endroit. Évidemment, j'utilise le terme de puce électronique au sens large, ça ne ressemble pas davantage à un ordinateur que nos ordinateurs ne ressemblent aux bouliers d'autrefois. Et pourtant c'est là qu'il détient ses informations, littéralement dans la paume de sa main. Nous n'avons aucun espoir d'y parvenir parce que même si nous pouvions le capturer et l'immobiliser, une tâche pratiquement impossible à réaliser, en l'espace de quelques secondes il serait sans doute capable d'effacer ces données.

— Alors que pouvez-vous faire ? demanda Mia sans comprendre.

— *Nous* ne pouvons rien faire… mais *vous*, vous y arriveriez. Vous êtes la seule personne à être assez proche de lui pour être capable d'avoir accès à ces informations…

— Quoi ? Mais vous êtes fou ? Il s'agit de la paume de sa main, comment voulez-vous que j'y arrive ? Il ne va quand même pas me l'offrir sur un plateau !

— Non, bien sûr que non ! soupira John. Mais nous avons ceci…

Il tenait une petite bague d'argent.

— Qu'est-ce c'est ? demanda Mia d'une voix lasse.

— C'est un moyen de scanner les données. Les Keiths l'ont conçu pour ressembler à un bijou, on peut donc le porter sans éveiller les soupçons. Si vous réussissiez d'une manière ou d'une autre à le tenir près de la paume de Korum pendant environ une minute, il pourrait accéder ses dossiers et nous fournir ses projets.

— Le tenir une minute entière contre sa paume ? Et vous croyez vraiment qu'il ne se douterait de rien ?

— Pas si son attention était retenue ailleurs…

Sa voix indiquait clairement à quoi il faisait allusion.

— Oh, mon Dieu, vous plaisantez ! Vous voulez que je vole des données pendant un rapport sexuel ?

Cette pensée donna un haut-le-cœur à Mia.

— Écoutez, c'est à vous de voir. Vous pourriez le faire quand il dort…

— Il ne dort que quelques heures par nuit, et en général pendant ce temps-là, moi aussi je dors !

— Bon, alors, est-ce qu'il vous tient la main quand vous sortez ensemble ?

Mia se mit à réfléchir. D'habitude, quand ils marchaient dans la rue, elle le tenait par le bras ; parfois il lui mettait la main au bas du dos. S'il lui tenait la main, ça ne durait jamais longtemps.

— Pas vraiment.

— Eh bien, alors il faudra que ça soit à un moment où ça lui semblera naturel que vous le touchiez…

— Vous voulez dire pendant un rapport sexuel ?

— Oui, si c'est le seul moment possible.

Mia fixa John des yeux. Elle était scandalisée et n'arrivait pas à croire qu'il puisse lui demander de faire une chose pareille.

— John, dit-elle lentement, je ne suis pas une sorte de femme fatale capable de faire ce genre de chose. La dernière fois, quand j'ai cru que Korum m'avait prise sur le fait, j'ai complètement perdu la tête. Je n'ai pas l'étoffe d'une espionne, loin de là. Et maintenant, Korum me connaît bien, si je commençais brusquement à me comporter bizarrement il s'en apercevrait tout de suite…

— Ecoutez, je comprends que ça ne va pas être facile. Vous avez raison, vous n'avez pas l'expérience d'un agent secret. Mais vous êtes littéralement notre dernier espoir. Les Keiths pensent que Korum n'est pas loin de les identifier. Il sait que nous sommes aidés de l'intérieur et les Keiths pensent que le Conseil Exécutif ne montrera aucune indulgence à l'égard de ceux qui menacent les centres que les Ks ont sur terre. Au mieux, ils seront déportés à Krina et sévèrement punis une fois là-bas. Au pire, hélas…

— John, dit Mia avec lassitude et sentant poindre un mal de tête. Je ne peux pas…

— Mia, je vous en prie, mettez au moins cette bague. C'est tout ce que je vous demande de faire. Si la chance vous sourit, tant mieux, sinon au moins nous aurons fait de notre mieux.

— Et si je suis prise avec ce dispositif ? Si Korum est aussi génial que vous le dites, ne va-t-il pas immédiatement reconnaître ce type d'invention ?

— Il n'a aucune raison de vous soupçonner. Vous n'êtes que son *Charl*. Il ne s'attend pas à ce que vous puissiez constituer une menace pour lui. Et regardez, c'est vraiment une jolie bague. S'il vous pose des questions, vous pourriez prétendre que c'est un cadeau de votre sœur.

Mia examina attentivement la bague. Le petit anneau d'argent était fin et élégant et ne semblerait sans doute pas déplacé à son doigt. Pour vérifier cette hypothèse, elle tendit la main.

— D'accord, je vais l'essayer. Voyons si elle me va.

John lui donna la bague en souriant de soulagement.

Mia la passa au majeur de sa main droite, elle lui allait parfaitement. Si elle n'avait pas su à quoi elle servait, elle n'aurait jamais pu deviner que c'était autre chose qu'un bijou ordinaire. Elle espérait qu'il serait aussi facile de tromper Korum.

Ayant accompli sa mission John se leva.

— Mia, dit-il, j'espère que vous réalisez que si ça marche, si vous réussissez, alors l'espèce humaine entrera dans une ère totalement différente. Nous aurons reconquis notre planète, ainsi que notre liberté. Et nous aurons infiniment plus de connaissances scientifiques et technologiques que nous n'en aurions eues autrement pendant des centaines ou peut-être des milliers d'années. Vous deviendriez une héroïne de l'humanité, votre nom serait inscrit dans les livres d'histoire pour des générations et des générations…

Mia en eut froid dans le dos.

— Et vous n'auriez plus jamais rien à craindre de lui, jamais plus. Et des jeunes filles comme ma sœur pourront finalement retrouver leur famille et mener une vie normale, et vous aussi.

Le tableau qu'il lui peignait était séduisant, mais Mia n'arrivait pas du tout à imaginer comment elle pourrait réussir dans une telle entreprise.

— John, dit-elle, je vais essayer. C'est tout ce que je peux vous promettre.

— Je ne vous en demande pas davantage.

Il lui mit la main sur l'épaule et la serra pour la rassurer.

— Bonne chance !

Puis il s'en alla en laissant au doigt de Mia ce petit dispositif, d'apparence anodine, qui était censé déterminer l'avenir de l'humanité.

CHAPTER FIFTEEN

On Monday morning, Mia walked out of her Stat exam feeling like she had conquered the world. She'd known the answer to every question and finished the test in half the time. Now she only had to turn in three papers, and the school year would be officially over.

Elated, she texted Jesse to let her know that she was done. Her roommate was probably still taking her BioChem final, so Mia decided to chill in the park for a bit and wait for Jessie to finish up.

Parking herself on a bench, she pulled out her phone to call her parents and let them know that the test had gone well. But before she could even press a button, a man sat down right next to her, and Mia found herself looking into a familiar pair of blue eyes.

"John! What are you doing here?" Mia asked in surprise. She had always seen him inside her apartment, and it was a bit of a shock to see him out in the open like this.

"I wanted to talk to you about something important, and I wasn't sure when you would be home next," he said. "But first, let me ask you . . . are you all right?"

"Uh, yeah." Mia flushed a little. "Why, did Jessie talk to Jason again?"

"No, but we heard about what happened. Your Saturday night adventure made the local papers."

Mia shuddered. That was embarrassing. A scary thought occurred to her. "Was my name in the paper? If my parents find out –"

"No, there was only a description. I doubt your family will make the connection."

Mia exhaled in relief. "Yeah, well, as you can see – I'm totally fine."

"Why did he attack that guy like that?

Mia shrugged. "He's just possessive, I guess. I was really scared, actually, because I thought he'd found out I was helping you. Turns out I was wrong, but there was a very unpleasant hour when I was certain he would kill me."

John regarded her with a calm, level gaze. "It's a risk that we all run, unfortunately," he said.

Mia shivered slightly. She didn't want to think about the nearly paralyzing terror that had gripped her that night. Instead, she asked him brightly, "So how did things work out for you guys this weekend? You moved your meeting, right?"

"We did. That's why I'm here to talk to you today. There's been a change of plans."

"What kind of change? But, wait, first – did you figure out how he was videotaping you?"

"Do you remember the Keiths that we mentioned the last time?

Mia nodded.

"They were able to find the devices. They were embedded in the curtains and the couch fabric – even the tree branches outside. It was a new and different technology – something that they must've developed recently. We are lucky that one of the Keiths has a design background and was able to figure out what the things were based on their new nano-signature."

Mia listened in fascination. "So what now?"

"We got very lucky that you came across that information. The Keiths thought so too –"

"They know about me now?" Mia wasn't sure if she should worry about that.

"Yes. We had to explain how we learned about being recorded in the first place."

The expression on her face must've seemed concerned because he added, "Look, I promise you they're not all the same. The Keiths really believe in our cause – they won't do anything to put you in danger."

"I don't understand something," said Mia. "Are these Keiths openly walking around their communities talking about their views and the fact that they're helping you guys?"

"No, of course not! If Korum knew who they were, he would quickly neutralize them. They have a lot to lose if their identities are discovered before we put our plan into action."

"Okay," said Mia, "so what's the plan? And should I really know about it, given my proximity to you-know-who?"

"Unfortunately, you do have to know . . . because you're a big part of this plan now."

Mia felt her heart skip a beat. "Okay," she said slowly, "I'm all ears."

"Do you remember when I told you that Korum is one of the key reasons they came here? That his company essentially runs the K Centers?"

Mia nodded.

"Well, the reason why he has all this power is because his company developed a lot of proprietary, classified technology that's not available to the general Krinar population. We don't know much about their science, but we think they probably have mature nanotechnology –"

"What does that mean, mature nanotechnology?" asked Mia.

"Basically, we believe they can manipulate matter on an atomic level. As the Keiths have explained to us, they can create almost anything using technology that's right in their homes – as long as they have simple input materials and the design for it. Their designers – which are a bit like our software engineers – create the nano blueprints for all the things they use in daily life, as well as for their weapons, ships, houses, et cetera . . . Do you understand what I'm saying?"

Mia didn't fully understand, but she nodded anyway.

"Korum is one of their most brilliant designers. A lot of the blueprints that he and his company have created are not available to the general public. That includes the design of their ships – that's highly classified information – and many of their security details, including shields and weapons for the K Centers. If you're a regular run-of-the-mill K, you can easily go on the Krinar version of the Internet and get yourself a design for their standard weapons and technologies. That's how the Keiths have been helping us until now – by providing us with the basic tools we need to evade capture and some simple weapons. Ultimately, the goal was to use their own weapons to attack their Centers and kick them off our planet.

"But, like I said, the K Centers are protected by technology that only Korum and his trusted lieutenants have access to. One of the Keiths has spent months trying to hack into their files . . . but with no success. We thought we were close to being able to penetrate their defenses, but we learned this weekend that we're as far away as we've ever been. Korum continues to develop newer and more complicated designs – the devices he used to spy on us are particularly ingenious –"

"Can't the Keiths reverse-engineer these designs?" interrupted Mia. Not that she knew anything about technology, but that seemed logical.

"Most of Korum's designs contain a self-destruct feature that gets triggered when you try to take apart the device on the molecular level –

which is what you'd have to do to figure out the structure of it. That's how he has a monopoly on this stuff – the patent or copyright protection is built into the design itself."

"Okay, so let me see if I understand this . . . The Keiths are willing to help you attack their own Centers, but they can't break the code on the technology that protects the settlements? Am I getting that right?"

"Exactly. There are fifty thousand Ks and billions of us. They may be stronger and faster, but we could easily overtake them if they didn't have their technology. If we could somehow disable their shields and get our hands on some of their weapons, we could take our planet back."

Mia rubbed her temples. "But why would the Keiths help you so much against their own kind? I mean, I understand that they think it's wrong the way humans have been treated . . . But to endanger the lives of fifty thousand other Ks for the sake of helping us? That doesn't fully make sense to me –"

"We promised to minimize the Krinar casualties as much as possible and to grant them safe passage back to Krina. We also promised that the Keiths – and whoever else they think can be trusted – can stay here on Earth and live among humans, as long as they obey our laws.

"You see, Mia, they would be our teachers, our guides . . . bringing us into the new technological era and greatly accelerating our natural progress. They would be heroes to all of humankind, their names revered for ages. They would help us cure cancer and other diseases, and give us ways of extending our lifespan." His face was glowing with fervor. "Mia . . . they would be like gods here on Earth, after all the other Ks leave. Why wouldn't they want that instead of leading the regular lives they've already led for thousands of years?"

Mia was reaching her own conclusion. "So they're bored and looking to do something epic?"

"If you want to think about it that way. I believe they're genuine in their desire to help our species evolve to a higher level."

"Okay, so let's go back for a second. If they can't hack into the files, then what are you going to do? Sounds to me like Korum is winning the war before you even got a chance at a single battle."

"Not quite," said John, his eyes burning with excitement. "We can't hack into the files – but we can steal the information anyway."

Mia didn't like where this was going. "Steal it how?" she asked slowly.

"Well, the rumor is that Korum keeps many of his particularly sensitive designs on him at all times. For instance, have you ever seen him doing anything like looking into his palm or at his forearm?"

"I've seen him looking into his palm," said Mia reluctantly, starting to get a really bad feeling about this.

"Then that's where he has one of their computers embedded. I use the term computer loosely, of course. It has as little in common with human computers as our computers do with the original abacus. Still, he has information stored there – literally in the palm of his hand. We could never hope to get to it because even if we captured and immobilized him – which is a nearly impossible task – he would probably be able to wipe the data in a matter of seconds."

"So what can you do then?" asked Mia in confusion.

"*We* can't do anything . . . but *you* can. You're the only one who gets close enough to him to be able to gain access to that information –"

"What? Are you insane? It's in his palm – how would I get to it? It's not like he's just going to hand it over!"

"No, of course not," sighed John. "But we do have this . . ."

He was holding a small silver ring.

"What is it?" asked Mia warily.

"It's a device that scans data. The Keiths deliberately made it look like jewelry, so you could wear it without raising suspicions. If you could somehow hold it to Korum's palm for about a minute, it should be able to access his files and get us the blueprints."

"Hold it for a full minute against his palm? What, like he wouldn't find it suspicious?"

"Not if he was otherwise distracted . . ." His voice trailed off suggestively.

"Oh my God, are you serious? You want me to steal data from him during sex?" Mia's stomach turned over at that thought.

"Look, the when is up to you. He could be sleeping –"

"He only sleeps for a few hours, and I'm usually passed out during that time."

"Okay, then, do you ever go anywhere with him when he just holds your hand?"

Mia thought about it. When they walked somewhere together, she would usually put her arm through the crook of his elbow. Or sometimes he would put his hand on the small of her back. If he ever held her hand, it was usually for a brief period of time only. "Not really."

"Well then, it has to be when it wouldn't be strange for you to be touching him . . ."

"So you do mean during sex?"

"If that's the only time, then yes."

Mia stared at John in shock, unable to believe he was asking her to do this. "John," she said slowly, "I'm not some femme fatale who can just do stuff like this. The last time, when I thought that Korum had caught me, I was completely freaking out. I'm not cut out to be a spy, not even close. And Korum knows me by now – if I suddenly start acting weirdly, he'll catch on right away –"

"Look, I understand that it's not going to be easy. You're right – you're not a seasoned agent. But you're literally our last hope. The Keiths believe that Korum is getting closer to figuring out who they are. He knows that we're getting help from the inside, and the Keiths think that their ruling council will not look kindly on those who pose a threat to the Centers here. At best, they're looking at forced deportation to Krina and some serious punishment there. At worst, well . . ."

"John," said Mia wearily, feeling the beginnings of a headache, "I just can't –"

"Mia, please, just wear the ring. That's all I will ask you to do. If you get an opportunity, great. If not, well, at least we will have tried."

"And if I get caught wearing this device? If Korum is as brilliant as you say, won't he recognize their technology from a mile away?"

"He has no reason to suspect you. You're just his charl. He won't be expecting a threat from you. And here, see, the ring is truly nice-looking. You could claim that it's a gift from your sister if he asks."

Mia stared at the device. The little silver circle was thin and stylish, and it probably wouldn't look out of place on her finger. To confirm that theory, she extended her hand. "All right, let me try it on – see if it's even my size."

John gave her the ring with a relieved smile. Mia slid it on the middle finger of her right hand. It fit perfectly. If she hadn't known its purpose, she would have never thought it was anything other than a simple piece of jewelry. She hoped that Korum would be fooled as easily.

With his mission accomplished, John rose to his feet. "Mia," he said, "I hope you realize that if this works, if you succeed, then our species will enter into an entirely new era. We will have our planet back, and our freedom. And we will have a lot more knowledge – science and technology that we wouldn't have had for hundreds or maybe thousands more years. You will be a hero, your name written in the history books for generations to come –"

Mia felt chills going down her spine.

"– and you will have nothing to fear from him again, ever. And girls like my sister will finally be reunited with their families, and they would be able to lead normal lives again – as will you."

He painted a compelling picture, but Mia couldn't imagine how she could possibly bring something like this pass. "John," she said, "I'll try.

That's all I can promise you."

"That's all I want." He put his hand on her shoulder and gave it a reassuring squeeze. "Good luck."

And then he walked away, leaving Mia with the alien device that was supposed to determine the future of humankind sitting innocuously on her finger.

CHAPITRE SEIZE

Jessie rejoignit Mia dans le parc quelques minutes plus tard.

— Ouf ! dit-elle. Je déteste la biochimie, je suis tellement contente d'en avoir fini avec cette torture !

Mia lui sourit.

— On n'a jamais dit que la première année de médecine était facile.

— Et non, tout le monde ne peut pas choisir la solution de facilité et faire des études de psychologie.

— Doucement, s'il te plaît. J'ai encore trois dissertations à faire d'ici jeudi et pour le moment je n'en ai fait qu'une seule !

— Je compatis de tout mon cœur… vraiment !

— Oh ! ferme-la !

Toutes les deux échangèrent des sourires.

— Alors qu'est-ce que tu fais maintenant ? Tu vas à la bibliothèque ? lui demanda Jessie en fronçant le nez.

— Non, je crois que je vais retourner chez Korum. Tous mes livres et mes cours sont là-bas maintenant.

Jessie se renfrogna immédiatement.

— Bien sûr, j'aurais dû m'en douter.

— Jessie, dit Mia avec lassitude. Je t'en prie, ne me rends pas la tâche encore plus difficile. De toute façon, je suis sûre que notre liaison sera bientôt finie…

— Mia, est-ce que tu me caches quelque chose ? Jessie la regardait d'un air soupçonneux.

— Mais non ! Je voulais seulement dire que je vais retourner chez moi en Floride et qu'il risque de ne plus avoir envie de me voir quand je reviendrai, c'est tout.

— Tu lui en as déjà parlé ?

Mia fit non de la tête.

— Je lui en parlerai ce soir.

— Entendu et bonne chance. Tu me tiens au courant. Elle marqua une pause et ajouta : au fait, Edgar m'a dit que Peter avait demandé de tes nouvelles.

— Quoi ? Pourquoi ?

Jessie haussa les épaules.

— Il est au bord du suicide, j'imagine ! Ou bien tu lui plais vraiment. Difficile à dire, tu sais !

— Et il va mieux maintenant ?

Jessie acquiesça de la tête.

— Apparemment, il n'a plus que quelques bleus.

— Tant mieux, je suis bien contente. Écoute, dis à Edgar qu'il vaut mieux que Peter oublie que j'existe. Si jamais il n'y a plus de risques, quand ça sera fini avec Korum, c'est moi qui le contacterai.

Jessie promit de faire la commission et elles continuèrent de bavarder à propos d'Edgar. Jessie était censée le voir le soir même et une fois de plus Mia envia la simplicité de sa vie.

Désormais, le destin de l'humanité était concentré sur le doigt de Mia et ce fardeau pesait infiniment plus lourd que le petit anneau d'argent n'aurait jamais pu le faire de lui-même.

* * *

Ce soir-là, Korum leur prépara de nouveau à dîner. Après s'être demandé avec angoisse quelle était la meilleure façon d'aborder avec lui ses projets pour l'été, Mia décida de se lancer la tête la première. Mais d'abord, elle voulait s'assurer qu'il serait de bonne humeur pour être susceptible de se faire à cette idée.

Comme d'habitude, le dîner fut délicieux. Mia savoura une nouvelle salade de son invention (elle y avait vraiment pris goût) ainsi qu'une crêpe au soja enrobée d'algues aux champignons épicés.

Si elle réussissait dans sa mission, il n'y aurait plus jamais de tels dîners. Korum serait contraint de rentrer à Krina, en admettant qu'il survive à l'attaque des centres K.

À cette pensée, Mia sentit bizarrement son cœur se serrer. Elle ne voulait pas qu'il soit tué. Il avait beau être un ennemi, elle ne voulait pas qu'on lui fasse le moindre mal.

En y réfléchissant désespérément elle se résolut à demander à John que Korum puisse rentrer chez lui sain et sauf, à condition qu'elle puisse s'emparer des données confidentielles. Bien sûr, elle souffrait le martyre à la pensée qu'il quitte la terre. *Tu es une vraie bécasse, tu l'as vraiment dans la peau.*

— À quoi penses-tu ? demanda Korum pour la taquiner ; il avait visiblement remarqué qu'elle était pensive.

— Hum, je pensais à tout ce qu'il me reste encore à faire avant la fin de la semaine, rendre toutes ces dissertations et puis commencer à faire mes bagages…

Mia laissa sa phrase en suspens.

— Faire tes bagages ? Il plissa légèrement le front.

— Eh bien oui, tu sais que le semestre est bientôt fini, dit prudemment Mia dont les battements de cœur commençaient à s'accélérer. Après mes examens de licence, je dois rentrer chez moi, en Floride, pour voir mes parents et après j'ai un stage à Orlando…

Korum se rembrunit à vue d'œil.

— Et tu avais l'intention de m'en parler quand ?

Le calme de sa voix était trompeur.

Mia finit lentement de mâcher ce qu'elle avait dans la bouche et l'avala.

— Je croyais que tu savais déjà tout de moi, y compris mes plans pour cet été.

Elle parlait d'un ton égal qui confirmait ce qu'elle disait malgré les battements accélérés de son cœur.

— J'imagine que l'enquête que j'ai faite sur toi il y a un mois devait être incomplète, dit-il toujours dangereusement calme.

Mia haussa les épaules.

— Vraisemblablement.

Elle était fière du courage qu'elle montrait dans sa maîtrise de la discussion. Peut-être avait-elle l'étoffe d'une espionne après tout.

— Je ne veux pas que tu partes, dit-il calmement.

Dans ses yeux, elle voyait apparaître la couleur d'or dont elle savait qu'elle était liée à toutes sortes d'émotions fortes.

— Korum, je dois partir. Mia essaya de trouver des moyens de le convaincre. Il faut que je voie mes parents et ma sœur. J'ai appris qu'elle attendait un enfant. Ensuite, j'ai un stage vraiment intéressant prévu dans une colonie de vacances en Floride. Je serai coordinatrice auprès d'enfants qui traversent une phase difficile…

Il se contentait de la regarder, mais le manque d'expression sur son visage la terrifiait bien plus qu'une explosion de colère.

— D'accord, dit-il. Je t'emmènerai voir ta famille cet été… mais pas la semaine prochaine, je ne peux pas quitter New York dans l'immédiat. Et, si tu veux, je te trouverai un autre stage ici, quelque chose qui te conviendra et qui te plaira.

Mia se glaça des pieds à la tête. Jusqu'à présent, elle savait qu'il la considérait comme un jouet, un instrument de plaisir, mais leur liaison avait gardé un semblant de normalité. Il avait beau la considérer comme son petit animal de compagnie humain, elle pouvait encore faire semblant de croire qu'il était son petit ami, bien sûr un petit ami dominateur et plein d'arrogance, mais rien qu'un petit ami quand même. Et maintenant, cette illusion était brisée. S'il se moquait des projets qu'elle avait faits pour l'été depuis des mois, cela voulait dire qu'il n'avait absolument aucun respect pour ses droits personnels et probablement aucune hésitation à la garder indéfiniment comme son Charl, jusqu'à ce qu'il se lasse d'elle. Elle remarqua qu'elle avait violemment serré les poings sur la table et se contraignit à se détendre les doigts avant de poursuivre.

— Et quand tu auras fini ce que tu dois faire à New York, que se passera-t-il alors ?

Il la contempla avec sang-froid.

— Pourquoi ne pas s'en préoccuper à ce moment-là ? suggéra-t-il avec douceur. Ce n'est pas forcément pour tout de suite.

— Non ! dit Mia qui commençait à ne plus prendre de précautions. C'est maintenant que je veux m'en préoccuper. Si tu as fini la semaine prochaine, qu'arrivera-t-il ensuite ?

Il ne répondit pas.

Mia sentait qu'elle se glaçait de plus en plus. Elle se leva lentement de table et chercha quelque chose à répliquer. Elle avait envie de crier, de hurler, et de lui jeter quelque chose à la figure, mais ça ne servirait à rien. La Mia innocente qu'elle était censée être n'interpréterait pas son silence comme un mauvais signe. Seule la Mia espionne, savait ce qui risquait d'arriver quand un K considérait une jeune fille comme son Charl.

Elle réagit donc d'une manière conforme à celle qu'il pouvait attendre d'une jeune fille dont le petit ami ne se montrait pas raisonnable.

— Korum, lui dit-elle d'un air têtu, je vais aller en Floride cet été, et voilà tout. Ma vie n'est pas exclusivement centrée autour de toi. J'ai pris cette décision des mois avant de te rencontrer et je ne peux pas modifier mes projets uniquement parce que tu le veux…

— Mia, dit-il d'une voix douce, tu peux modifier tes projets et tu vas le faire. Si tu essaies de partir à la fin de la semaine, je t'en empêcherai. Est-ce que tu comprends ?

Oui, elle comprenait. Elle comprenait parfaitement. Mais la Mia qu'elle faisait semblant d'être n'aurait pas compris.

— Et comment ? Tu vas m'empêcher de prendre l'avion ? Mais c'est ridicule ! dit-elle alors qu'elle avait le ventre noué de peur.

— Évidemment ! dit-il. Il me suffit d'un seul coup de fil et ton nom figurera sur toutes les listes rouges des aéroports réservés aux êtres humains.

Elle le fixa des yeux, elle était en état de choc. Elle n'avait pas pensé qu'il irait jusque-là pour la retenir. Elle avait imaginé qu'il l'enfermerait chez lui ou quelque chose de ce genre. Mais c'était parfaitement logique… Pourquoi faire quelque chose d'aussi rudimentaire que de l'enfermer physiquement alors qu'il lui suffisait d'avoir recours à ses pouvoirs auprès du gouvernement des États-Unis ? Elle sentit que ses yeux se remplissaient de larmes et les contint au prix d'un immense effort.

— Je te déteste ! lui dit-elle, pouvant à peine parler tant elle était oppressée. Et elle était sincère en le disant. Si elle avait eu le moindre doute quant à son aide à la résistance, il aurait disparu en voyant l'inflexibilité qui se lisait sur son visage. Il n'avait pas le droit de lui faire ça, de contrôler sa vie de cette manière, et ceux de son espèce méritaient vraiment ce qui allait leur arriver. Si Mia pouvait réellement changer le cours de la lutte contre les Ks alors elle avait le devoir de le faire même si cela signifiait qu'elle y perdrait la vie.

Alors il se leva et se dirigea vers elle.

— Non, tu ne me détestes pas, dit-il d'une voix mélodieuse. Tu aimerais peut-être me détester, mais tu n'y arrives pas…

Il lui prit le menton et la força à le regarder droit dans les yeux. À ce stade, les siens étaient presque devenus jaunes.

— Tu es à moi, dit-il tranquillement. Et tu n'iras nulle part sans moi. Plus vite, tu l'admettras ma chérie et plus ça sera facile pour toi.

Le masque était donc tombé. Il ne cachait plus ses véritables intentions.

En proie à une rage impuissante, Mia serra les poings.

— Je ne vais rien admettre du tout ! siffla-t-elle. Je suis un être humain et j'ai des droits. Tu ne peux pas me donner des ordres comme ça…

— Exactement, Mia, dit-il du même ton dangereusement calme. Tu es un être humain, ton espèce a été créée par la mienne. Nous vous avons fait. Sans les Krinars votre espèce n'existerait même pas. Vous aviez imaginé toutes sortes de divinités pour les adorer et pour expliquer votre apparition sur la terre. Au nom de vos soi-disant dieux, vous avez fait des choses absolument ridicules. Mais vos véritables créateurs c'est nous. *Nous* vous avons créés à notre image. L'unique raison pour laquelle vous avez les droits que vous pensez avoir c'est parce que *nous* vous en avons donné la permission. Et nous avons été extrêmement indulgents avec votre espèce, intervenant le moins possible depuis que nous sommes venus sur votre planète.

Il se pencha plus près d'elle.

— Alors si je veux garder une petite fille de l'espèce humaine auprès de moi, et s'il me faut lui donner des ordres parce qu'elle est trop inexpérimentée pour comprendre qu'il y a quelque chose de très spécial entre nous, eh bien c'est comme ça que ça va se passer.

La rage qui avait envahi le cerveau de Mia l'empêchait presque complètement de réfléchir. Elle regarda fixement le beau visage de Korum en ressentant une haine si violente qu'elle l'aurait poignardé avec plaisir à ce moment-là si elle avait eu un couteau à portée de main.

— Va te faire foutre ! lui dit-elle avec amertume et en reculant d'un pas pour éviter qu'il ne la touche. Toi et les tiens vous devriez retourner d'où vous venez et nous foutre la paix…

En guise de réponse, il lui sourit d'une manière sardonique et la lâcha un instant.

— Ce n'est pas possible, Mia. Nous sommes ici et nous y resterons. Autant t'y habituer.

Non, ils ne resteraient pas sur terre, Mia ferait ce qu'il faudrait pour les en empêcher.

Mais il ne fallait pas qu'il le sache pour le moment si bien qu'elle ne dit rien et se contenta de le regarder d'un air défiant.

— Et Mia, ajouta-t-il doucement, je peux être très gentil… ou pas. Ça dépend entièrement de toi.

— Va te faire foutre ! lui dit-elle rageusement, et elle vit que ses yeux s'éclaircissaient encore.

— Oh que oui, et ça te fera plaisir !

Il sourit d'avance.

Mia aurait voulu le frapper. S'il pensait qu'elle allait fondre quand il la toucherait, il se faisait des illusions. À moins que…

— D'accord ! dit-elle lentement. Mais ce soir, c'est moi qui suis aux commandes.

Et elle lui rendit son sourire en faisant comme si son cœur ne battait pas à se rompre.

Tout à coup, les yeux de Korum brillèrent de curiosité.

— Ah vraiment ? Et pourquoi donc ?

— Parce que je ne ferai l'amour avec toi ce soir qu'à cette condition… Je veux dire si c'est par consentement mutuel.

Son sourire avait pris une nuance de raillerie.

— Évidemment, tu peux toujours m'y forcer, et même m'obliger à y trouver du plaisir. Mais je te détesterai de l'avoir fait, et en fin de compte tu le regretteras.

— D'accord, dit-il avec douceur, et elle remarqua que sa braguette gonflait à vue d'œil. Faisons comme si c'était toi qui étais aux commandes… Qu'est-ce que tu as envie de faire ?

Tout à coup, les lèvres de Mia étaient devenues sèches, elle les mouilla avec le bout de sa langue et vit qu'il suivait ce geste des yeux avec avidité.

— Allons dans la chambre, dit-elle d'une voix rauque, et elle passa devant lui en pensant à juste titre qu'il allait la suivre dans cette direction.

CHAPTER SIXTEEN

Jessie joined Mia in the park a few minutes later. "Ugh," she said, "I hate BioChem. So glad that torture is over."

Mia smiled at her. "No one said it's easy being a pre-med."

"Yes, well, not all of us chose the easy route with a psych major –"

"Easy, please! I have to write three papers by Thursday, and I'm only done with one so far!"

"My heart bleeds for you . . . it really does –"

"Oh shut up," said Mia, and they both grinned at each other.

"So what are you doing now? Going to the library?" asked Jessie, wrinkling her nose.

"Nah, I think I'll head back to Korum's place. All my books and stuff are there now –"

Jessie's expression immediately darkened. "Of course. I should've known."

"Jessie," said Mia tiredly, "please don't give me a hard time over this. One way or another, I'm sure this relationship will be over soon –"

"Mia, is there something you're not telling me?" Jessie was looking at her suspiciously.

"No! I just meant that I will be going home to Florida – and he may not want to continue seeing me when I return, that's all."

"You've talked to him about this already?"

Mia shook her head. "I'll do it tonight."

"Okay, good luck with that. Let me know how that goes." She paused and then added, "Oh, and by the way, Edgar said that Peter's been asking about you."

"What? Why?"

Jessie shrugged. "I guess he's suicidal. That, or he really likes you. It's hard to tell, you know?"

"Is he feeling better now?"

Jessie nodded. "He seems to be fine, just some residual bruising."

"Well, I'm glad. Listen, tell Edgar that Peter should just forget about my existence. If it's ever safe, when this thing with Korum is over, I'll contact him myself."

Jessie promised to do so, and they chatted some more about Edgar. Jessie was supposed to see him tonight, and Mia again envied the ease and simplicity of her roommate's life.

Mia was now literally wearing the fate of her species on her finger, and the burden felt far heavier than the light silver circle could ever be on its own.

* * *

That night, Korum made dinner for them again. After agonizing over the best way to approach summer plans, Mia decided to just tell him straight out. First, though, she wanted to make sure that he would be in a good mood and receptive to the idea.

The dinner was delicious as usual. Mia gladly consumed another creatively made salad – she had definitely developed a taste for them – and a bean crepe wrapped in seaweed with a spicy mushroom sauce.

If she succeeded in her mission, there would be no more dinners like this. Korum would be forced to go back to Krina – if he even survived the attack on their settlements.

At that thought, Mia felt a strange squeezing sensation in her chest. She didn't want him killed. He might be the enemy, but she didn't want to see him get hurt in any way.

Furiously thinking about this, she resolved to ask John to grant Korum safe passage – if she did get her hands on the data. Of course, even the thought of him simply leaving the planet was oddly agonizing. *You silly twit, he did manage to get under your skin.*

"A penny for your thoughts," teased Korum, apparently noticing the introspective look on Mia's face.

"Um, I'm just thinking about all the stuff I still have to do before the end of the week – turn in all those papers and then start packing . . ." Mia let her voice trail off. It seemed like a good segue into what she wanted to discuss today.

"Packing?" A slight frown appeared on his smooth forehead.

"Yes, well, you know the semester will be over soon," Mia said cautiously, her heart rate beginning to increase. "After finals, I have to go home, to Florida, to see my parents, and then I have an internship in Orlando –"

His expression visibly darkened. "And when were you going to tell me about this?" His voice was deceptively calm.

Mia slowly chewed the last bite of her food and swallowed it. "I thought you knew everything about me already, including my summer plans." The evenness of her tone matched his, despite the pounding of her heart.

"The background check I did on you a month ago was not sufficiently comprehensive, I guess," he said, still dangerously calm.

Mia shrugged. "I guess not." She was proud of how bravely she was handling this discussion. Maybe she would make a decent spy yet.

"I don't want you to go," he said quietly. His eyes were taking on that golden tint that she now associated with all kinds of strong emotions.

"Korum, I have to." Mia tried to think of ways to convince him. "I have to see my parents and sister – she's pregnant, actually – and then I have a really good internship lined up at a local camp, where I would be a counselor for children who are going through a difficult time . . ."

He just looked at her, his lack of expression scaring her more than any outward anger.

"All right," he said. "I will take you to see your family this summer . . . just not next week. I can't leave New York quite yet. And if you want, I will find you an internship here as well, something within your field that you would enjoy."

Mia felt a cold sensation radiating from her core all the way down to her toes. Up until now, even though she knew he regarded her as his pleasure toy, their relationship had a semblance of normality. He might have considered her his human pet, but she could still pretend he was her boyfriend – an arrogant and domineering one, for sure . . . but still just a boyfriend. Now that illusion was broken. If he really did go so far as to disregard her summer plans made months in advance, then he had absolutely no respect for her rights as a person – and probably no qualms about keeping her as his charl indefinitely, until he got bored with her.

Her fists were tightly clenched on the table, she noticed, and she forced herself to relax her fingers before proceeding. "And when you're done with your business in New York," she asked quietly, "what happens then?"

He regarded her with a level gaze. "Why don't we cross that bridge when we come to it?" he suggested gently. "That might not be for a while."

"No," said Mia, past the point of caring. "I want to cross that bridge now. If your business gets done next week, what would happen then?"

He didn't answer.

Mia could feel herself getting even colder inside. Slowly getting up from the table, she searched for something to say. There was really nothing. She wanted to yell and scream and throw something at him, but that would not accomplish anything. The clueless Mia that she was supposed to be would not read anything particularly sinister into his silence. It was only Mia the spy who knew what could happen to a girl that a K regarded as his charl.

So she acted the way he would expect any normal girl to act when her boyfriend was being unreasonable. "Korum," she told him with a stubborn expression on her face, "I'm going to Florida this summer – and that's that. I have a life that doesn't just revolve around you. I made these plans months before I knew you, and I can't change things around just because you want me to –"

"Mia," he said softly, "you *can* change things around and you will. If you try to leave at the end of the week, I will stop you. Do you understand me?"

She did. She understood him perfectly. But the Mia she was pretending to be wouldn't.

"What, you're going to prevent me from getting on the airplane? That's ridiculous," she said, even as her stomach twisted with fear.

"Of course," he said. "All I have to do is make one phone call, and your name will be on a no-fly list at all your human airports."

She stared at him in shock. Somehow, she hadn't expected him to go to such lengths to detain her. She figured he might lock her in the apartment or something. But it made perfect sense . . . Why do something as crude as physically restraining her when he could simply exercise his power with the U.S. government?

She felt tears welling up in her eyes, and she held them back with great effort. "I hate you," she told him, barely able to speak past the constriction in her chest. And she really did in that moment. If she'd had any doubts about helping the Resistance, they dissolved as she stared at his uncompromising expression. He had no right to do this to her, to take over her life like that – and his kind deserved exactly what they got. If Mia could really make a difference in the fight against the Ks, then she had an obligation to do so – even if it meant losing her life in the process.

He got up then and came toward her. "You don't hate me," he said in a silky tone. "You may wish you did, but you don't . . ." He grasped her chin, forcing her to meet his gaze. His eyes were nearly yellow at this point. "You're mine," he said quietly, "and you're not going anywhere without me. The sooner you come to terms with it, my darling, the easier it will be for you."

And so the gloves had come off then. He was not going to hide his true colors any longer.

Mia's fists clenched with impotent rage.

"I'm not coming to terms with anything," she hissed at him. "I'm a human being. I have rights. You can't order me around like this –"

"That's right, Mia," he said in that same dangerously smooth tone. "You're a human being – the creation of my kind. We made you. If it weren't for the Krinar, your species would not exist at all. Your people came up with all kinds of imaginary deities to worship, to explain how you came to be on this Earth. The things you have done in the name of your so-called gods are simply preposterous. But *we* are your true creators – *we* made you in our image. The only reason you have the rights you think you have is because we choose to let you have them. And we've been extremely lenient with your species, interfering as little as possible since we came to your planet." He leaned closer to her. "So if I want to keep one little human girl with me, and I have to order her around because she's too inexperienced to realize that what we have is very special – well, then, that's the way it's going to be."

Mia could barely think past the fury clouding her brain. Staring up at his beautiful face, she felt a surge of hatred so strong that she would have gladly stabbed him in that moment if she'd had a knife nearby. "Screw you," she told him bitterly, taking a step back to avoid his touch. "You and your kind should just go back to whatever hell you came from and leave us the fuck alone."

He smiled sardonically in response, letting her go for the moment. "That's not going to happen, Mia. We're here and we're staying – you might as well get used to it."

No, they weren't. Mia would make sure of that.

But he couldn't know that yet, so she said nothing, just looking up at him in defiance.

"And Mia," he added gently, "I can be very nice . . . or not – it's really up to you."

"Fuck you," she told him furiously, and watched his eyes flare even brighter.

"Oh, you will – and gladly." He smiled in anticipation.

Mia wanted to hit him. If he thought she would melt into a puddle at his touch, he had another thing coming. Unless . . .

"Fine," she said slowly, "but I call the shots tonight." And she smiled back at him, ignoring the rapid beating of her heart.

His eyes glittered with sudden interest. "Oh really? And why is that?"

"Because that's the only way I'm having sex with you tonight . . . willingly, I mean." Her smile took on a taunting edge. "You can always force me, of course – maybe even make me enjoy it. But I will always hate you for it . . . and you will ultimately regret it."

"Okay," he said softly, the bulge in his pants growing before her eyes, "let's pretend you're calling the shots . . . What would you like to do?"

Mia moistened her suddenly dry lips with the tip of her tongue and watched his eyes follow the motion with a hungry look. "Let's go into the bedroom," she said huskily, and walked past him, making the safe assumption that he would follow her there.

CHAPITRE DIX-SEPT

Ils entrèrent dans la chambre.

Mia se dirigea vers le lit et s'assit, tout habillée. Il allait en faire autant, mais elle l'arrêta en secouant la tête.

— Pas encore, murmura-t-elle, et elle le regarda s'arrêter à sa demande.

— Je veux que tu te déshabilles, dit-elle à voix basse, et elle attendit pour voir ce qui allait se passer.

Elle eut la surprise de le voir faire ce qu'elle lui avait demandé et son excitation s'intensifia ; il enleva son tee-shirt d'un geste harmonieux et parfaitement maîtrisé. À la vue de son torse musclé, le sexe de Mia se contracta de désir. En la regardant avec un demi-sourire d'amusement, il ouvrit la fermeture éclair de son jean et le laissa tomber par terre puis le retira avec grâce. Seul son slip couvrait maintenant son érection. Mia pouvait sentir qu'elle mouillait de plus en plus.

— D'accord, dit-il doucement. Et maintenant ?

Le cœur de Mia battait la chamade.

Allonge-toi sur le lit, dit-elle en espérant que sa voix ne reflétait pas la nervosité qu'elle ressentait.

Il sourit et obéit. Il s'étendit sur le dos, les mains derrière la tête. Mia se leva et commença à se déshabiller à son tour, le regardant bander de plus en plus alors qu'elle enlevait son jean et déboutonnait son chemisier. Sans quitter son soutien-gorge et son slip, elle monta sur lui en chevauchant ses hanches.

Tout à coup, il n'avait plus l'air amusé. Son corps tout entier se tendit quand il sentit la chatte de Mia contre sa verge en érection. Il n'y avait plus que leurs sous-vêtements entre eux.

Mia sourit d'un air triomphant et posa ses mains sur le buste de Korum. Elle sentait ses muscles puissants et gonflés sous ses doigts. Le jeu auquel elle se livrait était incroyablement dangereux et pourtant elle ne pouvait contrôler l'excitation que lui donnait le pouvoir qu'elle exerçait sur cet amant qui d'habitude était si dominateur. Elle lui caressa le buste puis se pencha en avant et lécha la petite pointe de ses seins virils, jouissant des soubresauts de sa verge sous elle à chacun de ses baisers.

— Donne-moi tes mains, murmura-t-elle. Ses cheveux effleuraient son buste nu. Il essaya de l'attraper, mais elle le devança en lui prenant les poignets. Il leva les sourcils de surprise, mais lui permit de l'arrêter, observant ce qu'elle faisait de son regard d'ambre aux paupières lourdes.

Elle noua ses doigts aux siens et lui plaqua les mains sur l'oreiller au-dessus de sa tête, comme si ses petites mains de femme étaient capables de maîtriser la force d'un Krinar, ne serait-ce que l'espace d'une seconde. Les yeux de Korum s'allumèrent de désir, mais il ne résista pas, la laissant le maintenir captif pour le moment. Elle se pencha plus près de lui et lui embrassa le cou. Il se cambra sous elle en poussant un violent sifflement. Se délectant de sa réaction, elle lui égratigna légèrement la peau de ses dents et en fut récompensée d'un grognement sourd. Elle se releva légèrement et fit de même de l'autre côté de son cou. À ce stade, le corps de Korum vibrait de désir et elle se demanda vaguement combien de temps encore il lui permettrait de le taquiner comme ça. Lui tenant toujours les mains elle l'embrassa sur la bouche. Sa langue pénétra timidement entre ses lèvres. Il lui rendit ses baisers avec une agressivité à peine contrôlée. Elle lui suça légèrement la langue, le faisant sursauter de nouveau sous elle. Puis, laissant sa bouche, elle revint lui mordiller le cou, s'attardant sur le muscle intensément bandé qui le reliait à son épaule, ce qui le fit grogner comme s'il avait mal.

Savourant ce nouveau pouvoir qu'elle venait de découvrir, Mia lui lécha le côté du cou et glissa sa langue dans son oreille avant de lui mordiller le lobe. Elle sentit ses hanches se soulever contre elle par réaction, mais la petite culotte de Mia était toujours là pour l'empêcher de la pénétrer. Elle gémit, de plus en plus mouillée à force de sentir sa verge se frotter contre son clitoris.

— Garde les bras en l'air, murmura-t-elle, lâchant enfin les paumes de ses mains.

Il s'exécuta et Mia put constater l'effort qu'il lui en coûtait de ne pas la toucher à la sueur qui perlait sur son front. Puis, elle descendit le long de son corps, lui léchant et lui embrassant chaque centimètre de peau en chemin jusqu'à ce que sa bouche atteigne son ventre bien plat. Ses abdominaux frissonnèrent d'avance. Elle sourit d'excitation. Elle lui caressa les couilles à travers son slip tandis que ses lèvres suivaient la ligne sombre qui lui descendait du nombril avant de disparaître sous son sous-vêtement. Il grogna le nom de Mia. Elle glissa ses doigts sous son slip et lui retira lentement. Quand il souleva les hanches vers elle sa verge dure et raide jaillit contre elle, le gland brillant de la pré-éjaculation.

Mia avala nerveusement sa salive en se demandant ce qui se passerait s'il perdait le contrôle de lui-même, si elle le rendait aussi fou de désir qu'il le faisait avec elle.

Elle prit d'une main son gland humide, baissa la tête et le lécha sous les couilles où la tension était extrême à cause de l'intensité de son excitation. Quand elle fit ce geste, il se mit à siffler, à arquer le torse et sa verge sursauta dans la main de Mia. Elle la lâcha et lui prit les couilles dans la main à la place. Au même moment, elle ferma ses lèvres autour de l'extrémité de son gland et l'enfonça plus profondément dans sa bouche jusqu'à qu'il atteigne le fond de sa gorge. Elle pouvait sentir le goût salé du premier sperme et sa chatte se contracta de plaisir. Le corps de Korum vibrait de désir. Il émit un grondement guttural, ses hanches se secouèrent pour lui demander silencieusement de le prendre encore plus profondément, mais Mia résista, glissant ses lèvres de haut en bas de sa verge dans un rythme lent comme une torture et n'allant jamais plus loin.

Et c'est alors qu'il craqua.

Avant même qu'elle ne puisse réaliser ce qui se passait, il l'avait mise sur le dos, avait réduit sa petite culotte en lambeaux et l'avait pénétrée d'un seul coup. Le choc qu'elle ressentit la fit crier, elle enfonça ses ongles dans l'avant-bras de Korum. Il s'enfonçait en elle jusqu'au bout sans lui laisser le temps de s'accoutumer à l'énorme taille de son pénis. Elle avait mouillé comme jamais, mais cela ne suffisait pas et ses muscles intimes tremblèrent dans un effort désespéré pour s'habituer à cette invasion. Elle souffrait, mais elle jouissait en même temps, tandis que les hanches de Korum la martelaient sans ménagement à un rythme soutenu. Elle hurla de nouveau, de souffrance, de jouissance, elle ne savait plus. Elle le sentit grossir encore en elle et devenir encore plus dur et encore plus gros. Puis il atteignit l'orgasme, rejeta la tête en arrière en hurlant appuyant plus fort son pelvis sur sa chatte. Mia cria de frustration, elle n'était qu'à quelques secondes de la jouissance, si près et pourtant si loin. C'est alors que les dents de Korum lui mordirent l'épaule et le monde entier explosa autour d'elle dans l'extase brûlante qui lui parcourut les veines en un clin d'œil.

Mais il n'était pas encore assouvi. Le goût du sang de Mia le rendait fou. Elle le sentit durcir de nouveau en elle avant même que son propre orgasme se termine. Elle n'était plus capable de la moindre pensée, l'euphorie provoquée par la salive de Korum, semblable à une drogue, avait fait de son corps un pur instrument de plaisir. Sa peau s'était sensibilisée aux caresses de Korum jusqu'à la souffrance et tout l'intérieur de son corps brûlait de désir comme s'il n'était plus que magma en fusion. Il la baisait sans relâche. Une tension insoutenable la faisait crier jusqu'à ce qu'elle jouisse encore et encore dans une cascade toujours renouvelée d'orgasmes traversant des vallées et des sommets. La nuit se passa comme un marathon sans fin, de sexe et de sang.

Au petit matin, Mia perdit enfin connaissance et s'endormit, le corps encore uni à celui de Korum et l'esprit vide de toute pensée.

* * *

Mia se réveilla le lendemain matin en sentant qu'une main lui caressait doucement les cheveux.

Surprise, elle entrouvrit les yeux et vit Korum assis sur le bord du lit et semblant étrangement inquiet.

— Mais qu'est-ce que tu fais là ? marmonna-t-elle d'une voix endormie en clignant des yeux pour mieux voir.

— Comment te sens-tu ? lui demanda-t-il à voix basse en écartant une boucle qui lui tombait sur les yeux.

— Hum… Mia essaya de bouger un peu, et alors elle se rendit compte qu'elle avait mal partout et surtout entre les cuisses.

Ne se satisfaisant visiblement pas de sa réaction Korum enleva la couverture et lui montra son corps nu. L'esprit encore tout embrumé Mia suivit son regard qui s'attardait sur les petits bleus qu'elle avait sur la poitrine et sur le buste dont la plupart portaient des traces de doigt.

Le visage de Korum se rembrunit, il avait honte et il gronda.

— Mia, je suis vraiment désolé d'avoir fait ça… je n'aurais jamais dû te laisser jouer à ce jeu hier soir ; d'habitude, j'arrive à me contrôler avec toi parce que je sais à quel point tu es petite et fragile, mais j'ai complètement perdu la tête hier soir… je ne voulais pas te faire mal comme ça, je t'en prie, crois-moi…

Mia fit un signe de tête, elle ne comprenait toujours pas ce qui s'était passé. La seule chose dont elle se souvenait c'était un plaisir fou se mêlant à l'extase euphorique de sa morsure.

Il lui caressa doucement l'épaule, la main sur la peau douce de Mia.

— Je suis vraiment désolé d'avoir fait ça, murmura-t-il. Tu es si délicate… je n'aurais jamais dû perdre le contrôle de cette façon. Je vais te soigner, je te le promets…

Progressivement, Mia commençait à se rappeler les évènements de la nuit dernière. Elle ferma le poing en se souvenant de ce qui l'avait amenée à le taquiner comme ça et fut pleinement rassurée en sentant la bague sur son doigt.

Elle avait beau avoir mal ce matin, elle espérait que le petit dispositif avait marché comme promis. Bien sûr, ça n'était pas garanti, mais la proximité de son doigt avec la paume de Korum la nuit dernière avait dû suffire pour avoir accès aux projets dont la résistance avait besoin. Il suffisait maintenant de donner la bague à John et pour le faire elle avait besoin que Korum la laisse tranquille.

— N'en parlons plus, marmonna-t-elle en essayant de dire ce qu'il fallait. Visiblement, il se sentait coupable d'avoir laissé quelques bleus sur son corps et elle fut frappée d'une telle hypocrisie : il était très préoccupé de son bien-être physique tout en n'ayant aucun problème à la faire souffrir moralement en compromettant le reste de sa vie. De plus si elle avait mal, leur vie amoureuse en souffrirait et c'était sans doute quelque chose qu'il voulait éviter.

— Je vais chercher quelque chose, d'accord ? lui dit-il et il disparut de la pièce à une vitesse inconcevable chez les êtres humains.

Mia enfouit la tête dans l'oreiller en attendant qu'il revienne, cherchant de toutes ses forces comment transmettre rapidement les informations à John. Elle n'avait pas encore rédigé ses dissertations et pouvait donc dire à Korum qu'elle avait besoin de livres à la bibliothèque.

Il revint une minute plus tard avec le petit appareil qu'elle connaissait déjà et qui l'avait marquée. Il tenait aussi autre chose qui ressemblait à un bâton de rouge à lèvres, mais qui était fait d'une étrange matière.

— Écoute, ça va, ce n'est vraiment pas nécessaire, s'empressa-t-elle de lui dire, ne voulant pas qu'il lui greffe d'autres dispositifs de repérage.

Elle se demandait même si un nouvel appareillage de nanotechnologie dans le corps ne permettrait pas à Korum de partager chacune de ses pensées, et c'était vraiment la dernière chose qu'elle souhaitait.

— Mais si, c'est absolument indispensable ! lui dit-il, visiblement surpris de sa réticence. Tu as mal et je peux te soigner. Alors pourquoi pas ?

Effectivement, pourquoi pas ? Elle ne savait pas quoi répondre pour le convaincre et protester davantage ne ferait qu'augmenter encore ses soupçons. Il serait idiot d'être prise alors que sa mission était si près d'aboutir, et de toute façon elle avait déjà un système de repérage greffé dans les paumes de ses mains, alors qu'importait un de plus ?

Si bien qu'elle se contenta de hausser les épaules en guise de réaction et lui laissa faire ce qu'il voulait.

Il mit en marche l'appareil de 'marquage' et dirigea la chaude lumière rouge sur les bleus de Mia. Même si ce n'était plus la première fois qu'elle le voyait fonctionner, c'était toujours aussi extraordinaire, les marques sur sa peau disparurent comme si elles n'y avaient jamais été.

Il fut très minutieux et vérifia sa peau centimètre par centimètre ; Mia rougit que son corps nu soit scruté d'aussi près en pleine lumière. Quand il eut terminé, il prit le petit appareil qui ressemblait au rouge à lèvres et l'approcha de ses cuisses.

— Qu'est-ce que tu vas faire avec ça ? lui demanda-t-elle d'un air soupçonneux et regardant l'objet avec méfiance. Il restait un seul endroit de son corps à soigner et il ne pouvait être atteint par la petite lumière rouge. Elle espérait se tromper sur la destination du petit tube.

Korum soupira.

— C'est un moyen qu'on utilise pour soigner les lésions internes, quand il faut s'occuper des différents organes avant de faire cicatriser l'épiderme. Je sais que c'est exagéré pour ce dont tu souffres, mais c'est la seule chose que j'aie ici sous la main pour soulager ta douleur.

Elle ne s'était donc pas trompée. Mia rougit encore davantage. Le petit objet avait la taille d'un tampon et la pensée d'avoir un instrument médical tel que celui-là inséré en elle en pleine lumière la gênait.

— Tu plaisantes ? lui dit-il d'un ton incrédule. Après tout ce qui s'est passé la nuit dernière, tu vas rougir pour ça ?

Mia refusa de le regarder.

— Dépêche-toi ! marmonna-t-elle en s'allongeant et en se cachant la tête dans l'oreiller.

Il eut un petit rire et fit ce qu'elle lui avait demandé, glissant le petit appareil dans son vagin endolori et contusionné. Il entra sans difficulté et pendant les premières secondes Mia ne sentit rien. Puis elle eut des picotements.

— C'est bizarre comme impression, se plaignit-elle, la tête toujours protégée par l'oreiller.

— C'est normal, ça veut dire que ça agit.

Les picotements se poursuivirent pendant quelques minutes puis s'arrêtèrent. Elle n'avait plus mal, ce qui était agréable, bien que la sensation d'avoir un corps étranger en elle la déconcertait.

— Maintenant, ça devrait aller, dit Korum en glissant l'un de ses longs doigts en elle pour sortir le petit tube. Et voilà, c'est fini. Tu peux sortir de ta cachette maintenant.

— D'accord, merci. Marmonna-t-elle en refusant toujours de le regarder en face. Je crois que je vais aller prendre une douche maintenant.

Il rit et embrassa son épaule nue.

— Vas-y ! J'ai quelque chose à faire et je serai sorti toute la journée. On dînera sans doute tard ce soir, mange correctement à midi.

Et il sortit de la pièce laissant enfin Mia seule pour terminer de mettre son plan en action.

CHAPTER SEVENTEEN

They entered the room.

Mia walked over to the bed and sat down on it, fully dressed. He was about to do the same, but she stopped him with a shake of her head. "Not yet," she murmured, and watched him pause in response.

"I want you to take off your clothes," she said quietly, and waited to see what would happen.

To her surprise and growing excitement, he did as she asked, removing his T-shirt with one smoothly controlled motion. She inhaled sharply, the sight of his muscular half-naked body making her inner muscles clench with desire. Watching her with an amused half-smile, he unzipped his jeans and lowered them to the floor, stepping out of them gracefully. His erection was now covered only by a pair of briefs, and Mia could feel herself getting even wetter inside.

"Okay," he said softly, "now what?"

Mia's heart was galloping in her chest. "Lie down on the bed," she said, hoping she didn't sound as nervous as she felt.

He smiled and obeyed, sprawling out on his back, his hands behind his head.

Mia got up and started taking off her own clothes, watching the bulge in his briefs growing even larger as she shimmied out of her jeans and unbuttoned her shirt. Still wearing her bra and underwear, she climbed on top of him, straddling his hips. All of a sudden, he no longer looked amused, his entire body tensing up as her loins pressed against his erection, with only the two layers of underwear standing in the way of his cock.

Mia smiled triumphantly and put her hands on his chest, feeling the powerful muscles bunching under her fingers. The game she was playing was incredibly dangerous, yet she couldn't help but be aroused by the control she was exerting over her normally dominant lover. Running her hands over his chest, she leaned forward and touched the flat masculine nipple with her tongue, loving the way his penis jumped beneath her at the simple action.

"Give me your hands," she whispered, her hair brushing against his naked chest. He reached for her, but she intercepted him, grabbing his wrists. His eyebrows rose in surprise, but he let her stop him, observing her actions with a heavy-lidded amber gaze.

She twined her fingers with his and pressed his hands into the pillow above his head, as though her small human hands could contain his Krinar strength for even a second. His eyes burned brighter with lust, but he did not resist, letting her hold him captive for now. She leaned closer to him and kissed his neck, and he arched beneath her with a sharp hiss. Reveling in his response, she lightly scraped the area with her teeth and was rewarded with a low growl. Rising up a bit, she repeated the action on the other side of his neck. By now, his body was nearly vibrating with tension, and she wondered hazily how much longer he would allow her to tease him like that. Still holding his hands, she kissed him on the lips, her tongue tentatively entering his mouth, searching for his own appendage. He kissed her back with barely controlled aggression, and she sucked lightly on his tongue, causing him to buck underneath her. Leaving his mouth, she nibbled his neck again, focusing on the tightly corded muscle connecting it to his shoulder, and he groaned as though in pain.

Loving her newfound power, Mia licked the side of his neck and tongued his ear, softly biting the earlobe. His hips thrust at her in response, but the underwear was in the way of his penetration. She moaned, her panties getting soaked with her juices as his penis rubbed against her clitoris.

"Keep your arms raised," she whispered, finally letting go of his palms.

He did, and Mia could see the effort it took him not to touch her in the sweat beading up on his forehead. She moved down his body then, licking and kissing every inch of skin along the way until her mouth reached his flat stomach. His abdominal muscles quivered in anticipation, and she smiled with excitement, gently squeezing his balls through the briefs as her lips followed the dark trail of hair down from his navel to where it disappeared into his underwear. He groaned her name, and she hooked her fingers into his briefs, slowly pulling them down. As he lifted his hips to help her, his cock sprang up at her, the bulbous shaft stiff and the tip glistening with pre-ejaculate.

Mia swallowed with nervousness and excitement, wondering what would happen if he lost control – if she drove him as crazy as he could make her.

Grasping his thick cock with one hand, she lowered her head and slowly licked the underside of his balls, which were tightly drawn against his body with extreme arousal. He hissed at her action, torso arching and penis jumping in her hand, and Mia let go of his shaft, using her hands to cup his balls instead. Simultaneously, she closed her lips around the tip of his cock and moved to take him further into her mouth, stopping only when he reached the back of her throat. She could taste the saltiness of his pre-cum, and her vagina contracted in excitement. His body vibrating from the tension, he growled low in his throat, hips thrusting at her in a wordless demand to take him deeper, but Mia resisted, moving her lips up and down his shaft in a torturously slow and shallow rhythm.

And then he snapped.

Before she even realized what happened, he had her on her back, her panties ripped to shreds and his cock pushing into her in one heavy stroke. She cried out in shock, her nails digging into his upper arms as he penetrated her all the way without giving her any time to adjust to his fullness. She was dripping wet, but it didn't matter, and her vaginal muscles trembled in the desperate attempt to accommodate the invasion. There was pain, but there was pleasure too, as his hips hammered at her in a merciless, driving rhythm. She screamed – in agony, in ecstasy, she didn't know which – and felt him swell even more, becoming impossibly harder and thicker, and then he was coming, his head thrown back with a roar and his pelvis grinding into her genitals. Mia cried out in frustration, her own release only a few elusive seconds away, and then his teeth sank into her shoulder, and her entire world exploded from the sudden rush of heated ecstasy through her veins.

It was not enough for him, of course, with the taste of her blood driving him into a frenzy, and his cock stiffened again inside her before her pulsations even ended. And Mia could no longer think at all, the drug-like high from his saliva turning her body into a pure instrument of pleasure, her skin unbearably sensitized to his touch and her insides burning with liquid desire. He drove into her relentlessly, and she screamed from the excruciating tension until she climaxed, over and over, in a never-ending cascade of orgasmic peaks and valleys, the night turning into a nonstop marathon of sex and blood.

Finally passing out toward the morning, Mia slept, her body still joined with his and her mind void of any thoughts.

* * *

Mia woke up the next day to the feel of someone's hand gently playing with her hair.

Surprised, she opened her eyes just a bit and saw Korum sitting by the edge of the bed, looking oddly concerned.

"Wh-what are you doing here?" she muttered sleepily, blinking in an attempt to focus.

"How are you feeling?" he asked quietly, brushing back a stray curl that fell over her eye.

"Um..." Mia tried to think. Moving a little, she became aware of various aches and pains, as well as an extreme soreness between her thighs.

Obviously not satisfied with her response, Korum pulled off the blanket, uncovering her naked body to his eyes. Her mind still feeling fuzzy, Mia followed his gaze as it lingered on the faint bruises covering her breasts and torso, many in the shape of finger marks.

His face darkened with guilt, and he groaned. "Mia, I'm so sorry about this . . . I should've never let you play that game with me last night. I can usually control myself with you because I know how small and fragile you are, but I completely lost it last night . . . I never meant to hurt you like this – please believe me . . ."

Mia nodded, still trying to understand what happened. All she could recall was the mind-blowing sex, mixed with the ecstatic rush from his bite.

He gently stroked her shoulder, caressing the soft skin. "I am really sorry about this," he murmured. "You're so delicate . . . I should've never lost control like that. I'll make you feel better, I promise –"

The events of last night were slowly coming back to Mia. Her hand clenched into a fist as she remembered what had led her to tease him like that, and the feel of the ring on her finger was utterly reassuring.

She might be sore this morning, but she was also hopeful that the little device had worked as promised. There was no guarantee, of course, but her finger's proximity to Korum's palm last night should've been sufficient to get access to the necessary blueprints. Now she just had to get the ring over to John and, for that, she needed Korum to leave her alone.

"It's all right," she mumbled, trying to think of something appropriate to say. He was obviously feeling guilty about leaving a few bruises on her body. It struck her as hypocritical, this extreme concern for her physical well-being, since he obviously had no problem causing her emotional pain by upending her entire life. Then again, her being sore could interfere with their sex life, and he probably didn't want that.

"I'll bring something, okay?" he said, and disappeared from the room with inhuman speed.

Mia buried her head in the pillow while waiting for his return, desperately thinking of ways to get the information over to John quickly. She still needed to write her papers, so maybe she could tell Korum she had to get some books from the library.

He was back a minute later, carrying the familiar device that had "shined" her and something else that she'd never seen before. The second object looked most like a lipstick tube, but was made of some strange material.

"Um, I'm all right – really, there's no need for this," said Mia quickly, not wanting him to plant any additional tracking devices on her. For all she knew, the next batch of nanotechnology in her body might broadcast her every thought to him, and that was the last thing she wanted.

"There's every need," he said, obviously surprised at her reluctance. "You're hurt, and I can fix it. Why not?"

Why not indeed. She didn't have a good answer for that, and protesting further would make him suspicious. Getting caught so close to the end of her mission would be stupid, and it's not like she didn't already have the tracking devices embedded in her palms. What's a few more?

So she just shrugged her shoulders in response, letting him do as he wanted.

He activated the "shining" device and ran the warm red light over her bruises. Seeing it work the second time was still incredible, with the marks on her skin disappearing as though they were never there. He was very thorough, inspecting every inch of her skin, and Mia blushed slightly at having so much attention paid to her naked body in broad daylight. Once he was done, he took the tube-like device in his hand and brought it toward her thighs.

"What are you going to do with that?" she asked suspiciously, eyeing it with distrust. There was only one place remaining on her body that still hadn't been healed, and the red light from the device could not reach there. She hoped the little tube wasn't really going where it looked like it could go.

Korum sighed and said, "It's something we use for deep internal damage, when you have to heal various organs before you can mend the outer layer of the skin. I know it's overkill for what you've got, but it's the only thing I have in this apartment that can reach inside you to help you with the soreness."

So it was going there. Mia's blush got worse. The thing was about the size of a tampon, and the thought of having something medical like that inserted in broad daylight was embarrassing.

"Seriously?" he asked with incredulity. "After last night, you're going to blush at this?"

Mia refused to look at him. "Just do it already," she mumbled, plopping down and hiding her face in the pillow.

He laughed softly and did as she requested, sliding the little device inside her sore and swollen opening. It went in easily, and Mia didn't feel anything for a few seconds until the tingling began.

"It feels funny," she complained, still shielded by the pillow.

"It's supposed to – that means it's working."

The tingling went on for a couple of minutes and then it stopped. She didn't feel sore anymore, which was nice, although the feel of the foreign object in her vagina was disconcerting.

"It should be done by now," said Korum, reaching inside her with his long fingers and pulling out the tube. "That's it – all finished. You can stop hiding now."

"Okay, thanks," muttered Mia, still refusing to meet his eyes. "I think I'm going to shower now."

He laughed and kissed her exposed shoulder. "Go for it. I have some things to take care of, so I'll be out the rest of the day. The dinner will probably be a late one, so be sure to grab a good lunch."

And then he walked out of the room, finally leaving Mia alone to carry out the rest of the plan.

CHAPITRE DIX-HUIT

Dès que Korum fut parti, Mia passa à l'acte, le cœur battant la chamade devant l'importance de ce qu'elle allait faire.

Avant de se précipiter dans la douche, elle envoya un rapide message par mail à Jessie avec le mot de code

— Salut ! et en lui disant qu'elle passerait chez elle aujourd'hui ; elle lui demandait aussi comment s'était passé son examen d'anatomie. Elle espérait que John verrait ce message et la contacterait rapidement. C'était déjà le début de l'après-midi, Mia était tellement épuisée qu'elle avait dormi plus longtemps que prévu, et elle avait fort à faire avant ce soir.

Korum avait pensé à lui laisser un sandwich pour le déjeuner et Mia l'avala avec gratitude avant de sortir. Quand il faisait ce genre de choses, ces petits gestes attentionnés, elle aurait presque pu croire qu'elle comptait pour lui, et à contrecœur elle sentait la culpabilité l'envahir à l'idée de trahir sa confiance. Même aujourd'hui, après tout ce qui s'était passé la veille au soir, la pensée qu'il puisse lui arriver du mal la rendait malade. Évidemment ? C'était ridicule, il était vraisemblable que tout se passerait bien pour lui, et même si ce n'était pas le cas, c'était sa faute pour avoir envahi la terre et tenté de réduire l'espèce humaine en esclavage. Et pourtant, elle aurait de loin préféré qu'il soit déporté en toute sécurité sur Krina afin de pouvoir reprendre une vie normale en sachant qu'il était à de milliers d'années-lumière d'elle et la laisserait tranquille pour toujours.

Ou du moins ? c'est ce qu'elle se disait.

Mais au plus profond d'elle-même, son côté romantique avait bêtement envie de pleurer à l'idée de ne plus jamais le revoir, de ne plus jamais sentir ses caresses ou l'entendre rire, de ne plus jamais apercevoir la fossette qui embellissait sa joue gauche d'une manière si insolite. Korum était son ennemi, mais c'était aussi son amant et malgré tout, elle s'était attachée à lui. Le plaisir qu'il lui donnait n'était pas seulement d'ordre sexuel ; le simple fait d'être avec lui rendait sa vie plus exaltante, plus ardente et même (à condition d'oublier la nature exacte de leur liaison) la rendait étrangement heureuse.

Après avoir découvert l'amour avec Korum, elle ne pouvait s'imaginer avoir des rapports sexuels avec quelqu'un d'autre. C'était comme boire de l'eau du robinet pendant le reste de sa vie après avoir goûté au champagne. D'ailleurs ? C'était parfaitement logique que Korum soit un aussi bon amant, mis à part ce lien spécial entre eux dont il lui avait parlé, il vivait depuis des milliers d'années et il avait eu tout le temps nécessaire pour apprendre exactement comment satisfaire une femme. Comment un homme, un terrien, pourrait-il se comparer à lui ? Et elle ne voulait même pas penser aux sensations que Korum lui donnait quand il lui prenait le sang. Elle n'était pas sûre qu'il soit sain de ressentir un plaisir aussi intense, mais la pensée d'y renoncer à jamais lui était presque insupportable.

Pour la première fois, elle se posa des questions à propos de ces Xenos dont elle avait entendu parler. Ils étaient censés passer des petites annonces en ligne pour avoir des relations sexuelles avec les Krinars et leurs motivations étaient restées un mystère pour elle, mais maintenant elle se demandait s'ils n'étaient pas complètement accros… s'ils avaient goûté au paradis et savaient que tout le reste était insipide en comparaison. Korum l'avait prévenue qu'ils pourraient tous les deux développer une dépendance s'il lui prenait trop souvent le sang. Dépendre vraiment de lui physiquement, c'était la dernière chose dont elle avait besoin. C'était déjà bien suffisant de se dire qu'il lui manquerait avec chaque cellule de son corps quand il aurait finalement disparu de sa vie ; il serait bien pire d'avoir une folle envie de cette extase impossible à atteindre si ce n'était avec lui.

Elle n'avait pas d'autre solution, elle devait terminer sa mission. Leur liaison allait se terminer, ce n'était plus qu'une question de temps. Même si elle acceptait de supporter la nature impérieuse de Korum ou même si elle allait jusqu'à accepter d'être son Charl, après quelques brèves années il se fatiguerait d'elle et alors elle serait seule, le cœur brisé et complètement anéantie d'avoir été abandonnée.

Non, elle devait agir. Il n'y avait pas d'autre solution. Elle n'aurait pas pu se regarder dans la glace en sachant qu'elle avait eu une chance de transformer radicalement le cours de l'histoire de l'humanité et qu'elle avait échoué parce qu'elle avait un faible pour ce K, pour quelqu'un qui la considérait seulement comme son jouet.

En arrivant dans son appartement, Mia fut surprise de voir que John y était déjà, ainsi que Jessie et Edgar, l'acteur avec lequel visiblement sa colocataire commençait à sortir.

Dès qu'elle eût franchi la porte, John lui demanda s'ils pouvaient se parler en privé. Mia fit un signe de tête et l'emmena dans sa chambre puis referma la porte derrière elle. Avant de le faire, elle entendit Edgar demander à Jessie si Mia sortait aussi avec John, mais elle n'eut pas le temps d'entendre la réponse de Jessie.

— Je crois que je l'ai, annonça Mia sans le moindre préambule.

Le visage de John s'éclaira tout entier.

— C'est vrai ? Mais c'est génial ! Comment y êtes-vous arrivée aussi vite ? Voyant son visage s'empourprer il se hâta d'ajouter. Peu importe, ça n'a aucune importance.

Mia haussa les épaules et ôta la bague de son doigt. Elle avait laissé une petite marque sur sa peau. Pourvu que Korum ne soit pas particulièrement observateur en matière de bijoux, sinon il risquait de se demander pourquoi elle n'avait porté cette bague qu'un seul jour et plus jamais ensuite.

— J'ai besoin que vous me promettiez quelque chose, dit lentement Mia tout en tenant encore la bague.

— Quoi ?

— Promettez-moi qu'aucun mal n'arrivera à Korum pendant ce que vous avez l'intention d'entreprendre.

John hésita et le regard de Mia se durcit.

— Promettez-le-moi, John, vous me devez bien ça !

— Pourquoi ? Il ne le mérite pas…

— Peu importe ce qu'il mérite ou pas. C'est la condition que je pose pour vous aider. Korum rentrera chez lui sain et sauf.

John la regarda et poussa un profond soupir.

— D'accord, Mia, si c'est ce que vous voulez vraiment. Nous ferons en sorte qu'il soit déporté en toute sécurité.

Mia fit un signe d'acquiescement et lui tendit la bague.

— Et maintenant ? demanda-t-elle. Combien de temps ça va prendre pour que vos Keiths mettent à profit ces informations ?

Il sourit et la regarda comme un gosse le jour de Noël.

— Ils devront l'examiner pour s'assurer que ce n'est pas plus compliqué que ce qu'ils croyaient, mais s'ils ne se trompaient pas, on pourrait assister à une attaque possible d'un jour à l'autre.

D'un jour à l'autre ? C'était bien plus rapide que ce qu'avait prévu Mia.

— Ils n'auront pas besoin de davantage de temps pour fabriquer… je veux dire, ce qu'ils vont fabriquer à partir des projets de Korum ? demanda-t-elle d'un ton hésitant.

Il secoua la tête.

— Non, pas du tout. Rappelez-vous ce que je vous ai dit, ils fabriquent tout ce qu'ils veulent à partir de leur nanotechnologie, une fois qu'ils auront les plans ils pourront passer presque immédiatement à la production.

Mia se souvenait vaguement qu'il le lui avait dit et fit donc un signe de tête.

— Alors maintenant qu'ils ont les projets et puisqu'ils avaient déjà la technologie pour les appliquer, il leur suffit de transférer leur technologie en lieu sûr en dehors des centres K et ils pourront fabriquer les armes nécessaires pour forcer la défense des centres. Quand les défenses auront sauté, nos forces, celles des hommes, seront prêtes à intervenir.

Nos forces ?

— Le gouvernement est au courant ? demanda Mia avec surprise.

John hésita.

— Pas exactement. Mais dans le gouvernement, certains pensent qu'on a eu tort de signer le Traité de coexistence et de permettre aux K de construire leurs centres. Ces personnes ont de la sympathie pour notre cause et peuvent nous apporter des renforts. Certains sont très haut placés dans l'armée et la marine ainsi que dans la CIA et d'autres organisations équivalentes ailleurs dans le monde.

Mia le regarda, elle était en état de choc. Elle n'avait pas mesuré toute l'étendue du mouvement anti-K. Elle avait imaginé qu'il se composait de quelques centaines d'individus suicidaires formant la résistance ou bien de gens comme John qui voulaient se venger des Ks pour des raisons personnelles et qu'ils étaient aidés par quelques extra-terrestres ayant de la sympathie pour les êtres humains. Mais évidemment, c'était logique : si les combattants de la liberté étaient parvenus aussi loin et s'ils avaient eu l'aide des Keiths c'est parce qu'ils avaient au minimum une chance de succès non négligeable.

— Oh la la ! dit-elle à voix basse. Alors c'est pour de bon, on va vraiment les chasser de notre planète ?

John fit un signe de tête avec une satisfaction à peine dissimulée.

— C'est pour de bon, Mia ! Si la bague contient les informations utiles que nous espérons avoir, la libération de la terre pourrait avoir lieu dans une semaine, quinze jours au plus tard.

C'était insensé. Mia tenta d'imaginer ce qui se passerait quand les Ks apprendraient qu'ils étaient attaqués. Elle se souvint de la période de la Grande Panique et frissonna.

— John, lui dit-elle en pesant ses mots, pourraient-ils partir sans livrer de violentes batailles ? Vous savez ce qui s'est passé autrefois… et même le mal qu'ils ont pu faire à main nue…

— C'est vrai, admit John. Sans nul doute, ils pourraient riposter, et le sang pourrait couler à flots de part et d'autre. C'est la raison pour laquelle les informations que vous avez obtenues pour nous sont tellement importantes. Vous savez, si les Keiths ont raison, ces projets contiennent aussi les concepts de leurs armements les plus sophistiqués. Une fois que les défenses seront tombées et que nous aurons informé les Ks que nous sommes en possession de ces armes, il serait suicidaire de leur part de ne pas se rendre. Parce que s'ils se battent, nous les utiliserons contre eux *sans hésiter* et chaque K de leurs colonies sera réduit en poussière.

— Réduit en poussière ? Quelle sorte d'arme peut faire une chose pareille ? demanda Mia horrifiée et choquée.

— C'est une nanotechnologie de combat à très grande échelle. On peut la programmer avec des contraintes très spécifiques, on peut donc lui demander de détruire les Ks dans un rayon précis et d'épargner les êtres humains qui se trouveraient dans cette zone à ce moment précis.

Mia écarquilla les yeux et John poursuivit.

— Évidemment, nous nous attendons encore à ce que des Ks tentent de s'échapper de leurs colonies quand ils apprendront qu'ils sont attaqués, si bien que nos combattants seront en position tout autour pour les capturer et les contenir, et ces épisodes pourront être sanglants. Nous risquons finalement de subir de lourdes pertes, mais nos chances de l'emporter sont bonnes.

Mia avala sa salive, penser que le sang puisse être versé lui donnait la nausée. Le fait de savoir qu'elle avait contribué par ses propres actions à de lourdes pertes ou à l'extermination de milliers d'êtres intelligents, elle ne savait pas comment elle réagirait face à une telle responsabilité.

Mais maintenant, il n'y avait plus le choix, et d'ailleurs elle n'avait jamais eu de choix. Depuis qu'elle avait aperçu Korum dans le parc, son destin s'était décidé. Le seul choix qu'elle avait eu avait été entre accepter docilement de devenir son Charl et riposter, et elle avait choisi de riposter. Et maintenant cette décision pouvait provoquer de nombreuses morts, aussi bien chez les êtres humains que chez les K.

Mia regrettait amèrement d'être allée dans le parc ce jour-là et de savoir ce qui se passait dans les centres K. Si seulement elle pouvait revenir en arrière et reprendre une vie normale en ne sachant pratiquement rien des Ks, elle le ferait bien volontiers, tout comme elle confierait la tâche de libérer la terre à quelqu'un de mieux armé pour le faire. Mais elle en savait trop, et ce fardeau lui semblait désespérément lourd à cet instant précis, alors qu'elle regardait le visage radieux de John et qu'elle imaginait la bataille sanglante qui aurait lieu.

— Mia, dit John qui sentit visiblement sa détresse. Je vous en prie, n'oubliez pas qu'*ils* sont venus sur notre planète, *ils* nous ont imposé leur joug, et ils ont tué des milliers de personnes pour le faire, jusqu'à ce que nous n'ayons plus de choix si ce n'est de capituler. Vous vous souvenez comment c'était pendant la Grande Panique ?

Mia fit un signe de tête en pensant au chaos terrifiant et aux combats de rue sanglants de ces mois si sombres.

Satisfait, John poursuivit.

— Je sais que vous ne les connaissez qu'à travers Korum, et jusqu'ici il vous a sans doute bien traitée… parce qu'il vous considère comme son petit animal de compagnie préféré. Mais les Ks sont loin d'être gentils. Ce sont des prédateurs par nature. Ils ont évolué comme des parasites, des vampires, en se maintenant en vie en buvant le sang d'autres espèces. En fait, ils ont créé l'espèce humaine dans ce seul but, pour satisfaire leurs propres désirs pervers grâce à nous…

Ce n'était pas exactement ce que Korum lui avait dit, mais pour le moment elle n'avait pas envie de le contester.

— Et ils n'ont aucun respect pour nos droits. La plupart d'entre eux nous considèrent comme inférieurs, et ils n'hésiteraient pas à nous réduire en esclavage si ça leur permettait de réaliser leurs objectifs.

— Je sais, dit Mia en se frottant les tempes pour soulager la tension qu'elle sentait. Je sais tout cela. C'est la raison pour laquelle je vous aide, John. Simplement, je préfèrerais que ça se passe autrement… qu'il y ait un moyen de les faire partir sans verser une seule goutte de sang…

— Moi aussi ! dit John en poussant un profond soupir. Mais il n'y a pas d'autre moyen. Ils ont envahi notre planète par la force et maintenant nous en reprenons le contrôle de la même manière. Et si des vies sont perdues dans cette action, eh bien nous devons espérer qu'il y en aura le moins possible parmi les nôtres. C'est la guerre, Mia, la véritable *Guerre des Mondes*.

John s'en alla, et Mia s'assit sur son lit pour assimiler tout ce qu'il lui avait dit.

Comment avait-elle pu, elle, une étudiante ordinaire, être impliquée dans une guerre ? Elle avait toujours associé l'espionnage à des agents secrets sophistiqués, des hommes et des femmes ayant reçu un entraînement intensif dans un grand nombre de disciplines allant des arts martiaux au désamorçage des bombes. Une étudiante en psychologie de l'Université de New York ne correspondait en rien à ce profil. Et pourtant elle se retrouvait censée aider la résistance dans son combat le plus important contre les Ks.

Elle eut alors une pensée qui la terrifia : une fois que Korum saurait ce qui se passait et que leurs centres étaient attaqués, comprendrait-il que c'était elle la seule responsable ? Établirait-il le lien entre le vol des projets qu'il surveillait de tous ses soins et la jeune terrienne avec laquelle il couchait toutes les nuits ? Parce que s'il faisait ce lien et qu'il était encore à New York à ce moment-là, alors ses jours à elle étaient sans doute aussi comptés.

Ses songes sinistres furent interrompus par quelqu'un frappant timidement à la porte.

— Oui, entrez ! cria-t-elle, soulagée de pouvoir se distraire de ce genre de pensées.

À sa surprise et à sa consternation, ce n'était pas Jessie. À sa place, Peter se tenait dans l'embrasure de la porte, encore plus angélique à la lumière du jour avec ses boucles blondes et ses yeux bleus. Il avait encore des bleus et des contusions sur la gorge.

— Peter ! s'exclama-t-elle. Qu'est-ce que tu fais ici ?

— Je suis venu te voir ! Ta colocataire a dit à Edgar que tu serais chez toi aujourd'hui, et je voulais seulement m'assurer que tu allais bien après ce qui s'est passé l'autre soir…

— Mon Dieu, Peter, c'est vraiment gentil de ta part, dit Mia en cherchant désespérément de trouver la manière la plus rapide de se débarrasser de lui

Elle pensait que Korum serait furieux de savoir que Peter était près d'elle à cet instant, surtout dans sa chambre. Il était vraisemblable qu'il ne s'en apercevrait pas, mais elle ne voulait pas en courir le risque. Peter avait failli mourir dans la boîte de nuit à cause d'elle, ça suffisait comme ça.

Peter la regardait avec inquiétude.

— Qu'est-ce qui s'est passé l'autre soir, Mia ? Est-ce que ce monstre t'a fait le moindre mal ?

— Mais non, bien sûr que non ! essaya-t-elle de le rassurer. Ce n'était qu'une crise de jalousie…, je ne m'attendais pas à ce qu'il réagisse comme ça. Je suis vraiment désolée de tout ce qui s'est passé. Je n'aurais jamais dû danser avec toi ce soir-là, c'est à cause de moi si tu as été blessé…

Il fit un geste dédaigneux de la main.

— Ce n'est pas si terrible ! Au lycée j'ai été roué de coups quand le principal attaquant de l'équipe a cru que je flirtais avec sa petite amie. Et crois-moi, ce qui s'est passé l'autre jour n'était rien en comparaison.

Et il lui sourit d'un sourire si communicatif que Mia eut un petit sourire à son tour. Elle était heureuse qu'il ne lui en veuille pas, mais pour sa propre sécurité, il fallait qu'il parte.

— Écoute, Peter, merci de prendre de mes nouvelles, dit-elle. C'est vraiment gentil de ta part. Mais nous savons désormais que mon petit ami ne voit pas notre amitié d'un bon œil et il vaut vraiment mieux qu'il ne sache pas que tu es venu ici.

— Mia, dit sérieusement Peter dont le sourire avait complètement disparu, sors-tu vraiment avec cet extra-terrestre ? Je n'ai jamais imaginé que tu puisses être une Xeno…

— Mais je ne suis pas une Xeno !

— Et tu n'es pas une Krinarienne non plus ?

— Bien sûr que non ! Je n'ai aucune religion !

— Alors pourquoi sors-tu avec lui ?

— Écoute, Peter, ça ne te regarde vraiment pas. C'est mon petit ami et c'est tout ce que tu as besoin de savoir. Je regrette de ne pas te l'avoir dit tout de suite quand on s'est rencontrés. J'étais sortie avec Jessie pour m'amuser entre filles, je ne voulais vraiment pas t'induire en erreur.

— Ce sont des conneries ! dit Peter avec véhémence. Un petit ami, ce serait un être humain comme toi et moi, pas un méchant extra-terrestre qui t'emmène de force pour te faire sortir comme ça d'une boîte de nuit. Il se tut un instant et ajouta à voix basse : Mia, est-ce qu'il te force à être avec lui ?

— Comment ? Qu'est-ce qui te fait penser ça ?

Mia le regarda fixement en se demandant ce qui lui avait donné cette impression.

Il la regarda à son tour, les sourcils froncés.

— Tu ne donnes pas l'impression d'être le genre de fille qui recherche la compagnie d'un de ces monstres.

— Et de quel genre de fille parles-tu ? demanda Mia.

Elle était sincèrement curieuse d'entendre sa réponse.

Il se tira l'oreille, un geste de frustration chez lui.

— Eh bien ! justement, il y en a beaucoup dans le milieu du spectacle… des modèles, des actrices, des chanteuses, elles s'ennuient et cherchent ce qui pourrait donner du piment à leur vie… Elles sont superficielles et souvent idiotes, la seule chose qu'elles voient c'est un beau visage et pas le mal qui se dissimule derrière…

— Le mal qui se dissimule derrière ? lui demanda Mia, surprise qu'il soit tellement braqué contre les Krinars. Avant d'avoir rencontré Korum et de devenir intime avec lui, elle n'avait aucune expérience des envahisseurs et n'avait pas vraiment d'opinion à leur sujet. Peut-être Peter était-il lui-même croyant et croyait-il la théorie selon laquelle les Ks étaient des démons ?

Il fit la grimace.

— Mia, j'ai vu disparaître des gens qui avaient des relations avec ces créatures. Ou bien des gens dont la vie finissait par être complètement fichue. Ce n'est pas naturel pour nous d'être avec des individus de leur espèce. Et ça se termine toujours mal…

Mia respira profondément et lui dit avec fermeté.

— Écoute, Peter, j'apprécie le fait que tu t'inquiètes à mon sujet, mais c'est vraiment inutile dans mon cas. Je sais ce que je fais. Je ne suis ni superficielle ni idiote…

— Je n'ai jamais dit ça… protesta Peter.

—… Et je n'apprécie vraiment pas tes insinuations sur ma liaison avec Korum. Je suis avec lui de mon plein gré et voilà tout.

Elle espérait sincèrement que cela suffirait à faire partir Peter. La dernière chose dont elle avait besoin était un chevalier servant qui tenterait maladroitement de la sauver d'un méchant monstre, un chevalier servant qui se ferait inévitablement tuer dans sa croisade. Plus tard peut-être, si elle réussissait à survivre les quinze prochains jours, elle présenterait ses excuses à Peter pour avoir été si dure. Il lui plaisait et ça serait agréable de devenir son amie, surtout si sa vie revenait un jour à la normale.

Il sembla légèrement blessé de cette réaction.

— Bien sûr, je suis désolé, je ne voulais rien insinuer. Il va de soi que tu peux être avec qui tu veux. Je voulais seulement m'assurer que tu allais bien, c'est tout.

Mia fit un signe de tête et lui adressa un petit sourire.

— Je comprends. Encore merci d'être venu.

Puis elle attrapa son sac, en sortit son ordinateur portable et un livre ou deux.

Peter comprit tout de suite son geste.

— Entendu, et au revoir, d'accord ? dit-il et il sortit de la pièce.

Mia l'entendit parler avec Jessie et Edgar pendant une minute et puis il partit après avoir soigneusement refermé la porte d'entrée derrière lui.

Mia se laissa tomber sur son lit avec soulagement. Comment se faisait-il qu'un type aussi mignon et avec lequel elle s'entendait bien soit arrivé à un aussi mauvais moment dans sa vie ? Si elle l'avait rencontré deux mois plus tôt il était évident qu'elle aurait été absolument ravie qu'il la remarque comme il l'avait fait, mais c'était trop tard maintenant. Elle serait comme ces gens qu'il connaissait, il était vraisemblable que sa vie finirait par être fichue, ou bien qu'elle serait tuée par son amant extra-terrestre.

CHAPTER EIGHTEEN

As soon as Korum left, Mia sprang into action, her heart pounding at the magnitude of what she was about to do.

Before hopping into the shower, she sent a quick 'Hi' email to Jessie, letting her know that she would be stopping by the apartment today and asking how Jessie's Anatomy final had gone. Hopefully, John would see the email and contact Mia quickly. It was already early afternoon; due to her complete exhaustion, Mia had slept far later than planned, and there was a lot to get done before this evening.

Korum had thoughtfully left her a sandwich for lunch, and Mia gratefully gobbled it down before heading out the door. When he did things like that – considerate little gestures – she could almost believe that he genuinely cared about her, and she would feel an unwelcome pang of guilt at betraying his trust. Even today, after everything that happened last evening, the thought of him coming to any harm made her feel sick. It was ridiculous, of course; he would most likely be fine – and even if he wasn't, it was his own fault for invading Earth and trying to enslave her species. Still, she would much rather see him safely deported back to Krina, so she could resume her normal life knowing that he was thousands of light years away and would never bother her again.

Or so she told herself.

Deep inside, some silly romantic part of her wanted to cry at the thought of never seeing Korum again – never feeling his touch or hearing his laughter, never glimpsing the dimple that so incongruously graced his left cheek. He was her enemy, but he was also her lover, and she had gotten attached to him despite everything. The pleasure that he gave her went beyond the sexual; just being with him made her feel excited and alive, and – if she ever let herself forget the exact nature of their relationship – oddly happy.

She could not imagine having sex with someone else after experiencing Korum's lovemaking. It would be like eating sawdust for the rest of her life after first tasting ambrosia. It made perfect sense that he would be a good lover, of course; aside from whatever special chemistry he said they had together, Korum was also thousands of years old – and had had plenty of time to learn exactly how to please a woman. How could a human man compare to that? And she didn't even want to think about how he made her feel when he took her blood. She wasn't sure that it was healthy, to feel a pleasure so intense, but the thought of never experiencing it again was nearly more than she could bear.

For the first time, she wondered about the xenos she'd heard about before. The motives of these people – who supposedly advertised online with the goal of entering into sexual relations with the Krinar – had always been a mystery to her. But she wondered now if they were perhaps truly addicted . . . if they'd had a taste of paradise and knew that everything else would pale in comparison. Korum had warned that addiction was a possibility for both of them if he took her blood too frequently. Mia shuddered at the thought. That was the last thing she needed – to actually develop a physical need for him. It was enough that she would probably miss him with every fiber of her being when he was finally gone from her life; the last thing she needed was to crave some elusive high that she could only achieve with him.

There was no other alternative for her; she had to complete the mission. Their relationship was bound to end – it was just a matter of time. Even if she were willing to put up with his autocratic nature – or if she even went so far as to accept being his charl – he would tire of her in a few short years and then she would be alone anyway, completely heartbroken and devastated at his desertion.

No, she had to do this. There was no other way. She couldn't have lived with herself knowing that she'd had a chance to make a real difference in the course of human history and failed to do so because of her weakness for one particular K – for someone who regarded her as nothing more than his plaything.

Arriving at her apartment, Mia was surprised to see that John was already there. So were Jessie and Edgar, the actor her roommate had apparently started seeing.

As soon as she walked through the door, John asked if they could speak in private. Mia nodded and led him into her room, closing the door behind her. Before the door was fully shut, Mia heard Edgar ask

Jessie if her roommate was seeing John as well, but Jessie's reply was already inaudible.

"I think I have it," said Mia without any preamble.

John's entire face lit up. "You do? That's great! How did you manage it so quickly?" Seeing the color flooding her face, he added hastily, "Never mind, that's not important."

Mia shrugged and pulled the ring off her finger. There was a little indentation left behind on her skin. She sincerely hoped that Korum was not particularly observant when it came to women's jewelry; otherwise, he might wonder why she'd worn that ring once and never again.

"I need you to promise me something," Mia said slowly, still holding on to the ring.

"What?"

"Promise me that Korum will not be harmed in whatever you're planning to do."

John hesitated, and Mia's eyes narrowed. "Promise me, John. You owe me that much."

"Why? He doesn't deserve it –"

"It doesn't matter what he does or does not deserve. This is my condition for helping you. Korum gets safe passage home."

John looked at her and then sighed heavily. "All right, Mia, if that's what you truly want. We'll make sure that he gets safely deported."

Mia nodded and handed him the ring. "So what now?" she asked. "How long do you think it will take your Keiths to do something with this information?"

He grinned at her, looking like a kid at Christmas. "They'll have to look at it and make sure that it's not more complicated than they think, but if they're right… we could be looking at a potential attack within days."

Days? That was much faster than Mia had ever thought possible.

"Won't it take them time to make… well, whatever it is that those blueprints are for?" she asked hesitantly.

He shook his head. "No, not that much time at all. Remember what I told you about how they manufacture everything using nanotechnology – and can make things almost instantly if they have the design for it?"

Mia vaguely recalled something like that, so she nodded.

"Well, they will now have the blueprints, and they already have the technology to create those designs. They just need to get that technology to a safe location outside of their settlements, and then they can manufacture the necessary weapons to penetrate the K Center shields. Once the shields are gone, the human forces will be ready."

Forces?

"Is the government in on this?" asked Mia with surprise.

John hesitated. "Not exactly. But there are those within the government who believe that it was wrong to sign the Coexistence Treaty, to allow them to build the settlements. These individuals are sympathetic to our cause and they have the ability to bring us reinforcements. Some of these are highly placed people in the Army and the Navy, as well as within the CIA and other equivalent agencies worldwide."

Mia looked at him in shock. She hadn't realized the full scope of the anti-K movement. For some reason, she'd envisioned it as being a few hundred suicidal individuals within the Resistance – or those like John, who had a personal vendetta against the Ks – helped by a few human-sympathizing aliens. But it made sense, of course, that the freedom fighters couldn't have come as far as they did – and gained the assistance of the Keiths – if they hadn't had at least a decent chance of success.

"Wow," she said softly, "so it's really happening then? We're kicking them off our planet?"

John nodded with barely contained glee. "It's happening, Mia. If the information on this ring is as good as we hope it is, we're looking at Earth's liberation within a week – a couple of weeks at the most."

That was crazy. Mia tried to imagine what would happen when the Ks learned that they were being attacked. She remembered the days of the Great Panic and shuddered.

"John," she said slowly, "would they really go without a big fight? You know what happened before . . . how much damage they could do even with bare hands –"

"That's true," agreed John, "they could definitely fight back – and it could get very bloody for both sides. That's why the information you got for us is so crucial. You see, if the Keiths are right, these blueprints also contain the design for one of their most advanced weapons. Once the shields are down and we let the Ks know that we have this weapon, they would be suicidal to do anything but surrender. Because if they fight, we *will* use it – and every K in their colonies would be turned to dust."

"Turned to dust? What kind of weapon can do that?" asked Mia in horrified shock.

"It's weaponized nanotechnology on a massive scale. It can be programmed with very specific constraints, so we could set it to only destroy Ks within a certain radius and to spare whatever humans may be in the area at the time."

Mia's eyes widened, and John continued, "Of course, we still expect some Ks to try to escape from the colonies when they learn of the attack, so we'll have our fighters stationed all around to capture and contain those – and that could get bloody. We might still end up suffering heavy casualties, but we stand a very real chance of winning here."

Mia swallowed, feeling nauseous at the thought of any bloodshed. Knowing that something she did led to "heavy casualties" or extermination of thousands of intelligent beings – she didn't know how she would handle that kind of responsibility.

But there was no choice now, not that there had ever been any for her. Ever since she'd laid eyes on Korum at the park, her fate had been decided. Her only choice had been to meekly accept being his charl or to fight back – and she had chosen to fight. And now that decision might result in the loss of many lives, both human and Krinar.

Mia bitterly wished she'd never gone to the park that day, had never learned about what goes on in the K Centers. If she could somehow turn back the clock and go back to her regular life, knowing next to nothing about the Ks, she would gladly do so – and leave the liberation of Earth to someone better equipped to deal with it. But she knew, and that burden felt unbearably heavy right now as she looked into John's glowing face and imagined the upcoming bloody battle.

"Mia," said John, apparently sensing her distress, "please don't forget: *they* came to our planet, *they* imposed their rules on us – and killed thousands of people in the process, until we had no choice but to give in. Do you remember how it was during the Great Panic?"

Mia nodded, thinking of the terrifying chaos and bloody street fights of those dark months.

Satisfied, John continued, "I know that your only exposure to them has been through Korum, and he has probably treated you nicely so far . . . because he thinks of you as his current favorite pet. But they're not nice at all. They're predators by nature. They evolved as parasites, as vampires, sustaining themselves by consuming the blood of other species. In fact, they developed humans for that purpose – to satisfy their own perverse urges with us –"

That wasn't exactly what Korum had told her, but she didn't feel like arguing that point right now.

"– and they have no regard for our rights. Most of them view us as inferior, and they would not hesitate to enslave us completely if it suited their purposes."

"I know," said Mia, rubbing her temples to get rid of the tension. "I know all of that – that's why I'm helping you, John. I just really wish there was another way . . . some way we could just make them go away without spilling any blood."

"I wish there was too," said John, sighing heavily. "But there isn't. They invaded our planet with force – and now we take it back from them in the same way. And if some lives have to be lost in the process – well, we just have to hope that not too many of them are on our side. It's war, Mia – the real *War of the Worlds*."

John left, and Mia sat down on her bed to digest everything.

How had she – a regular college student – managed to get involved in a war? Spying was something she'd always associated with glamorous secret agents, men and women who've had extensive training in everything from martial arts to defusing a bomb. A psychology major from NYU just didn't fit the bill. Yet here she was, supposedly aiding the Resistance in their most important fight against the Ks.

A terrifying thought occurred to her. Once Korum knew what was happening – that their settlements were being attacked – would he realize that she was the one responsible? Would he make the connection between his carefully guarded blueprints being stolen and the human girl he slept with every night? Because if he did – and he was still in New York at the time – then her days were likely numbered as well.

A tentative knock on her door interrupted her dark musings.

"Yes, come in!" she called out, relieved to have a distraction from that line of thinking.

To her surprise and dismay, it was not Jessie. Instead, Peter stood in her bedroom doorway, his wavy blond hair and blue eyes looking even more angelic in the bright light of the day. There were still black and blue marks on his throat.

"Peter!" she exclaimed. "What are you doing here?"

"I came to see you," he said. "Your roommate told Edgar that you would be home today, and I just wanted to make sure you were all right after what happened that night –"

"Oh gosh, Peter, that's really nice of you," said Mia, desperately trying to think of the quickest way to get rid of him. She couldn't imagine that Korum would be pleased to know that Peter was anywhere near her right now, much less in her bedroom. He probably wouldn't find out, but she didn't want to chance it. It was enough that she had almost gotten him killed in that club.

Peter was looking at her with a concerned expression. "What happened that night, Mia? Did that monster hurt you in any way?"

"No, of course not," she tried to reassure him. "He just got jealous – I never expected him to react like that, believe me. I'm really sorry about everything that happened. I should've never danced with you that night. You got hurt because of me –"

He waved his hand dismissively. "It's not a big deal. I was once beaten up in high school because the head quarterback thought I was flirting with his girlfriend. Believe me, this was nothing in comparison." And he grinned at her, his smile utterly infectious.

Mia smiled back a little. It was good to hear that he didn't hold a grudge against her. But he still needed to go away for his own safety.

"Listen, Peter, thanks for checking up on me," she said. "That was really sweet of you. But we now know that my boyfriend is not too keen on our friendship – and it's really for the best if he doesn't find out you were here –"

"Mia," said Peter seriously, his smile completely gone, "are you really dating that creature? I just never pictured you as a xeno –"

"I'm not!"

"You're not a Krinarian, are you?"

"Of course not! I'm not religious at all!"

"Then why are you seeing him?"

Mia sighed. "Look, Peter, that's not really any of your business. He's my boyfriend – that's all you need to know. I'm sorry I didn't tell you that when we first met. I was just having a fun time at a girls' night out. I really didn't mean to mislead you in any way –"

"That's bullshit," said Peter vehemently. "A boyfriend – that's a human guy, not some vicious alien who drags you out of the club like that." He paused for a second and asked quietly, "Mia, is he forcing you to be with him?"

"What? Why would you think that?" Mia stared at him, wondering what would make him ask something like that.

He looked back at her, his brows furrowed in a frown. "You just don't seem like the type to seek out one of these monsters."

"What type is that?" wondered Mia, genuinely curious to hear the answer.

He tugged at his ear in frustration. "Well, a lot of people in the entertainment industry actually . . . models, actresses, singers – they get bored and look for something to spice up their lives . . . They're shallow, and many of them are stupid – all they see are the pretty faces and not the evil underneath –"

"Evil underneath?" asked Mia, surprised that he felt so strongly about the Krinar. Prior to her own close encounters with Korum, she'd had zero exposure to the invaders and no real opinion about them. Maybe Peter was religious himself and believed the claim that the Ks were demons?

He grimaced. "I've seen people disappear, Mia, when they get involved with these creatures. That, or end up really messed up at the end. It's not natural for us – to be with their kind. It never ends well . . ."

Mia took a deep breath and said firmly, "Peter, look, I appreciate the concern, but there's really no need in this case. I know what I'm doing. I'm neither shallow nor stupid –"

"I never said you were," protested Peter.

"– and I don't really appreciate you implying anything about my relationship. I'm with Korum because I want to be, and that's all there's to it."

She sincerely hoped that was enough to get Peter to go away. The last thing she needed was a bumbling white knight trying to save her from the evil monster – a white knight who would definitely end up getting slain in the process. Maybe later, if she survived the next couple of weeks, she would apologize to Peter for being so harsh. She liked him, and it would be nice to become friends with him, particularly if her life ever got back to normal.

He looked slightly hurt. "Of course, I'm sorry, I didn't mean to imply anything. Obviously, you can be with whomever you choose. I just wanted to make sure you were all right, that's all."

Mia nodded and gave him a faint smile. "I understand. Thanks again for stopping by." Reaching into her bag, she pulled out the laptop and a couple of books.

Peter immediately got the hint. "Sure. I'll see you around, okay?" he said, and walked out of the room. Mia heard him talking to Jessie and Edgar for a minute, and then he was gone, the front door closing decisively behind him.

Mia plopped down on her bed with relief. How had it happened that a cute guy – with whom she actually had a decent connection – had come along at such a wrong time in her life? Had she met him two months ago, she had no doubt that she would have been ecstatic to have him pay attention to her like that – but it was too late now.

Like those people he knew, she would likely end up messed up in the end – either that or dead at the hands of her alien lover.

CHAPITRE DIX-NEUF

Peu après le départ de Peter, Edgar s'en alla lui aussi. Mia l'entendit embrasser Jessie et plaisanter avec elle sur le pas de la porte, et puis il y eut un silence. Presque immédiatement, Jessie vint dans sa chambre.

— Alors ? lui dit Mia en souriant, j'ai l'impression que tout se passe bien avec Edgar ?

Jessie eut un grand sourire.

— Tout se passe *très* bien ! Il est tellement gentil, tellement drôle, tellement mignon…

Mia se mit à rire.

— Je suis bien contente pour toi. Tu mérites quelqu'un de bien comme lui.

— C'est bien vrai ! dit Jessie sans la moindre fausse modestie et continuant à sourire.

Et d'un coup, elle redevint sérieuse.

— Et toi aussi, Mia !

Oh non, pensa Mia, elle va encore me sermonner.

— Et visiblement, ce n'est pas le cas.

— Jessie, s'il te plaît, ce n'est pas la peine de s'acharner inutilement…

— S'acharner inutilement ? J'aimerais bien m'acharner sur un certain K de notre connaissance !

Jessie respira profondément, il était clair qu'elle était agacée par la situation de Mia.

— Peter est tellement gentil et tu sembles vraiment lui plaire. Il est venu jusqu'ici après tout ce qui s'est passé… et toi tu es bloquée avec ce monstre !

Mia se frotta l'arrière du cou pour éliminer la tension qu'elle y sentait.

— Jessie, s'il te plaît, arrête de t'inquiéter de ma liaison avec Korum… tout se résoudra en temps utile.

— À propos de résolution, tu lui as parlé de cet été ?

Mia se mordit les lèvres, elle n'aimait pas mentir à Jessie et elle avait tellement envie de parler à quelqu'un de cette situation inextricable qui la rendait folle. Si John ne se trompait pas à propos des Keiths et du calendrier des opérations, son voyage en Floride serait simplement retardé, et de peu. Bien sûr, encore faudrait-il qu'elle soit encore en vie à ce moment-là. Mia décida de lui donner une version légèrement édulcorée de la vérité.

— Oui, je lui en ai parlé, dit-elle lentement.

— Et alors ?

— Et alors nous avons décidé que j'irai un peu plus tard dans l'été et que je ferai mon stage ici à New York à la place.

Jessie la fixa des yeux d'un air scandalisé.

— Quel stage ?

— Je ne sais pas encore exactement. Korum a promis de me trouver quelque chose qui me convienne.

— Oh, mon Dieu, il ne te laisse pas partir, c'est ça ?

Jessie semblait complètement horrifiée.

— En quelque sorte, admit Mia. Mais il a dit que nous irions ensemble en Floride une fois qu'il aurait fini ce qu'il doit faire à New York.

— Ensemble ? Comment ça ? Il va faire la connaissance de ta famille ?

Une totale incrédulité se lisait sur le visage de Jessie.

— Je n'en ai pas la moindre idée, dit Mia, et c'était vrai.

Elle n'avait pas eu l'occasion d'y réfléchir à cause de tout ce qui lui était arrivé, mais elle ne pouvait imaginer sa famille, si normale et qui avait les pieds sur terre, se comporter calmement avec son amant d'une autre planète.

— On n'est pas entrés dans les détails…

— Quel salaud ! Je n'arrive pas à croire qu'il te fasse ça ! Pas étonnant que tu aides la résistance, tu dois sans doute le détester de toutes forces.

Mia n'en croyait pas ses oreilles.

— Comment ? Qu'est-ce que tu viens de dire ?

— Oh ! écoute Mia, arrête ! dit Jessie calmement. Je ne suis pas née de la dernière pluie. Je suis capable de faire le rapprochement. John t'attendait ici dans l'appartement avant même que tu arrives. Il savait visiblement que tu allais venir. Tu es en contact avec eux, non ?

Et merde ! Quelquefois, Mia oubliait à quel point Jessie était futée, elle qui était aussi si jolie et si vive. Il était inutile de nier plus longtemps, mais il ne fallait pas que Jessie sache à quel point Mia était impliquée, ça serait bien trop dangereux et pour l'une et pour l'autre.

Mia la regarda d'un regard perçant.

— Jessie, écoute-moi bien, ne répète jamais ce genre de chose, et n'en parle à personne, même pas à Edgar. C'est promis ?

Jessie fit un signe de tête et plissa des yeux.

— Je n'en parlerai jamais. Quand Edgar m'a demandé si John et toi vous sortiez ensemble, je lui ai dit que c'était un vieil ami de ta famille.

— Parfait ! dit Mia avec soulagement. Puis elle ajouta : écoute, je ne fais rien de dangereux, c'est promis. John m'a seulement demandé de surveiller ce que fait Korum et de le lui dire de temps en temps. C'est ce que j'ai fait aujourd'hui, pas plus. Korum a rencontré deux autres Ks récemment et je voulais juste en parler à John. En fait, il le savait déjà, c'était donc sans importance.

Mia ne savait pas comment elle avait appris si facilement à mentir.

— Sans importance ? Mia… il s'agit d'un extra-terrestre qui n'a aucun respect pour la vie humaine. Tu as bien vu ce qu'il a fait à Peter, simplement parce qu'il avait dansé avec toi ! S'il te surprend à l'espionner, il te tuera, c'est certain ! C'est très grave au contraire.

Et Jessie soupira de frustration.

Mia ne pouvait vraiment rien répondre à cela et elle se contenta de hausser les épaules.

— Et c'est entièrement de ma faute, j'aurais dû tenir ma langue avec Jason ! Je n'arrive pas à croire que ces salauds aient décidé de t'utiliser de cette manière.

Mia se frotta de nouveau le cou.

— Ils ont simplement vu une occasion et ils ont décidé de s'en servir. Ce qui ne change pas vraiment ma situation. Je suis encore avec Korum, que je l'espionne ou pas… Alors, autant essayer d'aider, tu comprends ?

Jessie la regarda d'un air frustré.

— Je n'arrive pas à croire que tu sois dans un tel merdier. Tu es la personne la plus droite que je connaisse… et tu finis par coucher avec un K tout en l'espionnant.

Mia poussa un profond soupir.

— Je sais. Je suis complètement baisée, Jessie, et pas seulement dans le bon sens du terme.

Un petit sourire fit son apparition sur le visage de Jessie et elle secoua la tête d'un air de reproche.

— Mia…

Mia lui sourit à son tour.

— Je sais… je sais. C'était vraiment de mauvais goût.

— Pas dans le style de James Bond, c'est certain ! et Mia lui rendit son sourire.

*　*　*

Ce soir-là, Korum rentra vers huit heures. Mia était déjà de retour chez lui et s'était mise fébrilement à ses dissertations.

Il entra dans son bureau et vint l'embrasser.

— Bonsoir, j'ai l'impression qu'on travaille dur ici ! dit-il en la taquinant et en effleurant sa joue de ses lèvres.

Mia fronça légèrement des sourcils.

— Ouais, je dois finir cette dissertation ce soir. J'ai celle-ci et une autre de Psychologie de l'Enfant pour jeudi et toutes les deux restent à faire.

— Mais c'est une catastrophe ! dit Korum, un léger sourire au coin des lèvres témoignant de son amusement.

— Absolument ! répondit Mia en fronçant encore davantage des sourcils.

Ne pouvait-il pas s'apercevoir qu'elle était stressée ? Ce n'est pas parce ses soucis lui semblaient négligeables qu'il pouvait se moquer d'elle.

— Tu veux que je t'aide à la faire ? lui demanda-t-il, provoquant un regard incrédule de Mia.

— M'aider à faire ma dissertation ?

Il parlait sérieusement ?

— C'est bien à cause de ça que tu es stressée ? Il n'avait pas l'air de plaisanter.

— Hum…

Mia resta sans voix. Puis retrouvant finalement sa langue elle marmonna.

— Merci, mais ça va aller… je devrais y arriver…

En réprimant un petit sourire, elle imagina ce qui se passerait si elle rendait une dissertation sur les effets des facteurs environnementaux dans le développement de la petite enfance écrite dans la perspective d'un extra-terrestre âgé de deux mille ans. La tête que ferait le Professeur Dunkin vaudrait le détour !

— Tu sais, je sais écrire en anglais ! dit Korum visiblement vexé par sa réticence.

Mia sourit avec une certaine condescendance.

— Évidemment !

C'était la plus étrange des conversations.

— Mais pour écrire une dissertation, il ne suffit pas de connaître la langue. Il faut aussi lire tous ces livres et assister aux cours…

Elle montra du doigt la grosse pile de dossiers posés au coin de son bureau.

— Et alors ? dit Korum en haussant les épaules d'un air nonchalant. Je peux lire ça tout de suite !

Mia le regarda avec stupéfaction.

— Écoute, il y a au moins dix bouquins… Elle avala sa salive, tout à coup elle avait la gorge sèche. À… à quelle vitesse es-tu capable de lire ?

— Assez vite, dit-il. J'ai ce qu'on appelle une mémoire photographique, si bien que je retiens tout à la première lecture.

Mia le regarda fixement, elle était en état de choc.

— Tu pourrais vraiment lire tout ça en l'espace de quelques heures ?

Il acquiesça.

— J'en aurai probablement pour deux heures pour tous les lire en entier.

C'était incroyable.

— C'est habituel dans ton espèce ? lui demanda Mia qui essayait d'assimiler cette découverte stupéfiante.

— Certains d'entre nous ont cette capacité naturellement et d'autres choisissent de la développer avec des méthodes technologiques pour être au même niveau. Moi, je suis né comme ça.

Mia sentait que son cœur s'emballait. Bien sûr, elle savait que Korum était très intelligent et John lui avait dit qu'il était l'un des meilleurs designers que comptaient les Ks. Mais elle ne s'attendait pas à ce qu'il ait ce qui s'apparentait à une intelligence surhumaine.

— Alors je dois vraiment te paraître idiote ! dit Mia d'une petite voix étant donné tout le temps qu'il me faut pour faire tout ça…

Il soupira.

— Mais non, Mia, bien sûr que non. Ce n'est pas parce que certaines compétences te font défaut que tu n'es pas intelligente.

Ben voyons…

— Qu'est-ce que tu peux faire d'autre ? Lui demanda Mia en réalisant le peu qu'elle savait de son amant extra-terrestre.

Il haussa les épaules.

— Je peux sans doute faire des opérations de calcul mental pour lesquelles tu aurais besoin d'une calculatrice.

C'était à la fois fascinant et terrifiant.

— Combien font 10.456 multipliés par 6.345 ? lui demanda-t-elle en prenant au même moment son téléphone pour vérifier sa réponse.

— 66.343.320.

C'était absolument exact. Et il lui avait donné la réponse avant même qu'elle n'ait le temps d'entrer les chiffres dans la calculatrice de son téléphone. De nouveau, Mia avala sa salive.

— Alors tu veux que je t'aide avec ta dissertation ou pas ?

Korum commençait à montrer de l'impatience.

Mia secoua la tête.

— Hum ! Non, ça va, merci. Je suis certaine que tu pourrais écrire une excellente dissertation, probablement meilleure que la mienne, mais il faut quand même que je la fasse toute seule.

— Entendu. Comme tu veux, dit-il en secouant la tête devant son obstination. Est-ce que tu as faim ? Est-ce que tu veux que je te prépare quelque chose ?

Mia avait grignoté toute la journée, elle ne mourait pas de faim.

— Je ne sais pas, dit-elle en hésitant. Je crois qu'aujourd'hui j'aurai seulement le temps de manger sur le pouce.

Elle leva la tête vers lui en espérant qu'il comprendrait.

— Bien sûr, dit-il. Je vais t'apporter quelque chose à manger ici.

Il lui adressa un rapide sourire et sortit de la pièce.

Mia fixa la porte des yeux d'un air frustré. Pourquoi fallait-il qu'il soit si gentil aujourd'hui ? Ce serait tellement plus facile s'il la traitait avec cruauté ou avec indifférence. Mais la culpabilité qui la rongeait était absurde, elle savait qu'elle avait raison d'aider la résistance. C'était les Ks qui avaient envahi sa planète, pas le contraire. La libération de son espèce ne devrait pas lui inspirer de tels sentiments, l'impression de trahir quelqu'un qui comptait pour elle.

Elle respira profondément et essaya de recommencer à se concentrer sur sa dissertation. Mais la tâche était impossible. Ses pensées continuaient à vagabonder, allant d'un sujet désagréable à un autre. Avait-elle déclenché quelque chose qui aurait pour conséquence la perte de milliers de vies ? Korum serait-il parmi les victimes ? Les conséquences potentielles de ses actions ne lui paraissaient pas encore tout à fait réelles.

Korum revint quelques minutes plus tard. Il lui avait préparé une sorte de sushi végétarien avec des feuilles de laitue bien fraîche et des poivrons, et un dessert aux pommes et aux noix.

Mia le remercia et se mit à manger avec plaisir, s'apercevant qu'elle avait finalement un certain appétit.

Il lui sourit et se pencha pour lui embrasser le front.

— Bon appétit ! Je suis à côté si tu as besoin de moi.

Puis il sortit et la laissa préparer ses dissertations et livrer bataille avec ses sombres pensées.

CHAPTER NINETEEN

Shortly after Peter left, Edgar departed as well. Mia heard them kissing and giggling by the door, and then there was silence. Almost immediately afterwards, Jessie came into her room.

"So," said Mia, smiling at her roommate, "I take it things are going well with Edgar?"

Jessie gave her a huge grin. "They are going *very* well. He's just so nice, and so fun, and so cute . . ."

Mia laughed and said, "I'm glad for you. You deserve a good guy like that."

"That I do," said Jessie without any false modesty, still grinning. And then her expression abruptly became serious. "And so do you, Mia –"

Uh-oh, thought Mia. Here comes the lecture.

"– and you're clearly not getting it."

"Jessie, please, let's not beat a dead horse –"

"A dead horse? I'd like to beat up a certain K!" Jessie took a deep breath, clearly riled on Mia's behalf. "Peter is such a nice guy, and he seems to really like you – to come all the way here like this after everything that happened . . . and you're stuck with that monster!"

Mia rubbed the back of her neck to get rid of some tension there. "Jessie, please stop worrying about my relationship . . . everything will get resolved in its own time –"

"Speaking of getting things resolved, did you talk to him about the summer?"

Mia bit her lip. She hated lying to Jessie, and she so badly wanted to talk to someone about the whole maddening mess. If John was right about the Keiths' timing, her trip to Florida would be merely delayed –

and not even by all that much. Of course, that assumed she would still be alive at the time. Mia decided on a slightly edited version of the truth.

"I have," she said slowly.

"And?"

"And we agreed that I'll go later in the summer, and do an internship here in New York instead."

Jessie stared at her in shock. "What internship?"

"I'm not sure yet. Korum promised to find me something in my field."

"Oh my God, he's not letting you go, is he?" Jessie looked completely horrified.

"Not exactly," admitted Mia. "He did say, though, that we'll go to Florida together once his business in New York is done."

"Together? What, he's going to meet your family?" The expression on Jessie's face was utterly incredulous.

"I have no idea," said Mia, and she really didn't. She hadn't had a chance to think about it, with everything that had gone on – but she couldn't imagine her normal down-to-earth family interacting calmly with her alien lover. "We didn't get as far as discussing the particulars –"

"That bastard! I can't believe he's doing it to you! No wonder you're helping the Resistance – you probably hate his guts."

Mia couldn't believe her ears. "What? What did you just say?"

"Oh come on, Mia," said Jessie calmly. "I'm not an idiot. I can put two and two together. John was waiting for you here in the apartment even before you showed up. Clearly, he knew you were coming. You're communicating with them, aren't you?"

Damn it. Sometimes Mia forgot just how astute her pretty, bubbly roommate could be. Denying it any longer would be pointless, but Jessie could not know the extent of Mia's involvement – it would be much too dangerous for both of them.

Mia gave her a piercing look. "Jessie, listen to me, don't ever say something like that – and don't ever talk about it with anyone, not even Edgar. Do you promise me?"

Jessie nodded, her eyes narrowed. "I would never say anything. When Edgar asked me if you and John were dating, I just said that he was an old friend of your family's."

"That's good," said Mia with relief. Then she added, "Look, I am not doing anything too crazy, I promise. John just asked me to keep an eye on Korum's activities and report to him occasionally. That's all I was doing today. Korum met a couple of other Ks recently, and I just wanted to tell John about it. Turns out he already knew, so it really wasn't a big deal." Mia had no idea where she had learned to lie so smoothly.

"Not a big deal? Mia . . . you're dealing with an extraterrestrial who has no regard for human life. You saw what he did to Peter – and that was just for dancing with you! If he catches you spying, he would kill you for sure! Of course, it's a big deal!" Jessie blew out a frustrated breath.

There was nothing Mia could really say to that, so she just shrugged.

"And it's all my fault for blabbing about you to Jason! I can't believe those bastards decided to use you like that."

Mia rubbed her neck again. "They just saw an opportunity and decided to use it. It doesn't really change my situation. I'm still with Korum, whether or not I'm spying on him. So I might as well try to help out, you know?"

Jessie gave her a frustrated look. "I can't believe all this shit is happening to you. You're the most by-the-book person I know . . . and you end up sleeping with a K and spying on him."

Mia sighed heavily. "I know. I'm so screwed, Jessie – and not just in a good way."

A small smile broke out on Jessie's face, and she shook her head in reproach. "Mia . . ."

Mia grinned at her. "I know, I know, that was pretty bad."

"Not James Bond caliber, that's for sure." And Jessie grinned back.

⁎ ⁎ ⁎

That evening, Korum got home around eight o'clock. Mia was already back at his place and frantically working on her paper.

He entered her study room and came up to kiss her. "Hey there, looks like somebody is hard at work," he teased, brushing his lips briefly against her cheek.

Mia gave him a little frown. "Yeah, I have to finish this paper tonight. I have this and my Child Psychology paper due Thursday, and I'm not done with even one of them."

"Sounds terrible," Korum said, the slight curve of his lips giving away his amusement.

"It is!" said Mia, her frown getting worse. Couldn't he see she was stressed? He didn't have to laugh at her just because her worries seemed minor to him.

"Do you want some help with it?" he asked, causing Mia to give him an incredulous look.

"Help with my papers?" Was he serious?

"Isn't that what you're stressing about?" He didn't look like he was joking.

347

"Uh . . ." Mia was speechless. Finally finding her tongue, she mumbled, "That's okay, thanks . . . I should be able to handle it."

Stifling a grin, she imagined turning in a paper on the effects of environmental factors in early childhood development – written from the perspective of a two-thousand-year-old extraterrestrial. The look on Professor Dunkin's face would be priceless.

"I can write in English, you know," said Korum, apparently offended by her reluctance.

Mia smiled with some condescension. "Of course you can." This was the strangest conversation ever. "But there's more to writing an academic paper than just knowing the language. You have to have read all these books and attended the lectures . . ." She gestured toward the big pile of paper books sitting at the corner of her desk.

"So," said Korum, shrugging nonchalantly, "I can read the books right now."

Mia gave him a dumbfounded look. "There's about ten of them . . ." She swallowed to get rid of the sudden dryness in her throat. "H-How fast do you read?"

"Pretty fast," he said. "I also have what you would call a photographic memory, so I don't need to read the material more than once."

Mia stared at him in shock. "So you can read all these books in a matter of hours?"

He nodded. "I would probably need about two hours to finish them all."

That was incredible. "Is that normal for your kind?" Mia asked, still digesting that shocking tidbit.

"Some of us have that ability naturally, while others choose to enhance it with technology to keep up. I was born this way."

Mia could feel her heart rate picking up. She'd known that he was very smart, of course, and John had told her that Korum was one of the best designers among the K. She just hadn't expected him to have what amounted to superhuman intelligence.

"I probably seem really stupid to you then," Mia said quietly, "given how long it takes me to do all this –"

He sighed. "No, Mia, of course not. Just because you're lacking certain abilities doesn't mean you're not smart."

Yeah, right. "What else can you do?" asked Mia, realizing how little she still knew about her alien lover.

He shrugged. "I can probably do some math in my head that you would need a calculator for."

This was fascinating and scary at the same time. "What's 10,456 times

6,345?” she asked, simultaneously reaching for her phone to check the answer.

“66,343,320.”

That was exactly right. And he’d given her the answer before she even had time to input the numbers into the calculator on her phone. Mia swallowed again.

“So do you want my help with the paper or not?” Korum was beginning to look impatient.

Mia shook her head. “Uh, no – that’s all right, thanks. I’m sure you could write a great paper – probably better than me – but I still have to do this myself.”

“Okay, sure, whatever you want,” he said, shaking his head at her stubbornness. “Are you hungry? Do you want me to make something?”

Mia had snacked throughout the day, so she wasn’t starving. “I don’t know,” she said tentatively. “I don’t think I have time for a sit-down meal today.” She looked up at him, hoping that he would understand.

“Of course,” he said, “I’ll bring you something to eat here.” Giving her a quick smile, he left the room.

Mia stared at the door in frustration. Why did he have to be so nice to her today? It would be so much easier if he treated her with cruelty or indifference. The guilt burning her up inside made no sense; she knew she was doing the right thing by helping the Resistance. The Ks had invaded their planet, not the other way around; liberating her species should not make her feel like this – like she was betraying someone she cared about.

Taking a deep breath, she tried to focus back on the paper. It was an impossible task. Her thoughts kept wandering, jumping from one unpleasant topic to another. Had she set in motion something that would result in the loss of thousands of lives? And would Korum be one of the casualties? It still didn’t seem entirely real to her, the potential impact of her actions.

Korum came back a few minutes later. He had made some kind of sushi-like rolls with crunchy lettuce and peppers and an apple-walnut dish for dessert.

Mia thanked him and gladly dug in, finding that she was quite hungry after all.

He smiled at her and bent down to kiss her forehead. “Enjoy. I’ll be next door if you need me.”

And then he left, letting her work on her papers – and battle her own dark thoughts.

CHAPITRE VINGT

Cette nuit-là, il fut incroyablement tendre avec elle.

Il la massa des pieds à la tête, ses mains trouvant infailliblement chaque endroit où elle était nouée pour détendre chacun de ses muscles jusqu'à ce qu'elle soit couchée là, comme liquéfiée de satisfaction. Une fois qu'il fut certain qu'elle était parfaitement détendue, il la retourna sur le dos et commença à l'embrasser, en commençant par le bout de ses doigts. Ses lèvres étaient douces et semblaient chaudes sur la peau de ses mains et quand il lui prit l'index dans la bouche et enroula sa langue autour, Mia gémit à cette sensation érotique inattendue.

Puis sa bouche laissa ses doigts, remonta sur ses paumes, et lécha ce point sensible à l'intérieur du poignet. Il remonta ensuite le long de son bras jusqu'à atteindre la ligne arquée de sa gorge. Mia retint son souffle, elle attendait la douleur familière de la morsure, mais il se contenta de l'embrasser légèrement à cet endroit, ce qui lui donna la chair de poule tout le long de ses bras et de ses jambes ; puis il lui mordilla doucement le lobe de l'oreille. Elle gémit de nouveau, submergée par le plaisir de ses caresses. Elle enfouit ses doigts dans les cheveux de Korum attirant son visage vers elle pour l'embrasser sur la bouche.

Il lui rendit ses baisers, passionnément et intensément. Elle constata la force de son désir quand elle sentit son sexe dur le long de sa cuisse. Les mains de Korum trouvèrent sa poitrine, il pressa et caressa doucement les petits globes et son pouce donna de petites chiquenaudes à son téton gauche le rendant encore plus rigide.

Il se dressa sur les coudes et la contempla d'un brûlant regard d'or.

— Tu es si belle, murmura-t-il en la regardant fixement dans les yeux.

Elle eut envie de pleurer en voyant la tendresse qui se lisait sur son visage. Pourquoi était-il ainsi avec elle précisément ce jour-là ? C'était peut-être l'une des toutes dernières fois qu'ils faisaient l'amour ensemble et elle ne voulait pas garder ce souvenir, une nuit d'amour qu'elle ne pourrait jamais retrouver.

Il l'embrassa de nouveau et elle lui suça la langue en espérant lui faire perdre son contrôle afin de pouvoir elle-même tout oublier dans cette extase stupéfiante et réussir à neutraliser enfin ses pensées. Cela le fit gronder et elle sentit sa verge sursauter contre sa jambe, mais ses caresses restèrent excessivement douces, sans rien du désir farouche de la nuit précédente.

Dans sa frustration, Mia lui poussa l'épaule.

— Je veux être sur toi, lui dit-elle d'une voix rauque. Visiblement, il faisait pénitence pour sa brutalité d'hier, mais ce soir ce n'était pas ce que Mia voulait.

Il écarquilla légèrement les yeux de surprise, mais il se dégagea d'elle pour rouler sur le dos. Mia grimpa sur lui et lui prit la tête des deux mains, se rapprochant pour l'embrasser à pleine bouche tout en frottant sa chatte sur son sexe, sans lui permettre cependant de la pénétrer pour le moment. En réaction, il la prit dans ses bras et la serra si fort qu'elle avait peine à respirer et il lui rendit ses baisers avec l'intensité qu'elle désirait. Elle pouvait voir la sueur perler sur son front, son corps faisant de grands efforts pour se retenir. Alors Mia bougea les hanches d'une manière provocante, se frottant contre sa verge et les hanches de Korum se soulevèrent du lit pour en avoir plus. Il relâcha légèrement son étreinte. Mia glissa sa main droite entre leurs deux corps et noua ses doigts autour de son pénis. Il siffla, son corps se tendit et elle le guida exactement là où elle l'attendait, grande ouverte, en s'abaissant progressivement vers lui dans un mouvement d'une lenteur exaspérante.

Il eut un grondement venu du fond de la gorge et ses hanches se soulevèrent, et il la pénétra d'un coup puissant. Mia cria, elle sentit frémir ses muscles pour s'ajuster à l'extrême grosseur de sa verge. Il lui attrapa les hanches, son pouce trouva son clitoris entre les plis refermés et le caressant d'un doigt insupportablement léger il la rapprocha de l'orgasme tant désiré, sans toutefois le lui faire atteindre. Mia gémit, sa chatte se resserrant autour de sa verge. Elle en voulait encore plus, plus de ce plaisir fou, plus de cette extase qui lui faisait perdre la tête et que lui seul pouvait lui donner.

— Mords-moi ! lui dit-elle, et elle vit ses yeux jaunir encore alors qu'il secouait la tête en guise de refus.

— Tu ne sais pas ce que tu me demandes, marmonna-t-il

brutalement, et il roula sur lui-même pour être de nouveau sur elle, sans cesser de la pénétrer.

Avant qu'elle ne puisse dire quelque chose d'autre, il fit un léger mouvement des hanches et son gland frotta le point le plus sensible aux tréfonds du corps de Mia. Elle gémit, s'arqua vers lui, et il recommença, encore et encore jusqu'à ce que la tension affreusement insupportable qui était montée en elle la fasse hurler et qu'elle lui laboure le dos de ses ongles lorsque l'orgasme tant attendu l'envahit enfin, neutralisant toute pensée rationnelle sur son passage.

Mais il n'en avait pas encore fini avec elle. Il n'avait pas encore joui malgré les pressions rythmiques de ses muscles intimes. Sa verge était encore en elle, plus dure et plus massive que jamais. Il enfouit la main dans les cheveux de Mia, l'embrassa passionnément et commença à pousser, alternant un mouvement superficiel avec un plus profond jusqu'à ce que la tension se renouvelle et que chaque cellule de son corps hurle pour atteindre la délivrance. Elle tenta de bouger ses hanches pour le contraindre au mouvement continuel dont elle avait besoin pour jouir, mais il ne le lui permit pas, son grand corps puissant la maintenait en place. Ses baisers étaient implacables, sa langue lui violait la bouche et Mia crut exploser sous l'intensité de ces sensations. Et puis tout à coup, elle était arrivée, tout son corps fut pris de convulsions dans les bras de Korum. Il jouit lui aussi, son pelvis écrasant le sien alors que sa verge vibrait en elle et faisait jaillir le sperme en petites giclées brûlantes.

Puis il roula pour se dégager et l'attira à lui. Elle était encore à demi couchée sur lui, la tête sur sa poitrine et la jambe gauche repliée sur sa hanche. Ils ruisselaient tous les deux de sueur et Mia pouvait entendre les battements rapides de son cœur ralentir progressivement tandis qu'il reprenait une respiration normale.

Elle ne savait pas vraiment quoi dire, alors elle se tut. Ils avaient fait l'amour d'une manière extraordinaire et elle détestait qu'il puisse lui donner de telles sensations, sans même avoir recours à la moindre drogue.

Pourquoi fallait-il que ça soit lui, pensa-t-elle amèrement en regardant son ventre plat et bronzé se soulever et redescendre à chacune de ses respirations. Pourquoi n'était-elle pas tombée amoureuse d'un homme normal au lieu de ce génie extra-terrestre dont les semblables avaient envahi sa planète ?

Elle sentit la brûlure de ses larmes sous ses paupières et appuya fort dessus pour ne pas les laisser couler. Son corps était languissant et fatigué après leurs ébats amoureux, mais son esprit continuait à s'agiter, à se surmener pour trouver une solution là où il n'y en avait pas. Même s'il était attaché à elle à sa manière, ses sentiments se changeraient en haine quand il apprendrait l'étendue de sa trahison, et les mains qui la tenaient si doucement pour le moment finiraient sans doute autour de sa gorge pour l'étrangler.

Elle avait dû se raidir à cette pensée parce qu'il se dégagea pour regarder son visage et lui demanda avec curiosité.

— Que t'arrive-t-il ?

Comme elle hésitait, l'inquiétude lui fit froncer les sourcils.

— Mia, qu'est-ce qui t'arrive ? Je ne t'ai pas fait mal, n'est-ce pas ?

Mia secoua la tête en essayant d'éviter son regard.

— Non, bien sûr que non ! dit-elle d'une voix rauque. C'était merveilleux, tu le sais bien…

— Alors qu'est-ce qui se passe ? insista-t-il, lui prenant le menton et la contraignant à le regarder dans les yeux.

Mia essaya de se contrôler, mais ses larmes idiotes refusèrent de la laisser tranquille et envahirent ses yeux.

— Ce n'est rien, dit-elle en mentant et en maudissant le tremblement de sa voix. C'est juste ce qui m'arrive… quand… quand je suis trop stressée…

Le froncement de ses sourcils s'accentua encore.

— Mais pourquoi es-tu aussi stressée ? C'est à cause de tes dissertations ? lui demanda-t-il en l'observant d'un air perplexe.

Mia fit un léger signe de tête, ferma les yeux de toutes ses forces et essaya de se calmer. Il allait la soupçonner si elle ne trouvait pas une explication satisfaisante à ses larmes. À moins que…

En ouvrant les yeux elle le regarda sans plus se préoccuper qu'il la voie pleurer.

— Ma famille me manque terriblement, lui confessa-t-elle.

Et c'était vrai. À cet instant, elle aurait désespérément voulu de nouveau être petite, en sécurité chez ses parents, sa mère lui aurait fait de la soupe aux boulettes matzah et son père aurait lu le journal sur le canapé. Elle voulait revenir en arrière, dix ans plus tôt, avant que l'on sache que la vie existait sur d'autres planètes et que bientôt la terre n'appartiendrait plus à ses habitants. Avant d'avoir rencontré l'extra-terrestre qui la regardait maintenant fixement de ses beaux yeux d'ambre, l'amant qu'elle était obligée de trahir.

Korum sembla accepter ses explications.

— Mia, lui dit-il à voix basse en lui lâchant le menton, tu vas bientôt les voir, je te le promets. J'ai presque fini ce que j'ai à faire ici et ensuite je t'y emmènerai…

— Je ne leur ai pas encore dit que je ne venais pas, dit Mia d'une voix pleine de larmes. Ils m'attendent samedi, et j'ai un billet non remboursable…

Il eut l'air exaspéré.

— C'est l'argent qui t'inquiète maintenant ? Je te rembourserai le prix du billet…

— Ce sont mes parents qui l'ont acheté.

— D'accord, alors c'est eux que je rembourserai. Il respira profondément et ajouta : Mia, quand tu es avec moi tu n'as pas besoin de t'inquiéter de ces détails matériels. Je prendrai toujours soin de toi et des tiens. Tu n'auras plus jamais de soucis d'argent. Je sais que tes parents sont un peu justes financièrement et ça me fera plaisir de les aider dans ce domaine ou dans n'importe quel autre.

Mia étouffa un sanglot, sentant un étau lui resserrer le cœur. Ce que venait de dire Korum avait beau être arrogant et despotique elle était convaincue que son offre était sincère.

— M-merci, murmura-t-elle, la voix brisée. C'est très généreux de ta part…

— Mia, lui dit-il avec douceur, je tiens à toi, compris ? Je veux que tu sois heureuse avec moi, et je ferai mon possible pour que ce soit le cas.

Chacune de ses paroles lui perçait le cœur et elle ne pouvait plus se retenir. Elle s'enfonça le visage dans l'oreiller, se détourna de lui et fondit en larmes, le corps tout secoué de sanglots.

— Mia ?

Pour la première fois depuis qu'ils s'étaient rencontrés il y avait de l'incertitude dans sa voix.

— Pourquoi… pourquoi pleures-tu ?

Ses sanglots redoublèrent de plus belle. Elle ne pouvait pas lui dire la vérité et son sentiment de culpabilité lui rongeait la poitrine de l'intérieur comme un acide.

Il lui toucha le dos en hésitant et le caressa pour la réconforter en lui murmurant des petits mots tendres. Comme cela ne servit à rien, il la prit dans ses bras, la laissa enfoncer son visage au creux de son cou et pleurer tandis qu'il lui caressait les cheveux.

Et Mia pleura. Elle pleura sur elle-même, et sur lui, et sur leur liaison qui était impossible… même s'il n'avait pas été l'ennemi qu'elle espionnait.

Après quelques minutes, quand ses sanglots commencèrent à s'apaiser, il chercha quelque chose et lui tendit un mouchoir en papier pour qu'elle s'essuie le visage et se mouche le nez avant de lui demander doucement de nouveau.

— Mais pourquoi ?

Mia le regarda, ses larmes lui brouillaient encore la vue. Il était hors de question de lui dire toute la vérité bien sûr, mais elle pouvait lui dire quelque chose qui la tourmentait depuis un moment.

— Ce n'est pas bien, murmura-t-elle, la voix encore enrouée de larmes. Toi et moi, ce n'est pas bien, ce n'est pas naturel… et ça ne pourra jamais durer…

— Pourquoi pas ? lui dit-il avec douceur. Cela pourra durer aussi longtemps que nous le voulons.

— Tu n'appartiens pas à l'espèce humaine, dit-elle en le regardant sans le croire. Comment est-ce que cela pourrait avoir une chance de marcher ?

Il hésita un instant puis lui dit tout en dégageant doucement ses cheveux qui lui tombait sur le visage

— Si, ça peut marcher. Fais-moi confiance, ma chérie. Je ne puis t'en dire davantage pour le moment, mais on en reparlera plus tard… quand le moment sera venu.

Surprise, Mia cligna des yeux en le regardant fixement. Elle ne s'y attendait pas. Voulait-il dire qu'il y avait un moyen pour eux d'être ensemble… comme un véritable couple ? Les implications de ce qu'il venait de lui dire étaient trop importantes pour qu'elle puisse les envisager tout de suite, elle avait trop mal à la tête et son cerveau avait bien du mal à fonctionner après avoir subi un tel bouleversement moral.

Il se dégagea et se leva du lit.

— Je vais t'apporter quelque chose pour te soigner, lui dit-il en quittant la pièce.

Mia regarda la porte en réprimant un petit rire hystérique à la pensée que c'était en train de devenir un rituel nocturne. Elle espérait simplement qu'il n'allait pas rapporter le petit tube.

Mais il lui apporta un verre rempli d'une sorte de liquide laiteux et le lui tendit.

— Qu'est-ce que c'est ? lui demanda-t-elle en reniflant le verre d'un air soupçonneux.

Cela ne sentait rien.

Korum sourit, ce qui fit apparaître sa fossette.

— Pas du poison, c'est promis. C'est juste un petit quelque chose pour t'aider à mieux dormir et pour dissiper ton mal de tête.

Comment savait-il qu'elle avait mal à la tête ? De nouveau, Mia cligna des yeux.

Comme s'il lisait dans ses pensées, il lui répondit.

— Je sais comment les humains se sentent après avoir pleuré. Ce breuvage est plutôt indiqué en cas de rhume ou de grippe, mais il n'a aucun effet secondaire nocif, tu ferais donc mieux de le boire tout de suite et ça ira mieux.

Mia acquiesça d'un signe de tête et goûta ce qu'il y avait dans le verre. Cela n'avait aucun goût non plus. Sans la couleur, elle aurait eu l'impression de boire de l'eau. Comme elle se sentait déshydratée, elle but le verre entier avec plaisir. Presque immédiatement, la pression douloureuse qu'elle avait aux tempes s'atténua et son nez cessa d'être congestionné. Visiblement encore un remède miracle des Ks.

— Pourquoi as-tu tous ces médicaments pour soigner les êtres humains ? lui demanda-t-elle, cette idée venait seulement de lui venir. Tu les utilises aussi pour toi ?

Il secoua la tête en souriant.

— Non, ils sont réservés aux terriens. Nous avons d'autres moyens de nous soigner.

— Alors, pourquoi les avoir ? insista-t-elle.

Il haussa les épaules.

— Je savais que j'allais vivre parmi les terriens et les fréquenter. C'est logique d'avoir quelques remèdes de base en cas d'urgence.

Fréquenter des êtres humains chez lui ? Tout à coup Mia sentit une désagréable pointe de jalousie en pensant que d'autres femmes étaient venues là, dans ce lit où ils étaient maintenant. Bien sûr cela n'avait rien d'étonnant, Korum était un K viril, en bonne santé, séduisant, avec un grand appétit sexuel, il était donc parfaitement normal pour lui d'avoir eu d'autres partenaires sexuelles avant de la rencontrer, des femmes aussi bien que des Ks.

Ou du moins, c'est ce qu'elle se disait. Mais le monstre aux yeux verts refusait d'entendre raison.

Une partie de ses pensées devait se lire sur son visage, car il lui dit avec douceur :

— Mais non, il n'y avait pas de femmes dans mes fréquentations ces derniers mois, en tous cas pas depuis que je t'ai rencontrée.

— Et des femmes K ? laissa-t-elle échapper et le regrettant immédiatement après.

Étant donné ce qu'elle avait fait, elle n'avait pas le droit d'être jalouse. Il était son ennemi et elle l'avait traité comme tel. Il était absurde d'être tellement soulagée d'être la seule femme dans sa vie en ce moment. Les jours qu'ils avaient à passer ensemble leur étaient comptés et ça ne devrait pas avoir d'importance que Korum lui ait été fidèle ou qu'il ait baisé des centaines de femmes le mois dernier. Et pourtant ça avait de l'importance pour elle, beaucoup d'importance.

— Pas depuis que je t'ai rencontrée, lui dit-il en souriant.

Sa jalousie semblait lui faire plaisir et Mia faillit recommencer à pleurer. Elle respira profondément et fit un gros effort pour se maîtriser. Elle aurait plus de mal à lui expliquer une seconde crise de larmes.

— On va dormir, d'accord ? lui suggéra-t-il d'une voix douce. Tu as l'air encore stressée et tu te sentiras sans doute mieux demain matin. Mia acquiesça d'un signe de tête et se coucha en se recouvrant de la couverture. Korum suivit son exemple et l'attira vers lui afin qu'ils soient allongés dans sa position préférée, l'un contre l'autre.

Contre toute attente, Mia s'endormit dès qu'elle ferma les yeux, réconfortée par la chaleur du corps de Korum qui étreignait le sien.

CHAPTER TWENTY

That night, he was incredibly tender with her.

His fingers unerringly finding every knot and tense muscle, he massaged every inch of her body until she lay there in a boneless puddle of contentment. Once he was satisfied that she was fully relaxed, he flipped her over onto her back and began kissing her, starting with the tips of her fingers. His lips were soft and felt warm on the skin of her hand, and when he sucked her index finder into his mouth and swirled his tongue around it, Mia moaned from the unexpectedly erotic sensation.

Leaving her fingers alone, his mouth traveled up her palm, licking the sensitive spot on the inside of her wrist, and then further, up her arm, until he reached the arched column of her throat. Mia held her breath, waiting for the familiar biting pain, but he merely placed a series of light kisses there, sending goosebumps down her leg and arm, and nibbled softly on her earlobe. Mia moaned again, overcome by the pleasure of his touch, and buried her fingers in his hair, pulling his face down for a deep French kiss.

He kissed her back, passionately and intensely, and Mia felt the strength of his desire in the rigid penis brushing against her thigh. His hand found her breasts, gently squeezing and massaging the small globes, and his thumb flicked across her left nipple, causing it to stiffen further.

Lifting himself up on his elbows, he looked down at her with a warm golden gaze. "You're so beautiful," he murmured, staring into her eyes, and the tender expression on his face made her want to cry. Why was he doing this to her today of all days? This might be one of the last few times she was having sex with him, and she didn't want to remember it like this

– like the lovemaking that it could never be.

He kissed her again, and she sucked on his tongue, hoping to make him lose control, so she could forget everything in the mind-bending ecstasy and finally turn off her brain. He groaned in response, and she felt his cock jump against her leg, but his touch on her body remained exceedingly gentle, with none of the raw lust from last night.

Frustrated, Mia pushed at his shoulders. "I want to get on top," she told him huskily. He was clearly doing penance for his roughness yesterday, but that wasn't what Mia wanted tonight.

His eyes widened a little in surprise, but he rolled off her onto his back. Mia climbed over him and grabbed his head with both hands, bringing his face to hers for a deep tongue-filled kiss while simultaneously rubbing her loins on his without allowing actual penetration. He wrapped his arms around her in response, so tightly that she could barely breathe, and kissed her back with the intensity she was seeking. She could see a fine layer of sweat on his forehead as his body strained with the effort of holding himself back. Mia moved her hips suggestively then, grinding against his cock, and his hips lifted off the bed, trying to get more. His embrace loosened slightly, and Mia worked her right hand in between their bodies and wrapped her fingers around his shaft. He hissed, his body tensing up, and she carefully guided his cock to her opening, starting to lower herself onto him in a maddeningly slow motion.

He growled low in his throat and his hips thrust up, penetrating her in one powerful stroke. Mia cried out, feeling her muscles quivering, adjusting to the extreme fullness. He grasped her hips, his thumb finding her clitoris through the closed labial folds and pressing on it, his touch torturously light, bringing her closer to the desired peak without sending her over. Mia moaned, her vagina clenching around his penis. She wanted more – more of the madness, of the mindless bliss that only he could make her feel. "Bite me," she told him, and watched his eyes turn even more yellow even as he shook his head in denial. "You don't know what you're asking," he muttered roughly, and rolled over so that he was over her again, their bodies still joined.

Before she could say anything else, he twisted his hips slightly, and his penis nudged the sensitive spot deep inside. Mia moaned, arching toward him, and he repeated the action, again and again, until the monstrous tension coiling inside her became unbearable, and she screamed, raking her nails down his back as the long-awaited climax finally rushed through her, obliterating all rational thought in its wake.

But he wasn't done with her yet. He still hadn't come, despite the rhythmic squeezing of her inner muscles, and his penis was lodged inside her, as hard and thick as ever. Burying his hand in her hair, he kissed her deeply and began thrusting, alternating a shallow stroke with a deeper one, until the tension started building again and every cell in her body was crying out for the release. She tried to move her hips, to force him into that constant pace she needed to reach her climax, but he wouldn't let her, his large, powerful body holding her down. His kiss was relentless, his tongue ravishing her mouth, and Mia felt like she would explode from the intensity of the sensations. And then suddenly she was there, her entire body convulsing in his arms, and he was coming as well, his pelvis grinding into her own as his penis pulsed inside her, releasing his semen in short, warm bursts.

Afterwards, he rolled off her and gathered her to him, leaving her lying partially on top, her head on his chest and her left leg draped over his hips. They were both slick with sweat, and Mia could hear the rapid beating of his heart gradually beginning to slow as his breathing returned to its normal pace.

She didn't really know what to say, so she didn't say anything. The sex had been incredible, and she hated the fact that he could make her feel like this – even without any chemical enhancers.

Why did it have to be him, she thought bitterly, looking at his flat bronzed stomach moving up and down with every breath. Why couldn't she have fallen for a normal human guy instead of an alien genius whose kind was taking over her planet?

She felt the hot prickling of tears behind her eyelids and squeezed them tightly, not letting the moisture escape. Her body felt languid and tired in the aftermath of the sex session, but her mind kept buzzing, working overtime, looking for a solution where none could be found. Even if he cared for her in his own way, those feelings would turn to hatred once he learned the depths of her betrayal – and the hands that held her so gently now would likely end up wrapped around her throat.

She must have tensed at the thought because he pulled away to look at her face and asked curiously, "What's the matter?"

When she hesitated, a worried frown appeared on his face. "Mia? What's the matter? I didn't hurt you, did I?"

Mia shook her head, trying not to look him directly in the eyes. "No, of course not," she said huskily, "it was wonderful . . . you know that –"

"Then what?" he prodded, reaching out to grasp her chin and force her to meet his gaze.

Mia tried to control herself, but the stupid tears wouldn't leave her alone, welling up in her eyes.

"It's nothing," Mia lied, silently cursing the fact that her voice was shaking, "I just . . . g-get this way when I'm stressed –"

His frown got deeper. "Why are you so stressed? Is it your papers?" he asked, studying her with a perplexed look in his eyes.

Mia nodded slightly, squeezing her eyes shut and trying to calm herself. He might become suspicious if her tears didn't have a good explanation. Unless . . .

Opening her eyes, she looked at him, no longer caring if he saw the glimmer there. "I really miss my family," she confessed, and it was the truth. In this moment, she desperately wanted to be a child again, safe and sound in her parents' house, with her mom making chicken soup with matzah balls and her dad reading a newspaper on the couch. She wanted to turn back the clock and go back to the last decade, to a time before people knew that there was life on other planets – and that their own planet would not belong to them much longer. To a time before she met the alien who was staring at her now with his beautiful amber eyes – the lover whom she had no choice but to betray.

Korum seemed to accept her explanation. "Mia," he said quietly, letting go of her chin, "you'll see them soon, I promise. I'm getting closer to completing my business here, and then I will take you there –"

"I haven't even told them yet that I'm not coming," said Mia, her voice thick with tears. "They're expecting me this Saturday, and my plane ticket is nonrefundable –"

He looked exasperated. "Are you worrying about money now? I will refund you the cost of the ticket –"

"My parents are the ones who bought it."

"Okay, then I will refund the cost to your parents." Taking a deep breath, he added, "Mia, you don't ever have to worry about these logistics when you're with me. I'll always take care of you and your family – you don't need to stress about money ever again. I know your parents' finances are tight, and I would be more than happy to assist them financially – or in whichever way they need."

Mia swallowed a sob, feeling like an iron fist was squeezing her heart. As arrogant and high-handed as that statement was, she had no doubt that he was genuine in his offer. "Th-thank you," she whispered, her voice breaking, "that's very . . . generous of you –"

"Mia," he said softly, "I care about you, okay? I want you to be happy with me, and I will do whatever I can to make that happen."

His every word felt like he was cutting her with a knife, and she could no longer hold back. Burying her face in the pillow, she turned away from him and broke down crying, her entire body shaking from the force of her sobs.

"Mia?" His voice sounded uncertain for the first time since she'd met him. "What . . . Why are you crying?"

She cried even harder. She couldn't tell him the truth, and the guilt was like acid in her chest, eating her up inside.

Tentatively touching her back, he stroked it in a soothing manner, murmuring little endearments. When that didn't seem to help, he pulled her into his arms, letting her bury her face in the crook of his neck and cry while he stroked her hair.

So Mia cried. She cried for herself, and for him, and for the relationship that could never be . . . not even if he weren't the enemy that she'd been spying on.

After a few minutes, when her sobs began to quiet down, he reached somewhere and handed her a tissue, letting her wipe her face and blow her nose before asking softly again, "Why?"

Mia looked at him, her vision still blurry with tears. The full truth was out of the question, of course, but she could tell him something that had been tormenting her for a while. "This is not right," she whispered, her voice rough with residual tears. "You, me – it's not right, it's not natural . . . And it can never last –"

"Why not?" he said softly. "It can last for as long as we want it to last."

"You're not human," she said, looking at him in disbelief. "How could it ever work for us?"

He hesitated for a second and then said, gently brushing her hair off her face, "It can – just trust me on that, darling. I can't really say more right now, but we will talk about it later . . . when the time comes."

Mia blinked in surprise, staring at him. This was something she hadn't expected. Did he mean that there was some way for them to be together . . . as an actual couple? The implications of that were too big to contemplate right now, with her head pounding and her mind barely functioning in the aftermath of her emotional storm.

He pulled away then and got off the bed. "I'll bring you something to make you feel better," he said, and left the room.

Mia looked at the door, stifling a hysterical giggle at the thought that this was becoming a nightly occurrence. She just hoped he didn't bring back the little tube.

He brought back a glass filled with some kind of milky liquid and handed it to her.

"What is it?" she asked, sniffing it with suspicion. It didn't smell like anything.

He grinned at her, showing the dimple. "Not poison, I promise. It's just a little something to help you sleep better and take away your headache."

How did he know that her head was hurting? Mia blinked at him again.

As though reading her mind, he said, "I know how humans feel after crying. This drink is meant more for helping with a cold or a flu, but it doesn't have any harmful side effects, so you might as well drink it now and feel better."

Mia nodded in agreement and tasted the liquid. It didn't have any flavor either; if not for the color, she would have thought she was drinking water. She felt dehydrated, so she gladly drank the entire glass. Almost immediately, the painful pressure around her temples eased, and the congested feeling in her nose disappeared. Another K wonder drug, apparently.

"Why do you have all these medicines for humans?" she asked, the thought only now occurring to her. "Do you also use these for yourself?"

He shook his head, smiling. "No, they're human-specific. We have other ways to heal ourselves."

"So why have it then?" Mia persisted.

He shrugged. "I knew that I would be living among humans and interacting with them. It only made sense to have a few basics handy in case of various emergencies."

Interacting with humans at his apartment? Mia suddenly felt an unwelcome pang of jealousy at the thought of other women being here, in this very bed. It wasn't surprising, of course; he was a healthy, attractive male with a strong sex drive – it was perfectly normal for him to have had other sex partners before her, both human and K.

Or so she told herself. The green-eyed monster inside refused to listen to reason.

Something of her thoughts must have shown on her face because he said softly, "And no, none of those interactions have been human women in recent months – definitely none since I met you."

"What about K women?" she blurted out, and then mentally kicked herself. She had no right to be jealous after what she'd done. He was her enemy, and she had treated him as such. It was absurd to feel so relieved that she was the only woman in his life right now. Their days together were numbered, and it shouldn't matter whether Korum had been faithful to her or if he had fucked a hundred women in the past month. Yet somehow it mattered to her – and it mattered a lot.

"None since we've met," he said, smiling. He seemed pleased by her jealousy, and Mia nearly broke down crying again. Taking a deep breath, she controlled herself with great effort. A second crying fit would be even more difficult to explain.

"Let's go to sleep, shall we?" he suggested softly. "You still seem stressed, and you'll probably feel better in the morning."

Mia nodded in agreement and lay down, covering herself with the blanket. Korum followed her example, pulling her toward him until they lay in his favorite spooning position.

Against all odds, Mia drifted off to sleep as soon as she closed her eyes, feeling comforted by the heat of his body wrapped around her own.

CHAPITRE VINGT ET UN

Le mercredi matin, Mia se réveilla avec l'angoisse au ventre.

Ce jour-là, il fallait qu'elle dise à ses parents qu'elle ne viendrait pas les voir samedi. Elle n'avait pas encore trouvé de bonne raison pour expliquer son retard, d'autant plus qu'elle était censée commencer son stage à la colonie de vacances le lundi suivant.

Et si Korum découvrait qu'elle était impliquée dans ce qui allait arriver aux centres K c'était la toute dernière fois qu'elle parlait à sa famille. Tout cela rendait encore plus indispensable de donner à ses parents une impression optimiste et positive pour qu'ils ne s'inquiètent pas prématurément. Elle préférait ne laisser que de bons souvenirs derrière elle si elle devait disparaître de leur vie.

À cette pensée, des larmes idiotes menacèrent de refaire leur apparition et Mia respira profondément pour se maîtriser.

Elle n'avait pas le temps de se laisser aller aujourd'hui ; elle avait encore une dernière dissertation à écrire. Bien que ce soit absurde de se soucier de quelque chose d'aussi peu important dans la situation précaire où elle se trouvait, ne pas faire ce travail aurait signifié qu'elle laissait tomber, et une petite part de Mia gardait encore l'espoir qu'il y avait de la lumière au bout du tunnel, qu'un semblant de normalité était toujours possible dans sa vie si elle réussissait à survivre aux deux prochaines semaines.

En s'accrochant à cette pensée, Mia réussit à sortir du lit et aller prendre une douche. Korum n'était nulle part dans l'appartement et elle imagina qu'il était sorti faire ce qu'il faisait d'habitude pendant la journée. C'était sans doute lié à la poursuite des combattants de la résistance, mais elle n'avait aucun moyen d'en avoir la certitude. Elle avala son petit déjeuner en vitesse et se dirigea vers la bibliothèque en espérant qu'elle réussirait davantage à se concentrer une fois là-bas.

C'était une belle journée ensoleillée, en parfait contraste avec ses sombres pensées. Dans des circonstances normales, Mia aurait pris plaisir à faire à pied le long chemin qui menait jusqu'à la bibliothèque, mais le temps lui était compté et elle prit un taxi à la place. En habitant chez Korum et en mangeant presque toujours avec lui, Mia avait de l'argent en abondance pour la première fois depuis qu'elle était étudiante. La bourse qui contribuait à ses droits d'inscription et à l'achat de ses livres lui permettait aussi d'acheter de quoi manger et de quoi vivre d'une manière très frugale et d'habitude elle y arrivait tout juste. Aller au restaurant ou prendre un taxi était un luxe que Mia ne pouvait pas normalement se permettre et il était agréable de dépenser sans compter maintenant qu'elle n'avait plus besoin de se préoccuper autant du prix de la nourriture.

À la bibliothèque, c'était la foire. Pratiquement tous les étudiants de l'Université de New York s'y trouvaient pour y faire leurs révisions et préparer des dissertations dans un climat survolté. Ce n'était pas étonnant, pensa Mia, on était dans les dernières semaines du semestre. Elle aurait mieux fait de rester dans le bureau confortable que lui avait installé Korum, mais elle avait préféré être dans un endroit où rien ne lui rappellerait toutes les difficultés de sa vie actuelle.

Après avoir cherché pendant un bon quart d'heure, elle trouva finalement un fauteuil qu'un garçon boutonneux qui donnait l'impression d'avoir seulement douze ans venait de quitter. Mia s'y installa rapidement avant que personne d'autre ne le prenne et sourit. Elle n'était pas bien vieille, mais désormais certains de ces étudiants de première année lui semblaient ridiculement jeunes.

Cinq heures plus tard, Mia terminait triomphalement la dernière phrase de sa dissertation et sauvegarda son travail. Il lui faudrait encore corriger ce fichu boulot, mais l'essentiel était fait. Elle rassembla ses affaires, quitta la bibliothèque et rentra dans son propre appartement en espérant voir Jessie et avoir la possibilité d'appeler ses parents.

Elle respira profondément, alluma son ordinateur et se prépara à être d'aussi bonne humeur et aussi enjouée que n'importe quelle étudiante qui a presque terminé ses examens de licence.

— Mia, ma chérie ! Comment vas-tu ?

Sa mère était vraiment en forme aujourd'hui, ses yeux bleus brillaient gaiement et elle avait un grand sourire.

Mia lui rendit son sourire.

— J'ai presque fini ! Il ne me reste qu'à corriger ma dernière dissertation et l'année universitaire sera officiellement terminée pour moi, dit Mia en s'efforçant de parler avec enthousiasme.

– Oh ! c'est génial ! s'exclama sa mère. Nous sommes tellement impatients de te voir ce week-end ! Marisa et Connor viennent dimanche, on fera un grand dîner et je préparerai tout ce que tu préfères. J'ai déjà acheté des œufs et un peu de fromage de chèvre…

– Maman, l'interrompit Mia en ayant l'impression que quelque chose en elle était en train de mourir, il y a quelque chose que je dois te dire…

Sa mère s'arrêta un instant, surprise.

— Qu'est-ce qu'il y a ma chérie ?

Mia respira profondément. Ce ne serait pas facile.

— Un de mes professeurs m'a demandé un grand service cette semaine, dit-elle lentement, elle venait seulement de trouver une histoire à peu près plausible quelques minutes plus tôt. Il y a un projet ici à l'université de New York dans lequel des étudiants de psychologie viennent aider des élèves de lycée défavorisés venant des pires quartiers…

— Oui, et alors ? dit sa mère en commençant à froncer les sourcils.

— C'est un projet génial, mentit Mia. Ces gosses n'ont personne pour les aider à savoir ce qu'ils vont faire par la suite, s'ils doivent aller en fac ou pas, comment ils doivent poser leur candidature s'ils décident d'y aller… et tu sais c'est exactement ce que je veux faire, offrir ce genre de soutien…

Sa mère se rembrunit encore davantage.

Mia se hâta de poursuivre ses explications.

— Eh bien, je ne connaissais pas encore ce projet, mais en bavardant avec mon professeur cette semaine je lui ai dit que j'avais envie de devenir conseillère d'orientation. Et c'est à ce moment-là qu'il m'en a parlé et qu'il m'a dit qu'en fait il cherchait un ou une volontaire pour venir en aide une semaine ou deux cet été…

— Mais tu prends l'avion pour rentrer samedi ! dit sa mère qui semblait de plus en plus triste. Quand est-ce que tu vas participer à ce projet ?

— C'est justement le problème… dit Mia en se détestant de mentir comme ça. Je ne crois pas pouvoir rentrer ce week-end, pas si j'y participe.

— Comment ? Qu'est-ce que tu racontes ? Tu ne peux pas rentrer ce week-end ? À ce stade de la conversation, sa mère était atterrée. Mais tu as déjà ton billet et tout le reste ! Et ton stage en colonie de vacances ? Tu es censée commencer lundi !

— J'en ai déjà parlé au directeur de la colonie. Mia continuait de mentir. Il a accepté de décaler mon arrivée de quinze jours. Je lui ai expliqué la situation et il s'est montré très compréhensif. Et mon professeur a dit qu'il me rembourserait le prix du billet et même qu'il m'en achèterait un autre en guise de compensation…

— Écoute, c'est la moindre des choses ! Et l'argent que tu allais gagner pendant tes quinze jours de stage ? lui dit sa mère avec colère. Sans oublier qu'on ne t'a pas vue depuis le mois de mars. Comment peut-il te demander une chose pareille, et à la dernière minute en plus ?

— Maman, dit Mia d'une voix suppliante. C'est une chance à ne pas rater pour moi. C'est exactement la branche dans laquelle je voudrais travailler et ça va accroître mes chances d'entrer dans un bon institut de troisième cycle. Et en plus le professeur m'a dit qu'il me donnerait une excellente recommandation si je fais ça, et tu sais à quel point c'est important pour les candidatures en troisième cycle…

Sa mère se mit à clignoter des yeux à toute vitesse et il y avait une lueur de soupçon dans ses yeux.

— Évidemment… dit-elle avec une voix qui trahissait toute sa déception. Mais nous étions tellement impatients de te voir samedi, et maintenant tu nous annonces ça…

Chacune des paroles de sa mère était comme un coup de poignard dans le cœur de Mia.

— Je sais, maman, et j'en suis vraiment désolée, dit-elle en clignant des yeux pour retenir ses propres larmes. Mais je vous verrai dans une quinzaine de jours, d'accord ? Ça passera vite, tu verras…

Sa mère renifla légèrement.

— Alors pas de repas de famille dimanche je suppose…

Mia secoua la tête en signe de regret.

— Non, mais on en fera un dans quinze jours, d'accord ? Je ferai la cuisine et je m'occuperai de tout…

— Oh, je t'en prie Mia ! Tu ne sais même pas faire cuire un œuf ! répondit sa mère avec colère, mais un minuscule sourire apparut sur son visage. Je n'ai jamais rencontré quelqu'un d'aussi nul en cuisine…

— Peut-être, mais maintenant je sais faire cuire un œuf ! dit Mia qui était sur la défensive. Tu sais, je vis seule depuis trois ans et je sais même préparer du riz…

Le minuscule sourire s'épanouit

— Du riz ? Eh bien, quel progrès ! dit sa mère qui avait du mal à se retenir de rire. Je me demande vraiment comment tu feras quand tu rencontreras quelqu'un…

— Oh ! maman, on ne va pas recommencer ! gronda Mia.

— Mais c'est vrai, tu sais ! Les hommes aiment bien que les femmes leur préparent un bon repas, tiennent la maison et…

— Et qu'elles s'occupent de la lessive et qu'elles soient de véritables esclaves et de vraies fées du logis, etc., etc. termina Mia en roulant des yeux. Quelquefois, sa mère pouvait être incroyablement démodée.

— Exactement. Prête attention à ce que je te dis ! À moins de trouver quelqu'un qui aime bien faire la cuisine, tu seras obligée de manger des plats préparés jusqu'à la fin de tes jours ! dit sa mère d'un ton prophétique.

Mia haussa les épaules et se mordit l'intérieur de la joue pour éviter de se mettre à rire de manière à demi-hystérique. L'ironie de l'histoire, c'est qu'elle avait effectivement rencontré quelqu'un comme ça, mais ce n'était pas un homme. Elle se demanda ce que penserait sa mère si elle lui parlait de Korum. *Il est génial. Il adore faire la cuisine et s'occupe même de la lessive pour nous deux. Il n'y a qu'un seul petit problème, c'est un extra-terrestre et un buveur de sang.* Non, ça ne passerait sans doute pas très bien.

— Maman, ne t'inquiète pas pour moi, d'accord ? Tout ira bien. En tous cas, Mia espérait sincèrement que c'était vrai. On va se voir bientôt et peut-être que j'apprendrai vraiment à faire la cuisine cet été. Qu'est-ce que tu en dis ?

Mia fit un grand sourire à sa mère pour essayer d'éviter d'autres sermons.

Sa mère secoua la tête en signe de reproche et poussa un soupir.

— Entendu. Je le dirai à ton père. Il va être tellement déçu.

De nouveau, Mia se sentit terriblement coupable.

— Où est-il ? demanda-t-elle, elle aurait aussi voulu parler à son père.

— Il est sorti pour faire réparer la voiture. Cette fichue bagnole est encore tombée en panne. Il faudrait vraiment qu'on en achète une neuve… peut-être l'an prochain.

Mia hocha la tête d'un air compréhensif. Elle savait que la situation financière de ses parents n'était pas facile ces jours-ci. Sa mère était au chômage pour le moment. Elle était institutrice et d'habitude elle avait du travail. Mais l'école privée où elle enseignait depuis huit ans venait de fermer et un certain nombre d'enseignants avaient perdu leur poste et avaient tous posé leur candidature pour les rares postes disponibles dans les écoles publiques de la région. Son père (qui était professeur de sciences politiques à l'institut de technologie de leur ville) devait faire vivre toute la famille avec son unique salaire et ils devaient faire attention aux grosses dépenses telles que l'achat d'une nouvelle voiture. En général, la famille de Mia, comme beaucoup d'autres Américains des classes moyennes disposant d'un système d'épargne retraite 401K, avait souffert de la crise économique K, la grave crise des marchés financiers qui avait eu lieu quand les Krinars étaient arrivés. À un certain point, le Dow Jones avait presque perdu 90 % de sa valeur et les marchés ne s'étaient pleinement rétablis que depuis un an.

— Entendu, dit Mia. J'essaierai de me connecter à nouveau plus tard pour voir si je peux parler à papa.

— Et appelle aussi Marisa ! Je sais qu'elle avait vraiment hâte de te voir dimanche.

Mia acquiesça d'un signe de tête.

— Je l'appelle sans faute !

Sa mère poussa un nouveau soupir.

— Alors, tu nous rappelles bientôt, d'accord ?

— Je t'aime, maman, dit Mia en ayant l'impression qu'un étau lui broyait la poitrine. J'espère que tu t'en rends compte. Papa et toi êtes les meilleurs parents au monde.

— Bien sûr ! dit sa mère qui sembla un peu décontenancée. Nous aussi on t'aime. Reviens vite à la maison, d'accord ?

— Bien sûr ! dis Mia et elle envoya un baiser en direction de l'écran de l'ordinateur et mit fin à leur conversation.

Ensuite, elle appela sa sœur. Pour une fois, elle réussit à la joindre sur Skype.

— Bonjour sœurette ! Qu'est-ce que ça veut dire ce texto de maman, elle dit que tu ne reviens pas à la maison ?

Mia n'avait pas revu sa sœur depuis qu'elle était enceinte et elle fut surprise de voir que Marisa était pâle et amaigrie au lieu de rayonner comme elle l'avait toujours entendu dire des femmes pendant leur grossesse.

— Marisa ! s'exclama-t-elle. Mais qu'est-ce qui t'arrive ? Tu n'as pas l'air bien. Tu es malade ?

Sa sœur fit une grimace.

— Si l'on peut dire que je suis malade à cause du bébé, alors c'est ça. Je n'arrête pas de vomir, dit-elle d'un ton plaintif. Je n'arrive pas à digérer quoi que ce soit. En fait, j'ai perdu plus de deux kilos depuis que je suis enceinte…

Mia fut tellement choquée qu'elle en eut le souffle coupé. Plus de deux kilos c'était beaucoup pour quelqu'un de la taille de sa sœur. Marisa était un peu plus grande et un peu plus ronde que Mia, mais son squelette était léger et son poids normal oscillait entre 55 et 57 kilos. Et maintenant, elle était trop maigre et ses pommettes ressortaient trop dans son visage qui était si joli d'habitude.

— Et mon docteur n'est pas content.

— Et il a bien raison ! Qu'est-ce qu'il te conseille de faire ?

Marisa poussa un soupir.

— Il m'a dit de me reposer davantage et d'essayer de ne pas me stresser. Alors aujourd'hui je travaille à la maison, je prépare mes cours pour la semaine prochaine et j'ai une remplaçante pendant quelques jours.

— Oh mon Dieu, ma pauvre ! dit Mia avec compassion. C'est affreux ! Tu ne peux vraiment rien manger, même pas des biscottes et du bouillon ?

— C'est ce qui me maintient en vie en ce moment. Enfin, ça et les cornichons ! Marisa eut un faible sourire. Je ne sais pas pourquoi, je n'arrête pas de manger ces cornichons d'Israël, tu sais, les petits croquants ?

Mia fit un signe de tête en réprimant un sourire. Sa sœur avait toujours adoré les cornichons, alors ce n'était pas étonnant qu'elle en soit folle maintenant qu'elle était enceinte.

— Quoiqu'il en soit, ça suffit avec mes problèmes digestifs… Et toi, qu'est-ce qui t'arrive ? Pourquoi ne viens-tu pas samedi ? On était si contents de venir et de vous voir, les parents et toi…

Mia respira profondément et lui répéta tout ce qu'elle avait dit à sa mère. Désormais, elle mentait avec une telle facilité qu'elle arrivait presque à croire ce qu'elle disait. Elle pourrait envisager de s'inscrire dans ce genre de projet à l'Université de New York l'an prochain, à condition d'être encore de ce monde et de continuer ses études évidemment.

Sa sœur écouta tout cela sans avoir vraiment l'air de la croire. Et puis, comme c'était Marisa tout craché, elle lui demanda.

— Il est mignon ce professeur ?

Mia sentit avec horreur qu'elle rougissait.

— Comment ? Pas du tout ! Il est vieux, il a des gosses et tout le reste…

— Ben voyons… dit Marisa. Si je comprends bien, je suis censée croire que tu vas faire quelque chose comme ça parce qu'un vilain professeur te le demande ? Uniquement pour étoffer un peu ton curriculum vitae ?

Elle secoua légèrement la tête. Non, ça ne marche pas. Elle eut un sourire entendu et reprit.

— Vieux, ça signifie quoi au juste ?

Mia s'en voulut de jouer aussi mal la comédie. Maintenant, Marisa allait sans doute raconter à leurs parents que Mia avait le béguin pour son professeur. Elle essaya d'imaginer avoir un faible pour le professeur Dunkin et se mit à frissonner. Entre sa calvitie naissante et les postillons qu'il faisait en parlant, il était sans doute l'un des individus les moins séduisants qu'elle ait jamais rencontrés.

— Vieux ! dit-elle avec fermeté. Et laid !

Marisa sourit sans se décourager.

— Bon, d'accord, alors qui est-ce ? insista-t-elle. Je te connais sœurette, et tu me caches quelque chose. Si ce n'est pas à cause de ce professeur vieux et laid que tu restes à New York, alors qui est-ce ?

— Personne ! dit Mia. Je n'ai pas d'homme dans ma vie… tu le sais bien.

Et là, elle ne mentait plus. Il n'y avait pas d'homme, pas d'être humain, juste un extra-terrestre du sexe masculin. Et lui aussi il était vieux, bien plus vieux que sa sœur n'aurait pu l'imaginer.

— Oh je t'en prie ! Alors pourquoi sembles-tu si bizarre ? D'ailleurs, ça fait un mois que tu me parais bizarre, dit Marisa en la regardant avec insistance. Mia, est-ce qu'il y a quelque chose qui ne va pas ?

Mia secoua la tête en signe de dénégation et maudit intérieurement l'intuition fraternelle de Marisa. Il avait été tellement plus facile de tromper leur mère.

— Non, tout va bien. C'est simplement que je suis très stressée, tu sais, avec les examens de licence et tout…

— C'est ça ! dit Marisa. Tu passes des examens de licence depuis trois ans et tu n'as jamais été comme ça. Je vois bien que tu n'es pas dans ton assiette, Mia. Allons, dis-moi tout, qu'est-ce qui se passe ?

Mia secoua une nouvelle fois la tête et essaya de sourire gaiement.

— Rien du tout ! Je ne sais pas ce que tu racontes… tout va bien. C'est une très grande chance de pouvoir acquérir cette expérience professionnelle et j'en profite. On se verra bientôt, dans une quinzaine de jours. Il n'y a aucune raison de s'inquiéter…

— Tu as déjà acheté les billets ? dit Marisa en lui coupant la parole. Tu sais exactement à quelle date tu viendras ?

— Pas encore, admit Mia. Je vais bientôt m'en occuper. Le professeur a dit qu'il m'achèterait un autre billet d'avion, il n'y a aucune raison de s'inquiéter…

— Aucune raison de s'inquiéter ? Mia, je le sais quand tu mens ! dit Marisa en lui jetant un regard sévère. Tu mens très mal. Tu as toujours été sage comme une image, tu n'as aucune expérience de ce qu'il faut faire pour cacher quelque chose à tes parents ou à moi. Quand tu étais au lycée tu n'étais même pas du genre à aller à une fête en cachette…

Mia se mordit les lèvres. Comment Marisa avait-elle acquis un tel sens de l'observation ? C'était vraiment agaçant. Peut-être qu'en lui disant une partie de la vérité…

— D'accord ! dit Mia en choisissant soigneusement chacun de ses mots. Admettons que tu n'aies pas entièrement tort… Mais si je t'en parle, tu me promets de ne rien dire aux parents ? Ils s'inquiéteraient et ça ne servirait à rien…

Marisa la regarda et réfléchit en fermant légèrement ses yeux bleus.

— D'accord… dit-elle lentement. Tu peux toujours me parler sœurette, tu le sais. Je garderai ton secret… mais seulement si ce n'est pas une question de vie ou de mort, parce qu'à ce moment-là il faudrait que les parents le sachent.

Justement c'était une question de vie et de mort et il ne fallait absolument pas que leurs parents le sachent.

Mia soupira. Puisqu'elle s'était engagée dans cette voie, autant dire quelque chose à sa sœur, sinon d'ici à une demi-heure toute la famille paniquerait et lui téléphonerait.

Elle respira profondément.

— Tu as raison, j'ai rencontré quelqu'un…

— Je le savais ! hurla Marisa d'un air triomphant.

— Et ce n'est pas vraiment quelqu'un avec qui tu serais contente de me voir.

Marisa la regarda fixement, prise de cours.

— Pourquoi ? Qui est-ce ? Un étudiant comme toi ?

Mia secoua la tête.

— Non, et c'est ça le problème. Il est plus vieux que moi, et ce n'est pas exactement le petit ami idéal pour une première fois.

— On parle toujours du professeur ? demanda Marisa qui ne s'y retrouvait plus.

— Non, le professeur c'est le professeur, c'est tout. Il s'agit de quelqu'un d'autre. C'est un cadre supérieur dans une boîte de technologie.

Elle mentait tout en essayant de rester le plus près possible de la vérité.

— Je l'ai rencontré un jour dans le parc et nous couchons ensemble…

— Quoi ?… Sa sœur avait tellement de mal à le croire qu'elle en perdit le souffle. Il est marié ? Il a des enfants ?

— Non et non ! Mais je sais que pour lui ce n'est qu'une aventure, c'est pour ça que je ne voulais pas entrer dans les détails avec toi et avec les parents…

Au fur et à mesure que Mia parlait, un grand sourire apparaissait sur le visage de Marisa.

— Une aventure, et comment ! Quand ma petite sœur décide finalement de perdre sa virginité, elle le fait en beauté ! Et avec un cadre sup. en plus !

Mia haussa les épaules, elle essayait de traiter tout cela avec désinvolture.

— Comment s'appelle-t-il ?

— Hum… Je préfèrerais ne pas le dire, marmonna Mia. Il va partir dans une quinzaine de jours et ce n'est pas la peine d'en dire davantage…

— Partir pour aller où ?

— Hum… À Dubaï.

Mia ne savait pas pourquoi elle avait choisi cet endroit-là, mais ça semblait coller avec le reste de l'histoire.

— Dubaï ? Il est de là-bas ?

La curiosité de sa sœur était sans bornes.

Mia soupira.

— Écoute, Marisa, ce n'est vraiment pas la peine d'en parler. Il va partir et puis c'est tout.

Sa sœur pencha la tête de côté et regarda attentivement le visage de Mia.

— Et tu vas l'accepter petite sœur ? lui demanda-t-elle en baissant la voix. C'est ton premier amour et il s'en va comme ça ?

Mia détourna les yeux pour cacher les larmes qu'elle sentait venir.

— Il doit partir, Marisa. Il n'a pas le choix. Peu importe si je l'accepte ou pas.

— Bien sûr que si ça a de l'importance ! dit Marisa. D'après toi, est-ce qu'il tient à toi ou est-ce que tu es juste une jolie étudiante avec laquelle il couche pendant qu'il est à New York ?

Mia haussa les épaules.

— Je ne sais pas. Je crois qu'il tient un peu à moi.

— Mais pas assez pour rester ?

— Non, il doit partir. Et ça n'a pas d'importance. Nous ne sommes pas faits l'un pour l'autre de toute façon. La liaison était condamnée d'avance.

— Alors pourquoi es-tu sortie avec lui ? demanda Marisa en la regardant avec stupéfaction. Il est vraiment beau ? Tu as eu le coup de foudre, c'est ça ?

Mia acquiesça d'un signe de tête.

— Oui, il est très beau, et il est brillant, et il sait toutes sortes de choses dans des tas de domaines…

Chacune de ces affirmations était véridique.

— Et il m'invite dans toutes sortes de restaurants à la mode, aux spectacles de Broadway…

— Écoute, Mia, dit Marisa, et pour la première fois de sa vie sa sœur eut l'impression qu'elle l'enviait. Il a l'air d'être l'homme idéal !

Mia sourit.

— Et il fait aussi très bien la cuisine, et il s'occupe de la lessive…

— Oh mon Dieu ! Où as-tu déniché cet oiseau rare ?

— Je sais bien ! Maman en perdrait son latin si elle était au courant.

Et les deux sœurs échangèrent un sourire complice.

Puis Marisa retrouva son sérieux.

— Mais pourquoi ça ne peut pas marcher entre vous ? Il a l'air parfait. Est-ce qu'il a un défaut vraiment grave que tu ne supportes pas ?

— À vrai dire, il est très autoritaire, c'est un tyran, admit Mia. Et ça me gêne vraiment. Et dans son pays les hommes ne traitent pas toujours les femmes comme… comme leurs égales, si tu vois ce que je veux dire.

Elle ne pouvait pas s'approcher davantage de la vérité.

Marisa ouvrit grand les yeux, elle comprenait.

— Ah d'accord, c'est un de ces hommes typiques du Moyen-Orient ? Avec un harem, etc., et qui exigent que leurs femmes soient voilées de la tête aux pieds ?

Mia haussa les épaules.

— En quelque sorte. Si bien que c'est sans avenir. Nous venons d'univers trop différents.

Mia utilisait l'expression au pied de la lettre, mais Marisa n'avait pas besoin de s'en rendre compte.

— Eh bien sœurette ! Marisa la regarda avec un tout nouveau respect. Je dois dire que tu me surprends. Les étudiants ennuyeux ne te suffisent pas, non, non ! Tu te sers dans le dessus du panier, un cheik de Dubaï, hein ?

Mia rougit.

— Ce n'est pas un cheik, c'est seulement un cadre supérieur.

— Eh bien ! Sa sœur était toujours aussi impressionnée. Alors il t'a offert de beaux cadeaux, des bijoux ?

Mia sourit. Sa sœur pouvait être tellement prévisible quelquefois. Marisa avait beau vivre simplement la plupart du temps, elle avait un réel penchant pour le luxe, les grands hôtels, la haute couture, et les beaux accessoires.

— Il a entièrement renouvelé ma garde-robe et tout vient de Saks Fifth

Avenue, admit Mia. Il n'aimait vraiment pas mes anciens vêtements…

— Oh mon Dieu ! Saks ? Marisa poussa un cri perçant. Sérieusement ? Il faudra que tu me laisses t'emprunter quelque chose quand tu viendras !

Mia se mit à rire.

— Évidemment, tout ce que tu voudras, tu n'auras qu'à te servir.

— Et merde, n'en parlons plus ! dit Marisa. Je viens juste de réaliser que bientôt il sera hors de question d'emprunter quoi que ce soit à qui que ce soit, et surtout pas auprès de ma petite sœur, tu es si mince ! Dans un mois ou deux, je serai un véritable éléphant.

— Oh je t'en prie ! dit Mia en riant et en essayant d'imaginer comment sa sœur qui était si svelte pourrait ressembler à un éléphant. Tu ressembleras à une de ces actrices d'Hollywood, parfaitement normale avec juste un petit ventre rebondi très mignon pour le bébé.

Marisa eut un frisson.

— J'espère bien ! Mais je dois dire que pour le moment, être enceinte, ce n'est pas du tout ce que j'avais imaginé.

Mia la regarda avec sympathie.

— C'est vraiment nul ! Courage, d'accord ? Encore quelques mois et tu auras un beau bébé…

Marisa lui adressa un grand sourire.

— C'est vrai. Et toi aussi sœurette, bon courage, d'accord ? Et appelle-moi si tu as de nouveau envie de me parler de ton Prince Charmant. Et je te promets de ne rien dire aux parents. Tu as raison, ils se feraient du souci pour rien. Il vaut mieux garder ce genre de conversation pour ta sœur.

Mia sourit.

— C'est bien ce que je pensais. Je t'aime ! Et dis bonjour à Connor de ma part, d'accord ?

— C'est promis ! dit Marisa et elle lui fit un signe de la main pour lui dire au revoir avant de raccrocher.

Mia regardait l'écran vide de l'ordinateur avec soulagement. Elle avait menti à sa famille, mais au moins elle leur avait évité de paniquer. Et d'une certaine manière, sa conversation avec Marisa lui avait fait du bien. Elle n'avait pas dit toute la vérité à sa sœur, mais elle avait réussi à partager suffisamment de détails avec elle pour se sentir beaucoup mieux face à la situation. Marisa savait écouter sans juger et avec sympathie, et c'était exactement ce dont Mia avait besoin en ce moment.

Et maintenant, il fallait qu'elle mette la dernière touche à sa dissertation. Après ça, elle aurait fait tout ce qu'elle avait prévu pour aujourd'hui.

CHAPTER TWENTY-ONE

Mia woke up on Wednesday morning with a sense of dread in her stomach.

Today she had to tell her parents that she wasn't coming to see them on Saturday. She still hadn't come up with a good reason to explain the delay, especially since she was supposed to start her internship at the camp on Monday.

And if Korum discovered her involvement in what was about to befall the K colonies, then it might be the last time she was speaking to her family in general. That made it even more imperative that she present an upbeat and positive image today, so as not to make her parents worry prematurely. It would be better if she left only good memories behind when she disappeared from their lives.

At that thought, stupid tears threatened again, and Mia took a deep breath to control herself. She didn't have time for this right now; she still had to write the last paper. Although it made no sense to care about something so trivial in her precarious situation, not writing the paper would be like giving up – and some small part of Mia was still hopeful that there might be light at the end of this tunnel, that some semblance of a normal life was still possible if she made it through the next couple of weeks unscathed.

Clinging to that thought, Mia dragged herself out of bed and into the shower. Korum was nowhere to be found in the apartment, and she guessed he was off doing whatever he normally did during the day. It probably had something to do with tracking the Resistance fighters, but she had no way of knowing that for sure. Grabbing a quick breakfast, she headed to the library in the hopes that she might be better able to concentrate there.

The day was beautiful and sunny – a perfect foil for her gloomy mood. Under normal circumstances, Mia would have taken a nice lengthy walk to the library, but time was of essence and she took a cab instead. Staying at Korum's place and eating nearly all her meals with him, Mia was flush with cash for the first time in her college career. The student grants that helped pay for tuition and books also provided a minimal allowance for food and other living expenses, but it was usually just enough for her to survive on. Eating out in restaurants or taking cabs were indulgences that Mia could not normally afford, and it was nice to be able to splurge now that she didn't worry so much about the cost of food.

The library was a zoo. Just about every NYU student was there, frantically cramming for exams and writing papers. Of course, Mia realized, it was finals week. She should've just stayed in the comfortable study room Korum had set up for her, but she'd wanted to be some place where nothing reminded her of the mess that her life had become.

After wandering around for a good fifteen minutes, she finally located a soft chair that had just been vacated by a pimply red-headed boy who looked like he was all of twelve years old. Quickly occupying it before anyone else saw her prize, Mia smiled to herself. Not that she was all that old, but some of the freshmen looked ridiculously young to her these days.

Five hours later, Mia triumphantly finished the last sentence and saved her work. She still had to proofread the damn thing, but the bulk of the job was done. Gathering her things, she left the library and went to her own apartment, hoping to see Jessie and have a chance to talk to her parents.

Jessie wasn't home when she got there, so that left only the parents. Taking a deep breath, Mia turned on her computer and prepared to be as bright and bubbly as any college student who was almost done with finals week.

"Mia! Sweetheart, how are you?" Her mom was in fine form today, her blue eyes sparkling with excitement and a huge smile on her face.

Mia grinned back at her. "I'm almost done! Just have to proofread the last paper, and then the school year is officially over for me," said Mia, keeping her voice purposefully upbeat.

"Oh, that's great!" her mom exclaimed. "We can't wait to see you this weekend! Marisa and Connor are coming over on Sunday, and we'll have a big dinner. I'll make all your favorites. I already bought some eggs and even a bit of goat cheese –"

"Mom," interrupted Mia, feeling like she was dying a little inside, "there's something I need to tell you . . ."

Her mom paused for a second, looking puzzled. "What is it, honey?"

Mia took a deep breath. This was not going to be easy. "One of my professors asked me for a big favor this week," she said slowly, having come up with a semi-plausible story in the last few minutes. "There's a program here at NYU where psychology students go and spend some time with disadvantaged high school kids from some of the worst neighborhoods . . ."

"Uh-huh," said her mom, a small frown appearing on her face.

"It's a great program," lied Mia. "These kids don't really have anyone to help them figure out the next steps, whether they should go to college or not, how they should apply if they decide to go . . . And you know, that's exactly what I want to do – provide that type of counseling . . ."

Her mom's frown got a little deeper.

Mia hurried with her explanation. "Well, I didn't know about this program before, but I was chatting with my professor this week and mentioned my interest in counseling to him. And that's when he told me about this program, and that he was actually desperately looking for a volunteer to help out for a week or two this summer –"

"But you're flying home on Saturday," her mom said, looking increasingly unhappy. "When would you be able to do this?"

"Well, that's the thing," said Mia, hating herself for lying like this, "I don't think I can come home this weekend, not if I do this program –"

"What! What do you mean, you can't come home this weekend?" Her mom appeared livid now. "You already have a ticket and everything! And what about your camp internship? Aren't you supposed to start that on Monday?"

"I already spoke with the camp director," lied Mia again. "He's fine with pushing back my start date by two weeks. I explained the whole situation, and he was very understanding. And my professor said he'll reimburse me for the cost of the ticket and even buy me another one to make up for this –"

"Well, that's the least he could do! What about the money you were going to earn during those two weeks of your internship?" her mom said angrily. "And what about the fact that we haven't seen you since March? How could he ask you to do something like that, so last-minute?"

"Mom," said Mia in a pleading tone, "it's a great opportunity for me. This is exactly what I want to do career-wise, and it'll really boost my chances of getting into a good grad school. Plus, the professor said he'll write me a glowing recommendation if I do this – and you know how important those are for grad school applications..."

Her mom was blinking rapidly, and there was a suspicious glimmer in her eyes. "Of course," she said, a wealth of disappointment in her voice, "I know that stuff is important... We were just so looking forward to seeing you this Saturday, and now this –"

Every word her mom said was like a knife scraping at Mia's insides. "I know, mom, I'm really sorry about this," she said, blinking to hold back her own tears. "I'll see you in a couple of weeks, okay? It won't be so bad, you'll see..."

Her mom sniffed a little. "So no family dinner this Sunday, I guess."

Mia shook her head with regret. "No... but we'll have one in two weeks, okay? I'll cook and everything –"

"Oh, please, Mia, you couldn't cook to save your life!" her mom said irately, but a tiny smile appeared on her face. "I've never met anyone who couldn't manage to boil water –"

"I can boil water now," said Mia defensively. "I've been living on my own for the last three years, you know, and I can even make rice –"

The tiny smile became a full-blown grin. "Wow, rice? That *is* progress," her mom said with barely contained laughter. "I honestly don't know what you're going to do when you meet someone..."

"Oh, mom, not this again," groaned Mia.

"It's true, you know. Men still like it when a woman can make a good meal, and keep the house –"

"And do laundry, and be a general domestic slave, and yadda yadda yadda," finished Mia, rolling her eyes. Her mom could be amazingly old-fashioned sometimes.

"Exactly. Mark my words, unless you find some guy who likes to cook, you'll be stuck eating takeout for the rest of your life," her mom said ominously.

Mia shrugged, biting the inside of her cheek to avoid bursting into semi-hysterical laughter. The irony of it was that she had actually found such a guy – except he wasn't human. She wondered what her mom would say if she told her about Korum. *He's great: he loves to cook and even does laundry for us both. Just one tiny issue – he's a blood-drinking alien.* No, that probably wouldn't go over well at all.

"Mom, don't worry about me, okay? Everything will be fine." At least Mia sincerely hoped that was the case. "We'll see each other soon, and maybe I'll really try to learn how to cook this summer. How about that?" Mia gave her mom a big smile, trying to prevent any more lectures.

Her mom shook her head in reproach and sighed. "Sure. I'll tell your dad what happened. He'll be so disappointed . . ."

Mia felt terrible again. "Where is he?" she asked, wanting to speak to her father as well.

"He's out getting the car fixed. The damn thing broke again. We should really get a new one . . . but maybe next year."

Mia nodded sympathetically. She knew her parents' financial situation was not the best these days. Her mom was currently between jobs. As an elementary school teacher, she was usually in demand. However, the private school where she had taught for the past eight years had closed recently, resulting in a number of teachers losing their positions and all applying for the same few openings in the local public schools. Her dad – a political science professor at the local community college – was now supporting the family on his one salary, and they had to be careful with bigger expenses, such as a new car. In general, her family, like many other middle-class Americans with 401(k) retirement plans, had suffered in the K Crash – the huge stock market crash that took place when the Krinar had arrived. At one point, the Dow had lost almost ninety percent of its value, and it was only about a year ago that the markets had recovered fully.

"All right," said Mia, "I'll try to log back in later, see if I can reach dad."

"Call Marisa too," her mom said. "I know she was really looking forward to seeing you on Sunday."

Mia nodded. "I will, definitely."

Her mom sighed again. "Well, I guess we'll talk to you soon then."

"I love you, mom," said Mia, feeling like her chest was getting squeezed in a vise. "I hope you know that. You and dad are the best parents ever."

"Of course," her mom said, looking a bit puzzled. "We love you too. Come home soon, okay?"

"I will," said Mia, blowing an air kiss toward the computer screen, and ended the conversation.

Her sister was next. For once, she was actually reachable on Skype.

"Hey there, baby sis! What's this text I just got from mom about you not coming home?"

Mia hadn't seen her sister since she got pregnant, and she was surprised to see Marisa looking pale and thin, instead of having that pregnancy glow she'd always heard about.

"Marisa!" she exclaimed. "What's going on with you? You don't look well. Are you sick?"

Her sister made a face. "If you can call having a baby sickness, then yes. I'm throwing up constantly," she complained. "I just can't keep anything down. I've actually lost five pounds since I got pregnant –"

Mia gasped in shock. Five pounds was a lot for someone her sister's size. While a little taller and curvier than Mia, Marisa was also small-boned, with her normal weight hovering somewhere around 110-115 pounds. Now she looked too thin, her cheekbones overly prominent in her usually pretty face.

"– and my doctor is not happy about that."

"Of course, he's not happy! Did he say what you should do?"

Marisa sighed. "He said to get more rest and try not to stress. So I am working from home today, preparing my lessons for next week, and they got someone to substitute for me for a few days."

"Oh my God, you poor thing," said Mia sympathetically. "That sucks. Can you eat anything, like maybe crackers or some broth?"

"That's what I'm subsisting on these days. Well, that and pickles." Marisa gave her a wan smile. "For some reason, I can't stop eating those Israeli pickles – you know, the little crunchy ones?"

Mia nodded, stifling a grin. Her sister had always been a pickles fan, so it really wasn't surprising she was going pickle-crazy during her pregnancy.

"So anyway, enough about my stomach issues... What's going on with you? Why aren't you coming this Saturday? We were all ready and excited to come over, see you and the parents –"

Mia took a deep breath and repeated the whole story to Marisa. She was getting so good at lying that she could almost believe herself. Maybe she should think about starting such a program at NYU next year – if she were still alive and attending school at that time, of course.

Her sister listened to everything with a vaguely disbelieving expression. And then, being Marisa, she asked, "Is the professor cute?"

To her horror, Mia felt her cheeks turning pink. "What? No! He's old and has kids and stuff!"

"Uh-huh," said Marisa. "So I'm supposed to believe you would be willing to do something like this at the request of an ugly professor? Just to pad your resume a little?" She shook her head slightly. "Nope, I just don't see it." A sly smile appearing on her face, she asked, "Just how old is old?"

Mia cursed her poor acting skills. Now Marisa would probably go blabbing to their parents that Mia had a crush on her professor. She tried to imagine liking Professor Dunkin that way and shuddered. Between his receding hairline and the yellowish spittle that frequently appeared in the corners of his mouth when he spoke, he was probably one of the least attractive individuals she'd ever met.

"Old," Mia said firmly. "And unattractive."

Marisa grinned, undeterred. "Okay, then, who is he?" she persisted. "I know you, baby sis . . . and you're hiding something. If it's not the old and unattractive professor you're staying in New York for, then who is it?"

"No one," said Mia. "There's no man in my life . . . you know that." And she wasn't lying. There wasn't a human man – just an extraterrestrial of the male variety. Who was also old – a lot older than her sister could imagine.

"Oh, please, then why are you acting so weird? You've been kinda strange for the past month, in fact," said Marisa, looking at her intently. "Mia . . . is something wrong?"

Mia shook her head in denial and silently cursed Marisa's sisterly intuition. It had been so much easier to fool her mom. "No, everything's fine. It's just been stressful, you know, with finals and all . . ."

"Uh-huh," said Marisa, "you've had finals for the past three years, and it's never been like this. I can see you're not yourself, Mia. Now fess up . . . what's happening?"

Mia shook her head again, and tried putting on a bright smile. "Nothing! I don't know what you're talking about – there's absolutely nothing wrong. I just got a great opportunity to get some valuable work experience, and I am taking advantage of it. I'll see you soon, just in a couple of weeks. There's nothing to worry about –"

"Have you already bought tickets?" interrupted Marisa. "Do you have a set date when you're flying in?"

"Not yet," Mia admitted. "I'll do that soon. The professor said he'll buy me a new plane ticket, so there's nothing to worry about about –"

"Nothing to worry about? Mia, I know when you're lying," said Marisa, giving her a strict look. "You're terrible at it. You've been such a good girl your whole life, you've had absolutely no practice deceiving your parents – or me. You've never even snuck out to a party in high school . . ."

Mia bit her lip. How did Marisa get to be so observant? This was a big problem. Maybe if she told her a partial truth . . .

"Okay," said Mia, choosing her words carefully. "Let's say that there's something to what you're saying . . . If I tell you, do you promise not to tell the parents? They'll worry, and it's really not necessary –"

Marisa looked at her, her blue eyes narrowed in consideration.

"Okay," she said slowly, "you can always talk to me, baby sis, you know that. I'll keep your secret . . . but only if it's nothing life-threatening that parents must know about."

It actually *was* something life-threatening, but parents definitely didn't need to know about that. Mia sighed. Since she started going down this path, she might as well tell her sister something, or else her entire family will be calling in panic within a half-hour.

Taking a deep breath, Mia said, "You're right. I did meet someone –"

"I knew it!" yelled Marisa triumphantly.

"– and he's not exactly someone you'd be happy to see me with."

Marisa stared at her in surprise. "Why? Who is he? Another student?"

Mia shook her head. "No, that's the problem. He's older, and he's not exactly first-boyfriend material."

"Are we talking about the professor now?" asked Marisa in confusion.

"No, the professor is just the professor. It's someone else. He's actually a senior executive in a tech company," fibbed Mia, trying to stick as close as possible to the truth. "I met him in the park one day, and we've been sleeping together –"

"What?" Her sister was gaping at her in disbelief. "Is he married? Does he have any children?"

"No, and no. But I know it's just a temporary fling for him, so I really didn't want to go into any details with you and the parents . . ."

As Mia was speaking, a big smile slowly appeared on Marisa's face. "A fling? Wow. When my baby sis decides to finally lose her virginity, she does it with style! A senior executive no less . . ."

Mia shrugged, trying to be nonchalant about the whole thing.

"What's his name?"

"Uh, I'd rather not say," mumbled Mia. "He'll be leaving in a couple of weeks, and there's no point in discussing the whole thing –"

"Leaving to go where?"

"Um . . . Dubai." Mia had no idea why she'd chosen that particular location, but it seemed to fit the story.

"Dubai? Is he from there originally?" Her sister's curiosity knew no bounds.

Mia sighed. "Marisa, listen, there's really no point in discussing it. He'll leave, and that's that."

Her sister cocked her head to the side, studying Mia's face. "And you're okay with that, baby sis?" she asked quietly. "Your first lover leaving just like that?"

Mia looked away, trying to hide the moisture in her eyes. "He has to leave, Marisa. There's no choice. It doesn't matter if I'm okay with it or not."

"Of course, it matters," said Marisa. "Do you think he cares for you at all? Or are you just a pretty college girl he's sleeping with while in New York?"

Mia shrugged. "I don't know. I think he might care about me a little."

"But not enough to stay?"

"No, he can't stay," said Mia. "And it doesn't matter. We're not right for each other, anyway. The relationship was doomed from the start."

"Why did you start it then?" asked Marisa, eyeing her with bewilderment. "Is he really good-looking? Did he sweep you off your feet or something?"

Mia nodded. "He's gorgeous, and he's smart, and he knows a lot about everything . . ." Those were all true statements. "And he took me out to all kinds of fancy restaurants and Broadway shows –"

"Wow, Mia," said Marisa, looking envious for the first time in Mia's memory, "that sounds like a dream guy."

Mia smiled. "And he's also a great cook, and does laundry –"

"Oh my God, where did you find this paragon?"

"I know, right? Mom would have a cow if she heard about this."

And the sisters grinned at each other in perfect understanding.

Then Marisa got serious again. "So why can't it work out for the two of you? He sounds perfect. Does he have some major character flaw that you can't stand?"

"Well, he's very bossy and autocratic," admitted Mia, "so I definitely have a problem with that. And where he comes from, they don't necessarily view, um, women . . . as equals, if you know what I mean?" That was as close to the truth as she could get.

Marisa's eyes widened in understanding. "Ohhh, is he one of those Middle Eastern types? With a harem and all . . . who require their women to be veiled from head to toe?"

Mia shrugged. "Something like that. So it could never really go anywhere. We come from very different worlds." Mia meant that in the literal sense, but Marisa didn't need to know that.

"Wow, baby sis." Marisa was looking at her with newfound respect. "I have to say, you've surprised me. No boring college boys for you . . . oh, no – you've gone straight for the big leagues. A sheikh from Dubai, huh?"

Mia flushed. "He's not a sheikh, just an executive."

"Wow." Her sister was still looking impressed. "So did he give you any fancy gifts or jewelry?"

Mia smiled. Her sister was so predictable sometimes. Even though she lived a simple life for the most part, Marisa definitely appreciated the finer things in life – nice hotels, designer clothes, beautiful accessories.

"He bought me a whole new wardrobe from Saks Fifth Avenue," admitted Mia. "He really didn't like my old clothes –"

"OH MY GOD, FROM SAKS?" Marisa's shriek was ear-piercing. "Are you serious? You've gotta let me borrow something when you come!"

Mia laughed. "Of course! Whatever you want, it's yours."

"Oh crap, never mind," said Marisa, "I just realized that soon I won't be able to borrow anything from anyone – especially from my tiny baby sister. In a couple of months, I'll be a total cow."

"Oh please," said Mia, laughing at the image of her svelte sister looking even remotely cow-like, "you'll look like one of those actresses in Hollywood – all normal, just with a cute little baby bump."

Marisa shuddered. "I certainly hope so. But I have to say, so far, pregnancy is nothing like what I'd imagined."

Mia looked at her sympathetically. "That sucks. Hang in there, okay? It's just a few more months, and then you'll have a beautiful child . . ."

Marisa beamed at her. "That's true. And you too, baby sis, hang in there, okay? Call me if you ever want to talk about Mr. Gorgeous again. And I promise I won't say anything to the parents. You're right – they would worry unnecessarily. This type of stuff is best left for talks with your sister."

Mia smiled and said, "That's what I thought. I love you. Say hello to Connor for me, okay?"

"Will do," said Marisa, and disconnected with one final wave.

Relieved, Mia stared at the blank computer screen. She had lied to her family, but at least she'd managed to prevent them from freaking out completely. In a way, the conversation with Marisa had been therapeutic. Although she couldn't tell her sister the whole truth, she'd been able to share enough details to make herself feel much better about the situation. Marisa's nonjudgmental, sympathetic ear had been exactly what she'd needed at this point.

Now she had to finish editing the paper – and then she will have completed everything she'd set out to do for the day.

CHAPITRE VINGT-DEUX

Maintenant qu'elle avait passé ses examens et terminé ses dissertations, Mia ne savait que faire de sa journée. Quand elle se réveilla le jeudi matin, elle envoya son travail en ligne et décida d'aller se promener dans Central Park. Une fois encore, Korum était parti de bonne heure avant son réveil, et elle serait seule toute la journée. Elle envoya un texto à Jessie, mais sa colocataire avait un examen de calcul dans l'après-midi et révisait fébrilement. Mia aurait bien aimé être avec quelqu'un d'autre pour éviter de se retrouver seule avec ses pensées, mais la plupart des autres étudiants étaient trop occupés à faire leurs bagages pour l'été ou à passer leurs derniers examens.

À New York, il fait souvent un temps variable à la mi-mai. Cette année, on avait l'impression que l'été était en avance, et aujourd'hui la température était douce, autour de 22°. Mia revêtit avec plaisir une de ses nouvelles robes de printemps, un fourreau de coton bleu, et une paire de sandales beige qui étaient à la fois confortables et élégantes. Puis elle sortit rejoindre les hordes de citadins et de touristes venus se détendre dans Central Park.

Il n'était pas facile de croire que seulement un mois auparavant Mia s'y promenait toute seule sans savoir grand-chose des Ks et sans penser à autre chose qu'à son devoir de sociologie. Elle n'avait pas encore rencontré Korum et n'avait aucune idée du tournant radical que sa vie allait prendre quelques minutes plus tard.

Que serait-il arrivé si elle ne s'était pas assise sur ce banc ce jour-là ? Sans doute serait-elle en train de faire ses bagages pour partir samedi ?

Comme si ses jambes décidaient pour elle, Mia se retrouva dans la direction de Bow Bridge, là où ils s'étaient rencontrés pour la première fois. Contrairement à la dernière fois, aujourd'hui il y avait beaucoup de monde sur le petit pont et tout le monde prenait des photos de ce bel endroit. Mia trouva un banc où s'asseoir, à côté d'un jeune couple et commença à lire le dernier thriller à la mode, ce qu'elle n'avait jamais le temps de faire pendant l'année universitaire.

Une demi-heure plus tard, le couple s'en alla. Mia avait le banc pour elle toute seule. Pourtant elle eut à peine le temps d'en profiter, elle entendit quelqu'un l'appeler par son nom. Elle tressaillit et leva les yeux ; elle vit une jeune femme en jean troué et portant une chemise blanche sans manches qui s'approchait du banc. Ses cheveux cendrés et courts étaient ébouriffés comme ceux d'un garçon et ses bras minces étaient musclés. C'était Leslie, la jeune fille qu'elle avait déjà rencontrée une fois avec John, une des combattantes de la résistance.

— Salut Mia ! dit-elle. Est-ce que je peux m'asseoir une minute à côté de toi ?

Et sans attendre de réponse, elle s'assit sur le banc de Mia.

— Mais fais comme chez toi ! dit Mia d'un ton assez discourtois.

Elle n'appréciait pas vraiment Leslie et elle n'avait pas la moindre envie qu'on lui demande encore quelque chose pour le moment. De son point de vue elle avait accompli sa mission et la seule chose qu'elle voulait c'était qu'on la laisse tranquille.

— Écoute, dit Leslie d'un ton bien plus amical qu'auparavant, je sais que nous avons pris un mauvais départ toutes les deux. Je voulais juste te remercier pour ce que tu as fait et te donner quelque chose de la part de John.

Elle lui tendit un petit objet ovale ressemblant vaguement à une clef automatique de garage ou de voiture.

— Qu'est-ce que c'est ? lui demanda Mia avec méfiance et sans le prendre.

— C'est une arme, lui dit Leslie. Une arme pour te protéger au cas où Korum comprendrait ce qui s'est passé avant que nous n'ayons eu l'occasion de le neutraliser.

— Le neutraliser ?

Leslie poussa un soupir.

— Comme tu nous l'as demandé, nous essaierons de le capturer vivant pour le déporter à Krina ; ça ne sera pas facile, mais nous ferons de notre mieux.

Mia avala sa salive.

— Et… hum… vous faites ça quand ?

— Pas avant de détruire les défenses, une fois que l'attaque contre les centres K sera engagée. Si nous essayons de le prendre maintenant, il pourrait les prévenir ou obtenir des renforts, et nous ne pouvons pas courir ce risque. Et il n'est pas le seul. En ce moment il y a d'autres Ks à l'extérieur des centres. Dès qu'ils apprendront notre attaque contre leurs colonies (et ils l'apprendront presque tout de suite) ils participeront à la bataille. Mais comme ils ne sont pas loin puisqu'ils sont dans nos villes, s'ils réalisent que nous avons rompu le traité, ils nous attaqueront à leur tour et de nombreux civils perdront la vie avant que nous puissions intervenir. Il nous faut donc tout prévoir avec le plus grand soin, sinon ça sera un vrai bain de sang.

C'était terrible, pensa Mia, vraiment terrible. Elle n'avait pas pensé à cet aspect des choses, au fait qu'il y avait d'autres Ks qui vivaient comme Korum parmi les hommes pour une raison ou pour une autre. Un seul d'entre eux avec sa force, sa rapidité et les armes de la technologie K suffirait à infliger de terribles pertes dans la population humaine. Elle essaya d'imaginer Korum au combat pour protéger les siens et cette pensée la fit frissonner. Entrevoir brièvement la rage dont il avait été capable dans la boîte de nuit l'avait terrifiée. Elle était persuadée qu'il pourrait se montrer extrêmement brutal si la situation l'exigeait.

S'intéressant de nouveau au petit objet Mia demanda :

— Et qu'est-ce que cette arme est censée faire ?

— Elle désintègre le lien qui unit les molécules et détruit tout sur son passage, dit Leslie. C'est-à-dire qu'elle réduit tout en poussière. C'est le format miniature de l'armement de masse qui nous permettra de vaincre les Ks.

Horrifiée, Mia fixa des yeux le petit dispositif apparemment inoffensif que Leslie tenait dans la paume de sa main.

— Elle peut réduire quelqu'un en poussière ?

Leslie acquiesça d'un signe de tête.

— Elle peut fonctionner sur tout ce qu'elle rencontre sur son passage. Les nano machines qu'elle émet ne marchent que trente-cinq secondes avant d'être inactives, mais cette durée suffit habituellement pour dissoudre complètement quelqu'un. On n'a même pas besoin de viser la poitrine ou un autre endroit, si les nanos atteignent une partie du corps, quelle qu'elle soit, la personne est carbonisée.

Mia faillit s'étrangler en y pensant.

— Quoi ! Mais non, je ne pourrai jamais faire une chose pareille ! s'exclama-t-elle avec horreur. Je ne pourrai jamais m'en servir contre lui…

– Si, tu le pourras et tu le feras ! dit Leslie. Si ta vie en dépend. J'ignore s'il fera le lien entre ce qui se passera dans les centres K et toi, mais c'est censé être un génie, alors ça ne m'étonnerait pas qu'il comprenne.

Elle se passa la main dans les cheveux en signe de frustration et ajouta :

— Et il vaudra mieux ne pas perdre de temps, avant qu'il puisse réagir. Il suffira de viser et de tirer, pas besoin de réfléchir… Tu comprends ce que je te dis ? Ils sont rapides, Mia, très rapides…

Mia secoua la tête.

— Je ne le ferai pas. Je n'en serai pas capable…

Leslie haussa les épaules.

— C'est comme tu voudras. Si tu préfères mourir, tant pis, ça ne me regarde pas. John m'a demandé de te le donner et le voilà. Tu peux le prendre et ne pas t'en servir si c'est ce que tu décides de faire. Mais au moins, tu ne seras pas complètement sans défense quand la situation tournera mal. Elle posa le petit dispositif sur les genoux de Mia. Si tu veux t'en servir, mets le doigt sur le côté, sur cette petite bosse. En y appuyant fermement, tu le mettras en marche. Il suffira de diriger l'extrémité arrondie dans la direction de Korum…

Mia secoua la tête une nouvelle fois.

— Je ne m'en servirai pas, dit-elle avec totale conviction.

Leslie la regarda avec un air qui ressemblait à de la pitié.

— Quelle idiote ! dit-elle d'une voix douce. Tu es tombée amoureuse de ce monstre, c'est ça ?

Mia détourna le regard.

— Ça ne te regarde pas, dit-elle en baissant la voix et en regardant ses ongles. J'ai fait ce qu'il fallait, il va partir et voilà tout.

— Tu es bien bête ! dit Leslie d'un ton méprisant. Tu n'es rien pour lui. Moins que rien. Il t'écrasera comme une punaise si tu es dans les parages quand nous passerons à l'attaque. Ce n'est pas parce qu'il aime bien te baiser qu'il aura pitié de toi quand il apprendra ce que tu as fait. Il a couché avec des centaines de femmes comme toi, peut-être des milliers, et tu n'as rien d'extraordinaire…

— Tu ne sais pas de quoi tu parles ! dit Mia en lui coupant la parole ; chacun des mots de Leslie était comme un coup de poignard dans son cœur. Tu ne l'as jamais rencontré…

Leslie ferma à demi les yeux.

— Je n'ai pas besoin de le rencontrer pour savoir exactement comment il est, comment ils sont tous, Mia. Ils n'ont aucun respect pour nous ni pour notre vie. Pour eux, nous ne sommes qu'une expérience, des êtres qu'ils ont créés. De leur point de vue nous sommes leurs créatures, et ils peuvent faire ce qu'ils veulent de nous. Et si ça leur plaît, ils se débarrasseront de nous et ils occuperont notre planète comme ils l'entendent. Tu es une imbécile si tu penses que pour une raison ou une autre il n'est pas comme eux. Il est aussi nuisible que possible, c'est lui qui les a conduits sur terre…

Leslie avait raison. Tout ce qui était rationnel en Mia le savait bien, mais son imbécile de cœur refusait d'adhérer au programme des résistants. Savoir qu'en l'espace de quelques jours il aurait disparu de sa vie lui faisait une étrange peine et la pensée qu'il puisse être blessé en action lui faisait peur et lui donnait la nausée. Et pourtant Leslie avait raison, il n'hésiterait vraisemblablement pas à la tuer en apprenant que ce qu'elle avait fait avait mis en péril les plans des Ks sur cette terre.

Elle ne voulait pas mourir, mais elle ne pensait pas être capable de le tuer, même pour se défendre.

Mia respira profondément et demanda :

— Et ça se passera quand ? Il reste combien de temps avant le début de l'offensive ?

Leslie hésita, elle se demandait visiblement si on pouvait encore faire confiance à Mia.

— Leslie, lui dit Mia avec lassitude, je sais ce qui se passera s'il découvre que je vous ai aidés. Je n'ai pas l'intention de le prévenir. Je ne peux pas le faire, je risquerais ma vie en le faisant. Je n'ai aucun regret d'avoir fait ce que j'ai fait. Ce n'est pas parce que je ne peux pas tuer quelqu'un dont j'ai partagé la vie que je risque de trahir votre cause. Je voudrais seulement savoir combien de temps il me reste encore…

— Jusqu'à demain. Il te reste jusqu'à demain. Et je te conseille de disparaître demain matin et d'aller le plus loin possible. N'emporte rien, ne fais rien qui puisse provoquer ses soupçons. Pars, c'est tout. D'une manière ou d'une autre, ce week-end tout sera terminé.

* * *

Ce soir-là quand Korum rentra à la maison il était tard, près de 21 heures.

Dès 17 heures Mia se retrouva à faire les cent pas au salon, le fait d'anticiper ce qui allait arriver la rendait incapable de rester en place et de se détendre. Si Leslie lui avait dit la vérité, c'était le dernier soir et la dernière nuit qu'elle passerait avec Korum… et peut-être le dernier soir et la dernière nuit de sa vie. Pour accroître ses chances de survie, elle décida de suivre les conseils de Leslie et de partir de bonne heure le lendemain matin. Vraisemblablement Korum aurait alors quitté l'appartement et elle aurait une chance de s'enfuir, peut-être en prenant le métro pour aller en banlieue. Le 'dissolveur' comme elle avait décidé de l'appeler était dans son sac à main, en toute sécurité. Elle n'avait pas l'intention de l'utiliser contre Korum, mais c'était tout de même un réconfort de savoir qu'elle avait de quoi se défendre vendredi si l'apocalypse survenait.

Pour tenter de s'occuper, elle passa sa garde-robe en revue et essaya certaines de ses nouvelles robes. Elle avait tellement de vêtements désormais qu'ils étaient encore nombreux à avoir gardé leur étiquette et elle ne savait pas tout ce qu'elle avait. Évidemment, tout lui allait à la perfection, les stylistes de chez Saks avaient bien fait leur travail. Après une heure passée à essayer différents vêtements, Mia se décida pour une simple robe grise, sans manches, en coton et soie, qui lui moulait le buste et s'évasait légèrement à partir de la taille. Malgré sa couleur et sa coupe BCBG, c'était une robe élégante et sexy comme la plupart de ce que portait désormais Mia. Elle décida de se maquiller, appliqua une couche de mascara et un nuage de poudre. Elle ne savait pas pourquoi il était tout à coup si important d'être tout à son avantage ce soir, mais elle voulait plaire à Korum. Pour donner la dernière touche à sa tenue, elle enfila une paire d'escarpins noirs à bride puis se remit à faire les cent pas avec impatience.

Korum lui avait donné un numéro de téléphone où elle pouvait le joindre en cas de besoin, mais elle ne l'avait encore jamais utilisé. Pourtant, sur le coup de vingt heures, elle se demanda sérieusement si elle n'allait pas l'appeler pour lui demander où il était. Mais ça lui ressemblerait si peu qu'il risquerait de se poser des questions, et elle ne voulait pas prendre le risque d'éveiller ses soupçons.

La porte s'ouvrit enfin à 20 heures 45. Il entra, vêtu simplement d'un jean et d'une chemise noire. D'ailleurs peu importe ce qu'il portait. Même en haillons il aurait été magnifique. En voyant Mia, il eut un grand sourire qui révéla sa fossette, son beau visage s'éclaira et ses yeux d'ambre si particuliers se plissèrent dans les coins. Et puis la lumière d'or bien connue illumina son regard.

Avant qu'elle ne réussisse à dire quoi que ce soit, il était près d'elle et la souleva comme une plume pour lui donner un long baiser passionné. Sa langue lui poignarda la bouche et Mia l'étreignit et lui rendit son baiser, avec passion et un certain désespoir. Ses jambes se nouèrent autour des hanches de Korum et ils restèrent dans cette position, unis l'un à l'autre jusqu'à ce que Mia essaie de reprendre son souffle et se tortille contre lui, la poitrine caressant la sienne et la chatte se frottant contre son pelvis. Il eut un grondement guttural et elle pouvait le sentir bander de plus en plus en appuyant contre son sexe à travers l'étoffe qui restait entre eux. En la tenant d'un bras, il trouva le petit morceau de dentelle de son string, le déchira et se mit à la caresser en allant de plus en plus loin dans les replis déjà humides. Mia gémit, le désir lui avait presque fait perdre la tête et elle entendit baisser une fermeture éclair. Il la pénétra, sa verge montait en elle alors qu'il continuait de la tenir dans la même position, la portant dans ses bras tout en restant debout au beau milieu du salon.

Choquée par une pénétration aussi soudaine, Mia se mit à crier, ses tissus intimes avaient du mal à se faire à l'intrusion et il s'arrêta une seconde pour la laisser s'habituer à le sentir en elle dans cette position inhabituelle. Ensuite, il commença à bouger, la faisant monter et descendre d'une main tout en enfouissant l'autre dans ses cheveux et ramenant la bouche de Mia vers lui. Pas de longs préliminaires cette fois-ci, le corps tout entier de Mia s'était tendu d'un coup et l'orgasme survint brutalement, ses muscles se resserrant autour de son pénis pour le faire jouir à son tour, si profondément en elle qu'elle sentit ses contractions jusque dans son ventre.

Mia haletait, elle s'effondra dans ses bras, sans vraiment comprendre ce qui venait de lui arriver en l'espace de deux minutes. La respiration de Korum était lourde elle aussi et Mia pouvait sentir son torse puissant monter et descendre, elle était toujours serrée dans ses bras, sa verge toujours en elle. Quand les pulsations de son orgasme se calmèrent, il la souleva et la reposa doucement sur le sol tout en gardant les mains autour de sa taille. Les jambes de Mia tremblaient et elle s'accrocha à lui en lui sachant gré de la retenir.

Mia leva les yeux vers lui et remarqua que ses yeux reprenaient leur couleur d'ambre habituelle. Ses lèvres se soulevèrent en un petit sourire ironique et il lui dit d'une voix rauque :

— Il me semble que je devrais de nouveau te présenter mes excuses, visiblement, impossible de me contrôler avec toi. Je ne voulais vraiment pas te sauter dessus en arrivant comme ça. En plus, tu as sans doute faim ?

C'était effectivement le cas, mais ça n'avait pas d'importance.

— Mais non, il ne faut pas t'excuser, tu sais bien que ça m'a vraiment fait plaisir à moi aussi…

Dans son sourire, une satisfaction typiquement masculine se montrait maintenant.

— J'en suis ravi, murmura-t-il. Et maintenant si on allait manger ?

Mia acquiesça d'un signe de tête et rougit encore plus quand il disparut un instant pour revenir avec une serviette en papier qu'il lui tendit. Elle était gênée et détourna les yeux en essuyant les vestiges de leur étreinte passionnée.

Il rit tout doucement.

— Tu continues à te conduire comme une vraie prude, lui dit-il pour la taquiner gentiment. Il faudra que je t'en guérisse à un moment ou à un autre. Tout cela est parfaitement naturel, tu sais.

Mia haussa les épaules et évita volontairement de le regarder dans les yeux. Sans savoir pourquoi, elle avait encore conservé des accès de timidité avec lui malgré toutes les fois où ils avaient fait l'amour de façon torride depuis un mois.

Korum se mit à rire de plus belle et puis lui demanda :

— Puisque tu es si bien habillée, que dirais-tu d'un peu de gastronomie française ?

Mia en avait très envie et le lui dit.

— Alors d'accord, laisse-moi prendre une douche en vitesse, me changer et on y va ! lui dit-il en enlevant sa chemise sur le chemin de la salle de bain. À la vue de son dos mince et musclé, elle sentit au plus profond d'elle-même qu'elle le désirait de nouveau. Pourquoi fallait-il que ce soit lui qui la fasse réagir comme ça ? Et comment réussirait-elle à faire face quand il serait parti pour toujours ?

Ils dînèrent dans un petit restaurant français dont Mia n'avait jamais entendu parler. Le repas fut exceptionnel, de la ratatouille que Mia avait choisie comme plat principal à la pâtisserie aérienne qu'ils partagèrent au dessert.

— Alors tu en as officiellement terminé avec la faculté pour cette année ? lui demanda Korum en prenant une gorgée de vin rouge.

Mia avait remarqué qu'il semblait aimer le vin et le champagne, sans qu'ils aient d'effet visible sur lui. Il est vrai qu'elle ne l'avait jamais vu boire plus d'un verre ou deux.

— Cette fois ça y est ! répondit-elle en piquant un morceau de courgette de sa fourchette. Mon année universitaire est officiellement terminée ! J'ai rendu toutes mes dissertations aujourd'hui et à partir de maintenant je peux traînasser toute la journée.

Il sourit.

— Sauf que j'ai du mal à t'imaginer ne rien faire de ton temps. Depuis que je t'ai rencontrée, tu t'es toujours concentrée sur tes études.

Il tendit la main vers elle et lui caressa doucement la joue, l'expression de son visage devenue sérieuse.

— Être obligée de te détendre un peu te fera du bien. Tu as beaucoup trop travaillé ces deux dernières semaines. Je ne pense pas que tout ce stress soit bon pour ta santé.

Mia le regarda avec surprise.

— Mais je vais bien ! protesta-t-elle. Je suis en pleine forme, le problème ne se pose vraiment pas.

Korum la regarda attentivement, l'air inquiet.

— Je ne sais pas, dit-il en hochant la tête. Ton système immunitaire est si délicat, si fragile, ce n'est vraiment pas bon pour toi de te surmener comme ça.

Mia haussa les épaules en se demandant pourquoi il avait commencé à parler de ça.

— Mon système immunitaire est impeccable ! dit-elle. Il est aussi résistant que celui de n'importe quel être humain. Tu n'as vraiment pas besoin de t'inquiéter à mon sujet. Je ne suis pas souvent malade et je n'ai pas d'ennuis de santé.

— Aussi résistant que celui de n'importe quel être humain, ça n'est pas très résistant, dit-il en fronçant légèrement ses sourcils noirs.

Il la regardait d'un air rêveur, et Mia n'avait pas la moindre idée de ce qu'il pensait. Mais il dut visiblement parvenir à une conclusion parce que son front se rasséréna. Passant à un autre sujet de conversation, il lui demanda ce qu'elle avait fait pendant la journée et ils se remirent à parler librement et sans contrainte.

Pendant le cours du dîner Mia ne put s'empêcher de le regarder fixement, elle buvait des yeux son visage, les gestes animés qu'il faisait quand il parlait de quelque chose qui l'enthousiasmait, la manière dont son long corps musclé bougeait sur sa chaise, le moindre de ses mouvements qui était empreint de cette grâce athlétique et surhumaine. Elle le désirait dans sa chair, mais il ne s'agissait pas seulement de sexe. Chaque cellule de son corps avait envie d'être avec lui, et penser au lendemain l'emplissait d'horreur et lui faisait froid dans le dos. Elle ne pouvait rien lui dire, elle ne pouvait pas l'avertir de ce qui allait se passer, mais elle pouvait au moins essayer de se souvenir de chaque instant de cette soirée, de confier à sa mémoire la courbe de sa bouche, la ligne hardie de ses sourcils ou la musique de son rire quand elle disait quelque chose d'amusant.

C'est alors que Mia fut déchirée par ce qu'elle venait de réaliser avec angoisse : elle l'aimait. Malgré tout ce qu'elle savait de lui, malgré tout ce qu'il lui avait infligé, bien qu'il fût son ennemi et qu'elle l'ait trahi, malgré tout cela, elle l'aimait de toute son âme.

Et demain, elle l'aurait perdu pour toujours.

CHAPTER TWENTY-TWO

Now that she was done with studying, Mia had no idea what to do with herself. Waking up on Thursday morning, she submitted her papers online and decided to go for a walk in Central Park. Korum again left early in the morning, before she had woken up, so she was on her own for the day. She texted Jessie, but her roommate had her Calculus exam in the afternoon and was frantically cramming. Mia wished there was someone else she could hang out with, just to avoid being alone with her thoughts, but most other students were too busy packing for the summer or still in the middle of finals.

The middle of May was usually a "hit-or-miss" weather in New York. This year, it seemed like summer had started early, and the temperature that day was a balmy seventy-five degrees. Mia gladly put on one of her new spring dresses, a simple blue cotton sheath, and a pair of cream-colored sandals that managed to be both comfortable and stylish. And then she headed out to join the hordes of New Yorkers and tourists that came out to enjoy Central Park.

It was hard to believe that only a month ago Mia had been walking here by herself, with no real knowledge of the Ks, thinking about nothing more than her Sociology paper. She hadn't met Korum yet, and had no idea what a drastic turn her life would take in the next few minutes. What would have happened if she hadn't sat down on that bench that day? Would she even now be packing to go home on Saturday?

As though her feet had a mind of their own, Mia found herself heading toward Bow Bridge, the place of her first close encounter. Unlike the last time, the little bridge was teeming with people today, all seeking to take photos of the picturesque view. Mia found herself a spot on a bench next to a young couple and settled in to read the latest bestselling thriller – something she only had time to do when school wasn't in session.

After a half hour, the couple left, and Mia got the entire bench to herself. Before she could enjoy it for long, however, she heard her name being called. Startled, she looked up and saw a young woman, dressed in a pair of ripped jeans and a white sleeveless shirt, approaching the bench. Her short sandy hair was tousled, like a boy's, and her arms were sleekly muscled. It was Leslie, the girl she'd met that one time with John – one of the Resistance fighters.

"Hey Mia," she said, "do you mind if I join you for a minute?" Without waiting for a response, she sat down on Mia's bench.

"Sure, be my guest," said Mia, somewhat rudely. Leslie was not her favorite person, and she really didn't feel like being tasked with something else right now. As far as Mia was concerned, she had carried out her mission, and all she wanted was to be left alone.

"Look," said Leslie, her tone far friendlier than before, "I know we got off on the wrong foot. I just wanted to say thanks for what you did, and to give you something from John." She held out a small oval object that looked vaguely like a garage opener or an automatic car key.

"What is it?" asked Mia warily, not taking it from her.

"It's a weapon," said Leslie, "a weapon that you can use to protect yourself in case Korum figures out what happened before we have a chance to neutralize him."

"Neutralize him?"

Leslie sighed. "As per your request, we'll try to capture him alive, so he can be deported back to Krina. It's not going to be easy, but we'll do our best."

Mia swallowed. "What . . . um, when are you going to do it?"

"We can't do it before the shields are down, and the attack on the K Centers is underway. He might be able to warn them, or get reinforcements, if we try to take him now, so we can't risk it. It'll have to be almost simultaneous. He's not the only one. There are other Ks who are outside their Centers right now. As soon as they learn of the attack on their colonies – and they'll learn it almost immediately – they will join in the fight. But they're not in some remote areas – they are in our cities, near our government centers. If they realize that we've broken the treaty, they will attack us – and many civilian lives will be lost before we would be able to stop them. So we need to plan everything very carefully, or else it's going to turn into a bloodbath."

This was bad, thought Mia. Really bad. She hadn't thought of that aspect – other Ks who, like Korum, were living among humans for whatever reason. Strong, fast, and armed with K technology, even one individual could inflict a tremendous amount of damage on the human population. She tried to imagine Korum fighting to protect his kind, and shuddered at the thought. Just that one brief glimpse of his rage in the club had been frightening. She had no doubt that he could be truly brutal if the occasion called for it.

Turning her attention back to the little object, Mia asked, "So what is this weapon supposed to do?"

"It dissolves molecular bonds, breaking down everything in its path," said Leslie. "Essentially, it'll turn whatever you want into dust. It's a simple miniature version of the big weapon we intend to use to make the Ks surrender."

Aghast, Mia stared at the small, harmless-looking device in Leslie's palm. "So it could turn a person to dust?"

Leslie nodded. "It'll work on whatever is in its path. The nanomachines it releases work for a period of only about thirty seconds before they become inactive, but that time is usually enough to completely dissolve a person. You don't even need to worry about shooting him in the chest or whatever – if the nanos get on any part of his body, he's toast."

Mia nearly gagged at the thought. "What? No! I could never do something like this!" she exclaimed in horror. "I can't use it on him –"

"You can, and you will," said Leslie, "if your life is at stake. I have no idea if he'll make the connection between what's happening in the K Centers and you – but he's supposed to be some kind of a genius, so I wouldn't be surprised if he did." Running her hand through her short hair in a frustrated motion, Leslie added, "And it's best if you do it quickly, before he has a chance to react. Just point and shoot, no thinking . . . do you understand me? They're fast, Mia, really fast."

Mia shook her head. "I won't do it. I can't –"

Leslie shrugged. "That's your call. If you'd rather die, then so be it – it's none of my business. John asked me to give it to you, and here it is. You can take it and not use it, if that's what you want. But at least you won't be completely helpless when all this shit goes down." She put the device on Mia's lap. "If you want to use it, just feel for the little indentation on the side – if you press firmly there, it's going to go off. Just be sure to point the rounded end toward him –"

Mia shook her head again. "I won't use it," she said with firm conviction.

Leslie looked at her with something resembling pity. "You idiot," she said softly, "you've fallen for the monster, haven't you?"

Mia looked away. "That's none of your business," she said quietly, examining her fingernails. "I did what needed to be done. He'll leave, and that's all there is to it."

"You stupid girl," said Leslie in a contemptuous tone, "you're nothing to him – less than nothing. He'll crush you like a bug if you're anywhere in the vicinity when we attack. Just because he likes to fuck you doesn't mean he'll have mercy on you if he learns what you've done. He's slept with hundreds of women just like you – thousands, probably – and you're nothing special –"

"You don't know anything!" interrupted Mia, feeling each word like a stab in the heart. "You've never even met him –"

Leslie's eyes narrowed. "I don't need to meet him to know exactly what he's like – what all of them are like, Mia. They have no regard for us, for human life. We're just an experiment to them, something they've created. As far as they're concerned, we're their creatures – theirs to do with as they please. And if it pleases them, they will get rid of us and take over our planet for their own use. And you're a fool if you think he's somehow different. He's as bad as they come – he's the one who led them here . . ."

Leslie was right. Mia knew all of that with the rational part of her mind, but her stupid heart refused to get with the program. The knowledge that he would be gone from her life in a few short days was strangely painful, and the thought that he might be harmed in the process made her stomach twist with fear. And yet Leslie was right – he probably would not hesitate to kill her if he learned that her actions had threatened the Ks' agenda here on Earth.

She didn't want to die, but she didn't think she could kill him, not even in self-defense.

Taking a deep breath, Mia asked, "When is it happening? How long until the attack takes place?"

Leslie hesitated, apparently wondering if Mia was still trustworthy.

"Leslie," Mia said wearily, "I know what would happen if he found out I was helping you. I won't warn him. I can't, not without losing my life in the process. I have no regrets about what I've done. Just because I can't kill someone I've been intimate with for the past month doesn't mean I would betray our cause. I just want to know how much longer I have –"

"Until tomorrow," said Leslie. "You have until tomorrow. My advice is to disappear in the morning – get away as far as you can. Don't pack, don't do anything to raise his suspicions. Just leave. One way or another, everything will be over by this weekend."

* * *

That evening, Korum came home late, closer to nine o'clock.

Mia found herself pacing back and forth in the living room starting at five o'clock, unable to sit still or relax in anticipation of what was to come. If Leslie had told her the truth, this would be her last night together with Korum . . . and maybe the last night she was alive. To maximize her chances of survival, she decided to follow Leslie's advice about leaving first thing in the morning. Korum would likely be gone from the apartment by then, and she would have a chance to escape – maybe taking the subway to one of the boroughs. The dissolver, as she'd decided to call it, was sitting in her purse, safe and sound. She had no intention of using it on Korum, but it was still good to know that she had something she could defend herself with, in case all hell did break loose on Friday.

Just to keep herself busy, she went through her closet and tried on a few of her new dresses. Her wardrobe was so large now that many of her clothes still had tags on them, and she had no idea what she owned. Everything fit her perfectly, of course; the shoppers from Saks had done their job. After an hour of trying on one outfit after another, Mia settled on a simple grey sleeveless dress, made of some cotton-silk blend, that hugged her upper body and flared gently from the waist down to her knees. Despite the conservative color and cut, it looked stylish and sexy – as did most of what Mia wore now. To go with the dress, Mia decided to apply some makeup, putting on one coat of mascara and a light dusting of powder. She had no idea why it was suddenly so important to look good tonight, since she didn't normally obsess over such things, but she wanted to appear particularly attractive to Korum this evening. Finishing the outfit with a pair of strappy black heels, Mia resumed her impatient pacing.

He had given her a phone number where he could be reached in case she needed him, but Mia had never used it before. As eight o'clock rolled by, however, she seriously contemplated calling him to find out his whereabouts. But that would be so far out of character for her that he might wonder – and she didn't want to chance his getting suspicious.

Finally, the door opened at a quarter to nine. He came in, dressed in a simple pair of blue jeans and a black T-shirt. It didn't matter what he wore, of course; he would have looked stunning in rags. At the sight of her standing there, a wide dimpled smile appeared on his beautiful face, lighting his features and making those amber eyes crinkle at the corners.

And then a familiar golden glow lit his gaze.

Before she had a chance to say anything, he was next to her, lifting her up effortlessly for a deep, thorough kiss. His tongue stabbed into her mouth, and Mia wound her arms around him and kissed him back, passionately and a little desperately. Her legs found their way around his hips, and they stayed like that, locked in each others' arms, until Mia was gasping for breath and writhing against him, her breasts rubbing against his chest and her loins grinding on his pelvis. He groaned low in his throat, and she could feel his erection grow even bigger, pressing into her nether regions through the material that separated them. Holding her up with one arm, he found the lacy scrap of material that covered her pussy and tore it off, his fingers petting and exploring her moist folds. Mia moaned, driven nearly mindless with desire, and heard the sound of a zipper sliding down. And then he was inside her, his cock thrusting up into her even as he still held her like that, lifted up against him while he was standing in the middle of the living room.

Shocked at the suddenness of his penetration, Mia cried out, her inner tissues struggling to accommodate the intrusion, and he paused for a second, letting her get used to the feel of him in the unfamiliar position. And then he started moving, raising her up and down on his penis with one hand while his other hand buried itself in her hair, bringing her mouth back toward him. There was no slow and gentle build-up this time, as everything inside Mia tensed simultaneously, and then she was hurling into the climax, her muscles clamping down on his cock, and he was coming too, so deeply inside her that she felt his contractions in her belly.

Panting, Mia collapsed against him, unable to believe that this happened just now, in the span of all of two minutes. His breathing was heavy as well, and she could feel his powerful chest moving up and down as she hung in his grasp, his penis still inside her. Once the pulsations of his orgasm ended, he lifted her up and placed her carefully on the ground, his hands still wrapped around her waist. Mia's legs were shaking, and she clung to him, grateful for the support.

Staring up at him, Mia noticed that his eyes were returning back to their regular amber color. His lips curling into a small, wry smile, he said huskily, "I guess I have to apologize again – clearly I don't have any control where you're concerned. I really didn't mean to jump you like that first thing. You're probably hungry too . . ."

Mia actually was, but it didn't matter. Blushing a little at the feel of his semen sliding down her leg, she mumbled quietly, "No, no need for apologies . . . you know that I really enjoyed it too . . ."

His smile now held purely masculine satisfaction. "I'm glad," he murmured. "Now how about some dinner?"

Mia nodded in agreement, and blushed even more when he disappeared for a second and came back with a paper towel that he handed to her. Embarrassed, Mia looked away as she cleaned off the remnants of their passion.

He laughed softly. "You're still such a prude," he teased gently. "We'll have to cure you of that at some point. It's all natural, you know."

Mia shrugged, purposefully not meeting his eyes. For some reason, she still had these occasional bouts of shyness around him, despite all the hot and raunchy sex they've had in the past month.

Korum laughed some more, and then asked, "Since you're dressed so nicely, how do you feel about going out for some French cuisine?"

Mia felt great about that, and she told him so.

"Okay, then, let me take a quick rinse and change, and we'll go," he said, stripping off the T-shirt on the way to the bathroom. The sight of his lean, muscled back made her insides clench with desire again. Why him, she wondered again in desperation, why did he have to be the one to make her feel this way? And how would she be able to bear it when he was gone for good?

The dinner was at a little French place Mia had never heard of. Nonetheless, the meal was outstanding, from the ratatouille Mia had gotten for her main course to the super-light pastry they ended up sharing for dessert.

"So are you now officially done with school for this year?" Korum asked, taking a sip of his red wine. He seemed to like wine and champagne, Mia had noticed, although she had never seen it have any effect on him. Then again, she'd never seen him have more than a couple of glasses.

"That's it," she replied, spearing a piece of zucchini with her fork. "The school year is officially over for me. I turned in all the papers today, and now I can be a total bum."

He grinned. "Somehow I can't quite envision you bumming around all day. Ever since I've known you, you've been busy studying or doing something for school." Reaching for her, he lightly stroked her cheek, his expression becoming more serious. "It'll be nice to have you relax a little. You've been working way too hard in these past couple of weeks. I don't think all that stress is good for your health."

Mia gave him a surprised look. "I'm fine," she protested. "I feel great –

it's really not a problem at all."

Korum regarded her intently, a concerned expression on his face. "I don't know," he said, shaking his head. "Your immune system is so delicate, so fragile – it's really not good for you to overload yourself like that."

Mia shrugged, wondering what got him started on that topic. "My immune system is fine," she said. "It's as strong as that of any other human. You really don't need to worry about me – I don't get sick often or anything like that."

"As strong as any human is not all that strong," he said, a slight furrow between his dark brows. He looked at her speculatively, and Mia had no idea what he was thinking. Whatever it was, he apparently came to some conclusion, because his forehead smoothed out. Changing the topic, he asked about her day, and the conversation again flowed casually and easily.

As the dinner went on, Mia couldn't help but stare at him, drinking in the sight of his face, the animated gestures he used when he spoke about something he found exciting, the way his tall, muscular body moved in his chair – even the smallest of motions endowed with that athletic, inhuman grace. Her flesh craved him sexually, but it now went beyond that. Every cell in her body yearned to be with him, and the thought of tomorrow filled her with a cold, sick horror. She couldn't tell him, couldn't warn him of what was to come, but she could try to remember every moment of this evening, to commit to her memory the curve of his mouth, the bold slashes of his eyebrows, the way his laugh sounded when she said something amusing.

An agonizing realization tore through her then: she loved him. Despite everything she knew about him, despite everything he'd done to her, despite the fact that he was her enemy and she'd betrayed him – despite all that, she loved him with every fiber of her being.

And tomorrow, she would lose him forever.

CHAPITRE VINGT-TROIS

Le bruit léger, mais persistant de la pluie réveilla Mia le lendemain matin. Encore à demi endormie, elle s'étira sans la moindre hâte de commencer cette nouvelle journée. Puis son cerveau fit le rapprochement et elle s'assit, le souffle coupé en réalisant ce qui allait se passer ce matin.

Elle sauta du lit, se força à aller aux toilettes puis à se laver les dents, et suivit son rituel matinal habituel au cas où Korum aurait encore été à la maison. Quand ce fut fait, elle mit un jean et enfila une chemise confortable à manches longues et s'aventura au salon pour vérifier ce qui se passait.

Il n'y avait personne, ni au salon ni à la cuisine. Mia eut presque un frisson de soulagement. Korum avait dû faire comme d'habitude et sortir pour passer la journée comme à l'accoutumée. Mais après la vague de soulagement vint la déception. D'un point de vue rationnel elle savait qu'elle devrait être contente d'avoir une chance de s'enfuir, et que la fortune lui souriait en lui permettant d'éviter une dernière rencontre avec son amant extra-terrestre, une rencontre potentiellement fatale, mais cela ne pouvait compenser la blessure béante qui s'était ouverte dans son cœur en s'apercevant qu'elle ne le reverrait jamais plus.

La nuit dernière avait été extraordinaire, jamais dans ce que Mia avait vécu avec lui, leur liaison ne s'était autant rapprochée d'une relation amoureuse. Il l'avait traitée comme une princesse l'avait adoré de tout son corps, et de nouveau Mia s'était mise à pleurer, incapable de réprimer ses larmes en pensant à ce qui adviendrait le lendemain. Il avait essayé de la consoler, de découvrir ce qui la rendait si malheureuse, mais cette fois Mia avait été incapable de lui répondre d'une façon cohérente. Finalement, il l'avait reprise, son corps imprimant à celui de Mia un rythme implacable et sauvage, jusqu'à ce qu'elle ne puisse plus penser à rien et que ses soucis se consument dans le feu de la passion, jusqu'à ce qu'elle hurle d'extase chaque fois qu'il la faisait jouir, encore et encore. Puis elle avait simplement perdu conscience, trop épuisée pour se rappeler la raison initiale de ses larmes.

Mais ce n'était pas le moment de penser à ça. Surtout si elle voulait s'en sortir vivante.

Elle attrapa son sac à main, laça ses baskets et se prépara à quitter l'appartement de Korum. Elle jeta un dernier coup d'œil au mobilier de couleur crème et aux plantes vertes, et se dirigea vers la porte, chacun de ses pas lui pesant davantage que le précédent.

Elle ne savait pas pourquoi, mais elle fit demi-tour et alla dans le bureau de Korum, laissant son sac à main sur le canapé du salon. Son inconscient se rattachait-il encore à l'espoir qu'il puisse y être ? Qu'elle pourrait encore le voir une dernière fois ? Elle ne le croyait pas, mais ses pieds semblaient agir d'eux-mêmes et la conduisirent vers les portes coulissantes qui s'ouvrirent sur son passage.

Il n'y avait personne dans la pièce, mais une immense carte en 3D différente de tout ce qu'elle avait vu jusqu'ici étincelait devant elle.

Son cœur lui martelait la poitrine quand elle entra dans la pièce comme conduite par un fil invisible.

Ce n'était pas New York qui s'étalait devant elle ; elle l'aurait reconnu au premier coup d'œil. En fait, cela ne ressemblait pas du tout à une ville. Il y avait de la végétation partout. Des plantes vertes luxuriantes semblaient dominer le paysage, certaines familières et d'autres exotiques. De pâles structures oblongues surplombaient les arbres, elles ressemblaient un peu à des chapeaux de champignon. S'il n'y avait pas eu ces structures, Mia aurait pensé qu'elle regardait un parc ou une forêt dans un pays tropical. C'était beau… et étrange. Quand elle réalisa exactement ce qui était devant elle, ses cheveux se dressèrent sur sa tête.

Il ne pouvait s'agir que d'un centre K, sans doute leur centre principal qui se trouvait au Costa Rica. Un jour Korum lui avait dit qu'il s'appelait Lenkarda.

Le cœur battant Mia fit le point sur la situation. Il fallait partir et il fallait partir immédiatement. Pourquoi Korum regarderait-il la carte de l'un des centres K ? Soupçonnait-il quelque chose ? Et pourquoi ferait-il preuve d'une telle négligence et laisserait-il cette carte ici en pleine vue ? La soupçonnait-il finalement ? Était-ce un piège ?

À cette dernière question, Mia sentit une vague de terreur glacée l'envahir. Elle devait partir sans plus tarder.

Et pourtant elle n'arrivait pas à s'arracher à la vue extraordinaire qui était devant elle. Combien d'êtres humains avaient pu la partager ? Les centres K étaient jalousement gardés et il était interdit de les survoler. Même les satellites humains ne pouvaient les observer. Les défenses Krinar avaient rendu les centres pratiquement invisibles aux systèmes électroniques humains. Et elle avait la chance de regarder une colonie d'extra-terrestres, de voir l'endroit où Korum avait habité.

Désormais Mia était poussée par une terrible curiosité. Contre toute raison et en dépit du bon sens, elle avança plus en avant dans la pièce, tourna lentement autour de la table et examina le tableau qui se trouvait devant elle.

Les bâtiments, si c'étaient des bâtiments, étaient très éloignés les uns des autres et s'intégraient harmonieusement dans leur environnement. Autant que Mia puisse en juger, il n'y avait pas de rues goudronnées ni de trottoirs, chacune des constructions était isolée au milieu de la verdure. Et Mia réalisa qu'il n'y avait ni portes ni fenêtres, en tout cas elle n'en voyait aucune. Tous les bâtiments étaient de couleur claire ; l'ivoire, le crème et le beige pâle dominaient, bien que l'on puisse aussi voir des nuances de gris clair et de couleur pêche.

Vers le centre de la carte, il y avait plusieurs constructions plus grandes, y compris un vaste dôme circulaire. Tous étaient de couleur blanche. Mia supposa qu'il s'agissait sans doute de lieux de réunion publique. Eux n'ont plus n'étaient pas desservis par des rues ou des trottoirs et n'avaient ni entrées ni sorties visibles.

À la périphérie de la colonie se trouvaient des bâtiments plus petits, disposés à intervalles réguliers et entourant le périmètre tout entier. Ils étaient verts et bruns et se mêlaient si bien au paysage que Mia dut regarder attentivement avant de s'apercevoir de leur présence. Elle réalisa que c'était une forme de camouflage. Sans le léger rayonnement qui émanait d'eux, elle n'aurait pas pu deviner qu'ils existaient. Mia se demanda s'il s'agissait d'une sorte de poste de garde. Après tout, les Ks étaient en territoire ennemi et ils étaient bien moins nombreux que les indigènes. Il était donc logique que la sécurité de leurs colonies soit une priorité.

Au-delà de ces bâtiments verts et bruns, on voyait encore plus de verdure, la végétation dominait tout le paysage. Et à l'ouest, Mia vit une grande étendue d'eau, peut-être un océan quelconque. Si on était au Costa Rica, c'était sans doute l'océan Pacifique ; le pays avait deux côtes, mais la région de Guanacaste dont lui avait parlé Korum se situait sur le Pacifique.

Mia fixait avec émerveillement ces images en 3D quand elle remarqua une lumière qui lui était familière autour des zones proches de l'océan.

En la regardant de plus près, elle vit une petite construction de bois qui semblait initialement avoir été construite par des hommes, une sorte de hutte. Osant à peine respirer, Mia tendit la main dans sa direction et la retira aussitôt quand elle se souvint de ce qui s'était passé la dernière fois qu'elle était entrée dans ce monde de réalité virtuelle sans moyen d'en revenir. Elle jeta un coup d'œil éperdu autour de la pièce et vit le pull de Korum qui pendait sur le dos d'une des chaises.

Elle l'enfila rapidement et toucha l'image brillante d'une main tout en se préparant mentalement au changement de réalité dont elle avait déjà fait l'expérience.

Puis elle s'y retrouva, elle était debout sur la plage, elle respirait la brise et son parfum de sel, elle sentait la chaleur du soleil sur son visage et elle entendait le grondement de l'océan. Une libellule fendit l'air tout près d'elle, suivie d'une abeille. Elle pouvait voir une petite bête ressemblant à un crabe traverser le sable à toute vitesse à quelques mètres d'elle. Tout semblait si réel et pourtant elle savait qu'elle était probablement dans une sorte d'enregistrement.

La lumière lui fit cligner des yeux puis Mia regarda attentivement autour d'elle. Un petit sentier menait de la plage à la construction ressemblant à une hutte qui se cachait dans les arbres. Se sentant un peu comme Alice au Pays des Merveilles, elle alla dans cette direction ne pouvant résister à la curiosité de savoir ce qu'il y avait à l'intérieur.

Plus elle la voyait de près, plus la hutte semblait ancienne et délabrée. Elle avait dû être construite par des hommes ; si l'on en jugeait par l'état du bois, sa construction était définitivement antérieure à l'arrivée des Ks sur terre. Elle avait une porte ce qui voulait dire que Mia pouvait y entrer et l'explorer. Elle retint d'avance sa respiration, poussa la porte pour l'ouvrir tout en faisant la grimace en entendant grincer ses gonds.

L'intérieur de la hutte était d'une propreté immaculée, on n'y trouvait ni toiles d'araignée ni rien de ces choses désagréables qui peuplent d'habitude un bâtiment abandonné. Le mobilier était ancien et simple, mais encore utilisable, il y avait une petite table et quelques chaises autour. Il y avait aussi une paillasse par terre, apparemment pour dormir. La pièce était complètement vide. Mia regarda tout autour. Pourquoi Korum avait-il cet enregistrement ? Visiblement il ne s'y passait rien.

C'est alors que la porte s'ouvrit et qu'un K de sexe masculin entra. Il avait l'apparence caractéristique de leur espèce, grand et beau, avec les cheveux noirs et la peau très bronzée. Il portait un short gris dont le tissu était étrange, une chemise sans manches très ample et de fines sandales aux pieds. Retenant son souffle, Mia le regarda fixement, mais il ne se rendait visiblement pas compte de sa présence. Pourtant il paraissait nerveux. Il regarda brièvement et furtivement autour de lui puis se dirigea vers la table. À tout hasard Mia se retira de son passage et monta sur la paillasse, ne sachant pas ce qui se passerait si elle touchait quelqu'un dans cet étrange monde virtuel.

Le K déplaça la table sur le côté et s'accroupit pour regarder quelque chose sur le sol. Puis il appuya sur une des lames du plancher qui sembla céder sous ses doigts. Il la dégagea davantage, tira sur quelque chose et tout le sol s'ouvrit. Sans la moindre hésitation, il y sauta et l'ouverture se referma lentement sur son passage.

En observant ce qu'il faisait, Mia sentait son cœur battre de plus en plus vite. L'occasion se présentait à elle, mais oserait-elle le suivre ?

Jusqu'où allait-il et que se passerait-il si elle sautait après lui ? Se ferait-elle mal, pourrait-elle se blesser ? Rien de tout cela n'était réel, elle regardait seulement un film très réaliste. Mais certaines sensations y existaient pourtant, la chaleur, les odeurs, le toucher. La dernière fois, quand elle était tombée sur le trottoir, elle n'avait rien senti du tout. Et l'ouverture dans le sol se refermait à toute vitesse. Eh bien tant pis, décida Mia. Sa présence à cet endroit mettait déjà sa vie en danger, quel sens pouvait avoir une blessure potentielle dans un monde virtuel ?

Elle respira profondément et sauta.

D'abord, il n'y eut que l'obscurité et le vertige de la chute, puis un sol en dur sous ses pieds, Mia y atterrit facilement, comme un chat. Ayant du mal à reprendre son souffle et à réaliser qu'elle y était parvenue, Mia se tâta les jambes et les genoux d'une main. Elle semblait saine et sauve et se mit à respirer de nouveau normalement. Elle ne s'était rien cassé en tombant. Il lui suffisait maintenant de comprendre où elle était.

La pièce dans laquelle elle était arrivée était petite et banale, mais elle avait une porte. Le K avait dû en sortir par là. Mia l'ouvrit prudemment et regarda à l'intérieur.

De l'autre côté, il y avait une grande pièce où se trouvaient plusieurs Ks, y compris celui que Mia avait suivi. Son cœur s'arrêta de battre. Elle n'avait jamais vu autant d'extra-terrestres réunis au même endroit, et c'était un spectacle saisissant.

Il y avait cinq Ks de sexe masculin et deux de sexe féminin, tous grands et beaux à leur manière. Ils étaient visiblement habillés comme on s'habille quand il fait chaud, les Ks mâles portaient des shorts et diverses sortes de chemises sans manches et les Ks femelles des robes légères et flottantes qui ne leur couvraient que les seins et les hanches et laissaient presque toute leur peau bronzée à l'air libre. Malgré leurs costumes, Mia ne pensait pas qu'ils étaient là pour profiter de la brise marine. Ils semblaient tendus et inquiets, leurs gestes étaient brusques et presque violents comme s'ils se disputaient au sujet de quelque chose en langue Krinar.

Dans l'ensemble, ils lui faisaient penser à un clan de lions avec leur manière de rôder dans la pièce et cette grâce sauvage si particulière à leur espèce.

Finalement, l'un d'eux regarda son poignet où un petit instrument semblait attaché. En aboyant ce qui ressemblait à un ordre, il appuya sur un bouton et une image holographe apparut au milieu de la pièce. Les autres Ks se mirent autour et Mia se rapprocha pour essayer de voir ce qu'ils regardaient. À sa surprise, c'était un homme, un terrien, sans doute un militaire à en juger par l'uniforme qu'il portait.

— Nous sommes tous en sécurité ! dit le K aux cheveux noirs en anglais des USA à l'accent parfait. Chacun d'entre nous a quitté le centre à différents moments hier soir et ce matin. Êtes-vous près de votre côté, mon général ?

Un général ? Mia se sentit envahie de terreur. Ce devait être les Keiths et ils travaillaient avec les forces terriennes dont John lui avait parlé. Et puisqu'elle pouvait les observer ainsi, leur identité n'était plus un secret. Korum savait exactement qui ils étaient et ce qu'ils manigançaient. La panique provoqua presque une hyperventilation chez Mia, en regardant cette scène avec horreur elle savait qu'elle allait mal se terminer.

Le général acquiesça d'un signe de tête.

— Nous sommes prêts. Nos hommes sont postés aux positions que nous avons choisies ensemble à l'extérieur des centres. À votre signal l'opération pourra commencer.

L'une des Ks du sexe féminin, une beauté brune aux yeux noisette s'approcha de l'image.

— Et ceux qui sont en dehors des centres ? Avez-vous quelqu'un pour capturer chacun d'eux ?

— Oui, dit le général en hésitant. Mais il y a un petit problème. Il y en a un qu'on n'a pas retrouvé.

La K plissa des yeux.

— Qu'est-ce que ça veut dire, vous ne l'avez pas retrouvé ? De qui s'agit-il ?

— C'est Korum. Nous n'avons pas réussi à le trouver ce matin.

Les Ks eurent un sifflement de rage et se mirent à parler avec colère dans leur propre langue. Celle qui venait de parler faisait de violents gestes pour essayer de convaincre le K aux cheveux noirs de quelque chose, mais il se contentait de secouer la tête en répétant toujours la même chose. Mia aurait tant voulu pouvoir comprendre ce qu'ils disaient, mais tout ce qu'elle saisissait, c'était le nom de Korum qui revint à plusieurs reprises.

Après avoir visiblement pris une décision, le K aux cheveux noirs revint vers l'image.

— Mon général, c'est un très grave problème. Pourquoi ne pas nous en avoir parlé plus tôt ?

La dureté de sa voix trahissait sa colère.

— La situation n'a dégénéré que depuis une demi-heure. Nos deux meilleurs combattants l'ont suivi quand il est sorti de son appartement. Ensuite il est entré chez Starbucks et il a tout simplement disparu. Nous ne l'avons pas vu en sortir et nous avons fouillé le café de haut en bas. Je viens seulement d'en être informé depuis quelques minutes.

— Vous êtes des imbéciles ! lui jeta la K. Combien de fois, nous vous avons dit à quel point il est dangereux ? Pourquoi aurait-il disparu comme ça ? A-t-il repéré vos combattants ?

Le général la regarda d'un air impassible.

— Voulez-vous que nous annulions l'opération ?

Les Ks se regardèrent et se mirent de nouveau à discuter dans leur langue. Une minute plus tard, ils semblaient être parvenus à une conclusion.

— Non ! dit la K en anglais en secouant la tête. Il est trop tard maintenant. Si quelque chose a éveillé ses soupçons, au point où nous en sommes la pire chose que nous puissions faire serait de renoncer. Nous devrons nous occuper de lui plus tard en espérant ne pas perdre trop de vies dans l'opération.

— Nous avons donc votre feu vert ?

— Oui, vous l'avez ! dit le K aux cheveux noirs et la K approuva d'un signe de tête.

— Très bien ! dit le général. L'opération Liberté commencera à 9 heures, heure de l'Est.

Mia regarda éperdument tout autour de la pièce pour essayer de savoir quelle heure il était maintenant. Il y avait une vieille pendule rouillée sur l'un des murs. Elle indiquait 6 h 55. Si c'était l'heure exacte et si elle était effectivement au Costa Rica, l'attaque commencerait dans moins de cinq minutes puisque ce pays d'Amérique Centrale avait deux heures de retard par rapport à New York.

L'image du général disparut et fut remplacée par une autre. C'était la forêt, avec en arrière-plan les structures circulaires verdâtres et brunes que Mia connaissait déjà. Elle réalisa que c'était la périphérie de la colonie. Les Keiths allaient donc observer l'attaque à partir de ce bunker souterrain où ils estimaient être en sécurité.

Mia sentit que ses mains commençaient à trembler. Oh mon Dieu, si seulement elle pouvait les prévenir… Mais c'était trop tard désormais. Quand Mia était entrée dans le bureau de Korum 10 heures avaient déjà sonné à New York. Si l'attaque avait eu lieu, Mia en aurait entendu parler, elle aurait reçu des textos inquiets de Jessie ou aurait reçu des alertes d'urgence des agences de presse sur son téléphone.

Non, la résistance avait sans doute échoué. Et maintenant, elle ne pouvait qu'être la témoin impuissante de la catastrophe qui avait lieu sous ses yeux.

Les Keiths faisaient les cent pas dans la pièce, en échangeant parfois de brefs commentaires, mais restant le plus souvent silencieux. L'holographe montrait une frontière calme et paisible, avec pour seule distraction le vol occasionnel d'un insecte. Le temps semblait s'être ralenti, chaque seconde passant plus lentement que la précédente. Mia s'aperçut qu'elle se rongeait les ongles, quelque chose qu'elle ne faisait plus depuis le lycée. Elle regardait les Ks dont l'anxiété s'intensifiait sans cesse.

L'horloge indiqua 7 heures et l'enfer se déchaîna.

Quelque chose brilla à la lisière de la forêt et il y eut un éclair de lumière bleue. Les Keiths hurlèrent triomphalement et Mia réalisa que les évènements leur étaient favorables, peut-être avaient-ils détruit l'une des défenses.

Puis il y eut une lumière aveuglante et la structure circulaire disparut, se désintégrant sous ses yeux. Un autre éclair et une nouvelle structure avait disparu. Oh, mon Dieu, réalisa Mia, l'attaque était bien réelle, elle avait bien lieu. Ils prenaient les postes de garde et franchissaient les défenses du centre.

Tout à coup, les forces des terriens firent irruption et se précipitèrent vers la frontière. Revêtus de tenues de combat, ils semblaient tous être des soldats bien entraînés et ils étaient nombreux, des douzaines, non, des centaines… Ils couraient en direction de la frontière et sur leur passage tout disparaissait dans des éclairs de lumière vive.

Puis l'image holographe se modifia, il y eut un zoom arrière et Mia put voir l'étendue de ce qui se passait.

Des milliers d'hommes avaient massé leurs troupes à la frontière, la plupart armés d'armes terriennes. La destruction des postes de garde sembla constituer une sorte de signal et alors l'attaque proprement dite commença. Une gigantesque vague de soldats terriens déferla sur le centre et se dispersa pour en encercler le périmètre.

Elle put entendre les haut-parleurs de la résistance exigeant la reddition des Ks et leur annonçant qu'ils avaient des armes nano prêtes à entrer en action.

Et puis tout changea en un clin d'œil.

Quand la première vague de soldats atteignit la frontière, il y eut un autre éclair de lumière bleue et le scintillement fut de retour. Les Keiths crièrent quelque chose, Mia regarda avec horreur et vit les hommes du front rejetés en arrière par quelque force invisible et brûlés vifs.

Elle ouvrit la bouche pour hurler de terreur et brusquement tout était fini. Une gigantesque vague de lumière rouge déferla sur le champ de bataille et les troupes humaines qui y restaient encore tombèrent toutes sur le sol pour ne plus bouger. Des milliers d'hommes n'étaient plus désormais que des cadavres gisant dans l'herbe. C'était comme si une bombe avait éclaté, mais au lieu de les pulvériser elle s'était contentée de les tuer avec cette éclatante lumière rouge.

Mia ne pouvait plus respirer, elle ne pouvait quitter du regard la destruction qui faisait rage. Il lui semblait que sa poitrine allait exploser tant son cœur battait violemment contre sa cage thoracique et sa gorge était pleine de bile. Tout était de sa faute ! Si elle avait agi autrement, rien de tout cela ne serait arrivé. Il n'y aurait pas eu d'attaque et tous ces gens seraient chez eux avec leur famille, faisant ce qu'ils avaient affaire au lieu de mourir sous ses yeux. Elle avait maintenant des milliers de vies humaines sur la conscience.

Les Keiths furent pris de panique, la pièce résonnait de leurs cris et de leurs disputes. Mia réalisa avec un haut le cœur qu'ils essayaient de décider s'il fallait s'enfuir ou rester sur place.

Ils avaient tout risqué, ils avaient tout perdu, et maintenant ils allaient payer. À cet instant, au-dessus de leur tête, le plafond s'écroula et ils hurlèrent de terreur en voyant la lumière vive du matin qui entra à flots dans la pièce ; visiblement, au-dessus d'eux, la hutte avait été détruite.

Mia hurla aussi et se coucha au sol pour se protéger, même si son cerveau lui disait qu'elle était dans une autre réalité, que ce n'était pas elle qui était en danger. Elle était pétrifiée, tapie en boule dans un coin, les genoux contre la poitrine, et elle regardait avec un sentiment d'impuissance d'autres Ks descendre d'un bond dans la pièce ; ils portaient de simples vêtements gris dont elle devina qu'ils devaient être leur uniforme militaire.

Le K aux cheveux noirs bondit sur l'un des soldats, son attaque fut si rapide et si inattendue que Mia eut à peine le temps de la voir. Il fut rejeté tout aussi vite et son corps s'effondra sur le sol en secousses incontrôlées. Un autre soldat, Mia devina que c'était leur chef, hurla un ordre, et les secousses s'arrêtèrent. Le Keith aux cheveux noirs avait maintenant perdu connaissance. Les autres Keiths s'immobilisèrent, ne voulant pas partager son sort, l'expression de leur visage allant de la rage à l'amertume de la défaite. Quelles que soient les armes invisibles dont disposaient les soldats, elles suffisaient clairement à dissuader les Keiths de poursuivre le combat.

Tout était fini, pensa Mia tristement. Les larmes coulaient le long de son visage quand elle vit les soldats entourer le cou des Keiths d'un cercle d'argent. Les cercles se refermèrent avec un léger clic et ce son résonna comme une conclusion, c'était le son de la défaite. La résistance avait perdu, leurs forces avaient été totalement décimées et leurs alliés extra-terrestres avaient été capturés. L'opération Liberté avait échoué et des milliers de vies humaines avaient été perdues. La libération de la terre n'aurait pas lieu, ce n'était pas pour aujourd'hui, et peut-être n'arriverait-elle jamais.

Un autre K descendit en bondissant dans la pièce, chacun de ses mouvements était maîtrisé avec grâce. Contrairement aux autres, il était vêtu comme un humain, en jean et tee-shirt beige. Mia reconnut le trait sombre des sourcils qu'elle connaissait si bien, ainsi que les yeux dorés et perçants, la bouche sensuelle qui avait alors une expression de cruauté et qui dessinait une ligne implacable dans ce visage remarquablement beau.

C'était Korum. Son ennemi, son amant… dont les semblables venaient de tuer des milliers de gens sous ses propres yeux.

CHAPTER TWENTY-THREE

A faint but steady sound of rain woke up Mia the next morning. Still half-asleep, she stretched, reluctant to face the day for some reason – and then her brain connected the dots and she sat up, gasping at the realization of what was to take place this morning.

Jumping out of bed, she forced herself to walk to the restroom and brush her teeth, following her usual morning routine in case Korum was still in the house. Once done, she pulled on a pair of jeans and a comfy long-sleeved shirt and carefully ventured out into the living room to check on the situation.

The living room and the kitchen areas were empty, and Mia almost shuddered with relief. Korum must have followed his usual routine, leaving for the day to do whatever it was that he did. And after the wave of relief came disappointment. Rationally, she knew that she should be glad she would have a chance to get away, that fate was being kind by enabling her to avoid one last – potentially deadly – encounter with her alien lover, but that didn't help the gaping wound in her heart that had opened at the recognition that she would never see him again.

Last night had been incredible, the sex between them as close to lovemaking as Mia had ever experienced. He had treated her like a princess, worshipping her with his body, and Mia had cried again in the aftermath, unable to stem the flood at the knowledge of what tomorrow would bring. He had tried to soothe her, to find out what was causing her distress this time, but Mia had been incoherent. And finally, he had simply taken her again, his body driving into hers in a savage, relentless rhythm until she could not think about anything at all, her worries burning up in the heat of passion – until she screamed in ecstasy as he brought her to peak, over and over again. And then she had simply passed out, too exhausted to remember why she had been crying in the first place.

But she couldn't think about that now. Not if she wanted to get out alive.

Grabbing her purse, Mia laced up her sneakers and prepared to leave Korum's apartment. With one last look at the cream-colored furniture and leafy plants, she walked toward the door, each step feeling heavier than the rest.

She wasn't sure what made her turn back, to go toward his office, leaving her purse sitting on the couch in the living room. Was her subconscious still clinging to the hope that he was here? That she might be able to see him one final time? She didn't think so, but her feet appeared to have a mind of her own, bringing her toward the sliding doors that parted at her approach.

There was no one in the room, but a giant three-dimensional map shimmered before her, looking like nothing she had ever seen before.

Her heart hammering in her chest, Mia stepped into the room, as though drawn in by an invisible string.

This was not New York spread out before her; she would have recognized that at a glance. In fact, it was not like a city at all. Vegetation was everywhere. Lush green plants seemed to dominate the landscape, ranging from the familiar to the exotic. Pale-colored oblong structures could be seen peeking through the trees, looking a bit like strange mushroom caps. If it hadn't been for the structures, Mia would've thought she was looking at a park or a forest in some tropical country. The place was beautiful . . . and alien. Every little hair on her nape stood up as Mia realized exactly what she was looking at.

It had to be a K Center . . . perhaps even their main one in Costa Rica. Lenkarda, Korum had called it once.

Her heart racing, Mia assessed the situation. She needed to leave, and she needed to do so now. Why would Korum be looking at a map of one of the K Centers? Was he suspecting something? And why would he be so careless as to leave it visible like that? Did he suspect her after all? Was this a trap?

At the last thought, Mia felt a cold wave of terror rushing through her veins. She had to leave right now.

Yet she couldn't tear her eyes away from the incredible picture in front of her. How many humans had seen such an amazing sight? The K

Centers were closely guarded, with a no-fly zone established over them. Even human satellites could not view them; the Krinar shields had rendered the settlements all but invisible to human electronics. And here was a chance for her to look at an alien colony, to see where Korum had lived.

A terrible curiosity drove Mia now. Ignoring all reason and common sense, she stepped further into the room, slowly circling around the table and studying the tableau laid out in front of her.

The buildings – if that's what they were – were spaced widely apart and blended harmoniously into their surroundings. There were no paved roads or sidewalks as far as Mia could see; instead, each structure stood alone, right in the middle of all the greenery. And there were no windows or doors, Mia realized – at least none visible to her eyes. Each building was light in color; ivory, cream, and soft beige were the most prevalent, although light grey and pale peach shades could also be seen.

Toward the center of the map, there were several larger structures, including one big circular dome. They were purely white in color. Mia surmised that those were probably common gathering areas. There were no sidewalks or roads leading to them either, and no visible entrances or exits.

On the outer edges of the settlement, some smaller circular buildings were spaced evenly apart, surrounding the entire perimeter. They were green and brown and blended into the scenery so well that Mia had to look carefully to discern their presence. It was like camouflage, she realized. If it hadn't been for a slight shimmer that the buildings seemed to emit, she wouldn't have known they were there. Mia wondered if these were some kind of guard posts. The Ks were in hostile territory after all, far outnumbered by the natives; it only made sense that the security in their colonies would be strong.

Beyond the green-brown buildings lay more greenery, the plant life dominating everything in sight. And to the west, Mia saw a large body of water – perhaps an ocean of some kind. If this was Costa Rica, then it was likely the Pacific; although the country had two coasts, the Guanacaste region that Korum had mentioned was located on the Pacific side.

As Mia stared in wonder at the three-dimensional images, she noticed a familiar glow surrounding one of the areas near the ocean. Peering closer at it, she saw a small wooden structure that looked human in origin – like a hut of sorts. Hardly daring to breathe, Mia extended her hand toward it, and then jerked back, remembering what had happened the last time she entered this virtual reality world without a way to get back. Casting a desperate glance around the room, she saw Korum's sweater hanging on the back of one of the chairs. Ah-hah!

Quickly putting on the sweater, Mia touched the glowing image with her hand, bracing for the reality shift she'd experienced before.

And then she was there, standing on the beach, breathing in the salt-scented breeze, feeling the warm sun on her face, and hearing the roar of the ocean. A dragonfly whizzed by, followed by a bee. She could see a little crab-like creature scuttling across the sand a few feet away from her. It all seemed so real, yet she knew she was probably in a recording of some kind.

Squinting against the brightness, Mia stared at her surroundings. There was a little path leading from the beach toward the hut-like building she saw nestled among the trees. Feeling a bit like Alice in Wonderland, she headed toward it, unbearably curious to see what was inside.

The hut looked old and decrepit, even more so on closer inspection. It had to be human-made; judging by the condition of the wood, it definitely predated the Ks' arrival. It also had a door, which meant that Mia could go inside and explore. Holding her breath in anticipation, she pushed open the door, wincing at the squeaky sound of the rusted hinges.

The interior of the hut was immaculately clean, free of cobwebs and other unpleasant things one might expect to find in an abandoned building. The furniture was old and plain, but still serviceable, with a small table and a few chairs arranged around it. There was also a pallet on the floor, apparently for sleeping. And the place was completely empty. Disappointed, Mia looked around. Why did Korum have this recording? Clearly, nothing was happening.

And then the door opened, and a male K came in. He looked very typical of their kind, tall and good-looking, with black hair and darkly bronzed skin. He wore a pair of grey shorts made of some unusual material, a loosely fitting sleeveless top, and some type of thin sandals on his feet. Hardly daring to breathe, Mia stared at him, but he was obviously unaware of her presence. He did seem nervous, however. Casting a brief, furtive look around, he walked toward the table. Just in case, Mia scooted out of his way, climbing onto the pallet, uncertain what would happen if she physically touched someone in this strange virtual world.

The K moved the table to the side and squatted, looking at something on the floor. Then he pressed on one of the floorboards, and it seemed to give under his fingers. Loosening it further, he pulled on something, and the entire section of the floor opened up. Without any hesitation, he jumped down, and the opening slowly began to close behind him.

Mia's heart raced as she observed his actions. Here was her chance, but did she dare follow him? How far down was his destination, and what would happen if she jumped after him? Would she be hurt, injured? This wasn't real; she was just watching a very realistic movie. But certain sensations were still there – heat, smell, touch. Yet falling down on the sidewalk the last time hadn't hurt at all. And the opening in the floor was closing more with each second. To hell with it, Mia decided. She was already risking her life by being here – what's a potential injury in a virtual world?

Taking one deep breath, she jumped.

At first, there was only darkness and the stomach-churning sensation of falling, and then the hard floor was beneath her feet, and Mia landed on it easily, like a cat. Gasping for air, hardly daring to believe that she had made it, Mia felt her legs and knees with her hands. Everything seemed to be fine, and Mia's breathing began to return to normal. She had survived the jump in one piece, and now she just needed to figure out where she was.

The room where she had landed was small and nondescript, but there was a door. The K had to have gone through there. Carefully opening it, Mia peeked inside.

Beyond the door lay a large room, occupied by several Ks, including the one Mia had been following. Her heart skipped a beat. She had never seen so many aliens gathered in one place, and it was a striking sight.

There were five males and two females, all tall and beautiful in their own way. Their clothes were clearly intended for hot weather, with the males wearing shorts and various styles of sleeveless shirts and the females dressed in light, floaty dresses that only covered their breasts and hips, leaving most of their golden skin exposed. Despite their attire, Mia doubted they were there to enjoy the ocean breeze. They looked tense and worried, their gestures sharp and almost violent as they argued about something in the Krinar language. In general, they reminded Mia of a pride of lions, prowling around the room with that animalistic grace peculiar to their species.

Finally, one of them looked at his wrist, where a little device seemed to be attached. Barking out what sounded like a command, he pressed some button and a holographic image appeared in the middle of the room. The rest of the Ks gathered around, and Mia moved closer, trying to see what they were looking at. To her surprise, it was a human man, possibly someone in the military, judging by the uniform he wore.

"We're all safe," said the black-haired K in a perfectly accented American English. "All of us left the Center at various points this morning and last night. Are you ready on your end, General?"

General? Mia felt icy terror spreading through her veins. These had to be the Keiths – and they were working with the human forces that John had mentioned. And since she was observing them this way, their identities were no longer secret. Korum knew exactly who they were and what they were up to. Nearly hyperventilating in panic, Mia stared in horror at the scene that she knew could not possibly end well.

The general nodded. "We're ready. Our people are stationed at the agreed-upon points outside the Centers. The operation will commence upon your signal."

One of the female Ks, a brown-haired hazel-eyed beauty, approached the image. "And the ones outside? Do you have someone ready to take each of them out?"

"We do," said the general slowly, "but there's one small problem. One of them is missing."

The female's eyes narrowed. "What do you mean, missing? Who?"

"Korum. We haven't been able to locate him this morning."

The Ks hissed in anger, breaking into angry speech in their own language. The female who spoke gesticulated wildly, trying to convince the black-haired male of something, but he merely shook his head, repeating some phrase over and over. Mia desperately wished she understood what they were saying, but all she could catch was the occasional mention of Korum's name.

Apparently deciding on something, the black-haired K turned to the image again. "General, this is a major problem. Why weren't we notified of this earlier?" His voice was harsh with anger.

"We had the situation under control up until thirty minutes ago. Our two best fighters were on him, tracking him as he left his apartment. And then he walked inside a Starbucks and just disappeared. We never saw him come out, and we searched the entire place top to bottom. I was notified of this development a few minutes ago myself."

"You idiots," the female spat at him. "How many times have we told you how dangerous he is? Why would he disappear like that? Did he spot your fighters?"

The general stared at her with an impassive gaze. "Do you want us to call off the operation?"

The Ks looked at each other, discussing it some more in their language. After about a minute, they seemed to reach a conclusion of some kind. "No," the female said in English, shaking her head, "it's too late for that. If something made him suspicious, then the worst thing to do would be to retreat at this point. We'll have to deal with him later, and hope that not too many lives will be lost in the process."

"Do we have your go-ahead to proceed then?"

"You do," said the black-haired male, and the female nodded.

"Very well," said the general. "Operation Liberty will commence at nine hundred hours, Eastern time."

Mia frantically looked around the room, trying to figure out the time now. An old rusted clock hung on one of the walls. It showed 6:55. If that was correct and she was indeed in Costa Rica, then the attack would take place in less than five minutes, since the Central American country was two hours behind New York.

The image of the general disappeared, and another picture took its place. This one was of a forest, with the familiar greenish-brown circular structures in the background. It was the edge of the colony, Mia realized. The Keiths were going to observe the attack from this underground bunker, where they thought they were safe.

Mia felt her hands beginning to shake. Oh dear God, if only she could warn them... But it was too late now. When Mia had walked into Korum's office, it was already well after ten in New York. Had an attack taken place, Mia would have heard about it, would have gotten worried texts from Jessie or an urgent alert from some news source on her phone.

No, the Resistance must have failed. All she could do now was watch helplessly as the disaster unfolded right in front of her eyes.

The Keiths paced around the room, occasionally trading brief comments, but keeping silent for the most part. The holograph showed a calm and peaceful border, with only the occasional flying insect providing some entertainment. Time seemed to have slowed, each second passing by more leisurely than the next. Mia found herself biting her nails, something she hadn't done since high school, and watching the Ks as they grew more and more anxious.

The clock hit seven, and all hell broke loose.

Something shimmered at the edge of the forest, and there was a flash of blue light. The Keiths yelled in triumph, and Mia realized that something had gone their way – perhaps a shield had been breached.

And then there was a blinding light, and the circular structure disappeared, dissolving before her eyes. Another flash of light and another structure was gone. Oh God, realized Mia, the attack was real; it was actually happening. They were taking out the guard posts, breaking through the Center's defenses.

Suddenly, the human forces appeared, rushing toward the border. Dressed in army fatigues, they all seemed to be trained soldiers, and there were many of them – dozens, no, hundreds... They ran toward the border, everything in their path disappearing in those flashes of bright light.

The holographic image shifted then, zooming out, and Mia could see the magnitude of what was taking place.

Thousands of human troops had massed at the border, most of them armed with human weapons. As the guard posts dissolved, that seemed to serve as a signal of some kind, and the attack began in earnest, the massive wave of human soldiers rolling toward the Center and then spreading out to encircle the perimeter.

She could hear the Resistance broadcasting their demand for the Ks' surrender, announcing that they had the nano-weapon ready to be used.

And in the blink of an eye, everything changed.

As the first wave of soldiers approached the border, there was another flash of blue light and the shimmer was back. The Keiths shouted something, and Mia watched in horror as the people in the front were thrown back by some invisible force, their bodies burned to a crisp.

Her mouth opened in a wordless scream of terror, and then it was suddenly over. A huge wave of red light blasted through the battlefield, and the remaining human troops fell to the ground in unison and didn't move again. Thousands of human soldiers were now nothing more than bodies lying limply on the grass. It was as if a bomb had gone off, but instead of blowing them to bits, it had simply killed them with that bright red light.

Mia couldn't breathe, couldn't tear her eyes away from the destruction taking place. Her chest felt like it would explode from the force of her heart hammering against her ribcage, and hot bile rushed into her throat. It was all her fault; if she hadn't done what she'd done, none of this would be happening. There wouldn't be an attack, and all these people would be home with their families, going about their day instead of dying before her eyes. Thousands of human deaths were now on her conscience.

The Keiths were panicking now, and the room was filled with their shouts and arguments. They were deciding whether to run or to stay here, Mia realized with a sick feeling in her stomach. They had risked everything and lost – and now there would be consequences for their actions. And then the ceiling about their heads shattered, and the Keiths screamed in terror as the bright morning light streamed down, the hut above them apparently destroyed. Mia screamed too, diving for cover even as her brain told her that this wasn't real – that she was not the one in danger. Petrified, she huddled in the corner, hugging her knees against her chest and watching helplessly as other Ks jumped down into the room, dressed in the simple dark grey outfits that she recognized as their military uniforms.

The black-haired male sprang at one of the soldiers, his attack fast and sudden, his motions almost a blur to Mia's eyes – and he was thrown back just as fast, his body jerking uncontrollably as he collapsed on the floor. Another soldier – their leader, Mia guessed – barked out a command, and the jerking motions stopped. The black-haired Keith was now unconscious. The other Keiths stood still, unwilling to share his fate, their expressions ranging from rage to bitter defeat. Whatever invisible weapons the soldiers possessed were clearly enough to dissuade the Keiths from fighting any further.

It was all over, Mia thought dully. Tears streamed down her face as she watched the soldiers place silvery circles around the Keiths' necks. The K version of handcuffs, perhaps… The circles locked into place with a faint click, and there was a sense of finality within that sound – the sound of defeat. The Resistance had lost, their forces utterly decimated and their alien allies captured. Operation Liberty had failed, and thousands of human lives had been lost. There would be no liberation of Earth, not today… and probably not ever.

Another K jumped down into the room then, his movements gracefully controlled. Unlike the others, he was dressed in human clothes, a pair of blue jeans and a beige T-shirt. And Mia recognized the familiar slash of dark eyebrows above piercing golden eyes, the sensuous mouth that now looked cruel, set in an uncompromising line in his strikingly beautiful face.

It was Korum. Her enemy, her lover… whose kind had just killed thousands of people before her very own eyes.

CHAPITRE VINGT-QUATRE

Mia était incapable de réfléchir, tout son corps tremblait sous le choc et sous l'emprise de la peur tandis qu'elle regardait Korum bondir en direction des Keiths. Elle ne lui avait jamais vu cette expression sur le visage, un mélange de furie glaciale et d'extrême mépris. Il s'adressa en Krinar à une K aux cheveux bruns, froidement et à voix basse, et elle s'affaissa comme s'il venait de la gifler. L'autre K de sexe féminin l'interrompit d'une voix implorante et Korum tourna son attention vers elle et lui dit quelque chose qui la fit taire immédiatement. Les Ks mâles se contentaient de le regarder fixement, l'expression de leur visage allait de la peur au défi. Puis Korum se tourna vers le chef des soldats et lui posa une question. La réponse qu'il obtint lui fit faire un signe de tête, il était visiblement satisfait.

— Je viens de lui demander si tous les autres centres avaient également été sécurisés… au cas où tu serais curieuse d'avoir une traduction.

Mia se figea, son sang se glaça. Elle tourna lentement la tête de côté et regarda dans les yeux, ces yeux mouchetés d'or, l'extra-terrestre qu'elle venait d'observer de l'autre côté de la pièce.

Ce Korum portait les mêmes vêtements que son alter ego virtuel, mais il lui souriait à demi d'une manière moqueuse, la regardait droit dans les yeux et lui parlait en anglais. Du coin de l'œil, elle pouvait voir la suite du drame se dérouler dans la pièce, mais cela n'avait plus d'importance. En revanche, elle ne pouvait s'empêcher de fixer des yeux la version en chair et en os de son amant… et il était désormais évident qu'il savait qu'elle l'avait trahi.

— Heureusement, ils ont bien été sécurisés, dit-il d'une voix au calme trompeur. À l'exception des traîtres qui sont devant toi, aucun Krinar n'a été touché. Seuls quelques-uns des postes de défense ont été détruits, mais on les remplacera facilement dans l'heure qui suit.

Le cœur de Mia battait tellement fort qu'elle avait du mal à entendre ce que disait Korum et il régnait une telle panique dans ses pensées qu'elle avait du mal à le comprendre. *Il savait.* Il savait ce qu'elle avait fait et elle ne pouvait rien dire ni rien faire pour en changer les conséquences. La seule chose qu'elle puisse désormais espérer était de retarder l'inévitable.

— C… comment ? demanda-t-elle d'une voix rauque, et ses lèvres exsangues remuèrent à peine.

Elle avait la gorge étrangement sèche et dans les coins de sa bouche elle pouvait sentir le goût salé de ses propres larmes.

— Comment je m'en suis rendu compte ? demanda Korum, s'approchant du coin où elle était et s'accroupissant près d'elle.

Il leva la main, lui remit doucement une boucle de cheveux rebelle derrière l'oreille et lui effleura le visage de la main, ce qui brûla Mia dont la peau était glacée.

Mia fit un signe de tête en tremblant de le sentir si proche d'elle.

— Comment aurais-je pu ne pas le savoir, Mia ? lui demanda-t-il doucement. Tu croyais vraiment que je ne comprendrais pas ce qui se passait sous mon propre toit ? Que je ne savais pas que la femme avec laquelle je couchais toutes les nuits était de mèche avec mes ennemis ?

— Qu'… qu'est-ce que tu dis ? murmura-t-elle, son cerveau fonctionnant à une lenteur désespérante. T… tu le savais depuis le début ?

Il eut un sourire amer.

— Bien sûr ! Dès qu'ils t'ont abordée et que tu as accepté de m'espionner pour leur compte, je le savais.

— Je ne… je ne comprends pas. Tu le savais et tu m'as laissé faire quand même ?

— Tu avais le choix, Mia. Tu aurais pu leur dire non ; tu aurais pu refuser. Et même après avoir donné ton accord, à n'importe quel moment tu aurais pu me dire la vérité et m'avertir. Même la nuit dernière tu aurais encore pu me le dire. Mais tu as choisi de me mentir, jusqu'au bout.

L'expression de sa voix était étrangement calme et distante et l'amertume tordait encore ses lèvres.

— Mais… mais tu le savais…

Mia n'arrivait pas à assimiler ce facteur, elle n'arrivait pas à comprendre ce qu'il lui disait.

— Oui, dit-il en tendant la main pour saisir une boucle de ses cheveux. Je le savais, et j'ai laissé les évènements suivre leur cours. Cela ne faisait pas partie de mes plans d'origine ; ce n'était pas la raison pour laquelle j'étais à New York. Je voulais trouver et capturer un de leurs chefs, découvrir l'identité des traîtres que tu as vus aujourd'hui. Mais quand tu as décidé de me trahir, j'ai compris qu'une occasion inespérée se présentait et que nous pourrions infliger à la résistance un coup dont elle ne pourrait jamais se remettre… et que je pourrais prendre les traîtres en même temps.

Il se tut un instant et joua avec les cheveux de Mia, enroulant et déroulant une mèche autour de ses doigts. Mia le regardait fixement, hypnotisée, elle avait l'impression d'être un lapin capturé par un serpent.

— Alors j'ai joué le jeu. Je t'ai donné toutes les occasions de réussir dans ta mission et dans ta trahison et c'est ce que tu as fait. Tu t'es montrée pleine de ressources, d'intelligence et d'invention en fait.

Ses yeux s'illuminèrent de leur fameuse lumière d'or.

— La nuit où tu as volé mes projets fut… mémorable, c'est le moins qu'on puisse dire. J'y ai pris beaucoup de plaisir.

Mia avala sa salive, elle commençait à comprendre où il voulait en venir.

— T… tu as mis en place de faux projets, murmura-t-elle, une angoisse fulgurante lui envahissait la poitrine.

Il acquiesça d'un signe de tête et un petit sourire triomphant apparut sur ses lèvres.

— Oui ! Je leur ai donné assez de corde pour se pendre. Ils ont appris comment désarmer les défenses, mais pas comment maintenir ce désarmement. L'arme sur laquelle ils comptaient ne pouvait pas fonctionner convenablement. Elle avait été conçue pour fonctionner à l'essai, mais pas lors d'un véritable déploiement. Et je leur ai permis d'avoir quelques armes de second rang pour qu'ils puissent faire quelques dégâts et être pris sur le fait en essayant de s'enfuir… en vrais poltrons. Je savais qu'ils te feraient confiance quand tu leur as apporté les projets, parce qu'à ce moment-là tu leur avais déjà donné suffisamment de véritables informations.

— Alors tu t'es servi de moi, dit Mia à voix basse, elle avait l'impression de suffoquer.

Elle souffrait d'une manière indescriptible même si rationnellement elle savait qu'elle n'avait pas le droit de se sentir comme ça.

— C'est atroce, n'est-ce pas ? dit-il finement, avec un sourire cruel. C'est atroce de savoir qu'on a été utilisé, qu'on a été trahi, n'est-ce pas ?

— Rien n'était vrai ? demanda Mia avec amertume. Tout était faux depuis le début ? Tu as tout manigancé depuis le début, depuis notre rencontre dans le parc ?

— Oh non, ça c'était vrai dit-il avec douceur en lui caressant le bord de l'oreille. Dès que je t'ai vue, je t'ai désiré. Je te désirais bien plus que je n'avais désiré qui que ce soit depuis bien longtemps. Et je me suis attaché à toi, tout en sachant que c'était une erreur. Avec le temps, j'ai espéré que tu ressentirais la même chose à mon égard, qu'en te montrant combien nous pouvions être heureux ensemble tu réaliserais ce que tu faisais, l'erreur que tu étais en train de commettre. Et tu as failli t'en apercevoir, je le sais… Pourtant, finalement, tu m'as tout de même trahi, sans te soucier de ce qui arriverait, de savoir si j'allais vivre ou mourir…

— Non ! Mia lui coupa la parole. Ses yeux brûlaient, elle s'était remise à pleurer. C'est faux ! Ils m'ont promis… ils m'ont promis de t'épargner la vie, de te permettre de rentrer sain et sauf chez toi…

— Rentrer à Krina ? demanda-t-il d'une voix inquiétante à force d'être basse. Pour que je disparaisse de ta vie à jamais ? Et comment auraient-ils pu garantir que j'y reste ?

Mia devait se contenter de le regarder fixement. En fait, elle n'y avait jamais pensé. À l'arrière-plan, le Korum virtuel quittait la pièce ainsi que les soldats qui emmenaient leurs prisonniers.

Il eut un rire bref, dur.

— Je vois ; ça ne t'est jamais venu à l'esprit, n'est-ce pas ? Tu n'as jamais réalisé que la déportation n'était dans le meilleur des cas qu'une solution provisoire ? Non, ces traîtres n'auraient jamais pu me déporter… je suis bien trop dangereux à leurs yeux parce que j'ai à la fois le désir et les moyens de revenir sur terre avec des renforts… et c'est ce qu'ils redoutaient le plus.

Mia eut l'impression de recevoir un coup de poing dans le ventre. Elle l'ignorait… ils lui avaient menti. Mais elle n'aurait pas pu faire ce qu'elle avait fait en sachant qu'il serait tué lors de l'offensive. Il fallait l'en convaincre.

— Korum ! dit-elle en risquant le tout pour le tout. Je ne le savais pas, je te le jure !

Il secoua la tête.

— Peu importe, dit-il. Même si tu ne désirais pas ma mort, tu voulais quand même me chasser de ta vie pour toujours, tu m'as trahi… et ce n'est pas quelque chose que je peux pardonner facilement.

— Et maintenant ? demanda Mia avec lassitude.

Elle commençait à ne plus rien sentir, sa terreur et sa souffrance en étaient atténuées et elle en était reconnaissante.

— Tu vas me tuer ?

Il la regarda fixement, son regard devint froid et vira au jaune.

— Te tuer ? Est-ce que tu as écouté un seul mot de ce que je viens de te dire depuis dix minutes ?

Il n'avait pas l'intention de la tuer ? Mia sentit l'engourdissement l'envahir encore davantage et la seule chose qu'elle pouvait faire était de le regarder, mais elle était incapable de ressentir quoi que ce soit, sinon un vague sentiment de soulagement.

Comme elle ne répondait pas, il lui dit en pesant ses mots

— Non, Mia. Je ne vais pas te tuer. Je te l'ai déjà dit. Je ne suis pas le monstre insensible que tu t'obstines à voir en moi.

Korum se leva d'un mouvement gracieux et agita la main, Mia ferma les yeux après avoir vu le monde virtuel disparaître autour d'elle. Quand elle les rouvrit, elle était assise par terre dans le bureau de Korum, adossée au mur, et se tenait toujours les genoux contre la poitrine.

Il se pencha et lui tendit la main. La main tremblante, Mia prit la sienne et accepta qu'il l'aide à se relever. Elle fut gênée de constater que ses jambes tremblaient et elle tituba légèrement. Il laissa échapper un soupir, la rattrapa dans ses bras et la porta en dehors de son bureau.

— Où m'emmènes -tu ? demanda Mia, elle n'avait plus les idées claires et se sentait désorientée après le passage d'un univers à l'autre qu'elle venait de subir. Oh mon Dieu, pourvu qu'il n'ait pas l'intention d'avoir un rapport sexuel avec elle maintenant ; après tout ce qui venait de se passer, elle ne pensait pas pouvoir supporter ce genre d'intimité.

— À la cuisine ! lui répondit Korum en marchant rapidement.

Avant qu'elle ne puisse lui demander pourquoi ils y étaient, il l'avait posée sur une chaise. Mia le regarda en clignant des yeux, trop épuisée pour tenter de comprendre son comportement inexplicable.

— Tu n'as pas mangé depuis quand ? lui demanda-t-il en fronçant légèrement des sourcils à son intention.

— Hum, pas depuis hier soir. Mia ne voyait pas où il voulait en venir.

Il hocha la tête comme si elle avait confirmé ce qu'il pensait.

— Pas étonnant que tu ne tiennes pas debout, lui dit-il d'un ton de reproche. Tu n'as pas pris de petit déjeuner et tu es en hypoglycémie.

Il alla vers le frigidaire, remplit un verre d'un liquide transparent et le lui tendit.

— Bois ça pendant que je te prépare quelque chose à manger, lui ordonna-t-il sans prêter attention à l'air incrédule de Mia.

Il allait lui donner à manger ? Maintenant ? Était-ce une plaisanterie ? Elle renifla le verre avec prudence et reconnut un léger parfum de noix de coco. Et puis tant pis, décida-t-elle, s'il voulait qu'elle meure il n'allait quand même pas l'empoisonner. Elle but une gorgée et réalisa que son odorat avait dit vrai ; Korum lui avait donné du lait de coco frais. C'était exactement ce dont son corps avait envie en ce moment, un mélange parfait d'hydrates de carbone et d'électrolytes. L'engourdissement glacé qui l'emprisonnait comme une armure commença à se dissiper et les yeux de Mia se remplirent de nouveau de larmes. Pourquoi agissait-il comme cela avec elle après tout ce qu'elle lui avait fait ?

Elle finit sa boisson et le regarda s'affairer dans la cuisine, il lui préparait un sandwich à l'avocat et à la tomate. Maintenant que l'afflux d'adrénaline commençait à retomber, elle était de nouveau capable de réfléchir, son cerveau avait retrouvé une partie de ses capacités normales et recommençait à fonctionner. Maintenant, elle savait à quoi s'en tenir sur leur liaison. Pendant tout ce temps, elle avait pensé l'espionner au bénéfice de l'humanité tout entière, mais en réalité c'était lui qui s'était servi d'elle pour écraser la résistance une fois pour toutes. Et aujourd'hui, toutes ces vies avaient été perdues à cause d'elle… Non, elle ne pouvait y penser maintenant sinon elle serait totalement anéantie.

À la place, elle se concentra pour deviner quelles étaient les intentions de Korum. Il avait dit qu'il n'allait pas la tuer. Mais allait-il la punir autrement ? Elle ne pouvait pas imaginer qu'il la voudrait à ses côtés après la manière dont elle l'avait trahi. Leur parodie de liaison était terminée. Il avait gagné. La terre resterait complètement sous l'emprise des Krinars. Mia ne servait plus à rien. Il n'avait plus besoin d'un agent double involontaire…

— Tiens, mange ça.

L'objet de ses réflexions venait de poser le sandwich qu'il avait préparé devant elle et s'assit de l'autre côté de la table.

— Ensuite nous parlerons.

— Merci, lui dit poliment Mia et elle mordit docilement dans le sandwich.

Son estomac criait famine ; elle s'aperçut tout à coup qu'elle mourait de faim, son appétit de bucheronne refit son apparition malgré les évènements traumatisants de la matinée. En moins d'une minute, elle avait dévoré le sandwich et releva la tête, légèrement embarrassée par sa gloutonnerie. Cette fois le sourire qui éclairait le visage de Korum était sincère, et elle se rappela que ça lui plaisait chez elle, son excellent appétit malgré sa petite taille.

— Et maintenant ? Mia répéta de nouveau sa question et le sourire de Korum disparut.

Il la regardait avec une expression insondable. Mia remua sur sa chaise, devenant de plus en plus nerveuse.

— Eh bien, maintenant tu vas venir avec moi pendant que je vais aider à remettre les choses en ordre.

Mia eut l'impression que tout son sang se retirait de son visage.

— Aller avec toi ? Mais où ?

Il ne voulait tout de même pas dire…

Un petit sourire apparut sur ses lèvres.

— Là où tu es allée fouiner ce matin, à Lenkarda, notre camp du Costa Rica.

Brusquement, il n'y avait plus assez d'air dans la pièce pour permettre à Mia de respirer convenablement, elle avait l'impression d'avoir avalé une pierre au lieu d'un sandwich. Que venait-il de dire ? Il ne pouvait décemment pas encore vouloir d'elle à ses côtés, pas après tout ce qui s'était passé…

— Pourquoi ? réussit-elle à balbutier en le regardant fixement, incrédule et horrifiée.

— Parce que, Mia, je veux que tu sois avec moi et je ne peux plus rester à New York, dit-il calmement, avec une expression indéchiffrable sur le visage. Il y a bien trop longtemps que je suis parti. Il y a des affaires dont il faut que je m'occupe, en particulier régler le sort des traîtres.

Mia secoua la tête essayant de dissiper la brume qui semblait ralentir ses capacités mentales.

— Mais pourquoi veux-tu que je sois avec toi ? dit-elle en bégayant. Tu ne faisais que de te servir de moi…

— Je me suis servi de *toi* parce que tu as choisi de *me* trahir… Ne l'oublie jamais, ma chérie, dit-il d'un ton dangereusement mélodieux. Je t'ai désiré dès les premiers instants et aucune de tes actions n'y a changé quoi que ce soit. Tu es à moi, et tu resteras à moi aussi longtemps que je te voudrai. Tu comprends ça ?

Elle eut un bourdonnement sourd dans les oreilles.

— Non… murmura-t-elle d'une voix à peine audible. Je n'irai nulle part ! Je ne veux pas être réduite en esclavage !

— Être réduite en esclavage ? lui demanda-t-il en fronçant les sourcils sans comprendre.

Puis son front redevint lisse quand il comprit visiblement de quoi elle parlait.

— Ah oui, j'avais presque oublié que pendant tout ce temps tu t'étais imaginé quelque chose de faux. Tu veux parler du fait que tu seras mon Charl, c'est ça ?

— Mais je ne serai pas ton Charl, gronda Mia en serrant les poings sous la table.

— Tu seras exactement ce que je désirerai que tu sois ma chérie ! dit-il d'une voix douce et avec un sourire moqueur aux lèvres. Mais tes amis de la résistance t'ont mal informée, soit involontairement soit à dessein, quant à la véritable signification du mot Charl.

En se calmant un peu, Mia le regarda fixement.

— Qu'est-ce que tu veux dire ? Es-tu en train de me dire que vous ne gardez pas d'êtres humains prisonniers dans vos centres pour les utiliser comme… vos esclaves sexuels ?

Elle lâcha ces derniers mots avec dégoût.

Il secoua la tête en gardant son expression sardonique.

— Non, Mia. Un Charl est un compagnon humain, un partenaire humain si tu veux. C'est un terme spécial que nous utilisons pour décrire une relation particulière entre un humain et un Krinar. Être un Charl est un privilège, un honneur, absolument pas ce que tu as imaginé.

— Un privilège d'être avec toi contre mon gré ? demanda Mia avec amertume. D'être forcée d'aller là où je ne veux pas aller, de ne pas pouvoir voir ma famille et mes amis ?

— Ne me raconte pas d'histoires, Mia, dit-il à voix basse. Et ne te mens pas à toi-même. Ce n'est vraiment pas une corvée pour toi d'être avec moi. Crois-tu que j'ignore pourquoi tu pleurais cette semaine ? Tu as besoin de moi… autant que j'ai besoin de toi. Ce qu'il y a entre nous est rare et spécial, même si tu as fait de ton mieux pour nous séparer l'un de l'autre. Si j'étais jeune et stupide, je laisserais ma peine et ma colère prendre le dessus… et je te quitterais, plein d'amertume à cause de ta trahison. Mais j'en ai assez vu pour comprendre que lorsqu'on trouve quelque chose de bien, on le garde. On ne s'en débarrasse pas sur un coup de tête.

— Vraiment ? On le garde même si l'autre ne veut pas de vous ? dit Mia d'un ton sarcastique.

Elle était exaspérée par l'arrogance de cette assomption, croire tout savoir de ses sentiments à elle. Elle était peut-être *effectivement* tombée amoureuse de lui, elle avait peut-être même pu penser qu'elle l'aimait, mais ça, c'était avant, avant de savoir comment il s'était servi d'elle, avant d'avoir été témoin de la mort de milliers de soldats humains à cause de ce qu'il avait fait. Il était peut-être capable de surmonter sa peine et sa colère, mais Mia ne pouvait être aussi magnanime pour le moment.

— Mais oui, tu veux de moi ! lui dit Korum d'une voix douce. J'en suis absolument certain ! Tu en veux la preuve ?

Avant même qu'elle puisse trouver une répartie, il s'était approché d'elle, l'avait prise dans ses bras la rapprochant de lui pour l'embrasser passionnément, sa langue fouillant profondément sa bouche. Exaspérée, elle tenta de rester impassible, de maîtriser ses réactions, mais son corps ne savait pas que Korum allait détruire sa vie et il s'en moquait. Son corps ne connaissait que le plaisir de ses caresses et Mia se sentit fondre contre lui, ses mains s'accrochèrent à ses épaules au lieu de le repousser. Une vague de chaleur bien connue l'envahit, elle mouillait. Son corps se préparait déjà à être pénétré.

Tout en continuant de la tenir dans ses bras, il se déplaça, mais Mia s'était trop abandonnée à lui pour se demander où. Ils se retrouvèrent dans le salon, il la posa sur le canapé tout en continuant de l'embrasser de ces baisers profonds et pénétrants qui réussissaient toujours à la rendre folle.

Elle entendit la fermeture éclair de son jean qui s'ouvrait, il la déshabilla et lui enleva ses baskets, ne lui laissant en bas que sa petite culotte de dentelle. Son pouce trouva le point sensible entre les jambes de Mia et il le caressa à travers sa culotte d'un mouvement circulaire qui la fit se contracter dans ses tréfonds. Elle gémit sans recours, se cambra contre lui, désirant qu'il lui donne de nouveau ce plaisir magique qu'elle n'avait goûté que dans ses bras.

Alors il la lâcha, recula d'un pas pour se déshabiller, enleva son tee-shirt d'un geste harmonieux, puis son jean et son slip. Il était entièrement nu et Mia le regarda sans cacher son désir, jouissant de la vue de ses muscles puissants et de sa belle peau bronzée, des touffes de poils noirs sur son buste, de la ligne velue sur le bas de son abdomen qui conduisait à un énorme pénis en pleine érection surmontant de grosses couilles ballantes.

Mais il ne la laissa pas regarder longtemps, il attrapa sa chemise pour la lui enlever et dégrafa son soutien-gorge. Une seconde plus tard, il lui avait enlevé sa culotte qui rejoignit le tas de vêtements par terre. Il s'arrêta un instant, balaya d'un regard brûlant le corps nu de Mia, puis il se pencha sur elle, sa bouche chaude se referma sur son sein gauche qu'il se mit à sucer. Mia gémit, sentit la caresse de sa bouche jusque dans son ventre, puis il prit l'autre sein et joua de sa langue sur son téton de telle manière qu'elle aurait éperdument voulu qu'il soit un peu plus bas sur elle. Comme s'il lisait dans ses pensées, il toucha d'une main ses replis humides, enfonça d'un doigt dans son vagin, appuya sur le point le plus sensible de sa chatte ; en le sentant, Mia en perdit le souffle et tout son corps vibrait au bord de l'orgasme. Sans ôter son doigt, il descendit sa bouche jusqu'à son sexe. Sa langue se fraya un chemin dans les replis jusqu'à ce qu'elle se mette à la taquiner tout autour du clitoris. En même temps, son doigt tournait légèrement en elle, commençait à trouver son rythme et tout le corps de Mia se tendit en sentant le chatouillement précédant l'orgasme qui commençait à l'irradier du plus profond d'elle-même. La langue de Korum lui caressait le clitoris, d'abord légèrement puis de plus en plus fort. Mia hurla en sentant venir ce plaisir à la limite de la souffrance, ses muscles intimes se resserrèrent sur son doigt puis vibrèrent dans les retombées de sa jouissance.

Il retira son doigt, la retourna et l'amena au bord du canapé. Il la souleva un instant et la plaça de telle manière qu'elle était penchée sur le bras moelleux du meuble, le visage en bas et les pieds au sol. Il la chevaucha et commença à la pénétrer, sa verge avançant sans cesse plus loin en mouvements lents. Mia était prête, encore mouillée de l'orgasme qu'elle venait d'avoir, et son corps accueillit cette entrée en douceur, ses tissus intimes si sensibles s'étirèrent et s'élargirent pour permettre l'intrusion. Tout en continuant de pousser plus loin il lui embrassa un côté du cou et elle frissonna, retrouvant la même tension. Son sexe se contracta autour de sa verge et il gronda en le sentant, la pénétrant encore plus profondément. Quand elle sentit à quel point il était loin, Mia respira profondément. Il était extraordinairement gros et dur, et elle sentait qu'il la brûlait partout de sa chaleur, en elle, sur elle et tout autour d'elle.

Alors il se mit à bouger, à chaque coup de reins il la poussait plus profondément sur le bras du canapé. Chaque muscle de son corps se tendit et elle se mit à hurler, chaque mouvement de Korum intensifiait encore son insoutenable plaisir, jusqu'à ce que le monde entier se réduise à sa verge entrant en elle et en sortant et qu'elle n'existe plus que pour les sensations qu'il lui donnait, réduite à sa plus simple expression, un animal qui jouissait. Au loin, elle entendait le son de cris et elle se doutait que ce devaient être les siens. Soudain, l'immensité de l'orgasme l'envahit, ses muscles intimes frémirent autour de lui et en une seule vague, tout son corps se mit à trembler sous le choc de sa jouissance. Alors dans un cri rauque il jouit à son tour, ses hanches la martelant tandis que son pénis vibrait en elle en se contractant de lui-même.

Quand tout fut terminé, il se retira, la laissant nue, toujours penchée sur le canapé, sans que son corps ne la recouvre plus. Tout à coup, Mia eut froid, et le fait de réaliser ce qui venait de se passer accrut le bloc de glace qu'elle sentait se former en elle.

Elle se leva et sentit que ses jambes tremblaient. Elle se baissa pour ramasser ses vêtements, refusa de le regarder et s'efforça de faire comme si ses jambes n'étaient pas mouillées. Une fois la chaleur de la passion dissipée, sa colère était de retour, intensifiée par la honte d'avoir involontairement réagi ainsi avec lui.

— Mia, lui dit-il doucement.

Du coin de l'œil, elle le vit debout à côté d'elle parfaitement indifférent à sa propre nudité. Elle se détourna, mit son soutien-gorge et s'essuya avec sa chemise pour sécher les traces de leur rapport sexuel avant de remettre sa culotte. En enfilant son jean, elle se sentait déjà mieux, mais une rage froide demeurait en elle. Sans la moindre préméditation, elle alla chercher son sac à main qu'elle avait laissé sur le canapé plus tôt dans la matinée. Elle y plongea sa main, en sortit l'arme que Leslie lui avait donnée et la pointa en direction de Korum.

— Je m'en vais, dit-elle avec un calme glacial.

C'était comme si quelqu'un d'autre avait pris possession de son corps et l'autre Mia ne pouvait s'empêcher d'admirer son audace tout en sachant que ses chances de succès étaient égales à zéro.

En voyant son arme, le rayon doré des yeux de Korum perdit de son éclat.

— C'est un jouet dangereux que tu as là, dit-il à voix basse, en la regardant d'un air énigmatique.

Mia acquiesça froidement

— Ne m'oblige pas à m'en servir !

— Alors tu t'en vas, et puis après ? lui demanda-t-il avec une légère curiosité. Où que tu ailles je te retrouverai.

Mia n'y avait pas pensé. En fait, elle n'avait pensé à rien en agissant ainsi. Mais maintenant, c'était trop tard, si bien qu'elle se contenta de hausser les épaules et dit courageusement

— On verra bien à ce moment-là !

— Tu vas te cacher ? Changer d'identité ? poursuivit-il avec une nuance d'amusement dans la voix. Rien de tout cela ne pourra marcher, tu le sais.

— À cause du truc de repérage que tu m'as greffé sans que je le sache et sans que je le veuille ? demanda-t-elle avec amertume.

Korum se contenta de la regarder, sans l'admettre ni le nier.

— Il n'y a qu'un seul moyen pour toi de te libérer de moi, dit-il lentement.

Mia le regarda fixement, elle était frustrée de ne pas comprendre où il voulait en venir. Maintenant que la première vague de rage était passée, elle se rendit compte de toute la stupidité de ce qu'elle était en train de faire. Il avait raison. Même si elle réussissait à sortir de l'appartement (ce qui était très improbable étant donné les réflexes de Korum qui allait à la vitesse de l'éclair), il la rattraperait quelques pâtés de maisons plus loin.

En pointant cette arme sur lui elle n'était parvenue qu'à le mettre en colère et elle se sentit pénétrée de peur à cette pensée.

— Et quel est ce moyen ? lui demanda-t-elle en décidant de gagner du temps.

— En tirant sur moi, dit-il sérieusement. Alors tous tes problèmes seraient résolus.

Mia était horrifiée et resta bouche bée. L'idée d'appuyer effectivement sur la gâchette et de le voir se réduire en cendres sous ses yeux comme l'avaient été les postes de défense de la colonie K était impensable.

Elle n'avait jamais eu l'intention de tirer. La seule chose qu'elle voulait, c'était reprendre le contrôle, dans une certaine mesure, et sentir qu'elle maîtrisait sa propre vie. Elle avait voulu le menacer, le faire plier sous sa volonté, lui faire partager ce qu'elle sentait quand il lui ôtait la liberté de choisir. Elle n'avait pas eu la moindre intention de lui faire du mal et encore moins de le tuer.

— Vas-y, Mia, lui dit-il d'une voix douce.

Il était toujours nu et son corps puissant était détendu comme s'ils avaient une conversation normale et comme si une arme mortelle n'était pas dirigée contre lui.

— Vas-y, tire !

Ses doigts tremblaient, la paume de ses mains était moite de sueur et malgré elle ses yeux brûlaient de larmes stupides.

— S'il te plaît ! lui dit-elle en se moquant désormais d'avoir l'air de le supplier. S'il te plaît, ne me force pas à faire ça. Je veux seulement partir… rentrer chez moi. S'il te plaît, laisse-moi partir d'ici…

— Il te suffit d'appuyer sur la gâchette, Mia, et alors tu pourras aller où tu voudras.

Mia avait chaud et froid en même temps, elle avait la nausée et l'estomac noué. Tout à coup, le petit dispositif qu'elle tenait à la main était devenu affreusement lourd et l'effort de le garder pointé sur Korum lui faisait trembler le bras. Elle ne pouvait plus retenir ses larmes et elles coulaient sur ses joues, alors elle baissa l'arme et s'affaissa par terre, ses jambes tremblantes ayant finalement refusé de la soutenir plus longtemps. Elle enfouit son visage dans ses mains et pleura amèrement sur sa propre lâcheté, sur sa propre stupidité. Elle ne pouvait pas lui faire de mal, elle ne pouvait pas le tuer. Il lui aurait été plus facile de se couper un bras. Comment pouvait-elle avoir encore de tels sentiments pour lui ? Quel problème avait-elle qui l'avait amenée à tomber amoureuse de quelqu'un qui n'appartenait même pas à l'espèce humaine… un extra-terrestre qui venait d'assassiner des milliers de gens ?

Dans les profondeurs de son désespoir, elle sentit qu'il l'entourait de ses bras, la soulevait du sol et la prenait sur ses genoux. Assis sur le canapé, il chuchota.

— Chut, ma chérie ! Tout ira bien, je te le promets. Moi non plus je n'aurais pas pu appuyer sur la gâchette, et je suis heureux que tu n'y sois pas arrivée.

Il lui caressa doucement les cheveux tandis qu'elle pleurait sur son épaule nue. Après quelques minutes, ses sanglots commencèrent à s'apaiser. Embarrassée par cette crise de larmes Mia essaya de se dégager, mais il ne la laissa pas faire, et à la place il prit son menton dans la main pour la regarder droit dans les yeux.

— Mia, lui dit-il d'une voix douce. Ce n'est pas par cruauté que je t'emmène avec moi. Après tout, ce qui vient de se passer, la résistance, ou plutôt ce qu'il en reste, va partir à ta recherche. Ils ignorent le fin mot de l'histoire et ils vont penser que tu leur as tendu un piège. Ils feront tout pour te tuer et s'ils comprennent ce que tu signifies pour moi, ils essayeront de te capturer vivante pour se servir de toi contre moi. Désormais le seul endroit où tu seras en sécurité c'est Lenkarda.

Mia le regarda fixement, les yeux encore voilés de larmes. Elle n'y avait pas pensé, mais il avait raison. Du point de vue de la résistance, elle avait trahi l'humanité tout entière. C'était évidemment elle qu'ils considéreraient comme responsable des terribles pertes humaines auxquelles elle venait d'assister. Quelque chose d'effrayant lui vint à l'esprit.

— Et ma famille ? lui demanda-t-elle, pétrifiée des pieds à la tête à la possibilité que les combattants de la liberté puissent faire du mal à ceux qu'elle aimait.

— Ta famille n'a rien à voir là-dedans et je ne pense pas que les combattants aient un tel esprit de vengeance qu'ils puissent nuire inutilement à leurs congénères. Mais ceux de ton espèce peuvent être vraiment imprévisibles et je vais m'assurer qu'un groupe de nos gardiens d'élite soit stationné près de ta famille pour veiller sur eux.

Mia ouvrit la bouche pour lui demander quelque chose, mais il la devança.

— Mais non, ils ne suffiraient pas à assurer *la tienne*. Il y a encore quelques grands chefs de la résistance que l'on n'a pas encore retrouvés, et ils ont des armes Krinar à leur disposition. Je m'attends à ce qu'ils passent dans la clandestinité et laissent ta famille tranquille, mais ils pourraient bien risquer le tout pour le tout afin de t'atteindre *toi*. Donc, tant qu'ils ne sont pas capturés, tu seras en sécurité à Lenkarda. Et si tu dois en sortir, ce sera à mes côtés.

Comme cela tombait bien pour lui, pensa Mia avec amertume, maintenant il avait de bonnes raisons de la garder prisonnière. Évidemment, la résistance voudrait la tuer, et à juste titre ; c'était elle qui était responsable de toutes ces morts aujourd'hui…

— Combien de personnes ont été tuées ce matin ? demanda Mia qui avait envie de mourir elle aussi.

Korum haussa légèrement les épaules.

— Je ne sais pas si les équipes médicales sont intervenues assez vite auprès des brûlés pour pouvoir les sauver. Certains ont pu mourir en donnant l'assaut aux défenses.

— Et tous les autres, tous ceux qui ont été frappés de cette lumière rouge ? lui demanda Mia dont le cœur s'accéléra sous le coup d'un espoir fou.

— Ils ont perdu connaissance, comme ceux qui ont attaqué nos autres centres. Évidemment, ils méritent de mourir, mais nous avons décidé de laisser votre gouvernement s'en occuper. Il sera intéressant de voir quel châtiment leur sera infligé pour avoir violé le traité de coexistence et pour avoir mis en danger par leurs actions l'espèce humaine tout entière.

Le soulagement que ressentit Mia était indescriptible. L'étau qui lui resserrait la poitrine se relâcha et pour la première fois depuis qu'elle avait assisté à l'offensive elle put recommencer à respirer librement. C'est alors que Korum ajouta :

— Bien sûr, nous ne laisserons rien au hasard. Tous ces combattants portent maintenant des systèmes de surveillance qui leur ont été greffés, nous saurons donc tout ce qu'ils font et partout où ils vont. La menace qu'ils représentaient pour nous a été totalement neutralisée et nous pouvons maintenant nous servir d'eux pour capturer les autres, ceux qui n'étaient pas à proximité de nos centres aujourd'hui.

Il avait donc réussi dans sa mission d'anéantir le mouvement de résistance. Étant donné le nombre de combattants gisant sur le champ de bataille, les Ks disposaient désormais de milliers de dispositifs de surveillance humains sur toute la surface du globe. C'était vraiment astucieux ; pourquoi se donner le mal de tuer un homme alors qu'on pouvait s'en servir ? Elle reconnaissait bien là la roublardise caractéristique de Korum.

Elle devait avoir l'air contrarié parce qu'il lui dit :

— Mia, arrête de t'inquiéter à ce sujet. La résistance n'existe plus. Dès son origine c'était un mouvement absurde. Essaie de réfléchir : d'accord ils n'approuvent pas notre présence sur terre et les quelques changements que nous y avons introduits. Est-ce vraiment une bonne raison pour mettre en péril autant de vies ? Tu dois l'admettre, nous ne ressemblons en rien aux envahisseurs de vos films. Nous n'avons aucun désir de réduire les humains en esclavage ou de vous prendre votre planète. Si cela avait fait partie de notre programme, nous l'aurions déjà fait. Nous

nous sommes installés sur terre aussi paisiblement que possible, nous vivons dans nos centres en nous mêlant le moins possible des affaires des hommes. C'est bien moins grave que ce que les Européens ont fait aux Indiens d'Amérique.

Mia était toujours assise sur ses genoux, elle détourna la tête. Si Korum lui disait la vérité et si John lui avait menti sur la signification du mot Charl, alors au mieux toute la résistance était malavisée, au pire criminelle.

— Et tu crois vraiment qu'avoir ces sept traîtres comme dirigeants aurait été une bonne chose pour vous ? Parce que crois-moi, c'est ce qui serait arrivé, ils voulaient le pouvoir et ils se moquaient des conséquences négatives de leurs actions. Tu crois vraiment qu'ils se seraient satisfaits de vivre tranquillement parmi les hommes, en obéissant à vos lois et en partageant les connaissances technologiques des Krinars de manière désintéressée ?

Maintenant que Korum le lui présentait ainsi, Mia pouvait voir que ce que lui avait initialement dit John manquait de crédibilité. Les chefs de la résistance avaient peut-être cru que d'une manière ou d'une autre ils pourraient contrôler les Keiths quand les autres Ks seraient partis, mais c'était évidemment dangereux de faire une telle hypothèse. Mia se fit des reproches en silence. Pourquoi n'avait-elle pas essayé d'en savoir davantage sur les motivations des Keiths ? Mais non, elle avait aveuglement cru ce que John lui avait dit trop préoccupée par ses propres difficultés pour être capable de penser convenablement à quoi que ce soit d'autre. Korum soupira et elle sentit son buste se soulever.

— Écoute, ça ne sera pas si désagréable à Lenkarda, crois-moi. Tu n'aimerais pas savoir comment nous vivons ?

De nouveau, Mia leva les yeux vers lui, elle était complètement épuisée.

— Korum, je ne peux vraiment pas… je ne peux vraiment pas tout quitter, quitter tout le monde…

— Que dirais-tu si je t'emmenais voir ta famille dans une quinzaine de jours comme nous l'avions dit ? lui demanda-t-il d'une voix douce. Est-ce que ça te réconforterait ?

— On irait en Floride ? lui demanda Mia avec surprise.

Il acquiesça d'un signe de tête.

— Tu pourrais passer quelques jours avec eux avant que nous repartions à Lenkarda.

Elle lui sourit, respirant de mieux en mieux maintenant.

— Mais ça serait merveilleux ! dit-elle à voix basse.

Il lui rendit son sourire et écarta doucement une mèche de cheveux qu'elle avait devant le visage.

— Et avec un peu de chance, d'ici à la fin de l'été nous aurons capturé les autres combattants de la résistance, si bien que si tu veux toujours revenir à New York à ce moment-là on reviendra et tu pourras finir ta dernière année d'études.

Mia cligna des yeux dans sa direction, osant à peine en croire ses oreilles.

— Tu me ramèneras ici ?

— Oui, si tu as encore envie de revenir à ce moment-là.

Il se leva et l'aida doucement à se lever aussi.

— Et maintenant, va mettre une chemise et des chaussures pendant que je vais m'habiller. Il est temps de partir.

* * *

Korum lui permit d'emporter son sac à main avec tout son contenu sauf son arme, et rien d'autre. Quand elle protesta qu'elle avait besoin de son ordinateur et de ses vêtements, il se mit à rire.

— Je te promets qu'il y aura tout ce qu'il faut là où nous allons, lui expliqua-t-il en souriant.

— Et mon passeport ? demanda-t-elle en réalisant immédiatement après que c'était une question stupide.

Ils avaient beau aller à l'étranger, elle ne pensait vraiment pas qu'ils auraient affaire aux services de sécurité des aéroports. D'une manière ou d'une autre, Korum était allé au Costa Rica ce matin et il était revenu à New York, et cela en une heure ou deux. Non, pensa Mia, ils n'iraient sans doute pas en avion.

Cette supposition s'avéra exacte.

Il l'emmena dans son bureau, en lui tenant la main comme s'il craignait qu'elle prenne la fuite. Il alla au fond de la pièce, plaça son autre main devant le mur qui s'ouvrit, révélant un escalier qui menait sans doute au toit de l'immeuble.

— Viens ! dit Korum et elle le suivit en hésitant, son cœur s'accélérant à la pensée de leur destination. Il était trop tard pour faire demi-tour maintenant, et d'ailleurs il ne l'aurait pas laissé faire ; Mia sentait à la fois une excitation fébrile et la peur l'envahir en montant les marches.

Ils sortirent sur le toit et Mia regarda autour d'elle. Elle ne savait pas à quoi s'attendre, peut-être un vaisseau spatial extra-terrestre les attendant sur le toit. Mais il n'y avait rien. Le toit était vide, à l'exception de quelques arbustes à feuillage persistant qui poussaient en massifs bien ordonnés tout autour. La pluie s'était presque arrêtée de tomber, mais l'atmosphère était encore moite et Mia pouvait presque sentir ses boucles se mettre à friser dans cet air humide.

— Qu'est-ce qu'on fait là ? demanda-t-elle avec surprise. Est-ce que quelqu'un va venir nous chercher ?

Korum secoua la tête et sourit.

— Non, on y va tout seuls.

— Comment ? demanda Mia qui brûlait de curiosité.

— Tu verras dans une seconde. N'aie pas peur, d'accord ?

Il lui pressa la main pour la rassurer.

Mia acquiesça d'un signe de tête et Korum lui lâcha la main pour faire un pas en avant. Il tendit le bras, fit un geste comme s'il visait l'espace vide qui était devant lui. Tout à coup, Mia put entendre un bourdonnement sourd. C'était un son qui ne ressemblait à rien de familier pour elle, il était trop bas et trop régulier pour être produit par des insectes.

— Qu'est-ce que c'est ? demanda-t-elle avec prudence en se demandant si Korum avait l'intention de les téléporter quelque part. Mia ignorait quelles étaient les limites de la technologie K, mais elle savait que la physique Krinar avait dépassé de beaucoup les théories d'Einstein ; sinon les Ks n'auraient pas pu aller plus vite que la lumière. Qui sait ce qu'ils pouvaient faire d'autre ?

Korum se tourna vers elle, les yeux brillants d'une émotion inconnue.

— C'est le son des engins nano que je viens juste de déclencher. Ils construisent notre embarcation. Et Mia réalisa qu'il était excité et content de rentrer chez lui.

Quelque chose commença à scintiller sous leurs yeux. Mia eut la chair de poule en fixant avec fascination cette étrange vision. Le scintillement s'intensifia comme si on leur avait jeté des poignées de paillettes sous les yeux, puis les parois du vaisseau commencèrent à se former devant eux.

Le souffle presque coupé par la surprise, Mia vit la structure s'assembler à partir de rien, ou du moins en apparence. Les parois se solidifièrent progressivement, s'épaississant couche par couche, puis un petit vaisseau en forme de nacelle apparut devant eux. Il semblait fait d'une matière étrange couleur d'ivoire, sans porte ou sans hublot visibles, et il était plus petit qu'un hélicoptère.

Mia respira d'un coup, elle retenait son souffle depuis une trentaine de secondes.

— C'est ce qu'on appelle la technologie de pointe de fabrication rapide, dit Korum en souriant à la stupéfaction totale qui se lisait sur le visage de Mia. C'est l'une de nos plus utiles inventions. Viens avec moi !

Et il lui reprit la main pour l'amener vers la structure qui venait de s'assembler.

À leur approche, la paroi de la nacelle se désintégra tout simplement pour les laisser entrer. Mia fut si surprise que le choc lui fit cligner les yeux, mais elle suivit Korum à l'intérieur du vaisseau. Une fois à l'intérieur les parois redevinrent solides et l'entrée disparut.

L'intérieur de la nacelle ne ressemblait à aucun vaisseau qu'elle aurait pu imaginer. Les murs, le sol et le plafond étaient transparents, elle pouvait voir la couleur ivoire qui l'entourait, mais elle pouvait aussi voir le monde extérieur. C'était comme s'ils étaient dans une bulle de verre géante, pourtant Mia savait que vue de l'extérieur la structure n'était pas transparente. Il n'y avait aucune sorte de boutons ou de tableau de bord, rien qui puisse suggérer que la nacelle soit dotée de systèmes électroniques sophistiqués. À la place de sièges il y avait deux planches ovales blanches qui flottaient dans l'air.

— Assieds-toi, dit Korum en lui désignant l'une des planches.

— Là-dessus ? Mia savait que la technologie Krinar était évidemment beaucoup plus avancée que celle des hommes et elle s'attendait à voir des choses incroyables. Mais là… C'était comme pénétrer dans un conte de fées où les lois normales de la physique ne semblaient pas s'appliquer, et elle n'avait pas encore quitté New York !

Il rit, visiblement son manque de confiance l'amusait.

— Oui, là-dessus ! Je te promets que tu ne vas pas tomber.

Avec prudence et sans lui lâcher la main Mia se percha sur la planche en faisant très attention. La planche se mit à bouger sous elle et elle perdit le souffle en la sentant s'adapter au contour de ses fesses, se transformant tout à coup en siège, le siège le plus confortable sur lequel elle s'était jamais assise. Et maintenant, il y avait également un dossier et quand Mia s'y appuya elle sentit que ses muscles si tendus commençaient à se détendre, apaisés par une étrange sensation de confort.

En souriant, Korum s'assit sur l'autre planche à côté d'elle, et Mia fut stupéfaite de voir la matière blanche l'enrober et s'adapter également à ses contours. Elle s'aperçut avec embarras qu'elle tenait toujours sa main et l'agrippait de toutes ses forces, alors elle la lâcha pour donner l'impression de se comporter de la manière la plus désinvolte possible devant une forme de technologie qui s'apparentait complètement à de la magie.

Korum inclina la tête pour l'approuver et agita légèrement la main.

La nacelle se souleva du sol en douceur et sans le moindre bruit, elle décolla et s'éleva rapidement dans les airs. Avec un serrement au cœur, Mia regarda vers le bas à travers le sol transparent, elle vit la ville de New York rapetisser à toute vitesse sous leurs pieds tandis qu'ils gagnaient en altitude. Elle fut surprise de ne pas avoir la nausée et de ne pas être rabattue sur son siège comme on aurait pu s'y attendre dans une ascension aussi rapide ; elle avait l'impression d'être assise chez elle et non pas d'être propulsée verticalement dans les airs.

— Pourquoi est-ce que je n'ai pas du tout l'impression de voler ? demanda-t-elle avec curiosité, en relevant les yeux maintenant qu'elle ne voyait plus que des nuages sous ses pieds.

— Le vaisseau est équipé d'un léger champ d'antigravitation, lui expliqua Korum. Il est conçu pour garantir notre confort en maintenant la force de gravitation à celle de la terre ; sinon une telle accélération serait très désagréable pour moi, et sans doute mortelle pour toi.

Alors elle vit les nuages défiler à toute allure sous leurs pieds, la nacelle allait à une incroyable vitesse et l'emmenait en un lieu que peu d'êtres humains pouvaient imaginer et encore moins visiter en personne. Jamais, au grand jamais Mia n'aurait pu imaginer qu'une simple promenade dans le parc puisse l'entraîner si loin, qu'elle serait assise un jour dans un vaisseau extra-terrestre la conduisant à la principale colonie Krinar… et qu'elle aurait de tels sentiments envers le bel extra-terrestre qui était assis auprès d'elle.

En l'espace de deux minutes, ils semblaient avoir atteint leur destination et le vaisseau commença sa descente.

— Bienvenue à la maison ma chérie ! lui dit doucement Korum lorsque le paysage verdoyant de Lenkarda apparut sous leurs pieds et que le vaisseau atterrit aussi silencieusement qu'il avait décollé.

La nouvelle vie de Mia venait de commencer.

CHAPTER TWENTY-FOUR

Mia couldn't think, her entire body shaking from shock and fear as she watched Korum prowl toward the Keiths. The expression on his face was unlike anything she had ever seen before, a blend of icy fury and extreme contempt. He spoke to the brown-haired female in Krinar, his voice low and cold, and she flinched, as though he had physically slapped her. The other female interrupted, her tone pleading, and Korum turned his attention to her and said something that silenced her right away. The male Keiths just stared, their looks ranging from fear to defiance. Then Korum turned to the leader of the soldiers and asked him a question. Whatever answer he received made him nod, apparently satisfied.

"I asked him if all the other Centers were secured as well . . . in case you were curious about the translation."

Mia froze, her blood turning to ice. Slowly turning her head to the side, she looked into the gold-flecked eyes of the alien she had just been observing on the other side of the room.

This Korum was wearing the same clothes as his virtual alter ego, but the mocking half-smile on his face was different. So was the fact that he was looking straight at her and speaking in English. Out of the corner of her eye, she could see the drama continuing to unfold in the room, but it no longer mattered. Instead, all she could do was stare at the real-life version of her lover . . . who now undoubtedly knew about her betrayal.

"Fortunately, they were," he continued, his voice deceptively calm. "With the exception of the traitors you see before you, none of the Krinar were harmed. Only a few of our shield posts were destroyed, and they will be easily replaced within the next hour."

Mia could barely hear him above the roar of her heartbeat, his words not registering in the panicked whirl of her thoughts. *He knew.* He knew what she had done, and nothing she said or did would change the outcome. All she could hope for now was to delay the inevitable.

"H-how?" she croaked, her bloodless lips barely moving. Her throat felt strangely dry, and she could taste the saltiness of her own tears gathering in the corners of her mouth.

"How did I know?" Korum asked, approaching her corner and crouching down next to her. Raising his hand, he gently tucked the stray curl behind her ear and brushed his knuckles down the side of her face, his touch burning her frozen skin.

Mia nodded, trembling at his proximity.

"How could I not know, Mia?" he said softly. "Did you honestly think that I wouldn't realize what was taking place under my own roof? That I wouldn't know that the woman I slept with every night was working with my enemies?"

"Wh-what are you saying?" she whispered, her brain working agonizingly slowly. "Y-you knew all along?"

He smiled bitterly. "Of course. From the moment they approached you and you agreed to spy for them, I knew."

"I don't... I don't understand. You knew and you let me do it anyway?"

"It was your choice, Mia. You could've said no. You could've refused them. And even after you agreed – at any point, you could've told me the truth, warned me. Even last night – you could've still told me. But you chose to lie to me, to the very end." His voice was oddly calm and remote, and that bitter expression still twisted his lips.

"But... but you knew –" Mia couldn't process that part, couldn't understand what he was telling her.

"I did," he said, reaching out to pick up a lock of her hair. "I knew, and I let things unfold as they will. It wasn't part of my original plan; it wasn't why I was in New York. I wanted to find and capture one of their leaders, to extract the identities of the traitors you saw today. But when you chose to betray me, I knew that a rare opportunity had presented itself – that we could strike a blow to the Resistance from which they would never recover... and I could catch the traitors in the process."

He paused, playing with her hair, twisting and untwisting the strand around his fingers. Mia stared at him, hypnotized, feeling like a rabbit caught by a snake.

"And so I played along. I gave you every chance to succeed in your treacherous mission – and you did. You turned out to be resourceful and clever, quite inventive really." His eyes took on a familiar golden gleam.

"That night when you stole my designs was . . . memorable, to say the least. I very much enjoyed it."

Mia swallowed, beginning to realize where he was leading. "Y-you planted fake designs," she whispered, a searing agony spreading through her chest.

He nodded, a small triumphant smile curving his lips. "I did. I gave them just enough rope so they could hang themselves with it. They learned how to disable the shields, but not how to keep them disabled. The weapon they were relying on wouldn't have functioned properly; I had designed it to work under testing conditions but not when it was really deployed. And I let them have a few minor weapons, so they could do some damage and get caught red-handed trying to escape . . . like the cowards that they really are. I knew that they would trust you when you brought them the designs – because you had already given them enough real information by that point."

"So you used me," said Mia quietly, feeling like she was suffocating. The pain was indescribable, even though logically she knew she had no right to feel this way.

"It hurts, doesn't it?" he said astutely, a savage smile on his face. "It hurts to be the one used, the one betrayed . . . doesn't it?"

"Was any of it real?" asked Mia bitterly. "Or was the whole thing a lie? Did you set it all up, right down to our meeting in the park?"

"Oh, it was real, all right," he said softly, now stroking the edge of her ear. "From the moment I saw you, I knew that I wanted you – more than anyone I've wanted in a very long time. And I grew to care about you, even though I knew it was foolish. With time, I hoped that you would feel the same way about me, that if I showed you how good it could be between us, you would realize what you were doing, the mistake that you were making. And you were close, I know . . . Yet you still betrayed me in the end, not caring what happened, whether I would live or die –"

"No!" interrupted Mia, her eyes burning with a fresh set of tears. "That's not true! They promised me . . . they promised you'd be all right, that they would give you safe passage back home –"

"Back to Krina?" he asked, his voice dangerously low. "Where I would be out of your life forever? And how would they have ensured that I stayed there?"

Mia could only stare at him. Somehow that thought had never crossed her mind. In the background, virtual Korum left the room, and so did the soldiers with their prisoners in tow.

He gave a short, harsh laugh. "I see. That never occurred to you, did it? That deportation was a temporary solution at best? No, the traitors would've never deported me . . . I am too dangerous in their eyes because I have both the desire and the means to return to Earth with reinforcements – and that's the last thing they would want."

Mia felt like she'd been punched in the stomach. She hadn't known . . . They'd lied to her. She couldn't have gone through with it, couldn't have done it knowing that he would be killed in the process. She had to convince him of that. "Korum," she said desperately, "I didn't know, I swear –"

He shook his head. "It doesn't matter," he said. "Even if you didn't mean for me to get killed, you still had every intention of exiling me from your life forever, you still betrayed me . . . and that's not something I can forgive easily."

"So what now?" asked Mia wearily. She was beginning to feel numb, and she welcomed the sensation, as it took the edge off her terror and pain. "Are you going to kill me?"

He stared at her, his gaze turning a colder yellow. "Kill you? Did you listen to anything I said in the last ten minutes?"

He wasn't going to kill her? The numbness spread, and she could only look at him, unable to feel anything more than a vague sense of relief.

At her lack of reply, he said slowly, "No, Mia. I'm not going to kill you. I've already told you that before. I'm not the unfeeling monster you persist in thinking me to be."

Getting up in one lithe motion, Korum waved his hand, and Mia shut her eyes, seeing the virtual world dissolving around her. When she opened them again, she was sitting on the floor of Korum's office, against the wall, still hugging her knees to her chest.

Bending down, he offered her his hand. Her fingers trembling, Mia placed her hand in his, allowing him to help her up. To her embarrassment, her legs were shaking, and she swayed slightly. Letting out a sigh, he caught her, swinging her up into his arms and carrying her out of the office.

"Where are you taking me?" asked Mia in confusion, disoriented after the recent reality shift. Oh God, surely he wasn't thinking of having sex right now; she didn't think she could bear that kind of intimacy after everything that happened.

"To the kitchen," Korum replied, walking swiftly. Before she could ask him why, they were there, and he was setting her down on one of the chairs. Mia blinked up at him, too drained to attempt to understand his inexplicable behavior.

"When was the last time you had something to eat?" he asked, looking at her with a slight frown on his face.

"Um . . . last night." Mia couldn't fathom where he was going with this.

He nodded, as though she had confirmed something for him. "No wonder you're so shaky," he said reprovingly. "You didn't eat breakfast, and your blood sugar is low." Walking to the refrigerator, he filled a glass with some clear liquid and brought it to her. "Drink this, while I make you something to eat," he ordered, ignoring the incredulous look on Mia's face.

He wanted to feed her right now? Was he serious? Cautiously sniffing the glass, Mia discerned a faintly sweet coconut scent. What the hell, she decided, if he wanted her dead, she sincerely doubted he would use poison to kill her. Taking a sip, she realized that her nose hadn't lied; Korum had indeed given her fresh coconut water to drink. It was exactly what her body was craving right now, a perfect blend of carbohydrates and electrolytes. The frozen numbness that had been encasing her like armor began to crack, and tears welled up in Mia's eyes again. Why was he acting like this now, after everything that she had done to him?

Finishing her drink, she watched him move about the kitchen, making her an avocado-tomato sandwich. Now that the main adrenaline rush was over, she was starting to think again, her brain beginning to function at some fraction of its normal ability. The truth about their relationship had been revealed. This entire time she'd thought that she was spying on him for the benefit of all humanity, but he had really been using her to crush the Resistance once and for all. All those lives today had been lost because of her . . . No, she couldn't focus on that now, or she would shatter into a million pieces.

She concentrated on the puzzle of Korum's intentions instead. He wasn't going to kill her, he'd said. But would he punish her in some other way? She couldn't imagine that he would want her around after the way she had betrayed him. Their farce of a relationship was over. He had won: Earth would remain firmly under Krinar control. And Mia had outlived her usefulness. He didn't need an unwitting double agent anymore –

"Here, eat this," the object of her musings said, placing the sandwich in front of her and sitting down across the table. "And then we'll talk."

"Thank you," Mia said politely and obediently bit into the sandwich. Her stomach growled, and she was suddenly starving, her lumberjack appetite making its appearance despite the trauma of this morning's events. In less than a minute, she had devoured the sandwich and looked up, slightly embarrassed by her greediness. The smile on his face was a genuine one this time, and she remembered that he liked that about her – the healthy appetite she possessed despite her small size.

"So what now?" Mia repeated her earlier question, and Korum's smile faded. He regarded her with an inscrutable gaze, and Mia shifted in her seat, growing increasingly nervous.

"So now," Korum said quietly, "you will come with me while I help clean up this mess."

Mia felt all blood drain from her face. "Come with you where?" Surely he couldn't mean –

A small smile appeared on his lips. "To the same place you went while snooping this morning: Lenkarda, our settlement in Costa Rica."

All of a sudden, there wasn't enough air in the room for Mia to breathe properly, and the sandwich felt like a rock inside her stomach. What was he saying? He couldn't still want her, not after everything . . .

"Why?" she managed to squeeze out, staring at him in horrified disbelief.

"Because, Mia, I want you with me, and I can't stay in New York any longer," he said calmly, with an unreadable expression on his face. "I've been away far too long. There are things that require my attention – not the least of which is what to do with the traitors."

Mia shook her head, trying to get rid of the mental fog that seemed to be slowing her thinking. "B-but why do you want me with you?" she stammered. "You were just using me –"

"I was using *you* because you chose to betray *me* – don't ever forget that, darling," he said in a dangerously silky tone. "I've wanted you from the very beginning, and nothing you've done changes that fact. You're mine, and you'll remain with me for as long as I want you. Do you understand that?"

There was a dull roaring in her ears. "No," she whispered, her words barely audible. "No. I'm not going anywhere. I won't be a slave . . . I refuse, do you hear me?" Her voice had risen in volume with each sentence until she was almost yelling at him, the red mist of fury taking over her vision and getting rid of any remnants of caution.

"A slave?" he asked with a puzzled frown on his face. And then his forehead smoothed out as he apparently realized what she was talking about. "Ah, yes, I almost forgot that you've been laboring under a misconception this whole time. You're referring to being my charl, aren't you?"

"I will not be your charl!" Mia snarled, her hands clenching into fists under the table.

"You will be anything I wish you to be, my darling," he said softly, a mocking smile curving his lips. "However, your friends in the Resistance have misinformed you – either inadvertently or on purpose – about the real meaning of charl."

Her temper cooling slightly, Mia stared at him. "What do you mean? Are you telling me that you *don't* keep humans in your Centers as your . . . pleasure slaves?" She spit out the last words with disgust.

He shook his head, with that same sardonic look on his face. "No, Mia. A charl is a human companion – a human mate, if you will. It's a unique term that we use to describe a special bond between a human and a Krinar. Being a charl is a privilege, an honor – not whatever it is that you've been imagining."

"A privilege to be with you against my will?" asked Mia bitterly. "To be forced to go where I don't want to go – unable to see my family, my friends?"

"Don't lie to me, Mia," he said quietly. "Or to yourself. Being with me is hardly a chore for you. Do you think I don't know why you've been crying this week? You need me . . . just as much as I need you. What we have together is rare and special – even though you've done your best to tear us apart. If I were young and foolish, I would let my hurt and anger get the best of me . . . and leave you, full of bitterness at your betrayal. But I've been around long enough to understand that when you find a good thing, you hold on to it; you don't throw it away on a whim."

"Really? You hold on to it even if the other person doesn't want you?" said Mia sarcastically, infuriated by his arrogant assumption that he knew all about her feelings. Maybe she *had* fallen for him; maybe she'd even thought she loved him – but that was before she knew how he'd used her, before she witnessed the deaths of thousands of human soldiers as a result of what he'd done. He might be able to get over his hurt and anger, but Mia couldn't be so magnanimous right now.

"Oh, you want me," Korum said softly. "That much I know for a fact. Would you like me to prove it?"

And before she could come up with a retort, he was next to her, swinging her up into his arms and bringing her toward him for a deep kiss, his tongue pushing into the recesses of her mouth. Infuriated, Mia tried to remain impassive, to temper her response, but her body didn't know, didn't care that he was about to ruin her life. It only knew the pleasure of his touch, and Mia found herself melting against him, her hands clinging to his shoulders instead of pushing him away. A familiar wave of heat swept through her, and she felt a surge of moisture between her legs, her body eagerly preparing itself for his possession.

Still holding her in his arms, he walked somewhere, and Mia was too far gone to care where. They ended up in the living room, and he lowered her onto the couch, still kissing her with those deep, penetrating kisses that never failed to make her crazy. She heard the zipper of her jeans getting unfastened, and then he was tugging them off her legs along with her sneakers, leaving her lower body clad only in a pair of white lacy panties. His thumb found the sensitive nub between her legs, and he pressed on it through the underwear, circling it in a way that made her insides tighten, and Mia moaned helplessly, arching toward him, wanting more of the magic that she had only experienced in his arms.

He let go of her then, taking a step back to remove his own clothes, stripping off the T-shirt with one smooth motion and then swiftly taking off his jeans and underwear, leaving himself fully naked. Mia stared at him with unabashed lust, taking in the powerful muscles covered with that beautiful bronzed skin, the smattering of dark hair on his chest, and the hairy trail on his lower abdomen leading down to a large, fully aroused penis, with the heavy balls swinging underneath.

He didn't let her enjoy the view for long, grasping her shirt to pull it over her head and unclasping her bra. A second later, her panties were pulled off her legs and joined the heap of clothes lying on the floor. He paused for a second, raking her naked body with a burning gaze, and then he bent over her, his hot mouth closing over her left breast, sucking on it. Mia moaned, feeling the pull of his mouth deep within her belly, and he sucked on the other breast, his tongue flicking over her nipple in a way that made her desperately wish his head was two feet lower. As though reading her mind, he touched her wet folds with his hand, one finger pushing into her opening, pressing on the ultra-sensitive spot inside her vagina, and Mia gasped from the intensity of the sensation, her body throbbing on the verge of release. Without removing his finger, he brought his mouth down toward her genitals, his tongue finding its way inside her folds to tease the area directly around her clitoris. At the same time, his finger moved slightly within her, starting to find a rhythm, and Mia's entire body tensed as the tingles of pre-orgasmic sensation began to radiate from her lower regions outward. His tongue flicked at her nub, first lightly and then with increasing pressure, and Mia screamed under the almost cruel lash of pleasure, her inner muscles clamping down on his finger and then pulsating with the aftershocks of the release.

Withdrawing his finger, he flipped her over, pulling her toward the edge of the couch. Lifting her briefly, he placed her so that she was bent over the plush couch arm, face down and her feet on the floor. Covering her with his body, he began to push inside her, his cock penetrating her inch by slow inch. Mia was soft and wet from the orgasm, and her body accepted his gradual entrance, the tender inner tissues stretching and expanding to accommodate the intrusion. As he pushed forward, he kissed the side of her neck, and she shivered, the tension starting to build again. Her vagina spasmed around his cock, and he groaned in response, sheathing himself fully within her. Mia inhaled sharply from the feel of his cock buried to the hilt; he was impossibly hard and thick, and she felt like she was burning from the heat of him inside her, over her, all around her.

And then he began to move, his thrusts pressing her deeper into the arm of the couch. Every muscle in her body tensed, and she cried out, each stroke intensifying the agonizing pleasure, until her world narrowed to nothing more than the cock moving back and forth within her body and she existed purely for the sensations, stripped down to the raw and elemental parts of her animal nature. She could hear the rhythmic cries in the distance and knew that they had to be her own, and then the massive climax swept through her, her inner muscles rippling around his penis and her entire body trembling from the shock of the orgasmic wave. And, with a hoarse shout, he was coming too, his hips grinding into her as his penis pulsed inside her with his own contractions.

When it was all over, he withdrew from her, leaving her lying there naked, still bent over the sofa arm. Without his large body covering her, Mia suddenly felt cold – and the realization of what had just happened added to the icy knot growing inside her. Standing up on quivering legs, Mia bent down to pick up her clothes, refusing to look at him and trying to ignore the wetness sliding down her leg. With the heat of passion over, her anger returned, magnified by the shame of her unwanted response to him.

"Mia," he said softly, and out of the corner of her eye, she saw him standing there, completely unconcerned about his nakedness. She turned away, putting on her bra, and using her shirt to wipe off the traces of the sex session before putting on her underwear. Pulling on her jeans, she felt slightly better, but the cold fury inside remained. Without even thinking about it, she walked over to the little purse she'd left sitting on the couch earlier this morning. Reaching inside, she pulled out the little device Leslie had given her and pointed it in his direction.

"I'm leaving," she said with icy calm. A stranger seemed to have taken over her body, and the normal Mia couldn't help but marvel at her daring, even though she knew that her odds of success were nil.

At the sight of the weapon, the golden glow in Korum's eyes cooled.

"That's a dangerous toy you have there," he said quietly, staring at her with an unreadable expression on his face.

Mia nodded coolly. "Don't force me to use it."

"So you walk out of here, and then what?" he asked with mild curiosity. "There's nowhere you can go where I won't find you."

Mia hadn't thought that far; in fact, there'd been no thinking involved in her actions at all. It was too late now, though, so she just shrugged and said bravely, "I'll cross that bridge when I get there."

"Are you going to go on the run? Change your identity?" he continued, an amused note appearing in his voice. "None of that would work, you know."

"Because of the tracking stuff you put in me without my knowledge or consent?" she asked bitterly.

Korum just looked at her, neither admitting nor denying it. "There's only one way you could be free of me," he said slowly.

Mia stared at him in frustration, not understanding where he was leading. Now that the initial wave of fury had passed, the full stupidity of her actions dawned on her. He was right; even if she managed to walk out of his penthouse – a big if, given the laser-quick reflexes she was up against – he would catch her before she could go more than a few blocks. By pointing that weapon at him, she had only succeeded in angering him, and she felt a tendril of fear at the thought.

"And what way is that?" she asked, deciding to stall for time.

"You could shoot me," he said seriously. "And then all your problems would be solved."

Horrified, Mia gaped at him. The idea of actually pressing the button and watching him dissolve before her eyes, like those shield posts at the colony, was unthinkable. She'd never had any intention of actually using the weapon. All she'd wanted was to regain some measure of control, to feel like she was in charge of her own life. She'd wanted to threaten him, to make him bow to her will, to make him feel the way she felt when he took away her freedom of choice. She'd never wanted to hurt him, much less kill him.

"Go ahead, Mia," he said softly. His powerful naked body was relaxed, as though they were having a regular conversation – as though he didn't have a deadly weapon pointed at him. "Go ahead and shoot."

Her fingers trembled, her palms slick with sweat, and she felt her eyes burning with stupid, unwelcome tears. "Please," she said, not caring anymore that she sounded like she was begging. "Please don't make me do it. I just want to leave . . . to go home. Please just let me walk out of here –"

"Just press the button, Mia. And then you can go wherever you want."

Mia felt hot and cold, her stomach twisting with nausea. The tiny device in her hand was suddenly unbearably heavy, and her arm shook with the effort of holding it pointed at him. The tears spilled over, running down her cheeks, and she lowered the weapon, sinking down to the floor, her trembling legs unable to hold her any longer. Burying her face in her hands, she cried, bitter at her own cowardice, her own idiocy. She couldn't hurt him, couldn't kill him; she would have sooner cut off her own limb. How could she feel this way about him even now? What was wrong with her that she had fallen in love with someone who wasn't even human . . . an alien whose kind had just murdered thousands of people?

In the depths of her despair, she felt him wrap his arms around her, lifting her from the floor and onto his lap on the couch. "Hush, my darling," he whispered, "everything will be all right, I promise. I wouldn't have been able to press that button either – and I'm glad you couldn't." He stroked her hair gently while she cried into his naked shoulder. After a few minutes, her sobs began to quiet. Feeling embarrassed about her outburst, Mia tried to pull away, but he didn't let her, lifting her chin instead to look her in the eye.

"Mia," he said softly, "I'm not taking you with me to be cruel. After everything that happened, the Resistance – or whatever is left of it – will be looking for you. They don't know the full story, and they'll think you set them up. They'll spare no effort in trying to kill you, and if they figure out how much you mean to me, they'll try to capture you alive to use you against me. I'm sorry, but I have no choice. It's simply not safe for you to be anywhere but in Lenkarda right now."

Mia stared at him, her vision still blurred by tears. She hadn't thought about that, but it was true. As far as the Resistance was concerned, she was a traitor to all of humankind. They would definitely blame her for the huge loss of life she'd just witnessed. A terrifying thought occurred to her. "What about my family?" she asked, everything inside her turning to ice at the possibility that the freedom fighters might try to hurt those she loved.

"Your family had nothing to do with it, and I doubt the fighters would be vengeful enough to needlessly harm fellow humans. But your kind can be very unpredictable, so I will make sure that several of our best guardians are stationed near your family, to keep an eye out for them."

Mia opened her mouth to ask, but he forestalled her. "And no, that wouldn't be enough to ensure *your* safety. There are still a few key Resistance leaders unaccounted for, and they're armed with some Krinar weapons. I expect them to go into hiding and leave your family alone, but they may be willing to risk everything to get to *you*. So until they're apprehended, you will be safest in Lenkarda. And if you have to venture out, it will be with me by your side."

How convenient for him, Mia thought bitterly, he could now keep her prisoner with good justification. Of course, the Resistance would want to kill her – and they would be right to do so. She was responsible for all those deaths today . . .

"How many people were killed this morning?" asked Mia, feeling like she wanted to die herself.

Korum shrugged slightly. "I don't know if the medics got to the ones who were burned fast enough to save them. Some of them might have died from their encounter with the shield."

"What about all the other ones, the ones who were hit with that red light?" asked Mia, her heart beginning to pound in wild hope.

"They were knocked unconscious – and so were the ones who attacked our other Centers. They deserved to die, of course, but we decided to let your governments deal with them. It'll be interesting to see what their punishment will be for violating the Coexistence Treaty and endangering your entire species in the process."

The relief that Mia felt was indescribable. The painful grip in her chest seemed to ease, letting her breathe freely for the first time since she'd witnessed the attack.

And then Korum added, "Of course, we're not going to leave it to chance. All those fighters now have surveillance devices embedded in their bodies, so we'll know everything they do and everywhere they go. They've been effectively neutralized as a threat to us, and we can now use them to catch the rest – those that were not near our Centers today."

So he had succeeded in his mission of squashing the Resistance movement. Given the number of fighters lying on the field, Ks would now have thousands of walking, talking surveillance mechanisms all over the globe. It was quite clever really; why bother killing a human when you could use him instead? Pure Korum deviousness at work.

She must've looked upset because he said, "Mia, stop worrying about this. The Resistance is over. It was a foolish movement to begin with. Just think about it. So they don't like us being here and changing a few things. Is that really a good reason to risk so many lives? You have to admit, we're nothing like the alien invaders of your movies. We have no desire to enslave humans, or to take away your planet. If that had been our agenda, we would've already done it. We settled here as peacefully as possible, living in our Centers with minimal interference in human affairs. That's far better than what your Europeans had done to the American natives."

Still sitting on his lap, Mia looked away. If Korum was telling her the truth and John had lied about the meaning of charl, then the entire Resistance movement was misguided at best – and criminally irresponsible at worst.

"And do you honestly think it would've been a good thing for you to have those seven traitors as your rulers? Because, believe me, that's what they would've been. They wanted power, and they didn't care who got hurt as a result of their actions. Do you really think they would've been content to live quietly among humans, obeying your every law and selflessly sharing Krinar knowledge?"

Now that Korum put it that way, Mia could see the implausibility of what John had originally told her. Maybe the Resistance leaders had thought they could somehow control the Keiths once the other Ks had left – but that could've easily been a dangerous assumption to make. Mia mentally kicked herself. Why hadn't she probed further into the Keiths' motivations? But no, she'd blindly gone with what John was telling her, too caught up in her own personal drama to fully think about anything else.

Korum sighed, and she felt the movement of his chest. "Look, it won't be so bad being in Lenkarda, believe me. Aren't you the least bit curious to see how we live?"

Mia looked up at him again, feeling completely drained. "Korum, I just can't... I can't simply leave everything and everyone –"

"What if I take you to see your family in a couple of weeks as we originally discussed?" he asked softly. "Would that make you feel better?"

"We'd go to Florida?" asked Mia in surprise.

He nodded. "You could spend a few days with them before we have to go back."

She smiled, the pressure in her chest easing further. "That would be wonderful," she said quietly.

He smiled back and gently brushed a curl off her face. "And hopefully, by the end of the summer, we'll catch the rest of the Resistance fighters – so if you still want to come back to New York then, we'll return here and you can finish your last year of school."

Mia blinked at him, hardly daring to believe her ears. "You'll bring me back here?"

"I will... if you still want to return by then." Getting up, he placed her gently on her feet. "Now put on a shirt and some shoes while I get dressed. It's time to go."

* * *

Korum allowed her to take her purse with its entire contents, the weapon excluded, and nothing else. When she protested that she needed her computer and her clothes, he laughed. "I promise you, there's plenty of everything where we're going," he explained with a smile.

"What about my passport?" she asked, and then realized that it was a stupid question. She might be heading to a foreign country, but she sincerely doubted she would be going through airport security. Somehow, Korum had managed to travel there this morning and then come back to New York – all within a span of a couple of hours. No, thought Mia, they likely wouldn't be traveling by airplane.

Her suppositions turned out to be correct.

He led her into his office, holding her hand as if afraid she would bolt. Walking toward the back of the room, he held his other hand in front of the wall and it slid open, revealing stairs that likely led to the rooftop.

"Come," Korum said, and she followed him with hesitation, her pulse racing at the thought of where she was going. It was too late to turn back now – not that he would have let her – and Mia felt a heady mixture of excitement and fear rushing through her veins as she walked up the stairs.

They exited onto the rooftop, and Mia looked around. She wasn't sure what she was expecting to see – perhaps some alien aircraft sitting there. But there was nothing. The roof was empty, with the exception of some evergreen shrubs growing in neat rows around the perimeter. The rain had mostly stopped, but it was still wet and humid outside, and Mia could practically feel her curls frizzing up from the moisture in the air.

"What are we doing here?" she asked in surprise. "Is someone coming to get us?"

Korum shook his head and smiled. "No, we're going by ourselves."

"How?" asked Mia, burning with curiosity.

"You'll see in a second. Don't be afraid, okay?" He squeezed her palm reassuringly.

Mia nodded, and Korum let go of her hand, taking a step forward. Extending his arm, he made a gesture, as though pointing at the empty space in front of him. All of a sudden, Mia could hear a low humming. The sound was unlike anything Mia had heard before – too quiet and even to be the buzzing of insects.

"What is that?" she asked warily, wondering if Korum intended to teleport them somewhere. Mia had no idea what the limitations of K technology were, but she did know that Krinar physics had to have gone far beyond Einstein's theories; otherwise, the Ks wouldn't have been able to travel faster than the speed of light. Who knew what else they could do?

Korum turned toward her, his eyes glittering with some unknown emotion. "It's the sound of the nanomachines that I just released. They're building us our ride." And Mia realized that he was excited, pleased to be going home.

Something began to shimmer in front of them. Goosebumps appeared on Mia's arms as she stared in fascination at the strange sight. The shimmering intensified, as if a bucket of glitter had been thrown in front of them – and then the walls of the aircraft began to form in front of her eyes.

Barely holding back a gasp, Mia watched as the structure assembled itself, seemingly out of nothingness. The walls slowly solidified, thickening layer by layer, and then a small pod-like aircraft stood in front of them. It appeared to be made out of some unusual ivory material, with no visible windows or doors, and was smaller than a helicopter.

Mia exhaled sharply, releasing a breath she had been holding for the last thirty seconds.

"It's called advanced rapid fabrication technology," Korum said, smiling at the look of utter astonishment on her face. "It's one of our most useful inventions. Come with me." And taking her hand again, he led her toward the newly assembled structure.

As they approached, the wall of the pod simply disintegrated, creating an entrance for them. Mia blinked in shock, but followed Korum inside the aircraft. Once they were in, the wall re-solidified, and the entrance disappeared again.

The inside of the pod did not look like any aircraft she could have ever imagined. The walls, the floor, and the ceiling were transparent – she could see the ivory color of her surroundings, but she could also see the world outside. It was as though they were inside a giant glass bubble, even though Mia knew that the structure was not see-through from the outside. There were no buttons or controls of any kind, nothing to suggest that the pod had any kind of complex electronics. And instead of seats, there were two white oval planks floating in the air.

"Have a seat," Korum said, gesturing toward one of the planks.

"On that?" Mia had known that Krinar technology was far more advanced, of course, and she had expected to encounter some unbelievable things. But this… this was like stepping into some fairy realm where the normal laws of physics didn't seem to apply – and she hadn't even left New York yet.

He laughed, apparently amused by her distrust. "On that. You won't fall, I promise."

Warily, still clutching his hand, Mia perched gingerly on the plank. It moved beneath her, and she gasped as it conformed to the shape of her butt, suddenly turning into the most comfortable chair she had ever occupied. There was a back now too, and Mia found herself leaning into it, her tense muscles relaxing, soothed by the strangely cozy sensation.

Grinning, Korum sat down on a similar plank next to her, and Mia stared in amazement as the white material shifted around his body, fitting itself to his shape. She was still holding his hand with a death grip, Mia realized with some embarrassment, and she let go, trying to act as nonchalantly as possible when confronted with technology that seemed exactly like magic.

Korum nodded approvingly and waved his hand slightly.

Softly, without making a sound, the pod lifted off the ground, rising swiftly into the air. With a sinking sensation in her stomach, Mia looked down at the see-through floor, watching New York City shrinking rapidly beneath them as they gained altitude. Surprisingly, she didn't feel nauseated or pushed into her seat as one might expect during such a swift ascent; it was as though she was sitting in a chair at home, instead of rocketing straight up.

"Why don't I feel like we're flying at all?" she asked curiously, looking up from the floor where she could now see only clouds.

"The ship is equipped with a mild anti-gravitational field," Korum explained. "It's designed to make us comfortable by keeping the gravitational force at the same level as you'd experience normally on this planet; otherwise, accelerating like that would be very unpleasant for me – and probably deadly for you."

And then she could see clouds whizzing underneath them as the pod traveled at an incredible speed, taking her to a place that few humans could even imagine, much less visit in person. Never in a million years could Mia have thought that a simple walk in the park could lead to this, that she would be sitting in an alien ship headed for the main Krinar colony . . . that she would feel like this about the beautiful extraterrestrial who was sitting beside her.

A couple of minutes later, they seemed to have reached their destination, and the ship began its descent.

"Welcome home, darling," Korum said softly as the green landscape of Lenkarda appeared beneath their feet, and the ship landed as quietly as it had taken off.

Mia's new life had begun.

About the Author

Anna Zaires is a *USA Today* and #1 international bestselling author of sci-fi romance and contemporary dark erotic romance. She fell in love with books at the age of five, when her grandmother taught her to read. Since then, she has always lived partially in a fantasy world where the only limits were those of her imagination. Currently residing in Florida, Anna is happily married to Dima Zales (a science fiction and fantasy author) and closely collaborates with him on all their works.

To learn more, please visit www.annazaires.com.